STEVE ALTEN

El testamento maya

Steve Alten es natural de Filadelfia y licenciado
por Penn State University. Autor de varios best-
sellers del *New York Times*, vive con su familia
en Boca Ratón, Florida, mientras escribe la tercera parte de la "Trilogía maya".

www.megsite.com

El testamento maya

El testamento maya

STEVE ALTEN

Vintage Español
Una división de Random House, Inc.
Nueva York

PRIMERA EDICIÓN VINTAGE ESPAÑOL, FEBRERO 2010

Información de catalogación de publicaciones disponible en la
Biblioteca del Congreso de los Estados Unidos

Vintage ISBN: 978-0-307-47579-4

www.grupodelectura.com

Impreso en los Estados Unidos de América
10   9   8   7   6   5   4   3   2   1

Índice

Agradecimientos

Con gran orgullo y aprecio doy las gracias a quienes han contribuido a la realización de este libro.

En primer lugar, a mi representante literario, Ken Atchity, y a su equipo de Atchity Editorial/Entertainment International, por su denodado esfuerzo y su perseverancia. Gracias a los editores Michael Wichman (AEI), por su visión, y Ed Stackler de Stackler Editorial, por su excelente comentario.

Muchas gracias a Tom Doherty y a la estupenda gente de Tor Books, al editor Bob Gleason y a Brian Callaghan, así como a Matthew Snyder de Creative Arts Agency de Los Ángeles, y a Danny Baror de Baror International. Gracias a Bob y a Sara Schwager por su estupenda labor de corrección.

Gracias también a las siguientes personas, cuya pericia personal ha supuesto una valiosa aportación para este libro: Gary Thompson, el doctor Robert Chitwood y el magnífico equipo del Centro de Evaluación y Tratamiento del Sur de Florida, el rabino Richard Agler, Barbara Esmedina, Jeffrey Moe, Lou McKellan, Jim Kimball, Shawn Coyne y el doctor Bruce Wishnov. Y también a los autores Graham Hancock, John Major Jenkins y Erich von Daniken, cuyos trabajos indudablemente han influido en el argumento.

Un agradecimiento muy especial a Bill y Lori McDonald de Argonaut-Grey Wolf Productions, página web: www.Alien UFOart.com, que contribuyeron a la edición y son responsables de las increíbles imágenes artísticas que contiene esta novela, y a Matt Herrmann de Villaindesign por su información sobre aspectos gráficos y sus aportaciones fotográficas.

Estoy profundamente en deuda con Robert Marlin de Marlin Interactive Design (robert.marlin@qwest.com) por su incansable labor en la creación y el mantenimiento de mi página web.

Y por último, a mis lectores; gracias por vuestra correspondencia. Vuestros comentarios son siempre muy bien recibidos, vuestra opinión tiene gran valor para mí.

Steve Alten

Si desea más información acerca de las novelas de Steve Alten o ponerse en contacto con el autor personalmente, consulte www.stevealten.com.

... y en esas antiguas tierras, revestida y señalada como una tumba, marcada con las huellas de manos que perecieron, y relatada con fechas del día del juicio... repaso las vidas encerradas en esas escenas y sus experiencias cuentan como si fueran mías.

THOMAS HARDY

La experiencia más hermosa que podemos tener es la de lo misterioso. Es la emoción fundamental que yace junto a la cuna del arte y la ciencia verdaderos.

ALBERT EINSTEIN

Miedo y religión. Religión y miedo. Los dos están entrelazados históricamente. Son los catalizadores de la mayor parte de las atrocidades que ha cometido el ser humano. El miedo al mal alimenta la religión, la religión alimenta el odio, el odio alimenta el mal, y el mal alimenta el miedo entre las masas. Es un ciclo diabólico, y hemos jugado la partida con las cartas del Diablo.

JULIUS GABRIEL

Diario de Julius Gabriel

Estoy de pie ante el amplio lienzo, compartiendo el sentimiento de soledad que sin duda experimentó su creador hace miles de años. Tengo ante mí las respuestas a los acertijos, unos acertijos que posiblemente determinen en última instancia si nuestra especie ha de vivir o morir. El futuro de la especie humana; ¿existe algo más importante que eso? Y en cambio yo estoy aquí solo, mi pesquisa me condena a este purgatorio de roca y arena mientras busco la comunión con el pasado a fin de comprender el peligro que nos aguarda.

Los años se han cobrado su precio. En qué lamentable criatura me he convertido. En otro tiempo fui un arqueólogo de renombre, y ahora soy el hazmerreír de mis colegas. Marido, amante; ésos no son sino recuerdos lejanos. ¿Padre? Apenas. Más bien un torturado mentor, una miserable bestia de carga que mi hijo ha de llevar de la mano. A cada paso que doy por este desierto de piedras se resienten mis huesos doloridos, mientras los pensamientos trabados en mi cerebro para siempre repiten una y otra vez el enloquecedor mantra de la condenación. ¿Qué poder superior ha escogido torturar a mi familia, habiendo tantas otras? ¿Por qué nosotros hemos sido agraciados con ojos capaces de ver las señales anunciadoras de la muerte mientras que otros avanzan a trompicones como si estuvieran ciegos?

¿Estoy loco? Esa idea no me abandona nunca. Con cada nuevo amanecer he de obligarme a mí mismo a leer de nuevo los puntos más destacados de mis crónicas, aunque sólo sea para recordarme que soy, por encima de todo, un científico, y no sólo un científico, sino también un arqueólogo, un buscador del pasado de la humanidad, un buscador de la verdad.

Pero ¿de qué sirve la verdad si no se puede aceptar? Para mis colegas, sin duda alguna, yo me asemejo al idiota del pueblo, advirtiendo a gritos de la amenaza de los témpanos de hielo a los pasajeros que suben a bordo del *Titanic* cuando este buque insumergible está a punto de zarpar del puerto.

¿Es mi destino salvar a la humanidad, o simplemente morir como un necio? ¿Es posible que haya pasado la vida entera interpretando de forma incorrecta las señales?

Un ruido de alguien rascando unas huellas de pisadas en sílice y en piedra hace que este necio vacile.

Se trata de mi hijo, Michael, cuyo nombre se lo puso hace quince años mi amada esposa en honor al arcángel San Miguel, me hace una seña con la cabeza que lleva una momentánea chispa de calor al marchito corazón de su padre. Michael es la razón por la que persevero, la razón por la que no pongo fin a mi desgraciada existencia. La locura de mi búsqueda le ha robado la infancia, pero mucho peor fue el impío acto que cometí hace algunos años. Es por el futuro de él por lo que he vuelto a comprometerme, es su destino el que deseo cambiar.

Dios, permite que este débil corazón dure lo suficiente para poder conseguirlo.

Michael señala algo que hay más adelante, recordándome que nos llama la siguiente pieza del rompecabezas. Pisando con cuidado para no perturbar la pampa, nos detenemos junto a lo que estoy convencido de que es el inicio de un mensaje de tres mil años de antigüedad. Situado en el centro de la meseta de Nazca, considerado sagrado debido a las misteriosas líneas y las colosales formas de animales, se encuentra esto, un círculo perfecto profundamente excavado entre las piedras cubiertas por una pátina negra. De esa misteriosa pieza central parten, como si fueran rayos de sol pintados por la mano de un niño, veintitrés líneas equidistantes, todas de aproximadamente doscientos metros de longitud, excepto una. Una de ellas está alineada con el solsticio, otra con el equinoccio, variables que coinciden con los otros emplazamientos antiguos que llevo explorando toda mi vida.

Es la línea número 23 la que resulta más misteriosa: una audaz hendidura que atraviesa la pampa y se extiende sobre colinas y rocas, ¡hasta una distancia de treinta y siete kilómetros!

Michael grita, y su detector de metales crepita a medida que nos aproximamos al centro de la figura. ¡Hay algo enterrado bajo el suelo! Con renovados bríos, escarbamos en el yeso y la piedra para dejar al descubierto la tierra que hay debajo. Es un acto desalmado, sobre todo para un arqueólogo, pero me convenzo a mí mismo de que en última instancia el fin justificará los medios.

Y entonces aparece, reluciente bajo el implacable sol, liso y blanco: un cilindro metálico y hueco, de medio metro de largo, que no tiene más derecho a estar en el desierto de Nazca del que tengo yo. Un dibujo en forma de candelabro de tres brazos adorna un extremo del objeto. Mi débil corazón se acelera, porque conozco ese símbolo tan bien como el dorso de mi marchita mano. Es el Tridente de Paracas, la firma de nuestro maestro cósmico. Un glifo similar, de doscientos metros de largo y setenta de ancho, adorna la ladera entera de una montaña no muy lejos de aquí.

Michael coloca su cámara mientras yo abro el cilindro. Temblando, extraigo lo que parece ser un fragmento de lienzo reseco. Conforme va desenrollándose, mis dedos certifican su estado de desintegración.

Se trata de un antiguo mapa del mundo, similar a otro al que hace quinientos años hizo referencia el almirante turco Piri Reis. (Se cree que en ese misterioso mapa se inspiró Cristóbal Colón para su audaz viaje en 1492.) Hasta la fecha, el mapa de Piri Reis, que data del siglo XIV, sigue siendo un enigma, ya que en él aparecía no sólo el continente sin descubrir de la Antártida, sino además la geología del mismo, dibujada como si no estuviera cubierto por los hielos. Las exploraciones de radar por satélite han confirmado la increíble exactitud de dicho mapa, lo cual ha desconcertado todavía más a los científicos, que no entienden cómo alguien pudo dibujarlo sin la ayuda de un avión.

Quizá se dibujaron del mismo modo estas figuras de Nazca.

Al igual que el mapa de Piri Reis, el pergamino que ahora sostengo en mi mano se dibujó empleando conocimientos avanzados de trigonometría esférica. ¿Fue el misterioso cartógrafo nuestro antiguo maestro? De eso no me cabe duda. La pregunta verdadera es: ¿por qué ha decidido dejarnos este mapa en particular?

Michael acciona a toda prisa una Polaroid mientras el antiguo documento se chamusca y se deshace en polvo en mis manos. Momentos después, lo único que podemos hacer es observar la fotografía y fijarnos en que hay un objeto, obviamente de gran importancia, que ha quedado claramente destacado. Es un pequeño círculo, dibujado en las aguas del golfo de México, situado justo al noroeste de la península del Yucatán.

El emplazamiento de dicha marca me deja atónito. No se trata de uno de los yacimientos antiguos, sino de algo totalmente diferente. De pronto comienza a inundarme un sudor frío, junto con un familiar entumecimiento que me asciende por el brazo.

Michael percibe que se aproxima la muerte. Busca en mis bolsillos y encuentra rápidamente una píldora que me coloca debajo de la lengua.

El pulso se me normaliza, el entumecimiento desaparece. Le toco la mejilla a mi hijo y lo animo a que regrese al trabajo. Observo con orgullo cómo examina el cilindro metálico; me fijo en sus ojos negros, portales de una mente increíblemente disciplinada. Nada escapa a los ojos de mi hijo. Nada.

Transcurridos unos momentos, realiza otro descubrimiento, uno que tal vez explique la localización de esa marca en el golfo de México. El analizador de espectro del detector de metales ha efectuado el desglose molecular de ese metal tan denso y blanco, su composición propia, la historia de sí mismo.

El antiguo cilindro está compuesto de iridio.

De iridio puro.

Extracto del diario del profesor Julius Gabriel,
14 de junio de 1990

Prólogo

Hace 65 millones de años
GALAXIA LA VÍA LÁCTEA

Una galaxia en espiral, una de los cien mil millones de islas de estrellas que se desplazan por la materia oscura del universo. Rotando como si fuera la rueda cósmica de un reloj luminiscente en la inmensidad del espacio, esta galaxia arrastra en el interior de su gigantesco torbellino más de doscientos mil millones de estrellas y un número incalculable de otros astros.

Examinemos esta masa galáctica. Al observar dicha formación dentro de nuestros límites tridimensionales, nuestra mirada se siente atraída antes de nada hacia el centro de la galaxia, compuesto por miles de millones de estrellas rojas y anaranjadas que giran en el interior de nubes de polvo de unos quince mil años luz de ancho (un año luz viene a ser aproximadamente diez billones de kilómetros.) Girando alrededor de esa región de forma lenticular se encuentra el disco plano que constituye la galaxia, de dos mil años luz de ancho y ciento veinte mil años luz de largo, y que contiene la mayor parte de la masa de la galaxia. Alrededor de ese disco se sitúan los brazos de la espiral, hogar de estrellas muy brillantes y de nubes luminiscentes de gas y polvo, es decir: incubadoras cósmicas de nuevas estrellas. Extendiéndose por encima y más allá de los brazos de la espiral se encuentra el halo de la galaxia, una región escasamente poblada que contiene cúmulos globulares de estrellas donde están los miembros más antiguos de la familia galáctica.

Desde ahí pasamos al corazón mismo de la galaxia, una región compleja rodeada por nubes de gas y polvo. En el interior de ese núcleo se encuentra escondido el auténtico generador de energía de esta formación celeste: un monstruoso agujero negro, un denso remolino de energía gravitatoria, tres millones de veces más pesado que el Sol. Esta voraz máquina cósmica absorbe todo lo que se encuentra a su alcance: estrellas, planetas, la materia, incluso la luz, y va devorando poco a poco los cuerpos celestes de la galaxia.

Observemos ahora esta galaxia espiral desde una dimensión superior, una cuarta dimensión, la del espacio-tiempo. Esparcidos por todo el cuerpo de la galaxia a modo de arterias, venas y capilares, existen unos invisibles conductos de energía, algunos tan vastos como para transportar una estrella, otros semejantes a delicados hilos microscópicos. Todos reciben la energía de las inimaginables fuerzas gravitatorias del agujero negro que se encuentra en el centro de la galaxia. Si pasamos por una puerta a uno de esos conductos, habremos accedido a una autopista cuatridimensional que cruza las fronteras del tiempo y del espacio, suponiendo, naturalmente, que nuestro vehículo de transporte pudiera sobrevivir al viaje.

Al igual que la galaxia gira alrededor de su formidable punto central, así también se mueven esas serpenteantes corrientes de energía, trazando círculos sin cesar, continuando su atemporal viaje por el plano de la galaxia como si fueran los caprichosos radios de una rueda cósmica en constante rotación.

Como un grano de arena atrapado en medio de la poderosa corriente de un hilo gravitatorio, el proyectil del tamaño de un asteroide recorre a toda velocidad el conducto cuatridimensional, una puerta del espacio-tiempo situada actualmente en el brazo de Orión de la espiral. Esa masa ovoide, de casi once kilómetros de diámetro, está protegida del estrecho abrazo del cilindro por un campo de fuerza antigravitatoria de color verde esmeralda.

Pero el viajero celeste no está solo.

Oculto dentro de la estela con carga magnética del objeto esférico, bañado en la cola protectora del campo de fuerza, se encuentra otro receptáculo más pequeño y estilizado cuyo casco aplanado y en forma de daga está compuesto por paneles solares de un vivo color dorado.

Navegando por la dimensión del espacio-tiempo, la autopista cósmica deposita a sus viajeros en una región de la galaxia situada junto al filo interior del brazo de Orión. Al frente se divisa un sistema solar que contiene nueve cuerpos planetarios regidos por una única estrella blanco-amarilla.

Impulsado por el campo gravitatorio de dicha estrella, el inmenso receptáculo de iridio se cierra rápidamente sobre su objetivo: Venus, el segundo planeta a partir del Sol, un mundo de calor intenso, envuelto en un manto de densas nubes de ácido y dióxido de carbono.

El receptáculo pequeño se cierra desde atrás, revelando su presencia al enemigo:

Inmediatamente, el transporte de iridio altera su curso y aumenta su velocidad aprovechando el tirón gravitatorio del tercer planeta de ese sistema solar, un mundo acuoso y azul, dotado de una tóxica atmósfera de oxígeno.

Con un brillante destello, la pequeña nave expele un chorro de energía al rojo blanco desde una antena en forma de aleta que se eleva en la proa. La descarga se extiende a través de la corriente de iones de la cola electromagnética de la esfera igual que un rayo que recorriese un cable metálico.

La descarga choca contra el casco de iridio brillando igual que una aurora, en una explosión eléctrica que provoca un cortocircuito en el sistema de propulsión de la nave y la desvía violentamente de su rumbo. En cuestión de segundos, la masa dañada es víctima del mortal abrazo del campo gravitatorio de ese mundo azul.

El proyectil del tamaño de un asteroide se precipita hacia la Tierra, sin control.

Con un estampido sónico, la esfera de iridio viola la atmósfera hostil. El reflectante casco exterior se agrieta y se hunde, y acto seguido se incendia brevemente formando una bola de fuego cegadora antes de caer en un mar tropical, poco profundo. Apenas frenado por unos cientos de metros de agua, toca fondo en una fracción de segundo haciendo que, por un instante surrealista, un cilindro de océano quede vacío hasta el lecho marino.

Un nanosegundo más tarde, el objeto celeste detona en un luminoso destello blanco que libera cien millones de megatones de energía.

La tremenda explosión hace vibrar el planeta entero, generando temperaturas superiores a dieciocho mil grados centígrados, más calor que en la superficie del Sol. Al instante se forman dos bolas de fuego gaseosas; la primera, una ardiente nube de roca e iridio pulverizados procedente de la desintegración del casco exterior de la nave; la segunda, una gran nube de vapor y dióxido de carbono a altísima presión, los gases liberados en el momento de vaporizarse el mar y su lecho de piedra caliza.

Los escombros y los gases sobrecalentados se elevan en la devastada atmósfera, conducidos a través del vacío de aire que creó el objeto en su descenso. Unas enormes ondas de choque levantan la superficie del mar dando lugar a monstruosos tsunamis que se alzan hasta una altura de cien metros o más cuando alcanzan aguas poco profundas y corren hacia tierra.

LA COSTA SUR DE NORTEAMÉRICA

En un silencio mortal, el grupo de velocirraptores acorrala a su presa, un coritosauro hembra de más de diez metros de largo. Al percibir el peligro, el reptil con forma de ornitorrinco levanta su magnífica cresta en abanico para olfatear el aire húmedo, y detecta el olor que despide el grupo. Emite un potente grito de aviso al resto de la manada y a continuación se lanza a la carrera a través del bosque, en dirección al mar.

Sin previo aviso, un brillante destello aturde al coritosauro fugitivo. Se tambalea sacudiendo su enorme cabeza, intentando recuperar la visión. Justo cuando se le despeja la vista, dos raptores salen del follaje lanzándole chillidos y cerrándole la huida mientras los demás miembros del grupo saltan sobre su lomo y traspasan sus carnes con garras curvadas y letales. Uno de los primeros cazadores encuentra la garganta del ornitorrinco y le lanza una dentellada en el esófago, al tiempo que hunde las patas y las garras en forma de hoz en la carne blanda que hay más abajo del esternón. El reptil herido, ahogándose en su propia sangre, deja escapar un grito amortiguado, momento en el que otro raptor cierra las fauces sobre su pico plano y le clava las garras delanteras en los ojos, lo cual consigue que el coritosauro, aun teniendo mayor peso, caiga al suelo entre gemidos de dolor.

En pocos momentos el ataque ha terminado. Los depredadores lanzan rugidos y se pelean entre sí por arrancar trozos de carne del cuerpo de su presa, que todavía se estremece. Ocupados en ello, los velocirraptores no hacen caso del temblor del suelo bajo sus patas y del trueno que se aproxima.

Una sombra oscura pasa por encima. Los dinosaurios semejantes a aves levantan la vista todos a la vez, con las fauces goteando sangre y lanzando rugidos a la enorme pared de agua.

La ola, del tamaño de veintidós pisos, alcanza su máxima altura y a continuación rompe contra los atónitos cazadores, licuando sus huesos contra la arena en medio de un fuerte estruendo. Después la ola se dirige hacia el norte, arrasando con su fuerza cinética todo lo que encuentra a su paso.

El tsunami inunda el terreno tragándose con su ímpetu la vegetación, los sedimentos y las criaturas terrestres, y sumergiendo la costa tropical cientos de kilómetros en todas direcciones. Lo poco que queda del bosque tras el paso del agua se prende fuego cuando una serie de ardientes ondas expansivas convierte el aire en un verdadero horno. Un par de pteranodones intenta escapar del holocausto; pero al elevarse por encima de los árboles sus alas reptilianas se incendian y terminan por incinerarse en el viento tórrido.

Allá en lo alto, los pedazos de iridio y de roca que salieron lanzados hacia el cielo inician la reentrada en la atmósfera en forma de meteoros incandescentes. En cuestión de horas, el planeta entero se ve cubierto por una densa nube de polvo, humo y ceniza.

Los bosques continuarán ardiendo por espacio de varios meses. Durante casi un año, ninguna partícula de luz solar penetrará el cielo ennegrecido para tocar la superficie de ese mundo, que en otro tiempo fue tropical. El cese temporal de la fotosíntesis barrerá miles de especies de plantas y animales terrestres y marinos, y cuando el Sol por fin regrese seguirán varios años de invierno nuclear.

En un cataclismo que ha durado un único instante, el dominio de los dinosaurios, que subsistió ciento cuarenta millones de años, ha finalizado bruscamente.

Durante varios días, el esbelto receptáculo dorado permanece en órbita por encima de ese mundo devastado, explorando constantemente con sus sensores el lugar del impacto. La autopista cuatridimensional que conduce a casa hace tiempo que ha desaparecido, pues la rotación de la galaxia ya ha desplazado el punto de acceso al conducto varios años luz.

Al séptimo día, una luz verde esmeralda comienza a brillar bajo el fracturado lecho marino. Segundos después se enciende una potente señal de radio subespacial, una llamada de socorro dirigida a las regiones más recónditas de la galaxia.

Las formas de vida que se encuentran en el interior del receptáculo que está en órbita bloquean dicha señal... demasiado tarde.

El mal ha echado raíces en otro jardín celeste. Que despierte es sólo cuestión de tiempo.

La nave dorada pasa a situarse en una órbita geosíncrona, justo por encima de su enemigo. Se establece una señal automática de radio por hiperonda, propulsada por energía solar, con el fin de bloquear todas las transmisiones entrantes y salientes. Acto seguido, el receptáculo se cierra sobre sí mismo y sus células de energía se desvían hacia sus estructuras de soporte vital.

Para los habitantes de la nave, el tiempo queda paralizado.

Para el planeta Tierra, el reloj ha empezado a funcionar...

Capítulo 1

El Centro de Evaluación y Tratamiento del Sur de Florida es un edificio de siete plantas de hormigón blanco ribeteado de plantas perennes, ubicado en un destartalado barrio étnico del oeste de Miami. Al igual que la mayoría de los establecimientos de esa área, tiene los aleros de los tejados protegidos por una ristra de bobinas de alambre de espino. A diferencia de otros edificios, dicho alambre de espino no tiene como fin impedir la entrada al público, sino evitar que salgan sus residentes.

Dominique Vázquez, de treinta y un años, sortea el tráfico de la hora punta lanzando maldiciones en voz alta mientras circula a toda velocidad en dirección sur por la autovía 441. Es el primer día de su período de interinidad, y ya va a llegar tarde. Esquiva de un volantazo a un adolescente que viene patinando en sentido contrario, entra en el aparcamiento de visitas, aparca, y a continuación se encamina a toda prisa hacia la entrada al tiempo que se retuerce el cabello, negro azabache y largo hasta la cintura, en un apretado moño.

Las puertas magnéticas se abren para permitirle el acceso a un vestíbulo provisto de aire acondicionado.

Detrás del mostrador de información se encuentra una mujer hispana de cuarenta y muchos años, leyendo las noticias matutinas en una pantalla de ordenador delgada como

29

una oblea y del tamaño de una libreta. Sin levantar la vista, le pregunta:

—¿En qué puedo servirla?

—Tengo una cita con Margaret Reinike.

—Hoy, no. La doctora Reinike ya no trabaja aquí. —La mujer toca suavemente el botón de bajar página para pasar a otro artículo.

—No lo entiendo. Hablé con la doctora Reinike hace dos semanas.

La recepcionista levanta por fin los ojos.

—¿Y usted es...?

—Vázquez. Dominique Vázquez. Vengo para empezar una interinidad de posgrado de un año de la FSU. Se supone que la doctora Reinike es mi patrocinadora.

Observa cómo la recepcionista toma el teléfono y pulsa una extensión.

—Doctor Foletta, tengo a una joven de nombre Domino Vas...

—Vázquez. Dominique Vázquez.

—Perdone. Dominique Vázquez. No, señor, está aquí, en la recepción. Dice que es interna de la doctora Reinike. Sí, señor. —La recepcionista cuelga—. Puede sentarse ahí. Dentro de unos minutos bajará el doctor Foletta a hablar con usted. —A continuación gira en su silla dando la espalda a Dominique y regresa a su pantalla de ordenador.

Transcurren diez minutos antes de que aparezca por el pasillo un hombre corpulento, de cincuenta y tantos años.

A juzgar por su pinta, Anthony Foletta debería estar en un campo de fútbol americano, entre los jugadores de la línea de defensa, no caminando por los pasillos de una institución del Estado que alberga a los delincuentes psicóticos. Luce una espesa melena de color gris que le cae de una cabeza enorme, como encajada directamente sobre los hombros. Sus ojos azules relucen entre unos párpados soñolientos y unos carrillos carnosos. Aunque tiene sobrepeso, la parte superior de su cuerpo es firme, y el estómago le sobresale ligeramente de la blanca bata de laboratorio.

Una sonrisa forzada, y después una mano tendida.

—Anthony Foletta, nuevo jefe de psiquiatría.

Posee una voz profunda y granulada, como una cortadora de césped vieja.

—¿Qué le ha ocurrido a la doctora Reinike?

—Motivos personales. Corre el rumor de que a su marido le han diagnosticado un cáncer terminal. Supongo que habrá decidido tomarse la jubilación anticipada. Reinike me dijo que usted iba a venir. A menos que tenga alguna objeción, voy a ser yo el que supervise su interinidad.

—No tengo ninguna objeción.

—Bien.

A continuación da media vuelta y echa a andar por donde ha venido. Dominique tiene que apresurarse para seguirle el paso.

—Doctor Foletta, ¿cuánto tiempo lleva usted aquí?

—Diez días. Un traslado del centro de Massachusetts aquí. —Se acercan a un guardia de seguridad del primer punto de control—. Entréguele al guardia su permiso de conducir.

Dominique rebusca en su bolso y entrega al guardia la tarjeta plastificada, la cual le es canjeada por la identificación de visitante.

—De momento utilice ésta —dice Foletta—. Devuélvala al final del día, cuando se vaya. Antes de que termine la semana le tendremos preparada una identificación interna codificada.

Dominique se sujeta la tarjeta a la blusa y sigue al doctor camino del ascensor.

Foletta le enseña tres dedos a una cámara situada encima de su cabeza. Las puertas se cierran.

—¿Ha estado aquí alguna vez? ¿Conoce la distribución del edificio?

—No. He hablado con la doctora Reinike sólo por teléfono.

—Hay siete plantas. En la primera se encuentran la administración y seguridad central. La estación principal controla tanto los ascensores del personal como los de los residentes. En el Nivel 2 hay una pequeña unidad médica para los ancianos y los enfermos terminales. El Nivel 3 es donde encontrará la zona de comedor y las salas de descanso. Por él se accede también al entresuelo, al jardín y a las salas de terapia. Los Niveles 4, 5, 6 y 7 corresponden a los residentes. —Foletta deja escapar una risita—. El doctor Blackwell prefiere llamarlos «clientes». Un eufemismo interesante, ¿no le parece?, teniendo en cuenta que los traemos aquí esposados.

Salen del ascensor y atraviesan un puesto de seguridad idéntico al de la primera planta. Foletta le hace una seña con la mano y toma por un breve pasillo que conduce a su despacho. Por todas partes hay cajas de cartón apiladas, repletas de expedientes, diplomas enmarcados y objetos personales.

—Disculpe el desorden, todavía me estoy situando. —Foletta levanta una impresora de ordenador de una silla y le indica a Dominique que tome asiento. A continuación se sienta él mismo tras su mesa, con un gesto de incomodidad, y se reclina contra el sillón de cuero con el fin de dejar espacio para su vientre.

Abre el expediente de Dominique.

—Mmm. Veo que está terminando su doctorado en Florida. ¿Acude a muchos partidos de fútbol?

—La verdad es que no. —Aprovecha esa entrada—. Usted da la impresión de haber jugado al fútbol.

Es una buena frase, y consigue que a Foletta se le ilumine su rostro de querubín.

—Jugué en los Fighting Blue Hens de Delaware, en la clase del 79. Empecé jugando como placaje frontal. Habría formado parte de la selección de segunda de la NFL si no me hubiera partido la rodilla contra Lehigh.

—¿Y qué lo empujó a meterse en la psiquiatría forense?

—Tenía un hermano mayor que sufría una obsesión patológica. Siempre estaba teniendo problemas con la ley. Su psiquiatra era antiguo alumno de Delaware y un gran seguidor del fútbol. Solía llevarlo a los vestuarios después de los partidos. Cuando yo me lesioné la rodilla, tiró de unos cuantos hilos para que me metieran en la facultad de posgrado. —Foletta se inclina hacia delante, poniendo el expediente de Dominique sobre la mesa—. Hablemos de usted. Siento curiosidad. Existen otros centros que están más cerca de la FSU que el nuestro. ¿Por qué ha elegido éste?

Dominique se aclara la garganta.

—Mis padres viven en Sanibel, que está a un par de horas en coche de Miami. Por lo general, no puedo ir mucho por casa.

Foletta pasa el dedo índice por el expediente de Dominique.

—Aquí dice que usted es de Guatemala.

—Así es.

—¿Y cómo terminó en Florida?

—Mis padres, mis padres auténticos, murieron cuando yo tenía seis años. Me enviaron a vivir con un primo en Tampa.

—Pero ¿eso no duró mucho?

—¿Tiene importancia?

Foletta levanta la vista. Sus ojos ya no están soñolientos.

—No me gustan demasiado las sorpresas, interna Vázquez. Antes de asignar residentes, me gusta conocer la psicología de mi propio personal. La mayoría de los residentes no nos causan demasiados problemas, pero es importante recordar que seguimos tratando con personas violentas. Para mí, la seguridad es una prioridad. ¿Qué sucedió en Tampa? ¿Cómo es que terminó yendo a vivir con una familia adoptiva?

—Baste decir que las cosas no salieron bien con mi primo.

—¿La violó?

Dominique se queda desconcertada por esa actitud tan directa.

—Si desea saberlo, sí. Yo tenía sólo diez años.

—¿Estaba bajo los cuidados de un psiquiatra?

Dominique lo mira fijamente. «Conserva la calma, está poniéndote a prueba.»

—Sí, hasta los diecisiete años.

—¿Le molesta hablar de esto?

—Ocurrió. Pero ya pasó. Estoy segura de que influyó en mí a la hora de escoger una carrera, si vamos a eso.

—También deseo saber qué es lo que le interesa. Aquí dice que posee un cinturón negro de segundo grado en taekwondo. ¿Lo ha usado alguna vez?

—Sólo en torneos.

Los párpados se abrieron de par en par, y aquellos ojos azules la taladraron.

—Dígame, interna Vázquez, ¿se imagina usted la cara de su primo cuando lanza patadas a sus adversarios?

—A veces. —Dominique se aparta un mechón de pelo de los ojos—. ¿A quién fingía golpear usted cuando jugaba al fútbol para esos Fighting Blue Hens?

—*Touché*. —Los ojos regresan al expediente—. ¿Sale usted mucho?

—¿También le concierne a usted mi vida social?

Foletta se reclina en su sillón.

—Las experiencias sexuales traumáticas como la suya con frecuencia conducen a desórdenes sexuales. Una vez más, lo único que quiero saber es con quién estoy trabajando.

—No tengo ninguna aversión al sexo, si es eso lo que me pregunta. Pero sí que tengo una sana desconfianza hacia los hombres que me presionan.

—Esto no es un centro de reinserción, interna Vázquez. Va a necesitar una piel más dura para poder manejar a los residentes forenses. Los que residen aquí se han hecho famosos por darse un festín con universitarias guapas como usted. Viniendo de la FSU, pienso que bien podría agradecerlo.

Dominique respira hondo para relajar sus músculos agarrotados. «Maldita sea, guárdate tu ego y presta atención.»

—Tiene razón, doctor. Discúlpeme.

Foletta cierra el expediente.

—Lo cierto es que estoy pensando en usted para un encargo especial, pero necesito tener la absoluta certeza de que está usted a la altura del mismo.

Dominique cobra nuevos bríos.

—Póngame a prueba.

Foletta retira del primer cajón de la mesa una gruesa carpeta marrón.

—Como sabe, este centro cree en el método multidisciplinar. A cada residente se le asigna un psiquiatra, un psicólogo clínico, un asistente social, una enfermera de psiquiatría y un terapeuta de rehabilitación. Mi reacción inicial al llegar aquí fue que todo eso resultaba excesivo, pero no puedo cuestionar los resultados, sobre todo cuando tratamos con pacientes que abusan de determinadas sustancias y los preparamos para que tomen parte en futuros juicios.

—Pero ¿no en este caso?

—No. El residente al que deseo que supervise usted es un paciente mío, un interno del psiquiátrico en el que trabajé como director del servicio de psicología.

—No entiendo. ¿Se lo ha traído con usted?

—Hace unos seis meses que nuestro centro perdió la subvención. Este residente, desde luego, no es apto para integrarse en la sociedad, y había que trasladarlo a otra parte. Dado que yo conozco mejor que nadie su historial, pensé que sería menos traumático para todos los implicados que permaneciera a mi cuidado.

—¿Quién es?

—¿Alguna vez ha oído hablar del profesor Julius Gabriel?

—¿Gabriel? —El apellido le resultó familiar—. Espere un segundo, ¿no es el arqueólogo que hace varios años cayó muerto durante una conferencia en Harvard?

—Hace más de diez años. —Foletta esboza una ancha sonrisa—. Después de tres décadas de becas de investigación, Julius Gabriel regresó a Estados Unidos y se presentó ante sus colegas afirmando que los antiguos egipcios y los mayas construyeron sus pirámides con la ayuda de extraterrestres, con el fin de salvar a la humanidad de la destrucción. ¿Se lo imagina? El público lo echó del estrado a carcajadas. Probablemente murió de humillación. —Los carrillos de Foletta se estremecen al reír—. Julius Gabriel constituía el ejemplo clásico de esquizofrenia paranoide.

—¿Y quién es el paciente?

—Su hijo. —Foletta abre la carpeta—. Michael Gabriel, edad, treinta y cuatro años. Él prefiere que lo llamen Mick. Ha pasado los primeros veintitantos años de su vida trabajando codo con codo con sus padres en excavaciones arqueológicas, probablemente lo suficiente para volver psicótico a cualquier chaval.

—¿Por qué fue encarcelado?

—Mick perdió los nervios durante la conferencia de su padre. El tribunal le diagnosticó esquizofrenia paranoide y lo condenó a ingresar en el Centro de Salud Mental del Estado de Massachusetts, en el que yo fui su psiquiatra clínico, incluso después de mi promoción a director en el año 2006.

—¿Sufre las mismas fantasías que su padre?

—Por supuesto. Padre e hijo estaban convencidos de que va a tener lugar una terrible calamidad que barrerá a la humanidad de la faz del planeta. Mick sufre también de las habituales fantasías paranoides persecutorias, la mayor parte de ellas a consecuencia de la muerte de su padre y de su propia encarcelación. Afirma que existe una conspiración por parte del gobierno que es la que lo ha mantenido encerrado todos estos años. En su mente, él es la víctima en su máxima definición, un inocente que intenta salvar al mundo, atrapado en las ambiciones inmorales de un político egocéntrico.

—Perdón, eso último no lo entiendo.

Foletta hojea el expediente y saca de un sobre de papel manila una serie de fotos tomadas con una Polaroid.

—Éste es el hombre al que atacó. Eche un buen vistazo a la foto, interna. No deje bajar sus defensas.

Se trata de un primer plano del rostro de un hombre brutalmente golpeado. La cuenca del ojo derecho está cubierta de sangre.

—Mick arrancó el micrófono del podio y golpeó con él a la víctima hasta dejarla sin sentido. El pobre hombre terminó perdiendo el ojo. Creo que reconocerá el nombre de la víctima: Pierre Borgia.

—¿Borgia? ¿Está de broma? ¿El secretario de Estado?

—Esto sucedió hace casi once años, antes de que Borgia fuera nombrado representante de las Naciones Unidas. En aquella época se presentaba como candidato a senador. Hay quien dice que esta agresión probablemente lo ayudó a ser elegido para el cargo. Antes de que la maquinaria política de los Borgia lo empujara a la política, Pierre era, por lo visto, todo un erudito. Él y Julius Gabriel estaban en el mismo programa doctoral, en Cambridge. Lo crea o no, de hecho ambos trabajaron juntos como colegas después de graduarse, explorando ruinas antiguas durante sus buenos cinco o seis años, antes de tener un enfrentamiento importante. La familia de Borgia finalmente lo convenció de que regresara a Estados Unidos y se metiera en política, pero la mala sangre no desapareció.

»Resulta que fue Borgia el que de hecho presentó a Julius como la persona encargada de pronunciar el discurso de apertura. Probablemente Pierre dijo unas cuantas cosas que no debería haber dicho, lo cual ayudó a incitar a los presentes. Julius Gabriel sufría problemas de corazón. Cuando se murió de repente detrás del escenario, Mick se vengó. Hicieron falta seis policías para reducirlo. Está todo en el expediente.

—Parece más bien un estallido emocional aislado, provocado por...

—Una rabia así tarda años en acumularse, interna. Michael Gabriel era un volcán esperando a entrar en erupción. Lo que tenemos aquí es un hijo único, educado por dos arqueólogos prominentes en algunas de las áreas más desoladas del mundo. Nunca fue al colegio ni tuvo la oportunidad de socializar con otros niños, todo lo cual contribuyó a dar lugar a un caso extremo de desorden de personalidad antisocial. Hasta es posible que Mick jamás haya salido con una chica. Todo lo que aprendió se lo enseñaron sus únicos compañeros, sus padres, de los cuales al menos uno estaba como una cabra.

Foletta le pasa el expediente.

—¿Qué le sucedió a la madre?

—Murió de cáncer de páncreas cuando la familia estaba viviendo en Perú. Por alguna razón, su muerte todavía lo atormenta; una o dos veces al mes se despierta gritando. Sufre de tremendos terrores nocturnos.

—¿Qué edad tenía Mick cuando falleció su madre?

—Doce.

—¿Tiene alguna idea de por qué su muerte lo sigue traumatizando tanto?

—No. Mick se niega a hablar de eso. —Foletta se revuelve en su pequeño sillón, incapaz de encontrar una postura cómoda—. La verdad, interna Vázquez, es que yo no le gusto mucho a Michael Gabriel.

—¿Neurosis de transferencia?

—No. Mick y yo nunca hemos tenido ese tipo de relación médico-paciente. Yo me he convertido en su carcelero, en parte de su paranoia. Sin duda, en cierta medida tiene su origen en sus primeros años de residencia. A Mick le costó mucho adaptarse al confinamiento. Una semana antes de su evaluación semestral, atacó a uno de nuestros guardias: le partió los dos brazos y lo pateó repetidamente en el escroto. Le causó tal destrozo que fue necesario extirparle quirúrgicamente los dos testículos. Si quiere, ahí por el expediente hay una foto de...

—No, gracias.

—Como castigo por esa agresión, Mick pasó la mayor parte de los últimos diez años confinado en solitario.

—Eso es un poco severo, ¿no cree?

—En el lugar del que vengo yo, no lo es. Mick es mucho más inteligente que los hombres que contratamos para que lo vigilen. Lo mejor para todos es mantenerlo aislado.

—¿Se le permitirá participar en actividades de grupo?

—Aquí tienen normas muy estrictas respecto de la integración de los residentes, pero por el momento la respuesta es no.

Dominique contempla de nuevo las fotos Polaroid.

—¿Tengo que preocuparme mucho de que este tipo pueda agredirme?

—En nuestra profesión, interna, siempre hay que preocuparse. ¿Que si Mick Gabriel puede agredirla? Siempre. ¿Creo yo que la agredirá? Lo dudo. Los diez últimos años no han sido agradables para él.

—¿Se le permitirá alguna vez volver a entrar en la sociedad?

Foletta mueve la cabeza en un gesto negativo.

—Nunca. En el recorrido de la vida, para Michael Gabriel ésta es la última parada. Jamás será capaz de hacer frente a los rigores de la sociedad. Mick tiene miedo.

—¿Miedo de qué?

—De su propia esquizofrenia. Mick afirma que siente la presencia del mal, que va haciéndose más fuerte, que va alimentándose del odio y la violencia de la sociedad. Su fobia alcanza un punto máximo cada vez que aparece otro crío que agarra la pistola de su padre y se pone a pegar tiros en el instituto. Esa clase de cosas lo ponen furioso.

—A mí también me ponen furiosa.

—No es lo mismo. Mick se vuelve un tigre.

—¿Está recibiendo medicación?

—Le damos Zyprexa dos veces al día. Consigue quitarle las ganas de pelea.

—¿Y qué quiere que haga yo con él?

—Las leyes del Estado requieren que reciba terapia. Aproveche la oportunidad para adquirir experiencia útil.

«Está ocultando algo.»

—Agradezco la oportunidad, doctor, pero ¿por qué yo?

Foletta se apoya en la mesa y se pone en pie haciéndola crujir con su peso.

—Como director de este centro, podría interpretarse como un conflicto de intereses que yo fuera la única persona que lo está tratando.

—Pero ¿por qué no asignarle un equipo entero que...?

—No. —Foletta empieza a perder la paciencia—. Michael Gabriel sigue siendo paciente mío, y seré yo quien determine qué clase de terapia es la que más le conviene, no un consejo de administración. Lo que pronto descubrirá usted solita es que Mick es un poco un artista de pega: muy listo, muy convincente hablando y muy inteligente. Su cociente intelectual ronda el 160.

—Eso es más bien infrecuente en un esquizofrénico, ¿no?

—Infrecuente, pero no desconocido. A lo que quiero llegar es que con un asistente social o con un especialista en rehabilitación no haría otra cosa que jugar. Hace falta una persona con la formación que posee usted para no dejarse engañar por él.

—Bueno, ¿y cuándo voy a conocerlo?

—Ahora mismo. Van a trasladarlo a una sala de aislamiento para que yo pueda observar el primer encuentro entre ambos. Esta mañana le he hablado de usted. Está deseando hablar con usted. Tenga cuidado.

Las cuatro plantas superiores del centro, denominadas unidades por el personal de SFETC, albergan cada una a cuarenta y ocho residentes. Las unidades se dividen en alas norte y sur, y cada ala contiene tres secciones. Una sección consta de una pequeña sala de descanso con sofás y una televisión, en el centro de ocho dormitorios privados. Cada planta cuenta con su propio puesto de enfermeras y de seguridad. No hay ventanas.

Foletta y Dominique toman el ascensor de personal hasta la planta séptima. Un guardia de seguridad afroamericano está hablando con una de las enfermeras del puesto central. La sala de aislamiento se encuentra a su izquierda.

El director saluda al guardia y a continuación le presenta a la nueva interna. Marvis Jones es un tipo de cuarenta y muchos años, con unos ojos castaños y bondadosos que irradian seguridad ganada a base de experiencia. Dominique se fija en que va desarmado. Foletta explica que en las plantas de los residentes no se permite llevar armas en ningún momento.

Marvis los conduce por el puesto central hasta un cristal de seguridad unidireccional que da a la sala de aislamiento.

Michael Gabriel está sentado en el suelo, apoyado contra la pared del fondo, de cara a la ventana. Va vestido con una camiseta blanca y pantalones a juego; parece disfrutar de una forma física sorprendente, la parte superior de su cuerpo se ve bien definida. Es alto, casi uno noventa, y pesa cien kilos. Su cabello es de color castaño oscuro, más bien largo y rizado en las puntas. Posee un rostro agradable y bien afeitado. Tiene una cicatriz de siete centímetros que le cruza el lado derecho de la mandíbula, cerca de la oreja. Sus ojos están fijos en el suelo.

—Es guapo.

—También lo era Ted Bundy —replica Foletta—. Estaré observándola desde aquí. Estoy seguro de que Michael se mostrará encantador, deseará impresionarla. Cuando yo considere que ya es suficiente, haré que entre la enfermera para darle la medicación.

—De acuerdo. —Le tiembla la voz. «Relájate, maldita sea.»

Foletta sonríe.

—¿Está nerviosa?

—No, sólo un poco emocionada.

Dominique sale del puesto y le indica a Marvis con una seña que abra la cerradura de la sala de aislamiento. Se abre la puerta, y ello anima a las mariposas que tiene en el estómago a que levanten el vuelo. Hace una pausa lo bastante larga para permitir que se le calme un poco el pulso y entra. La recorre un escalofrío cuando oye el chasquido de la puerta al sellarse a su espalda.

La sala de aislamiento mide tres metros y medio por seis. Justo enfrente de ella hay una cama de hierro atornillada al suelo y a la pared, con una delgada almohadilla que hace las veces de colchón. Frente a la cama hay una solitaria silla, también atornillada al suelo. En la pared de la derecha hay un cristal ahumado: la ventana de observación, nada disimulada. La sala huele a antiséptico.

Mick Gabriel se ha puesto de pie y tiene la cabeza ligeramente inclinada, de modo que ella no puede verle los ojos.

Dominique extiende una mano y esboza una sonrisa forzada.

—Dominique Vázquez.

Mick levanta la vista y deja ver unos ojos animalescos, de un negro tan intenso que resulta imposible distinguir dónde termina la pupila y dónde empieza el iris.

—Dominique Vázquez. Dominique Vázquez. —El residente pronuncia cada sílaba con esmero, como si quisiera grabársela en la memoria—. Resulta muy agradable que...

De pronto desaparece la sonrisa, una expresión falsa que se queda en blanco.

Dominique siente cómo le retumba el corazón en los oídos. «Conserva la calma. No te muevas.»

Mick cierra los ojos. Le está ocurriendo algo inesperado. Dominique advierte que su mandíbula se alza ligeramente y deja ver la cicatriz. Las aletas de su nariz se agitan como las de un animal que observa a su presa.

—¿Permite que me acerque un poco más?

Han sido palabras pronunciadas con suavidad, casi en un

susurro. Dominique percibe que se resquebraja la contención emocional que hay detrás de esa voz.

Dominique reprime el impulso de girarse hacia el cristal ahumado.

Los ojos se abren de nuevo.

—Le juro por el alma de mi madre que no le haré ningún daño.

«Vigila sus manos. Si te ataca, clávale la rodilla donde más duele.»

—Sí puede acercarse un poco más, pero nada de movimientos bruscos, ¿de acuerdo? El doctor Foletta lo está viendo todo.

Mick da dos pasos al frente y se queda a medio brazo de distancia. Inclina el rostro hacia delante, con los ojos cerrados, inhalando, como si la cara de ella fuera una exquisita botella de vino.

La presencia de aquel hombre está haciendo que a Dominique se le ponga de punta el vello de los brazos. Observa cómo se relajan los músculos de su cara al tiempo que su mente abandona la sala. Detrás de esos ojos cerrados empiezan a formarse lágrimas. Se escapan unas pocas que bajan rodando por las mejillas.

Por un breve instante, el instinto maternal consigue bajar sus defensas. «¿Estará fingiendo?» Sus músculos se ponen nuevamente en tensión.

Mick abre los ojos, que ahora son dos estanques negros. La intensidad animal ha desaparecido.

—Gracias. Creo que mi madre usaba el mismo perfume.

Dominique da un paso atrás.

—Es Calvin Klein. ¿Le trae recuerdos felices?

—Y también otros desagradables.

El hechizo se ha roto. Mick va hacia el catre.

—¿Prefiere la cama o la silla?

—La silla está bien.

Espera a que se siente ella primero, y a continuación se coloca en el borde del catre para poder recostarse contra la pared. Mick se mueve igual que un atleta.

—Por lo que se ve, se las ha arreglado para mantenerse en forma.

—Vivir en solitario permite eso, si uno es lo bastante disciplinado. Todos los días hago mil flexiones y abdominales. —Dominique se siente absorbida por sus ojos—. Usted también tiene pinta de hacer ejercicio.

—Lo intento.

—Vázquez. ¿Es con ese o con zeta?

—Con zeta.

—¿De Puerto Rico?

—Sí. Mi... padre biológico se crió en Arecibo.

—El emplazamiento del radiotelescopio más grande del mundo. Pero tiene acento de Guatemala.

—Me crié en ese país. —«Está controlando él la conversación»—. Deduzco que ha estado usted en Centroamérica.

—He estado en muchos lugares. —Mick cruza los tobillos en la postura del loto—. Así que se crió en Guatemala. ¿Y cómo terminó viniendo a esta gran tierra de oportunidades?

—Mis padres murieron cuando era pequeña. Me enviaron a vivir con un primo de Florida. Ahora hablemos de usted.

—Ha dicho su padre biológico. Le ha parecido importante señalar la diferencia. ¿Quién es el hombre al que usted considera su verdadero padre?

—Isadore Axler. Su esposa y él me adoptaron. Cuando dejé de vivir con mis primos pasé una temporada en un orfanato. Iz y Edith Axler son unas personas maravillosas. Los dos son biólogos marinos. Manejan una estación SOSUS en la isla de Sanibel.

—¿SOSUS?

—Es un sistema de vigilancia sónica subacuática, una red global de micrófonos submarinos. La Marina se sirvió de varios de esos sistemas durante la guerra fría para detectar submarinos enemigos. Los biólogos se apoderaron después del sistema y lo utilizan para escuchar la vida en el mar. De hecho, es lo bastante sensible como para captar bancos de ballenas a cientos de miles de kilómetros...

Los ojos penetrantes que la miran la hacen interrumpirse.

—¿Por qué abandonó a su primo? Debió de ocurrirle algo traumático para ir a parar a un orfanato.

«Éste es peor que Foletta.»

—Mick, si estoy aquí es para hablar de usted.

—Sí, pero puede que yo también haya tenido una infancia traumática. Puede que su historia me sirva de ayuda.

—Lo dudo. Todo salió bien. Los Axler me devolvieron mi infancia, y yo...

—Pero no su inocencia.

Dominique siente que la sangre huye de su rostro.

—Está bien, ahora que ya hemos establecido que posee usted una memoria sorprendente, veamos si es capaz de concentrar ese asombroso cociente intelectual en usted mismo.

—¿Quiere decir, para que usted pueda ayudarme?

—Para que podamos ayudarnos el uno al otro.

—Todavía no ha leído mi expediente, ¿verdad?

—No, todavía no.

—¿Sabe por qué el doctor Foletta le ha asignado mi caso?

—¿Por qué no me lo dice usted?

Mick se mira las manos, pensando la respuesta.

—Hay un estudio escrito por Rosenhan. ¿Lo ha leído?

—No.

—¿Le importaría leerlo antes de nuestra próxima entrevista? Estoy seguro de que el doctor Foletta debe de tener una copia guardada en una de esas cajas de cartón que él llama sistema de archivo.

Dominique sonríe.

—Si es importante para usted, lo leeré.

—Gracias. —Mick se inclina hacia delante—. Me gusta usted, Dominique. ¿Sabe por qué me gusta?

—No.

Las bombillas fluorescentes bailan como la luna en sus ojos.

—Me gusta porque no tiene el cerebro institucionalizado. Sigue siendo fresca, y eso es importante para mí, porque de verdad que deseo confiarme a usted, pero no puedo, y menos en esta sala, con Foletta mirando. Y además pienso que es posible que usted comprenda algunos de los malos tragos por los que he pasado. Por eso me gustaría hablar con usted de un montón de cosas, cosas muy importantes. ¿Cree que la próxima vez podremos conversar en privado? ¿Tal vez en el jardín?

—Se lo preguntaré al doctor Foletta.

—De paso recuérdele las normas del centro. Y pídale que le dé el diario de mi padre. Si usted va a ser mi terapeuta, opino que es de vital importancia que lo lea. ¿Le importaría hacerme ese favor?

—Será un honor leerlo.

—Gracias. ¿Lo leerá pronto, quizá durante el fin de semana? Odio darle trabajo para casa, teniendo en cuenta que éste es su primer día y todo eso, pero es de vital importancia que lo lea enseguida.

En ese momento se abre la puerta y pasa la enfermera. El guardia espera fuera, vigilando la entrada.

—Es la hora de su medicación, señor Gabriel. —Le entrega el vasito de papel con agua y a continuación la píldora blanca.

—Mick, tengo que irme. Ha sido agradable conocerlo. Haré lo posible por venir el lunes con los deberes hechos, ¿de acuerdo?

Se levanta con la intención de marcharse.

Mick está con la vista fija en la píldora.

—Dominique, sus parientes por parte de madre son mayas quichés, ¿verdad?

—¿Mayas? No... no lo sé. —«Sabe que estás mintiendo.»— Quiero decir, es posible. Mis padres murieron cuando yo era muy...

De repente los ojos la miran, y el efecto la desarma.

—Cuatro *Ahau*, tres *Kankin*. Usted sabe qué día es ése, ¿no es así, Dominique?

«Oh, mierda...»

—En fin... hasta pronto.

Dominique pasa por delante del guardia y sale de la sala.

Michael Gabriel se coloca la píldora en la boca con sumo cuidado. Apura el vaso de agua y acto seguido lo arruga en la palma de la mano izquierda. Abre la boca para que la enfermera introduzca el depresor de lengua y la linterna de bolsillo a fin de verificar que se ha tragado la medicina.

—Gracias, señor Gabriel. Dentro de unos minutos el guardia lo acompañará de nuevo a su habitación.

Mick se queda en el catre hasta que la enfermera ha cerrado la puerta. Entonces se pone de pie, regresa a la pared del fondo, de espaldas a la ventana, y con toda naturalidad recupera la píldora blanca del interior del vaso arrugado que sostiene en la mano izquierda y la desliza hasta la palma. A continuación vuelve a adoptar la postura del loto en el suelo y arroja el vaso arrugado sobre la cama al tiempo que introduce la píldora blanca en el zapato.

Se librará convenientemente del Zyprexa en el retrete, cuando regrese a su celda privada.

Capítulo 2

•

El secretario de Estado Pierre Borgia contempla su imagen en el espejo del cuarto de baño. Se ajusta el parche sobre la cuenca del ojo derecho y acto seguido se alisa los cortos mechones de cabello gris que le crecen a ambos lados de la cabeza, por lo demás casi calva. El traje negro y la corbata a juego se ven tan inmaculados como de costumbre.

Borgia sale del cuarto de baño ejecutivo y gira a la derecha para, tras saludar con una breve inclinación de cabeza a unos miembros del personal, echar a andar por el pasillo que lleva al Despacho Oval.

Patsy Goodman levanta la vista de su teclado.

—Entre. Está esperando.

Borgia asiente, y luego entra.

El semblante pálido y demacrado de Mark Maller revela el desgaste de haber sido presidente durante casi cuatro años. El cabello negro azabache se ha tornado gris en las sienes; los ojos, de un azul penetrante, ahora presentan más arrugas en los bordes; no obstante, la constitución de este hombre de cincuenta y dos años, si bien ha adelgazado, sigue siendo corpulenta.

Borgia le dice que da la impresión de haber perdido peso.

Maller hace una mueca.

—La llaman la dieta del estrés de Viktor Grozny. ¿Has leído el informe de la CIA de esta mañana?

—Todavía no. ¿Qué ha hecho esta vez el nuevo presidente de Rusia?

—Ha convocado una cumbre entre dirigentes militares de China, Corea del Norte, Irán y la India.

—¿Con qué propósito?

—Con el de llevar a cabo un ejercicio conjunto de fuerza nuclear disuasoria, como reacción a nuestras últimas pruebas en relación con el Escudo de Defensa anti-Misiles.

—Gronzy está fanfarroneando otra vez. Todavía echa humo por la cancelación por parte del FMI de ese paquete de préstamo de veinte mil millones de dólares.

—Sea cual sea el motivo, está consiguiendo provocar en Asia una paranoia por el tema nuclear.

—Mark, el Consejo de Seguridad se reúne esta tarde, así que estoy seguro de que no me has hecho venir sólo para hablar de asuntos exteriores.

Maller afirma con la cabeza y apura su tercera taza de café.

—Jeb ha decidido dimitir del cargo de vicepresidente. No preguntes. Digamos que se debe a motivos personales.

A Borgia le da un vuelco el corazón.

—Cielos, las elecciones son dentro de menos de dos meses...

—Ya he celebrado una reunión informal con las autoridades oportunas. La cosa está entre tú y Ennis Chaney.

«Caramba...»

—¿Has hablado ya con él?

—No. He pensado que antes debía informarte a ti de ello.

Borgia se encoge de hombros, sonriendo intranquilo.

—El senador Chaney es una buena persona, pero no puede compararse conmigo en lo que se refiere a asuntos exteriores. Y además mi familia todavía ejerce mucha influencia...

—No tanta como crees tú, y las encuestas demuestran que a la mayoría de los norteamericanos no les interesa que China se esté armando militarmente. Perciben que el Escudo de Defensa anti-Misiles es lo único que importa de la guerra nuclear.

—En ese caso, permíteme que sea franco. ¿De verdad piensa el Comité Nacional Republicano que el país está preparado para tener un vicepresidente afroamericano?

—Las elecciones van a ser reñidas. Acuérdate de lo que Lieberman hizo por Gore. Chaney nos daría el punto de apoyo que tanto necesitamos en Pensilvania y en el sur. Relájate, Pierre; no se va a tomar ninguna decisión por lo menos hasta dentro de otros treinta o cuarenta y cinco días.

—Eso es muy acertado. Le dará tiempo a la prensa para hacernos pedazos.

—¿Tienes algún esqueleto en el armario del que tengamos que preocuparnos?

—Estoy seguro de que, mientras tú y yo hablamos, tu gente ya está estudiando eso. Mark, sé sincero conmigo: ¿tiene posibilidades Chaney?

—Las encuestas de opinión demuestran que la popularidad de Chaney aumenta tanto en las filas del partido como en las raciales. Es un hombre con los pies en el suelo. El público se fía de él más que de Colin Powell.

—No confundas la confianza con la cualificación. —Borgia se levanta y se pone a pasear—. Las encuestas también demuestran que a los norteamericanos los preocupa el hundimiento de la economía rusa y cómo va a afectar eso al mercado europeo.

—Pierre, cálmate. En cuarenta y cinco días pueden suceder muchas cosas.

Borgia lanza un suspiro.

—Perdona, presidente. El mero hecho de que se piense en mí para ese cargo ya constituye un gran honor. Oye, he de irme, tengo una reunión con el general Fecondo antes de lo de esta tarde.

Borgia estrecha la mano de su amigo y a continuación se encamina hacia la puerta camuflada. Antes de salir se da la vuelta.

—Mark, ¿tienes algún consejo que darme?

El presidente suspira.

—No sé. Heidi ha mencionado algo en el desayuno. ¿Has pensado alguna vez en cambiarte ese parche por un ojo de cristal?

Cuando Dominique sale del vestíbulo del centro de tratamiento, el calor del verano de Florida le da de lleno en la cara. A lo lejos estalla un relámpago contra un cielo encapotado. Dominique se pasa el libro forrado de cuero de la mano derecha a la izquierda y presiona con el dedo pulgar la cerradura sin llave para desbloquear la portezuela de su coche recién estrenado, un descapotable negro Pronto Spyder, un temprano regalo de graduación de Edie e Iz. Deja el libro en el asiento del pasajero, se abrocha el cinturón de seguridad y coloca el pulgar sobre la almohadilla de ignición, notando la leve molestia del pinchazo microscópico.

El ordenador del salpicadero cobra vida de pronto y muestra el siguiente mensaje:

Activando secuencia de ignición.
Identificación verificada. Sistema antirrobo desactivado.

A continuación siente el ya familiar chasquido doble del eje del volante al desbloquearse.

Comprobando nivel de alcohol en sangre. Por favor, espere...

Dominique reclina la cabeza contra el asiento de cuero mientras contempla cómo los primeros goterones de lluvia repiquetean sobre la capota de plástico polietileno tereftalato de su deportivo. La paciencia es un requisito de las nuevas prestaciones de seguridad en el encendido, pero sabe que esos tres minutos de más bien merecen la pena. La conducción con un alto nivel de alcoholemia se ha convertido en la primera causa de muerte en Estados Unidos. En el otoño del año próximo, todos los vehículos deberán llevar instalado un dispositivo para el control de la alcoholemia.

El encendido se activa.

Nivel de alcohol en sangre aceptable.
Por favor, conduzca con cuidado.

Dominique ajusta el aire acondicionado y seguidamente pulsa el botón de encendido del reproductor digital de CD. El procesador informático incorporado reacciona a las inflexiones en el tono de voz o al tacto para interpretar el estado de ánimo del conductor, y así seleccionar la música apropiada entre cientos de opciones programadas previamente.

En los altavoces de sonido envolvente comienza a sonar el fuerte bajo del último álbum de los Rolling Stones, *Past Our Prime*.[1] Dominique da marcha atrás para salir del aparcamiento de visitas y emprende el trayecto de cuarenta y cinco minutos que la espera hasta llegar a casa.

No resultó fácil convencer al doctor Foletta de que se desprendiera del diario de Julius Gabriel. Su objeción inicial fue que el trabajo del finado arqueólogo había sido patrocinado tanto por la Universidad de Harvard como por la de Cambridge, y que, legalmente, sería necesario obtener la autorización por escrito de los departamentos de becas de ambas universidades antes de entregarle a ella cualquier tipo de documentos de investigación. Dominique replicó diciendo que necesitaba tener acceso a dicho diario, no sólo para realizar correctamente su trabajo, sino también para ganarse la confianza de Michael Gabriel. Una tarde entera de llamadas telefónicas a los jefes de

---

1. Aproximadamente, «ya quedó atrás nuestro mejor momento». *(N. de la T.)*

departamento de Harvard y de Cambridge confirmó que dicho diario era más un recuerdo que un documento científico y que Dominique podía hacer uso de él como quisiera, siempre que no difundiera ninguna información. Foletta accedió por fin, y al final del día sacó el diario, un libro de cinco centímetros de grosor, que entregó a Dominique tan sólo cuando ésta le firmó un documento de cuatro páginas en el que se comprometía a no divulgar la información contenida en el mismo.

Para cuando Dominique entra en el oscuro garaje del rascacielos Hollywood Beach, ya ha dejado de llover. Desactiva el motor del automóvil y se queda mirando una imagen fantasmagórica que aparece en el visor inteligente del parabrisas. La imagen que proporciona la cámara de infrarrojos que va montada en la parte delantera del radiador del deportivo confirma que el garaje se encuentra vacío.

Dominique sonríe al pensar en su propia paranoia. Toma el anticuado ascensor hasta el quinto piso y sostiene la puerta abierta para que puedan entrar la señora Jenkins y su miniatura de caniche.

El piso de un solo dormitorio que era propiedad de sus padres adoptivos se encuentra al final del pasillo, la última puerta de la derecha. Cuando está introduciendo el código de seguridad, se abre la puerta que tiene a su espalda.

—Dominique, ¿qué tal tu primer día de trabajo?

El rabino Richard Steinberg la abraza con una cálida sonrisa que asoma por detrás de una barba castaño rojiza veteada de gris. Steinberg y su mujer, Mindy, son amigos íntimos de sus padres. Dominique los conoce desde que la adoptaron, hace casi veinte años.

—Mentalmente agotador. Me parece que me voy a saltar la cena y a darme un baño caliente.

—Oye, Mindy y yo quisiéramos que vinieras a cenar la semana que viene. ¿Te parece bien el martes?

—Sin problemas. Gracias.

—Bien, bien. Oye, ayer hablé con Iz. ¿Sabías que tu madre y él están pensando en venir a pasar los Días Santos?

—No, no sabía que...

—Bueno, tengo que irme corriendo, no puedo llegar tarde al Sabbat. Ya te llamaremos la semana próxima.

Dominique se despide de él con la mano y observa cómo corre por el pasillo. Le gustan Steinberg y su esposa, los considera personas cálidas y auténticas. Sabe que Iz les ha pedido que cuiden de ella con cariño paternal.

Dominique entra en el apartamento y abre las puertas del balcón para dejar que penetre la brisa del mar y llene el aire rancio de la habitación con una ráfaga de aroma a sal. El chubasco de esa tarde ha ahuyentado a la mayoría de los aficionados a la playa, y por entre las nubes se filtran los últimos rayos de sol prestando un resplandor carmesí al color del agua.

Es su hora preferida del día, una hora para dedicarla a la soledad. Estudia la posibilidad de darse un paseo tranquilo por la playa, pero enseguida cambia de idea. Se sirve una copa de vino de una botella abierta que tiene en la nevera, se quita los zapatos en un par de patadas y regresa al balcón. Deposita la copa sobre una mesa de plástico junto con el diario forrado de cuero y se tiende en la tumbona para estirarse sobre la blanda colchoneta.

El insistente mantra del oleaje enseguida empieza a surtir efecto. Bebe el vino despacio, con los ojos cerrados, y su mente regresa otra vez al encuentro con Michael Gabriel.

Cuatro *Ahau*, tres *Kankin*. Dominique no había oído esas palabras desde que era pequeña.

Los pensamientos van transformándose en un sueño. Está de nuevo en las tierras altas de Guatemala, con seis años, y a su lado se encuentra su abuela materna. Ambas están de rodillas, trabajando en la recolección de cebollas bajo el sol de las primeras horas de la tarde. Desde el lago Atitlán sopla una brisa fresca, el xocomil. La pequeña escucha atentamente la voz áspera de la anciana. «El calendario nos fue legado por nuestros antepasados olmecas, cuya sabiduría procedía de nuestro maestro, el gran Kukulcán. Mucho antes de que los españoles invadieran nuestra tierra, el gran maestro nos dejó advertencias de desastres que estaban por venir. Cuatro *Ahau*, tres *Kankin*, el último día del calendario maya. Ten mucho cuidado con ese día, mi pequeña. Cuando llegue el momento, debes hacer el viaje a casa, pues el Popol Vuh dice que sólo aquí podremos ser devueltos a la vida.»

Dominique abre los ojos y contempla el negro océano. Bajo la luz de la luna, parcialmente cubierta, se distinguen las crestas de alabastro que forma la espuma.

Cuatro *Ahau*, tres *Kankin*: el 21 de diciembre de 2012.

El día del juicio final profetizado para la humanidad.

Diario de Julius Gabriel

24 de agosto de 2000

Mi nombre es profesor Julius Gabriel.

Soy arqueólogo, un científico que estudia las reliquias del pasado a fin de comprender las culturas antiguas. Hago uso de las pruebas que nos han dejado nuestros ancestros para formular hipótesis y teorías. Investigo a través de miles de años de mitos en busca de vetas únicas de verdad.

A lo largo de los tiempos, los científicos como yo han descubierto con gran sufrimiento que el miedo del ser humano a menudo suprime la verdad. Etiquetada de herejía, su mero aliento es ahogado hasta que la Iglesia y el Estado, jueces y jurados, son capaces de dejar a un lado sus miedos y aceptar lo que es real.

Yo soy un científico, no un político. No tengo interés en presentar teorías respaldadas por varios años de pruebas a un grupo de eruditos que se han nombrado a sí mismos para que puedan votar cuál puede ser una verdad aceptable o inaceptable acerca del destino de la humanidad. Lo que sea la verdad no tiene nada que ver con el proceso democrático. Como informador investigador, tan sólo me interesa lo que ha sucedido de verdad y lo que puede suceder en el futuro. Y si la verdad resulta ser tan increíble que se me tacha de hereje, pues que así sea.

Después de todo, estoy en buena compañía: Darwin fue un hereje; y Galileo antes que él; hace cuatrocientos años.

Giordano Bruno fue quemado en la hoguera porque insistió en que existían otros mundos además del nuestro.

Al igual que Giordano Bruno, para cuando llegue el amargo fin de la humanidad yo llevaré mucho tiempo muerto. *Aquí yace Julius Gabriel, víctima de un corazón enfermo.* Mi médico me insta a ponerme bajo su cuidado, me advierte de que mi corazón es como una bomba de relojería que puede explotar en cualquier momento. Pues que explote, le digo yo. Este inservible corazón no me ha dado más que disgustos desde que se rompió hace once años, cuando perdí a mi amada esposa.

Éstas son mis memorias, el compendio de un viaje que comenzó hace aproximadamente treinta y dos años. Mi propósito al resumir esta información es doble. Por una parte, la índole de esta investigación es tan polémica y sus ramificaciones tan terribles, que ahora comprendo que la comunidad científica hará todo lo que esté en su poder para sofocar, aplastar y negar la verdad acerca del destino del hombre. Por otra parte, sé que entre las masas hay individuos que, como mi propio hijo, preferirían luchar antes que quedarse pasivos conforme va acercándose el fin. A vosotros, mis «guerreros de la salvación», os lego este diario, y así os paso el testigo de la esperanza. Varias décadas de esfuerzo y desgracias se ocultan en estas páginas, este fragmento de la historia del hombre, extraído de eones de piedra caliza. El destino de nuestra especie se encuentra ahora en las manos de mi hijo, y tal vez en las vuestras. Como mínimo, ya no formaréis parte de la mayoría que Michael llama «los inocentes ignorantes». Rezad para que hombres como mi hijo sepan resolver el antiguo acertijo maya.

Y después rezad por vosotros mismos.

Se dice que el miedo a la muerte es peor que la muerte en sí. Yo estoy convencido de que peor aún es presenciar la muerte de un ser querido. Haber visto cómo escapaba la vida del cuerpo de mi alma gemela ante mis propios ojos, haber sentido cómo se enfriaba en mis brazos, es demasiada desesperación para que un corazón pueda soportarla. Hay veces en las que de hecho me siento agradecido de estar muriéndome, porque no puedo imaginar siquiera la angustia de presenciar cómo sufre una población entera sumida en el holocausto planetario que está por llegar.

A aquellos de vosotros que os mofáis de mis palabras, os lo advierto: el día del juicio se acerca rápidamente, y el hecho de ignorarlo no hará nada por cambiar el resultado final.

Hoy me encuentro en Harvard, organizando estos extractos mientras espero mi turno para subir al estrado. Es mucho lo que implica mi discurso, son muchas vidas. Mi mayor preocupación es que los egos de mis colegas sean demasiado grandes para permitirles escuchar mis hallazgos con la mente abierta. Si se me diera la oportunidad de presentar los datos, sé que puedo apelar a ellos como científicos. Si caigo en el ridículo, me temo que todo estará perdido.

Miedo. No me cabe duda del efecto motivador que ejerce en mí esa emoción en estos momentos, pero no fue el miedo lo que me impulsó a realizar el viaje aquel fatídico día de mayo de 1969, sino el deseo de fama y fortuna. En aquel entonces yo era joven e inmortal, y todavía estaba rebosante de seguridad y de energía, pues acababa de obtener mi título de doctorado con sobresaliente en la Universidad de Cambridge. Mientras el resto de mis colegas estaban ocupados en protestar contra la guerra de Vietnam, hacer el amor y luchar por la igualdad, yo partí de viaje con la herencia de mi padre, acompañado de dos arqueólogos y compañeros: mi (antiguo) amigo íntimo Pierre Borgia y la deslumbrante Maria Rosen. Nuestro objetivo era desvelar el gran misterio que rodeaba al calendario maya y a su profecía del juicio final que habría de cumplirse en el plazo de dos mil quinientos años.

¿Que no te suena de nada la profecía del calendario maya? No me sorprende. En la actualidad, ¿quién dispone de tiempo para preocuparse por un oráculo de muerte que tiene su origen en una antigua civilización de Centroamérica?

Dentro de once años, cuando tú y tus seres queridos estéis retorciéndoos en el suelo, intentando aspirar vuestra última bocanada de aire, vuestras vidas pasando raudas por delante de vuestros ojos, es muy posible que deseéis haber buscado tiempo para ello.

Voy a darte incluso la fecha de vuestra muerte: el 21 de diciembre del año 2012.

Ya está, quedas avisado oficialmente. Ahora puedes actuar, o bien enterrar la cabeza en la arena de la ignorancia al igual que el resto de mis colegas.

Naturalmente, es fácil que los humanos racionales desechen la profecía del juicio final del calendario maya por considerarla una tonta superstición. Todavía recuerdo la reacción de mi profesor cuando se enteró de en qué campo pensaba especializarme: «Estás perdiendo el tiempo, Julius. Los mayas eran paganos, una panda de salvajes de la selva que creían en los sacrificios humanos. Por el amor de Dios, si ni siquiera dominaban la rueda...».

Mi profesor estaba acertado y equivocado a la vez, y ésta es la paradoja, porque si bien es cierto que los antiguos mayas apenas comprendieron la importancia de la rueda, en cambio consiguieron alcanzar unos conocimientos muy avanzados de astronomía, arquitectura y matemáticas que, en muchos sentidos, rivaliza e incluso supera a los nuestros. En términos adecuados para un profano en la materia, los mayas fueron el equivalente de un niño de cuatro años que dominase la *Sonata Claro de Luna* de Beethoven al piano y en cambio todavía no supiera tocar las notas de *Quinto, levanta*.

Estoy seguro de que te va a costar trabajo creerlo, a la mayoría de las personas que se proclaman «cultas» les ocurre lo mismo. Pero las pruebas son abrumadoras. Y eso fue lo que me empujó a embarcarme en aquel viaje, pues limitarme a hacer caso omiso del caudal de conocimientos de ese calendario a causa de su inimaginable profecía del juicio final habría sido un delito tan grande como desechar de forma sumaria la teoría de la relatividad porque Einstein trabajó durante una época como empleado de oficina.

Y bien, ¿qué es el calendario maya?

He aquí una breve explicación:

Si yo te pidiera que describieras la función de un calendario, tu primera reacción sería seguramente describirlo como un útil para llevar la cuenta de tus compromisos semanales o mensuales. Demos un paso más allá de esta perspectiva un tanto limitada y veamos el calendario como lo que es en realidad: una herramienta diseñada para determinar (con la máxima precisión posible) la órbita que traza la Tierra en un año alrededor del Sol.

Nuestro moderno calendario occidental fue introducido en Europa en 1582. Se basaba en el calendario gregoriano, que calculó que la duración de la órbita de la Tierra alrededor del Sol era de 365,25 días. Dicho cálculo incorporaba un pequeñísimo error de 0,0003 de día al año, algo bastante impresionante para los científicos del siglo XVI.

Los mayas heredaron su calendario de sus predecesores, los olmecas, un pueblo misterioso cuyos orígenes se remontan unos tres milenios. Imagina por un momento que estás viviendo hace miles de años. No existen televisiones ni radios, ni teléfonos, ni relojes, y tu trabajo consiste en elaborar un mapa de las estrellas para determinar el paso del tiempo haciéndolo coincidir con una órbita planetaria. Pues bien, los olmecas, sin la ayuda de instrumentos de precisión, calcularon que el año solar duraba 365,2420 días, incluido un error, todavía más pequeño, de un 0,0002 de día.

Permíteme que lo exprese de otra manera para que puedas comprender las implicaciones: ¡el calendario maya de tres mil años de antigüedad es una diezmilésima de día más exacto que el calendario que se utiliza en el mundo en la actualidad!

Y aún hay más. El calendario solar de los mayas no es más que una parte de un sistema de tres calendarios. Existe un segundo calendario, el «calendario ceremonial», que discurre al mismo tiempo y que consta de veinte meses de trece días. El tercero, el «calendario de Venus» o «Recuento Largo», se basaba en la órbita del planeta Venus. Al combinar esos tres calendarios en uno solo, los mayas lograron predecir acontecimientos celestes a lo largo de grandes períodos de tiempo, no sólo en miles sino también en millones de años. (Existe un monumento mesoamericano en particular que contiene una inscripción referida a un período de tiempo que se remonta a cuatrocientos millones de años.)

¿Te vas sintiendo un poco más impresionado?

Los mayas creían en los Grandes Ciclos, períodos de tiempo que registraban las creaciones y destrucciones del mundo de que había constancia. El calendario daba cuenta de los cinco Grandes Ciclos o Soles de la Tierra. El último ciclo, el actual, dio comienzo el cuatro *Ahau* ocho *Cumku*, una fecha que corresponde al 11 de agosto de 3114 a.C., considerado por los mayas el momento en que nació el planeta Venus. Está previsto que este Gran Ciclo finalice con la destrucción de la humanidad el cuatro *Ahau* tres *Kankin*, fecha establecida en el 21 de diciembre del año 2012, el día del solsticio de invierno.

El Día de los Muertos.

¿Hasta qué punto estaban convencidos los mayas de que su profecía era cierta? Tras la desaparición de su gran maestro, Kukulcán, los mayas empezaron a practicar rituales bárbaros que incluían sacrificios humanos en los que arrancaban el corazón a decenas de miles de hombres, mujeres y niños.

El mayor sacrificio de todos, y todo para prevenir el fin de la humanidad.

No estoy pidiéndote que recurras a remedios tan disparatados, tan sólo te pido que abras la mente. Lo que no conoces puede afectarte, lo que te niegas a ver puede matarte. Hay misterios que nos rodean y cuyo origen no podemos ni imaginar, y aun así debemos hacerlo. Las pirámides de Giza y Teotihuacán, los templos de Angkor en Camboya, Stonehenge, el increíble mensaje inscrito en el desierto de Nazca, y sobre todo la pirámide de Kukulcán en Chichén Itzá. Todos estos emplazamientos antiguos, todas estas maravillas, magníficas e inexplicables, no fueron diseñadas como atracciones turísticas, sino como piezas de un desconcertante rompecabezas que puede impedir la aniquilación de nuestra especie.

Mi viaje por la vida está a punto de terminar. Dejo estas memorias, los puntos más destacables de las abrumadoras pruebas que he ido acumulando a lo largo de tres décadas, a mi hijo Michael y a todos los que deseen continuar mi trabajo *ad finem*, hasta el final. Aunque presento las pistas en la manera como he ido topándome con ellas, también es mi intención ofrecer un relato histórico de los hechos respetando la secuencia temporal en la que tuvieron lugar a lo largo de la historia del hombre.

Para que conste, no me da ninguna satisfacción tener razón. Para que conste, pido a Dios estar equivocado.

Pero no estoy equivocado...

Extracto del diario del profesor Julius Gabriel,
ref. Catálogo 1969-1970 de J. G., páginas 12-28

Capítulo 3

11 de septiembre de 2012
MIAMI, FLORIDA

Michael Gabriel está soñando.

Una vez más, está tumbado en el suelo, detrás del escenario de un auditorio, con la cabeza de su padre apoyada en el pecho mientras esperan a la ambulancia. Julius le hace señas a su hijo para que acerque el oído y así susurrarle un secreto que ha guardado para sí desde la muerte de su esposa, acaecida once años antes.

—*Michael... la piedra del centro.*

—*No intentes hablar, papá. Enseguida llegará la ambulancia.*

—*¡Escúchame, Michael! La piedra del centro, el marcador del juego de pelota... la cambié.*

—*No te entiendo. ¿Qué piedra?*

—*Chichén Itzá.*

Los marchitos ojos adquieren un aspecto vidrioso, y el peso del cuerpo de su padre se desploma sobre su pecho.

—*Papá... ¡PAPÁ!*

Mick se despierta bañado en sudor.

Dominique saluda a la recepcionista con un gesto desvaído de la mano y a continuación va directamente hacia el puesto principal de seguridad. El musculoso guardia de seguridad sonríe al verla acercarse, y su bigote rubio se levanta y se extiende sobre el labio superior dejando al descubierto unos dientes amarillentos.

—Vaya, buenos días, princesa. Yo soy Raymond, y apuesto a que tú eres la nueva interna.

—Dominique Vázquez. —Estrecha su mano encallecida reparando en las gotas de sudor que cubren el grueso antebrazo salpicado de pecas.

—Perdona, es que acabo de venir del gimnasio. —Raymond se seca los brazos con una toalla de mano, exagerando los movimientos a fin de exhibir su musculatura.— En noviembre voy a competir por el título de Míster Florida Regional. ¿Qué te parece, tengo posibilidades?

—Eh, claro. —«Cielos, por favor, que no empiece a posar...»

—A lo mejor podrías venir a verme competir, ya sabes, para aplaudir un poco... —Agranda un poco sus ojos color avellana claro, provistos de unas pestañas cortas y de tono ámbar.

«Sé amable.»

—¿Van a acudir muchos empleados de aquí?

—Unos cuantos, pero me cercioraré de reservarte a ti un asiento cerca del escenario. Ven un momento, princesa, tengo que hacerte una tarjeta de seguridad y tomar una imagen térmica de tu cara.

Raymond abre la puerta de seguridad de acero y la sostiene abierta para ella, flexionando los tríceps. Dominique siente que sus ojos la recorren de arriba abajo al pasar.

—Siéntate ahí, antes de nada vamos a hacer la tarjeta de seguridad. Voy a necesitar tu permiso de conducir.

Dominique se lo entrega, y acto seguido toma asiento en una silla situada delante de una máquina negra del tamaño de un frigorífico. Raymond introduce un disco cuadrado en una ranura que hay a un lado y después teclea la información en el ordenador.

—Sonríe. —El flash explota en los ojos de Dominique dejando una molesta mancha—. Para cuando te vayas hoy a casa, ya estará lista la tarjeta. —Le devuelve el permiso de conducir—. Muy bien, ven aquí y siéntate delante de esta cámara de infrarrojos. ¿Alguna vez te han mapeado la cara?

«¿Alguna vez te has afeitado la espalda?»

—Eh... no, que yo sepa.

—La cámara de infrarrojos crea una imagen única de la cara registrando el calor que emiten los vasos sanguíneos que hay debajo de la piel. Hasta los hermanos gemelos son diferentes bajo los infrarrojos, y los rasgos faciales no cambian nunca. El ordenador registra mil novecientos puntos térmicos distintos. Para el rastreo de la pupila se emplean doscientas sesenta y seis características mensurables, mientras que las huellas dactilares sólo tienen cuarenta...

—Ray, esto es fascinante, de verdad, pero ¿es necesario? En ningún sitio he visto que utilicen un rastreo por infrarrojos.

—Eso es porque no has estado aquí de noche. La banda magnética de tu tarjeta de identificación es lo único que necesitas para entrar en el edificio durante el día. Pero a partir de las siete y media tendrás que introducir la contraseña y dejar que te identifique el escáner de infrarrojos. El aparato comparará los rasgos térmicos de tu cara con los que vamos a introducir ahora en tu archivo permanente. Por la noche, nadie entra ni sale de este edificio sin ser escaneado, y no hay nada que engañe al aparato. Sonríe.

Dominique, con gesto de enfado, mira fijamente a la cámara de forma esférica situada detrás del cristal, sintiéndose idiota.

—Muy bien, gírate a la izquierda. Bien. Ahora a la derecha, ahora mira hacia abajo. Ya está. Oye, princesa, ¿te gusta la comida italiana?

«Ya empezamos.»

—A veces.

—No muy lejos de aquí hay un sitio estupendo. ¿A qué hora terminas de trabajar?

—La verdad es que hoy no es muy buen día...

—¿Cuándo es un buen día?

—Ray, tengo que serte sincera, por lo general tengo por norma no salir con nadie del trabajo.

—¿Quién ha hablado de salir? Me refiero a cenar.

—Si es sólo a cenar, entonces vale. Me encantaría ir alguna vez, pero de verdad que esta noche no me viene bien. Dame unas semanas para situarme. —«Y para pensar en otra excusa.» Le sonríe con amabilidad, esperando suavizar la punzada del rechazo—. Además, no podrás pegarte una buena cena italiana si estás entrenando.

—Vale, princesa, pero pienso tomarte la palabra. —El enorme pelirrojo sonríe—. Oye, si necesitas algo, no dudes en pedírmelo.

—De acuerdo. En serio, tengo que irme. Me está esperando el doctor Foletta...

—Foletta no viene hasta esta tarde. Tiene la reunión mensual del consejo de administración. Oye, me he enterado de que te ha asignado ese paciente suyo. ¿Cómo se llama?

—Michael Gabriel. ¿Qué sabes de él?

—No mucho. Ha venido trasladado de Massachusetts con Foletta. Sé que el consejo y el personal médico se enfadaron mucho cuando llegó. Foletta ha debido de mover algunos hilos.

—¿A qué te refieres?

Raymond desvía la mirada para evitar los ojos de Dominique.

—A nada, no importa.

—Vamos, dímelo.

—No. Tengo que mantener la bocaza cerrada. Foletta es tu jefe, no quisiera decir nada que pudiera darte una mala impresión.

—Será un secreto entre tú y yo.

En ese momento entran dos guardias más y saludan a Raymond.

—De acuerdo, te lo diré, pero aquí no. Hay demasiados oídos y demasiadas bocazas. Ya hablaremos cenando. Yo ficho a las seis. —Los dientes amarillos relucen en una sonrisa de triunfo.

Raymond le sostiene la puerta para que salga. Dominique abandona el puesto de seguridad y se pone a esperar al ascensor, con un gesto de desagrado. «Así se hace, princesa. Deberías haberlo visto venir desde lejos.»

Marvis Jones la observa salir del ascensor desde su monitor de seguridad.

—Buenos días, interna. Si viene para ver al residente Gabriel, ha de saber que se encuentra confinado en su habitación.

—¿Puedo verlo?

El guardia levanta la vista de sus papeles.

—Tal vez debería esperar a que vuelva el director.

—No. Deseo hablar con él ahora. Y no en la sala de aislamiento.

Marvis pone cara de fastidio.

—Le recomiendo encarecidamente que no. Ese hombre posee un historial de violencia y...

—No estoy segura de que un único caso en once años pueda considerarse un historial.

Establecen contacto visual. Marvis ve que Dominique no va a dar marcha atrás.

—Está bien, señorita, si quiere salirse con la suya. Jason, acompaña a la interna Vázquez a la habitación 714. Préstale tu transpondedor de seguridad y enciérrala con llave.

Dominique acompaña al guardia por un corto pasillo y ambos entran en la sección central de las tres que hay en el ala norte. La zona de la salita se encuentra desierta.

El guardia se detiene en la habitación 714 y habla por el telefonillo del pasillo.

—Residente, quédese en la cama, donde yo pueda verlo. —A continuación abre la cerradura y le entrega a Dominique un objeto que se asemeja a un bolígrafo grueso—. Si me necesita, chasquee dos veces este bolígrafo. —Le hace una demostración, y empieza a vibrar el aparato que lleva en el cinturón—. Tenga cuidado, no permita que se le acerque demasiado.

—Gracias. —Dominique penetra en la habitación.

La celda mide tres metros por cuatro. La luz del día se filtra por una cuña vertical de plástico de ocho centímetros que hay en una pared. No hay ventanas. La cama es de hierro y está atornillada a la pared. Junto a ella hay una mesa y una serie de armaritos, atornillados también. En la pared de la derecha hay un lavabo y una baza de acero, un poco ladeados para permitir cierta intimidad al preso desde el pasillo.

La cama está hecha, la celda se ve inmaculada. Michael Gabriel está sentado en el borde de un colchón delgado como papel de fumar. Se pone en pie y saluda a Dominique con una cálida sonrisa.

—Buenos días, Dominique. Veo que todavía no ha llegado el doctor Foletta. Qué suerte.

—¿Cómo lo sabe?

—Porque estamos hablando en mi celda en lugar de la sala de interrogatorios. Por favor, siéntese en la cama, yo me quedaré en el suelo. A no ser que prefiera la taza del váter.

Dominique le devuelve la sonrisa y toma asiento en el borde del colchón.

Mick se apoya contra la pared, a la izquierda de ella. Sus ojos negros llamean bajo la luz fluorescente.

No pierde tiempo en interrogarla.

—Bueno, ¿qué tal el fin de semana? ¿Ha leído el diario de mi padre?

—Lo siento, sólo he conseguido leer las diez primeras páginas. Pero logré terminar el estudio de Rosenhan.

—Sobre cómo estar cuerdo en un lugar de locos. ¿Y cuál es su impresión?

—Me ha resultado interesante, quizá incluso un poco sorprendente. A su personal le costó mucho tiempo separar sujetos y pacientes. ¿Por qué me ha hecho leerlo?

—¿Por qué cree usted? —Los ojos ébano relampaguean irradiando su inteligencia animal.

—Obviamente, quiere que tenga en cuenta la posibilidad de que usted no esté loco.

—Obviamente. —Mick se endereza y coloca los pies en la postura del loto—. Vamos a jugar a un juego, si le parece. Imaginemos que viajamos atrás once años en el tiempo y que usted es yo, Michael Gabriel, el hijo del arqueólogo Julius Gabriel, que pronto estará bien muerto y criando una fama horrorosa. Está usted en la Universidad de Harvard, detrás del escenario, frente a un público capacitado, escuchando a su padre compartir información de una vida entera con algunas de las mentes más prominentes de la comunidad científica. Tiene el corazón acelerado a causa de la adrenalina porque lleva trabajando codo con codo con su padre desde el día en que nació y sabe lo importante que es esa conferencia, no sólo para él sino también para el futuro de la humanidad. Cuando lleva diez minutos hablando, ve subir a otro podio del estrado al eterno detractor de su padre. Pierre Borgia, el hijo pródigo de una dinastía de políticos, decide desafiar las investigaciones de mi padre ahí mismo, sobre el estrado. Resulta que su intervención es tan sólo un enorme montaje, organizado personalmente por Borgia para enzarzar a mi padre en una batalla verbal diseñada para destruir su credibilidad. Comienzan a reírse por lo menos una decena de personas del público. Al cabo de diez minutos, a Julius ni siquiera se le oye en medio de las carcajadas de sus colegas.

Mick hace una pausa, momentáneamente absorto en los recuerdos.

—Mi padre era un hombre inteligente y altruista que dedicó su vida a la búsqueda de la verdad. A mitad de camino del discurso más importante de su vida, vio cómo le arrancaban toda su existencia, vio su orgullo destrozado y la labor de una vida entera, treinta años de sacrificio, profanada en un abrir y cerrar de ojos. ¿Se imagina la humillación que debió sentir?

—¿Qué ocurrió a continuación?

—Bajó del estrado tambaleándose y cayó en mis brazos aferrándose el pecho. Mi padre estaba enfermo del corazón. Con las últimas fuerzas que le quedaban, me susurró ciertas instrucciones y después murió en mis brazos.

—¿Y entonces fue cuando usted agredió a Borgia?

—El muy hijo de puta seguía en el estrado, escupiendo odio. A pesar de lo que seguramente le habrán contado, yo no soy una persona violenta —sus ojos oscuros se agrandan—, pero en aquel momento me entraron ganas de meterle el micrófono por la garganta. Recuerdo que subí al podio muy despacio, como si todo a mi alrededor se moviera a cámara lenta. Lo único que oía era mi propia respiración, lo único que veía era a Borgia, pero era como si lo viera a través de un túnel. Lo siguiente que recuerdo es que estaba tumbado en el suelo mientras yo le aporreaba el cráneo con el micrófono.

Dominique cruza las piernas para disimular el escalofrío.

—El cadáver de mi padre terminó en el depósito del condado, y fue incinerado sin ceremonia alguna. Borgia pasó tres semanas en un hospital privado, en el que su familia llevó a cabo la campaña para presentarlo como candidato a senador, organizando lo que la prensa definió como «una victoria sin precedentes por la espalda». Yo me quedé pudriéndome en una celda de la cárcel, sin amigos ni familiares que me pagasen una fianza, esperando a enfrentarme a lo que supuse que sería una acusación de agresión. Pero Borgia tenía otras ideas. Valiéndose de la influencia política de su familia, manipuló el sistema y llegó a un acuerdo con el fiscal del distrito y con mi abogado de oficio. Lo siguiente que recuerdo es que me declararon loco y el juez me recluyó en un ruinoso manicomio de

Massachusetts, un lugar en el que Borgia no iba a quitarme el ojo de encima, y no pretendo hacer un chiste.

—Dice que Borgia manipuló el sistema legal. ¿Cómo?

—Igual que manipula a Foletta, mi guardián asignado por el Estado. Pierre Borgia recompensa la lealtad, pero si uno está dentro de su lista negra, ya puede rogarle a Dios que lo ayude. El juez que me condenó fue promovido al Tribunal Supremo del estado al cabo de tres meses de declararme delincuente psicótico. Poco tiempo después, a nuestro buen doctor lo hicieron director de este centro, consiguiendo pasar por encima de una decena de solicitantes más cualificados que él.

Los ojos negros le leen el pensamiento a Dominique.

—Diga lo que está pensando en realidad, Dominique. Usted opina que soy un esquizofrénico paranoide, que tengo fantasías.

—Yo no he dicho eso. ¿Y qué hay del otro incidente? ¿Niega que agredió brutalmente a un guardia?

Mick la observa fijamente, la expresión de sus ojos resulta inquietante.

—Robert Griggs era más sádico que homosexual, un guardia cuyos actos los diagnosticaría usted como violación excitada por la rabia. Foletta lo nombró a propósito para el turno de noche en mi sala un mes antes de la fecha prevista para mi primera evaluación. El bueno de Griggs solía hacer sus rondas a eso de las dos de la madrugada.

Dominique siente que el corazón le late con fuerza.

—Treinta residentes por sala, todos dormidos con una muñeca y un tobillo esposados al barrote central de la cama. Una noche Griggs entró borracho, buscándome a mí. Supongo que decidió que yo sería un buen fichaje para su harén. Lo primero que hizo fue lubricarme un poco metiéndome un palo de escoba...

—¡Basta! ¿Dónde estaban los demás guardias?

—Griggs era el único. Como no había nada que pudiera hacer yo para detenerlo, le hablé con dulzura intentando convencerlo de que disfrutaría un poco más si me soltaba las piernas. El muy imbécil me quitó la esposa de la pierna. No voy a aburrirla con los detalles de lo que sucedió a continuación...

—Ya estoy enterada. Le hizo huevos revueltos, por decirlo así.

—Podría haberlo matado, pero no quise. No soy un asesino.

—¿Y por eso pasó el resto del tiempo confinado en solitario?

Mick asiente con la cabeza.

—Once años en esa caja de hormigón. Fría y dura, pero lo protege a uno. Ahora cuénteme usted. ¿Qué edad tenía cuando la sodomizó su primo?

—Me va a perdonar, pero no me siento cómoda hablando de eso con usted.

—¿Porque usted es la psicoterapeuta y yo soy el loco?

—No, quiero decir sí, porque yo soy el médico y usted es mi paciente.

—¿De verdad somos tan distintos usted y yo? ¿Cree que el personal de Rosenhan sería capaz de distinguir cuál de nosotros es el ocupante de esta celda? —Vuelve a recostarse contra la pared—. ¿Me permite que la tutee?

—Sí.

—Dom, el confinamiento en solitario puede desgastar mucho a una persona. Probablemente sufro de privación sensorial, y hasta es posible que te dé un poco de miedo, pero estoy tan cuerdo como tú o como Foletta, o como ese guardia que hay junto a la puerta. ¿Qué puedo hacer para que te convenzas?

—No es a mí a quien tienes que convencer, sino al doctor Foletta.

—Ya te lo he dicho, el doctor Foletta trabaja para Borgia, y Borgia jamás permitirá que salga de aquí.

—Puedo hablar yo con él. Puedo presionarlo para que te conceda los mismos derechos y privilegios que a los demás residentes. Con el tiempo, podría...

—Caramba, ya me parece estar oyendo a Foletta: «Despierte, interna Vázquez. Está dejándose convencer por la famosa teoría de la conspiración contra Gabriel». Muy probablemente te convencerá de que soy otro Ted Bundy.

—En absoluto. Mick, me he hecho psiquiatra para ayudar a las personas como...

—Las personas como yo. ¿Lunáticos?

—Déjame acabar. Tú no eres un lunático, pero pienso que necesitas ayuda. El primer paso es convencer a Foletta de que te asigne un equipo de evaluación...

—No. Foletta no lo permitirá, y aunque lo permitiera, no queda tiempo.

—¿Por qué no queda tiempo?

—Dentro de seis días tendrá lugar mi evaluación anual. ¿No se te ha ocurrido por qué te ha asignado a mí Foletta? Porque eres una estudiante, fácil de manipular. «El paciente muestra ciertos indicios de mejoría muy alentadores, interna Vázquez, pero aún no está apto para reintegrarse en la sociedad.» Tú te mostrarás de acuerdo con ese diagnóstico, lo cual es lo único que desea oír el consejo de evaluación.

«Foletta tiene razón, es bueno. Pero tal vez no lo sea tanto si no controla él la conversación.»

—Mick, vamos a hablar un momento del trabajo de tu padre. El viernes mencionaste cuatro *Ahau*, tres *Kankin*...

—El día del juicio final para la humanidad. Ya sabía que ibas a reconocer esa fecha.

—No es más que una leyenda maya.

—Muchas leyendas tienen un poso de verdad.

—¿Así que tú estás convencido de que todos vamos a morir dentro de menos de cuatro meses?

Mick fija la vista en el suelo y sacude la cabeza en un gesto negativo.

—Bastará con un simple sí o no.

—No recurras a jueguecitos intelectuales, Dominique.

—¿Por qué crees que estoy jugando?

—Sabes perfectamente bien que esa pregunta, tal como la formulas, huele a esquizofrenia paranoide y a fantasías de...

—Mick, es una pregunta sencilla. —«Está alterándose. Bien.»

—Estás metiéndome en una batalla intelectual para buscar puntos débiles. No deberías. No da resultado, y perderás tú, lo cual significa que perderemos todos.

—Estás pidiéndome que evalúe tu capacidad para reincorporarte a la sociedad. ¿Cómo puedo hacerlo sin formular preguntas?

—Haz las preguntas, pero no me prepares el terreno para que falle. No tengo inconveniente en hablar contigo de las teorías de mi padre, pero sólo si te interesan de verdad. Si lo que buscas es averiguar hasta dónde puedes presionarme, mira, hazme el maldito test de Rorschach o el de percepción temática y terminemos de una vez.

—¿Por qué dices que te estoy preparando el terreno para que falles?

Mick se pone de pie y se acerca a ella. A Dominique se le acelera el corazón. Coge el bolígrafo.

—La naturaleza misma de esa pregunta ya me condena. Es como preguntarle a un reverendo si su mujer sabe que se masturba. Responda lo que responda, parece un hombre perverso. Si yo te contesto que no a lo de la predicción del juicio final, tendré que justificar por qué de repente he cambiado de opinión después de once años. Foletta interpretará eso como una estratagema dirigida a engañar al comité de evaluación. Si contesto que sí, tú coincidirás con él en que soy simplemente otro psicótico que está convencido de que el cielo va a venirse abajo.

—Entonces, ¿cómo he de evaluar tu cordura, según tú? No puedo eludir el tema sin más.

—No, pero sí puedes por lo menos examinar las pruebas con una mente abierta antes de hacer un juicio precipitado. Algunas de las mentes más grandes de la historia fueron tachadas de locas, hasta que la verdad salió a la luz.

Mick se sienta en el otro extremo de la cama. Dominique nota un hormigueo en la piel. No está segura de si se siente excitada o asustada, o tal vez las dos cosas. Cambia el peso de sitio descruzando las piernas y sostiene el bolígrafo en la mano con aire despreocupado. «Está lo bastante cerca para estrangularme, pero si estuviéramos en un bar, yo probablemente estaría coqueteando...»

—Dominique, es muy importante, mucho, que nos fiemos el uno del otro. Yo necesito tu ayuda y tú necesitas la mía, sólo que aún no lo sabes. Te juro por el alma de mi madre que no te mentiré jamás, pero tú tienes que prometerme que me escucharás con la mente abierta.

—De acuerdo, te escucharé con objetividad. Pero la pregunta sigue pendiente de respuesta: ¿estás convencido de que la humanidad hallará su fin el 21 de diciembre?

Mick se inclina hacia delante, con los codos apoyados en las rodillas. Con la mirada fija en el suelo, se pellizca el puente de la nariz con los dedos índice de cada mano.

—Supongo que serás católica, ¿no?

—Nací católica, pero a partir de los trece años me crié en una familia judía. ¿Y tú?

—Mi madre también era judía, mi padre era episcopaliano. ¿Te consideras una persona religiosa?

—No mucho.

—¿Crees en Dios?

—Sí.

—¿Crees en el mal?

—¿El mal? —Esa pregunta la desconcierta—. Eso es un tanto ambiguo. Acláramelo.

—No estoy hablando de cuando las personas cometen una acción atroz como un asesinato. Me refiero al mal como una entidad en sí misma, que forma parte del propio tejido de la existencia. —Mick levanta los ojos y los posa en Dominique—. Por ejemplo, la creencia judeocristiana consiste en que el mal se personificó por primera vez entrando en el Jardín del

Edén disfrazado de serpiente y tentó a Eva para que mordiera la manzana.

—Como psiquiatra, no creo que ninguno de nosotros nazca siendo malo, ni bueno, ya que vamos a eso. Yo creo que tenemos la capacidad de ser ambas cosas. El libre albedrío nos permite escoger.

—¿Y qué pasaría si... si algo estuviera influyendo en tu libre albedrío sin que tú lo supieras?

—¿A qué te refieres?

—Hay personas que están convencidas de que existe una fuerza malévola, que forma parte de la naturaleza. Una inteligencia en sí misma que viene existiendo en este planeta a lo largo de toda la historia del ser humano.

—Me he perdido. ¿Qué tiene que ver eso con la profecía del día del juicio?

—Como persona racional, tú me preguntas si creo que la humanidad está a punto de extinguirse. Como persona racional, yo te pido que me expliques por qué todas las civilizaciones que triunfaron en la Antigüedad predijeron el fin de la humanidad. Como persona racional, te pido que me digas por qué todas las grandes religiones predicen un apocalipsis y esperan la llegada de un mesías que regresará a librar a nuestro mundo del mal.

—No puedo responder a eso. Como la mayoría de la gente. Simplemente, no lo sé.

—Tampoco lo sabía mi padre. Pero como era una persona racional y un hombre de ciencia, deseaba averiguarlo. De manera que dedicó su vida y sacrificó la felicidad de su familia por la búsqueda de la verdad. Pasó décadas investigando ruinas antiguas en busca de pistas. Y al final, lo que descubrió resultó ser tan insondable que literalmente lo llevó al borde de la locura.

—¿Qué descubrió?

Mick cierra los ojos y la inflexión de su tono de voz se suaviza.

—Pruebas. Pruebas que alguien nos dejó de forma deliberada y tras grandes esfuerzos. Pruebas que apuntan a la existencia de una presencia, una presencia tan malévola que su ascensión marcará el final de la humanidad.

—Otra vez no entiendo nada.

—No sé explicarlo, lo único que sé es que, de algún modo, siento que su presencia se hace cada vez más fuerte.

«Está haciendo un esfuerzo por seguir comportándose de forma racional. Continúa dándole conversación.»

—Dices que esa presencia es malévola. ¿Cómo lo sabes?

—Lo sé, sin más.

—No estás dándome precisamente mucho para continuar. Además, el calendario maya no me parece que sea una prueba...

—El calendario no es más que la punta del iceberg. Hay señales extraordinarias, inexplicables, repartidas por toda la superficie del planeta, maravillas alineadas astronómicamente, y todas son piezas de un mismo rompecabezas gigante. Ni siquiera los mayores escépticos del mundo pueden refutar su existencia. Las pirámides de Giza y de Chichén Itzá. Los templos de Angkor Wat y de Teotihuacán, el círculo de Stonehenge, los mapas de Piri Reis y los dibujos del desierto de Nazca. Hicieron falta varias décadas de intenso trabajo para erigir esas antiguas maravillas, cuya metodología sigue siendo un misterio para nosotros. Mi padre descubrió una inteligencia conjunta en todo eso, la misma inteligencia responsable de la creación del calendario maya. Más importante aún es el hecho de que cada una de esas referencias está asociada a un propósito común, cuyo significado se ha perdido a lo largo de los milenios.

—¿Y cuál es ese propósito?

—La salvación de la humanidad.

«Foletta tiene razón. Se lo cree de verdad.»

—A ver si lo he entendido bien. Tu padre estaba convencido de que cada uno de esos emplazamientos antiguos fue diseñado para salvar a la humanidad. ¿Cómo puede salvarnos una pirámide o un puñado de dibujos en el desierto? ¿Y salvarnos de qué? ¿De esa presencia malévola?

Los ojos oscuros se le clavan hasta el alma.

—Sí, pero hay algo infinitamente peor, algo que llegará en el solsticio de diciembre para destruir a la humanidad. Mi padre y yo estuvimos muy cerca de resolver ese misterio antes de que él falleciera, pero todavía quedan sin colocar varias piezas vitales del rompecabezas. Ojalá no se hubieran destruido los códices mayas.

—¿Quién los destruyó?

Mick niega con la cabeza, como si se sintiera decepcionado.

—¿Ni siquiera conoces la historia de tus propios antepasados? El creador del calendario del día del juicio, el gran maestro Kukulcán, dejó información crítica en los antiguos códices mayas. Cuatrocientos años después de su desaparición, España invadió el Yucatán. Cortés era un hombre blanco y con barba; los mayas lo tomaron por Kukulcán, y los aztecas por Quetzalcoatl. Ambas civilizaciones, prácticamente, se postraron y permitieron que las conquistaran, pensando que su mesías caucásico había vuelto para salvar a la humanidad. Los sacerdotes católicos tomaron posesión de los códices. Debieron de asustarse mucho con lo que leyeron, porque los muy idiotas lo quemaron todo, con lo cual, esencialmente, nos condenaron a todos a muerte.

«Está embalándose.»

—No sé, Mick. Las instrucciones para la salvación de la humanidad parecen ser demasiado importantes para dejárselas a un puñado de indios de Centroamérica. Si Kukulcán era tan sabio, ¿por qué no dejó esa información en otro lugar?

—Gracias.

—¿Por que?

—Por pensar. Por utilizar el hemisferio lógico de tu cerebro. Efectivamente, esa información era demasiado importante para dejarla en manos de una cultura vulnerable como la de los mayas, o, ya puestos, de cualquier otra civilización antigua. En el desierto de Nazca, en Perú, se encuentra un mensaje simbólico visual, excavado en la pampa en forma de glifos de ciento treinta metros de longitud y de gran precisión. A mi padre y a mí nos faltaba muy poco para interpretar el significado de dicho mensaje, cuando se murió.

Dominique lanza una mirada inocente a su reloj.

En eso, Mick se pone en pie de un salto igual que un gato y la sorprende tomándola por los hombros.

—Deja de tomarte esto como si formara parte de los requisitos para tu graduación y escucha lo que estoy diciendo. El tiempo es un lujo del que no disponemos...

Dominique escucha sus divagaciones mirándolo a los ojos, con su rostro a escasos centímetros del de él.

—Mick, suéltame... —Acaricia el bolígrafo.

—Escúchame. Me has preguntado si creo que la humanidad se va a acabar dentro de cuatro meses. Mi respuesta es que sí, a no ser que pueda completar el trabajo de mi padre. Si no, moriremos todos.

Dominique pulsa dos veces el bolígrafo, y luego otras dos, con el corazón disparado y presa del pánico.

—Dominique, por favor, necesito que me saques de este manicomio antes del equinoccio de otoño.

—¿Por qué? —«Haz que siga habando...»

—Para el equinoccio sólo faltan dos semanas. Su llegada será anunciada en todos los lugares que te he mencionado. La pirámide de Kukulcán en Chichén Itzá marcará dicho acontecimiento a lo largo de su escalinata norte con el descenso de la sombra de la serpiente. En ese momento, la Tierra se situará en una alineación galáctica sumamente insólita. Comenzará a abrirse un portal en el centro de la franja oscura de la Vía Láctea, y empezará a cernerse sobre nosotros el principio del fin.

«Está desbarrando...» De pronto se acuerda de la foto de Borgia tuerto, y cambia el peso de sitio con el fin de preparar la rodilla.

—Dominique, no soy un lunático. Necesito que me tomes en serio...

—Estás haciéndome daño...

—Lo siento, lo siento... —Deja de apretar los hombros—. Escúchame, esto es vital. Mi padre estaba convencido de que todavía puede evitarse que ascienda el mal. Necesito tu ayuda, necesito que me saques de aquí antes del equinoccio...

Mick se vuelve en el momento en que Marvis le planta un puño delante de la cara y lo ciega con el aerosol de pimienta.

—¡No! ¡No, no, no...!

Demasiado aturdida para hablar, Dominique empuja al guardia a un lado y sale corriendo de la celda. Se detiene en la salita, con el pulso enloquecido.

Marvis cierra con llave la habitación 714 y acto seguido la acompaña al exterior de la sección.

Mick continúa aporreando la puerta, lanzándole chillidos como un animal herido.

Diario de Julius Gabriel

> Y aconteció que cuando los hombres comenzaron a multiplicarse sobre la tierra y les nacieron hijas, viendo los hijos de Dios que las hijas de los hombres eran hermosas, tomaron para sí cuantas de entre ellas más les gustaron... En aquel entonces había gigantes (*NEPHILIM*) en la tierra y también después de que los hijos de Dios se unieran a las hijas de los hombres, y ellas les engendraron hijos; ellos eran los HÉROES que desde la ANTIGÜEDAD fueron HOMBRES DE RENOMBRE.
>
> GÉNESIS 6, 1-2, 4

La Biblia. El libro sagrado de las religiones judía y cristiana. Para el arqueólogo que busca la verdad, este documento de la Antigüedad puede ofrecer pistas de vital importancia que ayuden a llenar los huecos que faltan en la evolución del ser humano.

El capítulo 6 del Génesis es posiblemente el pasaje menos entendido de toda la Biblia, y en cambio puede que resulte ser el más revelador de todos. Anterior a las instrucciones que Dios impartió a Noé, nombra a los hijos de Dios y a los Nephilim, un nombre cuya traducción literal es «los caídos» o «aquellos que cayeron del cielo con fuego».

¿Quiénes eran esos «caídos», esos «hombres de renombre»? Se puede hallar una pista importante en el Génesis Apócrifo, uno de los textos antiguos descubiertos entre los Manuscritos del mar Muerto. En un pasaje clave, Lamec, el padre de Noé, cuestiona a su esposa porque cree que la concepción de su hijo fue el resultado de la relación sexual entre ella y un ángel o uno de sus vástagos, un Nephilim.

¿Corría sangre extraterrestre por las venas de Noé? El concepto de que unos ángeles «caídos» u «hombres de renombre» se mezclaran con mujeres humanas puede parecer descabellado, pero algo de verdad ha de haber en él, dado que ese relato, al igual que la historia de Noé y del Diluvio Universal, se repite en diferentes culturas y religiones del mundo entero.

Como ya he mencionado, he pasado toda mi vida investigando el misterio que envuelve a ciertas maravillas, estructuras magníficas que han quedado en la superficie de este planeta después de haber sobrevivido a las inclemencias del paso del tiempo. Tengo el convencimiento de que esas estructuras fueron creadas por esos «hombres antiguos, hombres de renombre» con un único propósito: salvar a nuestra especie de ser aniquilada.

Es posible que no lleguemos a saber nunca quiénes fueron los Nephilim, pero actualmente las pruebas geológicas nos permiten tomar como referencia la época en la que aparecieron por primera vez. El hecho es que sí hubo una inundación universal. La culpa la tuvo la última glaciación de la Tierra, un suceso que data de aproximadamente ciento quince mil años. En aquella época la mayor parte de los hemisferios norte y sur se hallaba cubierta por inmensos glaciares que avanzaban y retrocedían, y cuyo momento de máxima expansión tuvo lugar hace unos diecisiete mil años. La mayor parte de Europa estaba sepultada bajo un manto de hielo de tres kilómetros de grosor. Los glaciares de Norteamérica alcanzaban zonas tan al sur como el valle del Mississippi, y llegaban hasta el paralelo 37.

Era la época del *Homo sapiens neanderthalensis*, el hombre de Neandertal. También alrededor de esa época de la historia de nuestros antepasados fue cuando llegaron los misteriosos «caídos».

Quizá los clanes de los primeros *Homo sapiens* no impresionaron mucho a esos hombres de renombre. Quizá los Nephilim pensaron que era mejor que el hombre primitivo regresara al inicio de la evolución. Fuera cual fuese su reacción, lo único que sabemos es que milagrosamente, y de manera bastante repentina, el mundo comenzó a derretirse.

Ocurrió deprisa, desencadenado por algún cataclismo desconocido. Millones de kilómetros cúbicos de agua que habían tardado más de cuarenta mil años en avanzar de pronto se fundieron en menos de dos milenios. El mar se elevó entre cien y ciento treinta metros y se tragó la tierra. Algunas zonas del planeta, antes aplastadas por miles de millones de toneladas de hielo, comenzaron a emerger ocasionando terribles terremotos. Entraron en erupción numerosos volcanes que proyectaron enormes cantidades de dióxido de carbono a la atmósfera, lo cual incrementó el calentamiento global. Se formaron olas gigantescas que arrancaron de raíz selvas enteras llevándose por delante a los animales y asolando el terreno.

El planeta se convirtió en un lugar muy hostil.

Para el 13000 o el 11000 a.C. ya se había fundido la mayor parte del hielo y empezaba a estabilizarse el clima. De todo aquel barrizal comenzaba a surgir una nueva subespecie: el *Homo sapiens sapiens*, el hombre moderno.

Evolución o relato bíblico de la creación; ¿dónde radica la verdad del surgimiento del hombre moderno? Como científico, me inclino a creer en el darwinismo, pero como arqueólogo reconozco también que la verdad a menudo se halla oculta dentro de mitos transmitidos a lo largo de los milenios. La profecía del calendario maya pertenece a esa misma categoría. Como he mencionado anteriormente, dicho calendario es un instrumento científico de precisión que se sirve de avanzados principios de astronomía y matemáticas para derivar sus cálculos. Al mismo tiempo, el origen de dicho calendario se centra alrededor de la leyenda más importante de la historia de los mayas: el Popol Vuh, el libro maya de la creación.

El Popol Vuh es la Biblia de los indios mesoamericanos. Según el Popol Vuh, escrito cientos de años después de la muerte de Kukulcán, el mundo fue dividido en un Mundo Superior (el Cielo), un Mundo Intermedio (la Tierra) y un Mundo Inferior, un refugio del mal conocido como *Xibalba*. Cuando los antiguos mayas miraban el cielo nocturno, veían la franja oscura de la Vía Láctea y la interpretaban como parte de una oscura serpiente o un Camino Negro (*Xibalba Be*) que conducía al Mundo Inferior. Muy cerca de esa franja oscura se encontraban las tres estrellas del Cinturón de Orión. Para los mayas, esas estrellas eran las tres piedras de la creación.

Como he mencionado antes, el calendario maya se divide en cinco Grandes Ciclos, el primero de los cuales se inició hace unos veinticinco mil ochocientos años. Este período de tiempo no es arbitrario, sino que corresponde al plazo en años que la Tierra tarda en completar un ciclo de precesión, el lento movimiento pendular que efectúa nuestro planeta sobre su eje. (Más adelante volveré sobre esto.)

El relato de la creación contado en el Popol Vuh comienza hace aproximadamente veinticinco mil ochocientos años, cuando los hielos aún cubrían una buena parte de la Tierra. El protagonista de dicho relato es un hombre primitivo conocido como Hun (Uno) Hunahpú, más tarde venerado por los mayas como el «Primer Padre». La gran pasión de Hun-Hunahpú era jugar al antiguo juego de pelota conocido como *Tlachtli*. Un día, los Señores del Mundo Inferior, hablando a través del *Xibalba Be* (el Camino Negro), retaron a jugar a Hun-Hunahpú y al hermano de éste. Hun-Hunahpú aceptó y penetró por el portal que daba paso al Camino Negro, el cual estaba representado en las leyendas mayas por la boca de una gran serpiente.

Pero los Señores del Mundo Inferior no tenían intención de jugar. Valiéndose de trucos y engaños, derrotaron a los hermanos y los decapitaron, y colgaron la cabeza de Hun-Hunahpú de la rama de un árbol de la calabaza. Acto seguido, los malvados señores aislaron aquel árbol y prohibieron que nadie se acercase a él.

Al cabo de muchos años, una valiente joven llamada Luna de Sangre se aventuró a pasar por el Camino Negro para ver si la leyenda era auténtica. Cuando se acercó al árbol para coger unos cuantos frutos, se sorprendió al descubrir la cabeza de Hun-Hunahpú, que le escupió en la palma de la mano y así la impregnó de magia. La mujer huyó, pues los Señores del Mundo Inferior no pudieron destruirla antes de que lograra escapar.

Luna de Sangre (también conocida como la Primera Madre) dio a luz dos hijos gemelos. A medida que fueron pasando los años, los dos niños se convirtieron en guerreros fuertes y capaces. Cuando alcanzaron la edad adulta, su vocación genética los empujó a hacer el viaje de regreso a través del Camino Negro hasta *Xibalba*, con el fin de desafiar a los malvados y vengar la muerte de su padre. Una vez más, los Señores del Mundo Inferior se sirvieron del engaño, pero esta vez triunfaron los héroes gemelos y lograron desterrar el mal y resucitar a su progenitor.

¿Qué podemos extraer nosotros del mito de la creación? El nombre, Hun o Uno Hunahpú, equivale al nombre Uno Ahau presente en el calendario, un día de referencia que significa primer sol. El primer sol del año nuevo es el del solsticio de diciembre. La fecha del juicio final que indica la profecía termina en el solsticio de invierno del año 2012, exactamente un ciclo precesional de veinticinco mil ochocientos años contando a partir del primer día del calendario maya.

Sirviéndome de un programa informático que permite predecir el estado del cosmos en cualquier fecha de la historia, he calculado cómo será el cielo nocturno en el año 2012. Empezando en el momento del equinoccio de otoño, tendrá lugar una alineación astronómica sumamente insólita entre el plano del Sol y el plano de la galaxia. La franja oscura de la Vía

Láctea parecerá apoyarse en el horizonte de la Tierra, y el Sol empezará a desplazarse para alinearse en el punto central. Este cambio culminará el día del solsticio de invierno, una fecha considerada por la mayoría de las culturas antiguas el Día de los Muertos. En esa fecha, por primera vez en veinticinco mil ochocientos años, el Sol se moverá en conjunción con el punto en el que la eclíptica cruza la Vía Láctea en la constelación de Sagitario, marcando la alineación del Ecuador de la galaxia, el centro exacto de la misma.

De alguna manera, el calendario maya predijo con exactitud este acontecimiento celeste hace más de tres mil años. Interpretando el mito de la creación, esta alineación galáctica alcanzará su punto máximo con la apertura de un portal cósmico que salvará la distancia que hay entre nuestro planeta y el Mundo Inferior de los mayas, *Xibalba*.

Llámese ficción, llámese ciencia, pero lo cierto es que esa alineación intragaláctica culminará en la muerte de todo hombre, mujer y niño que camine sobre la faz de la Tierra.

Extracto del diario del profesor Julius Gabriel,
ref. Catálogo 1978-1979, páginas 43-52
Catálogo 1998-1999, páginas 11-75

Capítulo 4

11 de septiembre de 2012
MIAMI, FLORIDA

—Despierte, interna Vázquez. Está dejándose convencer por la famosa teoría de la conspiración contra Gabriel.

—Discrepo. —Dominique le devuelve la misma mirada fría al doctor Foletta desde el otro lado de la mesa—. No hay motivos para no asignarle a Mick Gabriel un equipo completo de apoyo.

Foletta se reclina en el sillón giratorio, amenazando con su peso los muelles.

—Vamos a calmarnos un momento. Mírese, ha hablado dos veces con ese residente y ya está haciendo diagnósticos. En mi opinión, está implicándose emocionalmente, un punto del que estuvimos hablando el viernes. Precisamente por eso es por lo que recomendé al consejo que no hiciera venir a un equipo.

—Se lo aseguro, no estoy implicada emocionalmente. Lo único que ocurre es que me da la impresión de que en este caso se ha hecho un juicio precipitado. Sí, estoy de acuerdo en que Gabriel sufre fantasías, pero se podrían atribuir fácilmente al hecho de que ha pasado once años en confinamiento en solitario. Y en lo que se refiere a la violencia, no he visto en su expediente nada que apunte a otra cosa que un único caso aislado de una sencilla agresión.

—¿Y la agresión al guardia?

—Mick me ha contado que el guardia intentó violarlo.

Foletta se pellizca el puente de la nariz con dos dedos regordetes, sonriendo avergonzado al tiempo que menea su gran cabezota adelante y atrás.

—La ha engañado, interna Vázquez. Ya le dije que era muy listo.

Dominique siente un hormigueo en el estómago.

—¿Está diciendo que todo era mentira?

—Por supuesto. Gabriel se aprovecha de su instinto maternal, y ha conseguido un gran *slam*.

Dominique baja la vista, confusa. ¿Estaría mintiendo Mick? ¿De verdad era ella tan crédula? «¡Idiota! Estabas deseando creerle. Te has engañado tú solita.»

—Interna, no llegará muy lejos con sus pacientes si se cree todo lo que le dicen. La próxima vez, la convencerá de que el mundo está a punto de acabarse.

Dominique se reclina en su asiento sintiéndose una tonta.

Foletta ve la expresión de su rostro y lanza una carcajada que hace que sus carrillos se pongan colorados y se llenen de hoyuelos. Luego toma aire, se seca las lágrimas de los ojos y alarga el brazo para coger una caja de cartón que hay al pie de la mesa. Saca de ella una botella de whisky y dos tazas de café y sirve un par de tragos.

Dominique se bebe el whisky de un tirón, sintiendo cómo la va quemando hasta chamuscarle la pared del estómago.

—¿Ya se siente mejor? —Aunque en tono grave y rasposo, Foletta le ha hablado con aire paternal.

Dominique asiente.

—A pesar de lo que le cuente Mick, lo cierto es que a mí me cae bien. No deseo verlo en confinamiento solitario más que usted.

En ese momento suena el teléfono. Foletta contesta sin quitarle ojo a Dominique.

—Es uno de los guardias de seguridad. Dice que está esperándola abajo.

«Mierda.»

—¿Puede decirle que estoy en una reunión importante? Dígale que esta noche no va a poder ser.

Foletta transmite el mensaje y después cuelga.

—Doctor, ¿qué pasa con la evaluación anual de Mick? ¿También eso es mentira?

—No, eso es verdad; de hecho, está en la lista de temas que tengo que hablar con usted. Ya sé que resulta un poco fuera de lo corriente, pero necesito que usted respalde mi informe.

—¿Qué recomienda?

—Eso depende de usted. Si es capaz de ser objetiva, le recomiendo que se quede como psiquiatra clínica mientras dure su estancia aquí.

—Mick sufre privación sensorial. Me gustaría que tuviera acceso al jardín, y también al resto de nuestras instalaciones de rehabilitación.

—Pero si acaba de agredirla...

—No me agredió. Sólo se alteró un poco, y a mí me entró el pánico.

Foletta se reclina en el asiento y levanta la vista hacia el techo como si estuviera sopesando una decisión importante.

—De acuerdo, interna, le propongo un trato: usted respalda mi evaluación anual y yo le devuelvo a Mick todos sus privilegios. Si mejora, le asignaré un equipo completo de rehabilitación en enero. ¿Le parece justo?

Dominique sonríe.

—Me parece justo.

22 de septiembre de 2012
MIAMI, FLORIDA

El jardín del Centro de Evaluación y Tratamiento del Sur de Florida es una extensión de césped de forma rectangular rodeada por los cuatro costados. La forma en L del edificio principal cierra el perímetro por el este y por el sur, y los lados norte y oeste están limitados por una barrera de crudo hormigón blanco de seis metros de altura coronada por alambre de espino enrollado.

En el jardín no hay puertas. Para salir al atrio cubierto de hierba hay que subir tres tramos de escaleras de cemento, las cuales conducen a una pasarela al aire libre que discurre a lo largo del costado sur del edificio. Por dicho entresuelo se accede al gimnasio de la tercera planta, a las salas de terapia de grupo, a un centro de artes y oficios, a la sala de informática y a una zona de cines.

Al ver las nubes grises que se acercan por el este, Dominique se refugia bajo el tejado de aluminio que sale de la pasarela del tercer piso. Dos decenas de residentes dejan vacío el jardín al tiempo que caen las primeras gotas de un chubasco vespertino.

Pero hay una figura solitaria que se queda rezagada.

Mick Gabriel continúa paseando por el perímetro del jardín con las manos muy hundidas en los bolsillos. Nota cómo el aire húmedo va refrescándose conforme se amontonan las nubes en el cielo. En cuestión de unos segundos se ve inmerso en el chaparrón, con el uniforme blanco empapado y adherido a su cuerpo enjuto y musculoso.

Sigue paseando, hundiendo en la blanda hierba sus zapatillas de tenis empapadas, sintiendo cómo se le cuela el agua de lluvia por entre los calcetines y los dedos de los pies. A cada paso recita el nombre de un año del calendario maya, un ejercicio mental que repite para mantener la mente ágil. Tres *Ix*, cuatro *Cauac*, cinco *Kan*, seis *Muluc*...

Sus ojos oscuros están fijos en el muro de hormigón, buscando sus puntos débiles, investigando opciones.

Dominique lo observa a través de un manto de agua, con un sentimiento de pesar. «Lo has estropeado. Él confiaba en ti. Ahora piensa que lo has traicionado.»

En ese momento se acerca Foletta. Intercambia unos saludos con la mano con varios residentes que muestran una vitalidad anormal y después va hacia Dominique.

—¿Todavía se niega a hablar con usted?

Dominique asiente.

—Ya casi han pasado dos semanas. Todos los días hace lo mismo. Desayuna, luego se reúne conmigo y se pasa una hora entera mirando hacia el suelo. Cuando sale al jardín, se dedica a pasear de un lado al otro hasta la hora de cenar. Jamás se mezcla con otros residentes ni pronuncia una sola palabra. Sólo pasea.

—Cabría pensar que debería sentirse agradecido. Al fin y al cabo, usted es la única responsable de esta libertad de la que disfruta ahora.

—Esto no es libertad.

—No, pero supone un gran avance, viniendo de pasar once años en aislamiento.

—Creo que en realidad pensó que yo podía sacarlo de aquí.

La expresión de Foletta lo delata.

—¿Qué, doctor? ¿Mick tenía razón? ¿Podría yo haber...?

—Eh, más despacio, interna. Mick Gabriel no va a irse a ninguna parte, al menos de momento. Como usted misma ha podido ver, sigue siendo bastante inestable, lo cual plantea un peligro no sólo para sí mismo sino también para los demás. Siga trabajando con él, anímelo a participar en su propia terapia. Puede suceder cualquier cosa.

—Aún sigue pensando en asignarle un equipo de rehabilitación, ¿no?

—Quedamos en que sería en enero, siempre que observe buena conducta. Debería decírselo a él.

—Ya lo he intentado. —Dominique observa a Mick, que en ese momento pasa junto al tramo de escaleras que está justo debajo de ellos—. Pero ya no se fía de mí.

Foletta le da una palmadita en la espalda.

—Supérelo.

—No le estoy haciendo ningún bien. Quizá necesite a alguien que tenga más experiencia.

—Tonterías. Daré orden a sus celadores de que no le permitan salir de su habitación a menos que participe de forma activa en sus sesiones de terapia.

—Obligarlo a hablar no servirá de nada.

—Esto no es un club de campo, interna. Tenemos normas. Si un residente se niega a colaborar, pierde sus privilegios. Ya he visto otros casos como éste. Si no actúa ahora, Mick se refugiará dentro de sí mismo y usted lo perderá para siempre.

Foletta hace señas a un celador para que se acerque.

—Joseph, saque al señor Gabriel de esta lluvia. No podemos permitir que se nos pongan enfermos los residentes.

—No, espere, es paciente mío. Ya me encargo yo.

Dominique se recoge el pelo en un moño tenso, se quita los zapatos y a continuación baja los dos tramos de escaleras que hay hasta el jardín. Para cuando llega a la altura de Mick está ya empapada.

—Hola, desconocido, ¿te importa que te acompañe?

Él no le hace caso.

Dominique camina a su lado mientras le cae la lluvia por la cara.

—Venga, Mick, háblame. Llevo toda la semana pidiéndote disculpas. ¿Qué esperabas que hiciera? Tuve que respaldar el informe de Foletta.

Recibe una dura mirada.

La lluvia cae con más fuerza y la obliga a gritar.

—Mick, frena un poco.

Mick sigue caminando.

De pronto Dominique se planta delante de él en postura belicosa: los puños levantados, cerrándole el paso.

—Vale, colega, no me obligues a darte una patada en el culo.

Mick se detiene. Levanta los ojos, con la lluvia chorreando por su rostro anguloso.

—Me has fallado.

—Lo siento —susurra ella, bajando los puños—. ¿Por qué me mentiste diciendo que ese guardia te había agredido?

Una expresión dolorida.

—De modo que la verdad ya no depende de tu corazón, sino de tu ambición, ¿es eso? Pensé que éramos amigos.

Dominique siente un nudo en la garganta.

—Yo deseo ser amiga tuya, pero también soy tu psiquiatra. Hice lo que consideré más conveniente.

—Dominique, yo te di mi palabra de que jamás te mentiría. —Levanta la cabeza y señala la cicatriz de siete centímetros que le recorre la mandíbula—. Antes de intentar violarme, Griggs me amenazó con cortarme el cuello.

«Maldito seas, Foletta.»

—Mick, caramba, lo siento mucho. En nuestra última entrevista, cuando me zarandeaste...

—Fue culpa mía. Me acaloré. Llevo tanto tiempo encerrado... que hay veces que... en fin, que me cuesta trabajo conservar la calma. No socializo bien, pero te juro que en ningún momento fue mi intención hacerte daño.

Dominique ve lágrimas en sus ojos.

—Te creo.

—Sabes, salir aquí fuera me ha ayudado. Me ha hecho pensar en muchas cosas diferentes... cosas egoístas, en realidad. Mi infancia, el estilo de vida con que me criaron, cómo terminé aquí, si podré salir alguna vez. Hay tantas cosas que no he hecho nunca, tantas cosas que cambiaría si pudiera. Yo quería a mis padres, pero por primera vez me doy cuenta de que en realidad odio lo que hicieron. Odio el hecho de que no me dieran a escoger...

—A los padres no los elegimos, Mick. Lo que importa es que no te eches la culpa a ti mismo. Ninguno de nosotros tiene control sobre las cartas que nos han repartido. Lo que tenemos es la responsabilidad total sobre cómo jugar la partida. Pienso que yo puedo ayudarte a recuperar ese control.

Mick se acerca un poco más. La lluvia le cae por ambos lados de la cara.

—¿Te importa que te haga una pregunta personal?

—No.

—¿Tú crees en el destino?

—¿El destino?

—¿Crees que nuestra vida, nuestro futuro, está...? No importa, olvídalo.

—¿Que si creo que lo que nos ocurre está programado de antemano?

—Sí.

—Creo que podemos escoger. Creo que depende de nosotros escoger el destino que hemos de perseguir.

—¿Te has enamorado alguna vez?

Dominique, impotente, clava la mirada en esos brillantes ojos de cachorrito.

—Me he acercado en unas cuantas ocasiones. Pero nunca funcionó. —Sonríe—. Supongo que no estaban llamadas a formar parte de mi destino.

—Si yo no estuviera... encerrado. Si nos hubiéramos conocido en otras circunstancias. ¿Crees que podrías haberte enamorado de mí?

«Oh, mierda...»

Dominique traga saliva y nota cómo le late el pulso en la base de la garganta.

—Mick, por qué no salimos de esta lluvia. Vamos...

—Tú tienes algo especial. No es sólo atracción física, es como si ya te conociera, o como si te hubiera conocido en otra vida.

—Mick...

—A veces tengo premoniciones así. Tuve una en el momento en que te vi por primera vez.

—Dijiste que era el perfume.

—Fue algo más. No puedo explicarlo. Lo único que sé es que me importas, y tengo sentimientos confusos.

—Mick, me siento halagada, de verdad que sí, pero opino que tienes razón, tus sentimientos son confusos, y...

Él sonríe con tristeza, sin hacer caso de lo que dice.

—Eres preciosa.

Se inclina hacia delante, le toca la mejilla, y a continuación alza una mano y le suelta el cabello negro azabache.

Ella cierra los ojos y siente cómo le cae por la espalda la melena suelta, ganando peso con la lluvia.

«¡Basta! Es un paciente tuyo, un enfermo mental, por el amor de Dios.»

—Mick, por favor. Foletta está mirándonos. ¿Por qué no vienes dentro? Hablemos dentro...

Mick la mira fijamente con una expresión de abatimiento en sus ojos color ébano, dejando ver una alma torturada por la belleza prohibida.

—«¡Ah, cómo enseña ella a brillar a las antorchas! En el rostro de la noche es cual la joya que en la oreja de una etíope destella...»

—¿Cómo dices? —A Dominique le late con fuerza el corazón.

—Es de *Romeo y Julieta*. Solía leérselo a mi madre junto a su cabecera. —Toma la mano de Dominique y se la acerca a los labios—. «Y seré feliz si le toco la mano. ¿Supe qué es amor? Ojos, desmentidlo, pues nunca hasta ahora la belleza he visto.»

La lluvia va amainando. Dominique ve aproximarse a los dos celadores.

—Mick, escúchame. He obligado a Foletta a que te asigne un equipo de rehabilitación. Podrías salir de aquí dentro de seis meses.

—No llegaremos a ver ese día, amor mío. Mañana es el equinoccio de otoño... —Gira la cabeza y lo invade la ansiedad al descubrir a los dos hombres de blanco—. Lee el diario de mi padre. El destino de este mundo está a punto de cruzar un nuevo umbral, y eso colocará a la especie humana a la cabeza de la lista de las especies en peligro...

Los dos celadores lo agarran cada uno por un brazo.

—¡Eh, trátenlo con más cuidado!

Mientras se lo llevan, Mick se vuelve para mirarla, despidiendo humedad del cuerpo en forma de vapor.

—«¡Qué dulces suenan las voces de los amantes en la noche, igual que la música suave al oído!» Te llevo en el corazón, Dominique. El destino ha querido unirnos. Lo noto. Lo noto...

Diario de Julius Gabriel

Antes de proseguir nuestro viaje a través de la historia del hombre, permíteme que te presente un término desconocido para la mayoría del público: arqueología prohibida. Por lo que parece, a la hora de hablar del origen y la antigüedad del ser humano, la comunidad científica no siempre se enfrenta con una mente abierta a las pruebas que pueden contradecir los modelos de evolución ya establecidos. Dicho de otro modo, a veces resulta más fácil refutar los hechos que intentar aportar una explicación viable de lo que no puede ser explicado.

Lo bueno es que Colón utilizó un mapa de Piri Reis en lugar de la versión aceptada en Europa, o de lo contrario habría navegado hasta precipitarse por el borde del mundo.

Cuando el hombre cree que lo sabe todo, deja de aprender. Esta desgraciada realidad ha llevado a la supresión de muchas investigaciones importantes. Como no podemos publicar nuestros trabajos sin la aprobación de una universidad importante, se hace casi imposible desafiar las opiniones dominantes hoy en día. Yo he visto intentarlo a colegas instruidos, que sólo han conseguido ser condenados al ostracismo, ver su reputación hecha pedazos y su carrera destruida, aun cuando las pruebas en las que apoyaban sus polémicos puntos de vista parecían insuperables.

Los peores de todos son los egiptólogos egipcios, que odian que los científicos intenten desafiar la historia aceptada de sus antiguos yacimientos, y que se ponen especialmente desagradables cuando los extranjeros cuestionan la edad y el origen de sus estructuras monolíticas.

Esto nos lleva a los métodos de datación, el aspecto más controvertido de la arqueología. El uso del carbono 14 para datar huesos y residuos de carbón es fácil y exacto, pero dicha técnica no puede aplicarse a la piedra. Como consecuencia, con frecuencia los arqueólogos datan un yacimiento antiguo según otras reliquias más fáciles de datar halladas en las inmediaciones de la excavación o, cuando no se encuentra ninguna, meramente haciendo conjeturas, lo cual da lugar a un amplio abanico de errores humanos.

Una vez hecho constar esto, regresemos a nuestro viaje a través de la historia y del tiempo.

Fue algún tiempo después del Diluvio Universal cuando comenzaron a surgir por todo el mundo las primeras civilizaciones. Lo que actualmente aceptamos como verdadero es que la historia con documentos escritos se inició en Mesopotamia, en el valle que hay entre los ríos Tigris y Éufrates, hacia el 4000 a.C., si bien los restos más antiguos de una ciudad corresponden a Jericó, que data del 7000 a.C. Pero ahora existen pruebas de que existió otra civilización, una civilización superior, que floreció incluso antes junto a las orillas del Nilo, y fue esa cultura más antigua aún y el sabio jefe de la misma quienes nos dejaron la primera de las misteriosas maravillas que posiblemente sean responsables en última instancia de salvar a nuestra especie de la aniquilación.

Hay muchos templos, pirámides y monumentos esparcidos por el paisaje de Egipto, pero ninguno puede compararse con las grandiosas maravillas erigidas en Giza. Es aquí, en la orilla oeste del Nilo, donde se trazó un increíble plan, que constaba de la Esfinge, sus dos templos y las tres grandes pirámides de Egipto.

¿Por qué hablo de las grandes pirámides de Giza? ¿Qué

relación pueden guardar esos antiguos monolitos con el calendario maya y con la cultura mesoamericana, situada al otro lado del mundo?

Después de tres décadas de investigaciones, finalmente me he dado cuenta de que para poder resolver el acertijo que plantea la profecía del juicio final, uno debe dejar a un lado las ideas preconcebidas del tiempo, la distancia, la culturas y impresiones superficiales a la hora de analizar los antiguos indicios que rodean el gran misterio de la humanidad.

Permíteme unos momentos para explicarme.

Las estructuras más grandes y más inexplicables jamás construidas por el hombre son las pirámides de Giza, los templos de Angkor situados en las selvas de Camboya, las pirámides de la antigua ciudad mesoamericana de Teotihuacán, los dibujos de Nazca, las ruinas de Tiahuanaco y la pirámide de Kukulcán que se encuentra en Chichén Itzá. Todas y cada una de estas maravillas antiguas, construidas por culturas distintas en partes distintas del mundo y en épocas muy diferentes de la prehistoria de la humanidad, no obstante están relacionadas con el inminente final de la especie humana que se indica en el calendario maya. Los arquitectos e ingenieros que levantaron esas ciudades poseían todos amplios conocimientos de astronomía y de matemáticas, que superaban con facilidad la base de conocimientos que se tenía en aquella época. Además, la localización de cada una de esas estructuras se estableció con gran esmero según el equinoccio y el solsticio, y, por increíble que parezca, guardando relación unas con otras, pues si se quisiera dividir la superficie de nuestro planeta empleando puntos de referencia nítidos, dichas estructuras completarían fácilmente esa tarea.

Pero lo que no podemos ver es precisamente lo que une para siempre esas estructuras monolíticas unas con otras, pues guardan en su diseño una ecuación matemática común que demuestra que sus constructores contaban con un conocimiento avanzado, el conocimiento de la precesión.

Una vez más, una breve explicación:

En el año que dura su viaje por el espacio alrededor del Sol, nuestro planeta gira sobre su eje una vez cada veinticuatro horas. Al rotar, la fuerza gravitatoria de la Luna lo obliga a inclinarse aproximadamente 23,5 grados respecto de la vertical. Si a ello se suma la atracción gravitatoria que ejerce el Sol sobre el abultamiento ecuatorial de la Tierra, se obtiene una oscilación del eje de la misma similar al de una peonza. Dicha oscilación se denomina precesión. Una vez cada veinticinco mil ochocientos años, el movimiento del eje dibuja una trayectoria circular en el cielo y cambia la posición de los polos celestes y de los equinoccios. Esta deriva gradual hacia el oeste es también la causa de que los signos del Zodíaco ya no se correspondan con sus respectivas constelaciones.

Al astrónomo y matemático griego Hiparco se le atribuye el mérito de haber descubierto el movimiento de precesión en el año 127 a.C. Actualmente sabemos que los egipcios, los mayas y los hindúes entendieron el movimiento de precesión cientos, si no miles, de años antes.

A principios de la década de 1990, la arqueoastrónoma Jane Sellers descubrió que el mito de Osiris del antiguo Egipto se había codificado empleando números clave que utilizaban los egipcios para calcular los grados de variación de la precesión de la Tierra. Entre ellos destacaba un conjunto de dígitos en particular: 4320.

Más de mil años antes de que naciera Hiparco, tanto los egipcios como los mayas consiguieron calcular el valor de *pi*, la relación entre la circunferencia de un círculo y su diámetro. La altura de la Gran Pirámide, 146,347 metros, multiplicada por 2 *pi* da una cifra exactamente igual que su base (919,058 metros). Por increíble que parezca, el perímetro de la pirámide es tan sólo seis metros inferior al diámetro de la Tierra, cuando las dimensiones de nuestro planeta se reducen a una escala de 1:43.200, números que representan nuestro código matemático de la precesión. Utilizando la misma relación, el radio de la Tierra en los polos es igual a la altura de la pirámide.

Resulta ser que la Gran Pirámide es un marcador geodésico situado casi exactamente sobre el paralelo 30. Si sus medidas se proyectaran sobre una superficie plana (su vértice representando el Polo Norte y su perímetro el Ecuador), sus dimensiones equivaldrían al Hemisferio Norte, de nuevo a una escala de 1:43.200.

Sabemos que en los equinoccios el Sol tarda 4.320 años en completar un cambio precesional de dos constelaciones del Zodíaco, o sesenta grados. Si multiplicamos dicho número por 10, obtendremos 43.200, el número de días anotado en el calendario maya de Recuento Largo, que equivale a seis *katuns*, uno de los valores numéricos clave que empleaban los antiguos mayas para calcular la precesión. Un ciclo de precesión completo abarca veinticinco mil ochocientos años. Si se suman todos los años de los cinco ciclos del Popol Vuh, ese período de tiempo equivale exactamente a un ciclo precesional.

Ocultos en la densa jungla de Kampuchea, en Camboya, se encuentran los espléndidos templos hindúes de Angkor. Entre los bajorrelieves y las estatuas que proliferan por dicho complejo hay muchos signos indicativos de la precesión, el más popular de todos una serpiente gigante (*Naga*), cuya parte media se enrosca alrededor de una montaña sagrada que hay en el océano de leche, o Vía Láctea. Los dos extremos de la serpiente se usan a modo de soga en un concurso cósmico de «tira y afloja» entre dos equipos: uno que representa la luz y el bien, y otro que representa la oscuridad y el mal. Este movimiento, combinado con el de la Vía Láctea, representa la interpretación que hacían los hindúes de la precesión. Los Puranas, escrituras sagradas de los hindúes, denominan *Yugas* a las cuatro edades de la Tierra. La Yuga que vivimos en la actualidad, la Yuga Kali, tiene una duración de cuatrocientos treinta y dos mil años mortales. Al final de esa época, las escrituras afirman que la raza humana habrá de enfrentarse a su destrucción.

Los antiguos egipcios, los mayas y los hindúes; tres culturas diferentes situadas en tres tercios diferentes del mundo, y cada una de ellas desarrollada en distintos intervalos del pasado. Tres culturas que compartieron avanzados conocimientos comunes de ciencia, cosmología y matemáticas y que se valieron de esos conocimientos para crear misteriosas maravillas arquitectónicas, cada una con un único propósito oculto.

La más antigua de dichas estructuras son las grandes pirámides de Giza y su guardián atemporal, la Esfinge. Situada al noroeste del templo conocido como Casa de Osiris, esta magnífica figura de piedra caliza con forma de león de cabeza humana, tan alta como un edificio de seis pisos y con una longitud de ochenta metros, es la escultura más grande del mundo. La figura en sí es un marcador cósmico, ya que su mirada se orienta con precisión hacia el este exacto, como si esperase ver salir al Sol.

¿Qué antigüedad tiene el complejo de Giza? Los egiptólogos creen ciegamente en la fecha de 2475 a.C. (un período que encaja con el folclore egipcio). Durante mucho tiempo resultó muy difícil cuestionar dicha fecha, ya que ni la Gran Pirámide ni la Esfinge dejaron marcas determinantes.

O eso creíamos.

Entonces llegó el erudito norteamericano John Anthony West. West descubrió que la zanja de ocho metros y pico de profundidad que rodea a la Esfinge mostraba inconfundibles señales de erosión. Tras realizarse nuevas investigaciones, un equipo de geólogos determinó que aquel daño no había sido causado por el viento ni por la arena, sino tan sólo por las lluvias.

La última vez que el valle del Nilo sufrió ese tipo de clima fue hace aproximadamente trece mil años, como resultado del Diluvio Universal, el cual tuvo lugar a finales de la última glaciación. En el año 10450 a.C. Giza no sólo era fértil y verde, sino que además en el cielo del este se veía precisamente la figura que sirvió de modelo a la Esfinge: la constelación de Leo.

Mientras sucedía todo esto, Robert Bauval, un ingeniero belga, se dio cuenta de que las tres pirámides de Giza, vistas desde arriba, mostraban una posición exactamente igual que las tres estrellas del Cinturón de Orión.

Utilizando un complejo programa informático diseñado para dar cuenta de todos los movimientos precesionales partiendo de cualquier visión del cielo nocturno en cualquier punto geográfico, Bauval descubrió que aunque en el año 2475 a.C. las pirámides de Giza estaban bastante bien alineadas con el Cinturón de Orión, en el 10450 a.C. se había producido una alineación infinitamente más exacta. Durante esta última fecha, la franja oscura de la Vía Láctea no sólo había aparecido encima de Giza, sino que además constituía un reflejo exacto del curso meridional del río Nilo.

Tal como he mencionado más arriba, los antiguos mayas consideraban la Vía Láctea una serpiente cósmica y llamaban a esa franja oscura *Xibalba Be*, el Camino Negro que conducía al Mundo Inferior. Tanto el calendario maya como el Popol Vuh hacen referencia a los conceptos de creación y muerte y sitúan su origen en ese canal de parto cósmico.

¿Por qué se alinearon las pirámides de Giza con el Cinturón de Orión? ¿Qué importancia tiene el número precesional, el 4320? ¿Cuál fue la verdadera motivación que empujó a nuestros antepasados a erigir los monumentos de Giza, las pirámides de Teotihuacán y los templos de Angkor?

¿Cómo están relacionados esos tres emplazamientos con la profecía maya del juicio final?

Extracto del diario del profesor Julius Gabriel,
ref. Catálogo 1993-1994, páginas 3-108
Disquete 4: Nombre de archivo: ORION-12

Capítulo 5

23 de septiembre de 2012
MIAMI, FLORIDA
3.30 horas

El sueño de Michael Gabriel se transforma en un terror nocturno. Peor que ninguna pesadilla, es un sueño violento y recurrente que se desliza en su subconsciente, un susurro en su cerebro que lo transporta hasta un momento crítico de su pasado.

Se encuentra en Perú, siendo otra vez un niño, pues aún no ha cumplido los doce años. Contempla desde la ventana de su dormitorio la adormecida aldea de Ingenio y escucha las voces apagadas que proceden de la habitación contigua. Oye a su padre hablar en español con el médico. Oye a su padre sollozar.

En eso se abre la puerta de al lado. «Michael, pasa, por favor.»

Michael percibe el olor a enfermedad. Es un olor a rancio, un tufo a sábanas empapadas en sudor y bolsas intravenosas, a vómito, a dolor y a angustia humana.

Su madre se encuentra tendida en la cama, con el rostro marcado por la ictericia. Lo mira con unos ojos hundidos y le aprieta débilmente la mano.

«Michael, el doctor te va a enseñar cómo debes darle a tu madre la medicina. Es muy importante que prestes mucha atención y que lo hagas correctamente.»

El médico de cabellos plateados se vuelve hacia él. «Es un poco joven, señor...»

«Enséñele.»

El médico retira la sábana y deja al descubierto un tubo portacatéter que sobresale del vendaje del hombro derecho de su madre.

Mick ve el tubo y se asusta. «Papá, por favor, ¿no puede la enfermera...?»

«Ya no podemos permitirnos una enfermera, y yo tengo que terminar mi trabajo en Nazca. Ya hemos hablado de esto, hijo. Puedes hacerlo tú. Yo vendré a casa todas las noches. Ahora concéntrate, y pon toda la atención en lo que va a enseñarte el médico.»

Mick se sitúa junto a la cama y observa atentamente cómo el médico llena la jeringa con morfina. Memoriza la dosis, y siente un vuelco en el estómago cuando ve entrar la aguja en el portacatéter al tiempo que su madre pone los ojos en blanco...

—¡No! ¡No! ¡No!

Los gritos de Michael despiertan a todos los residentes de su sección.

EL ESPACIO PROFUNDO

La sonda ligera Pluto-Kuiper Express recorre el espacio a una distancia de ocho años, diez meses y trece días de casa, a tan sólo cincuenta y ocho días y once horas de su destino, el planeta Plutón y su luna Quirón. Semejante a un satélite de alta tecnología en forma de lente, este ingenio científico continúa emitiendo hacia la Tierra su señal sin codificar por medio de su antena de alta ganancia de un metro y medio.

Sin previo aviso, estalla en mitad del espacio un inmenso océano de energía de radio, que se desplaza a la velocidad de la luz, y el extremo inferior de un pulso de hiperonda baña el satélite en su transmisión de alto número de decibelios. En el intervalo de un nanosegundo, el subsistema de telecomunicaciones de la sonda y los monolíticos circuitos integrados de microondas (MMIC) quedan destruidos y de todo punto irreconocibles.

ESTACIÓN DE LA RED DE ESPACIO PROFUNDO
DE LA NASA
14.06 horas

Jonathan Lunine, jefe del equipo científico de Pluto Express, se encuentra apoyado sobre una fila de consolas de control de la misión, escuchando a medias al ingeniero Jeremy Armentrout, que está hablándoles a los nuevos miembros del equipo de tierra.

—... La antena de alta ganancia de la sonda PKE transmite uno de tres posibles tomos. En esencial, se traducen como: «Todo va bien, datos listos para ser enviados, o existe un problema grave que requiere atención inmediata». Durante estos últimos ocho años, dichas señales vienen siendo monitorizadas por...

Lunine reprime un bostezo. Tres turnos consecutivos de dieciocho horas le están pasando factura, y está deseando que empiece el fin de semana. «Otra hora más en la sala de instrucciones, y a casita a echar una siesta. Mañana juegan los Redskins con los Eagles, va a ser un buen partido...»

—¡Jon, puedo hablar contigo, por favor!

Hay un técnico de pie junto a su consola de control, haciéndole señas con urgencia. Lunine repara en que tiene la frente perlada de sudor. Los operadores sentados a uno y otro lado parecen trabajar enfebrecidos.

—¿Cuál es la situación?

—Hemos perdido el contacto con la PKE.

—¿Por el viento solar?

—Esta vez, no. Mi panel indica una sobrecarga masiva de potencia que afecta a todo el sistema de comunicaciones SDST y a los dos ordenadores de vuelo. Los sensores, la electrónica, los efectores de propulsión, se ha caído todo. He ordenado un análisis completo del sistema, pero sólo Dios sabe qué efecto está ejerciendo sobre la trayectoria de la PKE.

Lunine hace una seña a Armentrout para que se acerque.

—Control de vuelo ha perdido el contacto con la trayectoria de la PKE.

—¿Y los sistemas de seguridad?

—Se ha caído todo.

—Maldición. —Armentrout se frota la sien—. Por supuesto, la primera prioridad es restablecer el contacto. También es imperativo que localicemos de nuevo la sonda y continuemos su seguimiento antes de que pase demasiado tiempo y la perdamos en el espacio profundo.

—¿Tienes alguna sugerencia?

—¿Te acuerdas del verano del 98, cuando perdimos el contacto con el SOHO durante un mes, más o menos? Antes de recuperarlo, conseguimos localizarlo mediante señales de radio de la antena de Arecibo y después recogiendo el rebote con la antena de la NASA en California.

—Voy a llamar a Arecibo.

CENTRO NACIONAL DE ASTRONOMÍA E IONOSFERA
ARECIBO, PUERTO RICO

—Entendido, Jon. —Robert Pasquale, director de operaciones de Arecibo, cuelga el teléfono y se suena la nariz por enésima vez antes de llamar por el busca a su ayudante—. Arthur, ven aquí, por favor.

El astrofísico Arthur Krawitz entra en el despacho de su director.

—Dios santo, Bob, tienes muy mala pinta.

—Es por esta maldita sinusitis. El primer día del otoño ya tengo la cabeza como un bombo. ¿Han terminado con la antena esos astrónomos rusos?

—Hará unos diez minutos. ¿Qué ocurre?

—Acabo de recibir una llamada de emergencia de la NASA. Por lo visto han perdido el contacto con la Pluto-Kuiper y quieren que nosotros les ayudemos a localizarla de nuevo. En este momento están enviando a tu ordenador las últimas coordenadas conocidas de la sonda, y nos piden que utilicemos la gran antena para lanzar una baliza de radio al espacio. Si tenemos suerte, recibiremos rebotada una señal que la NASA podrá detectar con la antena de Goldstone.

—Enseguida estoy con ello. Ah, por cierto, ¿qué hay del SETI? ¿Sabes que Kenny Wong quiere ponerse a la escucha empleando los receptores del SERENDIP? Es un problema que...

—Por Dios, Arthur, me importa un bledo. Si ese chico quiere desperdiciar su vida esperando a que nos llame E.T., a mí me la trae absolutamente floja. Si me necesitas, estaré en mi habitación, dopándome con Sudafed.

Cuando la Universidad Cornell de Ingeniería concibió la idea de construir el radiotelescopio más potente del mundo, pasaron años buscando un emplazamiento que ofreciera una depresión geológica natural y que poseyera las dimensiones aproximadas de un gigantesco cuenco reflector. Dicho emplazamiento debía encontrarse dentro de la jurisdicción de Estados Unidos, y como no iba a moverse, el lugar debía estar también lo más cerca posible de la línea del ecuador para que la Luna y los planetas se vieran casi en la vertical. Dicha búsqueda los llevó hasta la cordillera cárstica y de piedra caliza que hay al norte de Puerto Rico, un terreno exuberante y aislado que contiene valles profundos rodeados de altas colinas que protegerían al telescopio de interferencias de radio externas.

Terminado de construir en 1963, y mejorado posteriormente en 1974, 1997 y 2010, el telescopio de Arecibo se presenta ante quienes lo ven por primera vez como una enorme y extraña estructura de acero y hormigón. La antena parabólica, de trescientos metros de diámetro y formada por casi cuarenta mil paneles de aluminio perforados, cuelga con el lado cóncavo orientado hacia arriba, llenando toda la hondonada cárstica en forma de cráter como si fuera un gigantesco cuenco de ensalada de cincuenta metros de profundidad. Suspendido ciento veintinueve metros sobre el centro de la antena se encuentra el brazo azimut del telescopio, la cúpula gregoriana y otras antenas parabólicas secundarias y terciarias. Esta telaraña de acero de seiscientas toneladas se sostiene por medio de doce cables unidos a tres inmensas torres soporte con forma de obelisco y numerosos bloques de anclaje repartidos por el perímetro del valle.

En el interior de la ladera de piedra caliza que mira al telescopio se encuentra el laboratorio de Arecibo, una estructura de hormigón de varios pisos de altura que contiene los ordenadores y los equipos técnicos que se usan para operar en toda la instalación. Contigua al laboratorio se encuentra una zona de residencia de cuatro plantas que incluye un comedor y una biblioteca, así como una piscina climatizada y una pista de tenis.

El gigantesco telescopio de Arecibo se diseñó para que lo utilizaran científicos de cuatro campos distintos. Los radioastrónomos usan la antena para analizar la energía natural de radio que emiten las galaxias, los púlsares y otros cuerpos celestes que se encuentran a distancias de hasta diez millones de años luz. Los astrónomos de radares acuden a Arecibo a lanzar y recoger el eco de potentes rayos de energía de radio de objetos que pertenecen a nuestro sistema solar para después registrar y estudiar dicho eco. Los científicos de la atmósfera y los astrónomos utilizan este telescopio para estudiar la ionosfera de la Tierra y analizar la atmósfera y su relación dinámica con nuestro planeta.

El último campo de investigación es el del programa SETI, que significa Búsqueda de Inteligencia Extraterrestre. El objetivo del SETI consiste en encontrar vida inteligente dentro del cosmos y tiene un enfoque doble. El primero es enviar transmisiones de radio al espacio profundo con la esperanza de que algún día una especie inteligente reciba nuestro mensaje de paz. El segundo emplea la cúpula gregoriana y sus dos parabólicas más pequeñas para recibir ondas de radio del espacio profundo, en un intento de discernir una pauta inteligible que demuestre que no estamos solos en el universo.

Los astrónomos comparan la tarea de pescar señales de radio en la inmensidad del espacio con la de buscar una aguja en un pajar. A fin de simplificar la búsqueda, el profesor Frank Drake y sus colegas del Proyecto Ozama, los fundadores del SETI, llegaron a la conclusión de que cualquier vida inteligente que exista en el cosmos habrá de estar asociada (lógicamente) con el agua. Con todas las frecuencias de radio entre las que se puede elegir, los astrónomos establecieron la hipótesis de que una inteligencia extraterrestre emitiría sus señales en la frecuencia de 1,42 gigahercios, el punto del espectro electromagnético en el que el hidrógeno libera energía. Drake bautizó esa región como el «abrevadero», y desde entonces constituye la exclusiva finca de caza de todas las señales de radio interestelares.

Un anexo del proyecto SETI es el SERENDIP, siglas en inglés de Búsqueda de Emisiones de Radio de Poblaciones Cercanas Inteligentes y Desarrolladas. Dado que el tiempo de uso del telescopio es caro y difícil de conseguir, SERENDIP simplemente coloca sus receptores en la gran antena durante todas las observaciones. La mayor limitación que sufren esos científicos del SETI es la de no poder escoger qué escuchar, ya que los objetivos los elige el anfitrión.

Kenny Wong se encuentra en el mirador de acero y hormigón ubicado justo frente a los enormes ventanales del laboratorio. Con un gesto de contrariedad, este estudiante de posgrado de Princeton se apoya sobre la barandilla de protección y contempla la maraña de cables y metal suspendida por encima del corazón de la gran antena.

«Jodida NASA. No les basta con recortarnos los fondos, ahora tienen que quitarnos tiempo de uso del telescopio para encontrar su maldita sonda...»

—Eh, Kenny...

«Colocar nuestros receptores es una maldita pérdida de tiempo, si ni siquiera nos van a sintonizar con el abrevadero. Mejor haría en bajarme a la playa, para lo que estoy haciendo aquí...»

—¡Kenny, haz el favor de venir, tu equipo me está dando dolor de cabeza!

—¿Eh?

El estudiante de posgrado corre al laboratorio, y se le acelera el pulso al oír un sonido que no ha oído jamás.

—Ese maldito ordenador tuyo lleva ya cinco minutos pitando de ese modo. —Arthur Krawitz se quita las gafas bifocales y le lanza una mirada asesina—. Desconéctalo de una vez, ¿quieres?, me está volviendo loco.

Kenny pasa raudo a su lado y se apresura a teclear los comandos necesarios para activar el programa de búsqueda e identificación. El programa SERENDIP-IV es capaz de examinar simultáneamente ciento sesenta y ocho millones de canales de frecuencia cada 1,7 segundos.

En cuestión de unos instantes, comienza a parpadear una respuesta en el ordenador que lo deja sin respiración.

Señal del candidato: detectada

—Oh, santo cielo...

Kenny corre al analizador de espectro con el corazón bombeando en los oídos. Verifica que la señal analógica está siendo grabada y formateada digitalmente.

Señal del candidato: no aleatoria

—¡Santo Dios! ¡Es una jodida señal auténtica! ¡Joder, Arthur, tengo que llamar, tengo que verificarla antes de que la perdamos!

Arthur está riendo histérico.

—Kenny, no es más que la sonda de Plutón. La NASA debe de haberla recuperado.

—¿Qué? Oh, joder. —Kenny se derrumba en una silla, sin resuello—. Dios, por un segundo he pensado...

—Por un segundo, parecías el pájaro loco. Siéntate y cálmate mientras yo contacto con la NASA para verificarlo, ¿de acuerdo?

—De acuerdo.

El físico pulsa una tecla preprogramada de su videoteléfono que le pone directamente en línea con la NASA. En el monitor aparece el rostro de Armentrout.

—Arthur, me alegro de verte. Oye, gracias por echarnos una mano.

—¿Gracias por qué? Veo que ya habéis recuperado el contacto con la PKE.

—Negativo, esto sigue estando más muerto que mi abuela. ¿Qué te hace pensar eso?

En ese momento interviene Kenny a toda prisa.

—NASA, soy Kenny Wong, del SETI. Estamos recibiendo una transmisión de radio del espacio profundo. Creíamos que era la sonda PKE.

—No procede de nosotros, pero debéis tener en cuenta que la sonda de Plutón utiliza una portadora no codificada. Hay mucho bromista por ahí suelto, SETI. ¿Cuál es la frecuencia de la señal?

—Aguarda un momento. —Kenny regresa a su ordenador y teclea una serie de comandos—. Oh, Dios, estamos en 4.320 megahercios. Maldita sea, Arthur, esa banda de microondas está demasiado arriba para proceder de un satélite de comunicaciones de la Tierra o incluso de uno geosíncrono. Espera, voy a pasar la señal por un altavoz para que podamos oírla.

—Kenny, espera...

En ese momento los altavoces proyectan un penetrante chirrido de un tono muy agudo, un estallido tan fuerte que su vibración hace añicos las gafas bifocales de Arthur y consigue que los ventanales repiqueteen dentro del marco.

Kenny tira del enchufe y se frota los oídos, que le silban.

Arthur está mirando los fragmentos de cristal que tiene en las manos.

—Increíble. ¿Qué fuerza tiene esa señal? ¿De dónde procede?

—Todavía estoy calculando la fuente, pero la fuerza se sale del gráfico. Estamos recibiendo una potencia de radio aproximadamente mil veces más intensa que nada que podamos transmitir nosotros desde Arecibo. —Kenny siente un escalofrío que le baja por la columna vertebral—. ¡Maldita sea, Arthur, esto es de verdad!

—Cálmate un momento. Antes de que terminemos pareciendo los pájaros locos del nuevo milenio, llama y procede a confirmar la señal. Empieza por el VLA de Nuevo México. Yo voy a llamar al estado de Ohio...

—Arthur...

Krawitz se gira para mirar el monitor de vídeo.

—Adelante, Jeremy.

Alrededor de Armentrout, al que se le ve pálido, se han apiñado media docena de técnicos.

—Arthur, acabamos de confirmar nosotros la señal.

—Que acabáis de confirmar... —Krawitz se siente un poco mareado, como si estuviera viviendo en un mundo de ensueño—. ¿Habéis localizado el origen?

—Aún estamos en ello. Estamos sufriendo un montón de interferencias debido a...

—¡Arthur, tengo una trayectoria preliminar! —exclama Kenny poniéndose en pie, muy alterado—. La señal se origina en la constelación de Orión, en las inmediaciones del Cinturón de Orión.

CHICHÉN ITZÁ
PENÍNSULA DEL YUCATÁN
16.00 horas

La antigua ciudad maya de Chichén Itzá, situada en las tierras bajas de la península del Yucatán, es una de las grandes maravillas arqueológicas del mundo. Este lugar en medio de la selva se halla ocupado por varios cientos de edificios de una antigüedad de mil doscientos años, entre ellos algunos de los templos y santuarios más intrincadamente tallados de toda Mesoamérica.

Los orígenes reales de la ciudad conocida como Chichén Itzá se remontan al año 435 de nuestra era. Tras un período de abandono, esta ciudad fue descubierta de nuevo por los itzaes, una tribu de lengua maya que ocupó esa región hasta finales del siglo VIII, cuando los toltecas emigraron de Teotihuacán y se dirigieron hacia el este. Bajo la tutela y el liderazgo del gran maestro Kukulcán, las dos culturas se fusionaron y la ciudad floreció hasta llegar a dominar esa región como centro religioso, ceremonial y cultural. La desaparición de Kukulcán en el siglo XI dio lugar al declive de Chichén Itzá, la cual perdió población y cayó en una depravación que la llevó hasta el extremo de practicar sacrificios humanos. En el siglo XVI, lo poco que quedaba de esa cultura sucumbió rápidamente al dominio de los españoles.

Dominando Chichén Itzá se encuentra la que posiblemente sea la estructura más espléndida de toda Mesoamérica: la pirámide de Kukulcán. Apodada por los españoles «El Castillo», esa imponente torre en forma de zigurat de nueve escalones se alza casi treinta y tres metros por encima de una amplia extensión de hierba segada.

La de Kukulcán es mucho más que simplemente una pirámide: es un calendario de piedra. Cada uno de sus cuatro lados mide noventa y un pasos. Con la plataforma, la suma total es de 365, igual que los días del año.

Para los arqueólogos y los científicos, esta pirámide de color rojo sangre sigue siendo un enigma, ya que su diseño demuestra unos conocimientos de astronomía y matemáticas que rivalizan con los del hombre moderno. Su estructura está alineada geológicamente de tal forma que dos veces al año, en los equinoccios de primavera y de otoño, comienzan a ondular unas extrañas sombras a lo largo de la escalinata norte. Cuando se pone el sol por la tarde, empieza a bajar por los escalones la enorme sombra de una serpiente hasta que se encuentra con la cabeza, una escultura que descansa en la base de la pirámide. (En primavera la serpiente desciende por la escalinata, en otoño es al revés.)

En la cumbre de la pirámide hay un templo de cuatro lados, que originalmente se usaba para el culto y tan sólo más tarde, tras la desaparición de Kukulcán, para realizar sacrificios humanos.

Se cree que esta pirámide fue construida en el año 830 de nuestra era y que al principio estaba encima de otra estructura mucho más antigua, a cuyos restos sólo se puede acceder a través de una entrada situada en la base norte. Se abre un pasadizo claustrofóbico que conduce a una angosta escalera cuyos peldaños de piedra caliza están resbaladizos a causa de la humedad. Al subir la escalera uno se topa con dos estrechas cámaras interiores. La primera contiene la figura reclinada de un Chac Mool, una estatua maya que sostiene un plato ceremonial destinado a contener los corazones de las víctimas de los sacrificios. Detrás de la valla de seguridad de la segunda cámara se encuentra el trono de un jaguar rojo, con ojos de jade de un brillante color verde.

Brent Nakamura pulsa el interruptor de su cámara de vídeo SONY y acto seguido efectúa un barrido por el mar de cuerpos sudorosos que lo rodean. «Dios, aquí debe de haber como cien mil personas. Voy a pasarme horas en el atasco de tráfico.»

Brent, nativo de San Francisco, apunta de nuevo la cámara hacia la escalinata de la cara norte y acciona el zoom sobre la cola de la sombra de la serpiente, que continúa su ascensión de doscientos dos minutos por la escalera de caliza de esa pirámide de mil doscientos años de antigüedad.

En el aire húmedo de la tarde flota el penetrante olor a sudor humano. Nakamura graba a una pareja canadiense que discute con dos encargados del parque y después apaga la cámara, al tiempo que por su lado se abre paso a empujones un turista alemán con su familia.

Consulta su reloj y decide que lo mejor será tomar unas imágenes del cenote sagrado antes de que se vaya la luz. Después de pasar por encima de una miríada de personas comiendo al aire libre, se encamina en dirección norte, hacia el antiguo *sacbe*, un sendero de tierra elevado que se encuentra muy próximo a la cara norte de la pirámide de Kukulcán. El *sacbe* es el único medio de atravesar la densa selva para llegar al segundo lugar más sagrado de Chichén Itzá: un pozo de agua de manantial conocido como el cenote, o fuente del sacrificio para los mayas.

Tras cinco minutos de marcha llega a la boca de un foso de cincuenta y ocho metros de ancho, un lugar en el que en otro tiempo fueron sacrificadas miles de muchachas vírgenes. Se asoma a mirar. Allá abajo, a veinte metros, distingue unas aguas oscuras e infestadas de algas que apestan a podrido.

En eso, atrae su atención el estampido de un trueno a lo lejos.

«Qué raro. No hay ni una sola nube en el cielo. ¿Habrá sido un avión?»

El retumbar se intensifica. Varios cientos de turistas se miran unos a otros, intranquilos. Una mujer lanza un chillido.

Nakamura siente un temblor en todo el cuerpo. Vuelve a asomarse al pozo; sobre la superficie del agua, antes en calma, se ven ahora unos anillos.

«¡Hijo de puta, es un terremoto!»

Sonriendo de emoción, Nakamura enfoca la videocámara hacia la boca del cenote. Después de haber sobrevivido al gran terremoto de 2005, van a hacer falta más que unos cuantos temblores para alterar el ánimo de este nativo de San Francisco.

La muchedumbre retrocede conforme va aumentando el temblor. Muchos vuelven corriendo por el *sacbe* en dirección a la salida del parque. Otros se ponen a gritar al sentir que el suelo rebota igual que un trampolín.

Nakamura deja de sonreír. «¿Qué demonios...?»

El agua del interior del pozo está girando como un torbellino.

Y en eso, con la misma brusquedad con que empezaron, los temblores cesan.

PLAYA DE HOLLYWOOD, FLORIDA

La sinagoga está llena a rebosar en este Yom Kippur, el día más santo del calendario judío.

Dominique está sentada entre sus padres adoptivos, Edie e Iz Axler. El rabino Steinberg se encuentra de pie en su púlpito, escuchando la voz angelical de su cantora, que interpreta una conmovedora plegaria frente a la congregación.

Dominique tiene hambre, pues ha ayunado durante veinticuatro horas, desde que comenzó el Día de la Expiación. Además, sufre síndrome premenstrual. Quizá sea por eso por lo que se siente tan sensible e incapaz de concentrarse. Quizá sea por eso por lo que su cerebro no deja de volver una y otra vez a la persona de Michael Gabriel.

El rabino retoma la lectura:

—En el Rosh Hashanah reflexionamos. En el Yom Kippur

consideramos. ¿Quién ha de vivir por el bien de los demás? ¿Quién, muriendo, ha de dejar un legado de vida? ¿Quién ha de abrasarse en el fuego de la avaricia? ¿Quién ha de ahogarse en las aguas de la desesperanza? ¿Quién ha de sufrir hambre de bien? ¿Quién ha de sufrir sed de justicia? ¿Quién ha de verse acosado por el miedo del mundo? ¿Quién ha de verse estrangulado por la falta de amigos? ¿Quién ha de descansar al final de la jornada? ¿Quién ha de yacer insomne en un lecho de dolor?

Dominique siente que se reavivan sus sentimientos al imaginarse a Mick tumbado en su celda. «Basta...»

—¿Qué lengua ha de ser una espada? ¿Quién ha de pronunciar palabras de paz? ¿Quién ha de salir en busca de la verdad? ¿Quién ha de permanecer encerrado en la prisión de sí mismo?

En su mente, Dominique ve a Mick paseando por el jardín mientras el sol del equinoccio comienza a ponerse por detrás de la pared de hormigón.

—... Los ángeles, atenazados por el miedo y temblorosos, declaran con admiración y respeto: ¡Hoy es el día del juicio! Porque hasta las legiones de los cielos serán juzgadas, al igual que todos los que habitan la tierra deberán postrarse ante ti.

La barrera emocional se desmorona y comienzan a rodar por sus mejillas unas gruesas lágrimas manchadas de lápiz de ojos. Confusa, pasa por delante de Iz y corre por el pasillo central para salir del templo.

Capítulo 6

25 de septiembre de 2012
WASHINGTON, DC

Ennis Chaney está agotado.

Han transcurrido dos años desde que este senador republicano de Pensilvania enterró a su madre, y todavía la echa mucho de menos. Echa de menos ir a verla a la residencia y llevarle un plato de su especialidad culinaria, el cerdo, y echa de menos su sonrisa. También echa de menos a su hermana, que falleció once meses después de su madre, y a su hermano pequeño, el cual el cáncer le robó hace tan sólo un mes.

Cierra los puños con fuerza, y su hija pequeña le frota la espalda. Han pasado cuatro largos días desde que recibió la llamada en mitad de la noche. Cuatro días desde que su mejor amigo, Jim, muriera de un infarto fulminante.

Observa desde la ventana del comedor la limusina y el coche de seguridad que suben por el camino de entrada a la casa y suspira. «No hay descanso para los cansados, ni tampoco para los que lloran.» Abraza a su mujer y a sus tres hijas, abraza una vez más a la viuda de Jim, y a continuación sale de la casa, escoltado por los dos guardaespaldas. Se seca una lágrima que ha escapado de sus ojos hundidos; el pigmento oscuro que rodea las cuencas forma un sombra que semeja el rostro de un mapache. Los ojos de Chaney son espejos de su alma. Revelan su pasión como hombre, su visión como líder. Si se le contraría, sus ojos se convierten en impertérritos puñales.

Últimamente, los ojos de Chaney están enrojecidos de tanto llorar.

De mala gana, el senador sube al asiento trasero de la limusina que lo aguarda y los dos guardaespaldas se acomodan en el otro vehículo.

Chaney odia las limusinas; de hecho, odia todo lo que llame la atención sobre sí mismo o huela al trato preferencial asociado con los privilegios de los ejecutivos. Mira por la ventana con la expresión vacía y piensa en su vida, preguntándose si no estará a punto de cometer un grave error.

Ennis Chaney nació hace sesenta y siete años en el barrio negro más pobre de Jacksonville, Florida. Lo crió su madre, la cual mantenía a la familia limpiando las casas de los blancos ricos, y su tía, a la que a menudo él llamaba Mamá. Nunca conoció a su verdadero padre, un hombre que se fue de casa al poco de nacer él. Cuando tenía dos años su madre volvió a casarse, y su padrastro trasladó a la familia a Nueva Jersey. Fue allí donde se hizo mayor el pequeño Ennis. Fue allí donde perfeccionó sus cualidades de líder.

El patio de jugar era el único sitio en el que Chaney se sentía en casa, el único sitio en el que no importaba el color. Aun siendo más pequeño que sus compañeros, de todas formas se negaba a dejarse intimidar por nadie. Al salir del colegio se obligaba a hacer miles de horas de ejercicios de gimnasia y canalizaba su agresividad desarrollando sus cualidades atléticas, al tiempo que aprendía disciplina y autocontrol. En el instituto, jugando al fútbol americano, formó parte del segundo mejor equipo compuesto por los mejores de toda la ciudad en su categoría, y en baloncesto fue uno de los mejores de todo el estado y jugó en el equipo del primer nivel. Pocos defensas se atrevían a meterse con aquel jugador pequeñajo pero capaz de partirte un tobillo antes que permitirte que le robaras el balón; en cambio, fuera de la cancha era el muchacho más amable y cariñoso del mundo.

Su carrera como jugador de baloncesto finalizó cuando se rompió el tendón de la rótula en el primer año de universidad. Aunque tenía más interés por hacer carrera como entrenador, permitió que su madre, una mujer que había sido joven en la época de Jim Crow, lo convenciera de que probara suerte en la arena de la política. Después de haber sobrevivido ya a bastantes encontronazos propios con el racismo, Ennis sabía que la política era el principal terreno en el que era necesario operar cambios.

Su padrastro tenía contactos con el partido republicano en Filadelfia. Feroz demócrata, de todos modos Chaney estaba convencido de poder llevar a cabo más cambios como candidato republicano. Aplicando la misma ética del trabajo, la misma pasión y la misma intensidad que le permitieron destacar en el campo de juego, Ennis ascendió rápidamente por el escalafón de los políticos de la ciudad, sin sentir en ningún momento miedo de decir lo que pensaba y siempre con la mirada puesta en arriesgarse por ayudar al más débil.

Despreciando la pereza y la falta de autocontrol que veía en sus colegas, se convirtió en un soplo de aire fresco y en una especie de héroe del pueblo de Filadelfia. El ayudante de alcalde Chaney pronto se convirtió en el alcalde Chaney. Años después, se presentó como candidato a senador por Pensilvania y ganó por derrota aplastante.

Ahora, a menos de dos meses de las elecciones de noviembre de 2012, lo llamaba el presidente de Estados Unidos para apremiarlo a que se incorporase a la lista de candidatos al cargo de ayudante personal suyo. Ennis Chaney, aquel chaval pobre de Jacksonville, Florida, se encontraba verdaderamente a un paso del despacho más poderoso de todo el mundo.

Continúa mirando fijamente por la ventanilla mientras la limusina toma la salida para incorporarse a la vía de circunvalación. A Ennis Chaney lo aterroriza la muerte. Con ella no hay forma de esconderse ni de razonar, no da respuestas, tan sólo preguntas y confusión, lágrimas y elogios, demasiados elogios. ¿Cómo se va a poder resumir la vida de un ser querido en veinte minutos? ¿Cómo pueden esperar de él que traduzca una vida entera de aprecio en meras palabras?

«Vicepresidente.» Chaney hace un gesto negativo con la cabeza y deja a la mente bregar con su futuro.

No es su futuro lo que lo preocupa, sino la carga que supondrá su candidatura para su mujer y sus hijas. Una cosa era convertirse en senador, pero otra muy diferente es aceptar ser nominado por los republicanos para ser el primer vicepresidente afroamericano del país. El último y único negro que gozó de una posibilidad legítima de resultar elegido para la Casa Blanca fue Colin Powell, y éste terminó por retirar su candidatura alegando problemas familiares. Si Maller ganase las elecciones, Chaney sería el candidato favorito en 2016. Al igual que Powell, sabía que su popularidad iba más allá de fronteras políticas y raciales, pero siempre había un pequeño segmento de la población con el que, lo mismo que con la muerte, no se podía razonar.

Y ya había exigido demasiado a su familia.

Chaney sabe también que Pierre Borgia tiene muchas posibilidades, y le gustaría saber hasta dónde estará dispuesto a llegar el secretario de Estado con tal de conseguir lo que quiere. Borgia es todo lo que no es Chaney: presuntuoso, interesado, con motivación política, egocéntrico, soltero, un halcón militar... y blanco.

Sus pensamientos vuelven a centrarse en su mejor amigo y en su familia. Llora abiertamente sin preocuparse de que el chófer pueda darse cuenta de ello.

Ennis Chaney se guarda sus sentimientos en el bolsillo, algo que aprendió hace mucho de su madre. La fuerza interior y la tenacidad para mandar no sirven de nada a menos que uno también se permita a sí mismo sentir, y Ennis Chaney lo siente todo. Pierre Borgia no siente nada. Habiéndose criado entre los ricos, el secretario de Estado observa la vida con orejeras, sin pararse nunca a pensar qué puede estar sintiendo el otro. Esto último influye mucho en el senador. El mundo está convirtiéndose en un lugar cada día más complicado y peligroso. En Asia está aumentando la paranoia militar. Borgia es la última persona que él desea ver gobernando el país durante una crisis.

—¿Se encuentra bien, senador?

—La verdad, no. ¿Qué gilipollez de pregunta es ésa? —La voz de Chaney suena profunda y áspera, a no ser que esté gritando, cosa que hace con bastante frecuencia.

—Perdone, señor.

—Cállate y conduce este maldito coche.

El conductor sonríe. Dean Disangro lleva dieciséis años trabajando para el senador Chaney y lo quiere como un padre.

—Deano, ¿qué diablos ha ocurrido, que sea tan importante como para que la NASA me haga acudir a Goddard en domingo?

—Ni idea. El senador es usted. Yo no soy más que un empleado mal pagado...

—Cierra el pico. Tú estás más enterado de todo lo que pasa que la mayoría de esos imbéciles del Congreso.

—Usted es el enlace con la NASA, senador. Obviamente, ha debido de suceder algo importante para que tengan las pelotas de llamarlo en fin de semana.

—Gracias, Sherlock. ¿Tienes un monitor de noticias?

El chófer le pasa el dispositivo, del tamaño de un cuaderno, ya sintonizado en el *Washington Post*. Chaney lee los titulares que hablan de los preparativos para los ejercicios de fuerza nuclear disuasoria que van a llevarse a cabo en Asia. «Grozny programó esto una semana antes de Navidad. Fue muy inteligente. Seguro que abrigó la esperanza de enfriar el espíritu de las fiestas.»

Chaney aparta a un lado el monitor.

—¿Qué tal está tu mujer? Ya debe de quedarle poco, ¿no?

—Dos semanas.

—Maravilloso.

Chaney sonríe y se enjuga otra lágrima escapada de sus ojos inyectados de sangre.

CENTRO DE VUELO ESPACIAL GODDARD DE LA NASA GREENBELT, MARYLAND

El senador Chaney siente que tiene clavados en él los ojos de la NASA, el SETI, Arecibo y Dios sabe quién más. Termina de examinar las veinte páginas del informe, y a continuación se aclara la garganta e impone silencio en la sala de reuniones.

—¿Están completamente seguros de que la señal de radio tiene su origen en el espacio profundo?

—Sí, senador. —Brian Dodds, director ejecutivo de la NASA, casi parece estar pidiendo perdón.

—Pero no han conseguido localizar el origen exacto de la señal.

—No, señor, todavía no. Estamos bastante seguros de que el origen se encuentra dentro del brazo de Orión, la zona de la espiral de la galaxia en la que nos encontramos nosotros. La señal atravesó la Nebulosa de Orión, una fuente de interferencias masivas, lo cual hace difícil determinar con exactitud desde qué distancia puede haber viajado la señal. Suponiendo que provenga de un planeta situado dentro del Cinturón de Orión, estaríamos hablando de una distancia mínima de entre mil quinientos y mil ochocientos años luz de la Tierra.

—¿Y esa señal ha durado tres horas?

—Tres horas y veintidós minutos, para ser exactos, senador —responde impulsivamente Kenny Wong, al tiempo que se pone de pie en posición de firmes.

Chaney le indica que se siente.

—¿Y no ha habido otras señales, señor Dodds?

—No, señor, pero seguiremos monitorizando la frecuencia y la dirección de la señal las veinticuatro horas del día.

—Muy bien, suponiendo que la señal fuera auténtica, ¿cuáles son las implicaciones?

—Bueno, señor, la implicación más obvia y más emocionante es que ahora tenemos una prueba de que no estamos solos, de que por lo menos existe otra forma de vida inteligente en algún punto de nuestra galaxia. El paso siguiente consiste en averiguar si dentro de la señal en sí hay pautas y algoritmos ocultos.

—¿Creen que la señal puede contener algún tipo de comunicación?

—Pensamos que es muy posible. Senador, no se trata de una simple señal aleatoria transmitida por la galaxia; esta emisión venía directamente enfocada hacia nuestro sistema solar. Ahí fuera hay otra inteligencia que sabe que existimos. Al dirigir su señal hacia la Tierra, están haciéndonos saber que ellos también existen.

—¿Algo así como el afectuoso saludo de un vecino del mismo barrio?

El director de la NASA sonríe.

—Sí, señor.

—¿Y su equipo cuándo va a finalizar el análisis?

—Es difícil de saber. Si en efecto hay un algoritmo extraño, estoy seguro de que nuestros ordenadores y nuestro equipo de matemáticos y descifradores de códigos de encriptado darán con él. Aun así, ello podría llevar meses, años, o incluso podría no lograrse nunca. ¿Cómo se hace para pensar como un extraterrestre? Esto resulta emocionante, pero es muy nuevo para nosotros.

—Eso no es del todo exacto, ¿no cree, señor Dodds? —Los ojos de mapache taladran al director—. Usted y yo sabemos que el SETI lleva ya un tiempo utilizando la gran antena de Arecibo para transmitir mensajes al espacio profundo.

—Igual que las cadenas de televisión llevan lanzando señales al espacio a la velocidad de la luz desde el principio.

—No me venga con jueguecitos, señor Dodds. Yo no soy astrónomo, pero he leído lo suficiente para saber que las señales de televisión son demasiado débiles para alcanzar Orión. Cuando se anuncie este descubrimiento, va a haber mucha gente cabreada y asustada que insistirá en que el SETI nos ha traído un terror desconocido.

Dodds acalla las protestas de sus ayudantes.

—Tiene razón, senador. Las transmisiones del SETI son más fuertes, pero las señales de televisión son infinitamente más amplias y se extienden por el espacio en todas direcciones. De las dos, las señales de televisión tienen muchas más posibilidades de haber dado con un receptor al azar que una señal de radiofaro emitida desde Arecibo. Tenga en cuenta que la fuerza de la señal de radio que hemos detectado ha sido producida por un transmisor extraterrestre muy superior al nuestro. Tendríamos que suponer que la inteligencia que emite dicha señal también tiene receptores de radio capaces de detectar nuestras señales, que son más débiles.

—Con independencia de eso, señor Dodds, la realidad de esta situación es que hay millones de personas que desconocen esto y que mañana se despertarán muertas de miedo y esperando a que unos hombrecillos verdes irrumpan en su casa, violen a sus mujeres y les roben los bebés. Esta situación requiere delicadeza, o de lo contrario nos explotará en la cara.

El director de la NASA afirma con la cabeza.

—Por eso precisamente lo hemos llamado a usted, senador.

Esos ojos hundidos pierden un poco de su dureza.

—Está bien, hablemos de ese nuevo telescopio que proponen ustedes. —Chaney pasa las hojas de su copia del informe—. Aquí dice que la antena parabólica tendría cincuenta kilómetros de diámetro y que se construiría en la cara oculta de la Luna. Esto va a costarnos una buena cantidad de calderilla. ¿Por qué diablos necesitan construirla en la Luna?

—Por las mismas razones por las que lanzamos en su día el telescopio espacial Hubble. Hay demasiadas interferencias de radio que escapan de la Tierra, y la cara oculta de la Luna mira siempre hacia fuera, lo cual nos ofrece una zona natural libre de ondas de radio. La idea consiste en construir una parabólica en el fondo de un cráter grande, de un diseño similar al de la antena de Arecibo, sólo que de un tamaño varios miles de veces mayor. Ya hemos seleccionado un emplazamiento: el cráter Saha, sólo tres grados dentro de la cara oculta de la Luna, cerca del ecuador. Un telescopio lunar nos permitiría comunicarnos con la inteligencia que se ha puesto en contacto con nosotros.

—¿Y por qué íbamos a querer eso nosotros? —La voz tronante de Chaney recorre la sala de juntas perdiendo su aspereza conforme va subiendo de tono—. Señor Dodds, esta señal de radio puede que sea el descubrimiento más importante de la historia de la humanidad, pero lo que propone la NASA va a causar pánico en las masas. ¿Y si el pueblo americano se niega? ¿Y si no quieren gastarse unos cuantos miles de millones de dólares en ponerse en contacto con E.T.? Están ustedes pidiéndole al Congreso que se trague una píldora financiera muy grande.

Brian Dodds conoce a Ennis Chaney, sabe que el senador está poniendo a prueba su fortaleza.

—Senador, está usted en lo cierto. Este descubrimiento va a asustar a mucha gente. Pero permítame que le diga lo que nos asusta mucho más a nosotros. Nos asustamos todos los días cuando cogemos el monitor informativo y leemos lo de las armas nucleares en Irán. Nos asustamos cuando nos enteramos del recrudecimiento del problema del hambre en Rusia, o del aumento de las armas estratégicas en China, otro país que cuenta con capacidad para destruir el mundo. Por lo visto, todas las naciones que sufren disturbios políticos y económicos están armadas hasta los dientes, senador Chaney, y esa realidad asusta mucho más que una señal de radio proveniente de un punto situado a mil ochocientos años luz.

Dodds se pone en pie. Con su algo más de metro ochenta de estatura y sus buenos cien kilos de peso, parece más un púgil de lucha libre que un científico.

—Lo que necesita entender el público es que estamos tratando con una especie inteligente muy superior a la nuestra que ha logrado establecer un primer contacto. Sean quienes sean, y estén donde estén, se encuentran demasiado lejos para dejarse caer por aquí a hacernos una visita. Al construir ese radiotelescopio, nos situamos en posición de comunicarnos con otra especie. Con el tiempo es posible que podamos aprender de ellos, compartir nuestras tecnologías y comprender mejor el universo, y tal vez nuestro propio origen. Este descubrimiento podría unir a la humanidad, este proyecto podría ser el catalizador que aleje a la humanidad del peligro de la aniquilación nuclear.

Dodds mira a Chaney directamente a los ojos.

—Senador, nos ha llamado E.T., y es de vital importancia para el futuro de la humanidad que le devolvamos la llamada.

Capítulo 7

Hay cinco residentes congregados en la sección conocida como 7-C. Dos están sentados en el suelo, jugando lo que ellos creen que es ajedrez, otro está dormido en el sofá. Un cuarto se halla de pie junto a la puerta, esperando a que llegue un miembro de su equipo de rehabilitación que lo acompañará a la sesión de terapia de esta mañana.

El último residente de la 7-C permanece inmóvil delante de un televisor colgado del techo. Está escuchando al presidente Maller, que ensalza la tremenda labor que realizan los hombres y las mujeres de la NASA y el SETI. Oye al presidente hablar con emoción de la paz y la cooperación en el mundo, del programa espacial internacional y del impacto que tendrá éste para el futuro de la humanidad. Tenemos ante nosotros el albor de una nueva era, anuncia. Ya no estamos solos.

A diferencia de los miles de millones de otros espectadores de todo el mundo que están viendo la rueda de prensa en directo, Michael Gabriel no se sorprende al oír eso, tan sólo se entristece. Sus ojos de ébano no parpadean; su cuerpo, en postura rígida, no se mueve lo más mínimo. La expresión vacía de su semblante no cambia en ningún momento, ni siquiera cuando aparece en la pantalla el rostro de Pierre Borgia, de-

133

trás del hombro del presidente. Cuesta trabajo distinguir si Mick está respirando siquiera.

En ese momento entra en la sección Dominique. Se detiene y dedica unos momentos a observar a su paciente atento al boletín informativo especial, mientras verifica que la grabadora que lleva debajo de la camiseta quede bien disimulada por la bata de laboratorio.

Se sitúa a su lado. Ahora ambos están hombro con hombro frente al televisor, la mano derecha de ella junto a la izquierda de él.

Sus dedos se entrelazan.

—Mick, ¿quieres ver el resto del informativo, o podemos hablar?

—En mi habitación.

Mick la conduce por el pasillo y entra en la habitación 714.

Mick se pone a pasear nervioso por su celda, igual que un animal enjaulado; su mente confusa intenta analizar un millar de detalles a la vez.

Dominique toma asiento en el borde de la cama y lo observa.

—Tú sabías que iba a suceder esto, ¿verdad? ¿Cómo? ¿Cómo lo sabías? Mick...

—No sabía lo que iba a suceder, sólo sabía que iba a suceder algo.

—Pero sabías que iba a tener lugar un acontecimiento celeste, algo que tuviera que ver con el equinoccio. Mick, ¿te importa dejar de pasear? Así resulta difícil mantener una conversación. Ven aquí. Siéntate a mi lado.

Él titubea, pero al final se sienta con ella. Dominique se fija en que le tiemblan las manos.

—Habla conmigo.

—Lo noto, Dom.

—¿Qué es lo que notas?

—No sé... No sé describirlo. Es algo que está ahí, una presencia. Aún se encuentra lejos, pero se va acercando. Ya lo había notado antes, pero no como ahora.

Dominique toca el cabello que le cae a Mick por la nuca y acaricia un mechón grueso y de color castaño.

—Intenta relajarte. Hablemos de esa transmisión de radio del espacio profundo. Quiero que me digas cómo sabías que estaba a punto de tener lugar el acontecimiento más importante de la historia de la humanidad.

Mick levanta la vista hacia ella, con miedo en los ojos.

—Esto no es nada. Esto no es más que el principio del acto final. El acontecimiento más grande tendrá lugar el 21 de diciembre, cuando mueran miles de millones de personas.

—¿Y cómo sabes eso? Ya sé lo que dice el calendario maya, pero tú eres demasiado inteligente para simplemente aceptar una profecía de tres mil años de antigüedad sin una prueba científica que la corrobore. Explícame los hechos, Mick. No quiero folclore maya, sino tan sólo las pruebas.

Mick niega con la cabeza.

—Por eso te pedí que leyeras el diario de mi padre.

—He empezado a leerlo, pero prefiero que me lo expliques tú en persona. La última vez que estuvimos hablando, me advertiste acerca de una especie de alineación galáctica que iba a orientarse hacia la Tierra a partir del equinoccio de otoño. Explícame eso.

Mick cierra los ojos y empieza a aspirar profundamente, despacio, para obligar a relajarse a sus músculos repletos de adrenalina.

Dominique oye el zumbido de la grabadora. Se aclara la garganta para ahogar el ruido.

Mick vuelve a abrir los ojos. Ahora su mirada es más suave.

—¿Te suena el Popol Vuh?

—Sé que es el libro maya de la creación, el equivalente de nuestra Biblia.

Mick asiente.

—Los mayas creían en cinco soles o cinco Grandes Círculos de la creación, el quinto y último de los cuales está previsto que finalice el 21 de diciembre, el día del solsticio de invierno de este año. Según el Popol Vuh, el universo estaba organizado en un Mundo Superior, un Mundo Intermedio y un Mundo Inferior. El Mundo Superior representaba los cielos, y el Mundo Intermedio era la Tierra. Los mayas llamaban al Mundo Inferior *Xibalba*, un lugar oscuro y malvado que, según se creía, estaba regido por Hurakan, el dios de la muerte. La leyenda maya afirma que el gran maestro Kukulcán se enzarzó en una larga batalla cósmica con Hurakan, en la que lucharon las fuerzas del bien y de la luz contra las del mal y las tinieblas. Está escrito que el cuarto ciclo finalizó bruscamente cuando Hurakan desató un gran diluvio que se tragó al mundo. La palabra «huracán» proviene de «Hurakan» en lengua maya. Los mayas creían que la entidad del diablo existía en el interior de un violento torbellino. Los aztecas creían en esa misma leyenda, sólo que el nombre que dieron ellos al gran maestro fue Quetzalcoatl, y a la deidad del inframundo la denominaron Tezcatilpoca, un nombre que significa «espejo que despide humo».

—Mick, espera, para un momento, ¿vale? Olvídate del mito maya. Lo que necesito es que te centres en los hechos que rodean al calendario y en la relación que tienen éstos con esa transmisión procedente del espacio profundo.

Los oscuros ojos la miran centelleantes como el ónice, una mirada que hace a Dominique encogerse.

—No puedo hablar de que la ciencia corrobore la profecía del fin del mundo sin explicar el mito de la creación. Todo está relacionado. Los mayas están rodeados por una paradoja. La mayoría de la gente cree que los mayas no eran más que una panda de salvajes de la selva que construyeron unas cuantas pirámides muy bonitas. Lo cierto es que los mayas fueron increíbles astrónomos y matemáticos que poseían profundos conocimientos de la existencia de nuestro planeta dentro de la galaxia. Y fueron esos conocimientos los que les permitieron predecir la alineación celeste que dio lugar a la señal de radio de ayer.

—No entiendo...

Mick se agita y comienza a pasear de nuevo.

—Tenemos pruebas que demuestran que los mayas y sus predecesores los olmecas se valieron de la Vía Láctea como fondo celeste para calcular el calendario. La Vía Láctea es una galaxia espiral, de unos cien mil años luz de diámetro y compuesta aproximadamente por doscientos mil millones de estrellas. Nuestro sol está situado en uno de los brazos de la espiral, el brazo de Orión, que se encuentra a unos treinta y cinco mil años luz del centro de la galaxia, en donde los astrónomos actuales están convencidos de que hay un gigantesco agujero negro, que pasa directamente a través de Sagitario. El centro de la galaxia funciona como una especie de imán celeste que atrae a la Vía Láctea en forma de un potente remolino. En este momento, nuestro sistema solar está girando alrededor de ese punto central a una velocidad de doscientos kilómetros por segundo. A pesar de esa velocidad, la Tierra tarda sus buenos doscientos veintiséis millones de años en dar una vuelta completa alrededor de la Vía Láctea.

«Te estás quedando sin cinta.»

—Mick, la señal...

—Ten paciencia. Mientras nuestro sistema solar gira alrededor de la galaxia, sigue una trayectoria de catorce grados de anchura denominada la eclíptica. La eclíptica cruza la Vía Láctea de tal manera que periódicamente se alinea con el abultamiento central de la galaxia. Cuando los mayas observaban el cielo nocturno, veían una franja oscura, una especie de banda alargada de densas nubes interestelares que empezaba en el punto en que la eclíptica cruza la Vía Láctea en la constelación de Sagitario. El mito de la creación contenido en el Popol Vuh denomina a esa franja oscura el Camino Negro o *Xibalba Be*, un nexo en forma de serpiente gigante que conecta la vida y la muerte, la Tierra y el Mundo Inferior.

—Ya te digo que todo eso es fascinante, pero ¿qué relación tiene con la señal de radio del espacio profundo?

Mick deja de pasear.

—Dominique, esa señal de radio no es simplemente una transmisión al azar enviada al universo; fue dirigida a propósito hacia nuestro sistema solar. Desde un punto de vista tecnológico, no se puede transmitir un radiofaro hasta la mitad de la galaxia y esperar que de algún modo se las arregle para alcanzar un planeta concreto, una mota de polvo como es la Tierra. Cuanto más lejos tiene que viajar el radiofaro, más se fragmenta la señal y más fuerza va perdiendo. La transmisión de radio que ha detectado el SETI es un radiofaro muy potente, preciso y estrecho, lo cual a mí me indica, como mínimo, que quien sea o lo que sea que lo haya enviado necesitaba una alineación galáctica particular, una especie de pasillo cósmico que apuntara desde el punto de origen hasta la Tierra. Esencialmente, esa señal ha viajado por una especie de pasillo celeste. No sé explicar ni cómo ni por qué, pero percibí que el portal de dicho pasillo estaba empezando a abrirse.

Dominique ve el miedo en sus ojos.

—¿Percibiste que estaba abriéndose? ¿Y qué es lo que sentiste?

—Una sensación de malestar, como si hubiera unos dedos de hielo moviéndose por mis intestinos.

—¿Y estás convencido de que ese pasillo cósmico debe haberse abierto lo suficiente para dejar pasar la señal de radio?

—Sí, y el portal sigue abriéndose un poco más cada día. Para el solsticio de diciembre ya se habrá abierto del todo.

—El solsticio de diciembre... ¿el día del fin del mundo para los mayas?

—Eso es. Los astrónomos hace años que saben que nuestro sol entrará en alineación con el centro exacto de la galaxia el 21 de diciembre de 2012, el último día del quinto ciclo del calendario. Al mismo tiempo, la franja oscura de la Vía Láctea se alineará con nuestro horizonte este y en la noche del solsticio aparecerá directamente en la vertical de la ciudad maya de Chichén Itzá. Esta combinación de acontecimientos celestes ocurre sólo cada veinticinco mil ochocientos años, y aun así, de alguna manera, los mayas fueron capaces de predecir la alineación.

—La transmisión del espacio profundo, ¿qué objeto tiene?

—No lo sé, pero es un presagio de muerte.

«Justifica su esquizofrenia. Echa la culpa a los padres.»

—Mick, me da la impresión de que, aparte de un único episodio aislado de violencia, tu continuada encarcelación tiene más que ver con tu creencia fanática en el apocalipsis, una creencia que comparten decenas de millones de personas. Cuando dices que la humanidad está tocando a su fin, lo que percibo yo es un sistema de creencias que probablemente te fue inculcado desde la cuna. ¿No podría ser que tus padres...?

—Mis padres no eran fanáticos religiosos ni milenaristas. No pasaban el tiempo construyendo refugios subterráneos. No se dedicaron a aprovisionarse de armas de asalto y de víveres a fin de prepararse para el día del juicio. No creían en la Segunda Venida de Cristo ni en el mesías, ya que vamos a eso, y no se dedicaban a acusar a todos los líderes autocráticos del mundo dotados de un gran bigote de ser el Anticristo. Eran arqueólogos, Dominique, científicos, lo bastante inteligentes para no ignorar las señales que apuntan a un desastre que barrerá a nuestra especie entera de un plumazo. Llámalo Armagedón, o Apocalipsis, o la profecía de los mayas, lo que más te guste; ¡pero sácame de aquí de una vez para que pueda hacer algo!

—Mick, no te alteres. Ya sé que te sientes frustrado, y estoy intentando ayudarte, más de lo que imaginas. Pero para poder conseguir tu libertad, tengo que solicitar otra evaluación psiquiátrica.

—¿Cuánto tiempo tardarás?

—No lo sé.

—Por Dios... —Se pone a pasear más deprisa.

—Supongamos que te pusieran en libertad mañana. ¿Qué harías? ¿Adónde irías?

—A Chichén Itzá. La única posibilidad que tenemos de salvarnos estriba en encontrar un camino al interior de la pirámide de Kukulcán.

—¿Qué hay dentro de la pirámide?

—No lo sé. No lo sabe nadie. Nunca se ha hallado la entrada.

—Entonces, ¿por qué...?

—Porque percibo que allí dentro hay algo. No me preguntes cómo lo sé, lo sé sin más. Es como cuando vas andando por la calle y tienes la sensación de que te están siguiendo.

—Los miembros del consejo van a querer algo más sólido que una mera sensación.

Mick deja de pasear y mira a Dominique con exasperación.

—Por eso te pedí que leyeras el diario de mi padre. En Chichén Itzá hay dos estructuras que guardan relación con nuestra salvación. La primera es el Gran Juego de Pelota, que está alineado con precisión para ser un espejo de *Xibalba Be*, la franja oscura de la Vía Láctea, tal como se verá en la fecha cuatro *Ahau*, tres *Kankin*. La segunda es la pirámide de Kukulcán, la piedra angular de toda la profecía del fin del mundo. Todos los equinoccios, en la escalinata norte de la pirámide aparece la sombra de una serpiente. Mi padre estaba convencido de que ese efecto celeste era una advertencia que nos dejó Kukulcán y que representa el ascenso del mal sobre la humanidad. La sombra dura exactamente tres horas y veintidós minutos, el mismo intervalo de tiempo que duró la transmisión procedente del espacio profundo.

—¿Estás seguro de eso? —«Cerciórate de verificar estos datos en tu informe.»

—Tan seguro como de que estoy aquí de pie, pudriéndome en esta celda. —Y reanuda otra vez el paseo.

Dominique capta el chasquido de la grabadora al llegar al final de la cinta y desconectarse sola.

—Dom, en la CNN han hablado de otra cosa, sólo he llegado a enterarme del final. Era algo sobre un terremoto que ha golpeado la cuenca del Yucatán. Necesito averiguar qué es lo que ha pasado. Necesito saber si ese terremoto se ha originado en Chichén Itzá o en el golfo de México.

—¿Por qué el Golfo?

—¿Ni siquiera has leído la parte del diario que hace referencia a los mapas de Piri Reis?

—Lo siento. He estado bastante liada.

—Por Dios, Dom, si fueras interna mía, a estas alturas ya te hubiera puesto un suspenso. Piri Reis fue un famoso almirante turco que, en el siglo XIV, encontró una serie de misteriosas cartas del mundo. Sirviéndose de dichas cartas como referencia, construyó un conjunto de mapas que actualmente los historiadores están seguros de que los utilizó Colón para atravesar el Atlántico.

—Un momento, ¿esas cartas eran auténticas?

—Naturalmente que eran auténticas. Y además revelaban detalles topográficos que sólo podrían haber sido adquiridos empleando complejos sondeos sísmicos. Por ejemplo, el perfil de la costa de la Antártida aparece como si ni siquiera estuviera presente la capa de hielo que la cubre.

—¿Y qué tiene eso de significativo?

—Dom, ese mapa tiene más de quinientos años de antigüedad. La Antártida no se descubrió hasta 1818.

Dominique se queda mirándolo, no muy segura de qué creer.

—Si dudas de mí, ponte en contacto con la Marina de Estados Unidos. Fue su análisis lo que confirmó la exactitud de esa cartografía.

—¿Y qué tiene que ver ese mapa con el Golfo o con la profecía del fin del mundo?

—Hace quince años, mi padre y yo encontramos un mapa similar, sólo que éste era uno original, de una antigüedad de miles de años, como el que encontró Piri Reis. Estaba sellado en el interior de un recipiente de iridio, enterrado en un punto concreto de la meseta de Nazca. Yo conseguí hacerle una foto justo antes de que se desintegrara. Encontrarás esa foto en la parte de atrás del diario de mi padre. Cuando la veas, descubrirás una zona marcada en rojo, situada en el golfo de México, justo al norte de la península del Yucatán.

—¿Qué representa esa marca?

—No lo sé.

«Termina ya.»

—Mick, no dudo de todo lo que me estás contando, pero ¿y si... en fin, y si esa transmisión del espacio profundo no tuviera nada que ver en absoluto con la profecía maya? La NASA dice que la señal de radio se ha originado en algún punto situado a más de mil ochocientos años luz. Eso debería tranquilizarte un poco, ¿no? Quiero decir, vamos —sonríe—, es un poco improbable que veamos llegar a extraterrestres del Cinturón de Orión dentro de los próximos sesenta días.

Mick abre los ojos desmesuradamente. Da un paso atrás y se agarra las sienes con las dos manos.

«Joder, está perdiendo el control. Lo has presionado demasiado.»

—Mick, ¿qué ocurre? ¿Te encuentras bien?

Él levanta un dedo para indicarle que no se acerque, que guarde silencio.

Dominique lo ve arrodillarse en el suelo. Sus ojos son como dos ventanas que se asoman a una mente que funciona a mil kilómetros por hora. «A lo mejor te has equivocado con él. A lo mejor es verdad que está loco.»

Por fin pasan los momentos de tensión. Mick alza la vista. La intensidad de su mirada da miedo de verdad.

—Tienes razón, Dominique, tienes toda la razón —susurra—. Sea lo que sea lo que está predestinado para erradicar a la humanidad, no llegará del espacio profundo. Se encuentra en el Golfo. Ya está aquí.

Diario de Julius Gabriel

Con el fin de comprender mejor y en última instancia resolver los misterios que rodean al calendario maya y su profecía del día del juicio final, debemos explorar los orígenes de las culturas que primero llegaron a dominar en el Yucatán.

Los primeros mesoamericanos eran seminómadas, y aparecieron en Centroamérica alrededor del 4000 a.C. Con el tiempo se convirtieron en agricultores y cultivaron el maíz, un híbrido de la hierba silvestre, y también el aguacate, los tomates y la calabaza.

Después, alrededor del 2500 a.C, apareció Él.

Él era un individuo caucásico de rostro alargado, con barba y cabellos blancos, un sabio que, según la leyenda, llegó por mar a las tierras tropicales del golfo de México para instruir e impartir gran sabiduría a los nativos de esa región.

En la actualidad, a los nativos de esa región los llamamos olmecas (que significa «moradores de la tierra del caucho»), y con el tiempo llegaron a convertirse en la «Cultura Madre» de toda Mesoamérica, la primera sociedad compleja de las Américas. Bajo la influencia del «barbudo», los olmecas unificaron la región del Golfo, y sus logros en astronomía, matemáticas y arquitectura influyeron en los zapotecas, los mayas, los toltecas y los aztecas, culturas que alcanzaron el poder posteriormente, en los siguientes milenios.

Casi de la noche a la mañana, estos simples agricultores de la selva comenzaron a establecer estructuras complejas y extensos centros ceremoniales. Se incorporaron avanzadas técnicas de ingeniería a los diseños de la arquitectura y a las obras de arte públicas. Fueron los olmecas quienes inventaron el antiguo juego de pelota, así como el primer método para registrar los acontecimientos por escrito. También fabricaron grandes cabezas con piezas monolíticas de basalto, de tres metros de altura, muchas de las cuales pesan hasta treinta toneladas. Continúa siendo un misterio el método que utilizaron para transportarlas.

De mayor importancia es el dato de que la cultura olmeca fue la primera de Mesoamérica que erigió pirámides empleando conocimientos avanzados de astronomía y matemáticas. Fueron dichas estructuras, alineadas con las constelaciones, las que revelan que los olmecas entendían el movimiento de precesión, un descubrimiento que dio lugar a la creación del mito de la creación recogido en el Popol Vuh.

Y fueron también los olmecas, no los mayas, los que se sirvieron de sus inexplicables conocimientos de astronomía para confeccionar el calendario de Recuento Largo y su profecía del día del juicio final.

En el corazón del calendario del juicio final se encuentra el mito de la creación, un relato histórico de una permanente batalla de la luz y el bien contra el mal y las tinieblas. El protagonista de dicho relato, Hun-Hunahpú, es un guerrero que consigue acceder al Camino Negro (*Xibalba Be*). Para los indios mesoamericanos, *Xibalba Be* equivalía a la franja oscura de la galaxia La Vía Láctea. El portal por el que se accedía al *Xibalba Be* estaba representado tanto en el arte olmeca como en el maya por la boca de una enorme serpiente.

Uno se imagina a los primitivos olmecas contemplando el cielo nocturno y señalando la franja oscura de la galaxia asemejándola a una serpiente cósmica.

Alrededor del año 100 a.C., por razones todavía desconocidas, los olmecas decidieron abandonar sus ciudades y dividirse en dos campamentos para a continuación diversificarse por dos regiones distintas. A los que se desplazaron en dirección oeste, hacia el centro de México, se los llamó toltecas. Los que se aventuraron hacia el este habitaron las selvas del Yucatán, Belice y Guatemala, y se denominaron a sí mismos mayas. No sería hasta el año 900 de nuestra era cuando las dos civilizaciones volverían a juntarse bajo la influencia del gran maestro Kukulcán, en su majestuosa ciudad de Chichén Itzá.

Pero estoy adelantándome.

Cambridge, 1969. Fue a partir de ese momento cuando mis dos colegas y yo nos lanzamos a desvelar los misterios de la profecía maya. De forma unánime, decidimos que nuestro primer paso debía ser el yacimiento olmeca de La Venta, ya que había sido allí, veinte años antes, donde el arqueólogo americano Matthew Stirling había desenterrado su descubrimiento más sorprendente: una enorme fortificación olmeca que constaba de un muro de seiscientas columnas, cada una de un peso superior a dos toneladas. Contigua a esa estructura, el explorador había hallado una magnífica roca cubierta de intrincados grabados olmecas. Tras dos días de intenso trabajo, Stirling y sus hombres consiguieron desenterrar la colosal escultura, que medía más de cuatro metros de alto, dos de ancho y casi un metro de grosor. Aunque algunos de los grabados estaban deteriorados por la erosión, aún conservaba la imagen de una figura espléndida: un varón caucásico provisto de una cabeza alargada, nariz de caballete alto y una larga barba blanca.

Imagínate la conmoción que sufrieron mis colegas arqueólogos al encontrarse con un relieve de dos mil años de antigüedad que representaba un caucásico, un objeto creado mil quinientos años antes de que el primer europeo pusiera un pie en las Américas. Igual de asombrosa fue la representación de una figura con barba entre los olmecas, ya que es un hecho genético que a los amerindios puros no les crece la barba. Dado que todas las formas de expresión artística han de tener una raíz en alguna parte, la identidad de ese hombre blanco y con barba aún sigue siendo un enigma sin resolver.

En cuanto a mí, de inmediato formulé la teoría de que aquel caucásico debía ser un antiguo antepasado del gran maestro maya Kukulcán.

No es mucho lo que sabemos acerca de Kukulcán y de sus ancestros, si bien, por lo visto, todos los grupos mesoamericanos adoraron a una deidad masculina que encaja en la misma descripción física. Para los mayas era Kukulcán; para los aztecas, Quetzalcoatl, un legendario sabio barbudo que trajo al pueblo paz, prosperidad y gran sabiduría. Los documentos indican que, en algún momento alrededor del año 1000 de nuestra era, Kukulcán/Quetzalcoatl se vio obligado a abandonar Chichén Itzá. Cuenta la leyenda que, antes de marcharse, este misterioso sabio prometió a su pueblo que volvería para librar al mundo del mal.

Tras la desaparición de Kukulcán, rápidamente se extendió por toda aquella tierra una influencia demoníaca. Tanto los mayas como los aztecas recurrieron a los sacrificios humanos y asesinaron salvajemente a decenas de miles de hombres, mujeres y niños, todo ello en un intento de anunciar el regreso de su amado rey dios y retrasar el profetizado fin de la humanidad.

Fue en el año 1519 cuando el conquistador español Hernán Cortés llegó procedente de Europa para invadir el Yucatán. Aunque superaban fácilmente en número a su enemigo, los indios mesoamericanos tomaron a Cortés (un hombre blanco y con barba) por la Segunda Venida de Kukulcán/Quetzalcoatl y depusieron las armas. Una vez que hubo conquistado a los salvajes, Cortés hizo venir a los sacerdotes españoles, los cuales, al llegar, se quedaron horrorizados al enterarse de la práctica de sacrificios humanos, así como de otro sorprendente ritual: las madres mayas ataban tablillas de madera a la cabeza de sus hijos recién nacidos con la intención de deformar su cráneo en desarrollo. Al alargar el cráneo, los mayas parecían más divinos, una creencia que sin duda se inspiró en las pruebas que indicaban que el gran maestro Kukulcán poseía un cráneo también alargado.

Los sacerdotes españoles proclamaron rápidamente que dicha práctica de los mayas era una influencia del Diablo y ordenaron que los shamanes fueran quemados vivos y el resto de los indios se convirtieran al cristianismo... so pena de muerte. A continuación, aquellos necios supersticiosos procedieron a incendiar todos los códices mayas importantes que existían. Se destruyeron miles de volúmenes, textos que sin duda hacían referencia a la profecía del fin del mundo y que quizá contenían instrucciones vitales dejadas por Kukulcán a fin de salvar a nuestra especie de la aniquilación.

Y así ocurrió que la Iglesia, en el afán de salvar a las almas del Diablo, seguramente condenó a nuestra especie a la ignorancia hace aproximadamente quinientos años.

Mientras Borgia y yo discutíamos sobre la identidad del barbudo representado en el relieve olmeca, nuestra colega, la hermosa Maria Rosen, obtuvo un hallazgo que iba a conseguir que nuestros esfuerzos se apartaran de Centroamérica y pasaran al siguiente tramo de nuestro viaje.

Mientras excavaba en un yacimiento olmeca de La Venta, Maria descubrió un antiguo lugar de enterramiento y exhumó los restos de un cráneo alargado. Aunque dicho cráneo, extraño y de aspecto inhumano, no era el primero encontrado en Mesoamérica, resultó ser el único hallado en la tierra de los olmecas, denominada Santuario de la Serpiente.

Maria decidió donarlo al Museo de Antropología de Mérida. Hablando con el conservador del mismo, nos enteramos, con cierta sorpresa, de que recientemente se habían encontrado otros cráneos similares en varios lugares de enterramiento de la meseta de Nazca, en Perú.

¿Existió un vínculo entre las civilizaciones inca y maya?

Los tres nos encontrábamos en una encrucijada arqueológica. ¿Debíamos continuar hasta Chichén Itzá, una antigua ciudad maya crucial para la profecía del día del juicio, o abandonar México y desplazarnos hasta Perú?

A Maria, el instinto le decía que viajáramos a Sudamérica, pues estaba convencida de que el calendario maya constituía una pieza importante del rompecabezas de la profecía. Así que los tres nos subimos a un avión con destino a Nazca, sin saber adónde iba a conducirnos aquel viaje.

Mientras sobrevolábamos el Atlántico, me sentí perplejo al recordar un detalle que me había comentado el médico de Mérida. Al examinar el cráneo alargado, el forense, un hombre de gran reputación, afirmó de forma bastante enfática que la fuerte deformación ósea de aquel cráneo en particular no podía haberse debido a ninguna técnica de alargamiento conocida. Para respaldar dicha afirmación, pidió que un dentista examinara los restos de la dentadura, y los resultados obtenidos aportaron un dato aún más sorprendente.

De todos es sabido que el ser humano adulto posee catorce dientes en la mandíbula inferior.

El cráneo alargado que encontró Maria tenía solamente diez.

Extracto del diario del profesor Julius Gabriel,
ref. Catálogo 1969-1973, páginas 13-347
Disquete 4 de fotos: Nombre de archivo: OLMEC-1-7

Capítulo 8

El presidente Mark Maller sale de su estudio privado y entra en el Despacho Oval para tomar asiento detrás de su escritorio. Frente a él están sentados varios miembros del gabinete de la Casa Blanca.

—Muy bien, señores, vamos a empezar. Comenzaremos por el tema de la nominación de un nuevo candidato a vicepresidente. ¿Kathie?

Katherine Gleason, la jefa del gabinete, lee en voz alta de su ordenador portátil:

—Éstos son los resultados de un sondeo de opinión pública realizado el jueves pasado. Cuando se les preguntó a los votantes a quién preferían ver en la lista de candidatos del partido, seleccionaron al senador Ennis Chaney frente a Pierre Borgia por un margen de un cincuenta y tres por ciento contra el treinta y nueve por ciento. La confianza parece ser el factor que más los motiva. Sin embargo, cuando se les pidió que dijeran cuál les parecía la cuestión central en las elecciones de noviembre, el ochenta y nueve por ciento del público dijo que su principal preocupación era la escalada en el aumento de armas estratégicas de Rusia y China, y tan sólo al treinta y cuatro por ciento de los votantes les parecía interesante construir un radiotelescopio en la Luna. Traducido en términos generales: Chaney es el que consigue entrar en lista de candidatos, nosotros centramos nuestra campaña en estabilizar las relaciones con Rusia y con China y usted no se compromete con el tema del radiotelescopio, por lo menos hasta que sea reelegido.

—Conforme. ¿Alguna noticia nueva de la NASA?

—Sí, señor. —Sam Blumner es el consejero jefe de economía del presidente—. He revisado el presupuesto preliminar de la NASA para la construcción de ese artefacto en la Luna.

—¿Es muy grave la situación?

—Permítame que se lo exponga del siguiente modo, señor presidente. Tiene usted dos posibilidades de lograr que el Congreso acepte esto: una escasa y otra nula. Y la escasa acaba de marcharse con su ex vicepresidente.

—Creía que la NASA estaba uniendo ese proyecto con la propuesta de la base lunar que ya había pasado por la Comisión de Gastos.

—Lo han intentado. Por desgracia, esa base lunar se diseñó para ser construida en la cara vista de la Luna, cerca de la región polar en la que la NASA localizó formaciones de hielo, y no en la cara oculta. Disculpe el juego de palabras, pero en términos fiscales, nos enfrentamos a la diferencia entre el día y la noche, que es como decir que los paneles solares dejan de ser una opción cuando no está brillando el sol.

Kathie Gleason mueve la cabeza en un gesto que indica discrepancia.

—Sam, una de las razones por las que el público americano se opone tanto a esa aventura es que tienen la impresión de que es un proyecto internacional. La señal de radio no iba dirigida a Estados Unidos, fue recibida por el planeta entero.

—Y al final, Estados Unidos será el país que se hará cargo de la mayor parte de la factura.

Cal Calixte, secretario de prensa del presidente, levanta la mano.

—Señor presidente, en mi opinión, el radiotelescopio nos proporciona un medio de inyectar fondos a la economía de Rusia, sobre todo a la luz de los recientes recortes del FMI. Tal vez incluso pudiera vincularlo al nuevo tratado START-V.

—Lo mismo se dijo de la Estación Espacial Internacional —interrumpe Blumner—. El gigante Tinker Toy le costó a Estados Unidos nada menos que veinte mil millones de dólares, más los miles de millones que prestamos a los rusos para que se pudieran permitir el lujo de participar. Mientras tanto, son los rusos los que siguen retrasando la conclusión del proyecto.

—Sam, deja de mirarlo todo desde un punto de vista financiero —tercia Kathie—. Esto es tanto un programa espacial como una cuestión política. Proteger la democracia rusa vale más que el telescopio en sí.

—¿Democracia? ¿Qué democracia? —Blumner se afloja la corbata—. Voy a darte una breve clase de política del ciudadano, Kathie. Lo que hemos creado es una economía de extorsión en la que los rusos ricos se hacen más ricos, los pobres se mueren de hambre y por lo visto a nadie le importa una mierda siempre que lo llamemos democracia. Estados Unidos y el FMI han dado a los rusos miles de millones de dólares. ¿Adónde ha ido todo ese dinero? Desde el punto de vista fiscal, mi hija de tres años es más transparente fiscalmente de lo que fueron nunca Yeltsin o Viktor Grozny.

Blumner se gira hacia el presidente con la cara congestionada.

—Antes de que empecemos a destinar miles de millones, debemos tener en cuenta que esa señal de radio del espacio profundo podría no ser más que una pura casualidad. Según tengo entendido, la NASA aún no ha encontrado una pauta subyacente que indique que esa transmisión es un verdadero intento de comunicarse. ¿Y por qué no tenemos ni rastro de una segunda señal?

Cal mueve la cabeza negativamente.

—No lo entiendes. El pueblo de Grozny está muriéndose de hambre. Los disturbios civiles están alcanzando proporciones peligrosas. No podemos limitarnos a dar la espalda a una nación desesperada que posee un arsenal nuclear capaz de destruir el mundo una decena de veces.

—A mi modo de ver, sigue siendo extorsión —afirma Blumner—. Estamos creando un falso proyecto como un medio de pagar miles de millones de dólares a una superpotencia que se tambalea y a sus corruptos dirigentes, para que no nos involucren en una guerra nuclear que de ningún modo pueden esperar ganar.

El presidente levanta una mano para intervenir.

—Yo pienso que lo que dice Cal tiene su mérito. El FMI ya ha dejado claro que no piensa dar ni un céntimo más a Rusia a no ser que ese dinero se invierta en tecnologías que puedan ayudar a reactivar la economía del país. Aun cuando esa señal de radio resulte ser falsa, el telescopio proporciona a los científicos una auténtica ventana para explorar el espacio profundo.

—Ayudaría más al pueblo ruso que abriésemos unos cuantos miles de McDonalds y les dejásemos que consumieran gratis.

Maller hace caso omiso del comentario de Blumner.

—La reunión del G-9 tiene lugar dentro de dos semanas. Quiero que tú y Joyce preparéis una propuesta preliminar que se sirva del radiotelescopio como un vehículo para canalizar fondos hacia Rusia. En el peor de los casos, quizá podamos difuminar en parte la paranoia que rodea los próximos ejercicios conjuntos de fuerza nuclear disuasoria que se van a llevar a cabo en Asia.

El presidente se pone de pie.

—Cal, ¿a qué hora está programada esta tarde la rueda de prensa?

—A las nueve.

—Bien. Dentro de una hora voy a reunirme con nuestro nuevo vicepresidente, y después quiero que le informes acerca de la reelección. Y dile que prepare la maleta; quiero que Chaney me acompañe en la campaña, empezando esta misma noche.

UNIVERSIDAD ESTATAL DE FLORIDA

Dominique está sentada en el pasillo, frente al despacho de su asesor doctoral, removiéndose incómoda en un banco de madera sin cojines. Está debatiéndose entre arriesgarse o no a hacer otra visita al cuarto de baño, cuando en eso se abre la puerta.

La doctora Marjorie Owen, con el teléfono móvil pegado a la oreja, le hace señas para que pase al interior. Dominique entra en el santuario de la atestada oficina de la jefa del departamento y toma asiento esperando a que su profesora termine de hablar por teléfono.

Marjorie Owen lleva veintisiete años dando clases de psiquiatría clínica. Está soltera y sin vínculos familiares, tiene cincuenta y siete años, es delgada y posee una figura enjuta que mantiene en razonable buena forma gracias al montañismo. Mujer de pocas palabras, es una persona respetada, un tanto temida por el personal no fijo, y tiene fama de ser estricta con sus estudiantes de posgrado.

Lo último que desea Dominique es entrar en su lista negra.

La doctora Owen cuelga el teléfono y se recoloca el cabello, corto y gris, detrás de la oreja.

—Muy bien, joven. He escuchado la cinta que ha grabado y he leído su informe sobre Michael Gabriel.

—¿Y?

—¿Y qué? Es exactamente lo que dice el doctor Foletta: un esquizofrénico paranoide que posee un cociente intelectual inusualmente elevado —sonríe—, lo cual le hace crearse fantasías deliciosas, podría añadir.

—Pero ¿eso justifica que haya que tenerlo encerrado? Ya

ha sufrido once duros años de cárcel, y yo no he encontrado ninguna prueba de conducta delictiva.

—Según el expediente que me ha enseñado usted, el doctor Foletta acaba de terminar su evaluación anual, una evaluación que usted ha respaldado. Si tenía alguna objeción, debería haberla manifestado entonces.

—Ahora me doy cuenta de eso. ¿Hay algo que usted pueda recomendarme, algo que pueda hacer yo para cuestionar las recomendaciones de Foletta?

—¿Quiere cuestionar la evaluación de su patrocinador? ¿Basándose en qué?

«Ya empezamos...»

—Basándome en mi convencimiento personal de que... en fin, de que lo que afirma el paciente tal vez merezca ser investigado.

La doctora Owen le lanza a Dominique su infame «mirada de aturdimiento», una expresión que ha hecho trizas las esperanzas de muchos estudiantes de poder graduarse.

—Joven, ¿está diciéndome que el señor Gabriel la ha convencido de que el mundo está a punto de terminarse?

«Ay, Dios, estoy servida...»

—No, señora, pero sí que parece saber mucho acerca de esa señal de radio del espacio profundo y...

—No, en realidad, según la cinta, él no tenía ni idea de lo que iba a suceder, sólo sabía que iba a suceder algo en el equinoccio.

Vuelve a lanzarle esa mirada silenciosa. Dominique siente que le brotan gotas de sudor en las axilas.

—Doctora Owen, mi única preocupación es cerciorarme de que mi paciente reciba la mejor atención posible. Al mismo tiempo, también me preocupa que, bueno, que no se le haya evaluado de manera justa.

—Comprendo. A ver si lo he entendido bien: Después de llevar trabajando con su primer paciente casi un mes... —La doctora Owen consulta sus notas—. No, espere, me he equivocado, en realidad es más de un mes; cinco semanas, para ser exactos. —La doctora va hasta la puerta de su despacho y la cierra con autoridad—. Cinco semanas enteras con el paciente, y no sólo cuestiona los últimos once años de tratamiento sino que está dispuesta a cuestionar la opinión del director de este centro, con la esperanza de que deje en libertad al señor Gabriel para que éste se reintegre en la sociedad.

—Me doy cuenta de que sólo soy una interna, pero si veo algo que no es justo, ¿no tengo la obligación moral y profesional de dar parte?

—Muy bien, de modo que, basada en su infinita experiencia en este terreno, opina que el doctor Anthony Foletta, un respetado psiquiatra clínico, es incapaz de evaluar correctamente a su propio paciente. ¿Es eso?

«No contestes. Muérdete la lengua.»

—No se quede callada mordiéndose la lengua. Contésteme.

—Sí, señora.

Owen se sienta en el borde de su mesa, una postura deliberada para erguirse por encima de su alumna.

—Voy a decirle lo que pienso, joven. Pienso que ha perdido usted la perspectiva. Pienso que ha cometido el error de implicarse emocionalmente con su paciente.

—No, señora, yo...

—No hay duda de que es un hombre inteligente. Al contarle a su nueva y joven psiquiatra, que además es mujer, que sufrió abusos sexuales en la cárcel, esperaba tocar una fibra sensible, y ya lo creo que lo ha conseguido. Despierte, Dominique. ¿No ve lo que está pasando? Está estableciendo un vínculo emocional con su paciente, basado en el trauma que sufrió usted misma en la infancia. Pero el señor Gabriel no fue sodomizado por su primo durante tres años, ¿verdad? Él no sufrió palizas que casi lo matan...

«Cállate, cierra esa bocaza...»

—Muchas mujeres que han pasado por experiencias similares a la suya suelen combatir los síntomas postraumáticos apuntándose a asociaciones femeninas o aprendiendo defensa personal, igual que ha hecho usted. Escoger como profesión la psiquiatría clínica fue un error, si es que pensaba utilizarla como un medio de terapia alternativo. ¿Cómo cree que va a ayudar a sus pacientes si se permite a sí misma implicarse emocionalmente con ellos?

—Entiendo lo que usted dice, pero...

—Pero nada. —Owen menea la cabeza en un gesto negativo—. En mi opinión, ya ha perdido la objetividad. Por el amor de Dios, Dominique, ¡pero si ese lunático la ha convencido de que dentro de diez semanas va a morirse todo el mundo!

Dominique se enjuga las lágrimas de los ojos y reprime una leve risa. Es cierto. Mick la tenía tan atrapada emocionalmente que ya no le seguía la corriente como parte de la terapia, sino que se dejó coaccionar por sus fantasías acerca del fin del mundo.

—Me siento avergonzada.

—No es para menos. Al sentir lástima por el señor Gabriel, ha echado usted a perder la dinámica de la relación médico-paciente. Esto me obliga a ponerme en contacto con el doctor Foletta e intervenir en nombre del señor Gabriel.

«Mierda.»

—¿Qué va a hacer?

—Voy a pedirle a Foletta que le asigne a usted otro residente. De inmediato.

MIAMI, FLORIDA

Mick Gabriel lleva seis horas paseando por el patio. Caminando en piloto automático, va sorteando a los incapacitados mentales y a los delincuentes psicóticos mientras su mente se dedica a recolocar las piezas del rompecabezas del día del juicio final que aún flotan en su cerebro.

«La señal de radio y el descenso de la serpiente con plumas. La franja negra y *Xibalba*. No cometas el error de mezclarlo todo. Distingue entre acción y causa, entre salvación y muerte, entre el bien y el mal. Aquí hay dos facciones, dos entidades distintas que forman parte de la profecía maya. El bien y el mal, el mal y el bien. ¿Qué es el bien? Las advertencias son el bien. El calendario maya es una advertencia, igual que los dibujos de Nazca y la sombra de la serpiente en la fecha del equinoccio en la pirámide de Kukulcán. Todas las advertencias nos las dejó un sabio de raza caucásica, con barba, y todas avisan de la llegada del mal. Pero el mal ya se encuentra aquí, está aquí hace tiempo. Ya lo he percibido antes, pero nunca de esta manera. ¿Podría ser que lo hubiera puesto en marcha esa transmisión procedente del espacio profundo, que lo haya fortalecido? Y en ese caso, ¿dónde está?»

Hace una pausa y deja que le dé en el rostro el sol de la tarde.

«*Xibalba*... el Mundo Inferior. Percibo que el Camino Negro que conduce al Mundo Inferior está haciéndose más fuerte. El Popol Vuh afirma que los Señores del Mundo Inferior influyeron sobre el mal que había en la Tierra. ¿Cómo es posible eso... a no ser que esa presencia malévola haya estado aquí siempre?»

Mick abre los ojos.

«¿Y si no hubiera estado aquí siempre? ¿Y si hubiera llegado hace mucho tiempo, antes de la evolución del hombre? ¿Y si hubiera permanecido aletargada, esperando a que la despertase esa señal de radio?»

El zumbido de las cinco en punto emitido por el altavoz para anunciar la cena remueve un recuerdo lejano. Mick se imagina a sí mismo en el desierto de Nazca, patrullando la llanura con su detector de metales. El zumbido eléctrico del detector lo ha incitado a cavar en la blanda arena amarilla, con su padre enfermo a su lado.

Desentierra el receptáculo de iridio y extrae de él el antiguo mapa. Se fija en el círculo rojo... que marca el misterioso emplazamiento situado en el golfo de México.

«El golfo de México... el receptáculo... ¡hecho de iridio!»

Abre los ojos en un gesto de incredulidad.

—¡Maldita sea, Gabriel, cómo has podido estar tan jodidamente ciego!

Mick sube a la carrera los dos tramos de escalones de hormigón que conducen al entresuelo de la tercera planta y al anexo de terapia. Aparta a un lado a varios residentes y entra en la sala de ordenadores.

Lo saluda una mujer de mediana edad.

—Hola qué tal, me llamo Dorothy, y soy...

—¡Necesito usar uno de sus ordenadores!

Ella se acerca a su portátil.

—¿Su nombre es...?

—Gabriel. Michael Gabriel. Busque por Foletta.

Mick localiza un terminal abierto. Sin esperar, se sienta y entonces se da cuenta de que no está conectado el sistema de activación por voz. Así que, con ayuda del ratón, activa la conexión con Internet.

—Oiga, señor Gabriel, aguarde un momento. Aquí hay ciertas normas. No puede sentarse a un ordenador, así sin más. Tiene que obtener permiso de su...

Acceso denegado. Introduzca contraseña.

—Necesito una contraseña, Dorothy. No va a ser más que un momento. ¿Puede darme una contraseña, por favor...?

—No, señor Gabriel, no hay contraseña. Hay tres residentes por delante de usted, y tengo que hablar con su terapeuta; entonces será cuando pueda...

Mick se fija en la placa de identificación de Dorothy: DOROTHY HIGGINS, G45927. Y empieza a teclear contraseñas.

—... programarle a usted una cita. ¿Está escuchándome, señor Gabriel? ¿Qué está haciendo? Oiga, deje eso...

Fallan una decena de contraseñas. Mick vuelve a fijarse en la placa.

—Dorothy, qué nombre más bonito. ¿Les gustaba a sus padres *El Mago de Oz*, Dorothy?

La expresión de sorpresa de ella la delata. Mick teclea OZG45927.

Contraseña incorrecta.

—Déjese ya de tonterías, señor Gabriel, o llamaré a seguridad.

—La Bruja Malvada, el Hombre de Hojalata, el Espantapájaros... qué tal si le preguntamos al Mago. —Y a continuación teclea WIZG45927.

Conectando con Internet...

—¡Ya basta, voy a llamar a seguridad!

Mick no hace caso y se pone a buscar por la red. Teclea CRÁTER DE CHICXULUB acordándose de lo que le dijo a Dominique: «El acontecimiento más grande de la historia tendrá lugar el 21 de diciembre, fecha en que perecerá la humanidad». No es del todo cierto, reflexiona ahora; el acontecimiento más grande de la historia, por lo menos hasta el momento, tuvo lugar hace sesenta y cinco millones de años, y fue en el golfo de México.

En la pantalla aparece el primer archivo. Sin molestarse en leerlo, selecciona IMPRIMIR TODO.

Oye que se acercan los de seguridad por el pasillo contiguo. «Vamos, vamos...»

Mick coge las tres hojas impresas y se las guarda en el bolsillo del pantalón al tiempo que irrumpen varios guardias de seguridad en la sala de ordenadores.

—Le he pedido tres veces que se vaya. Incluso se las ha arreglado para robarme la contraseña.

—Ya nos encargamos nosotros, señora. —El musculoso pelirrojo hace una seña con la cabeza a sus dos guardias, los cuales agarran a Mick por los brazos.

Mick no ofrece resistencia cuando el pelirrojo se acerca hasta él y se le planta delante de la cara.

—Residente, se le ha pedido que salga de esta sala. ¿Eso es un problema?

En ese momento Mick advierte por el rabillo del ojo que acaba de entrar el doctor Foletta. Mira un instante la placa de identificación del guardia y le ofrece una sonrisa.

—Sabes, Raymond, todos los músculos del mundo no te van a servir para tirarte a nadie si el aliento te huele a ajo...

Foletta se aproxima.

—Raymond, no...

El gancho de derecha acierta a Mick de lleno en el plexo solar y le vacía el aire de los pulmones. Mick cae hacia delante, doblado de dolor, todavía sujeto a uno y otro lado por los dos guardias.

—Maldita sea, Raymond, he dicho que esperes...

—Lo siento, señor, he creído que usted...

Mick recupera la posición erguida y, en un único movimiento, arquea la espalda y levanta las rodillas al pecho antes de lanzar una patada hacia fuera. Los talones de sus deportivas se estrellan contra la cara del pelirrojo y le destrozan la nariz y el labio superior provocando una lluvia de gotitas de sangre.

Raymond se desploma cuan largo en el suelo.

Foletta se inclina sobre el guardia semiinconsciente y observa su rostro.

—Esto era innecesario, Mick.

—Ojo por ojo, ¿eh, doctor?

Entran otros dos celadores blandiendo pistolas tranquilizadoras. Foletta menea la cabeza negativamente.

—Acompañen al señor Gabriel a su habitación, y después manden que venga un médico a atender a este idiota.

Ya es una hora avanzada cuando Dominique estaciona el Pronto Sypder negro en el aparcamiento del centro. Entra en el vestíbulo y saca su tarjeta de identificación magnética para franquear el puesto de seguridad de la primera planta.

—No funcionará, princesa.

La voz ha sonado débil y un tanto amortiguada.

—Raymond, ¿eres tú? —Dominique apenas acierta a ver al enorme pelirrojo a través de la puerta de seguridad.

—Utiliza el escáner facial.

Dominique introduce el código y acto seguido pega la cara al molde de plástico para que el rayo infrarrojo examine sus facciones.

La puerta de seguridad se desbloquea.

Raymond está reclinado en su silla. Alrededor de la cabeza lleva un imponente vendaje que le tapa la nariz. Tiene los dos ojos morados.

—Dios santo, Ray, ¿qué diablos te ha ocurrido?

—Tu maldito paciente perdió la chaveta en la sala de ordenadores y me pateó la cara. El muy hijo de puta me ha roto la nariz y me ha dejado dos dientes bailando.

—¿Eso te lo ha hecho Mick? ¿Por qué?

—¿Y quién sabe, joder? Ese tipo es un jodido psicópata. Mírame, Dominique, ¿cómo voy a competir en el concurso de Míster Florida con esta pinta? Te juro por Dios que ese hijo de puta me las va a pagar, aunque sea lo último que haga en...

—Nada de eso. No vas a hacerle nada en absoluto. Y si llegase a ocurrir algo, no dudaré en denunciarte.

Raymond se inclina hacia delante en actitud amenazadora.

—¿Así van a ser las cosas entre nosotros? Primero me das plantón, ¿y ahora vas a denunciarme?

—Oye, yo no te he dado plantón, me entretuvo una reunión con Foletta. Eres tú el que se cambió al turno de noche. Y en cuanto a Michael Gabriel, es paciente mío, y de ninguna manera pienso...

—Ya no. Esta tarde Foletta ha recibido una llamada de tu asesora. Por lo visto, tu trabajo con pacientes va a cambiar un poco.

«Maldita seas, Owen, ¿por qué tendrás que ser siempre tan eficiente?»

—¿Todavía está por aquí Foletta?

—¿A estas horas? Ni loco.

—Ray, escúchame. Ya sé que estás furioso con Mick, pero yo... yo voy a proponerte un trato. Si prometes no acercarte a él, yo te ayudaré a prepararte para tu concurso de culturismo. Hasta estoy dispuesta a maquillarte esos ojos de mapache que tienes para que no asustes a los jueces.

Raymond cruza los brazos sobre su abultado pecho.

—No me parece suficiente. Todavía me debes salir una noche. —Esboza una sonrisa amarillenta—. Y además, no sólo a cenar en un italiano; quiero divertirme un poco, ya sabes, un poquito de baile, un poquito de romance...

—Una cita, eso es todo, y no me interesa en absoluto el romance.

—Dame una oportunidad, princesa. Con el tiempo, acabo gustándole a la gente.

—Una cita. Y tú no te acercarás a Gabriel.

—De acuerdo.

Atraviesa el puesto de seguridad y se mete en el ascensor.

Raymond la observa con una expresión de lujuria en los ojos, concentrado en el contorno de sus glúteos.

En la séptima planta sólo hay un guardia de servicio, y tiene la atención fija en la serie del Campeonato Nacional de la Liga.

—Hola, Marvis. ¿Quién va ganando?

Marvis Jones aparta la vista del televisor.

—Los Cubs van por delante por dos puntos, llegando al final del octavo. ¿Qué haces aquí tan tarde?

—Vengo a ver a mi paciente.

Marvis pone cara de preocupación.

—No sé, Dom. Es un poco tarde... —Un rugido del público lo hace girarse de nuevo hacia la pantalla—. Mierda, los Phillies acaban de empatar.

—Venga, Marvis.

Marvis consulta el reloj.

—Mira, te concedo quince minutos encerrada con él, siempre que te marches cuando llegue la enfermera para darle la medicación.

—Trato hecho.

El guardia de seguridad la acompaña hasta la habitación 714 y le entrega el bolígrafo transmisor que lleva sujeto al busca.

—Más te vale llevar esto. Se ha puesto un poco violento.

—No, no me pasará nada.

—Coge el bolígrafo, Dominique, o no entras.

Dominique comprende que es mejor no discutir con Marvis, que es una persona tan concienzuda como amable. Se guarda el dispositivo en el bolsillo.

Marvis activa el intercomunicador.

—Residente, tiene una visita. La dejaré entrar cuando lo vea completamente vestido y sentado en el borde de la cama. —Marvis se asoma por la mirilla—. De acuerdo, está listo. Pasa.

Marvis abre la puerta y vuelve a cerrarla con llave detrás de ella.

Las luces de la celda han sido atenuadas. Dominique ve el rostro de Mick conforme va acercándose, el pómulo izquierdo contusionado, el ojo cerrado por la hinchazón.

Se le acelera el pulso.

—Oh, Dios, ¿qué te han hecho? —Coge una toalla de mano, la moja en agua fría y se la aprieta contra la cara a Mick.

—Ay.

—Perdona. Ten, póntela en el ojo. ¿Qué ha pasado?

—Según el informe oficial, me he resbalado en la ducha.

—Mira a Dominique con una media sonrisa que le causa una punzada de dolor—. Te he echado de menos. ¿Qué tal la FSU?

—Nada bien. Mi asesora opina que no estoy cumpliendo con mi responsabilidad de manera profesional.

—Piensa que yo te causo una distracción emocional, ¿es eso?

—Sí. A partir de mañana me van a asignar un residente nuevo. Lo siento, Mick.

Él le aprieta la mano y se la lleva al corazón.

—Si sirve de algo que lo diga —susurra—, tú eres la única persona que ha conseguido producir un efecto en mí.

Dominique se traga el nudo que tiene en la garganta. «No te derrumbes otra vez.»

—¿Qué ha ocurrido durante mi ausencia? He visto lo que le has hecho a Raymond.

—Él me pegó primero.

—Tengo entendido que no querías salir de la sala de ordenadores.

—Necesitaba acceder a Internet. —Le suelta la mano y se saca del bolsillo una serie de papeles arrugados—. Hoy he resuelto una pieza importante del rompecabezas del día del juicio final. Esto es tan increíble, que tenía que verificar los datos para poder aceptarlo.

Dominique toma los papeles que le tiende Mick y empieza a leerlos.

EL CRÁTER DE CHICXULUB

En 1980, el premio Nobel de medicina Luis Álvarez propuso la teoría de que el impacto de un objeto extraterrestre que se produjo hace sesenta y cinco millones de años fue la causa de una extinción en masa que en última instancia puso fin al dominio de los dinosaurios y cambió para siempre la pauta evolutiva de la vida en la Tierra. Esta audaz teoría fue el resultado del descubrimiento por parte de Álvarez de una capa de sedimento de arcilla de un centímetro de grosor que se depositó en toda la superficie del planeta tras el cataclismo provocado por el asteroide, entre el período Cretácico y el Terciario. Se descubrió que esta capa de arcilla que marca la frontera entre ambos períodos geológicos contenía una alta concentración de iridio, un metal sumamente raro que se cree que existe en el núcleo de la Tierra. El iridio es el único metal capaz de sobrevivir a temperaturas superiores a los dos mil doscientos grados centígrados y es prácticamente insoluble, incluso en presencia de los ácidos más corrosivos. El hecho de que se haya encontrado una gran concentración de iridio en meteoritos llevó a Álvarez a proponer la teoría de que dicho sedimento depositado entre ambos períodos geológicos era el residuo de una nube de polvo provocada por el impacto de un asteroide de gran tamaño (once kilómetros de ancho) que chocó contra la Tierra hace sesenta y cinco millones de años. Lo único que necesitaba Álvarez para demostrar su teoría era encontrar el lugar de dicho impacto.

En 1978, un geofísico y piloto de helicóptero llamado Glenn Pennfield había sobrevolado el golfo de México realizando unos estudios aéreos destinados a medir las ligeras variaciones del campo magnético terrestre, signos reveladores que indicaran la presencia de petróleo. Al pasar por encima de una zona situada frente a la costa oeste de la península del Yucatán, Pennfield detectó un anillo simétrico de material sumamente magnetizado cuyo diámetro era de ciento cincuenta kilómetros, enterrado a un kilómetro y medio por debajo del lecho marino. Posteriormente, el análisis de ese inmenso anillo confirmó que aquella zona, que abarcaba tanto el mar como la tierra, era un cráter, es decir, el punto de impacto de un asteroide gigante.

El cráter Chicxulub, que recibió el nombre de una localidad del Yucatán situada entre Progreso y Mérida, constituye la cuenca de impacto más grande que se ha formado en nuestro planeta en los últimos mil millones de años. Su centro aproximado se encuentra bajo el agua, a 21,4 grados de latitud norte y 89,6 grados de latitud oeste, enterrado bajo una capa de entre trescientos y novecientos metros de piedra caliza.

El cráter es muy amplio, tiene un diámetro de ciento ochenta por trescientos kilómetros, y se extiende más allá de la costa norte de la península del Yucatán y sobre el golfo de México. Alrededor de la parte terrestre que cubre el cráter hay un anillo de pozos de agua. Estos manantiales de agua dulce, denominados cenotes por los mexicanos, se cree que se formaron en la geografía del Yucatán a consecuencia del extenso fracturamiento que sufrió esa cuenca de piedra caliza en el momento del impacto del asteroide. Hace sesenta y cinco millones de años, la masa continental de Centroamérica aún se encontraba sumergida.

Dominique levanta la vista, ligeramente irritada.

—No lo entiendo. ¿Dónde está esa pista tan importante?

—El mapa de Piri Reis, el que encontré en la meseta de Nazca. Lo encontré metido en un cilindro de iridio. Ese mapa marcaba el emplazamiento del cráter de Chicxulub. Chichén Itzá está ubicada justo en el borde exterior del anillo del impacto. Si se traza una raya desde la pirámide de Kukulcán hasta el centro del cráter, el ángulo resultante mide 23,5 grados, exactamente lo mismo que el ángulo del eje de rotación de la Tierra, la inclinación gracias a la cual existen las estaciones del año.

«Ya empezamos otra vez.»

—Muy bien, ¿y qué significa todo eso?

—¿Qué significa? —Mick hace una mueca al tiempo que se pone de pie—. Significa que la pirámide de Kukulcán se situó de forma exacta y deliberada en la península del Yucatán en relación con el cráter de Chicxulub. No hay posibilidad de error, Dominique. No hay ninguna otra estructura antigua tan cerca del lugar del impacto, y el ángulo de la medición es demasiado preciso para ser casual.

—¿Pero cómo podían saber los antiguos mayas que allí se había estrellado un meteorito hace sesenta y cinco millones de años? No hay más que ver cuánto ha tardado en averiguarlo el hombre moderno.

—No lo sé. A lo mejor tenían la misma tecnología que utilizó el que confeccionó el mapa de Piri Reis para dibujar la topografía de la Antártida aunque estuviera cubierta por varias capas de hielo.

—Entonces, ¿cuál es tu teoría, que la humanidad será destruida por un asteroide el 21 de diciembre?

Mick se arrodilla en el suelo junto a los pies de ella, con un rictus de dolor en su rostro hinchado.

—Lo que amenaza a la humanidad no es un asteroide. La probabilidad de que caiga otro asteroide en el mismo punto es demasiado pequeña para tenerla en cuenta siquiera. Además, la profecía maya apunta a la franja oscura, no a un proyectil celeste.

Apoya su dolorida cabeza en la rodilla de Dominique. Ésta le acaricia el cabello, largo y castaño y sucio de grasa y sudor.

—¿No crees que deberías descansar un poco?

—No puedo, mi mente no me permite descansar. —Se incorpora y se aprieta la toalla mojada contra el ojo hinchado—. El emplazamiento de la pirámide de Kukulcán tiene algo que siempre me ha intrigado. A diferencia de sus homólogas de Egipto, Camboya y Teotihuacán, ésta tiene una estructura que siempre me ha parecido desplazada, como si fuera un dedo pulgar que apunta hacia algo, en una situación geográfica que no concuerda con nada, mientras que los demás dedos de la mano se encuentran distribuidos a intervalos casi regulares por la superficie del planeta. Ahora creo entenderlo.

—¿Entender el qué?

—El bien y el mal, Dominique, el bien y el mal. En algún punto del interior de la pirámide de Kukulcán se encuentra el bien, la clave de nuestra salvación. Dentro del cráter de Chicxulub yace una fuerza malévola, que va haciéndose más fuerte a medida que se acerca el solsticio.

—¿Cómo lo sabes?... No importa, se me había olvidado que lo has percibido. Perdona.

—Dom, necesito que me ayudes. Tienes que sacarme de aquí.

—Ya he intentado...

—Olvídate de las solicitudes, no hay tiempo. ¡Necesito salir ahora mismo!

«Está perdiendo el control.»

Mick la agarra por la muñeca.

—Ayúdame a escapar. Tengo que ir a Chichén Itzá.

—¡Suéltame! —Intenta coger el bolígrafo con la mano que tiene libre.

—No, espera, no llames al guardia...

—Entonces, apártate. Me estás asustando.

—Lo siento, lo siento. —Le suelta la muñeca—. Pero escúchame hasta el final, ¿de acuerdo? No sé cómo va a perecer la humanidad, pero sí creo saber el propósito que tiene esa transmisión de radio procedente del espacio profundo.

—Continúa.

—Esa señal es un reloj despertador que ha viajado por el Camino Negro, un pasillo celeste que está alineándose con lo que sea que está enterrado en el Golfo.

«Foletta tenía razón. Las fantasías están empeorando.»

—Mick, cálmate. Ahí abajo no hay nada...

—¡Te equivocas! Lo noto, igual que noté que estaba abriéndose el Camino Negro que conduce a *Xibalba*. La senda va haciéndose más pronunciada...

«Está desvariando...»

—Noto que va expandiéndose, no sé cómo, pero lo noto, ¡te lo juro! Y hay otra cosa más...

Dominique ve lágrimas de frustración en los ojos de Mick; ¿o será miedo auténtico?

—Percibo una presencia al otro lado del Camino Negro. ¡Y ella me percibe a mí!

En ese momento entra la enfermera, seguida de tres imponentes celadores.

—Buenas noches, señor Gabriel. Es la hora de su medicación.

Mick se fija en la jeringa.

—¡Eso no es Zyprexa!

Dos celadores lo agarran por los brazos, y el tercero le sujeta las piernas.

Dominique contempla impotente cómo forcejea.

—Enfermera, ¿qué está pasando aquí?

—El señor Gabriel va a recibir tres inyecciones de Thorazina al día.

—¿Tres?

—¡Foletta quiere convertirme en un vegetal! Dom, no se lo permitas... —Mick se debate salvajemente en la cama, los celadores tienen que esforzarse para sujetarlo—. No se lo permitas. Dominique, por favor...

—Enfermera, da la casualidad de que yo soy la psiquiatra del señor Gabriel y...

—Ya no. Ahora se ha hecho cargo el doctor Foletta. Mañana puede hablar con él a ese respecto. —La enfermera frota el brazo de Mick con alcohol—. Sujétenlo...

—Lo estamos intentando. Pinche de una vez.

Mick levanta la cabeza dejando ver cómo le sobresalen las venas del cuello.

—¡Dom, tienes que hacer algo! El cráter de Chicxulub... el tiempo sigue corriendo... el reloj está...

Dominique ve que Mick pone los ojos en blanco y que su cabeza cae sin fuerza hacia atrás, contra la almohada.

—Bueno, eso está mejor —lo arrulla la enfermera, retirando la jeringa—. Ya puede marcharse, interna Vázquez. El señor Gabriel ya no va a necesitar más de sus servicios.

Capítulo 9

Pierre Borgia entra en la sala de reuniones y toma asiento a la mesa ovalada, entre el secretario de Defensa, Dick Pryzstas, y el jefe de Estado Mayor del Ejército de Estados Unidos, James Adams. Sentado justo enfrente de él está el director de la CIA, Patrick Hurley, el jefe de Estado Mayor de las Fuerzas Aéreas, general Arne Cohen, y el jefe de Operaciones Navales, Jeffrey Gordon. El jefe de Operaciones Navales, que tiene una estatura de uno noventa y cinco, saluda a Borgia con una breve inclinación de cabeza.

El general Costolo, apodado «Mike el Gigante», comandante del Cuerpo de Marines, entra a continuación de Borgia y ocupa su sitio a la derecha de Gordon.

A la cabecera de la mesa se halla el general Joseph Fecondo, presidente de la Junta de Jefes de Estado Mayor y veterano de las guerras de Vietnam y del golfo Pérsico. Se pasa la palma de su mano, de perfecta manicura, por la línea de crecimiento del cabello, bronceada y en recesión, a la vez que lanza una mirada a Borgia y Costolo con un gesto de fastidio.

—Bien, ahora que por fin ya estamos todos, supongo que podemos empezar. ¿Director Hurley?

Patrick Hurley ocupa su puesto en el podio. De aspecto

171

cuidado y en buena forma física, un individuo de cincuenta y dos años, antigua estrella del baloncesto del Notre Dame en la posición de escolta, por su constitución parece como si aún se dedicara al baloncesto de competición.

Hurley activa un interruptor de control en el podio. Las luces se atenúan y en la gran pantalla que hay a su derecha aparece una foto por satélite en blanco y negro.

Borgia reconoce la calidad de la imagen. La fotografía digitalizada ha sido tomada por una cámara de calor C-8236 de alta resolución, montada a bordo del *Darkstar*, la nave supersecreta de las Fuerzas Aéreas. El sigiloso Vehículo Aéreo No Tripulado (en inglés, UAV) es una nave plana y en forma de almeja dotada de unas alas enormes. El *Darkstar* opera a altitudes de sesenta y cinco pies y es capaz de transmitir imágenes en primer plano en todas las circunstancias atmosféricas, de día o de noche.

Aparece un cuadrado computerizado en rojo. Hurley lo coloca donde desea y seguidamente amplía la imagen abarcada por él. Entonces aparecen los detalles de una pequeña escuela con su patio para jugar. Junto a la escuela se ve un aparcamiento de hormigón rodeado por una valla.

El director de la CIA se aclara la garganta.

—Las fotos que van a ver a continuación han sido tomadas sobre un área situada ligeramente al noreste de Pyongyang, en la costa occidental de Corea del Norte. A primera vista, dicho emplazamiento no parece ser más que una escuela primaria. Pero 1,3 kilómetros por debajo de este aparcamiento se encuentra la instalación subterránea de armas nucleares Kim Jong Il, la misma que utilizaron los norcoreanos cuando empezaron con las pruebas de los misiles de alcance medio y de dos etapas, ya en 1998. Sospechamos que dicho emplazamiento es posible que albergue también el nuevo misil balístico TAEPODONG II, un ICBM con un alcance de tres mil quinientos kilómetros, capaz de transportar múltiples cabezas nucleares.

Hurley pasa a la foto siguiente.

—El *Darkstar* lleva dos semanas supervisando esta instalación. Las fotos que voy a mostrarles ahora fueron tomadas ayer por la noche, entre las once y la una de la madrugada, hora de Seúl.

Hurley amplía la imagen para dejar ver las figuras de dos hombres que se apean de un Mercedes-Benz negro.

—El caballero de la derecha es el presidente de Irán, Ali Shamjani. El de la izquierda es el nuevo líder del partido comunista de China y antiguo comandante militar, el general Li Xiliang. Como les dirá Pierre, el general ha representado siempre a la línea dura de los comunistas.

Hurley pasa varias fotos más y se detiene en un individuo vestido con un abrigo negro de cuero que parece mirar hacia el cielo, como si supiera que le están haciendo una foto.

—Dios santo —susurra Borgia—. Es Viktor Grozny.

—Casi da la impresión de estar mirando a la cámara —agrega el general Cohen.

—Aún no hemos terminado de pasar lista, ni mucho menos. —El director de la CIA cambia de imagen—. Y nuestro anfitrión de esta noche es...

A Borgia se le acelera el corazón.

—Kim Jong Il.

Hurley vuelve a encender las luces y regresa a su sitio en la mesa de reuniones.

—Hace dos semanas se celebró la cumbre de Viktor Grozny sobre fuerza nuclear disuasoria. Así que, ¿por qué los dirigentes de cuatro naciones que representan el treinta y ocho por ciento del armamento nuclear del planeta iban a elegir reunirse secretamente en ese lugar en concreto?

El secretario de Defensa, Dick Pryzstas, se reclina en su asiento y se alisa hacia atrás la mata de pelo blanco que tiene.

—Almirante Gordon, ¿le importa transmitir la información de la que hemos hablado usted y yo?

El larguirucho almirante pulsa una tecla de su ordenador portátil.

—Los datos enviados recientemente por nuestro satélite indican que los iraníes han aumentado de forma considerable su presencia militar en las costas septentrionales del golfo Pérsico. Además de colocar de nuevo en posición sus Howitzers y sus emplazamientos móviles SAM, Irán ha comprado hace poco a China una remesa adicional de cuarenta y seis patrulleras tipo Hudong. Cada uno de esos buques va equipado con misiles crucero antibarco C-802. Además, los iraníes están duplicando los emplazamientos de misiles chinos Silkworm a lo largo de toda la costa y, a pesar de las protestas de la ONU, han seguido reforzando sus baterías de misiles tierra-aire y tierra-tierra en Qeshm, Abu Musa y las islas Sirri. Esencialmente, Irán está preparándose para montar una especie de baqueta en el tramo más cerrado del estrecho de Ormuz, un punto de tan sólo cincuenta kilómetros de anchura.

—Los iraníes afirman que ese rearme militar está destinado a los ejercicios militares que va a llevar a cabo Grozny en diciembre —replica el secretario de Defensa Pryzstas—. Por supuesto, si estallaran las hostilidades en Oriente Próximo, la baqueta de Irán impediría a nuestra flota acceder al golfo Pérsico.

—No es mi intención contribuir a la paranoia, pero ¿qué pasa con las armas nucleares? —El general Costolo se aparta de la mesa—. Los israelíes afirman que Grozny vendió a los iraníes misiles soviéticos con cabezas nucleares cuando los ayudó a negociar el Acuerdo de Paz en Oriente Próximo de 2007.

El almirante Gordon se gira hacia Costolo.

—Irán cuenta con la fuerza y la geografía necesarias para asegurarse por sí solo el dominio en Oriente Próximo. Si estallase una guerra, Rusia se encontraría en situación de consolidar Oriente Próximo como una hegemonía.

—Desde luego, da toda la impresión de que Grozny está preparándose para una guerra nuclear —interviene Borgia.

—Pierre, Rusia lleva sesenta años preparándose para una

guerra nuclear —lo interrumpe el general Fecondo—. No olvidemos que fue nuestro empeño en construir un Escudo de Defensa anti-Misiles lo que contribuyó a su propia paranoia.

—Es posible que haya otra variable oculta que tener en cuenta, general —dice el director de la CIA—. La Agencia de Seguridad Nacional ha interceptado una comunicación entre el primer ministro ruso, Makashov, y el ministro de Defensa de China. La conversación tenía que ver con una especie de arma nueva de alta tecnología.

—¿Qué clase de arma? —inquiere Pryzstas.

—Se mencionó la fusión, nada más.

ISLA SANIBEL,
COSTA OCCIDENTAL DE FLORIDA

Dominique aminora la velocidad del descapotable negro Pronto Spyder y se mantiene justo por debajo de ochenta por hora al pasar por el peaje del puente de la isla Sanibel. Los sensores electrónicos registran la matrícula del vehículo y el número de identificación del mismo, y envían inmediatamente dicha información al Departamento de Transportes, el cual suma el importe del peaje a su factura mensual de tránsito. Durante el kilómetro siguiente mantiene la velocidad por debajo de ochenta, pues sabe que sigue dentro del radio del sistema de radar automático.

A continuación conduce el Spyder por el puente de la bahía que lleva a las islas Sanibel y Captiva, una zona residencial y turística situada en una pequeña isla de la costa de Florida que da al Golfo. Después toma rumbo norte por la sombreada carretera de un solo carril y vira hacia el oeste, pasa por delante de varios hoteles grandes y penetra en una área residencial.

Edith e Isadore Axler viven en una casa en la playa, de dos plantas y con forma cúbica, situada en una parcela de dos mil metros cuadrados que mira hacia el golfo de México. A primera vista, la fachada exterior de listones de madera de secoya que rodea la vivienda le da el aspecto de un enorme farol de jardín, sobre todo por la noche. Esa capa protege la estructura contra huracanes creando, efectivamente, una casa dentro de otra casa.

El ala sur de la vivienda de los Axler ha sido renovada para que cupiera un sofisticado laboratorio de acústica, uno de los tres que hay en la costa del Golfo que están conectados con el SOSUS, el Sistema de Vigilancia Sónica Submarina de la Marina de Estados Unidos. Esa red de micrófonos submarinos de dieciséis mil millones de dólares, construida por el gobierno federal durante la guerra fría para espiar a los submarinos enemigos, forma un entramado global unido por unos cuarenta y ocho mil kilómetros de cables bajo el agua a las estaciones que la Marina tiene en tierra.

Dado que el uso militar del SOSUS comenzó a disminuir a principios de la década de 1990, numerosos científicos, universidades y empresas privadas empezaron a solicitar a la Marina poder acceder a dicha red de escucha. Para los oceanógrafos, el SOSUS se convirtió en el telescopio Hubble de la exploración submarina. Ahora los científicos podían oír las vibraciones de bajísima frecuencia que provocan los bloques de hielo al partirse, los temblores del lecho marino y la erupción de volcanes sumergidos, sonidos que normalmente quedan muy por debajo de la capacidad auditiva del ser humano.

Para los biólogos marinos como Isadore Axler, el SOSUS ofrecía un nuevo medio para estudiar los seres vivos marinos más inteligentes del planeta: los cetáceos. Con la ayuda de la Fundación Nacional de Pesca y Fauna, el hogar de los Axler se transformó en una estación acústica, centrada específicamente en los cetáceos que habitan el golfo de México. Empleando el SOSUS, los Axler podían ahora grabar y analizar los sonidos emitidos por las ballenas, identificar especies, hacer recuento de poblaciones, y hasta llevar un seguimiento de individuos concretos por todo el hemisferio norte.

Dominique gira a la izquierda para tomar la calle sin salida y después a la derecha para meterse en la entrada de la última casa; se siente reconfortada al oír el crujido familiar de los guijarros bajo el peso del coche.

Edith Axler sale a recibirla cuando la capota del descapotable termina de cerrarse. Edie es una mujer sagaz, de cabello gris y setenta y pocos años, con unos ojos castaños que irradian la sabiduría de una profesora y una sonrisa cálida que proyecta un amor de madre.

—Hola, cariño. ¿Qué tal el viaje?

—Bien. —Dominique da un abrazo a su madre adoptiva y la estrecha con fuerza.

—¿Ocurre algo? —Edith se aparta un poco y se fija en las lágrimas—. ¿Qué pasa?

—Nada. Es que me siento muy contenta de estar en casa.

—No me tomes por una vieja senil. Es ese paciente tuyo, ¿a que sí? Cómo se llama... ¿Mick?

Dominique asiente con la cabeza.

—Ex paciente mío.

—Ven, vamos a charlar un poco, antes de que salga Iz.

Edith la lleva de la mano hacia el canal de acceso al mar que hay en el lado sur de la parcela. Contra la pared de hormigón hay dos embarcaciones amarradas, la más pequeña es un barco de pesca de diez metros de eslora, propiedad de los Axler.

Se sientan juntas, cogidas de las manos, en un banco de madera que mira hacia el mar.

Dominique contempla un pelícano blanco y gris que está tomando el sol encaramado a un pilote de madera.

—Recuerdo que cuando era pequeña, cada vez que tenía un mal día tú te sentabas a mi lado aquí fuera.

Edie afirma con la cabeza.

—Éste ha sido siempre mi sitio favorito.

—Tú me decías: «Los problemas no pueden ser tan graves si uno tiene la posibilidad de disfrutar de un paisaje como éste». —Señala el barco de catorce metros y de aire rústico que está amarrado detrás del pesquero de los Axler—. ¿De quién es ese barco?

—Pertenece al Club de Buscadores de Tesoros de Sanibel. ¿Te acuerdas de Rex y Dory Simpson? Iz les alquila a ellos el amarre. ¿Ves esa lona? Pues debajo de ella hay un minisubmarino de dos plazas sujeto a la cubierta. Si quieres, mañana Iz puede llevarte a dar un paseo en él.

—¿En un minisubmarino? Qué divertido.

Edie aprieta la mano de su hija.

—Háblame de Mick. ¿Por qué estás tan angustiada?

Dominique se enjuga una lágrima.

—Desde que ese cabrón de Foletta me cambió la asignación de paciente, tiene a Mick sometido a grandes dosis de Thorazina. Por Dios, es una crueldad tan grande que no puedo... ya no puedo soportar ni mirarlo, siquiera. Está tan atontado por la medicación, que no hace otra cosa que quedarse sentado, sujeto con correas a una silla de ruedas como si fuera un vegetal babeante. Foletta lo saca al patio todas las tardes y lo deja allí sentado, en la zona de artes y oficios, como si fuera un paciente geriátrico sin futuro alguno.

—Dom, ya sé que te preocupas mucho por Mick, pero tienes que comprender que tú eres sólo una persona. No puedes esperar salvar el mundo.

—¿Cómo? ¿Qué has dicho?

—Sólo pretendo decir que, como psiquiatra que eres, no puedes esperar ayudar a todos los pacientes institucionalizados que entran en contacto contigo. Llevas un mes trabajando con Mick. Te guste o no, eso no está en tus manos. Tienes que saber cuándo retirarte.

—Tú me conoces demasiado bien. No puedo retirarme sin más, cuando se está cometiendo una injusticia con una persona.

Edie vuelve a apretarle la mano. Ambas guardan silencio, observando cómo el pelícano agita las alas conservando su precario equilibrio sobre el pilote.

«Cuando se está cometiendo una injusticia con una persona.» Al oírse a sí misma, Edie recuerda el día en que conoció a aquella niña asustada que venía de Guatemala. Llevaba un tiempo trabajando a media jornada como maestra y consultora de educación preescolar. Le llevaron a aquella niña, que se quejaba de calambres en el estómago. Edie la tuvo cogida de la mano hasta que se le pasó el dolor. Aquel pequeño gesto de amor maternal sirvió para unir a Dominique a la mujer para siempre, y a ella misma se le rompió el corazón al enterarse de los abusos sexuales que había sufrido la pequeña por parte de sus primos mayores. Edie presentó un informe y realizó las gestiones necesarias para la adopción. Seis meses después, Iz y ella adoptaron a Dominique.

—Está bien, cariño, dime qué podemos hacer para ayudar a Mick.

—Sólo hay una solución. Tenemos que sacarlo de allí.

—Cuando dices sacarlo, supongo que te refieres a ingresarlo en otro psiquiátrico.

—No, me refiero a sacarlo a la calle, de manera permanente.

—¿Como asaltar la cárcel?

—Pues sí. Puede que Mick esté un poco atontado, pero no está loco. Su sitio no está en una institución mental.

—¿Estás segura? Porque no me lo pareces. ¿No me habías dicho que Mick está convencido de que el mundo va a acabarse?

—No es el mundo, sino la humanidad, y sí, está convencido de ello. Sólo está un poco paranoide, pero quién no lo estaría después de once años de confinamiento en solitario.

Edie observa que Dominique se revuelve inquieta.

—Hay algo más que no me has dicho.

Dominique se gira hacia ella.

—Va a parecerte una locura, pero por lo visto, en muchas de las fantasías de Mick hay algo de verdad. Su teoría del día del juicio final se basa en una profecía maya de tres mil años

179

de antigüedad. Estoy leyendo el diario de su padre, y estoy encontrando cosas que resultan alucinantes. Prácticamente, Mick predijo la llegada de esa señal de radio del espacio profundo coincidiendo con el equinoccio de otoño. Edie, cuando yo vivía en Guatemala, mi abuela me contaba anécdotas sobre mis antepasados maternos. Y las cosas que decía daban mucho miedo.

Edie sonríe.

—Estás empezando a asustarme.

—Oh, ya sé que es una tonta superstición, pero tengo la sensación de deberle a Mick por lo menos comprobar algunas de esas cosas. Tal vez lo ayude a aliviar en parte sus miedos.

—¿Qué cosas?

—Mick está convencido de que lo que va a destruir a la humanidad se halla oculto en el golfo de México. —Dominique introduce la mano en el bolsillo de los vaqueros y saca varios papeles doblados, que entrega a Edie.

Edie echa un vistazo a lo que contienen.

—¿El cráter por impacto de Chicxulub? ¿Cómo va a matar a la humanidad una depresión enterrada un kilómetro y medio bajo el fondo del mar?

—No lo sé. Ni tampoco lo sabía Mick. Pero yo tenía la esperanza de que...

—Tú tenías la esperanza de que a lo mejor Iz podía comprobarlo con la ayuda del SOSUS.

Dominique sonríe.

—Eso me haría sentirme mucho mejor.

Edie da un abrazo a su hija.

—Vamos. Iz está en el laboratorio.

El profesor Isadore Axler se encuentra en la estación del SOSUS, con los auriculares puestos y los ojos cerrados, escuchando los hipnóticos ecos de los cetáceos. Su rostro, salpicado de manchas de vejez, transmite serenidad.

Dominique le da unos golpecitos en el hombro.

Iz abre los ojos y su difusa perilla gris se ensancha en una breve sonrisa al tiempo que se quita los auriculares.

—Ballenas rorcuales.

—¿Qué forma de saludar es ésa? Ballenas rorcuales.

Iz se pone de pie y le da un abrazo.

—Pareces cansada, mi niña.

—Estoy bien.

Edie da un paso al frente.

—Iz, Dominique tiene un favor que pedirte.

—¿Cómo, otro más?

—¿Cuándo fue el último?

—Cuando tenías dieciséis años. Me pediste que te dejara el coche. Fue la noche más traumática de toda mi vida. —Iz le acaricia la mejilla—. Habla.

Ella le entrega la información sobre el cráter de Chicxulub.

—Necesito que uses el SOSUS y me digas si se oye algo allí abajo.

—¿Y qué se supone que debo escuchar?

—No sé. Algo fuera de lo normal, supongo.

Iz le lanza su famosa mirada que significa: «No me hagas perder tiempo», y al hacerlo se juntan sus enmarañadas cejas grises.

—Iz, deja de mirarla y ponte a ello —le ordena Edie.

El anciano biólogo regresa a su silla, musitando:

—Algo fuera de lo normal, ya. A lo mejor oímos a una ballena tirarse un pedo.

Teclea las coordenadas en el ordenador y vuelve a ponerse los auriculares.

Dominique lo abraza desde atrás y lo besa en la mejilla.

—Está bien, está bien, ya basta de sobornos. Mira, pequeña, no sé lo que pretendes conseguir, pero ese cráter abarca un área muy amplia. Lo que voy a hacer es una estimación del punto central, el cual parece estar situado cerca de la plataforma de Campeche, un poco al suroeste del arrecife de Alacan.

Programaré el ordenador para que inicie un rastreo de baja frecuencia. Empezaremos por cincuenta hercios e iremos incrementando los ciclos poco a poco. El problema es que quieres concentrarte en una zona que está repleta de yacimientos de petróleo y gas. La cuenca del Golfo es toda de caliza y arenisca, rocas que contienen trampas geológicas porosas; el petróleo y el gas se escapan constantemente por las fisuras del lecho marino, y el SOSUS va a registrar todas esas filtraciones.

—Entonces, ¿qué sugieres tú?

—Sugiero que almorcemos. —Iz termina de programar el ordenador—. Si se produce cualquier alteración acústica en esa zona, el sistema se centrará automáticamente en ella.

—¿Cuánto tiempo calculas que tardará el SOSUS en encontrar algo? —Esta observación le vale a Dominique otra mirada como la de antes.

—¿Quién soy yo, Dios? Horas, días, semanas, puede que no lo encuentre nunca. ¿Y qué más da? Al final, lo más probable es que no encontremos más que un montón de ruido de fondo sin valor alguno.

WASHINGTON, DC

El *maître* esboza una sonrisa cuando entra en el estirado restaurante francés la cuarta persona más poderosa de Estados Unidos.

—*Bon soir, monsieur* Borgia.

—*Bon soir,* Felipe. Creo que me están esperando.

—*Oui, certainement.* Sígame, por favor.

El *maître* lo conduce por entre varias mesas iluminadas con velas hasta un salón privado situado junto a la barra. Llama dos veces con los nudillos a las puertas dobles y acto seguido se vuelve hacia Borgia.

—Sus acompañantes lo están esperando dentro.

—*Merci*. —Borgia desliza el billete de veinte en la mano enguantada del *maître* al tiempo que la puerta se abre desde dentro.

—Pierre, pasa. —El copresidente del Partido Republicano, Charlie Myers, estrecha la mano de Borgia y le da una palmada de afecto en el hombro—. Tarde, como siempre. Ya llevamos dos rondas de adelanto. Un Bloody Mary, ¿verdad?

—Sí, perfecto.

El reservado está forrado de un tono castaño oscuro, al igual que el resto del restaurante. Está insonorizado y ocupado por media docena de mesas de mantel blanco. Sentados a la mesa del centro se encuentran dos hombres; el mayor de los dos, un caballero de cabellos blancos, es Joseph H. Randolph, padre, un multimillonario de Texas que lleva más de veinte años actuando como padre sustituto y amigo de Borgia. Borgia no reconoce al individuo corpulento que está sentado frente a él.

Randolph se levanta para abrazarlo.

—Pierre, qué sorpresa. Me alegro de verte, hijo. A ver, que te mire. ¿Has engordado unos cuantos kilos?

Borgia se ruboriza.

—Puede que sí.

—Bienvenido al club. —El individuo corpulento se levanta y le tiende una mano gigantesca—. Pete Mabus, de Mabus Tech Industries.

Borgia reconoce el nombre de la empresa, contratada por el Departamento de Defensa.

—Encantado de conocerlo.

—El placer es mío. Tome asiento y relájese.

Charlie Myers le trae la copa a Borgia.

—Caballeros, tendrán que perdonarme, pero he de ir al baño.

Randolph espera a que Myers haya salido de la habitación.

—Pierre, la semana pasada vi a tu gente en Rehobeth. Todos nosotros nos sentimos muy contrariados de saber que no vas a ser nominado como candidato a la vicepresidencia. La verdad es que Maller le está haciendo un flaco servicio al partido entero.

Borgia asiente.

—Al presidente lo preocupa salir reelegido. Las encuestas dicen que Chaney le proporcionará el apoyo que necesita el partido en el sur.

—Maller no está pensando en el futuro. —Mabus apunta con un dedo regordete—. Lo que necesita este país en este momento es un líder fuerte, no otra palomita como Chaney como segundo al mando.

—No puedo estar más de acuerdo, pero yo no tengo voz en este asunto.

Randolph se acerca un poco más.

—Es posible que ahora no, hijo, pero dentro de cuatro años tu voz será muy importante. Ya he hablado con algunas de las autoridades al respecto, y existe el consenso general de que tú representarás al partido en 2016.

Borgia reprime una sonrisa.

—Joe, me encanta oírte decir eso, pero cuatro años sigue siendo mucho tiempo.

Mabus sacude la cabeza en un gesto negativo.

—Tiene que prepararse ahora, joven. Voy a ponerle un ejemplo. Mi hijo Lucien es un jodido genio. No es broma, no tiene más que tres años y ya sabe navegar por Internet. Pienso educarlo para que se ponga al frente de Mabus Tech cuando cumpla los dieciséis. Si jugamos bien nuestras cartas en la política, para cuando tenga la edad de usted será un maldito multimillonario. Lo que quiero decir es que todos tenemos que prepararnos mucho antes de que surja la oportunidad, y a usted ya le ha surgido. Esos ejercicios militares de Rusia y China, por ejemplo; hay muchos votantes cabreados, y eso es justamente lo que puede encumbrar o derribar a un candidato a presidente.

—Pete tiene razón, Pierre. La manera como el público

perciba tu presencia autoritaria durante los próximos meses podría ayudar a determinar el resultado de las próximas elecciones. Necesitan ver a un tipo que manda, un halcón que no está dispuesto a permitir que los malditos rusos ni los negratas nos digan cómo hemos de gobernar nuestro país. Diablos, no tenemos una presencia fuerte en la Casa Blanca desde que Bush dejó el cargo.

Mabus está ya lo bastante cerca como para que Borgia perciba por el olor lo que ha tomado para almorzar.

—Pierre, este conflicto nos ofrece la gran oportunidad de demostrar al público su fuerza de carácter.

Borgia se recuesta en su silla.

—Entendido.

—Bien, bien. En fin, queda un último punto en nuestra agenda, un asunto que opino que debemos resolver.

Mabus se tira de un padrastro de la uña.

—Un esqueleto que tiene guardado en el armario.

Randolph asiente mientras enciende un cigarrillo.

—Se trata de ese tal Gabriel, Pierre, el tipo con el que la tienes tomada desde el accidente que sufriste. Cuando anunciemos tu nominación, la prensa va a ponerse a indagar. Y no tardará mucho en descubrir lo que hiciste para manipular las cosas en Massachusetts. Podría resultar bastante desagradable.

Borgia se pone rojo como la grana.

—Mire este ojo, señor Mabus. Esto me lo hizo ese loco hijo de puta. ¿Y ahora quiere que lo deje libre?

—Presta atención, hijo. Pete no ha dicho en ningún momento que tengas que dejarlo en la calle. Lo que has de hacer es atar ese cabo suelto antes del inicio de la campaña. Todos tenemos algo que ocultar. Lo único que queremos es que lo tuyo lo saques y lo entierres... señor presidente.

Borgia respira hondo para calmarse y a continuación asiente con la cabeza.

—Entiendo lo que están diciendo, caballeros, y agradezco su apoyo. Creo saber lo que hay que hacer.

Mabus le tiende una mano.

—Y nosotros le damos las gracias a usted, señor secretario. También nosotros sabemos que cuando llegue el momento, no olvidará quiénes son sus amigos.

Borgia estrecha la mano sudorosa de Mabus.

—Díganme sinceramente, caballeros, dejando a un lado la presencia de mi familia en la política: cuando fui elegido, ¿influyó en algo el hecho de que da la casualidad de que el senador Chaney es negro?

Randolph responde con una sonrisa radiante.

—Bueno, hijo, digamos simplemente que por algo la llaman la Casa Blanca.

Diario de Julius Gabriel

La meseta de Nazca, situada en el sur de Perú, es un árido desierto de sesenta y cuatro kilómetros de largo por diez de ancho. Se trata de una llanura desolada, implacable, una zona muerta rodeada por la cordillera de los Andes. También da la casualidad de que posee una geología extraordinariamente singular, dado que el suelo contiene altos niveles de yeso, un adhesivo natural. Rehumedecida cada día por el rocío matinal, el yeso literalmente mantiene el hierro y las piedras silíceas que proliferan en ese desierto adheridos a la superficie. Esos guijarros de color oscuro retienen el calor del sol, lo cual da lugar a un escudo protector de aire templado que prácticamente elimina los efectos del viento y además convierte esta meseta en uno de los lugares más secos de la Tierra, ya que recibe menos de dos centímetros de lluvia cada década.

Para el artista que desee expresarse a la mayor de las escalas, la meseta de Nazca es el lienzo perfecto, porque lo que se dibuje en ella tiende a permanecer. Sin embargo, cuando en 1947 un piloto sobrevoló esta llanura, fue cuando el hombre moderno descubrió los misteriosos dibujos y las líneas geométricas que fueron trazadas en ese paisaje de Perú hace miles de años.

Hay más de trece mil líneas que cruzan el desierto de Nazca. Unas pocas de ellas se prolongan hasta una distancia de más de ocho kilómetros a través de un terreno áspero, y sin embargo, milagrosamente, siguen siendo totalmente rectas. Aunque a algunos les gustaría creer que dichas líneas representan pistas prehistóricas para antiguos astronautas, ahora sabemos que están alineadas astronómicamente y que marcan las posiciones del solsticio de invierno, el equinoccio, la constelación de Orión y tal vez otros cuerpos celestes aún desconocidos para nosotros.

Más extraños son los centenares de dibujos de animales. Vistos desde el suelo, estos colosales zoomorfos aparecen simplemente como muescas al azar producidas por el desplazamiento de toneladas de piedra volcánica que ha dejado al descubierto el yeso amarillo de debajo. Pero cuando se observan desde el aire, los dibujos de Nazca cobran vida, lo cual representa una visión artística unificada y un logro de ingeniería que ha sobrevivido sin sufrir menoscabo alguno a lo largo de miles de años.

Los dibujos de la meseta de Nazca se realizaron en dos períodos de tiempo muy diferenciados. Aunque pueda parecer que ello va en contra de nuestro sentido de la evolución, son los dibujos más antiguos los que resultan, con mucho, superiores. Me refiero al mono, la araña, la pirámide y la serpiente. No sólo el parecido es de una exactitud increíble, sino que además las figuras en sí, en su mayoría más grandes que un campo de fútbol, se dibujaron todas con una única línea, continua y sin fragmentaciones.

¿Quiénes fueron los misteriosos artistas que crearon estas imágenes en el desierto? ¿Cómo lograron realizar semejante hazaña a una escala tan grande? Y lo más importante: ¿qué fue lo que los movió a trazar esas figuras en la meseta?

Fue en el verano de 1972 cuando Maria, Pierre y yo llegamos a esta horrible llanura desértica de Sudamérica. En aquella época no nos interesaban nada los dibujos, nuestra intención era simplemente determinar la relación existente entre los cráneos alargados de Mesoamérica y los hallados en Nazca.

Todavía recuerdo la primera semana de trabajo en la meseta, maldiciendo sin parar el inclemente sol de Perú que me torturaba cada día y me levantaba ampollas en la cara y en los brazos. Si alguien me hubiera dicho que con el tiempo iba a regresar a este purgatorio de arena y roca para acabar aquí mis días, lo hubiera tomado por loco.

Loco.

Me cuesta trabajo incluso escribir esta maldita palabra. A estas alturas, es posible que muchos de vosotros no sepáis si estáis leyendo el diario de un científico o el de un loco. He de confesar que no pasa un solo día sin que yo mismo me lo pregunte. Si en efecto he perdido la razón, ha sido por culpa de Nazca; su incesante calor ha hecho que se me hinche el cerebro, su despiadada superficie lleva décadas filtrándome la artritis en los huesos. Toda posibilidad de alcanzar la paz interior se esfumó el día en que condené a mi familia a este desierto. Ruego a Dios que Michael me perdone por haberlo criado en este agujero infernal y por las demás injusticias cometidas contra su infancia que por mi causa pesan en su alma torturada.

Desde el verano de 1972 hasta el invierno de 1974, nuestro pequeño trío estuvo trabajando con ahínco en Nazca, exhumando cientos de cráneos deformados que encontramos en lugares de enterramientos ceremoniales situados cerca de los Andes. Un examen exhaustivo de cada cráneo reveló que las deformaciones habían sido provocadas atando fuertemente tablillas de madera a la cabeza de los niños a muy temprana edad.

Fue en enero de 1974 cuando descubrimos un lugar de enterramiento de la realeza, localizado muy cerca de los Andes. Las paredes de esa increíble tumba estaban hechas por enormes columnas de roca, cada una de un peso de entre diez y veinte toneladas. En el interior de la cámara subterránea había trece momias de varones, todas ellas con el cráneo alargado. Nuestra emoción alcanzó nuevas cotas cuando las sometimos largamente a rayos X y a otras pruebas que revelaron que los muertos, al igual que el cráneo descubierto por María en La Venta, ¡tenían el cráneo alargado simplemente por razones genéticas!

El hecho de haber descubierto una raza nueva de hombres resultó ser tan controvertido como desconcertante. Al enterarse de nuestro hallazgo, el presidente de Perú ordenó que todos los objetos encontrados fueran depositados en un sótano del Museo Arqueológico de Ica, fuera de la vista del público. (En la actualidad, estos cráneos sólo pueden contemplarse mediante una invitación especial.)

¿Quiénes eran los individuos de esa raza misteriosa? ¿Qué hizo que nacieran con un cráneo de un tamaño el doble de lo normal?

Sabemos que los primeros pueblos que llegaron a la región andina eran cazadores y pescadores que se asentaron a lo largo de la costa de Perú alrededor del 10000 a.C. Más tarde, alrededor del 400 a.C., llegó otro grupo a la meseta de Nazca. Es poco lo que sabemos acerca de esas misteriosas gentes, aparte de que mencionaron que sus jefes eran los viracochas, unos semidioses que por lo visto habían emigrado a Sudamérica justo después del Diluvio Universal. Los viracochas fueron descritos como hombres sabios de piel clara, ojos azules y profundos, y cabellos y barba blancos y largos. Al parecer, estos antiguos gobernadores poseían una inteligencia superior y un cráneo más grande de lo normal, y su extraño aspecto físico sin duda influyó en sus seguidores, quienes practicaron el arte de deformar los cráneos en el intento de emular a sus gobernantes de la realeza.

El parecido físico entre los viracochas y el gran maestro maya Kukulcán es demasiado increíble para ignorarlo. El hecho de que haya un individuo de raza caucásica alto y barbudo que aparece también en las leyendas de numerosas culturas andinas antiguas proporciona nuevas pistas acerca de un vínculo existente entre los indios mesoamericanos y los de Sudamérica.

La civilización india más dominante que surgió de las selvas montañosas de Sudamérica fue la inca. Al igual que los mayas, los incas también adoraban a un gran maestro, un sabio que hizo avanzar a su pueblo enseñándole ciencia, agricultura y arquitectura. Aunque ahora sabemos que la mayor parte de las hazañas atribuidas a la inventiva de los incas en realidad tuvo su origen en grupos étnicos anteriores, los textos escritos nos dicen que fue ese caucásico barbudo el que inspiró la creación de las grandes carreteras incas y también de las famosas terrazas de cultivo construidas en las laderas de pendiente pronunciada. Se cree asimismo que el barbudo fue el artista que creó los dibujos de Nazca, más antiguos y más complejos. Aunque se le conoce por distintos nombres entre las diversas culturas andinas, los incas lo veneraban simplemente como Viracocha, que significa «espuma que viene del mar».

Al igual que el Kukulcán de los mayas y el Quetzalcoatl de los aztecas, Viracocha es la figura más reverenciada de la historia de los incas. ¿Fueron sus antepasados los viracochas del año 400 a.C.? ¿Podría ser un pariente lejano de Kukulcán? En ese caso, ¿tiene algo que ver su presencia en la antigua Sudamérica con el calendario maya y su predicción del día del juicio?

Buscando respuestas, nos fuimos del desierto de Nazca y nos encaminamos hacia los Andes, empeñados en explorar dos antiguos yacimientos que se supone que fueron creados por la deidad de los incas. El primero de ellos era la fortaleza de Sacsayhuamán, una estructura monstruosa erigida ligeramente al norte de Cuzco. Al igual que la tumba real, las paredes de esta impresionante ciudadela estaban compuestas por gigantescas moles de granito de forma irregular, que de modo milagroso encajaban con tal perfección que yo no era capaz de introducir mi navaja entre una piedra y otra.

Supone un esfuerzo para la imaginación pensar cómo los

indios andinos lograron transportar desde la cantera piedras que pesaban cien toneladas o más a lo largo de quince kilómetros de terreno montañoso, y después encajarlas perfectamente en su sitio de la fortificación. (Una mole de ocho metros y medio de altura pesa más de trescientos mil kilos.) Los arqueólogos, que todavía están esforzándose en explicar esta increíble hazaña, han intentado duplicar una pequeña fracción del legado de Viracocha transportando una roca de tamaño mediano desde una cantera alejada, valiéndose de principios de ingeniería avanzados y de un pequeño ejército de voluntarios. Hasta la fecha, todos los intentos han resultado fallidos.

Sabemos que la fortaleza de Sacsayhuamán se levantó con el fin de proteger a sus habitantes de fuerzas hostiles. El verdadero propósito del diseño de la otra estructura de Viracocha, la antigua ciudad andina de Tiahuanaco, continúa siendo un misterio.

Situadas en los Andes de Bolivia, a tres mil ochocientos metros por encima del océano Pacífico, las ruinas de Tiahuanaco descansan sobre la antigua orilla del lago Titicaca, el enclave de aguas navegables más alto del planeta. Después de haber visto las imposibles proezas de ingeniería de Sacsayhuamán, hubiera jurado que ya no había nada que pudiera sorprenderme. A pesar de eso, el yacimiento de Tiahuanaco resultó simplemente abrumador. El trazado de esta antigua ciudad consiste en tres templos de piedra caliza y otras cuatro estructuras, todas dispuestas sobre una serie de plataformas elevadas y rectángulos hundidos. Igual que en Sacsayhuamán, la mayoría de las construcciones consta de numerosos bloques de piedra de un tamaño imposible que encajan perfectamente entre sí.

Pero está claro que Tiahuanaco tiene mucho más de lo que parece a simple vista. Aquí hay algo oculto, algo que posiblemente guarda relación con la salvación misma de nuestra especie.

Dominando la ciudad se encuentran los restos de la Akapana, una pirámide escalonada cuyos cuatro lados, orientados hacia los cuatro puntos cardinales, miden cada uno doscientos diez metros. Por desgracia, la finalidad de Akapana seguirá siendo un enigma, ya que los españoles la utilizaron como cantera y le robaron el noventa por ciento de la fachada.

La estructura más increíble de Tiahuanaco es la Puerta del Sol, un inmenso bloque de piedra de cien toneladas de peso. Esta gigantesca obra de arte señala el ángulo noroeste del complejo como si fuera un Arco de Triunfo prehistórico. No sabemos cómo, pero su creador se las arregló para transportar este enorme bloque de piedra desde una cantera situada a varios kilómetros, grabar en él el perfecto portal de una puerta utilizando sabe Dios qué clase de herramienta y a continuación izarlo y colocarlo en posición vertical.

En Tiahuanaco proliferan los pilares gigantes. En el centro de un foso rectangular al aire libre hay una figura del propio Viracocha, grabada en una roca de color rojo de más de dos metros de altura. Presenta el cráneo alargado, así como la frente prominente, la nariz recta y la barba que le cubre la mandíbula. Los brazos y las manos están plegados. Un último rasgo que merece ser mencionado: a uno y otro lado de la túnica del sabio se aprecian dos serpientes similares a las que aparecen representadas por toda Mesoamérica.

La estructura más controvertida de Tiahuanaco es el Kalasasaya, un templo hundido situado en el centro de la ciudad, rodeado de enormes muros. Dentro de sus confines se han levantado bloques de piedra de tres metros y medio de altura. Aunque Pierre llegó a la conclusión de que el Kalasasaya tenía que haber sido una fortaleza, Maria no opinaba lo mismo, pues se dio cuenta de que la alineación de aquellos bloques monolíticos era similar a los de Stonehenge.

Como de costumbre, resultó que Maria estaba en lo cierto. El Kalasasaya no es una fortaleza, sino un observatorio celeste, quizá el más antiguo del mundo.

Y bien, ¿qué quiere decir todo eso?

Cinco años después de salir de Cambridge, mis colegas arqueólogos y yo descubrimos pruebas abrumadoras que indicaban que hubo una raza superior de origen caucásico que influyó en el desarrollo de los indios mesoamericanos y los sudamericanos. Esos hombres barbados, que poseían cráneos deformados genéticamente, de algún modo diseñaron y supervisaron la construcción de monumentos espléndidos cuyo propósito todavía nos tiene confusos.

Maria estaba convencida de que el diseño del observatorio de Kalasasaya se acercaba demasiado al de Stonehenge para tratarse de una mera coincidencia. Opinaba que era imperativo que continuáramos la pista de esa raza caucásica y de su antigua sabiduría en dirección este, para ver adónde nos conducía.

A Pierre Borgia eso no le gustó. Dos años en Nazca habían sido tiempo más que suficiente para saciar su apetito por la arqueología, y su acomodada familia lo estaba presionando para que regresara a Estados Unidos a iniciar una carrera en la política. El problema radicaba en que estaba enamorado de Maria y en que, de hecho, los dos tenían pensado casarse en primavera.

Pese a lo mucho que le importaba Pierre, Maria no estaba dispuesta a abandonar su investigación para resolver la profecía maya, e insistía en que continuáramos siguiendo la pista de aquellos hombres barbados hasta Stonehenge.

La idea de volver a Inglaterra era el único aliciente que necesitábamos, de modo que reservé los pasajes y tomamos un avión hacia la siguiente parte de nuestro viaje, que yo sabía que estaba destinado a romper para siempre nuestro pequeño triunvirato.

Extracto del diario del profesor Julius Gabriel,
ref. Catálogo 1972-1975, páginas 6-412
Disquete 2 de fotos; nombre de archivo: NAZCA, foto 109

Capítulo 10

26 de octubre de 2012
ISLA SANIBEL, FLORIDA
Domingo, 5.20 horas

—¡Cariño, despierta!

Dominique abre los ojos y bosteza.

—¿Qué ocurre?

—Iz quiere que bajes al laboratorio. El SOSUS ha dado con algo.

Con la adrenalina a chorros, Dominique aparta la manta de una patada y acompaña a Edie por la escalera de atrás, que conduce al laboratorio de acústica.

Iz está sentado ante su terminal del SOSUS, de espaldas a ella, con los auriculares puestos. Dominique se fija en que el sistema de sonido está grabando datos.

Iz se gira en su silla para mirarla. Ella advierte que sólo lleva encima un albornoz y unas zapatillas. El pelo, ralo y gris, lo tiene revuelto y de punta alrededor de los auriculares, pero la expresión seria de su semblante le corta la risa a Dominique.

—Anoche consulté el sistema antes de irme a la cama. Lo único fuera de lo normal que había encontrado el SOSUS era lo que nosotros llamamos una «zona muerta», un área desprovista de vida marina. Eso en sí mismo no es tan insólito. El Golfo tiene zonas muertas todos los veranos, cuando el crecimiento masivo del plancton provocado por la escorrentía de fertilizantes priva de oxígeno al agua. Pero esas zonas muertas aparecen normalmente frente a las costas de Texas y de Luisiana, y nunca a esta profundidad. Sea como sea, reprogramé el SOSUS para que se concentrara en esa área y dejé el sistema toda la noche en modo de búsqueda. Hace como quince minutos ha saltado la alarma. —Iz se quita los auriculares y se los pasa a Dominique—. Escucha esto.

Dominique percibe estática algo similar al zumbido que hace un tubo fluorescente antes de sufrir un cortocircuito.

—Parece un ruido uniforme.

—Eso es lo que dije yo. Sigue escuchando. —Iz cambia el ajuste a una frecuencia más alta.

El ruido uniforme desaparece. Ahora Dominique percibe un retumbar rítmico, metálico.

—Vaya. Suena a algo hidráulico.

Iz afirma con la cabeza.

—Pregunta a tu madre, yo dije lo mismo. De hecho, creí que el SOSUS había captado un submarino posado en el fondo. Entonces volví a consultar la posición. —Iz le entrega una hoja impresa por ordenador—. Esta acústica no proviene del fondo marino, sino de debajo del fondo marino. Mil cuatrocientos veintitrés metros por debajo, para ser exactos.

A Dominique el corazón le retumba como un tambor.

—Pero ¿cómo es posible eso?

—¡Dímelo tú! ¿Qué es lo que estoy escuchando, Dominique? ¿Es una broma? Porque en ese caso...

—Iz, deja de decir tonterías. —Edie rodea la cintura de Dominique con el brazo para tranquilizarla—. Dom no tenía ni idea de lo que ibas a encontrar. La información se la ha dado, bueno, un amigo.

—¿Quién es ese amigo? Quiero conocerlo.

Dominique se frota los ojos de sueño.

—No puedes.

—¿Por qué no? Edie, ¿qué pasa aquí?

Dominique lanza una mirada a Edie, la cual hace un gesto de asentimiento.

—Es... es un ex paciente mío.

Iz mira alternativamente a Dominique y a su esposa.

—¿Ese amigo tuyo es un paciente psiquiátrico? ¡Ay, Dios...!

—Iz, ¿qué más da eso? Ahí fuera hay algo, ¿de acuerdo? Tenemos que investigarlo...

—Más despacio, pequeña. No puedo llamar a la Administración Nacional del Océano y la Atmósfera y decirles sin más que he localizado unos sonidos hidráulicos procedentes de un punto situado kilómetro y medio por debajo de la plataforma continental de Campeche. Lo primero que van a querer saber es cómo he descubierto esa acústica. ¿Y qué debo decirles? ¿Que un lunático le ha proporcionado las coordenadas a mi hija desde su celda de Miami?

—¿Sería distinto si las coordenadas te las hubiera dado Stephen Hawking?

—Pues sí, sería distinto, la diferencia sería muy importante. —Iz se frota la frente—. El chiste ese de un elefante en una cristalería ya no funciona, Dominique, por lo menos en lo que se refiere al SOSUS. Hará unos tres años, hice uso del sistema para detectar vibraciones procedentes de debajo del fondo del Golfo que sonaban exactamente igual que un terremoto. —Iz sacude la cabeza al recordar—. Cuéntaselo tú, Edie.

Edie sonríe.

—Tu padre creyó que estábamos a unos minutos de ser alcanzados por una gigantesca ola sísmica. Le entró el pánico y ordenó a los guardacostas que evacuaran todas las playas.

—Resultó que tenía el sistema sintonizado demasiado alto. Lo que yo tomé por un maremoto era en realidad la compañía telefónica, que estaba dragando cable a cien kilómetros de la costa. Me sentí igual que un retrasado mental. He tenido que pedir muchos favores para conseguir que enganchasen nuestra estación al SOSUS, de modo que no puedo permitirme otro fallo semejante.

—¿Así que no vas a investigar?

—No he dicho eso. Lo que voy a hacer es iniciar un estudio sistemático y continuar grabando y examinando atentamente esa zona, pero no pienso ponerme en contacto con ningún organismo federal hasta que esté completamente seguro de que este descubrimiento tuyo lo merece.

MIAMI, FLORIDA
22.17 horas

Mick Gabriel está sentado en el borde de la cama, meciéndose en silencio. Sus ojos negros están ausentes, sus labios levemente entreabiertos. Un hilillo de saliva resbala por su barbilla sin afeitar.

En eso, entra en la celda Tony Barnes, el celador. Acaba de regresar de una suspensión de tres semanas.

—O te portas bien, o lo lamentarás, vegetal. Es la hora de la inyección de la noche.

Alza el brazo inerte de Mick e inspecciona la serie de contusiones de color morado que se ven en la cara anterior del antebrazo.

—Ah, mierda. —El celador clava la aguja en el brazo e inyecta la Thorazina en una vena ya masacrada.

Mick pone los ojos en blanco al tiempo que su cuerpo cae hacia delante y se derrumba inerme a los pies del celador.

El celador tantea la cabeza de Mick con la punta de la zapatilla deportiva. Echa una mirada hacia atrás para verificar que están solos, y entonces le lame la oreja a Mick.

De pronto oye a Marvis, que está haciendo la ronda.

—Felices sueños, cariño. —Y se apresura a salir.

La doble puerta se cierra con un chasquido. Las luces de la sección se atenúan.

Mick abre los ojos.

Se acerca al lavabo con paso inseguro y se lava la cara y la oreja con agua fría. Maldiciendo para sus adentros, se aprieta un dedo contra la vena destrozada y sangrante. Acto seguido, sintiendo cómo se abate sobre él la oscuridad, se deja caer dolorosamente de rodillas y adopta la postura propia de hacer flexiones de brazos.

Durante las dos horas siguientes, Mick obliga a su cuerpo a llevar a cabo un atroz ritual de calistenia. Flexiones de brazos, abdominales, saltos, bicicleta, lo que sea con tal de mantener el metabolismo a todo galope, lo que sea para quemar el tranquilizante antes de que éste tenga oportunidad de apoderarse de su sistema nervioso central.

De las tres inyecciones, la de la mañana era siempre la peor. Foletta le administraba la dosis él mismo, y vigilaba a su paciente arrullándolo dulcemente al oído, mofándose de él. Una vez que la droga hacía efecto, colocaba a Mick en una silla de ruedas y lo llevaba consigo de una sección a otra en su ronda matinal, con el fin de que sirviera de advertencia a los demás pacientes de que no se toleraba ninguna clase de disidencia.

Los ejercicios de la noche, tras recibir la tercera inyección del día, eran una lucha que merecía la pena. Al aumentar su metabolismo, Mick descubrió que conseguía quemar más deprisa los efectos de la droga, lo cual le iba proporcionando gradualmente una chispa de cordura. En la mañana del cuarto día, ya había recuperado suficiente equilibrio mental como para centrarse en trazar un plan.

A partir de aquel momento representó el papel de un descerebrado saco de huesos. Los celadores de la séptima planta lo encontraban todas las mañanas tirado en el suelo de la celda, en un estado de estupor, totalmente incoherente. Eso los ponía furiosos, pues se veían obligados a dar de comer a aquel paciente incapacitado y, todavía más asqueroso, a cambiarle la ropa que había ensuciado. Al cabo de una semana haciendo eso, Foletta se vio obligado a recortar la dosis de Mick de tres inyecciones a una por la tarde y otra por la noche.

A lo largo de las últimas semanas, la agenda de trabajo de Foletta se había visto inundada por otros asuntos, de manera que dejó de vigilar de cerca de Mick y encargó dicha tarea a los celadores.

Por primera vez en sus once años de cautiverio, la seguridad que rodeaba a Michael Gabriel se volvió relajada.

CENTRO DE VUELO ESPACIAL GODDARD DE LA NASA
GREENBELT, MARYLAND

Brian Dodds, director de la NASA, contempla con incredulidad el inmenso pliego de papel continuo que ha imprimido el ordenador, extendido sobre su mesa.

—Explícamelo otra vez, Swicky.

Gary Swickle, el ayudante de Dodds, señala con su grueso dedo índice el dibujo en forma de tablero de ajedrez, que consta de trece cuadrados a lo ancho y que se repite sin pausa a lo largo de miles de hojas de papel.

—La señal de radio está compuesta por trece armónicos distintos, representados aquí por estas trece columnas. Cada armónico puede aplicarse a cualquiera de veinte frecuencias consecutivas y muy nítidas. Eso arroja un total de doscientos sesenta combinaciones de bytes de sonido diferentes, u órdenes.

—Pero ¿dices que no hay ninguna pauta que se repita?

—Sólo al principio. —Swickle localiza la primera página impresa—. Cuando la señal aparece por primera vez, los armónicos son muy sencillos, varias notas sobre una sola frecuencia, pero repetidas una y otra vez. Pero observe aquí. En la marca que indica el minuto diecisiete, cambia todo y los trece armónicos y las veinte frecuencias se ponen a sonar a la vez. A partir de ese punto, la señal no se repite en ningún momento. En los ciento ochenta y cinco minutos restantes se utilizan las doscientas sesenta combinaciones de bytes de sonido, lo cual indica que se trata de un comunicado sumamente estructurado.

—¿Estás completamente seguro de que no existe un manual de uso en los primeros diecisiete minutos? ¿Ninguna ecuación matemática? ¿Nada que indique unas instrucciones para la traducción?

—Nada.

—Maldición. —Dodds se frota los ojos enrojecidos.

—¿En qué está pensando, jefe?

—¿Te acuerdas del verano de 1998, cuando perdimos contacto con el SOHO? Antes de que Arecibo situara de nuevo el satélite, seguimos transmitiendo la misma señal de radio una y otra vez, en el intento de restablecer el contacto con el ordenador principal. Eso es lo que me recuerdan los primeros diecisiete minutos de esta señal. No hay manual de uso, ni instrucciones, ni códigos, sino únicamente una señal procedente del espacio profundo que se repite a sí misma igual que el timbre de un teléfono, esperando que los del otro lado lo descuelguen para que se pueda descargar la información.

—Estoy de acuerdo, pero eso no tiene sentido. Los extraterrestres que han transmitido esta señal no pueden haberlo hecho con la esperanza de que nuestra especie sea capaz de traducir toda esta información sin un manual de instrucciones.

Swickle advierte que su jefe se ha puesto pálido.

—¿Qué pasa?

—No es más que una idea absurda. No me hagas caso, estoy agotado.

—Venga, jefe.

—Bueno, estaba pensando en el SOHO. Era obvio que nuestras transmisiones no requerían libro de instrucciones porque el ordenador de a bordo ya estaba programado bajo nuestro mando. Tal vez esta señal no contiene manual de instrucciones porque no es necesario.

—¿Quiere decir que esta señal de radio no está destinada a ser traducida?

—No, Swick. —Dodds lanza a su ayudante una mirada de preocupación—. Lo que quiero decir es que tal vez esta señal no esté destinada a nosotros.

5 de noviembre de 2012
ISLA SANIBEL, FLORIDA

La cantinela de «cuatro años más, cuatro años más» termina por despertar a Edith Axler. Se incorpora y mira la hora que es, y seguidamente apaga la televisión y se dirige al laboratorio.

Isadore todavía se halla encorvado sobre la estación del SOSUS, a la escucha.

—Iz, por el amor de Dios, son las once y media...

—Chist. —Se quita los auriculares y conecta el altavoz exterior—. Escucha.

Edie oye un profundo zumbido.

—Suena como un generador.

—Eso no es nada. Aguarda.

Transcurren los segundos, y entonces empieza a oírse por el altavoz un silbido agudo, parecido a un torno hidráulico, seguido inmediatamente de unos topetazos metálicos que continúan durante varios minutos.

Iz sonríe a su mujer.

—¿A que es increíble?

—Suena como si se estuviera ensamblando algo. Probablemente una plataforma petrolífera preparándose para perforar.

—O es eso, o es otra de esas expediciones geológicas que investigan el cráter. Sea lo que sea, el nivel de actividad se ha intensificado en las últimas treinta horas. He enviado un correo electrónico a la Administración del Océano para que compruebe ambas posibilidades, pero aún no han dicho nada. ¿Quién ha ganado las elecciones?

—El presidente Maller.

—Bien. Ahora que eso ya se ha terminado, puede que me haga caso alguien del Departamento de Estado.

—¿Y si no?

Iz mira a su mujer y se encoge de hombros.

—No pasa nada. Como acabas de decir tú, es probable que no sea más que una plataforma petrolífera. Carl y yo pensamos irnos dentro de dos semanas a la excursión de pesca de todos los años. Puede que demos un breve rodeo hasta esa zona para echar un vistazo más de cerca, sólo para estar seguro.

MIAMI, FLORIDA

Dominique observa con desagrado cómo el gigante pelirrojo se mete otro tenedor de berenjena en la boca. «A ver si se ahoga.»

—Bueno, princesa, ¿estás orgullosa de mí?

Dominique siente en la mejilla una salpicadura de salsa de tomate.

—Por Dios, Ray, ¿no te enseñó tu madre a tragarte la comida antes de hablar?

Él sonríe, dejando ver un fragmento de berenjena entre los dientes amarillos.

—Lo siento. He estado seis meses haciendo régimen. Da gusto comer otra vez. Bueno, ¿qué dices?

—Ya te lo he dicho, opino que el sexto puesto es estupendo, sobre todo para ser la primera vez que concursas.

—¿Qué puedo decir? Me he sentido inspirado por ti.

—Háblame de Foletta. La primera vez que hablamos tú y yo, dijiste algo así como que el consejo y el personal médico se sintieron molestos cuando él llegó de Massachusetts. ¿A qué te referías?

—Esto queda entre nosotros, ¿vale?

—Vale.

Raymond deglute otro bocado con ayuda de un trago de cerveza.

—Tengo un amigo cuyo padre se sienta en la Junta del Estado. De hecho, fue él quien me ayudó a conseguir el trabajo en el Centro de Tratamiento. Sea como sea, corre el rumor de que la doctora Reinike, la predecesora de Foletta, va a regresar el mes que viene a ocupar otra vez el puesto de directora.

—¡No me digas! Pero si creía que se había jubilado. Foletta me dijo que su marido sufría cáncer terminal.

Ray niega con la cabeza a la vez que engulle otro bocado.

—Todo eso era mentira. Mi colega me ha contado que Reinike está de baja con sueldo desde septiembre. Resulta que dentro de tres semanas van a inaugurar un manicomio nuevecito en Tampa, y a Foletta le han prometido el puesto de director.

—Espera; si Foletta va a marcharse dentro de tres semanas, debía de saber que iba a conseguir el trabajo en Tampa antes de venirse a Miami. ¿Para qué hizo salir a la doctora Reinike, si no iba a quedarse en Miami más que tres meses?

Ray la apunta con el tenedor.

—Por culpa de tu ex paciente. El psiquiátrico de Massachusetts iba a cerrar, y el de Tampa todavía no estaba listo. Reinike insiste mucho en los detalles. Por lo visto, alguien con mucho poder quería que estuviera al mando Foletta, no fuera a ser que tu Gabriel fuera reubicado dentro del sistema.

«O que recibiera una evaluación como es debido. Maldito seas, Foletta.»

—¿Qué pasa, princesa?

—Que hice un trato con Foletta. Me prometió que Mick sería puesto al cuidado de uno de nuestros equipos de rehabilitación en enero, a lo más tardar.

Los dientes amarillentos le sonríen.

—Me parece que te han colado una mentira, nena. Dentro de tres semanas, ya hará mucho tiempo que Michael Gabriel se habrá ido.

El motor eléctrico del esbelto Dodge Intrepid ESX2 color rojo cereza gime al arrancar, asistiendo al motor diésel de 1,5 litros y tres cilindros en su aceleración por la empinada rampa de subida que lleva a la I-95 dirección sur.

Dominique mira fijamente por la ventanilla del copiloto mientras Raymond sortea el intenso tráfico. Lleva los dientes apretados, furiosa con Foletta por haberla engañado. «Debería habérmelo imaginado. Debería haber hecho caso al corazón.»

Cierra los ojos y recuerda una de las primeras conversaciones con Mick. «Pierre Borgia manipuló el sistema legal. El fiscal del distrito hizo un trato con mi abogado de oficio y me enviaron a un manicomio de Massachusetts. Foletta pasó a ser mi guardián asignado por el Estado. Pierre Borgia recompensa la lealtad, pero si uno está dentro de su lista negra, ya puede rogarle a Dios que lo ayude.»

Ella había sido manipulada, y una vez más era Michael Gabriel quien iba a sufrir las consecuencias.

—Ray, en realidad esta noche no tengo cuerpo para ir a bailar. ¿Te importa llevarme a casa?

—¿A casa? Pero si estamos a medio camino de South Beach.

—Por favor.

Raymond se fija en las piernas bronceadas y esculpidas que asoman por debajo de la falda negra y se las imagina enroscadas alrededor de su musculoso torso.

—Está bien, princesa, a casa pues.

Veinte minutos más tarde, el Intrepid entra en el aparcamiento del rascacielos de Dominique.

Dominique sonríe.

—Gracias por la cena. Siento haberte aguado la fiesta, pero de verdad que no me encuentro bien. La próxima vez invito yo, ¿de acuerdo?

Raymond apaga el motor.

—Te acompaño hasta la puerta.

—No hace falta, no me va a pasar nada. Nos vemos en el trabajo.

Abre la puerta y se dirige hacia el ascensor.

Ray corre detrás de ella.

«Maldición.»

—Ray, de verdad que no es necesario.

—Venga, pero si no es molestia. Además, me encantaría conocer tu casa. —Espera a que ella pulse el botón del ascensor.

—Ray, esta noche no.

—El trato que hicimos no era éste. —Ray desliza un grueso brazo alrededor de la cintura de Dominique y la acerca hacia él.

—Quita...

Pero antes de que pueda impedirle nada, él la empuja contra la pared de hormigón, le mete la lengua en la boca y le soba los pechos con su manaza derecha.

Dominique se siente invadida por una oleada de pánico candente, a la vez que a la memoria acuden en tropel una decena de recuerdos de su infancia.

«¡Defiéndete!» Le viene una arcada al notar ese sabor en la boca, y entonces muerde con fuerza la lengua invasora, de la que hace brotar sangre.

—¡Ayyy! Maldita sea... —Raymond le propina una bofetada y acto seguido la sujeta contra la pared con una mano al tiempo que le tira de la falda con la otra.

—¡Suéltela!

Dominique levanta la vista y descubre al rabino Steinberg y a su esposa, que se acercan hacia ella.

Raymond sigue aferrando el brazo de su presa.

—Lárguense, esto no es asunto suyo.

—Suéltela o llamamos a la policía. —Mindy Steinberg sostiene en alto la alarma portátil.

Raymond da un paso amenazante en dirección a la pareja, arrastrando consigo a Dominique.

—No sea idiota —dice Steinberg señalando las cámaras de seguridad.

—Eh, Ray...

Raymond se da la vuelta.

En eso, la punta del tacón alto de Dominique se clava con fuerza en el dedo gordo del pie de Raymond. Éste lanza un alarido de dolor y le suelta el brazo. Seguidamente, en un solo movimiento, Dominique asesta un golpe con el filo de la mano al culturista, de lleno en la nuez, que lo hace enmudecer.

Raymond se agarra la garganta, jadeando en busca de aire. Cuando se desploma de rodillas, Dominique gira y se sitúa en posición para aplastarle la desprotegida nuca con el talón del pie.

—Dominique, no... —Steinberg la sujeta por el brazo antes de que pueda ejecutar la patada en semicírculo—. Deja que se encargue la policía.

Mindy abre el ascensor y los tres se meten dentro.

Raymond se levanta con dificultad. Se vuelve hacia Dominique con los ojos echando chispas y moviendo la boca en un intento de articular algún sonido. Cuando empiezan a cerrarse las puertas del ascensor, forma con los labios la palabra «Gabriel» y se pasa un dedo por la base del cuello.

Capítulo 11

Las salas de terapia de grupo del Centro de Evaluación y Tratamiento del Sur de Florida se encuentran en la tercera planta, frente al gimnasio, entre la sala de cine y la de los ordenadores.

Dominique está sentada al fondo de la sala 3-B, escuchando a medias la sesión de terapia vespertina del doctor Blackwell, cuando de pronto repara en un celador que transporta en una silla de ruedas a Michael Gabriel, semiinconsciente, a la sala de cine. Espera a que se vaya el celador, y entonces se escabulle de la sala de terapia.

La sala de cine está a oscuras, la única iluminación proviene de la gran pantalla de la televisión. Hay ocho residentes, repartidos por las tres docenas de sillas plegables, viendo la última entrega de la serie *Star Trek*.

La silla de ruedas está en la última fila. Dominique se sienta y desliza su silla hacia Mick. Éste se halla ladeado hacia un costado, derrumbado hacia delante. Una sola correa sobre su pecho es lo único que le impide caerse de bruces. Sus ojos oscuros, que antes eran intensos focos de luz, ahora parecen dos pozos negros y sin vida en los que se refleja la pantalla de

209

televisión. Su largo cabello castaño está estirado hacia atrás. Dominique percibe un tufillo a grasa del cuero cabelludo y también un olor vulgar que desprende la ropa rancia que lleva. Presenta una barba incipiente que ya ha dejado de ser un simple sombreado y que le cubre todo salvo la cicatriz desigual que le atraviesa la mandíbula.

«Maldito seas, Foletta.» Dominique se saca un kleenex de la chaqueta y le limpia el hilo de saliva que se le escapa del labio inferior.

—Mick, no sé si puedes entenderme, pero te echo de menos, de verdad. Me asquea lo que te ha hecho Foletta. Tenías toda la razón respecto a él, y me siento fatal por no haberte creído. —Posa su mano sobre la de él—. Ojalá pudieras entender lo que digo.

Para su sorpresa, la mano izquierda de Mick se gira y entrelaza sus dedos en los de ella.

—Oh, Dios mío —susurra Dominique.

Mick le hace un guiño.

Dominique a duras penas puede contener la emoción.

—Mick, no sabes cuántas cosas tengo que contarte...

—Chist. —Los ojos siguen mostrando una expresión vacía.

Dominique se inclina hacia delante con naturalidad, fingiendo interés por la película.

—Raymond, el guardia que te agredió, ha intentado violarme. Lo han suspendido, pero he oído decir que es posible que ya vuelva al trabajo la semana que viene. Ten cuidado, ha amenazado con hacerte daño para vengarse de mí. —Devuelve el apretón que le da Mick—. ¿Recuerdas que te hablé del SOSUS? He convencido a Iz para que se sirviera de él para examinar las coordenadas del Golfo que me diste. Mick, estabas en lo cierto. Ha resultado que allí abajo hay algo, sin ninguna duda, enterrado aproximadamente a un kilómetro y medio bajo el lecho marino. Iz me ha prometido que lo va a investigar.

Mick le aprieta la mano con más fuerza. Luego, sin mover los labios, susurra:

—Demasiado peligroso.

—¿Demasiado peligroso? ¿Por qué? ¿Qué piensas tú que hay allí? —Le suelta la mano al ver que ha finalizado la sesión de terapia del doctor Blackwell—. Mick, Foletta mintió en todo. He descubierto que va a marcharse a Tampa como director de un nuevo centro de máxima seguridad. A ti van a trasladarte la semana que viene.

—Ayúdame a escapar.

—Yo no puedo...

Se pone de pie al ver que se acerca el doctor Blackwell.

—Interna, no sabía que fuera usted una entusiasta de la serie *Star Trek*. Deduzco que esta película es más importante que mi sesión de terapia.

—No, señor. Simplemente estaba... estaba viendo cómo se encuentra este paciente. Ha estado a punto de caerse de la silla de ruedas.

—Para eso tenemos celadores. Tenga, coja esto. —Le entrega un abultado fajo de expedientes de pacientes y a continuación la separa de Mick—. Haga el favor de actualizar todos los gráficos y enviarlos a facturación dentro de una hora. No olvide anotar la sesión de terapia de hoy. Cuando haya terminado, puede participar en la reunión de nuestro equipo, en la sala de juntas de la segunda planta.

—Sí, doctor.

—Ah, y no se acerque al residente del doctor Foletta.

EL GOLFO DE MÉXICO

El yate de pesca de catorce metros y medio de eslora y de nombre *Manatí* surca el agua con rumbo suroeste atravesando olas de sesenta a noventa centímetros, con la proa bañada por la luz dorada del sol que se pone por el horizonte.

Bajo la cubierta, Iz Axler se sirve una taza de café mientras su mejor amigo, Carl Reuben, prepara la cena en la pequeña cocina.

El dentista jubilado se frota la calva con un paño y a continuación limpia el vapor de sus gafas bifocales.

—Dios mío, qué calor hace aquí abajo. ¿Cuánto nos falta para llegar a ese misterioso lugar que dices?

—Tres millas. ¿Qué hay para cenar?

—Ya te lo he dicho, dorada a la plancha.

—Eso ya lo hemos tomado en el almuerzo.

—Pesca una langosta, y comerás langosta. Háblame de ese lugar. ¿Has dicho que en él no hay peces?

—Exacto. Lo llamamos zona muerta.

—¿Y por qué está muerta?

—No lo sé. Por eso quiero echar un vistazo.

—¿Y cuánto tiempo tienes pensado que nos quedemos en esa zona muerta?

—¿Cuánto falta para cenar?

—Veinte minutos.

—Bueno, si en esa zona se ha instalado una plataforma petrolífera, como yo sospecho, para el postre ya habremos entrado y salido de ella.

Iz sale de la cocina y regresa a la cubierta para saborear el olor a sal del aire aderezado con el aroma del pescado a la plancha. Para él, Carl y Rex Simpson, la excursión de pesca de cinco días que hacen todos los años es el mejor momento del año. Tras una larga temporada de huracanes, las aguas del Golfo se han calmado y el tiempo ha refrescado, lo cual resulta ideal para navegar. En dos jornadas han atrapado una docena de doradas, ocho jureles de aleta amarilla y un mero. De cara al sol poniente, Iz cierra los ojos y aspira profundamente permitiendo que la templada brisa alivie su rostro quemado por el sol.

En eso se oye un golpe sordo que lo hace darse la vuelta. Rex coloca otra vez en su sitio la botella de aire y termina de sujetarla con la correa a la espalda de un chaleco hidrostático.

—¿Piensas bucear un poco, Rex?

El propietario del Club de Buscadores de Tesoros de Sanibel, que tiene cincuenta y dos años, se vuelve para mirar atrás, por encima del hombro.

—¿Y por qué no? Ya que no podemos pescar en ese lugar secreto tuyo, se me ha ocurrido que podía realizar una inmersión nocturna.

—No estoy seguro de que haya mucho que ver. —Iz ocupa de nuevo su sitio en el asiento del capitán. Coge los prismáticos para rastrear el vacío horizonte y a continuación verifica su posición en el Sistema de Localización Global, el GPS—. Qué raro.

—¿Qué es lo que es raro?

Iz desconecta el piloto automático y apaga el motor del *Manatí*.

—Ya hemos llegado. Éste es el punto al que me refería.

—Aquí no hay nada más que agua. —Rex se retuerce el largo cabello gris en una coleta—. Me pareció oírte decir que había una plataforma petrolífera.

—Supongo que estaba equivocado. —Iz activa la radio que conecta al barco con tierra—. *Manatí* llamando a Alfa, Zulú, tres, nueve, seis. Alfa Zulú, conteste. Edie, ¿estás ahí?

—Adelante, *Manatí*. ¿Qué tal la pesca?

—No va mal. Sobre todo doradas y jureles. Esta mañana Rex ha capturado un mero. Edie, acabamos de llegar al punto situado por encima del cráter Chicxulub. Aquí no hay nada.

—¿No está la plataforma petrolífera?

—Nada. Pero hace un tiempo perfecto y el mar está en calma. Creo que vamos a quedarnos aquí a pasar la noche, y mientras tanto haré unas pruebas.

—Ten cuidado.

—Lo tendré. Ya te llamaré más tarde.

Ahora el sol es una bola de color carmesí que desciende de forma espectacular por el costado de babor de la proa. Iz apura la taza de café y seguidamente activa el sonar del barco para ver a qué profundidad se encuentra el fondo.

A un poco más de seiscientos metros.

Rex observa a Isadore rebuscar en un compartimiento seco.

—Oye, Iz, ven a ver tu compás. Está bailando el mambo.

—Ya lo sé. Aquí hay un cráter enorme enterrado bajo el lecho marino, como de unos cien kilómetros de diámetro. Estamos muy cerca del centro, que posee un campo magnético muy potente.

—¿Qué estás haciendo?

Iz termina de amarrar un micrófono sumergible a una enorme bobina de cable de fibra óptica.

—Quiero escuchar lo que está sucediendo ahí abajo. Toma, coge este micrófono y bájalo por el costado de estribor. Ve soltando cable muy despacio.

Iz coge el extremo libre del cable y lo enchufa a un modulador de amplitud. Acto seguido arranca el ordenador, conecta los auriculares al sistema de acústica y se pone a escuchar.

«Dios santo...»

Vuelve Rex.

—Ya he bajado el micrófono. ¿Qué estás escuchando? ¿Sinatra?

Iz le pasa el auricular.

En los oídos de Rex crepita un serie de sonidos metálicos y repetitivos, parecidos a un juego de pistones y engranajes hidráulicos.

—¿Qué cojones es eso?

—No lo sé. El SOSUS detectó estos sonidos hace unas semanas. Tienen su origen aproximadamente a kilómetro y medio por debajo del fondo del mar. Yo supuse que se trataba de una plataforma petrolífera.

—Es bastante raro. ¿Se lo has dicho a alguien?

—He enviado un informe a la Marina y a la Administración del Océano, pero todavía no me han contestado.

—Es una lástima que no nos hayamos traído el *Percebe*.

—No sabía que tu submarino pudiera bajar a tanta profundidad.

—Pues sí que puede. En las Bahamas he bajado en él hasta mil ochocientos metros.

En ese momento aparece Carl en la cubierta, con la cara colorada como una remolacha.

—Eh, tíos, ¿queréis cenar o qué?

21.22 horas

Un tapiz de estrellas cubre el cielo nocturno despejado de nubes.

Carl está apoyado contra el espejo de popa, organizando su equipo de pesca por tercera vez ese día. Rex está abajo, fregando los platos de la cena, mientras Iz escucha la acústica submarina desde el puente de mando.

—*Manatí*, responda.

—Adelante, Edie.

—He estado escuchando por el SOSUS. Los ruidos están aumentando de intensidad y de velocidad.

—Lo sé. Suena casi como una locomotora.

—Iz, opino que deberíais iros de esa zona. ¿Iz?

El súbito chirrido sónico abrasa el canal auditivo de Iz igual que un hierro al rojo vivo. Rápidamente se quita los auriculares de la cabeza y cae sobre una rodilla, doblado de dolor, con una sensación de desorientación y con un silbido insoportable en los oídos.

—¡Rex! ¡Carl! —Oye tan sólo un eco amortiguado.

En eso, una luz verde como de otro mundo lo hace levantar la vista. El interior del puente de mando está iluminado por un resplandor de un tono esmeralda iridiscente que procede del agua.

Rex lo ayuda a ponerse en pie.

—¿Te encuentras bien?

Iz afirma con la cabeza, sintiendo todavía un ligero silbido en los oídos. Los dos pasan dando tumbos por encima del equipo de buceo y se reúnen con Carl en la popa, demasiado absortos en la brillante luz para reparar en el humo que sale del chamuscado tablero electrónico del modulador de amplitud.

«Dios todopoderoso.» Iz y sus dos amigos contemplan el mar estupefactos, con las caras coloreadas por el resplandor verde fantasmal de esa luz etérea.

El *Manatí* cabecea sobre la superficie de una zona circular de mar luminiscente, por lo menos de una milla de diámetro. Iz se asoma por la borda, asombrado por la visibilidad surrealista que ha creado la fuente incandescente de luz situada en el lecho marino, a unos seiscientos metros por debajo de la embarcación.

—¡Iz, Rex, el pelo!

Carl les señala al cabello, que lo tienen de punta. Rex se palpa la coleta y la encuentra vuelta hacia arriba, como si fuera la pluma de un indio. Iz se pasa la mano por el velludo antebrazo y registra chispas de electricidad estática.

—¿Qué diablos está pasando? —susurra Carl.

—No lo sé, pero nos vamos de aquí ahora mismo. —Iz regresa corriendo al puente de mando y aprieta el botón de encendido del motor.

Nada.

Lo pulsa tres veces más. Comprueba la radio y a continuación el sistema de navegación GPS.

—¿Qué ocurre? —inquiere Carl, nervioso.

—No funciona nada. Eso que brilla ahí abajo ha cortocircuitado todos los aparatos electrónicos. —Iz se gira y ve que Rex está poniéndose el traje de buceo—. ¿Qué estás haciendo?

—Quiero ver qué es lo que hay ahí abajo.

—Es demasiado peligroso. Podría haber radiación.

—En ese caso, seguramente correré menos peligro con el traje de neopreno que vosotros aquí en cubierta. —Se ajusta las correas del chaleco al que lleva adosada la botella de aire, comprueba el regulador y se calza las aletas—. Carl, a tu lado está mi cámara sumergible.

Carl se la lanza.

—Rex...

—Iz, mi pasión es la búsqueda de emociones fuertes. Haré unas cuantas fotos y volveré a subir dentro de cinco minutos.

Iz y Carl observan impotentes cómo Rex se deja caer por el costado del barco.

—Carl, agarra un remo. Vamos a mover el barco.

El mar ofrece tal visibilidad, que Rex tiene la sensación de estar nadando en dirección a las luces sumergidas de una piscina un poco profunda. Se queda flotando dos metros por debajo del casco del barco, experimentando una sensación de paz total, dejando escapar burbujas de aire y rodeado por un suave resplandor de color verde esmeralda.

En eso, nota un movimiento por encima de la cabeza que lo hace levantar la vista. «Dios mío...»

Rex parpadea dos veces contemplando con incredulidad la grotesca criatura que se ha adherido a lo largo de la parte central de la quilla del *Manatí*. Son diez metros y medio de ondulantes tentáculos que salen de un bulto con forma de oruga compuesto por una sustancia gelatinosa. La criatura posee no menos de un centenar de estómagos en forma de campana que atraviesan su fibroso cuerpo color crema, cada uno provisto de una boca asquerosa y de unas venenosas proyecciones semejantes a dedos.

«Increíble.» Rex no ha visto nunca un espécimen vivo, pero sabe que esa criatura es una apolemia, una especie de sifonóforo. Estas caprichosas formas de vida, que pueden alcanzar una longitud desde veinticuatro hasta treinta metros, habitan solamente las aguas más profundas y por lo tanto rara vez llega a verlas el hombre.

«La luz ha debido de ahuyentarla y hacerla subir a la superficie.»

Toma varias fotos manteniéndose a lo que espera que sea una distancia prudencial de las púas venenosas de la apolemia, y seguidamente suelta aire del chaleco hidrostático y desciende.

El resplandor surreal le produce la extrañísima sensación de estar cayendo a cámara lenta. Al llegar a veinte metros, da un par de amplias patadas con las aletas para reducir la velocidad de descenso y nota que la presión en sus oídos va incrementándose. Se aprieta la nariz para compensar la presión, y se sorprende al descubrir que el dolor sigue aumentando. Entonces mira hacia abajo y ve algo que sube desde el vacío luminiscente hacia él.

Rex sonríe y extiende los brazos al tiempo que todo a su alrededor se eleva un millar de burbujas de aire del tamaño de un Volkswagen.

«Increíble.»

El dolor en las cavidades de los senos lo obliga a centrarse de nuevo. En eso, oye un rugido sordo y grave que invade sus oídos y hace que las gafas reverberen y le hagan cosquillas en la nariz.

Entonces deja de sonreír al notar un fuerte retortijón en el estómago, una sensación similar a la que se experimenta cuando uno está en lo alto de una enorme montaña rusa y empieza a caer en picado. El rugido cobra intensidad.

«¡Es un terremoto submarino!»

Seiscientos metros por debajo de él, una enorme sección del fondo de piedra caliza se hunde sobre sí misma y deja al descubierto una abertura semejante a un túnel. El mar empieza a girar a medida que va siendo absorbido hacia el agujero, que va agrandándose por momentos, y en su tracción lo arrastra todo hacia el interior del profundo remolino.

La luz verde esmeralda se intensifica, casi cegando a Rex.

Iz y Carl han conseguido, remando, empujar al *Manatí* hasta el perímetro del brillante círculo en el agua cuando de repente una fuerza invisible parece apoderarse de la popa y arrastrar la embarcación hacia atrás. Los dos se vuelven, horrorizados, y ven que el mar está girando en un gigantesco torbellino en el sentido contrario a las agujas del reloj.

—¡Es un remolino! ¡Rema más deprisa!

En cuestión de segundos, el *Manatí* es atrapado y comienza a retroceder siguiendo el borde exterior del vórtice.

La potente succión ha aferrado el cuerpo de Rex con una fuerza aterradora y lo está arrastrando hacia aguas más profundas. Él patalea con más ímpetu sintiendo aumentar la presión en los oídos. Lucha por soltarse el cinturón de plomos con una mano y con la otra agarrar el tubo de caucho que ondea detrás de su cabeza.

El cinturón de plomos se suelta de su cintura y desaparece en la intensa luz. Rex se palpa el chaleco hidrostático y aprieta la válvula para inflarlo.

El descenso se ralentiza, pero no se detiene.

De pronto, una corriente de increíble fuerza lo empuja de costado como si hubiera salido expulsado de un avión. Da bandazos a un lado y al otro mientras la corriente amenaza con arrancarle el regulador y las gafas de la cara. Muerde la boquilla con fuerza y agarra sus preciadas gafas, retorciéndose inútilmente contra la implacable turbulencia.

A sus pies el mar se abre en picado. Fija la vista más allá del centenar de pisos de profundidad, en el ojo verde deslumbrante del remolino, un agujero en el mar cuya fuerza centrífuga lo empuja ahora contra la pared interior de ese creciente embudo.

El corazón de Rex late furiosamente, presa del pánico. La tracción contra su torso se incrementa y va tensando las tiras de velcro, que son lo único que impide que la botella de aire salga volando. Cierra los ojos, sintiéndose enfermo, al tiempo que el remolino lo lanza contra la pared interior a una velocidad de vértigo sin dejar de succionarlo de manera implacable hacia sus fauces.

«Voy a morir. Oh, Dios, te lo suplico, ayúdame.»

Las gafas se agrietan. Una tremenda presión le aplasta la cara. Empieza a sangrarle la nariz. Siente una náusea y cierra los ojos todo lo que puede, pero chilla contra el regulador al sentir cómo sus globos oculares se separan de los nervios ópticos y se salen de sus órbitas.

Un último grito queda amortiguado en el momento en que el cerebro de Rex Simpson implosiona por fin.

Las monstruosas fuerzas G creadas por el embudo de agua han empalado el casco del *Manatí* contra las paredes casi verticales del vórtice, y a cada revolución van arrancando secciones enteras del barco. La fuerza centrífuga ha aplastado el cuerpo inconsciente de Carl Reuben contra la parte posterior de las piernas de Iz y ha empotrado al aterrado biólogo contra el espejo de popa de fibra de vidrio.

Iz se aferra con las dos manos a la barandilla que tiene delante. El remolino ruge en sus oídos y su vertiginosa velocidad va llevándolo poco a poco hacia la inconsciencia.

Ordena a sus ojos que se abran y los enfoca en la fuente de luz verde. Está a escasos minutos de la muerte, y ese pensamiento de algún modo le resulta aterrador y reconfortante al mismo tiempo.

De pronto el fuerte resplandor se atenúa. Iz tuerce el cuello hacia delante y se asoma precariamente por el espejo de popa. Ve rezumar un borboteo negro como el alquitrán que va surgiendo de un agujero enorme abierto en el lecho marino. La sustancia negra eructa... Iz percibe su desagradable olor a azufre y a podredumbre... y termina cubriendo con su manto el resplandor esmeralda sin dejar de subir por el embudo de agua, oscureciendo el mar, que continúa girando.

Iz cierra los ojos y se obliga a sí mismo a pensar en Edie y en Dominique conforme ese torrente enloquecedor va empujando al *Manatí* hacia abajo, al interior de su incesante remolino.

«Dios, que sea rápido.»

En eso, Carl levanta una mano. Aferra la mano de Iz justo en el momento en que la sustancia negra sube a recibirlos.

El barco choca con la sustancia densa y parecida al alquitrán y vuelca, la proa sobre la popa, lanzando de cabeza a Iz y a Carl a las fauces del torbellino de tinta.

Capítulo 12

23 de noviembre de 2012
PROGRESO BEACH
PENÍNSULA DEL YUCATÁN
6.45 horas

Bill Godwin besa en la mejilla a su esposa dormida, coge el reproductor de microdiscos y sale sin hacer ruido de la habitación de la segunda planta del Holiday Inn.

Otra mañana perfecta.

Desciende por la escalera de aluminio y hormigón hasta la piscina, luego sale de la zona vallada y cruza la carretera 27 en dirección a la playa guiñando los ojos debido al fuerte sol matinal. Ante sí se extienden varios kilómetros de arena perfecta, de un blanco inmaculado, y de aguas de un azul intenso y transparentes como el cristal.

«Qué preciosidad...»

Para cuando llega al borde del agua, en el horizonte este asoman unas brillantes motas doradas por encima de una banda de nubes. Una muchacha mexicana adolescente zigzaguea surcando las serenas aguas del Golfo en una tabla de windsurf blanca y morada. Bill admira su figura mientras termina de estirarse, y a continuación se ajusta los auriculares y comienza a correr por la playa sin prisas, a un ritmo cómodo.

Este analista de márketing de Waterford-Leeman, de cuarenta y seis años, corre tres veces por semana desde que se recuperó de su segundo infarto, sufrido hace seis años. Calcula que la «milla de la mañana», como la llama su mujer, probablemente le haya regalado otros diez años de vida, y al mismo tiempo le ha permitido controlar su peso por primera vez desde su época universitaria.

Bill se cruza con otro corredor y lo saluda con un gesto de la cabeza adoptando momentáneamente el ritmo de él. Una semana de vacaciones en el Yucatán ha obrado maravillas con su presión arterial, en cambio la sabrosa cocina mexicana no le ha venido muy bien a su cintura. Llega al desierto puesto del socorrista, pero decide avanzar un poco más. Cinco minutos y ochocientos metros más adelante se detiene, totalmente agotado. Se inclina hacia delante, se quita las zapatillas de correr, guarda el reproductor en una de ellas y se encamina con decisión hacia las balsámicas aguas del Golfo para darse su chapuzón matinal.

Bill se mete en el agua hasta que el oleaje le llega a la cintura. Entonces cierra los ojos y se relaja en las templadas aguas mientras organiza mentalmente la jornada.

—Hija de puta... —Bill salta a un lado y se agarra el brazo buscando en el agua la medusa que le ha picado—. ¿Qué demonios...?

Se le ha adherido al antebrazo una sustancia negra, como el alquitrán, que le está quemando la piel.

—Malditas compañías petroleras.

Sacude el brazo dentro del agua pero no consigue librarse del cieno negro.

El dolor aumenta.

Maldiciendo en voz alta, Bill da media vuelta y regresa hacia la playa. Para cuando alcanza tambaleante la arena ya está sangrando por ambas fosas nasales. Ve unas manchas moradas que le entorpecen la visión. Sintiéndose mareado y confuso, cae de rodillas en la arena.

—¡Necesito ayuda! ¿Puede ayudarme alguien?

Una anciana pareja de mexicanos se acerca y se para a su lado.

—¿Qué pasó, señor?

—Lo siento, no hablo español... *no hablo*. Necesito un médico... *el doctor*.

El hombre lo mira fijamente.

—¿El doctor?

De pronto Bill siente un dolor punzante que le inflama los globos oculares. Lanza un grito de dolor y se golpea los ojos con los puños.

—¡Oh, Dios, mi cabeza!

El hombre mira a su esposa.

—*Por favor, llama a un médico.*

La mujer se va corriendo.

Bill experimenta la extraña sensación de que le estuvieran traspasando los ojos. Se tira del pelo y acto seguido se dobla por la cintura y vomita una bilis negra y ácida.

El mexicano está inclinado sobre él, en un fútil intento de ayudar a ese americano que se encuentra mal, cuando de repente se aparta de él y se agarra el tobillo.

—*¡Hijo de la chingada!*

El vómito ácido ha salpicado su propio pie, y ya está derritiéndole la piel.

LA CASA BLANCA
WASHINGTON, DC

Ennis Chaney siente sobre él los ojos del presidente Maller y de Pierre Borgia mientras lee las dos páginas del informe.

—¿No tenemos ninguna pista acerca del origen de ese crudo tóxico?

—Procede del Golfo, probablemente de uno de los pozos de PEMEX —afirma Borgia—. Lo más importante es que han muerto una decena de norteamericanos y varios cientos de mexicanos. Las corrientes han limitado la marea negra a la costa del Yucatán, pero es importante que vigilemos la situación para cerciorarnos de que no alcance las costas de nuestro país. También opinamos que es importante que mantengamos una presencia diplomática en México durante esta crisis medioambiental.

—¿A qué te refieres?

Chaney advierte la incomodidad de Maller.

—Pierre opina que lo mejor sería que la investigación la encabezaras tú. El problema del tráfico de drogas ha ocasionado cierta tensión en nuestras relaciones con México. Pensamos que esta situación podría ofrecernos una oportunidad para enmendar algunas cosas. Te acompañará la prensa...

Chaney deja escapar un suspiro. Aunque su mandato oficial como vicepresidente no debe comenzar hasta enero, el Congreso ha confirmado con anterioridad su nombramiento al cargo vacante. El nuevo puesto, combinado con el trabajo de ayudar a los senadores a adaptarse a su marcha del Senado, le ha supuesto un fuerte desgaste.

—A ver si lo he entendido bien: estamos preparándonos para un conflicto potencial en el golfo Pérsico, ¿pero usted quiere que me ponga al frente de una misión diplomática en México? —Chaney sacude la cabeza en un gesto negativo—. ¿Y qué diablos se supone que voy a hacer yo, aparte de presentar mis condolencias? Con el debido respeto, señor presidente, de este asunto puede encargarse nuestro embajador en México.

—Esto es más importante de lo que crees. Además —el presidente esboza una sonrisa forzada—, ¿quién más tiene estómago para ello? Tu labor con el CDC durante el estallido de fiebre del dengue en Puerto Rico hace tres años supuso un magnífico tanto para las relaciones públicas.

—Mi participación no tuvo nada que ver con las relaciones públicas.

Borgia cierra de un golpe su maletín.

—El presidente de Estados Unidos acaba de darle una orden, señor vicepresidente. ¿Piensa cumplir con su deber, o prefiere dimitir?

Los ojillos de mapache se abren como platos fulminando a Borgia con la mirada.

—Pierre, ¿te importa dejarnos a solas unos minutos?

El secretario de Estado intenta vencer a Chaney con su ojo bueno, pero su rival puede más que él.

—Pierre, por favor.

Borgia se marcha.

—Ennis...

—Señor presidente, si usted me pide que vaya, iré, naturalmente.

—Gracias.

—No tiene por qué dármelas. Sólo limítese a informar a ese cíclope de que Ennis Chaney no dimite por nadie. En lo que a mí respecta, ese muchacho acaba de situarse a la cabeza de mi lista negra.

Dos horas después, el vicepresidente sube a bordo del Sikorsky MH-60 Pave Hawk. Dean Disangro, recién ascendido a ayudante suyo, ya se encuentra dentro del aparato, al igual que dos agentes del Servicio Secreto y media docena de miembros de la prensa.

Chaney está furioso. A lo largo de toda su carrera política, jamás ha permitido que nadie lo utilizara como un lacayo de relaciones públicas. Las líneas del partido y la corrección política no significan nada para él; la pobreza y la violencia, la educación y la igualdad entre las razas, ésas son las cosas por las que merece la pena luchar. Con frecuencia se imagina a sí mismo como un quijote moderno, luchando contra los molinos de viento. «Ese tuerto se cree que puede manejarme como a una marioneta, pero acaba de meterse en una pelea callejera con el rey de todos los matones.»

Dean le sirve al vicepresidente una taza de café descafeinado. Sabe que Chaney odia volar, sobre todo en helicóptero.

—Parece nervioso.

—¿Quieres callarte? ¿Qué es eso que me han dicho de que vamos a dar un rodeo?

—Debemos hacer una parada en Fort Detrick para recoger personal del USAMRIID antes de poner rumbo hacia el Yucatán.

—Maravilloso.

Chaney cierra los ojos y se agarra con fuerza a los reposabrazos cuando el Sikorsky se eleva hacia el cielo.

Treinta minutos después, el aparato toma tierra en el Instituto de Investigación Médica de Enfermedades Infecciosas del Ejército de Estados Unidos. Desde su ventanilla, Chaney ve a dos hombres supervisando la carga de varios cajones de embalaje.

Los dos hombres suben a bordo. Uno de ellos, un individuo de cabello plateado, se presenta:

—Señor vicepresidente, coronel Jim Ruetenik. Soy el especialista militar en riesgos biológicos asignado a su equipo. Éste es mi asociado, el doctor Marvin Teperman, un exobiólogo que nos han enviado de Toronto.

Chaney examina al canadiense de escasa estatura, bigote fino y una irritante expresión de cortesía en la sonrisa.

—¿Qué es un exobiólogo, exactamente?

—La exobiología consiste en el estudio de la vida fuera de nuestro planeta. Es posible que ese lodo contenga una cepa de un virus contagioso que no hayamos visto nunca. Al USAMRIID se le ha ocurrido que podría sernos de ayuda.

—¿Qué hay en los cajones?

—Trajes Racal —responde el coronel—. Son trajes espaciales portátiles y presurizados que utilizamos sobre el terreno cuando tratamos con agentes potencialmente calientes.

—Ya sé lo que son los trajes Racal, coronel.

—Es cierto, usted estuvo en Puerto Rico durante el estallido de dengue de 2009.

—Esto otro va a ser un poco más desagradable, me temo —tercia Marvin—. A juzgar por lo que me han contado, el contacto físico con esa sustancia causa un fallo general, profusas hemorragias por todos los orificios del cuerpo.

—Lo soportaré. —Chaney se agarra al asiento cuando despega el helicóptero—. Es este maldito aparato lo que me pone nervioso.

El coronel sonríe.

—Una vez que hayamos aterrizado, nuestra primera preocupación será ayudar a los mexicanos a establecer zonas grises, es decir, áreas intermedias entre los lugares contaminados y el resto de la población.

Chaney escucha un poco más, después abate el respaldo del asiento y cierra los ojos. «Trajes Racal. Hemorragias generalizadas. ¿Qué diablos hago yo aquí?»

Cuatro horas después, el Sikorsky aminora la velocidad para quedar suspendido sobre una playa blanca manchada con parches de una sustancia negra similar al alquitrán. Hay tramos de arena infectados que se han acordonado con vallas de madera de color anaranjado.

El helicóptero sigue la línea de la playa desierta en dirección este, hacia una fila de tiendas de la Cruz Roja que se han montado a lo largo de un tramo de playa considerado seguro. A cincuenta metros de ese punto arde una enorme hoguera, de la cual se eleva una humareda marrón oscura que deja una densa estela de varios kilómetros en el cielo sin nubes.

El Sikorsky desciende y por fin se posa en un aparcamiento acordonado contiguo a la zona de las tiendas.

—Señor vicepresidente, este traje parece más o menos de su talla. —El coronel Ruetenik le entrega un traje espacial de color naranja.

Chaney ve que Dean se está poniendo un traje.

—Nada de eso. Vuelve a sentarte, tú te quedas aquí. Y también los de seguridad y la prensa.

—Mi trabajo consiste en ayudarlo a...

—Ayúdame quedándote aquí.

Veinte minutos después, Chaney emerge del helicóptero acompañado por Teperman y por el coronel. Los tres llevan puestos los aparatosos trajes Racal y el equipo de respiración.

Frente a la tienda principal los saluda un médico. Chaney repara en un líquido verde que gotea de su traje protector blanco.

—Soy el doctor Juárez. Gracias por venir tan rápidamente.

El coronel Ruetenik hace las presentaciones.

—¿Eso que tiene en el traje es la sustancia tóxica, doctor? —inquiere Chaney, señalando el líquido verde.

—No, señor. Esto es un producto medioambiental, inofensivo. Lo empleamos como desinfectante. No olvide rociar con él su traje antes de cambiarse. Si tiene la bondad de seguirme, le mostraré la sustancia peligrosa.

Chaney nota que le corren unas gotitas de sudor por un lado de la cara cuando acompaña a los demás al área que se encuentra en cuarentena.

Debajo de la tienda de la Cruz Roja hay decenas de personas tumbadas en camastros de plástico. La mayoría están en traje de baño. Todas estás cubiertas de parches negros de sangre y lodo. Las que se hallan conscientes gimen de dolor. Unos operarios vestidos con monos de plástico, guantes y gruesas botas de caucho van sacando cadáveres de la tienda al mismo ritmo que van entrando.

El doctor Juárez sacude la cabeza en un gesto negativo.

—Este lugar se ha convertido en una verdadera zona de emergencia. La mayor parte de las lesiones se han producido durante las primeras horas de la mañana, antes de que nadie se diera cuenta de lo contagiosa que es esa sustancia. Para el mediodía ya hemos puesto las playas en cuarentena, pero la primera remesa de médicos y voluntarios no ha dejado de contaminarse, lo cual ha empeorado las cosas. Hemos recurrido a identificar a las víctimas y después quemar a los cadáveres para frenar el contagio.

Penetran en una tienda contigua. Ven a una guapa enfermera mexicana embutida en un traje protector, sentada junto a un camastro y sosteniendo la mano del ocupante del mismo, un norteamericano de mediana edad.

El doctor Juárez da una palmadita de afecto en el hombro de la joven.

—Enfermera, ¿a quién tenemos aquí?

—Al señor Ellis, un artista de California.

—Señor Ellis, ¿me oye usted?

El señor Ellis está tendido de espaldas, con la mirada perdida en el espacio y los ojos muy abiertos.

Ennis Chaney siente un escalofrío. Los globos oculares de ese individuo están completamente negros.

El coronel se lleva al médico a un lado.

—¿Cómo se propaga la infección?

—Por el contacto físico con la marea negra o con excreciones infectadas de la víctima. No hay pruebas que sugieran la existencia de un virus que se transmita por el aire.

—Marvin, páseme la grabadora, por favor, y quédese a mi lado con la caja.

El coronel toma la minigrabadora que le entrega Teperman y empieza a hablar al aparato mientras ayuda al doctor Juárez en su examen.

—Parece ser que el sujeto ha entrado en contacto con la sustancia similar al alquitrán en el dedo pulgar y los dedos índice y corazón de la mano derecha. La carne de esos tres dígitos se ve quemada hasta el hueso. Los ojos están fijos, y las hemorragias los han vuelto completamente negros. El sujeto parece encontrarse en un estado de estupor. Enfermera, ¿cuánto tiempo hace que el señor Ellis entró en contacto con la marea negra?

—No lo sé, señor. Puede que dos horas.

Marvin se inclina hacia Chaney.

—Esta sustancia actúa muy deprisa.

El coronel oye el comentario y asiente con la cabeza.

—El sujeto tiene la piel pálida, casi amarilla, con unas manchas negras tanto en las extremidades superiores como en las inferiores. —El coronel Ruetenik manipula suavemente las bolsas de sangre que se ven bajo la piel del brazo de Ellis—. En las dos extremidades superiores se palpa el tercer espacio interóseo.

El doctor Juárez se sienta junto a su paciente, el cual parece estar saliendo de su estupor.

—Procure no moverse, señor Ellis. Ha entrado en contacto con una especie de...

—Me está matando este jodido dolor de cabeza. —De pronto Ellis se incorpora, y brota sangre de ambas fosas nasales—. ¿Quiénes coño son ustedes? Oh, Dios...

Sin previo aviso, Ellis expulsa por la boca, con cierta dificultad, una gran cantidad de sangre densa y negra mezclada con tejido. La sustancia chisporroteante se vierte sobre su pecho y salpica las máscaras protectoras de la cabeza de Teperman y la enfermera.

Chaney retrocede varios pasos. La visión de la sustancia negra le provoca el reflejo de vomitar. Pero se traga la náusea que le asciende a la garganta y se da la vuelta, intentando recobrar la compostura.

La enfermera permanece arrodillada junto al paciente, sosteniéndolo por ambas manos. La compasión evita que aparte la mirada del horrible semblante del enfermo que agoniza.

El señor Ellis mira fijamente al doctor Juárez y al coronel a través de dos agujeros negros, con una expresión como la de un zombi en su cara ensangrentada, sentado en una postura rígida, erecta, como si le diera miedo moverse.

—Me estoy deshaciendo por dentro —gime.

Chaney ve que la parte superior del torso de Ellis comienza a temblar y convulsionarse. Entonces, con un insufrible gorgoteo, el enfermo vomita nuevamente una sustancia negra, que esta vez le sale también por los ojos y por las fosas nasales, y le corre por el cuello seguida de un chorro de sangre de vivo color rojo.

El doctor Juárez sujeta el cuerpo del paciente por los codos al tiempo que éste sufre un violento espasmo. Chaney cierra los ojos y reza.

El médico y la enfermera vuelven a tumbar ese saco de órganos infectados, ya sin vida, sobre el camastro.

El coronel Ruetenik, de pie junto al cadáver ensangrentado, continúa fríamente con su examen.

—El sujeto parece haber sufrido un masivo fallo hemorrágico generalizado. Marvin, traiga la caja aquí. Quiero varios viales de ese excremento negro, y también muestras de tejido y de órganos.

Ennis Chaney necesita recurrir a toda su fuerza de voluntad para no vomitar dentro del casco protector de su traje. Le tiemblan ostensiblemente las piernas al observar a Marvin Teperman arrodillarse junto al fallecido y llenar varios receptáculos con sangre contaminada. Cada muestra es colocada con cuidado en la caja, un contenedor de sustancias peligrosas de forma cilíndrica hecho de cartón encerado.

Chaney está sudando profusamente. Tiene la impresión de estar asfixiándose dentro del traje.

Los cuatro hombres dejan a la enfermera para que limpie.

El coronel se lleva a Chaney a un lado.

—Señor, Marvin regresará con usted a Washington para realizar el análisis de estas muestras. Yo preferiría quedarme aquí un poco más. Si pudiera organizarlo para que...

—¡Diego! —La enfermera sale de la tienda de aislamiento gritando en español. El doctor Juárez la sujeta por las muñecas.

—¡Ay, carajo!

Juárez se fija en el pequeño desgarro que presenta el codo izquierdo del traje protector de la enfermera. La piel de debajo está chisporroteando, un fragmento de vómito negro del tamaño de una moneda ya está quemando la mayor parte de la carne, en dirección al hueso.

El coronel Ruetenik le unta el brazo con el desinfectante verde.

—Cálmate, Isabel, me parece que lo hemos cogido a tiempo. —El doctor Juárez se gira hacia el vicepresidente, con la desesperación pintada en la cara y lágrimas en los ojos—. Mi esposa...

Chaney siente un nudo cada vez más grande en la garganta al contemplar el horror que se lee en los ojos de la mujer condenada.

—¡Diego, córtame el brazo!

—Isa...

—¡Diego, se infectará el niño!

Chaney se queda el tiempo suficiente para ver cómo Juárez y Reutenik transportan hasta el quirófano a la enfermera entre gritos de dolor. A continuación, sale corriendo de la tienda intentando quitarse la protección de la cabeza y tropieza con una duna de arena. Cae de rodillas buscando con ansia la cremallera del cuello de la capucha, sintiendo la bilis que le sube por la garganta.

—¡NO!

Marvin agarra la muñeca de Chaney justo en el momento en que éste estaba a punto de quitarse la capucha. El exobiólogo unta el traje anaranjado del vicepresidente con desinfectante verde mientras Ennis vomita dentro de su máscara.

Marvin aguarda hasta que ha terminado, y seguidamente lo coge por el brazo y lo conduce hacia las duchas químicas. Los dos permanecen dentro de sus trajes protectores bajo el chorro de desinfectante, luego pasan a una segunda ducha de agua y por fin se desprenden del traje.

Chaney arroja su camisa sucia a una bolsa de plástico. Se lava la cara y el cuello y se sienta en un banco de plástico sintiéndose débil y vulnerable.

—¿Se encuentra bien?

—Joder, esto no se parece en nada a encontrarse bien. —Menea la cabeza negativamente—. He perdido el control ahí dentro.

—Ha aguantado bien. Es la cuarta vez que vengo a una

zona de emergencia; el coronel ha estado ya en una decena, por lo menos.

—¿Y cómo consiguen soportarlo? —pregunta Chaney con la voz ronca y las manos aún temblorosas.

—Lo mejor es despersonalizar la situación mientras se está ahí dentro, luego te duchas, te quitas el traje y vomitas.

«Despersonalizar. Malditos molinos de viento. Me estoy haciendo demasiado viejo para seguir luchando contra ellos.»

—Vámonos a casa, Marvin.

Chaney sigue a Teperman de vuelta al helicóptero. Al subir a bordo, se gira para ver a dos hombres que transportan otro cadáver a la pira funeraria.

Es el de la enfermera.

Capítulo 13

Las lágrimas fluyen de sus ojos con tal intensidad, que Dominique apenas distingue la imagen de Edie en la pantalla del videoteléfono. El rabino Steinberg le aprieta la mano con más fuerza mientras su esposa le frota la espalda.

—Edie, no lo entiendo. Qué ha ocurrido? ¿Qué estaba haciendo Iz allí?

—Estaba investigando los sonidos procedentes del cráter.

Un quejido le cierra la garganta. Entierra el rostro en el pecho del rabino, sollozando de manera incontrolada.

—¡Dominique, mírame! —ordena Edie.

—... Es culpa mía.

—Basta. Esto no tiene nada que ver contigo. Iz estaba allí desempeñando su trabajo. Ha sido un accidente. El servicio mexicano de guardacostas está investigando...

—¿Y la autopsia?

Edie desvía la mirada en un esfuerzo por reprimir su pena. El rabino Steinberg se vuelve hacia Dominique.

—Los tres cadáveres estaban infectados por la marea negra. Ha habido que incinerarlos.

Dominique cierra los ojos, temblando.

En la pantalla aparece de nuevo el rostro de Edie.

—Cariño, escúchame. Dentro de dos días vamos a celebrar

237

un servicio religioso en conmemoración. Quiero que vengas a casa.

—Allí estaré. Iré a casa a pasar unos días, ¿de acuerdo?

—¿Y qué pasa con tu interinidad?

—Eso ya no tiene importancia. —Se enjuga las lágrimas—. Edie, lo siento muchísimo...

—Tú ven a casa.

El cielo gris de la tarde tiene un aire amenazante para cuando Dominique sale por la entrada de la planta de calle del alto edificio de Hollywood Beach. Atraviesa la A-1, desbloquea la portezuela del conductor del Pronto Spyder y arroja su maleta al asiento del pasajero. Respira hondo para saborear el olor a mar y a lluvia cercana y se sube al coche.

Introduce la llave en el contacto y pulsa el interruptor de encendido. Apoya un momento la frente en la parte superior del volante, mientras espera a que el sistema de seguridad y antirrobo complete el análisis.

«Iz está muerto. Está muerto, y ha sido por mi culpa.» Cierra con fuerza los ojos y sacude la cabeza. «Todo ha sido por mi culpa.»

Se activa el reproductor de CD.

El aparato está preseleccionado en Digital DJ. El procesador que lleva incorporado el deportivo registra la temperatura de la mano de Dominique sobre el ordenador e interpreta su estado de ánimo.

Se selecciona el CD titulado *Lo mejor de The Doors*.

«Piénsalo bien. El tiempo estaba sereno, Iz poseía demasiada experiencia en el mar para que el barco se le hundiera sin más. Ha tenido que suceder algo terrible, algo imprevisto.»

El familiar sonido de los palillos de una batería repiqueteando en un címbalo se entrelaza con sus pensamientos. Por el interior del coche se esparce la hipnótica música de la guitarra sumándose a su dolor, pero también consolándola en cierto modo.

Por su cabeza cruzan los recuerdos de Iz. Una profunda tristeza reaviva sus agotados sentimientos al tiempo que la letra de la canción se le clava en el alma y la lleva una vez más al límite de su resistencia. Unos gruesos lagrimones le turban la visión mientras reverbera en sus oídos el melódico verso de Jim Morrison:

> Éste es el fin... mi bella amiga.
> Éste es el fin... mi única amiga, el fin.

Absorta en el evocador epitafio, levanta la cabeza del volante al mismo tiempo que caen las primeras gotas de lluvia en el parabrisas. Cierra los ojos al chubasco y se centra en los recuerdos de Iz, Edie y Mick, que giran sin control dentro de su cerebro.

«Pareces cansada, pequeña.»

«Tú ven a casa.»

> Perdida en Roma, en una selva de dolor,

«Si no estuviera encerrado... ¿crees que podrías haberte enamorado de mí?»

> Y todos... los niños... están locos,
> esperando la lluvia del verano, sí...

«Cuatro *Ahau*, tres *Kankin*. Tú sabes qué día es ése, ¿verdad, Dominique?»

«¿Crees en Dios?»

«Pareces cansada, pequeña.»

«¿Crees en el mal?»

> Hay peligro al borde de la ciudad...

«¡Tienes que hacer algo! El cráter de Chicxulub... el tiempo sigue corriendo...»

«Dom, tú eres sólo una persona. No puedes esperar salvar el mundo.»

«El reloj sigue avanzando... ¡y vamos a morir todos!»

«No puedes esperar salvar el mundo...»

«El reloj sigue avanzando...»

Padre, deseo matarte...

Dominique se derrumba sobre el volante. Sus sollozos compiten con la crítica de Jim Morrison de la lujuria de Edipo.

Para a continuación tornarse más suave y dejar paso otra vez a la guitarra melódica.

Éste es el fin... mi bella amiga.

Éste es el fin... mi única amiga, el fin.

«Ninguno de nosotros tiene control sobre las cartas que nos han repartido. Lo que tenemos es la responsabilidad total sobre cómo jugar la partida.»

En ese momento cobra vida el motor del Spyder y sobresalta a Dominique.

Éste es el fin...

Apaga el sistema de sonido y se seca las lágrimas de los ojos mientras la lluvia continúa repicando contra el parabrisas. Levanta la vista para mirarse en el espejo retrovisor.

«Jugar con las cartas que nos han repartido.»

Por espacio de varios minutos, sigue con la vista fija al frente conforme la determinación va reemplazando a la pena y su cerebro comienza a urdir un plan. Entonces activa el teléfono del coche y marca el número del rabino Steinberg.

—Soy yo. No, todavía estoy aquí, en la calle. Tengo una cosa importante que hacer antes de marcharme a Sanibel, pero necesito que me ayudes.

Capítulo 14

25 de noviembre de 2012
MIAMI, FLORIDA
21.45 horas

El Pronto Spyder negro vira a la derecha para tomar la calle Veintitrés, ejecuta un giro en U y aparca junto a un poste de teléfono que hay en el bordillo, justo al lado de la tapia de hormigón de color blanco brillante y de siete metros de altura. Esa bocacalle, que bordea al psiquiátrico por su costado norte, continúa hacia el oeste a lo largo de dos manzanas más antes de terminar en un callejón sin salida junto a un taller textil abandonado. El barrio está destartalado y la calle desierta salvo por una pequeña furgoneta Dodge estacionada al fondo de la manzana.

Dominique sale del coche, bombeando adrenalina. Abre el maletero, verifica que no hay nadie en las inmediaciones y saca un rollo de quince metros de cuerda de nailon blanca y de un centímetro y medio de grosor. La cuerda tiene nudos atados a intervalos de sesenta centímetros.

Se agacha como si estuviera inspeccionando el neumático trasero, anuda un extremo de la soga a la base del poste telefónico y regresa al maletero. Abre la enorme caja de cartón y extrae un helicóptero de juguete de ochenta centímetros controlado por radio. Del minúsculo tren de aterrizaje cuelga un gancho metálico. Dominique sitúa el último nudo de la cuerda de nailon dentro del gancho y cierra éste.

«Muy bien, ahora procura no joderla. Que la cuerda no toque el alambre de espino.»

Arranca el motor a pilas del helicóptero en miniatura y se encoge al oír el escándalo que arma el agudo silbido de los rotores. El helicóptero de juguete se despega del suelo y asciende tambaleándose un poco, luchando por arrastrar consigo la soga de nailon. Dominique lo maniobra para que suba en vertical hasta rebasar la tapia de seguridad cargando con toda la cuerda.

«Muy bien, despacio y sin prisas...»

Sirviéndose de la palanca de mando, guía el helicóptero para que pase por encima de la tapia y se sitúe dentro del patio. Entonces activa el gancho y suelta la cuerda.

La cuerda anudada cae al patio; se ha deslizado por entre las bobinas de alambre y ha quedado apoyada sobre el filo del muro de hormigón.

«Perfecto. ¡Adelante!» Dominique gira la palanca de mando hacia la derecha. El helicóptero va a toda velocidad hacia el taller textil que hay al fondo de la calle y desaparece por el tejado del edificio abandonado. A continuación desconecta el control remoto y oye a lo lejos cómo se estrella el juguete con un fuerte ruido de plástico roto.

Cierra el maletero, vuelve a meterse en el deportivo y se encamina hacia el aparcamiento del personal.

Consulta el reloj: las diez y siete minutos. «Casi es la hora.» Busca en la guantera, saca una gastada llave para bujías, apaga el motor y abre el capó del coche.

Tres minutos después vuelve a cerrarlo y se limpia las manos de grasa con un trapo húmedo. Tras retocarse el maquillaje, dedica unos momentos a ajustarse la ceñida camiseta y cubrirse el visible escote con el jersey de cachemir rosa.

«Bueno, Mick, ahora ya es cosa tuya.»

Acto seguido corre a la entrada del edificio rezando por que Mick haya conservado la lucidez durante la conversación que han tenido esa misma tarde.

Michael Gabriel está sentado en el borde del delgado colchón, con sus ojos negros y ausentes fijos en el suelo. Tiene la boca abierta y le cae un hilo de saliva del labio inferior. Su destrozado brazo izquierdo descansa sobre el muslo, con la palma vuelta hacia arriba, como ofrenda al carnicero. El brazo derecho está recogido al costado, con el puño cerrado a medias.

Oye aproximarse al celador.

—Eh, Marvis, ¿es verdad? ¿Es éste el vegetal de anoche?

Mick aspira profundamente procurando aquietar su pulso. La presencia del guardia de seguridad de la séptima planta le complica las cosas. «Sólo tienes una oportunidad. Si hace falta, cárgatelos a los dos.»

Marvis apaga la televisión de esa sección y termina de limpiar las manchas de zumo de uva que hay en la mesita.

—Sí. Mañana se lo lleva Foletta a Tampa.

Se abre la puerta. Con su visión periférica, Mick ve acercarse al sádico y distingue la sombra de otro hombre junto a la puerta.

«Aún no. Si saltas, Marvis cerrará de un portazo. Espera a que esté despejado. Deja que te pinche ese animal.»

El celador agarra la muñeca izquierda de Mick y clava la jeringa en la hinchada vena, a punto de partir la punta de la aguja al inyectarle la Thorazina.

Mick contrae los músculos abdominales para dominar el intenso dolor y obliga a la parte superior de su cuerpo a no moverse.

—Oye, Barnes, no seas tan bruto o volveré a dar parte de ti.

—Que te jodan, Marvis.

Marvis menea la cabeza en un gesto negativo y se va.

Mick pone los ojos en blanco. Su cuerpo se vuelve gelatina y se desploma en la cama hacia el lado izquierdo, con la mirada fija al frente, igual que un zombi.

Barnes comprueba que Marvis se ha ido, y entonces se baja la cremallera de la bragueta.

—Eh, nenita, ¿te apetece probar a qué sabe una cosa? —Se inclina y se acerca al rostro de Mick—. ¿Qué tal si abrimos esa preciosa boquita y...?

El celador no llega a ver el puño, tan sólo la explosión de luz roja cuando se estrellan contra su sien los nudillos de Mick.

Barnes se desmorona en el suelo, conmocionado pero todavía consciente.

Mick lo agarra por el pelo y lo mira a los ojos.

—O te portas bien, o lo lamentarás, hijo de puta.

Y acto seguido le propina a Barnes un rodillazo en la cara, teniendo cuidado de no manchar de sangre el uniforme.

22.18 horas

Dominique introduce la contraseña numérica y aguarda a que la cámara de infrarrojos haga un barrido de su cara. La luz roja se pone verde y le permite pasar al interior del puesto de seguridad central.

Raymond se gira para mirarla.

—Vaya, pero a quién tenemos aquí. ¿Vienes a presentar tus respetos por última vez a tu novio el psicótico?

—Tú no eres mi novio.

Raymond descarga un golpe con el puño contra la jaula de acero.

—Los dos sabemos a quién me refiero. Pues vas a tener que esperar un poco, porque ahora voy a hacerle una pequeña visita. —Esboza una sonrisa amarilla—. Sí, princesa, tu amiguito y yo vamos a pasarlo pero que muy bien.

—Haz lo que te dé la gana. —Se dirige hacia el ascensor.

—¿Qué quieres decir con eso?

—He terminado. —Dominique saca un sobre de su bolso—. ¿Ves esto? Es una carta de dimisión. Me salgo del programa de interinidad y dejo los estudios. ¿Está Foletta en su despacho?

—Ya sabes que no.

—Bueno, pues se la dejaré a Marvis. Púlsame la séptima planta, si es que puedes.

Raymond la observa con suspicacia. Activa el ascensor y pulsa el botón de su consola que corresponde a la séptima planta, y a continuación contempla a Dominique en el monitor de la cámara de seguridad.

Marvis se encuentra a punto de levantarse de su mesa para ir a buscar a Barnes, cuando en eso se abre la puerta del ascensor.

—¿Dominique? ¿Qué haces tú aquí?

Se lleva a Marvis del brazo por detrás de la mesa, para alejarlo del ascensor y del pasillo que conduce a la sección de Mick.

—Quería hablar contigo, pero no quiero que nos oiga el celador ese, Barnes.

—¿Qué es lo que no tiene que oír?

Dominique le enseña el sobre.

—Dimito.

—¿Por qué? Pero si casi has finalizado el semestre.

A ella se le llenan los ojos de lágrimas.

—Mi... Mi padre ha muerto en un accidente de navegación.

—Maldita sea. Cuánto lo siento.

Dominique deja escapar un sollozo y permite que Marvis la consuele. Apoya la cabeza en su hombro, con la vista fija en el corredor que da acceso a la sección 7-C.

Mick, con paso inseguro, sale de su habitación vestido con el uniforme y la gorra de Barnes. Cierra la puerta de golpe y se dirige hacia el ascensor.

Dominique pone una mano en el cuello de Marvis como si fuera a abrazarlo, para asegurarse de que no vuelva la cabeza.

—¿Te importaría hacerme el favor de encargarte de que el doctor Foletta reciba esta carta?

—Claro. Oye, ¿te apetece dar una vuelta, ya sabes, para hablar o algo?

Se abren las puertas del ascensor. Mick se mete dentro con dificultad.

Dominique se aparta de Marvis.

—No, ya se me está haciendo tarde. Tengo que irme de viaje. Mañana por la mañana es el funeral. Barnes, retén el ascensor, por favor...

Una manga blanca impide que se cierren las puertas.

Dominique da un beso a Marvis en la mejilla.

—Cuídate.

—Sí, tú también.

Dominique se apresura a llegar al ascensor y se cuela dentro justo cuando están cerrándose las puertas. En vez de mirar a Mick, mira directamente a la cámara situada en el rincón del techo de la cabina.

Luego, con total naturalidad, introduce una mano en su bolso.

—¿Qué piso, señor Barnes?

—Tres.

Capta la fatiga en la voz de Mick. Levanta tres dedos hacia la cámara y a continuación uno solo, y sigue mirando a la lente mientras Mick toma el pesado cortaalambres que ella le ofrece con la otra mano y se lo guarda en el bolsillo.

El ascensor se detiene en la tercera planta. Las puertas se abren.

Mick sale trastabillando, y casi se cae de bruces.

Las puertas se cierran.

Mick se encuentra a solas en el pasillo. Echa a andar con esfuerzo, sintiendo que el suelo de baldosines verdes le da vueltas en la cabeza. La fuerte dosis de Thorazina ha mermado mucho sus fuerzas, y ahora no hay nada que pueda hacer para combatir la droga. Tras caer dos veces, se apoya contra la áspera pared y se obliga a sí mismo a salir al patio.

El aire de la noche lo revive momentáneamente. Consigue llegar a los escalones de hormigón y se abraza a la barandilla de acero. Girando en su visión distingue tres tramos de escaleras. Parpadea con fuerza, incapaz de despejar la niebla que le impide ver con claridad. «Está bien, puedes hacer esto. Da un paso... venga, pon el pie.» Tropieza y cae rodando por los tres primeros escalones, pero se recobra. «¡Concéntrate! De uno en uno. No te apoyes...»

Cae de nuevo en los tres últimos y aterriza dolorosamente de espaldas.

Durante unos peligrosos instantes, se permite cerrar los ojos y le da al sueño la oportunidad de apoderarse de la situación. «¡No!» Rueda hacia un lado, se pone de pie a duras penas y a continuación avanza penosamente hacia el monstruo de hormigón que gira ante sus ojos.

Dominique se desabotona el jersey de cachemir, respira hondo y sale del ascensor. Al aproximarse al puesto de seguridad, clava la mirada en la decena de monitores de seguridad que tiene Raymond a su espalda y que proporcionan constantemente diversos planos del edificio.

Localiza la imagen del patio. Ve una figura vestida de uniforme que camina con gran esfuerzo en dirección al imponente muro de hormigón.

Raymond levanta la vista y le mira fijamente el escote.

Mick siente los brazos como si fueran de goma. Por más que lo intenta, no consigue que sus músculos le obedezcan.

Siente que el nudo de nailon se le resbala entre los dedos y cae tres metros, a punto de romperse los dos tobillos contra el duro suelo.

Dominique ve a Mick y reprime una exclamación. Antes de que Raymond pueda reaccionar, se quita el jersey y deja ver su escote.

—Dios, ¿por qué les permites a ésas pasar tanto calor ahí dentro? —A Raymond se le salen los ojos. Está fuera de su puesto, de pie junto a la puerta—. Te gusta provocarme, ¿a que sí?

En su visión periférica, Dominique ve que Mick se pone de pie. De repente cambia la imagen.

—Ray, afrontémoslo, con todos esos esteroides que te metes en el cuerpo, no serías capaz de mantenerla tiesa el tiempo suficiente para complacerme.

Raymond abre la puerta.

—Tienes la lengua bastante sucia para ser una tía que hace tres semanas casi me aplasta la tráquea.

—No lo pillas, ¿verdad? Ninguna chica disfruta cuando se la fuerza.

—Qué jodida... Estás intentando provocarme para que viole la condicional, ¿verdad?

—A lo mejor sólo estoy intentando pedir disculpas. —«Vamos, Mick, mueve el culo...»

El dolor lo está manteniendo consciente.

Mick aprieta los dientes con más fuerza y deja escapar un gruñido al izarse un poco más, trepando por la pared como si fuera un escalador. «Tres pasos más, sólo tres más, gilipollas, venga. Ahora dos... dos más, haz trabajar a los brazos, aprieta más los puños. Bien, bien. Para, recupera el aliento. Muy bien, el último, vamos...»

Alcanza lo alto del muro. Aferrándose como si su vida dependiera de ello, se enrolla rápidamente la cuerda una decena de veces al brazo izquierdo para no caerse. El alambre de espino se encuentra a escasos centímetros de su frente. Entonces se saca del bolsillo el cortaalambres y lo coloca alineado con el tramo de alambre que hay justo a la derecha de la cuerda.

Cierra las tenazas con todas sus fuerzas, hasta que el acero se parte por la mitad. Vuelve a colocar el cortaalambres y hace un supremo esfuerzo por concentrarse en el siguiente trozo de alambre a través de la neblina que le provoca la Thorazina, que ya está empezando a estrechar rápidamente su visión periférica.

Raymond se apoya contra la pared y contempla los dos bultos perfectos que pugnan bajo la camiseta de Dominique.

—Voy a proponerte un trato, princesa. Tú y yo nos damos un revolcón, y te prometo que dejo en paz a tu chico.

Dominique finge un picor para poder lanzar una mirada furtiva al monitor a través de la jaula de seguridad. Mick aún está cortando el alambre.

«Tienes que entretener a este cerdo.»

—¿Quieres hacerlo aquí?

Raymond sube la mano por su brazo.

—No serías la primera.

Dominique siente una oleada de náuseas cuando él le roza el contorno del pezón con la punta del dedo índice.

Mick despeja esa parte de alambre y acto seguido se sube al muro y se queda boca abajo, en precario equilibrio. Se arrastra un par de centímetros hacia el borde y mira la caída de seis metros que hay por el otro lado.

—Uf...

Gimiendo, tira de la cuerda de nailon hacia él y la enrolla varias veces alrededor de las demás bobinas de alambre, cuyos pinchos le perforan la piel. Se enrosca en las muñecas el extremo libre de la soga, se descuelga por el otro lado de la tapia... y cae.

Mick se precipita cuatro metros antes de que la cuerda se quede trabada en el alambre y frene su caída. Colgando de las muñecas, nota que su peso tira de las bobinas de alambre intentando separarlas de lo alto del muro, hasta que por fin se deja caer sobre la acera.

Segundos después se ve en la acera a cuatro patas, mirando fijamente los faros de un coche que se acerca, igual que un ciervo desorientado.

—¡Espera, Ray, te digo que pares!

Dominique aparta la mano del culturista de su pecho y extrae de su bolso un pequeño aerosol.

—Maldita puta... ¡estás provocándome!

Ella retrocede.

—No. Es que acabo de llegar a la conclusión de que la vida de Mick no vale el precio que pides tú.

—Maldita zorra...

Dominique se da la vuelta y aprieta la cara contra el escáner térmico. «Vamos...» Aguarda a oír el zumbido, y a continuación empuja la puerta y sale a la calle.

—Muy bien, princesa, tú misma lo has querido. Ahora tu chico va a tener que aguantar un poco.

Raymond abre el cajón de su mesa. Saca un tubo de goma de dos centímetros de grosor y se encamina hacia el ascensor.

Dominique alcanza el aparcamiento, aliviada al ver que la pequeña furgoneta Dodge está saliendo a la Ruta 441. Entonces abre el capó de su coche y marca el número de teléfono pregrabado que corresponde al servicio de ayuda en carretera.

El ascensor se detiene al llegar a la séptima planta. Raymond lo desconecta y sale de él.

Marvis levanta la vista.

—¿Ocurre algo?

—Sigue viendo la televisión, Marvis.

Raymond cruza la sección 7-C y se para frente a la habitación 714. Abre la puerta.

La celda está tenuemente iluminada. En el aire flota un olor rancio a desinfectante y a ropa sudada.

El residente se halla tendido en el colchón, de espaldas a Raymond, con una sábana tapándole la oreja.

—Hola, gilipollas. Te traigo un regalito de tu novia.

Raymond asesta un fuerte golpe en la cara del hombre dormido con la porra de caucho. Un grito de dolor. El hombre intenta levantarse. Pero el hombre lo tumba de nuevo de un puntapié y lo golpea otra vez, y otra, en la espalda y en los hombros, hasta ventilar toda la rabia de su testosterona.

Después se queda de pie frente a su víctima, jadeando por el esfuerzo.

—¿Qué, te ha gustado, so cabrón? Eso espero, porque a mí me ha encantado.

Entonces retira la sábana.

—Joder...

El rabino Steinberg para la furgoneta Dodge a un lado de la carretera, junto al cubo de basura que hay detrás de la tienda de ultramarinos. Abre la portezuela corredera del costado, saca la cuerda de nailon y la tira a la basura. Luego vuelve a subirse a la furgoneta y ayuda a Mick a levantarse del suelo y sentarse en el asiento.

—¿Se encuentra bien?

Mick lo mira con unos ojos ausentes.

—La Thorazina.

—Ya sé. —El rabino le levanta la cabeza y le da a beber de

una botella de agua observando con preocupación los hematomas que tiene en los brazos—. Se pondrá bien. Usted descanse, tenemos por delante un viaje bastante largo.

Mick está inconsciente antes de que su cabeza toque el asiento del coche.

Para cuando llegan los primeros coches de la policía de Dade County, la grúa ya está subiendo el Pronto Spyder a la plataforma.

Raymond sale corriendo por la puerta para recibirlos, y en eso descubre a Dominique.

—¡Es ella! ¡Deténganla!

Dominique finge sorpresa.

—Pero ¿de qué habla?

—Joder, sabes perfectamente de qué hablo. Gabriel se ha escapado.

—¡Que Mick se ha escapado! Oh, Dios mío. ¿Cómo? —Mira a los agentes de policía—. No creerán ustedes que yo he tenido algo que ver con eso. Llevo aquí veinte minutos, sin poder moverme.

El conductor de la grúa lo corrobora con un gesto de asentimiento.

—Es verdad, agente, yo puedo dar fe de eso. Y no hemos visto nada de nada.

En eso aparece un Lincoln Continental de color marrón que frena con un chirrido delante de la entrada principal. De él se apea Anthony Foletta, vestido con atuendo deportivo en tono amarillo claro.

—Raymond, qué es lo que... Dominique, ¿qué diablos hace usted aquí?

—He pasado a entregar mi carta de dimisión. Mi padre ha muerto en un accidente de navegación. Dejo el programa. —Lanza una mirada a Raymond—. Parece ser que aquí, su matón, la ha cagado a base de bien.

Foletta la mira un instante y a continuación se lleva aparte a uno de los policías.

—Agente, soy el doctor Foletta. Soy el director de este centro. Esta mujer trabajaba con el residente que ha huido. Si lo habían planeado juntos y ella constituía su vía de escape, es muy posible que el fugado todavía esté dentro.

El policía da instrucciones a sus hombres para que penetren en el edificio con la patrulla canina, y después se dirige a Dominique.

—Señorita, recoja sus cosas y acompáñeme.

Diario de Julius Gabriel

Fue a finales del otoño de 1974 cuando mis dos colegas y yo volvimos a Inglaterra, todos bastante contentos de regresar a la «civilización». Yo sabía que Pierre había perdido su apetito por el trabajo y que quería volver a Estados Unidos, pues la presión de su familia orientada hacia la política había terminado persuadiéndolo de que se presentara a las elecciones. Lo que más temía yo era que insistiera en llevarse a Maria consigo.

Sí, lo temía. Quiero que se sepa: me había enamorado de la prometida de mi mejor amigo.

¿Cómo puede permitir una persona que suceda algo así? Me hice esa pregunta un millar de veces. Los asuntos del corazón son difíciles de justificar, aunque al principio lo intenté, desde luego. Era deseo, me convencí, un deseo nacido de la propia naturaleza de nuestro trabajo. La arqueología es más bien una profesión que se desempeña de forma aislada. Es frecuente que los equipos se vean obligados a vivir y trabajar a menudo en condiciones primitivas y a renunciar a los sencillos placeres de la intimidad y de la higiene con el fin de terminar la tarea que tienen entre manos. El pudor queda relegado a favor del sentido práctico. El baño del final de la jornada en un arroyo de agua dulce, el ritual cotidiano de vestirse y desvestirse, el acto mismo de cohabitar puede convertirse en un festín para los sentidos. Una acción aparentemente inocente puede excitar las partes bajas y hacer que el corazón bombee más deprisa, engañando con facilidad a la mente debilitada.

En el fondo yo sabía que todo eso eran excusas, porque la belleza terrenal de Maria me había intoxicado desde el momento en que nos presentó Pierre durante el primer año que estuvimos juntos en Cambridge. Aquellos pómulos altos, aquella melena negra, aquellos ojos de ébano que irradiaban una inteligencia casi animal... Maria tenía una imagen física que había cautivado mi alma, como la descarga de un rayo que me hubiera alcanzado pero que sin embargo me prohibía actuar, a no ser que deseara hacer pedazos mi amistad con Borgia.

Pero no me rendí. Me convencí de que Maria debía seguir siendo una botella de exquisito vino que yo anhelaba saborear pero que jamás podría abrir, y encerré mis sentimientos y tiré la llave... o eso creí yo.

Aquel día de otoño, mientras viajábamos de Londres a Salisbury, experimenté la sensación de que, más adelante, a nuestro trío lo aguardaba una bifurcación, y que uno de nosotros, muy probablemente yo, iba a comenzar a caminar por una senda solitaria.

Sin ninguna duda, Stonehenge es uno de los lugares más misteriosos de la Tierra, un extraño templo de enormes piedras erectas, dispuestas formando un círculo perfecto, como si las hubiera colocado allí la mano de un gigante. Como ya habíamos visitado aquel lugar como parte de los requisitos de nuestra carrera, lo cierto era que ninguno de nosotros esperaba encontrar nuevos hallazgos que nos estuvieran aguardando en aquellas verdes planicies del sur de Inglaterra.

Estábamos equivocados. Allí se encontraba otra pieza del rompecabezas, y nos miraba directamente a la cara.

Aunque no es ni con mucho tan antiguo como Tiahuanaco, Stonehenge presenta las mismas hazañas imposibles de ingeniería y astronomía que habíamos visto en otros lugares. El yacimiento en sí se cree que sirvió de imán espiritual para los agricultores que aparecieron por primera vez en esas llanuras al final de la última glaciación. Seguramente aquella llanura se consideraba sagrada, porque dentro de un radio de seis kilómetros de dicho monumento hay no menos de trescientos lugares de enterramientos, varios de los cuales iban a proporcionarnos pistas cruciales que relacionaban esa zona con los objetos hallados en Centroamérica y Sudamérica.

La datación por el carbono nos dice que Stonehenge se construyó hace aproximadamente cinco mil años. La primera fase de su construcción se inició con un conjunto de cincuenta y seis estacas de madera tipo tótem colocadas formando un círculo perfecto y rodeadas por una zanja y un terraplén. Más tarde, dichas estacas de madera fueron sustituidas por unas piedras azules de pequeño tamaño, traídas de una cordillera situada a casi ciento cincuenta kilómetros de distancia. Éstas, a su vez, fueron reemplazadas por grandes moles de piedra cuyos restos aún se hallan presentes en la actualidad.

Los descomunales megalitos verticales que conforman Stonehenge se denominan piedras *sarsen*. Son las rocas más duras que existen en esa región, y se encuentran en la localidad de Avery, a unos treinta kilómetros al norte. El diseño original de Stonehenge consistía en treinta piedras, cada una de ellas de un peso increíble, entre veinticinco y cuarenta toneladas. Cada megalito hubo de ser transportado a lo largo de muchos kilómetros sobre un terreno muy accidentado y después ser colocado en vertical para formar un círculo perfecto de treinta metros de diámetro. Las enormes piedras estaban unidas en su parte superior por dinteles de nueve toneladas cada uno, treinta moles en total. Cada dintel tuvo que elevarse a seis metros del suelo y depositarse encima de los megalitos. Para garantizar que se ajustaran correctamente, aquellos antiguos ingenieros tallaron unas proyecciones redondeadas en lo alto de cada columna. Estos «enchufes» se empotraban en unas «cavidades» también redondeadas practicadas en la cara inferior de cada dintel, lo cual permitía que las piezas encajaran entre sí como si fueran bloques de un gigantesco Lego.

Una vez completado el monumental círculo de piedras, los constructores levantaron cinco pares de trilitos: dos piedras *sarsen* unidas por un único dintel. Dichos trilitos, compuestos por las piedras más grandes del yacimiento, se elevan a siete metros y medio del suelo y tienen un tercio de su masa bajo tierra. En el interior del círculo se colocaron cinco trilitos formando una herradura cuyo extremo abierto da a un altar alineado con el solsticio de verano. El trilito más grande, el del centro, señala el solsticio de invierno, el 21 de diciembre, el día de la profecía maya, una fecha que la mayoría de las culturas antiguas consideraban asociada a la muerte.

¿Cómo lograron los habitantes de la antigua Inglaterra en la Edad de Piedra cargar con cuarenta toneladas de roca a lo largo de un terreno accidentado y desigual? ¿Cómo se las arreglaron para levantar del suelo unos dinteles de nueve toneladas y situarlos perfectamente en su sitio? Es más, ¿qué misión podía ser lo bastante importante como para motivar a esas gentes prehistóricas a llevar a cabo tan increíble tarea?

No existen documentos escritos que digan quiénes fueron los constructores de Stonehenge, pero sí una leyenda popular (aunque absurda) que apunta a Merlín, el mago de la corte del rey Arturo, como el cerebro que daba órdenes a los músculos. Se dice que ese sabio barbudo diseñó este templo para que funcionara como un observatorio cósmico y un calendario celeste, además de servir de lugar de reunión y oración, hasta que fue misteriosamente abandonado en el año 1500 a.C.

Nuestro trío dejó por fin Stonehenge; Pierre regresó a Londres y Maria y yo procedimos a explorar las tumbas en forma de montículo que rodeaban al monumento con la esperanza de encontrar restos de cráneos alargados que relacionasen los yacimientos de Centroamérica y Sudamérica con este antiguo lugar de enterramiento. La tumba más grande es una fosa subterránea de más de cien metros de longitud, construida también con piedras *sarsen*. En su interior se encuentran los restos del esqueleto de cuarenta y siete individuos. Por alguna razón, los huesos han sido distribuidos anatómicamente en cámaras diferentes.

Lo que hallamos no era tan sorprendente como lo que no hallamos: por lo menos una decena de cráneos pertenecientes a los individuos más grandes, ¡no estaban!

Pasamos los cuatro meses siguientes yendo de una tumba a otra, siempre con el mismo resultado. Finalmente llegamos a lo que en opinión de muchos arqueólogos era el lugar más sagrado de todos, una fortificación de piedra situada debajo de un montículo de enterramiento en Loughcrew, una zona remota del centro de Irlanda.

Las paredes de *sarsen* de esta tumba contienen magníficos jeroglíficos tallados en la piedra, cuyo diseño principal consiste en una serie de círculos concéntricos que forman una espiral. Recuerdo la expresión de Maria a la luz de la linterna, con sus ojos oscuros fijos en aquellos extraños emblemas. Me dio un vuelco el corazón al ver cómo se le iluminaba el semblante al reconocerlos. Me arrastró de una tumba a otra hasta salir a la luz del día, corrió a nuestro automóvil y empezó a abrir cajas que contenían cientos de fotos que habíamos tomado juntos en el desierto de Nazca desde un globo aerostático.

—¡Julius, mira, está aquí! —exclamó, plantándome una foto en blanco y negro en la cara.

La instantánea era de la pirámide de Nazca, uno de los dibujos más antiguos, que nosotros considerábamos de suma importancia. Enmarcadas dentro de su forma triangular había dos figuras; la de un animal de cuatro patas al revés, y la de una serie de círculos concéntricos.

Aquellos círculos eran idénticos a los que habíamos encontrado en la tumba.

Maria y yo nos emocionamos mucho con dicho descubrimiento. Ambos llevábamos un tiempo compartiendo la idea de que los dibujos de Nazca representaban un antiguo mensaje de salvación que tenía que ver con la profecía del día del juicio, dirigida tan sólo al hombre moderno. (¿Por qué, si no, iba aquel misterioso artista a hacer aquellos dibujos lo bastante grandes para que sólo pudieran apreciarse desde el aire?)

Pero nuestro entusiasmo quedó ahogado por la siguiente pregunta lógica: ¿cuál era la pirámide representada en el dibujo de Nazca?

Maria insistió en que aquella estructura tenía que ser la Gran Pirámide de Giza, el templo de piedra más grande del mundo. Siguiendo la misma lógica, Giza, Tiahuanaco, Sacsayhuamán y Stonehenge constaban todos de piedras megalíticas, las fechas de su construcción se aproximaban unas a otras (o eso creíamos) y el ángulo de la pirámide de Nazca se parecía mucho a la fuerte inclinación que presentaban los lados de la pirámide egipcia.

Yo no me dejé convencer tan fácilmente. Mi teoría era que muchos de los dibujos más antiguos de Nazca pretendían ser marcadores para la navegación, referencias que nos guiaban en la dirección correcta. Alrededor de la pirámide de Nazca había varias pistas que en mi opinión tenían como finalidad permitirnos identificar la misteriosa figura triangular.

El más importante de dichos iconos se encuentra junto al mismo borde de la pirámide, dibujado debajo de los círculos concéntricos. Se trata de la figura al revés de un animal de cuatro patas que yo supuse que era un jaguar, dado que era sin duda la fiera más venerada de toda Mesoamérica.

La segunda pista es la del mono de Nazca. Esta inmensa figura, dibujada con una única línea continua, muestra una cola que termina en una espiral concéntrica, idéntica a la forma que aparece en la figura de la pirámide.

Los mayas glorificaban al mono y lo trataban como si fuera otra especie humana. En el mito de la creación contenido en el Popol Vuh, se dice que el cuarto ciclo del mundo fue destruido por un gran diluvio. Se cree que los pocos que sobrevivieron fueron convertidos en monos. El hecho de que no existan monos en Giza ni en la zona meridional de Perú indicaba, para mí, que la pirámide a la que se hacía referencia en la pampa de Nazca tenía que encontrase en Mesoamérica.

Tampoco las ballenas son propias de los desiertos, y sin embargo en la meseta de Nazca hallamos parecidos con esos animales tan majestuosos en tres casos. Basándome en la teoría de que el misterioso artista se sirvió de las ballenas para representar una frontera de agua de tres lados, intenté convencer a Maria de que la pirámide en cuestión tenía que corresponder a uno de los templos mayas situados en la península del Yucatán.

Pierre Borgia, por su parte, no sentía interés por ninguna de nuestras teorías. Al prometido de Maria ya no le importaba perseguir fantasmas de los mayas; lo que le importaba era el poder. Como he mencionado antes, yo ya llevaba un tiempo observando esa evolución. Mientras Maria y yo nos hallábamos ocupados en explorar las tumbas, Pierre estuvo en Estados Unidos, dando los últimos toques a su campaña para el Congreso. Dos días después de realizar nuestro descubrimiento, él anunció con gran pompa y solemnidad que ya era hora de que la futura señora Borgia y él pasaran a cosas más importantes.

Aquello me destrozó el corazón.

Rápidamente se organizó la boda. Pierre y Maria se casarían en la catedral de San Juan, y yo sería el padrino.

¿Qué podía hacer? Estaba desesperado, creía con todo mi corazón que Maria estaba destinada a ser mi alma gemela. Pierre la trataba como a una posesión, no como a una igual. Ella era su trofeo, su Jackie Onassis, un adorno en el brazo que cumpliría perfectamente el papel de primera dama para sus ambiciones políticas. Pero ¿la amaba? Quizá, porque ¿qué hombre no la amaría? ¿Y lo amaba ella a él?

Aquello tenía que saberlo.

No fue hasta la víspera de la boda cuando logré reunir el valor necesario para confesarle mis sentimientos en voz alta. Al mirar aquellos bellos ojos, al perderme en aquel suave terciopelo negro, no pude sino imaginar que los dioses sonreían a este pobre desgraciado cuando Maria hundió mi cabeza en su pecho y comenzó a sollozar.

¡Ella albergaba los mismos sentimientos hacia mí! Me confesó que había rezado para que yo diera un paso adelante y la salvara de una vida al lado de Pierre, un hombre al que apreciaba pero no amaba.

En aquel bendito momento, me convertí en la salvación de ella y en la mía propia. Igual que amantes desesperados, nos fugamos aquella misma noche y le dejamos a Pierre una nota en la que le pedíamos perdón por nuestra acción imperdonable y por nuestras intenciones, pues ninguno de los dos se atrevía a enfrentarse a él en persona.

Veinticuatro horas después llegamos a Egipto... convertidos en el señor y la señora Gabriel.

Extracto del diario del profesor Julius Gabriel,
ref. Catálogo 1974-1975, páginas 45-62
Disquete 2 de fotos; nombre de archivo: NAZCA,
fotos 34 y 65
Disquete 3 de fotos; nombre de archivo: STONEHENGE,
dibujo 6

Capítulo 15

27 de noviembre de 2012
ISLA SANIBEL, FLORIDA

El grito estridente de una gaviota hace que Mick abra los ojos.

Está tumbado en una cama doble, con las muñecas amarradas a los lados del bastidor. Su antebrazo izquierdo luce un fuerte vendaje. El derecho lo tiene conectado a un gotero intravenoso.

Se encuentra en un dormitorio. Sobre la pared del fondo se refleja el sol que se filtra por las láminas de la persiana veneciana que tabletea por encima de su cabeza.

Entra en la habitación una mujer de cabello gris, como de setenta y tantos años.

—Así que estás despierto.

Retira la tira de velcro de la muñeca derecha de Mick e inspecciona la bolsa de suero.

—¿Usted es Edie?

—No, soy Sue, la esposa de Carl.

—¿Quién es Carl? ¿Qué estoy haciendo aquí?

—Pensamos que era muy peligroso llevarte a casa de Edie. Allí está Dominique, y...

—¿Dominique? —Mick hace un esfuerzo por incorporarse, pero el mareo lo obliga a tumbarse otra vez como si lo empujase una mano invisible.

—Relájate, muchacho. Pronto verás a Dominique. En este preciso momento la policía está vigilándola, esperando a que aparezcas tú. —Le quita el tubo intravenoso y le pega una tirita en el brazo.

—¿Es usted médico?

—He sido la enfermera de la consulta de dentista de mi marido durante treinta y ocho años. —Metódicamente, procede a arrollar la bolsa de suero y el gotero.

Mick se fija en que tiene los ojos enrojecidos.

—¿Qué había en esa bolsa?

—Vitaminas, sobre todo. Cuando llegaste aquí, hace dos noches, te encontrabas bastante mal. Estabas desnutrido, más que nada, aunque tenías el brazo izquierdo hecho una buena carnicería. Has estado durmiendo casi dos días. Anoche tuviste una buena pesadilla, gritaste en sueños. Tuve que atarte las muñecas para que no te arrancases el gotero.

—Gracias. Y gracias por sacarme de ese psiquiátrico.

—Dáselas a Dominique. —Sue introduce una mano en el bolsillo de la bata.

Mick se sobresalta al ver una Magnum 44. Ella le apunta con el arma a la ingle.

—Eh, aguarde un segundo...

—Hace unos días, mi marido se ahogó a bordo del barco de Isadore. Murieron tres hombres mientras investigaban ese punto en el Golfo del que tú hablaste a Dominique. ¿Qué hay allí abajo?

—No lo sé. —Observa fijamente el arma, temblorosa en las manos de la anciana—. ¿No podría apuntar esa pistola a otro órgano menos vital?

—Dominique nos lo ha contado todo de ti, de por qué estabas encerrado, del chiflado de tu padre y de sus historias acerca del día del juicio. Yo, personalmente, no doy ni un céntimo por esa chorrada psicótica de ese galimatías apocalíptico en el que crees tú, lo único que me importa es saber qué le ocurrió a mi Carl. En mi opinión, tú eres un canalla peligroso que se ha fugado. Como se te ocurra siquiera mirarme mal, te meto una bala en el cuerpo.

—Entiendo.

—Qué vas a entender tú. Dominique se ha arriesgado mucho al sacarte del psiquiátrico. Hasta ahora, todo lo que tiene que ver con tu fuga apunta a que quien la jodió fue el celador y no ella, pero la policía sigue teniendo sospechas. Están vigilándola de cerca, y eso quiere decir que corremos peligro todos. Hoy mismo vamos a sacarte de aquí en el barco de Rex. A bordo hay un minisubmarino que...

—¿Un minisubmarino?

—Efectivamente. Rex lo utilizaba para buscar barcos hundidos. Y tú vas a utilizarlo para averiguar qué es lo que está enterrado debajo del fondo del mar. Hasta entonces, te quedarás en esta habitación y descansarás. Si intentas escapar, te pegaré un tiro y entregaré tu cadáver a los policías para cobrar la recompensa.

Levanta la sábana por el lado que le cubre los pies. Mick tiene el tobillo izquierdo esposado al bastidor de la cama.

—Ahora sí que lo entiendes.

CENTRO DE VUELO ESPACIAL GODDARD DE LA NASA GREENBELT, MARYLAND

Ennis Chaney acompaña a regañadientes al técnico de la NASA por el antiséptico pasillo de baldosas blancas.

El vicepresidente no está de buen humor. Estados Unidos se encuentra al borde de la guerra, y su misión consiste en estar al lado del presidente y de la Junta de Jefes de Estado Mayor, no en ponerse siempre a disposición del director de la NASA. «Condenado tuerto, seguro que piensa enviarme a otra de sus malditas misiones imposibles...»

Lo sorprende encontrarse a un guardia de seguridad apostado junto a la puerta de la sala de reuniones.

Al ver a Chaney, el guardia teclea un código de seguridad y abre la puerta.

—Adelante, señor, están esperándolo.

Brian Dodds, el director de la NASA, está sentado a la cabecera de la mesa, flanqueado por Marvin Teperman y una mujer de treinta y muchos vestida con una bata blanca de laboratorio.

Chaney advierte las ojeras que luce Dodds.

—Señor vicepresidente, pase. Gracias por venir tan rápidamente. Le presento a la doctora Debra Aldrich, uno de los mejores geofísicos de la NASA, y creo que al doctor Teperman ya lo conoce.

—Hola, Marvin. Dodds, espero que esto sea importante...

—Lo es. Siéntese, señor... por favor.

Dodds toca un interruptor del teclado que tiene ante sí. Las luces de la sala se atenúan y sobre la mesa aparece una imagen holográfica del golfo de México.

—Esta imagen procede del satélite de observación oceanográfica de la NASA, el SEASAT. Tal como usted solicitó, hemos empezado a examinar el Golfo en el intento de aislar el origen de la marea negra.

Chaney observa que la imagen da un salto y vuelve a enfocarse sobre un tramo de océano enmarcado por un círculo blanco superpuesto.

—Empleando un radar de apertura sintética de banda de rayos X, hemos logrado localizar la marea negra en estas coordenadas, un área situada a unas treinta y cinco millas al noroeste de la península del Yucatán. Ahora observe esto.

Dodds pulsa otro interruptor. El holograma del océano se disuelve en brillantes manchas azules y verdes, en el centro de las cuales se ve un círculo de luz muy blanca cuyos bordes exteriores van cambiando a un tono más frío de amarillo y después rojo.

—Lo que estamos viendo es una imagen térmica de la zona en cuestión. Como puede ver, ahí abajo hay algo muy grande, y está irradiando tremendas cantidades de calor.

—Al principio creímos que habíamos encontrado un volcán submarino —añade la doctora Aldrich—, pero los estudios geológicos llevados a cabo por la Compañía Nacional Petrolera de México confirman que en esa zona no hay volcanes. Hemos hecho unas pruebas más y hemos descubierto que ese lugar está emitiendo ingentes cantidades de energía electromagnética. Eso en sí no es que sea particularmente sorprendente; ese lugar se encuentra casi en el centro exacto del cráter de impacto de Chicxulub, una zona que contiene fuertes campos magnéticos y gravitacionales...

Chaney alza una mano.

—Disculpe que la interrumpa, doctora. Estoy seguro de que este tema le resulta fascinante a su gente, pero...

Marvin agarra la muñeca del vicepresidente.

—Están intentando decirle que allí abajo hay algo, algo más importante que su guerra. Brian, el vicepresidente es un hombre muy ocupado. Por qué no te saltas lo de las lecturas de gravedad radiométricas y nos enseñas las imágenes de tomografía acústica.

Dodds cambia el holograma. Las manchas de color se disuelven y se transforman en una imagen en blanco y negro del lecho marino. En el fondo fracturado de color gris se distingue una abertura profunda y negra, bien definida, en forma de túnel.

—Señor, la tomografía acústica es una técnica de detección a distancia que hace pasar haces de radiación acústica, en ese caso ecos de pulsos ultrasónicos, a través del fondo del mar, lo cual nos permite ver objetos que están enterrados debajo.

Chaney contempla asombrado un gigantesco objeto tridimensional, de forma ovoide, que comienza a definirse debajo del agujero grande. Dodds manipula la imagen y separa dicha forma del fondo marino hasta suspenderla por encima de todos los presentes.

—¿Qué diablos es eso? —pregunta Chaney con voz ronca.

Marvin sonríe.

—Tan sólo el descubrimiento más impresionante de toda la historia de la humanidad.

La masa de forma ovoide se sitúa justo sobre la cabeza de Chaney.

—¿De qué estás hablando, Marvin? ¿Qué demonios es esta cosa?

—Ennis, hace sesenta y cinco millones de años, se estrelló en un mar tropical poco profundo que formaba parte de lo que actualmente es el golfo de México un objeto de un tamaño entre once y trece kilómetros y aproximadamente un billón de toneladas de peso que viajaba a una velocidad de cincuenta y seis kilómetros por segundo. Lo que estamos viendo es lo que queda del objeto que chocó contra nuestro planeta y acabó con los dinosaurios.

—Venga, Marvin, esa cosa es enorme. ¿Cómo iba a haber sobrevivido nada a un impacto así?

—La mayoría de los seres vivos no sobrevivieron. La masa que estamos viendo tiene sólo un kilómetro y medio de diámetro, aproximadamente una décima parte del tamaño original. Los científicos llevan años debatiendo si el objeto que chocó contra la Tierra fue un cometa o un asteroide. ¿Y si no fue ninguna de las dos cosas?

—Deja de hablar con acertijos.

Marvin mira fijamente la imagen holográfica, que gira lentamente, como hipnotizado.

—Lo que estamos viendo es una estructura uniforme, compuesta por iridio y sabe Dios qué otros materiales, que descansa más de un kilómetro y medio por debajo del fondo del mar. La carcasa exterior es demasiado gruesa para que los sensores de nuestro satélite hayan podido atravesarla...

—¿La carcasa exterior? —Los ojillos de mapache se abren como platos—. ¿Estás diciendo que ese objeto enterrado es una nave espacial?

—Los restos de una nave espacial, tal vez incluso sea una

estructura aparte, interna, situada en el interior de la nave igual que el núcleo de corcho que contienen las pelotas de golf. Sea lo que sea, o lo que fuera en su momento, se las arregló para sobrevivir mientras el resto de la nave se desintegró tras el impacto.

En ese momento levanta la mano Dodds.

—Aguarde un momento, doctor Teperman. Señor vicepresidente, todo esto no son más que suposiciones.

Chaney mira fijamente a Dodds.

—Sí o no, director Dodds: ¿es esa cosa una nave espacial? Dodds se limpia el sudor de la frente.

—En estos momentos no sabemos exactamente lo...

—El agujero del fondo del mar, ¿conduce al interior de esa nave?

—No lo sabemos.

—Maldita sea, Dodds, ¿qué es lo que saben exactamente? Dodds respira hondo.

—Por una parte, sabemos que es imperativo que trasladamos a esa zona nuestros barcos de superficie antes de que encuentre esa masa otro país.

—Está eludiendo los hechos igual que un político, director Dodds, y sabe perfectamente que eso me cabrea. Hay algo que no quiere decirme. ¿De qué se trata?

—Lo siento, tiene razón, hay algo más, mucho más. Supongo que yo mismo me siento un poco aturdido. Algunos de nosotros, incluido yo mismo, estamos convencidos de que la señal de radio del espacio profundo que hemos recibido no iba dirigida a nosotros. Es... posible que su objetivo fuera poner en marcha algo que hay dentro de esa estructura desconocida.

Chaney mira a Dodds de hito en hito sin poder creerlo.

—Al decir «poner en marcha», ¿se refiere a despertar?

—No, señor. Más bien a activar.

—¿Activar? Explíquese.

Debra Aldrich saca de su carpeta un informe de seis páginas.

—Señor, esto es una copia de un informe del SOSUS enviado el mes pasado a la Administración Nacional del Océano y la Atmósfera por un biólogo de Florida. En él se detallan unos sonidos sin identificar originados bajo el fondo marino del cráter de impacto de Chicxulub. Por desgracia, el director en funciones de dicha entidad tardó un poco en verificar la información, pero ahora hemos confirmado que esa acústica de tonos agudos tiene su origen directamente en el interior de esta estructura ovoide. Por lo visto, dentro de esa masa hay un alto nivel de actividad muy compleja, con toda probabilidad de índole mecánica.

El director de la NASA asiente.

—De forma complementaria, pedimos a la estación receptora central de la Marina que se encuentra en Dam Neck que efectuara un análisis completo de toda la acústica de alto nivel de decibelios que se ha grabado en los seis últimos meses. Aunque los sonidos se perciben sólo como una estática de fondo, los datos confirman que esos sonidos subterráneos se iniciaron el 23 de septiembre, precisamente en la misma fecha en que llegó a la tierra la señal de radio del espacio profundo.

Chaney cierra los ojos y se masajea las sienes, un poco abrumado.

—Y todavía hay más, Ennis.

—Oh, por Dios santo, Marvin. ¿No podrías darme un minuto para tragar todo esto antes de...? No importa, adelante.

—Lo siento, ya sé que todo esto resulta un poco increíble, ¿verdad?

—Termina...

—Hemos finalizado el análisis de la marea negra. Una vez que la toxina entra en contacto con tejido orgánico, no se limita a hacer que se descompongan las paredes de las células, sino que además altera su composición química básica en el nivel molecular, lo cual produce una pérdida total de la integridad de la pared celular. Esta sustancia actúa igual que un ácido, y el resultado, como ya hemos visto, es una hemorragia generalizada. Pero lo más interesante es que esta sustancia no es un virus, ni siquiera un organismo vivo, pero en cambio contiene grandes cantidades de silicio y un ADN peculiar.

—¿ADN? Por Dios, Marvin, ¿qué estás diciendo?

—No es más que una teoría...

—Déjate de juegos. ¿Qué es?

—Desechos animales. Materia fecal.

—¿Materia fecal? ¿Quieres decir que es mierda?

—Pues... sí, pero más exactamente mierda extraterrestre, y muy antigua. Ese lodo contiene trazas químicas de elementos que creemos que se originan en un organismo vivo, una forma de vida basada en el silicio.

Chaney se reclina en su asiento, mentalmente exhausto.

—Dodds, apague ese maldito holograma, ¿quiere? Me está dando dolor de cabeza. Marvin, ¿estás diciendo que allí abajo todavía podría haber algo vivo?

—No, rotundamente no, señor —interrumpe Dodds.

—Se lo estoy preguntando al doctor Teperman.

Marvin sonríe.

—No, señor vicepresidente, no estoy dando a entender nada de eso. Como ya he dicho, esa materia fecal, si es que es materia fecal, es muy antigua. Aun cuando una forma de vida extraterrestre hubiera logrado sobrevivir al impacto, desde luego llevaría muerta más tiempo del que lleva nuestra especie poblando la Tierra. Además, una forma de vida con base de silicio como ésta probablemente no podría existir en un entorno compuesto de oxígeno.

—Entonces explícame qué demonios está pasando aquí.

—Bien, por increíble que parezca, hace sesenta y cinco millones de años se estrelló contra la Tierra una nave extraterrestre, obviamente años luz por delante de nuestra tecnología. Dicho impacto fue un acontecimiento tremendo para la historia de la humanidad, ya que ese cataclismo, al causar la extinción de los dinosaurios, dio paso a la posterior evolución de nuestra especie. Fuera cual fuese la forma de vida que estaba en el interior de esa nave, probablemente envió una señal de socorro a su mundo de origen, el cual nosotros estamos convencidos de que se encuentra en la constelación de Orión. Se trataría de un procedimiento de actuación estándar, nuestros propios astronautas harían lo mismo si se encontrasen atrapados en Alfa Centauro o en cualquier otro mundo alejado, a varios años luz de aquí. Naturalmente, las enormes distancias descartan la posibilidad de enviar una misión de rescate. Una vez que los homólogos en Orión de nuestro Control Extraterrestre de la NASA recibieran la llamada de socorro procedente del espacio profundo, lo único que podrían hacer sería intentar reactivar los ordenadores que hay a bordo de su nave espacial y recoger los datos que les fuera posible.

La doctora Aldrich ratifica la explicación de Dodds con un gesto de asentimiento.

—Lo más probable es que ese lodo negro se haya liberado de manera automática cuando la señal reactivó algún sistema de soporte vital alienígena.

El director de la NASA apenas puede reprimir la emoción.

—Olvide lo de construir un transmisor en la Luna. Si Marvin está en lo cierto, podríamos acceder a esa nave y, en principio, comunicarnos directamente con esa inteligencia extraterrestre utilizando sus propios equipos.

—Suponiendo que el mundo de ese extraterrestre siga existiendo —apunta Marvin—. La señal del espacio profundo habría sido transmitida hace millones de años. Que nosotros sepamos, el sol de ese planeta podría haberse transformado en una supernova...

—Sí, sí, por supuesto tienes razón en eso. Lo que quiero decir es que se nos ofrece una oportunidad increíble de acceder a una tecnología avanzada que tal vez haya sobrevivido en el interior de ese objeto. El potencial caudal de conocimientos que hay allí abajo podría acelerar nuestra civilización hasta bien entrado el próximo milenio.

El vicepresidente nota que le tiemblan las manos.

—¿Quién más está enterado de esto?

—Sólo los que estamos presentes en esta sala y un puñado de altos cargos de la NASA.

—¿Y ese biólogo del SOSUS, el de Florida?

—El biólogo ha muerto —contesta Aldrich—. El servicio de guardacostas de México ha recuperado su cadáver en el Golfo esta semana, cubierto por ese lodo.

Chaney jura para sus adentros.

—Está bien, es evidente que voy a tener que informar de esto al presidente ahora mismo. Mientras tanto, quiero que se cierre inmediatamente el acceso público al SOSUS. Esta información debe mantenerse accesible sólo en caso de necesidad. A partir de ahora, esta operación será secreta, ¿entendido?

—¿Y las fotos del satélite? —pregunta Aldrich—. Puede que en el Golfo esa masa tan sólo represente una mota minúscula, pero sigue siendo una mota muy brillante. Con el tiempo la descubrirá un satélite GOES o SPOT. Cuando enviemos a la zona un buque de la Marina o incluso un barco científico, revelaremos el secreto al resto del mundo.

El director de la NASA afirma con la cabeza.

—Señor, Debra tiene razón. No obstante, creo conocer el modo de mantener esta operación en secreto y al mismo tiempo permitir que nuestros científicos accedan sin restricciones a lo que hay allí abajo.

WASHINGTON, DC/MIAMI, FLORIDA

Anthony Foletta cierra con llave la puerta de su despacho antes de sentarse a su mesa para atender la comunicación telefónica. En el monitor aparece la imagen de Pierre Borgia.

—¿Dispone de una actualización, director?

Foletta mantiene el tono de voz bajo.

—No, señor, pero la policía está vigilando de cerca a la chica. Estoy seguro de que con el tiempo Gabriel terminará por ponerse en contacto con ella y...

—¿Con el tiempo? Oiga, Foletta, tiene que dejar perfectamente claro que Gabriel es un tipo peligroso, ¿entiende? Dé instrucciones a la policía para que disparen a matar. Lo quiero muerto, o de lo contrario ya puede usted despedirse de ese puesto de director en Tampa.

—Gabriel no ha asesinado a nadie. Los dos sabemos que la policía no lo matará...

—Pues entonces contrate a alguien que lo mate.

Foletta baja la vista como si estuviera dejando calar las palabras del secretario de Estado, pero en realidad ya esperaba una orden así desde que se fugó su residente.

—Es posible que conozca a una persona capaz de hacer eso, pero va a costar mucho dinero que lo haga bien.

—¿Cuánto?

—Treinta. Más gastos.

Borgia lanza un bufido de burla.

—Es usted una birria de jugador de póquer, Foletta. Le enviaré veinte, y ni un céntimo más. Lo tendrá dentro de una hora.

El telemonitor muestra el tono de llamada.

Foletta desconecta el sistema y a continuación verifica que la conversación se ha grabado. Por espacio de largos instantes, estudia su próxima jugada. Luego saca su teléfono móvil del cajón de la mesa y marca el número del busca de Raymond.

ISLA SANIBEL, FLORIDA

El Lincoln blanco se detiene en el camino de entrada cubierto de gravilla. Del asiento del conductor se apea Karen Simpson, una rubia teñida de treinta y un años, muy bronceada, con un vestido de un luminoso verde piscina, y rodea ceremonialmente el coche hasta la portezuela del pasajero para ayudar a salir a su madre, Dory.

Media manzana más abajo, un agente de policía vestido de paisano las observa desde una furgoneta de vigilancia mientras ellas, con expresión afligida y cogidas del brazo, se dirigen lentamente hacia la casa de los Axler, donde está celebrándose el *shivah*, el acto en que los judíos se reúnen a expresar el luto.

Se han dispuesto varias mesas con comida para la familia y los amigos de los fallecidos. Por la casa pululan más de treinta invitados charlando, comiendo, narrando anécdotas; haciendo lo que pueden para consolarse unos a otros.

Dominique y Edie están sentadas juntas en un banco provisto de cojines frente al mar, contemplando cómo empieza a ponerse el sol por el horizonte.

A media milla de la costa, un pescador se esfuerza por subir la rebosante red a bordo del *Hatteras*, un barco de dieciséis metros de eslora.

Edie lo señala con la cabeza.

—Parece ser que por fin han cogido algo.

—Ya no van a coger nada más.

—Cariño, prométeme que tendrás cuidado.

—Te lo prometo.

—¿Y estás segura de saber manejar ese minisub?

—Sí, me enseñó Iz... —Se le llenan los ojos de lágrimas al recordar—. Estoy segura.

—Sue dice que deberías llevarte la pistola.

—No me he tomado tantas molestias en ayudar a Mick a escapar para ahora pegarle un tiro.

—Opina que no deberías ser tan confiada.

—Sue siempre ha sido un poco paranoica.

—¿Y si tuviera razón? ¿Y si Mick fuera en realidad un psicópata? Podría ponerse violento y violarte. Al fin y al cabo, ha estado encerrado once años y...

—No me hará nada.

—Por lo menos llévate mi pistola tranquilizadora. Es pequeña, de hecho parece un encendedor. Te cabe en la palma de la mano.

—Bueno, me la llevaré, pero no voy a necesitarla.

Edie gira la cabeza y ve que se acerca Dory Simpson, y que su hija Karen se dirige hacia la casa.

Dominique se pone de pie y le da un abrazo a la recién llegada.

—¿Te apetece tomar algo?

Dory se sienta al lado de Edie.

—Ah, pues sí, una tónica sin azúcar. Por desgracia, no puedo quedarme mucho tiempo.

A bordo del *Hatteras*, el detective Sheldon Saints observa por sus prismáticos de alta potencia colocados sobre un trípode dentro de la cabina principal del barco cómo Dominique se encamina hacia la casa.

Otro detective, vestido con pantalón corto, una camiseta de los Bucaneros de la Bahía de Tampa y una gorra de visera, entra en la cabina.

—Sabes, Ted acaba de pescar un pez.

—Ya era hora, joder. Sólo llevamos ocho malditas horas aquí sentados. Pásame los nocturnos, está oscureciendo demasiado para ver nada.

Saints fija al trípode los prismáticos ITT Night Mariner-260 y mira por ellos. Seguidamente ajusta la óptica, que convierte la escasa luz reinante en diversos matices de verde, permitiéndole así la visión. Cinco minutos después, observa que la bella sospechosa de melena larga y negra emerge de la casa llevando una lata de tónica en cada mano. Se acerca al banco, ofrece una bebida a cada mujer y después toma asiento entre las dos.

Transcurren veinte minutos más. Ahora el detective ve que sale de la casa la rubia del vestido verde piscina y se dirige hacia las tres mujeres sentadas. Abraza a Axler y luego ayuda a su madre a levantarse del banco y la guía hacia la entrada principal.

Saints la mira unos segundos más y después vuelve a enfocar el banco, donde continúan sentadas la mujer de más edad y la guapa de melena negra, cogidas de la mano.

Dory Simpson sube al asiento delantero del Lincoln al tiempo que la joven arranca el motor. La rubia da marcha atrás por la entrada de gravilla y después enfila hacia el suroeste, en dirección a la carretera principal de la isla.

Dominique introduce una mano por debajo de la peluca para rascarse el cuero cabelludo.

—Siempre he querido ser rubia.

—Déjatela puesta hasta que salgamos del embarcadero. —Dory le entrega la pequeña pistola tranquilizadora, que tiene el tamaño de un encendedor de gas—. Edie ha dicho que la lleves encima a todas horas, y yo le he prometido que te obligaré a que la lleves. Oye, ¿estás segura de saber manejar con soltura el minisub?

—No me va a pasar nada.

—Porque puedo ir yo con vosotros.

—No, me siento mejor sabiendo que Karen y tú estáis aquí para cuidar de Edie en mi ausencia.

Para cuando llegan al muelle privado de Captiva ya es muy tarde. Dominique se despide de Dory con un abrazo y echa a andar por el embarcadero de madera hacia la lancha motora de siete metros Grady-White que la está esperando.

Sue Reuben le ordena que desanude el cabo de popa. Segundos después, están avanzando a toda velocidad sobre las aguas del Golfo.

Dominique se quita la peluca antes de que se la arranque el viento, y acto seguido retira la lona alquitranada.

Mick está tendido de espaldas, con la muñeca derecha esposada al fondo del asiento del pasajero. Le sonríe al verla, y se encoge acusando los brincos que da la proa del barco al chocar contra las olas de sesenta a noventa centímetros, golpeándose la cabeza dolorosamente contra la cubierta de fibra de vidrio.

—Sue, ¿dónde está la llave?

—Pienso que deberías dejarlo ahí quieto hasta que lleguemos al barco. No tiene sentido correr riesgos...

—A esta velocidad, se mareará antes de llegar. Dame la llave. —Dominique le quita la esposa y lo ayuda a situarse en el asiento—. ¿Cómo te encuentras?

—Mejor. Aquí la enfermera Mano de Hierro lo ha hecho muy bien.

Llegan al barco de catorce metros. Sue apaga los motores y deja que la inercia termine de acercarlos.

Mick sube a bordo.

Sue da un abrazo a Dominique.

—Ahora ten mucho cuidado. —Le pone la Magnum en la mano.

—Sue...

—Calla. No hagas aspavientos. Si intenta algo, le vuelas la cabeza.

Dominique se guarda la pistola en el bolsillo del cortavientos y a continuación sube al barco. Se despide con la mano mientras la motora se aleja a toda velocidad.

Ahora todo ha quedado en silencio, el barco se bambolea sobre el negro mar, bajo un cielo estrellado.

Dominique mira a Mick, pero no alcanza a ver sus ojos en la oscuridad.

—Supongo que deberíamos irnos ya, ¿no? —«Relájate, se te nota en la voz lo nerviosa que estás.»

—Dom, antes tengo que decirte una cosa.

—Olvídalo. Puedes darme las gracias ayudándome a averiguar qué le sucedió a Iz.

—Lo haré, pero no es eso lo que quiero decirte. Sé que todavía albergas dudas sobre mí. Necesitas tener la seguridad de que puedes fiarte de mí. Ya sé que te he pedido demasiado, pero te juro por el alma de mi madre que antes me haría daño a mí mismo que permitir que te sucediera nada malo a ti.

—Te creo.

—Y no estoy loco. Ya sé que a veces lo parezco, pero no lo estoy.

Dominique desvía la mirada.

—Lo sé. Mick, en serio, pienso que deberíamos irnos ya, la policía ha estado vigilando la casa todo el día. Las llaves deben de estar debajo del asiento del pasajero, en el puente. ¿Te importaría?

Mick se dirige al puente de mando. Ella espera a que se pierda de vista para sacarse la pistola del bolsillo del chubasquero. Se queda mirando el arma y se acuerda de la advertencia de Foletta: «Estoy seguro de que Michael se mostrará encantador, deseará impresionarla».

El motor cobra vida de pronto.

Dominique contempla la pistola, titubea, y entonces la lanza por la borda.

«Que Dios me ayude...»

Capítulo 16

29 de noviembre de 2012
GOLFO DE MÉXICO
5.14 horas

La embarcación de catorce metros de eslora y de nombre *Jolly Roger* continúa surcando las aguas con rumbo oeste bajo un amanecer cuajado de estrellas. Dominique se encuentra en la silla del piloto, luchando por no dejarse vencer por el sueño, sintiendo que se le cierran los párpados. Exhausta, apoya la cabeza contra el asiento de vinilo y se obliga a centrar de nuevo la atención en el libro. Después de releer el mismo párrafo por cuarta vez, decide dar un breve descanso a sus ojos enrojecidos.

«Sólo unos segundos. No te duermas...»

Pero el libro le resbala de la mano y el súbito ruido la despierta de golpe. Aspira una bocanada de aire fresco y mira fijamente el hueco oscuro que conduce a la bodega del barco. Allí dentro está Mick, durmiendo en las sombras. Ese pensamiento la reconforta y la asusta a la vez. Pese al hecho de que el barco está navegando con el piloto automático, su imaginación ha permitido que se apoderen de ella sus miedos más profundos.

«Esto es ridículo. Mick no es un asesino psicópata. Jamás te ha hecho daño...»

Ve a su espalda que el horizonte está tiñéndose de un tono

gris. El miedo la ha convencido de que lo mejor es dormir durante el día. Decide despertar a Mick en cuanto amanezca.

—*Jolly Roger*, conteste. Alfa, Zulú, tres, nueve, seis llamando al *Jolly Roger*. Conteste, por favor.

Dominique coge el radiotransmisor.

—*Jolly Roger*. Adelante, Alfa Zulú.

—¿Qué tal lo llevas, Dom?

—Despacio y sin novedad. ¿Qué ocurre? Pareces alterada.

—Los federales han cerrado el SOSUS. Dicen que sólo se trata de un problema técnico, pero yo no me creo una palabra.

—Maldición. ¿Y por qué piensas que...?

—¡Aaaah... Aaaah!

Al oír los gritos de Mick, a Dominique el corazón le da un vuelco en el pecho.

—Ay, Dios. Edie, luego te llamo...

—¿Qué han sido esos gritos?

—No pasa nada. Enseguida vuelvo a llamarte.

Apaga la radio y corre escaleras abajo por la estrecha portilla que da a la bodega encendiendo las luces al mismo tiempo.

Mick está sentado en la litera del rincón con cara de animal asustado y confuso, los ojos negros muy abiertos y titilantes bajo la bombilla desnuda que se balancea sobre su cabeza.

—¿Mamá? —La voz le suena grave. Despavorida.

—Mick, no pasa nada...

—¿Mamá? ¿Quién es? No te veo.

—Mick, soy Dominique.

Enciende otras dos luces más y se sienta en el borde de la litera. Mick tiene el torso desnudo y sus tensos músculos se ven empapados en sudor frío. Dominique advierte que le tiemblan las manos.

Mick la mira a los ojos, aún desconcertado.

—¿Dominique?

—Sí. ¿Estás bien?

Él la observa fijamente y después recorre la cabina con la mirada.

—Tengo que salir de aquí... —La empuja a un lado. Comienza a subir la escalera con paso inseguro y sale a cubierta.

Pero Dominique se apresura a ir tras él, temerosa de que pueda saltar por la borda.

Lo encuentra de pie en la proa, con el frío viento azotándole la cara. Dominique coge una manta de lana y se la echa por los hombros. Ve lágrimas en sus ojos.

—¿Estás bien?

Durante largos instantes Mick no hace otra cosa que mirar el horizonte oscuro.

—No. Creo que no. Creía que estaba bien, pero ahora pienso que estoy bien jodido.

—¿Quieres contarme esa pesadilla?

—No. Ahora no. —Se vuelve hacia ella—. Seguro que te daría un susto de muerte.

—De acuerdo.

—Lo peor de estar confinado en solitario... lo que más miedo me daba... era despertarme gritando y descubrir que estaba completamente solo. No te puedes imaginar el vacío que se siente.

Dominique lo empuja suavemente hacia la cubierta de fibra de vidrio. Él se recuesta contra el parabrisas de la cabina de mando, despliega el extremo de la manta que le cubre el hombro izquierdo y le indica a Dominique que se acerque.

Ella se tumba a su lado y apoya la cabeza sobre su frío pecho. Mick la cubre con la manta hasta los hombros.

Pocos minutos después ambos están profundamente dormidos.

16.50 horas

Dominique saca dos latas de té helado al melocotón del frigorífico que hay en la bodega, comprueba de nuevo su posición en el GPS y regresa a la proa. El sol de la tarde aún es intenso, su reflejo sobre la cubierta de fibra de vidrio la hace guiñar los ojos. Se pone las gafas de sol y se sienta junto a Mick.

—¿Ves algo?

Mick baja los prismáticos.

—Todavía nada. ¿A qué distancia estamos?

—Como a unas cinco millas. —Le pasa la lata de refresco—. Mick, llevo un tiempo queriendo preguntarte una cosa. ¿Te acuerdas de que en el psiquiátrico me preguntaste si creía en el mal? ¿A qué te referías?

—También te pregunté si creías en Dios.

—¿Me lo preguntas desde un punto de vista religioso?

Mick sonríe.

—¿Por qué los psiquiatras nunca responden a una pregunta sin formular otra?

—Supongo que nos gusta dejar las cosas claras.

—Sólo quería saber si tú creías en un poder superior.

—Creo en que hay alguien que nos ve, que toca nuestras almas en algún plano de la existencia más elevado. Estoy segura de que una parte de mí lo cree porque necesito creerlo, porque supone un consuelo. ¿Qué piensas tú?

Mick se vuelve y contempla el horizonte.

—Yo creo que poseemos una energía espiritual que existe en una dimensión diferente. Creo que existe un poder superior en ese nivel, al que sólo podemos acceder después de la muerte.

—No creo haber oído a nadie describirlo de esa manera. ¿Y el mal?

—Todo Yin tiene su Yang.

—¿Estás diciendo que crees en el diablo?

—El diablo, Satanás, Belcebú, Lucifer, ¿qué importa el nombre? Has dicho que tú crees en Dios. ¿Dirías que la presencia de Dios en tu vida influye para que seas una buena persona?

—Si soy una buena persona, es porque yo elijo serlo. Yo creo que los seres humanos tenemos libertad de elegir.

—¿Y qué influye a la hora de elegir?

—Lo de siempre: la vida familiar, la presión de los compañeros, el entorno, las experiencias vitales. Todos tenemos ciertas predisposiciones, pero al final es nuestra capacidad de entender lo que nos sucede la que permite a nuestro yo tomar decisiones todos los días. Si uno quiere separar esas decisiones entre el bien y el mal, vale, pero sigue siendo libre albedrío.

—Has hablado como un auténtico psiquiatra. Pero deja que te pregunte una cosa, señorita Freud. ¿Y si esa libertad de elegir no fuera tan libre como nosotros creemos? ¿Y si el mundo que nos rodea ejerciera una influencia sobre nuestra conducta como especie que no podemos ver ni comprender?

—¿A qué te refieres?

—A la Luna, por ejemplo. Como psiquiatra, seguro que conoces de sobra el efecto que tiene la Luna en las psicosis.

—Los efectos de la Luna son polémicos. Podemos verla, por lo tanto su efecto sobre la psique podría ser autoinducido.

—¿Tú sientes el movimiento de la Tierra?

—¿Cómo?

—La Tierra. En este momento no sólo está rotando, además está viajando por el espacio a una velocidad de setenta y siete kilómetros por segundo. ¿Lo notas?

—¿Adónde quieres llegar?

—A que hay cosas que pasan a nuestro alrededor que no pueden ser captadas por nuestros sentidos, y sin embargo existen. ¿Y si esas cosas ejercieran una influencia sobre nuestra capacidad de razonar, nuestra capacidad de elegir entre lo que está bien y lo que está mal? Tú crees que gozas de libre albedrío, pero ¿qué es lo que te hace tomar la decisión de hacer algo? Cuando te pregunté si creías en el mal, me refería al mal como una entidad invisible cuya presencia puede bloquear nuestro buen juicio.

—No estoy segura de entenderte.

—¿Qué influye en un adolescente para que se ponga a disparar con una escopeta en un patio de recreo lleno de niños? ¿Por qué una madre desesperada encierra a sus hijos en un coche y lo empuja a un lago? ¿Qué hace que un hombre viole a su hijastra o... o que asfixie a un ser querido?

Dominique advierte una lágrima en la comisura del ojo.

—¿Tú crees que existe una fuerza maligna que influye en nuestro comportamiento? ¿Mick?

—A veces... A veces me parece sentir algo.

—¿Qué es lo que sientes?

—Una presencia. A veces siento sus dedos helados, que se me acercan desde una dimensión superior. Cada vez que experimento esas sensaciones, suceden cosas terribles.

—Mick, has estado once años recluido en solitario. Sería algo fuera de lo corriente que no oyeras voces...

—No son voces, es más bien como un sexto sentido. —Se frota los ojos.

«Puede que este viaje haya sido un grave error. Necesita ayuda. Podría estar al borde de una crisis nerviosa.» Dominique se siente de pronto muy aislada.

—Tú crees que soy un psicótico.

—Yo no he dicho eso.

—No, pero lo estás pensando. —Gira la cabeza para mirarla—. Los antiguos mayas creían en el bien y el mal como una presencia física. Tenían el convencimiento de que el gran maestro, Kukulcán, había sido desterrado por una fuerza maligna, un dios del mal al que los aztecas denominaban Tezcatilpoca, el espejo que despide humo. Se decía que Tezcatilpoca era capaz de introducirse en el alma de las personas, engañarlas y hacer que cometieran grandes atrocidades.

—Mick, todo eso es folclore maya. Mi abuela me contaba esos mismos cuentos.

—No son sólo cuentos. Cuando murió Kukulcán, los mayas empezaron a masacrar a decenas de miles de individuos de su propio pueblo. Sacrificaron a hombres, mujeres y niños en sangrientos rituales. A muchos los subieron al templo que hay en lo alto de la pirámide de Kukulcán y les arrancaron el corazón del pecho. Llevaban a muchachas vírgenes por la antigua senda que conducía al cenote sagrado y allí les cortaban la garganta y después las arrojaban al pozo. Los templos de Chichén Itzá están decorados con los cráneos de los muertos. Los mayas habían vivido en paz durante mil años. Algo debió de influir en ellos de repente para que empezasen a matarse unos a otros.

—Según el diario de tu padre, los mayas eran supersticiosos y creían que esos sacrificios lograrían evitar el fin del mundo.

—Sí, pero existía otra influencia, el culto a Tezcatilpoca, que también se decía que había influido en dichas atrocidades.

—Nada de lo que me has dicho hasta ahora demuestra la existencia del mal. El hombre siempre ha matado a los de su propia especie, desde que nuestros antepasados bajaron de los árboles. La Inquisición española masacró a millares, Hitler y los nazis gasearon y quemaron a seis millones de judíos. En África no dejan de producirse estallidos de violencia. Los serbios asesinaron a miles de personas en Kosovo...

—Eso es exactamente a lo que quiero llegar. El hombre es débil, permite que su libre albedrío se corrompa por las influencias externas. Hay pruebas por todas partes.

—¿Qué pruebas?

—La corrupción está extendiéndose hasta los miembros más inocentes de nuestra sociedad. Los niños están sirviéndose de su libertad de elegir para cometer atrocidades, y su conciencia no es capaz de comprender la diferencia que hay entre el bien y el mal, entre la realidad y la fantasía. Hace unos días vi un reportaje de la CNN en el que un niño de diez años se llevó a clase el arma automática de su padre y mató a dos compañeros que estaban metiéndose con él en el colegio.

—Mick deja la mirada perdida en el mar, otra vez con lágrimas en los ojos—. Un niño de diez años, Dominique.

—El mundo está enfermo...

—Exacto. Nuestro mundo está enfermo, efectivamente. El tejido de la sociedad está entreverado de una influencia maligna, una especie de cáncer, y la estamos buscando en todos los lugares donde no hay que buscarla. Charles Baudelaire dijo en una ocasión que la artimaña más secreta del diablo consiste en persuadirnos de que no existe. Dominique, yo tengo la sensación de que esa influencia está cobrando fuerza; siento cómo va acercándose a medida que se abre el portal galáctico y nos aproximamos al solsticio de invierno.

—¿Y si esa presencia maligna que sientes no hace aparición dentro de tres semanas? ¿Qué vas a hacer entonces?

Mick hace un gesto de no entender.

—¿Qué quieres decir?

—Venga, ¿en ningún momento has tenido en cuenta la posibilidad de que puedas estar equivocado? Mick, has dedicado toda tu vida a resolver la profecía maya a fin de salvar a la humanidad. Tu conciencia y tu propia identidad se han visto influidas por las creencias que te inocularon tus padres... aumentadas, sospecho, por el trauma que sufriste, fuera el que fuese, y que continúa atormentándote en sueños. No hace falta ser Sigmund Freud para saber que la presencia que sientes se encuentra dentro de ti.

Mick abre mucho los ojos al comprender el significado de esas palabras.

—¿Qué ocurrirá cuando el solsticio de invierno llegue y se vaya otra vez y todos nosotros sigamos estando aquí? ¿Qué vas a hacer entonces con tu vida?

—No... no lo sé. He pensado en ello, pero nunca me he permitido a mí mismo recrearme en esa idea. Temía que si pensaba en la posibilidad de llevar una vida normal, con el tiempo perdería de vista lo que es importante de verdad.

—Lo que es importante de verdad es vivir la vida en toda su plenitud. —Dominique le coge la mano—. Mick, utiliza ese brillante cerebro que tienes para mirar en tu interior. Te han lavado el cerebro desde que naciste, tus padres te condenaron a salvar al mundo, pero la persona que necesita ser salvada de verdad es Michael Gabriel. Has pasado toda tu existencia persiguiendo al conejito blanco, como Alicia. Ahora tenemos que convencerte de que el País de las Maravillas no existe.

Mick se recuesta y contempla el cielo vespertino, todavía con las palabras de Dominique resonando en sus oídos.

—Mick, háblame de tu madre.

Él traga saliva y se aclara la garganta.

—Era mi mejor amiga. Era mi maestra y mi compañera, mi infancia entera. Mientras mi padre pasaba meses y meses analizando el desierto de Nazca, ella me daba calor y amor. Cuando murió...

—¿Cómo murió?

—De un cáncer de páncreas. Se lo diagnosticaron cuando yo tenía once años. Cerca del final, yo me convertí en su enfermero. Ella estaba tan débil... el cáncer se la estaba comiendo viva. Yo solía leerle algo para que no pensara en el dolor.

—¿Shakespeare?

—Sí. —Se incorpora—. Su obra favorita era *Romeo y Julieta*. «La Muerte, que ha robado la dulzura de tu aliento, no ha rendido tu belleza.»

—¿Y dónde estaba tu padre mientras tanto?

—¿Dónde iba a estar? En el desierto de Nazca.

—¿Tus padres estaban muy unidos?

—Mucho. Siempre decían que el uno era el alma gemela del otro. Cuando murió mi madre, se llevó consigo a la tumba el corazón de mi padre. Y también parte del mío.

—Si tanto la quería, ¿cómo pudo dejarla sola estando agonizante?

—Mis padres me dijeron que su misión era más importante, más noble que quedarse sentado mirando cómo lo muerte invadía su cuerpo. Me enseñaron a muy temprana edad lo que era el destino.

—¿Qué te enseñaron?

—Mi madre creía que ciertas personas habían recibido dones especiales que determinaban su trayectoria en la vida. Esos dones conllevan grandes responsabilidades, seguir ese camino exige grandes sacrificios.

—¿Y creía que tú eras una de esas personas?

—Sí. Me dijo que yo había heredado una visión y una inteligencia especiales que procedían de sus antepasados maternos. Me explicó que las personas que no poseen ese don no iban a entenderlo jamás.

«Dios santo, los padres de Mick le jodieron bien jodido. Van a hacer falta décadas de terapia para enderezarle la brújula.» Dominique mueve la cabeza con tristeza.

—¿Qué?

—Nada. Estaba pensando en Julius, dejando sobre su hijo de once años la carga de cuidar de su madre moribunda.

—No fue una carga, fue mi manera de darle las gracias por todo lo que me había dado ella. Volviendo la vista atrás, no estoy seguro de que lo hubiera hecho de otra forma.

—Cuando falleció, ¿estaba tu padre presente? —Esas palabras hacen que Mick se estremezca.

—Sí, estaba.

Levanta la vista hacia el horizonte con una expresión dura en los ojos al recordar... y de repente éstos se enfocan como los de un halcón. Entonces coge los prismáticos.

Se ha hecho visible un objeto que se cierne sobre el horizonte del oeste.

Mick señala con la mano.

—Allí hay una plataforma petrolífera, una grande. ¿No me has dicho que Iz afirmó que no había visto nada en las inmediaciones?

—Así es.

Mick ajusta de nuevo el enfoque de los prismáticos.

—No es una plataforma de PEMEX, tiene bandera norteamericana. Hay algo que no cuadra.

—Mick... —señala Dominique.

Ve el barco que se acerca y lo enfoca con los prismáticos.

—Maldita sea, son los guardacostas. Apaga los motores. ¿Cuánto podemos tardar en meter en el agua este submarino tuyo?

Dominique corre al puente.

—Cinco minutos. ¿Quieres bajar ahora mismo?

—Es ahora o nunca. —Mick corre a la popa y retira la lona gris que cubre el sumergible con forma de cápsula. Empieza a manipular el cabrestante—. Los guardacostas nos identificarán. Nos detendrán en el momento. Oye, coge unos cuantos víveres.

Dominique echa varias latas de comida y botellas de agua en una bolsa y acto seguido se mete en el minisub mientras... la patrullera se acerca hasta cien metros y el comandante de la misma les grita una advertencia.

—Mick... ¡vamos!

—¡Arranca los motores, enseguida estoy!

Mick se mete en la cabina a buscar el diario de su padre.

—LES HABLA EL SERVICIO DE GUARDACOSTAS DE ESTADOS UNIDOS. HAN ENTRADO EN AGUAS RES-TRINGIDAS. INTERRUMPAN TODA ACTIVIDAD Y PRE-PÁRENSE PARA SER ABORDADOS.

Mick agarra el diario justo en el momento en que la patru-llera guardacostas alcanza la proa del *Jolly Roger*. Corre a la popa, suelta el cable del cabrestante...

—¡Alto!

Haciendo caso omiso de la orden, se introduce de un salto en la esfera protectora del minisubmarino de cinco metros ba-lanceándose peligrosamente sobre una escalera de mano de hierro; levanta el brazo y sella la escotilla.

—¡Abajo, rápido!

Dominique está en el asiento del piloto con el cinturón de seguridad puesto, intentando recordar todo lo que le enseñó Iz. Empuja el volante hacia abajo y el minisub desciende... a la vez que la quilla de la patrulla guardacostas colisiona con la parte superior del sumergible.

—Aguanta...

El minisub desciende en un pronunciado ángulo de cuarenta y cinco grados. Las placas de aleación de titanio gimen en los oídos de Mick. Se agacha para atrapar una botella de aire para bucear que cae rodando de forma precaria hacia la proa.

—Eh, capitán, ¿seguro que sabes lo que haces?

—¿Eres de los que van dando consejos al conductor? —Suaviza el descenso—. De acuerdo, ¿qué se supone que debemos hacer ahora?

Mick rodea la escalera de mano con dificultad y se reúne con Dominique en la proa.

—Primero vamos a averiguar qué está pasando aquí abajo y luego ponemos rumbo a la costa del Yucatán.

Se agacha para echar un vistazo por uno de los portillos del sumergible, de veinte centímetros de diámetro y diez de grosor.

El azul profundo que los rodea se ve enturbiado por una miríada de diminutas burbujas que se elevan junto al casco externo.

—No veo nada. Espero que este cacharro tenga un sonar.

—Está justo delante de mí.

Mick se inclina por encima del hombro de Dominique para mirar la consola de luminiscente color naranja. Se fija en el medidor de la profundidad: ciento cinco metros.

—¿Hasta qué profundidad puede bajar este trasto?

—Este trasto se llama el *Percebe*. Me han dicho que es un submarino francés muy caro, una versión reducida del *Nautilus*. Está diseñado para alcanzar profundidades de hasta tres mil trescientos metros.

—¿Estás segura de saber pilotarlo?

—Iz y el propietario me llevaron un fin de semana y me dieron un curso intensivo.

—Que Dios nos coja confesados.

Mick recorre el interior del submarino con la mirada. Por dentro, el *Percebe* consiste en una esfera reforzada de tres metros de diámetro colocada en el interior del casco rectangular de la nave. Los equipos de proceso de datos forran ese angosto compartimiento como si fueran un empapelado de tres dimensiones. De una pared sobresale la estación de control de un brazo mecánico y una cesta para toma de muestras isotérmica y retráctil; de la otra salen monitores subacuáticos de alta tecnología y transpondedores acústicos.

—Mick, haz algo útil y activa el sistema térmico de toma de imágenes. Es ese monitor que tienes encima de la cabeza.

Mick alarga una mano y enciende el aparato. El monitor se activa dejando ver un tapiz de tonos verdes y azules. Acto seguido acciona una palanca con la que apunta el sensor exterior hacia el fondo marino.

—Vaya, ¿qué tenemos aquí?

El monitor revela una brillante luz blanca que aparece en la parte superior de la pantalla.

—¿Qué es eso?

—No lo sé. ¿A qué profundidad estamos?

—A trescientos treinta metros. ¿Qué hago?

—Sigue avanzando hacia el oeste. Ahí delante hay algo gigantesco.

GOLFO DE MÉXICO
1,1 MILLAS AL OESTE DEL *PERCEBE*

La plataforma petrolífera de Exxon, la *Scylla*, es una unidad de perforación flotante de quinta generación de la serie Bingo 8000, semisumergible. A diferencia de las plataformas normales, esta superestructura flota cuatro pisos por encima de la superficie (y tres pisos por debajo) sobre unas columnas verticales de veinticinco metros de altura unidas a dos enormes pontones de ciento veinte metros de largo cada uno. La estructura está anclada al lecho marino por doce cabos de amarre.

Sobre la base de la *Scylla* se asientan tres cubiertas continuas. La cubierta superior, abierta, que tiene las mismas medidas que un campo de fútbol, soporta una torre de extracción de veintidós metros de altura que contiene el cable de perforación, compuesto por varios tramos de tubo de acero de diez metros cada uno. En los costados norte y sur hay varias grúas inmensas, más una cubierta elevada octogonal para helicópteros en el costado oeste. La sala de control y la oficina técnica, así como la bodega y los camarotes dobles, se encuentran en la cubierta intermedia o principal. La cubierta inferior, la correspondiente a la maquinaria, alberga los tres motores de 3.080 CV y los equipos necesarios para producir cien mil barriles de crudo al día.

Aunque esta superestructura se encuentra al límite de su capacidad, que es de ciento diez personas, no fluye ni una sola gota de petróleo a través de su cable de perforación. La cubierta inferior de la *Scylla* ha sido destripada a toda prisa para dejar sitio a las miríadas de sensores multiespectrales de alta tecnología, ordenadores y sistemas de recogida de imágenes de la NASA. Los equipos de control, los cables de sujeción y los tableros de control de los operadores para tres ROV (Vehículos de Control Remoto) se encuentran en la semiabierta cubierta inferior, junto a varias pilas de tubo de acero enrollado.

En el centro mismo de la cubierta de acero y hormigón se abre un orificio circular de tres metros de diámetro, diseñado para alojar el cable de perforación. El mar desprende un suave resplandor esmeralda que se filtra por el orificio y baña el techo y el área de trabajo circundante en una luz de un verde fantasmagórico. Los técnicos picados por la curiosidad se detienen con mucha frecuencia a asomarse a ese mar iluminado artificialmente, situado seiscientos sesenta y cinco metros por debajo de la superestructura flotante. La *Scylla* está colocada directamente en la vertical de una gigantesca abertura en forma de túnel que hay en el fondo. En algún lugar de esa misteriosa fosa de mil quinientos metros se halla la fuente de emisión de la brillante luz verde incandescente.

El comandante de la Marina Chuck McKana y el director de la NASA, Brian Dodds, están inclinados sobre los dos técnicos que manejan el *Búho Marino*, un ROV de dos metros unido al cabestrante de *Scylla* por un cable de dos mil ciento veinte metros a modo de cordón umbilical. Miran fijamente el monitor del ROV mientras el pequeño sumergible llega a la fractura del fondo e inicia su descenso por el interior del luminoso vórtice.

—La energía electromagnética está aumentando —informa el piloto virtual del ROV—. Estoy perdiendo maniobrabilidad...

—Los sensores están fallando...

Dodds guiña los ojos al contemplar el brillante resplandor en el monitor de la minicámara del submarino.

—¿A qué profundidad se encuentra el ROV?

—A menos de treinta metros del agujero... Maldita sea, nos hemos quedado sin el sistema eléctrico del *Búho*.

El monitor no muestra imágenes.

El comandante McKana se pasa sus regordetes dedos por el pelo, grisáceo y muy corto.

—Es el tercer ROV que perdemos en las últimas veinticuatro horas, director Dodds.

—Sé contar, comandante.

—Opino que debería concentrarse en buscar un modo alternativo de entrar ahí.

—Ya estamos trabajando en ello. —Dodds señala a una decena de operarios ocupados en izar tubos de acero a la torre de perforación—. Vamos a bajar el cable de extracción directamente por el agujero. Los sensores irán colocados en el primer tramo de tubo.

En ese momento se reúne con ellos el capitán de la plataforma, Andy Furman.

—Tenemos un problema, caballeros. Los guardacostas acaban de informarnos de que dos personas a bordo de un pesquero han lanzado un minisubmarino dos millas al este de la *Scylla*. El sonar revela que se dirigen hacia el objeto.

Dodds parece alarmado.

—¿Espías?

—Más bien parecen civiles. El pesquero está a nombre de una empresa norteamericana de rescate cuya licencia se encuentra registrada en la isla Sanibel.

McKana no parece preocupado.

—Que miren. Y cuando suban a la superficie, que los detengan los guardacostas.

A BORDO DEL *PERCEBE*

Mick y Dominique pegan el rostro al cristal LEXAN reforzado de los portillos cuando el submarino va aproximándose a la inquietante luz, que se proyecta desde el suelo hacia arriba igual que un foco de cincuenta metros de anchura.

—¿Qué diablos puede haber ahí abajo? —pregunta Dominique—. Mick, ¿te encuentras bien?

Mick tiene los ojos cerrados y la respiración errática.

—¿Mick?

—Siento esa presencia. Dom, no deberíamos estar aquí.

—No he hecho todo este camino para darme la vuelta ahora. —Por encima de ella destella una luz roja—. Los sensores del minisub se están volviendo locos. De ese agujero están subiendo cantidades enormes de energía electromagnética. ¿No será eso lo que sientes?

—No pases a través de esa luz, provocarás un cortocircuito en todos los sistemas de a bordo.

—De acuerdo, puede que haya otra manera de entrar. Daré un rodeo mientras tú haces un barrido con los sensores.

Mick abre los ojos y recorre con la vista la fila de consolas de ordenador que forran la cabina.

—¿Qué quieres que haga?

Dominique se lo señala.

—Activa el gradiómetro, es un sensor de gravedad electromecánico que va sujeto debajo del *Percebe*. Rex lo utilizaba para detectar gradientes de gravedad bajo el lecho marino.

Mick enciende el monitor del sistema, el cual revela un tapiz de naranjas y rojos, los colores más vivos indican altos niveles de energía electromagnética. El agujero en sí emite un blanco brillante, casi deslumbrante. Mick tira hacia atrás de la palanca del gradiómetro para ampliar el campo, a fin de examinar el resto de la topografía del suelo.

El intenso resplandor se reduce a un punto blanco. Los diversos matices de verde y azul crean una frontera circular alrededor de los rojos y los naranjas.

—Aguarda un segundo... me parece que he encontrado algo.

Alrededor de la zona en forma de cráter hay una serie de manchas oscuras repartidas formando un círculo exacto y equidistante que sigue la circunferencia de kilómetro y medio de diámetro.

Mick cuenta los agujeros. Siente un encogimiento en el estómago y un repentino sudor frío por todo el cuerpo. Entonces coge el diario de su padre y pasa las hojas hasta dar con la que corresponde al 14 de junio de 1997.

Observa fijamente la fotografía de la imagen circular de dos metros y medio situada en el centro de la meseta de Nazca. Dentro de los límites de dicha imagen él encontró el mapa original de Piri Reis, sellado en el interior de un receptáculo de iridio. Cuenta veintitrés líneas que parten de la figura de Nazca como si fueran los rayos del sol; la última parece no tener fin.

Veintitrés marcas oscuras rodean el monstruoso orificio del fondo del mar.

—Mick, ¿qué sucede? ¿Estás bien? —Dominique pone el minisub en piloto automático para poder mirar el monitor—. ¿Qué son?

—No lo sé, pero hace miles de años se dibujó algo exactamente igual en la meseta de Nazca.

Dominique consulta el diario.

—No es idéntico del todo. Estás comparando unas líneas excavadas en el desierto con un puñado de agujeros oscuros en el fondo del mar...

—Son veintitrés agujeros. Y veintitrés líneas. ¿Te parece que no es más que una coincidencia?

Dominique le acaricia la mejilla.

—Cálmate, superdotado. Voy a acercarme al que esté más próximo, y le echaremos un vistazo más a fondo.

El *Percebe* aminora la velocidad para situarse encima de una hendidura de seis metros de ancho que vomita incesante una hilera de burbujas. Dominique dirige una de las luces externas del minisub al interior de la garganta. La luz revela un vasto túnel que desciende formando un ángulo de cuarenta y cinco grados.

—¿Qué opinas?

Mick observa detenidamente el orificio experimentando la conocida sensación de miedo en el estómago, cada vez más acentuada.

—No lo sé.

—Yo digo que indaguemos un poco.

—¿Quieres entrar por ese agujero?

—Para eso hemos venido aquí, ¿no? Pensaba que querías resolver la profecía maya del día del juicio.

—Así, no. Es más importante que vayamos a Chichén Itzá.

—¿Por qué? —«Tiene miedo.»

—La salvación se encuentra en la pirámide de Kukulcán. Lo único que está esperando aquí abajo es la muerte.

—Ya. Pues yo no he tirado a la basura siete años de universidad ni me he arriesgado a que me metan en la cárcel sólo para que tú puedas perseguir una chorrada de profecía maya. Hemos venido aquí porque mi familia y yo necesitamos una conclusión, tenemos que saber qué les ocurrió en realidad a Iz y a sus amigos. No voy a echarte a ti la culpa de la muerte de mi padre, pero dado que fuiste tú el que inició esta pequeña aventura, eres también el que va a concluirla.

Dominique empuja el volante hacia abajo y conduce la nave en forma de cápsula directamente hacia el corazón del túnel.

Mick se agarra a un barrote de la escalera para sujetarse mientras *el Percebe* acelera al introducirse por el negro pozo.

En el interior del minisub resuena un ruido como de aplastamiento.

Dominique se asoma por el portillo.

—Ese ruido procede de las paredes de este pasadizo. Al parecer, el revestimiento interno actúa como una especie de esponja gigante. Mick, a tu izquierda hay un sensor que lleva la etiqueta de espectrofotómetro...

—Ya lo veo. —Activa el sistema—. Si lo estoy leyendo correctamente, el gas que sale de este orificio es oxígeno puro.

En ese momento se oye un profundo retumbar que reverbera por toda la cabina y que va adquiriendo un tono más grave a medida que bajan. Mick está a punto de decir algo cuando de pronto el *Percebe* da un bandazo hacia delante y acelera en su descenso.

—Eh, frena...

—No soy yo. Nos ha atrapado una especie de corriente. —Mick percibe el pánico en su tono de voz—. La temperatura externa está aumentando, Mick. ¡Me parece que estamos siendo absorbidos al interior de un tubo de lava!

Mick se agarra a la escalera con más fuerza mientras la intensa pulsación hace tabletear el cristal de los paneles de instrumentos que tiene delante.

Entonces, el minisub se precipita en picado, girando a ciegas pozo abajo, igual que un escarabajo por un desagüe.

—¡Mick! —chilla Dominique al perder el control del *Percebe*. Cierra los ojos con fuerza y se aferra al arnés que la sujeta al asiento. Falla la alimentación eléctrica del minisub y de repente se ven engullidos por una oscuridad total.

Dominique se da cuenta de que está hiperventilando, esperando la sacudida que provocará la desintegración del minisub en el sofocante calor que lo rodea. «Oh, Dios mío, voy a morir, ayúdame, por favor...»

Mick está abrazado a la escalera con brazos y piernas, las manos aferradas a los barrotes de acero como si fueran tenazas. «No luches, déjalo pasar... Deja que termine esta locura...»

Vértigo intenso. El minisub da vueltas y más vueltas, sin parar, como si estuviera dentro de una gigantesca lavadora.

De pronto se oye un estampido sónico y ambos experimentan una brusca sacudida. Mick sale volando por los aires en medio de la oscuridad a la vez que el *Percebe* es arrastrado, con la proa por delante, por una fuerza invisible, inamovible. Sus pulmones expulsan todo el aire de golpe cuando su cara y su pecho se estrellan violentamente contra una hilera de consolas de ordenador.

Capítulo 17

El incesante retumbar de la cabeza obliga a Mick a abrir los ojos.

Silencio.

Está tendido de espaldas, con las piernas levantadas en el aire y la parte superior del cuerpo enredada en una desordenada maraña de equipos destrozados. En el interior de la cabina se nota humedad y una negrura total, salvo por el brillo apagado de una consola que parpadea débilmente a lo lejos. Lo de arriba está abajo, la izquierda es la derecha, y por dentro de su garganta gotea un líquido tibio que lo está ahogando.

Se gira hacia un costado, dolorido, escupiendo un hilo de sangre. La cabeza todavía le da vueltas. Se palpa para ver de dónde viene la sangre, descubre que procede de las fosas nasales y se aprieta la nariz para detener la hemorragia.

Por espacio de largos instantes se queda donde está, sentado, en inestable equilibrio sobre numerosos fragmentos de monitores y equipos de navegación, todos hechos añicos, intentando recordar cómo se llama y dónde se encuentra.

«El minisub. La hendidura... ¡Dominique!»

—¿Dom? —Escupe otro grumo de sangre y se sube encima de un montón de equipos que le impiden llegar hasta el puesto del piloto—. ¿Dom, me oyes?

La encuentra inconsciente, todavía sujeta al asiento, con la barbilla inclinada sobre el pecho. Con el corazón acelerado por el miedo, reclina con cuidado el asiento hasta atrás del todo sosteniéndole la cabeza ensangrentada, y a continuación deposita ésta sobre el respaldo. Examina las vías aéreas y detecta una respiración superficial. Desata el arnés y observa la profunda herida sangrante que presenta en la frente.

Le quita la camiseta empapada en sudor y arranca unas cuantas tiras largas de tela. Le hace un improvisado vendaje y acto seguido recorre con la mirada la cabina en busca de un botiquín de primeros auxilios.

Dominique deja escapar un gemido. Se incorpora penosamente, gira la cabeza y vomita.

Mick encuentra el botiquín y una botella de agua. Regresa al lado de Dominique, le cura la herida y coge una bolsa de hielo.

—¿Mick?

—Estoy aquí. —Estruja la bolsa de hielo para romper el contenido, la aprieta contra la cabeza de Dominique y la sujeta en su sitio con lo que queda de la camiseta—. Te has hecho una herida importante en la cabeza. Ya casi ha dejado de sangrar, pero es probable que hayas sufrido una conmoción.

—Me parece que tengo una costilla rota, me cuesta mucho respirar. —Abre los ojos y mira a Mick con un rictus de dolor—. Estás sangrando.

—Me he roto la nariz. —Le entrega la botella de agua.

Dominique cierra los ojos y bebe un sorbo.

—¿Dónde estamos? ¿Qué ha pasado?

—Hemos descendido por la hendidura y hemos chocado con algo. El minisub está destrozado. Los sistemas de soporte vital apenas funcionan.

—¿Aún estamos dentro del agujero?

—No lo sé. —Mick se acerca al portillo de delante y se asoma por él.

La iluminación exterior de emergencia del *Percebe* revela

una cámara oscura y angosta, vacía de agua de mar. La proa del minisub parece encontrarse encajada entre dos barreras verticales. El espacio existente entre ambas paredes se estrecha bruscamente antes de desembocar en una vaina metálica y curva.

—Dios santo, ¿dónde demonios estamos?

—¿Qué pasa?

—No lo sé... Una especie de cámara subterránea. El minisub se ha quedado trabado entre dos paredes, pero aquí fuera no hay agua.

—¿Podemos salir de aquí?

—Tampoco lo sé. Ni siquiera estoy seguro de dónde nos encontramos. ¿Te has dado cuenta de que han cesado esas vibraciones profundas?

—Tienes razón. —Dominique lo oye hurgar entre los escombros—. ¿Qué estás haciendo?

—Estoy buscando el equipo de buceo.

Encuentra el traje de neopreno, las gafas y la botella de aire.

Dominique se incorpora con un gemido, pero al instante vuelve a reclinar la cabeza, obligada por el dolor y por una abrumadora sensación de vértigo.

—¿Qué vas a hacer?

—Estemos donde estemos, estamos atrapados. Voy a ver si encuentro un modo de salir.

—Mick, espera. Debemos de estar a mil quinientos metros de profundidad. En cuanto abras la escotilla, la presión nos hará papilla.

—No hay agua dentro de la cámara, lo cual quiere decir que está despresurizada. Opino que debemos arriesgarnos. Si nos quedamos aquí sin hacer nada, moriremos de todas formas.

A continuación se quita las zapatillas deportivas y se mete en el estrecho traje de neopreno.

—Tenías razón. No deberíamos haber entrado en la hendidura. Ha sido una estupidez. Debería haberte hecho caso.

Mick deja de vestirse y se inclina sobre ella.

—Si no hubiera sido por ti, yo aún sería el vegetal de Foletta. Quédate aquí y procura no moverte mientras yo busco la manera de salir.

Dominique parpadea para contener las lágrimas.

—Mick, no me dejes. Te lo ruego, no quiero morir sola...

—No vas a morir...

—El aire, ¿cuánto aire queda?

Mick busca la consola de control y examina el manómetro.

—Casi tres horas. Procura conservar la calma.

—Espera, no te vayas todavía. —Lo aferra de la mano—. Abrázame un momento. Por favor.

Mick se arrodilla y acerca la mejilla suavemente a la de Dominique, sintiendo cómo tiemblan sus músculos mientras él la abraza aspirando su aroma. Entonces le susurra al oído:

—Saldremos de aquí, te lo prometo.

Ella lo estrecha con más fuerza.

—Si no pudieras encontrar la salida... si no la hubiera... prométeme que volverás.

Mick se traga el nudo que tiene en la garganta.

—Te lo prometo.

Pasan unos minutos más así abrazados, hasta que la constricción del traje de neopreno empieza a ser insoportable.

—Mick, espera. Busca debajo de mi asiento. Tiene que haber un maletín con suministros de emergencia.

Mick saca el maletín metálico y lo abre. Retira un cuchillo, un puñado de bengalas y un encendedor de gas.

—Debajo del asiento hay también una botella de aire pequeña. Contiene oxígeno puro. Llévatela.

Mick saca la botella, que va unida a una máscara de plástico.

—Es mucho equipo para cargar con él. Esto debería dejarlo para ti.

—No, llévatelo tú. Si te quedas sin aire, moriremos los dos.

Mick vuelve a calzarse las deportivas y se sujeta el cuchillo al tobillo con cinta adhesiva. Abre la válvula de la botella de aire grande para verificar que el regulador funciona. A continuación levanta el chaleco hidrostático y la botella y se los coloca en la espalda. Después se ata la botella pequeña de oxígeno a la cintura con la tira de velcro que lleva ésta. Se mete dentro del chaleco el encendedor y las bengalas y finalmente, sintiéndose igual que una mula de carga, comienza a subir los barrotes de la escalera de mano, que ahora está inclinada en un ángulo de treinta grados.

Suelta el pestillo de la escotilla, aspira profundamente e intenta abrirla empujando.

Nada.

«Si me he equivocado con lo de la presión, los dos moriremos aquí mismo.»

Hace una pausa para sopesar las alternativas y vuelve a probar, esta vez haciendo fuerza con el hombro contra la tapa de titanio. Entonces, con un siseo, la escotilla se libera de la abrazadera de caucho y se abre.

Mick sale del minisub con dificultad y se pone de pie encima del casco dejando que la escotilla vuelva a cerrarse...

«¡Ay!» Muerde con fuerza el regulador al sentir el topetazo de la cabeza contra un techo duro como una piedra.

Encorvado hacia delante, guardando el equilibrio sobre el casco, se frota el chichón de la cabeza y mira a su alrededor. Desde la ventaja de la altura que le da el minisub, ve que se encuentran en un gigantesco receptáculo redondeado, una cámara en forma de rosquilla iluminada por las luces de emergencia el minisub. La proa del *Percebe* se encuentra encajada entre dos hojas curvas de dos metros de altura, parecidas a unas aspas. El haz de luz de su linterna revela la parte superior de al menos otra decena de objetos divisorios similares, todos los cuales se unen en una pieza central curvada, igual que si fueran las aspas de un molino en posición horizontal.

Mick se queda mirando esa estructura, analizando lo que lo rodea, oyendo el jadeo del regulador al respirar. «Ya sé lo que es: es una turbina, una turbina gigante. Debemos de haber sido absorbidos por un tubo de entrada. El retumbar rítmico ha desaparecido porque el minisub ha bloqueado la rotación de las palas, ha trabado la turbina y ha cegado el conducto de entrada.»

Mick se baja del *Percebe* y pisa una pulida superficie metálica, anticuada. «¿Qué habrá pasado con el agua?»

En eso siente que se cae hacia atrás, se le resbalan los pies y se golpea el codo y la cadera derechos contra la superficie dura y resbaladiza produciendo un ruido sordo. Deja escapar un gemido de dolor y mira hacia arriba.

El haz de la linterna descubre una sustancia porosa, negra y esponjosa que recubre toda la parte central del techo. Le caen en la cabeza unas gotas de agua salada.

Se pone en pie a duras penas y levanta un brazo, y se sorprende al descubrir que ese material poroso es sumamente frágil, como la espuma de estireno, sólo que más duro. Saca el cuchillo, lo clava en la sustancia para tomar una muestra y desprende varios trozos de roca quebradiza y pizarrosa, empapada en agua de mar.

Se detiene un momento. A su derecha percibe el eco de una corriente de aire que baja por un pozo. Alarga la mano y agarra la punta de la partición metálica que tiene a la derecha, y a continuación dirige el haz de luz hacia el techo metálico.

El sonido proviene de un túnel hueco de metro y medio de anchura, situado en el techo por encima de la siguiente aspa. Es un pasadizo oscuro que se eleva casi en vertical y que parece perderse en las entrañas del techo a modo de un peculiar túnel para la ropa sucia.

Mick trepa por la pared de acero y se sitúa de pie bajo la boca del túnel, sintiendo unas ráfagas de aire caliente que le azotan el rostro.

«¿Un pozo de salida?»

Pasa a la siguiente pala de la turbina, se iza por encima de la barrera y se sube a la cornisa de cinco centímetros buscando a tientas el borde del túnel. Sus manos palpan una inclinación pronunciada pero practicable.

Con cuidado, apoya las manos en el techo y se incorpora, guardando apenas el equilibrio sobre el extremo de la pala. A continuación se impulsa hacia el interior de la oscura cavidad y se introduce en el túnel arrastrándose y gateando. Se pone de costado y extiende las piernas hasta el lado contrario de ese cilindro de metro y medio de ancho, con la botella de aire y los codos apretados contra la pared que tiene a la espalda. Entonces mira hacia arriba, sintiendo el viento caliente en la cara, y la linterna le revela un enorme conducto que asciende por dentro de la roca formando una empinada pendiente de setenta grados.

«Esto va a resultar difícil...»

Con la espalda y los pies firmemente apretados contra el interior, comienza a subir poco a poco por la pared del túnel, centímetro a centímetro, penosamente, igual que un montañero ascendiendo por una difícil grieta vertical. Por cada dos metros que avanza, cae medio, y se queda gimiendo dolorido hasta que se le seca el sudor de las manos y su carne chamuscada consigue recuperar el agarre sobre esa resbaladiza superficie metálica.

Tarda veinte minutos en ascender los veintiséis metros que hay hasta el final del túnel. Lo que lo aguarda en la cumbre, negra como el carbón, es un callejón sin salida.

Desesperado, deja caer la cabeza contra la pared y lanza un gemido a través del regulador. Los músculos de las piernas, extenuados por la ascensión, empiezan a temblar y amenazan con dejar de sostener su peso. Sintiendo que comienza a resbalar, se lanza hacia delante con ambas manos, y en ese esfuerzo se le cae la linterna.

«Joder...»

Rodeado por la oscuridad, oye cómo la linterna se precipita túnel abajo y se parte con un crujido al chocar contra el superficie del fondo.

«Si no tienes cuidado, detrás irás tú.»

Haciendo movimientos de una lentitud insoportable, saca el encendedor de gas y una de las bengalas que se ha guardado en el chaleco. Goteando sudor, emplea los cinco minutos siguientes en intentar inútilmente prender la bengala.

Se queda mirando fijamente el encendedor de gas, que está lleno de combustible pero se niega a dar llama. «Idiota, no se puede prender fuego si no hay oxígeno.»

Entonces respira hondo, se quita el regulador de la boca y aprieta el botón de purga, el cual suelta un chorro de aire hacia el encendedor. Aparece una llama anaranjada que le permite prender la bengala.

El chisporroteo de color rosa le deja ver dos pequeños tubos de caucho conectados a una bisagra hidráulica. Con la ayuda del cuchillo corta los dos tubos, y al instante brota de éstos un fluido caliente y oscuro que gotea sobre su traje de neopreno. Entonces vuelve a colocarse el regulador en la boca y empuja con la cabeza contra la tapa.

La escotilla cede un centímetro.

Mick se sitúa todo lo cerca de la tapa que se atreve y empuja la boquilla extraterrestre; consigue abrir una grieta, y se apresura a introducir los dedos por ella. En un solo movimiento de vaivén, queda colgando unos segundos en la oscuridad antes de arreglárselas para salir del túnel y subirse a lo que parece ser una rejilla metálica. Cae a cuatro patas, con el cuerpo temblando por el esfuerzo. El asfixiante calor del nuevo entorno que lo rodea hace que las gafas se le empañen y le impidan la visión.

Mick se quita las gafas, pero descubre que tiene la boca demasiado seca para escupir. Se enjuga las lágrimas que le humedecen la cara enrojecida y levanta la vista.

«Oh, Dios del cielo...»

Se queda sentado, profundamente aturdido, totalmente perdido el control de sus miembros. Con los ojos muy abiertos, su cerebro trabaja tan deprisa que no es capaz de dar forma a un pensamiento coherente. El sudor le cae a chorros por la cara y por el cuerpo a causa del intensísimo calor reinante, hasta el punto de formar charcos por dentro del traje de buceo. El corazón le late con tanta fuerza que tiene la sensación de que tira de él hacia abajo, presionándolo contra la parrilla de metal al rojo vivo sobre la que está sentado.

«Estoy en el infierno...»

Ha penetrado en el interior de una gigantesca cámara ovoide, en penumbra, cuyas dimensiones rivalizarían con el superestadio de Nueva Orleans si le vaciasen el foso. La superficie de las paredes que lo rodean está inundada por una capa de abrasadoras llamas de un color rojo carmesí que se elevan ondulantes, como una cascada de agua vuelta del revés, todo alrededor de la estancia y desaparecen en lo alto para perderse en la oscuridad.

¡Pero no es oscuridad lo que hay allá arriba! Varios cientos de metros por encima de donde se encuentra él, iluminando el centro mismo del gigantesco abismo, descubre un brillante remolino de color verde esmeralda formado por energía, una galaxia espiral en miniatura que gira lentamente en el sentido contrario a las agujas el reloj, en un movimiento amplio, omnipotente, semejante a un ventilador cósmico, vibrando de fuerza.

Mick contempla el resplandor no terrenal de esa galaxia, extasiado por su belleza, anonadado por su magnificencia y profundamente aterrorizado por lo que implica. Obliga a sus párpados a cerrarse sobre sus ardientes pupilas, intentando con desesperación despejar su mente.

«Dominique...»

Se incorpora con esfuerzo, abre de nuevo los ojos y observa el resto del etéreo entorno.

Está de pie en una parrilla metálica que sostiene la escotilla que sellaba el túnel cilíndrico. Metro y pico más abajo, llenando la cámara entera como un lago en un cráter entre montañas, ondea un líquido plateado, parecido al mercurio, en cuya superficie brillante y espejada se reflejan las llamas carmesíes. Por encima de ese ondulado mar de metal fundido flotan unas nubes de humo negro como si fueran vapor que escapa de un caldero hirviendo.

Mick gira la cabeza para mirar la resplandeciente pared de llamas. Justo por debajo de éstas descubre una especie de reja que recubre todo el interior de la cámara. La distorsión revela unos gases invisibles que salen de unos poros diminutos de dicha reja, igual que el calor que despide una carretera de asfalto desierta.

«El tubo de entrada... ¿será un túnel de ventilación?»

Mick contempla la irreal pared de fuego, que no quema ni consume, sino que se eleva en línea recta hacia el espacio vertical semejante a un furioso torrente de sangre. Por su cerebro pasan ideas febriles: «¿Estaré muerto? ¿Tal vez he muerto dentro del minisub? ¿Es posible que esté en el infierno?».

Se derrumba sobre los talones, medio sentado y medio tumbado junto al borde de la plataforma, demasiado débil y mareado para moverse. Logra escupir sobre las gafas y volver a ponérselas, y entonces se acuerda de la botella de aire pequeña. La desata, aspira varias bocanadas de oxígeno puro y consigue aclararse un poco la cabeza.

Entonces es cuando repara en el desgarro del traje de buceo. Se le ve la piel de la rodilla derecha, y la herida sangra abundantemente. Aturdido, toca la sangre y la examina como si fuera algún líquido alienígena.

Su sangre tiene color azul.

«¿Dónde estoy? ¿Qué me está pasando?»

A modo de respuesta, del otro lado del lago brota de repente una llamarada de energía de color violeta, semejante a la descarga de un rayo. Se inclina hacia delante haciendo un esfuerzo por ver a través de las gafas, que han vuelto a empañarse a pesar de la saliva.

En eso, tiene lugar otro suceso extraño. Mientras está quitándose las gafas, de la superficie del lago surge una potente ola de energía invisible, como si fuera una ráfaga de aire, y lo golpea en el brazo. Las gafas levitan en el aire y permanecen ahí flotando, a un metro por encima de él.

Mick se pone de pie. Al intentar recuperarlas, siente un intenso campo de energía electromagnética que reverbera por todo su cerebro como si fuera un diapasón.

Desorientado, busca a tientas la botella de oxígeno mientras en su visión borrosa bailan las llamas. Por fin se rinde y se desploma hacia atrás contra el metal; aspira más oxígeno y cierra los ojos para contrarrestar el vértigo.

Michael...

Mick abre los ojos, conteniendo la respiración.

Michael...

Mira fijamente el lago. «¿Estaré sufriendo alucinaciones?»

Ven a mí, hijo mío.

La mascarilla de oxígeno se le resbala de la boca.

—¿Quién está ahí?

Te he echado de menos.

—¿Quién eres? ¿Dónde estoy? ¿Qué lugar es éste?

Decíamos que Nazca era nuestro pequeño purgatorio particular, ¿no te acuerdas, Michael? ¿O es que ese brillante cerebro que tienes se ha rendido por fin, después de pasar tantos años en el psiquiátrico?

Mick siente que le palpita el corazón. Por sus mejillas enrojecidas ruedan lágrimas que le queman la piel.

—¿Papá? Papá, ¿eres tú? ¿Estoy muerto? Papá, ¿dónde estás? No te veo. ¿Cómo puedes estar aquí? ¿Dónde estoy?

Ven a mí, Michael, y te lo mostraré.

En un estado de ensoñación, Mick da un paso fuera de la parrilla y cae al lago.

«Oh, joder. ¡Oh, Dios!»

Mick mira hacia abajo, con la mente desconcertada por lo que le informan los sentidos. Está ingrávido, desafiando a la gravedad, flotando por encima de esa superficie plateada sobre un colchón de energía verde esmeralda que atraviesa todas las fibras de su cuerpo intoxicándolo. Experimenta sensaciones de euforia que le ascienden por los huesos y lo abandonan por el cuero cabelludo poniéndole todo el cabello de punta. La adrenalina y el miedo se pelean por controlar su vejiga. Al notar que la botella de aire que lleva a la espalda quiere levitar y separarse, se apresura a ceñirse la tira de velcro a la cintura y vuelve a colocarse el regulador en la boca.

Ven a mí, Michael.

Un único paso adelante lo impulsa lo suficiente para desplazarse por el campo de energía con la misma libertad que un Baryshnikov. Envalentonado, ejecuta media docena de pasos más, y se ve cruzando por encima del espejo del lago como si fuera un ángel sin alas guiado por una fuerza invisible.

—¿Papá?

Un poco más lejos...

—Papá, ¿dónde estás?

Al aproximarse al extremo opuesto de la cámara ve una inmensa plataforma de color negro carbón que se yergue diez metros por encima de la brillante superficie igual que una barcaza surgida del infierno. Siente un estremecimiento de terror al darse cuenta de que no puede detenerse, que la inercia que lo impulsa a través de ese mundo ingrávido lo guía hacia el objeto en contra de su voluntad.

Ya te tengo.

Presa del pánico, Mick se gira con la intención de huir, pero descubre que sus piernas se agitan inútilmente y que algo lo atrae hacia arriba alejándolo de la superficie del lago. Se echa de bruces en medio del aire, aferrándose con desesperación al campo de energía, mientras su cuerpo es empujado violentamente hacia atrás, hacia la plataforma, por una presencia malévola y gélida como el hielo.

Mick aterriza de rodillas y cae hacia delante, como si lo obligaran a adorar a alguien. Hiperventilando y con el cerebro encogido por el miedo, levanta la vista para mirar a su carcelero.

Es una especie de vaina, alta y ancha como una locomotora y larga como un campo de fútbol. Una miríada de conductos chamuscados semejantes a tentáculos salen de debajo de la plataforma y penetran en el objeto cerrado, como de cristal ahumado, a modo de un sinfín de tubos intravenosos alienígenas.

¿Por qué me tienes miedo, Michael?

En el interior del cilindro estalla una llamarada de energía de color violeta, cuyo fogonazo deja ver por un momento la presencia de un ser inmenso.

Mick está paralizado y con el semblante contraído por el terror. Sus miembros ya no son capaces de soportar su peso.

Mírame, Michael. ¡Contempla el rostro de tu propia sangre!

Los pensamientos de Mick se hacen pedazos cuando se ve lanzado de cabeza contra la superficie vidriosa por una fuerza invisible. Percibe esa presencia dentro de la cámara llena de humo, la presencia del mal en estado puro, y esa sensación le produce una bilis sulfúrica que le sube por la garganta y lo ahoga. Cierra los ojos con fuerza, pues su mente es incapaz de aprehender qué terror puede hallarse ante sí.

Pero una oleada de energía lo obliga a abrir los ojos y se los mantiene abiertos.

Entonces ve aparecer un rostro entre una niebla amarilla que llena el interior de la estructura. Mick siente que el corazón le retumba en el pecho.

—No...

Es Julius, su padre, con el cabello de un blanco níveo y alborotado como Einstein y el rostro bronceado y surcado de arrugas, semejante al cuero gastado. Esos ojos blandos y familiares lo miran fijamente.

Michael, ¿cómo puedes tener miedo de tu padre?

—Tú no eres mi padre...

Naturalmente que sí. Acuérdate, Michael. ¿No recuerdas cómo murió tu madre? Te enfadaste mucho conmigo. Me odiaste por lo que había hecho. Me miraste a los ojos como me estás mirando ahora... ¡Y ME CONDENASTE AL IN-FIERNO!

La monstruosa voz se torna más grave al hacer eco en sus oídos. Mick chilla a través del regulador. Siente un sobresalto en el cerebro cuando el rostro de Julius se disuelve en un par de ojos reptilianos y demoníacos, del tamaño de un reflector e inyectados de sangre. Las pupilas son dos fisuras doradas que le queman el alma y abrasan el tejido mismo de su cordura mental.

Mick deja escapar un grito capaz de helar la sangre en las venas al sentir en su mente torturada la caricia del frío dedo de la muerte. Entonces, en un movimiento impulsado por la adrenalina, salta de la plataforma, pero en mitad de su caída alguien lo atrapa y lo sostiene en el aire.

Tú eres carne de mi carne, sangre de mi sangre. He estado vigilándote, esperando a que llegara este día. Sé que has sentido mi presencia. Pronto estaremos juntos, unidos... padre e hijo.

En medio de su delirio, Mick levanta la vista y ve que la galaxia espiral que flota allá arriba está rotando más deprisa. Conforme va aumentando su velocidad, se va formando un inmenso cilindro hueco de energía esmeralda en el centro del lago, que asciende hacia el techo como un luminiscente torna-do. Ese embudo de energía se fusiona con la galaxia y ambos comienzan a girar al mismo tiempo, cada vez más rápido.

El cerebro de Mick está gritando, los ojos se le salen de la cabeza. En medio de su desvarío, acierta a ver una solitaria ondulación en el centro del lago, una perturbación creada por algo que comienza a elevarse justo por debajo de la densa superficie.

Y entonces lo ve con claridad: un ser que asciende por el embudo de energía de color esmeralda, un ser negro como la noche, una forma de vida depredadora, dotada de unas alas de reptil de diez metros de envergadura. Por debajo de su torso se ven colgando un par de garras de tres dedos cada una. Su cráneo sin rostro y con forma de yunque se estrecha hasta terminar en una protuberancia curva, parecida a un cuerno, y la cola en forma de pico de pato tiene la mitad de tamaño que las alas. Un círculo incandescente de color ambarino brilla con fuerza en la línea de su cuello, como un ojo sin pupila.

Mick contempla hechizado cómo parece desaparecer el techo que hay más allá de la galaxia espiral de energía, para dejar sitio a un conducto vertical de roca que atraviesa el fondo del mar. El agua del interior de ese conducto también está girando, formando la base de un monstruoso torbellino.

Mick aprieta contra su pecho la botella de oxígeno pequeña; le arranca la máscara de un tirón y apunta la válvula sellada hacia fuera.

Con un poderoso retumbar, el centro del techo se retrae provocando un tremendo rugido en toda la cámara. Mick siente que le estallan los oídos al oír cómo se precipita el mar al interior de la misma formando un torrente que se divide a ambos lados de la fuerza cilíndrica y vertical como si fueran las cataratas del Niágara.

Desesperado, Mick recorre con la vista el perímetro de la cámara y se fija en que los veintitrés conductos idénticos se abren, todos menos uno, para inhalar la creciente marea.

El ruido cada vez más intenso corresponde a las gigantescas turbinas de la nave alienígena, que comienzan a funcionar marcha atrás para desalojar el agua de mar.

Entonces Mick coge el encendedor de gas, abre la válvula de la botella de aire pequeña y acerca la llama al chorro invisible de oxígeno puro. El gas a presión se enciende igual que un cohete; golpea la base de la botella contra el vientre de Mick y lanza a éste hacia atrás, por los aires, lejos del monstruo.

Mick vuela por encima del lago de metal fundido y se zambulle en el torrente de agua de mar que continúa drenándose por los bordes.

Al ser absorbido por el torrente, suelta la botella vacía y, propulsado por el miedo y la adrenalina, empieza a mover los brazos y las piernas para dirigirse hacia el conducto inoperativo por el que ha venido. Se agarra a la parrilla y se iza hasta ella mientras a su espalda rugen las aguas.

Abre de un manotazo la tapa y se asoma al oscuro conducto. «¡No te pares, no pienses, simplemente salta!»

Salta, y se arroja con los pies por delante por el pasadizo de setenta grados de inclinación sumido en la más completa oscuridad, el rugido de arriba momentáneamente amortiguado por el chirrido de la botella de aire que lleva a la espalda. Aprieta los antebrazos contra la resbaladiza superficie metálica en un intento desesperado de frenar el descenso y se sirve del traje de neopreno como colchón amortiguador.

Sale disparado por la abertura del conducto y se precipita de cabeza contra la cara vertical de una aspa. Aturdido, se incorpora a duras penas al mismo tiempo que detecta potentes vibraciones bajo sus pies: la turbina gigantesca, que cobra vida.

«¡Sube por encima de ella, vuelve al submarino!»

Mick trepa al aspa de dos metros de altura en el mismo momento en que explota del techo un río de agua de mar. Aterriza de pie, dominado por el pánico al ver que las palas de la turbina empiezan a rotar marcha atrás, luchando por sacar al *Percebe* de entre ellas.

«¡No permitas que el minisub se vaya sin ti!»

Avanza a trompicones con el agua a la altura de las rodillas. Aspira una profunda bocanada de aire y se desprende de la engorrosa botella de aire que lleva a la espalda. Libre ya de ese peso, salta sobre el casco de titanio del minisub al tiempo que lo embiste por detrás una furiosa pared de agua que casi lo hace caer al suelo.

La cámara redondeada va llenándose rápidamente de agua haciendo aumentar la presión, lo cual amenaza con desenganchar en cualquier momento al minisub. Mick se sube con esfuerzo a lo alto del casco. Notando cómo va intensificándose la presión en su cabeza, abre la escotilla y se arroja por ella. Después la cierra de un golpe y la sella con un giro de la rueda.

Una explosión de agua hace que el minisub se tuerza hacia un lado.

Mick baja a toda prisa por la escalera de mano y va a caer sobre los escombros de equipos destrozados justo cuando el *Percebe* es liberado por fin.

Se oye un silbido ensordecedor cuando la gigantesca turbina acelera hasta cien revoluciones por segundo y empuja al minisub hacia atrás para lanzarlo por el conducto de entrada a la velocidad de una bala.

A BORDO DE LA *SCYLLA*
20.40 horas

—¡Es un torbellino!

El capitán Furman se ve lanzado contra una consola de control cuando el suelo a sus pies se retuerce y se levanta por el efecto de doce toneladas de cable de perforación que se estrellan contra la cubierta inferior.

Los chirridos del metal cortan el aire. Con un gemido agonizante, la cubierta superior de la plataforma de siete plantas se inclina contra la monstruosa corriente. La *Scylla* se ladea en un ángulo de sesenta grados cuando la media docena de cabos sumergidos que la sujetan a un pontón se niegan a ceder ante el creciente empuje del remolino.

Técnicos y equipos resbalan por el hueco abierto precipitándose sin remedio en el enfurecido mar de color esmeralda.

Los demás cabos de amarre saltan por los aires y liberan a la plataforma del fondo. Entonces, la superestructura flotante se endereza... y al instante comienza a girar, cabeceando y bamboleándose en el interior de la boca del luminiscente torbellino.

El aullido de las alarmas surca la noche. Los operarios, aturdidos, salen tambaleándose de sus cabinas para, un instante después, verse azotados por los escombros que vuelan por los aires. Con su mundo girando alrededor a una velocidad de vértigo, bajan dando tumbos por las escaleras de aluminio a fin de pasar a la cubierta siguiente, donde hay una decena de botes salvavidas colgando de los cabrestantes.

Brian Dodds aferra los cabos de un bote salvavidas, ensordecido por el rugido el torbellino. El bote cuelga dos metros por debajo de él, pero la *Scylla* se encuentra tan violentamente inclinada que ya no es posible montarse en él de un salto.

La plataforma petrolífera se tuerce hacia un costado, atrapada en la fuerza centrífuga del remolino, el cual la pega a la pared del embudo. El director de la NASA abre los ojos y se obliga a sí mismo a contemplar la deslumbrante fuente de energía que irradia del centro del turbulento mar. Se agarra con fuerza y aspira una bocanada de aire cuando se le echa encima una ola de doce metros que se estrella contra la cubierta inferior llevándose consigo en su furia el último bote salvavidas.

A Dodds el estómago le da un vuelco terrible, y sus ojos se abren desmesuradamente a causa de la incredulidad al ver que, de pronto, el centro del vórtice se hunde en el fondo del mar dejando la plataforma girando peligrosamente en lo alto del precipicio de agua. En medio del enloquecedor frenesí de color esmeralda distingue algo... una criatura negra y alada que levita pesadamente y va ascendiendo por el vórtice del torbellino igual que un demonio que emergiera del infierno.

La bestia alada pasa volando por encima de él y desaparece en la noche... mientras la *Scylla* se desploma de costado y entra en caída libre hacia el olvido.

El ser sin vida surca la superficie del Golfo a velocidad supersónica planeando sin esfuerzo sobre un denso colchón de antigravedad. Se desplaza hacia el suroeste y asciende a una altitud mayor, haciendo temblar con su estela de energía las cumbres montañosas de México en su camino hacia el Pacífico.

Al llegar al océano, su matriz sensorial preprogramada altera su curso para tomar una ruta occidental más precisa. Entonces aminora y ajusta su velocidad a fin de permanecer en el lado oscuro del planeta mientras dure su fatídico viaje.

Diario de Julius Gabriel

Nuestra luna de miel en El Cairo fue maravillosa.

Maria lo era todo para mí: mi alma gemela, mi amante, mi compañera, mi mejor amiga. Decir que su presencia me consumía no es una exageración. Su belleza, su aroma, su sexualidad... todo lo suyo resultaba tan embriagador, que a veces me sentía borracho de amor, dispuesto, si no deseoso, a abandonar la promesa que había hecho de desentrañar el acertijo del calendario maya, sólo para regresar a Estados Unidos con mi joven esposa.

A fundar una familia. A vivir una vida normal.

Pero Maria tenía otros planes. Tras una semana de luna de miel, insistió en que prosiguiéramos nuestro viaje al pasado de la humanidad buscando en la Gran Pirámide pistas que relacionaran su magnífica estructura con el dibujo hallado en la meseta de Nazca.

¿Quién puede discutir con un ángel?

En lo que se refiere a Giza, el tema de quién construyó las pirámides es igual de importante que cuándo, cómo y por qué. Verás, las pirámides de Giza constituyen una paradoja en sí mismas, pues fueron erigidas con una precisión increíble y con un propósito que aún sigue siendo un misterio miles de años después. A diferencia de los demás monumentos antiguos de Egipto, las pirámides de Giza no se construyeron como tumbas; de hecho, carecen de todo jeroglífico de identificación, de inscripciones internas, sarcófagos y tesoros de los que se pueda hablar.

Tal como he mencionado anteriormente, la erosión de la base de la Esfinge demostraría más tarde que las estructuras de Giza se levantaron en el 10450 a.C., lo cual las distingue como las más antiguas de todo Egipto.

Te habrás dado cuenta de que no me estoy refiriendo a estas maravillas por los nombres de pirámides de Jufu, Jafre y Menkaure. Los egiptólogos quisieran hacernos creer que fueron dichos faraones los que encargaron su construcción. ¡Qué soberbia tontería! Jufu tuvo que ver con el diseño y la construcción de la Gran Pirámide tanto como Arturo, un rey cristiano, tuvo que ver con Stonehenge, un monumento que fue abandonado 1.500 años antes de Cristo.

Dicha falacia se remonta a 1837, cuando el coronel Howard Vyse recibió el encargo de excavar Giza. Este arqueólogo, no habiendo hecho ningún descubrimiento significativo (y encontrándose bastante desesperado por la falta de fondos), se las arregló, muy convenientemente, para descubrir unas marcas en la piedra que llevaban el nombre de Jufu en un túnel más bien poco claro que él mismo excavó al azar en el interior de la pirámide. Por alguna razón, nadie cuestionó el hecho de que aquellas marcas identificativas habían sido pintadas al revés (algunas de ellas incluso con errores) y de que no se encontró ninguna inscripción más en toda la Gran Pirámide.

Los egiptólogos, por supuesto, pregonan que el descubrimiento de Vyse es el Evangelio.

Muchos años después, el arqueólogo francés Auguste Mariette desenterró una estela inventario. El texto que apareció en dicha piedra, el equivalente antiguo de una placa histórica para los turistas, indica claramente que las pirámides fueron construidas mucho antes del reinado de Jufu, y se refiere a las estructuras de Giza como la Casa de Osiris, señor de Rostau.

Osiris, tal vez la figura más respetada de toda la historia de Egipto, fue un gran maestro y un gran sabio que abolió el canibalismo y dejó un legado perdurable a su pueblo.

Osiris... el barbudo rey-dios.

Maria y yo pasamos la mayor parte del tiempo examinando la Gran Pirámide, aunque el plan completo de Giza obedece a un propósito misterioso y muy diferente.

El exterior de la Gran Pirámide es tan desconcertante como su interior. Como ya he hablado anteriormente de las medidas del templo en relación con el valor de *pi*, la precesión y las dimensiones de la Tierra, procederé ahora a describir los lados de su estructura, formados por bloques de piedra caliza. Por increíble que parezca, cada lado de la pirámide mide doscientos veintenueve metros y medio, con lo cual constituye casi un cuadrado perfecto. Además, cada lado está alineado con el norte exacto, el sur, el este y el oeste, dato que produce un gran impacto si se piensa que la Gran Pirámide se construyó con dos millones trescientos mil bloques de piedra, algunos de los cuales pesan entre dos toneladas y media y quince toneladas. (En la más pequeña de las pirámides de Giza hay una piedra que pesa ella sola trescientos veinte toneladas. Mientras estoy escribiendo esto, en el año 2000, sólo existen tres grúas en el mundo entero capaces de levantar semejante peso del suelo.) Sin embargo, como ocurrió en Tiahuanaco y en Stonehenge, no se empleó ningún tipo de maquinaria para mover esos increíbles pesos, que tuvieron que ser transportados desde una cantera alejada y luego colocados en su sitio, a menudo a varios cientos de metros del suelo.

La mayoría de quienes contemplan la Gran Pirámide no caen en la cuenta de que los costados de su estructura presentaban originalmente un acabado en piedras de revestimiento sumamente pulidas, en número de 144.000, cada una de las cuales pesaba novecientos kilos. Hoy en día tan sólo quedan restos de dicho revestimiento, pues la mayor parte quedó destrozada por un terremoto acaecido en el año 1301 de nuestra era; sin embargo sabemos que los bloques estaban cortados con tal precisión y destreza que no se podría introducir entre ellos ni la hoja de un cuchillo. Sólo podemos imaginar cómo debió de ser la Gran Pirámide hace miles de años, una estructura de seis millones de toneladas que abarcaba cinco hectáreas, reluciente como el cristal bajo el sol de Egipto.

Mientras que el exterior de la pirámide ya constituye de por sí una magnífica vista, es el misterioso interior el que posiblemente oculta su verdadero propósito.

La Gran Pirámide contiene varios pasadizos que conducen a dos salas vacías, inofensivamente denominadas Cámara del Rey y Cámara de la Reina. La auténtica finalidad de esas dos cámaras no se conoce aún. En la cara norte hay una entrada oculta que da acceso a un estrecho pasadizo descendente, del cual parte un pasillo recto que sube adentrándose en el corazón de la pirámide. Al cabo de una breve subida, se puede entrar por un claustrofóbico túnel horizontal de cuarenta metros de largo que lleva a la Cámara de la Reina, o bien continuar ascendiendo y pasar a la Gran Galería, un impresionante corredor abovedado que conduce a la Cámara del Rey.

La Cámara de la Reina es una estancia vacía de cinco por cinco metros y medio, con un techo a dos aguas de seis metros de altura. Su único rasgo digno de mención es un estrecho conducto de ventilación cuya abertura es un rectángulo de tan sólo veinte por veintitrés centímetros. Dicho conducto, al igual que los dos hallados en la Cámara del Rey, permaneció sellado hasta 1993, cuando los egipcios, en su intento de mejorar la ventilación de la pirámide, contrataron al ingeniero alemán Rudolf Gantenbrink para que se sirviera de su robot en miniatura para excavar los conductos de ventilación cegados. Las imágenes tomadas por la cámara del robot revelaron que los conductos no estaban cegados, sin sellados por dentro mediante un objeto deslizante, una diminuta puerta sujeta por unos pernos metálicos. Cuando se le quitara dicho impedimento, el conducto llevaría directamente hacia el cielo.

Sirviéndose de un complejo clinómetro, Gantenbrink consiguió calcular los ángulos exactos de los conductos al proyectarse sobre el cielo. Con una inclinación de treinta y nueve grados y nueve metros, el conducto sur de la Cámara de la Reina apuntaba directamente a la estrella Sirio. El de la Cámara del Rey, en un ángulo de cuarenta y cinco grados, apuntaba a Al Nitak, la estrella más baja de las tres que forman el Cinturón de Orión.

Poco después, los astrónomos descubrieron que las tres pirámides de Giza habían sido cuidadosamente alineadas para que reprodujeran la posición de las tres estrellas de la constelación de Orión tal como se las veía en el año 10450 a.C. (La leyenda de Osiris también está relacionada con Orión, y la de su esposa Isis con la estrella Sirio.)

¿Fue la alineación cósmica el verdadero propósito de que se excavaran esos conductos, o se diseñaron para desempeñar otra función?

La Gran Galería es, en sí misma, un increíble logro de ingeniería. Con una anchura de poco más de dos metros en el nivel del suelo, las paredes de este corredor, formadas por repisas, van estrechándose gradualmente a uno y otro lado conforme van subiendo para encontrarse con el techo, de ocho metros y medio de altura. Este angosto pasillo presenta una inclinación de veintiséis grados y una longitud de más de cuarenta y cinco metros, un asombroso logro arquitectónico si se tiene en cuenta que la bóveda de albañilería de la Gran Galería soporta todo el peso de las tres cuartas partes superiores de la pirámide.

Al final de la Gran Galería se encuentra una misteriosa antecámara de paredes de granito rojo. En el muro se han excavado unas extrañas hendiduras paralelas, en pares, que parecen guías para un antiguo conjunto de divisiones. De ahí parte un pequeño túnel que conduce a la Cámara del Rey, la estancia más impresionante de toda la pirámide. Se trata de una sala que forma un rectángulo perfecto de cinco metros y medio de ancho, diez y medio de largo y 5,80 de alto. La cámara entera está formada por cien bloques de granito rojo, cada uno de los cuales pesa más de setenta toneladas.

¿Cómo pudieron los constructores antiguos llevar hasta

su sitio aquellos bloques de granito, sobre todo en unos espacios tan reducidos?

En el interior de la Cámara del Rey hay un único objeto presente: un solitario bloque de granito de color barro vaciado por dentro como si se tratara de una bañera gigante. Situado junto a la pared oeste, mide 2,30 metros de largo por uno tanto de alto como de ancho. El bloque de granito macizo ha sido cortado con inexplicable precisión, propia de una máquina. Fuera cual fuese la tecnología que se empleó para construir ese objeto, era superior a cualquier herramienta conocida por el hombre moderno.

Aunque no se ha hallado ninguna momia, los egiptólogos continúan identificando ese objeto ahuecado con un sarcófago sin tapa.

Yo tengo una teoría distinta.

La Cámara del Rey parece funcionar como un instrumento acústico que recoge y amplifica los sonidos. En varias ocasiones he podido estar a solas en esa sala y he aprovechado la oportunidad para meterme dentro de ese cofre con forma de bañera. Al tumbarme en él, me sorprendió enormemente experimentar unas fuertes reverberaciones, como si me hubiera introducido en el canal auditivo de un gigante. No exagero si digo que de hecho me temblaron todos los huesos a causa de aquellas tremendas vibraciones de sonido y energía. Los varios ingenieros electrónicos a quienes consulté me revelaron que la geometría del vértice de la Gran Pirámide (con 377 ohmios) la convierte en un resonador perfecto, ya que su impedancia coincide con la del espacio libre.

Por extraño que resulte, mi teoría es que la Gran Pirámide fue diseñada para que funcionara a modo de un increíble diapasón monolítico canalizador de energía, capaz de hacer resonar corrientes tipo radiofrecuencia, o quizá otros campos de energía aún desconocidos.

Más datos aleccionadores: además de nuestras propias investigaciones respecto de la Gran Pirámide, Maria y yo dedicamos incontables horas a entrevistarnos con algunos de los mejores arquitectos e ingenieros del mundo. Al calcular el peso, la mano de obra y las necesidades de espacio que requirió la construcción de la pirámide, cada uno de esos profesionales llegó a la misma sorprendente conclusión: la Gran Pirámide no podría duplicarse... ni siquiera hoy en día.

Permítame que lo reitere: ni siquiera utilizando nuestras grúas más avanzadas, los seres humanos de esta era jamás podríamos construir la Gran Pirámide.

Y sin embargo, la Gran Pirámide sí fue construida, ¡y hace aproximadamente trece mil años!

Entonces, ¿quién construyó la Gran Pirámide?

¿Cómo hace uno para buscar respuestas que definan lo imposible? ¿Qué es lo imposible? Maria lo describió como «una conclusión defectuosa extraída por un observador mal informado, cuya limitada experiencia carece de la información básica para comprender de modo exacto algo que simplemente no está dentro de los parámetros aceptables de lo que es para él la realidad».

Lo que intentaba expresar mi amada era lo siguiente: los misterios siguen siendo misterios hasta que el observador abre su mente a nuevas posibilidades. O, para decirlo de modo sucinto, si se quiere encontrar una solución a algo que se percibe como imposible, hay que buscar soluciones imposibles.

Y así lo hicimos.

La lógica dicta que si los seres humanos por sí solos no pudieron construir las pirámides de Giza, entonces es que tuvo que ayudarlos alguien, en este caso otra especie, obviamente superior en inteligencia.

Esta sencilla pero perturbadora conclusión no procede de la nada, sino de duras pruebas empíricas.

Los cráneos alargados encontrados en Centroamérica y en Sudamérica nos dicen que los miembros de esa misteriosa es-

327

pecie eran humanoides en su aspecto físico. Existen diversas leyendas que los describen como varones caucásicos de estatura elevada, con ojos azul mar y barba y cabellos blancos y largos. Varias de las culturas antiguas más importantes de la historia, entre ellas la egipcia, la inca, la maya y la azteca, veneraron a esos seres como hombres de gran sabiduría y paz que llegaron para establecer el orden a partir del caos. Todos ellos fueron grandes maestros y poseían conocimientos avanzados de astronomía, matemáticas, agricultura, medicina y arquitectura que elevaron a nuestra raza salvaje y la transformaron en un conjunto de naciones de sociedades ordenadas.

Las pruebas físicas que han quedado para confirmar su existencia son indiscutibles.

Esta especie de humanoides tenía también un plan muy claro: preservar el futuro de la humanidad, sus hijos adoptivos.

Qué conclusión más extraña la que habíamos alcanzado Maria y yo. Allí estábamos nosotros, dos pensadores de la época moderna, doctorados en Cambridge, planteándonos el uno al otro teorías que habrían hecho sentirse orgulloso a Erich von Däniken. En cambio nosotros no estábamos orgullosos. De hecho, nuestra primera reacción fue sentir vergüenza. Nosotros no éramos unos hoteleros suizos metidos a autores; nosotros éramos científicos, arqueólogos de renombre. ¿Cómo íbamos a hacer para presentar ante nuestros colegas aquellas ideas tan absurdas respecto de la intervención de extraterrestres? Y sin embargo, por primera vez, mi joven esposa y yo tuvimos la sensación de que por fin se nos habían abierto los ojos de verdad. Percibíamos en todo aquello un plan maestro, pero nos frustraba no saber descifrar su significado oculto. Nuestros antepasados humanoides nos habían dejado instrucciones en los códices mayas y se habían tomado la molestia de duplicar el mensaje en la meseta de Nazca, pero dichos códices habían sido quemados por los sacerdotes españoles y el mensaje de Nazca todavía era un misterio para nosotros.

Maria y yo nos sentimos asustados y solos, la profecía del día del juicio contenida en el calendario maya pendía sobre nuestras cabezas como la espada de Damocles.

Recuerdo que me abracé a mi esposa, sintiéndome igual que un niño atemorizado que, al enterarse de que existe la muerte, se esfuerza por comprender el concepto de paraíso de sus padres. Aquel pensamiento me hizo darme cuenta de que, a pesar de nuestras hazañas y nuestros logros, nuestra especie, desde un punto de vista evolutivo, en realidad todavía se encuentra en su infancia. Quizá sea ésa la razón por la que somos tan dados a la violencia, o por la que seguimos siendo criaturas emocionales, siempre necesitadas de amor, siempre asaltadas por un sentimiento de soledad. Como bebés de treinta mil años de edad que somos, simplemente no sabemos hacerlo mejor. Somos un planeta de niños, la Tierra, un enorme orfanato sin mentes adultas que nos enseñen cómo funciona el universo. Nos hemos visto obligados a aprender solos, por la experiencia, viviendo y muriendo igual que los glóbulos rojos que circulan sin pensar, ajenos a todo, por el organismo de la humanidad, tan jóvenes, tan inexpertos, tan ingenuos. Los dinosaurios dominaron la Tierra durante doscientos millones de años, en cambio nuestros antepasados bajaron de los árboles hace menos de dos millones de años. En nuestra increíble ignorancia, nos hemos hecho la idea de que somos superiores.

La verdad es que no somos más que una especie formada por niños, niños curiosos e ignorantes.

Los Nephilim, los «caídos del cielo», fueron nuestros antepasados. Estuvieron aquí hace mucho tiempo, tomaron por esposas a mujeres del género *Homo sapiens* y así aportaron su ADN a nuestra especie. Nos enseñaron lo que pensaron que éramos capaces de aprehender y nos dejaron nítidas señales de su presencia. También intentaron advertirnos de una calamidad que estaba por venir, pero al igual que la mayoría de los niños, nosotros hicimos oídos sordos y nos negamos a hacer caso de la advertencia de nuestros padres.

«Seguimos siendo niños», recuerdo que le dije a Maria. «Somos niños frágiles, ingenuos, creemos que lo sabemos todo, y nos mecemos tranquilamente en nuestra cuna ajenos al hecho de que la serpiente ha penetrado por la ventana abierta de la habitación con la intención de matarnos.»

Maria se mostró de acuerdo. «Comprenderás, naturalmente, que la comunidad científica nos despreciará.»

«Pues entonces no debemos decírselo, por lo menos de momento», respondí yo. «Puede que la profecía de la humanidad esté escrita en piedra, pero aún está en nuestra mano determinar el futuro. Los Nephilim no se habrían tomado tantas molestias para advertirnos respecto del cuatro *Ahau*, tres *Kankin* sin dejar también algún arma, algún medio de salvarnos de la aniquilación. Hemos de encontrar el medio de salvarnos; entonces, y sólo entonces, el resto del mundo estará dispuesto a escuchar con una mente abierta.»

Maria me abrazó, aceptando mi lógica. «Aquí no encontraremos las respuestas, Julius. Estabas en lo cierto todo el tiempo. Aunque la Gran Pirámide forme parte del rompecabezas de la profecía, el templo que figura en la meseta de Nazca se encuentra en Mesoamérica.»

Extracto del diario del profesor Julius Gabriel,
ref. Catálogo 1975-1977, páginas 12-72
Disquete 4 de fotos: Nombre de archivo:
GIZA, cianotipo 17

Capítulo 18

1 de diciembre de 2012
LLANURA DE NULLARBOR, AUSTRALIA
5.08 horas

La llanura de Nullarbor, la planicie más grande del planeta, es una desolada región de piedra caliza que se extiende a lo largo de doscientos cuarenta y seis mil kilómetros cuadrados de la desierta costa del Pacífico de Australia. Es una zona deshabitada, carente de vegetación y de fauna.

Pero para Saxon Lennón, naturalista a media jornada, y su novia, Renée, la llanura de Nullarbor ha sido siempre el lugar perfecto al que escapar. Allí no hay gente, ni ruido, ni directores de proyecto dando gritos, tan sólo el sonido calmante del oleaje contra los acantilados de piedra caliza que hay treinta metros por debajo del lugar donde se encuentran acampados.

El estampido sónico hace que Saxon se asome fuera de su saco de dormir. Abre los ojos y aparta los faldones de la tienda de campaña para contemplar el cielo estrellado.

Renée le pasa un brazo por la cintura y le acaricia juguetona los genitales.

—Qué madrugador, cariño.

—Aguarda un segundo... ¿no has oído pasar algo con un zumbido?

—¿Cómo qué?

—No sé...

El tremendo impacto seco hace que la tierra en la que se apoya la tienda sufra una sacudida que logra soltar a Saxon de las manos de su novia.

—¡Vamos!

La joven pareja sale a toda prisa de la tienda, medio desnudos, y se calzan las botas de montaña sin tomarse la molestia de atárselas. A continuación se suben a su jeep y enfilan hacia el este. Saxon cuida de mantenerse a una distancia segura del borde de los acantilados que discurren paralelos a su derecha.

Para cuando llegan, el oscuro horizonte se ha vuelto gris.

—Santo cielo, Sax, ¿qué diablos es eso?

—No... no lo sé.

El objeto es enorme, tan alto como una casa de dos pisos, y tiene unas alas reptilianas que miden sus buenos dieciocho metros de una punta a la otra. La criatura es negra como la noche y se sostiene sobre un par de garras de tres dedos que parecen aferrarse a la superficie de piedra caliza. Posee una gigantesca cola en forma de abanico, reluciente, que se eleva, inmóvil, varios metros por encima del suelo, y una serie de tentáculos que salen del abdomen. La cabeza, de forma ahusada y carente de rostro, parece apuntar al cielo. Esa especie de estatua parece no tener vida, excepto por el brillo ambarino y luminiscente de un órgano en forma de disco situado a un costado de su torso.

—¿Podría ser uno de esos extraños vehículos aéreos que siempre andan probando las Fuerzas Aéreas?

—¿No deberíamos llamar a alguien?

—Llama tú. Yo voy a sacar unas cuantas fotos.

Saxon enfoca la cámara y toma varias instantáneas mientras su novia prueba el teléfono del coche.

—El teléfono no funciona, no hay nada más que estática. ¿Seguro que has pagado el recibo?

—Estoy seguro. Ven, hazme una foto con el bicho este, ya sabes, para que se vea lo grande que es.

—No demasiado cerca, ¿vale, cariño?

Saxon le entrega la cámara a Renée y acto seguido se coloca a unos cuatro metros del objeto.

—No creo que esta cosa esté viva siquiera. Está ahí posada, igual que un pájaro frito.

En el horizonte surge un resplandor dorado.

—El momento perfecto. Espera a que salga el sol, me quedará mejor la foto.

Los primeros rayos del amanecer asoman sobre el Pacífico besando la superficie de la cola reflectante de la criatura.

Saxon da un salto atrás al ver que la cola se levanta con un zumbido hidráulico.

—Hijo de puta, este chisme está activándose.

—Sax... mira... el ojo está empezando a parpadear.

Saxon mira fijamente el disco ámbar, que está encendiéndose y apagándose cada vez más deprisa, cambiando el color hacia una tonalidad carmesí.

—Vámonos...

Agarra a Renée por la muñeca y echa a correr hacia el jeep. Arranca el motor, mete la marcha y acelera en dirección norte, a través de la inmensa planicie.

El círculo adquiere un tono más oscuro, rojo sangre, y entonces deja de parpadear. Se enciende una chispa que recorre las alas extendidas y después estalla en una brillante llamarada de un blanco plateado.

A continuación, con un cegador fogonazo, la criatura explosiona liberando una incalculable cantidad de energía combustible que se expande por toda la llanura de Nullarbor a la velocidad del sonido. La onda expansiva de la explosión nuclear se filtra a través de los poros del macizo de piedra caliza.

Y lo vaporiza todo a su paso.

Saxon detecta la ardiente ola de nueve mil ochocientos grados de temperatura un nanosegundo antes de que su cuerpo, el de su novia, el jeep y el terreno circundante se evaporen en una nube de gas tóxico que es barrida hacia lo alto de la atmósfera en un espantoso vacío de fuego y polvo microcósmico.

La fragata USS *Boone* (FFG-28) de guiado de misiles de la clase Oliver Hazard Perry flota silenciosamente sobre un mar de color gris plomizo bajo el cielo amenazante de la tarde. Alrededor del buque de guerra, dispersos por la superficie en un radio de dos millas, se encuentran los únicos restos que quedan de la plataforma petrolífera semisumergible *Scylla*. Una decena de lanchas neumáticas con motor maniobran con cuidado por entre el mar de residuos mientras los descorazonados marineros sacan del agua los cuerpos hinchados de los fallecidos.

El alférez Zak Wishnov cierra otra bolsa de plástico con los restos de un cadáver mientras el teniente Bill Blackmon indica a la lancha motora que se acerque despacio, sorteando los despojos del naufragio.

—Zak, ahí hay otro, a estribor.

—Dios, cómo odio hacer esto. —Wishnov se inclina sobre la proa y engancha el cadáver con un bichero—. Ay, Dios, a éste le falta un brazo.

—¿Algún tiburón?

—No, está seccionado limpiamente. Verás, ahora que lo dices, desde que estamos aquí no he visto un solo tiburón.

—Ni yo tampoco.

—No tiene sentido. Hay sangre por todas partes, y estas aguas suelen estar infestadas de tiburones. —Zak sube el cadáver mutilado a la motora y lo introduce rápidamente en una bolsa de plástico—. Es por esa cosa de ahí abajo, ¿verdad, teniente? El origen de ese resplandor verde. Por eso no se acercan los tiburones.

El teniente afirma con la cabeza.

—Los tiburones saben algo que no sabemos nosotros. Cuando antes nos saque de aquí el capitán, mejor.

El capitán Edmund O. Loos III se encuentra inmóvil en el puente, con sus ojos color avellana fijos en el horizonte, que no presagia nada bueno, y la mandíbula tensa por la rabia. El decimotercer oficial al mando del *Boone* y su tripulación de cuarenta y dos oficiales y quinientos cincuenta hombres enrolados aguardan malhumorados en el interior del buque desde que se recibió la orden proveniente del oficial al mando de desgajarse del grupo de batalla que se dirigía al golfo Pérsico y poner rumbo al golfo de México.

«Una maldita operación de salvamento en medio de lo que podría ser el mayor conflicto que hemos tenido en veinte años. Vamos a ser el hazmerreír de toda la jodida Marina.»

El comandante Curtis Broad, segundo oficial al mando del buque, se le acerca.

—Disculpe, capitán. Uno de los LAMPS ha localizado un sumergible flotando 1,7 kilómetros al oeste en línea recta. Hay dos supervivientes a bordo. Uno de ellos afirma saber qué es lo que ha destruido la *Scylla*.

—Que lo lleven a la sala de reuniones. ¿Cuál es tiempo estimado de llegada del vicepresidente?

—Treinta y cinco minutos.

A lo lejos se divisa un intenso y silencioso relámpago, seguido segundos después por el retumbar del trueno.

—Llame a todos los barcos, comandante. Estaré en la sala de reuniones. Infórmeme cuando llegue el vicepresidente.

—Sí, señor.

El helicóptero antisubmarinos Kaman SH-2G Seasprite, también conocido como Sistema Ligero Polivalente Aerotransportado (LAMPS en inglés), rebota dos veces antes de posarse definitivamente sobre el helipuerto del crucero de guiado de misiles.

Mick Gabriel se agarra con una mano a la camilla de Dominique y al tripulante con la otra. Cuando se abren las puertas del helicóptero son recibidos por el médico de a bordo y su equipo.

El oficial médico se inclina sobre la bella hispana, que se halla inconsciente. Verifica que respira, le toma el pulso y después le examina los ojos con una linterna.

—Sufre una conmoción grave y posibles lesiones internas. Tenemos que llevarla a la enfermería.

Un soldado empuja a Mick a un lado y lo libera de la camilla. Él se encuentra demasiado débil para protestar.

El médico le echa un vistazo a él.

—Hijo, por su cara se diría que ha pasado usted por el infierno. ¿Tiene alguna lesión, aparte de esos cortes y hematomas?

—Me parece que no.

—¿Cuánto lleva sin dormir?

—No sé. ¿Dos días? Mi amiga, ¿se pondrá bien?

—Creo que sí. ¿Cómo se llama usted?

—Mick.

—Venga conmigo, Mick. Vamos a curarle esas heridas, darle algo de comer y lavarlo un poco. Necesita descansar...

—Negativo —interrumpe el teniente—. El capitán quiere verlo en la sala de reuniones dentro de quince minutos.

Está lloviendo cuando el helicóptero de Ennis Chaney se posa en la cubierta del *Boone*. El vicepresidente se inclina hacia delante y le da un ligero codazo al hombre que duerme a su derecha.

—Despierta, Marvin, ya hemos llegado. No entiendo cómo puedes dormir con todo este traqueteo.

Marvin Teperman esboza una breve sonrisa a la vez que se restriega los ojos.

—Los viajes me dejan agotado.

Un alférez descorre la portezuela, saluda, y acto seguido conduce a los dos hombres al interior de la superestructura.

—Señor, el capitán Loos lo aguarda en la sala de reuniones...

—Aún no. Antes quiero ver los cadáveres.

—¿Ahora mismo, señor?

—Ahora mismo.

El alférez lo guía por un inmenso hangar. En el suelo de hormigón yacen las bolsas de plástico colocadas en filas.

Chaney va pasando lentamente de una bolsa a otra, deteniéndose en cada una de ellas a leer la etiqueta identificativa.

—Dios mío...

El vicepresidente se arrodilla junto a una de las bolsas y abre la cremallera con manos temblorosas. Se queda mirando el rostro pálido y sin vida de Brian Dodds. Con gesto paternal, alarga el brazo y le retira el cabello rubio de la frente con lágrimas de emoción en los ojos.

—¿Cómo ha sucedido? —La voz de Chaney es un áspero susurro.

—No estamos seguros, señor. La única persona que quizá lo sepa se encuentra en la sala de reuniones del capitán, esperando a hablar con usted.

Chaney vuelve a cerrar la bolsa y se incorpora con dificultad.

—Lléveme a esa sala.

Mick se mete en la boca el último bocado del sándwich de queso con atún y lo deglute con ayuda de un trago de gaseosa.

—¿Ya se siente mejor?

Responde al capitán asintiendo con la cabeza. Aunque se encuentra exhausto, la comida, la ducha caliente y la ropa limpia han mejorado su ánimo.

—Bien, dice usted que su nombre es Michael Rosen, que es biólogo marino y que trabaja en un centro de Tampa, ¿es correcto?

—Sí, señor. Puede llamarme Mick.

—Y descubrió el objeto que se encuentra debajo de nosotros. ¿Cómo?

—Por el SOSUS. Se trata de un sistema de observación subacuática mediante el sonido que...

—Ya conozco el SOSUS, gracias. Diga, su acompañante...

La pregunta queda interrumpida por unos golpes en la puerta. Mick levanta la vista y ve entrar al vicepresidente Chaney, seguido por un caballero más bajo y mayor que él que luce un fino bigote y una cálida sonrisa.

—Bienvenido a bordo, señor. Lamento que no haya podido hacernos una visita en circunstancias más agradables.

—Capitán, le presento al doctor Marvin Teperman, un exobiólogo que nos han prestado de Canadá. ¿Y quién es este caballero?

Mick tiende la mano.

—Doctor Michael Rosen.

—El doctor Rosen afirma que ha penetrado en el interior del objeto en su minisubmarino.

Chaney toma asiento a la mesa de reuniones.

—Pónganos al tanto.

El capitán Loos consulta sus notas.

—El doctor Rosen ha descrito un lugar que recuerda en cierto modo al Infierno de Dante. Dice que el resplandor esmeralda es emitido por un potente campo de energía que tiene su origen dentro de una cámara subterránea.

Chaney observa a Mick con sus penetrantes ojos de mapache.

—¿Qué le ha ocurrido a la *Scylla*?

—Se refiere a la plataforma petrolífera —aclara Loos—. Era un puesto de observación sensorial situado en la vertical del agujero en cuestión.

—Ese campo de energía creó un potente vórtice. El torbellino ha debido de destruir la plataforma.

Loos abre los ojos desmesuradamente. Pulsa el interruptor de un intercomunicador.

—Puente.

—Sí, señor. Al habla el comandante Richards...

—Suelte las boyas de detección, comandante, y después desplace el barco un kilómetro al este de nuestra posición actual.

—Un kilómetro al este. Sí, señor.

—Es una orden urgente, comandante.

—Entendido, señor.

Mick mira al capitán Loos y luego al vicepresidente.

—Mover el barco no es suficiente, capitán. Corremos un peligro terrible. Ahí abajo hay una forma de vida que...

—¡Una forma de vida! —Marvin prácticamente salta por encima de la mesa—. ¿Dice que ahí abajo hay algo vivo? ¿Cómo es posible tal cosa? ¿Cómo era?

—No lo sé.

—¿Es que no lo vio?

—Estaba oculto dentro de una enorme vaina.

—En ese caso, ¿cómo sabía usted que estaba vivo? ¿Hizo algún movimiento?

—Se comunicó conmigo... telepáticamente. Posee la capacidad de acceder a nuestros pensamientos, incluso a nuestros recuerdos más profundos del subconsciente.

Teperman está de pie, incapaz de contener su excitación.

—Esto es increíble. ¿Qué pensamientos le comunicó?

Mick titubea.

—Accedió a un recuerdo de mi padre fallecido. No... no era un recuerdo muy agradable.

Chaney se inclina hacia delante.

—Dice que corremos un peligro terrible. ¿Por qué? ¿Supone alguna amenaza para nosotros esa forma de vida?

—Es más que una amenaza. A menos que destruyamos a ese ser y su nave, todos los hombres, mujeres y niños de este planeta estaremos muertos para el cuatro *Ahau*... Quiero decir, el 21 de diciembre.

Marvin deja de sonreír. Chaney y el capitán se miran el uno al otro y después vuelven a mirar a Mick, que casi percibe físicamente la tensión que hay detrás de los ojos del vicepresidente, clavados en él.

—¿Cómo sabe eso? ¿Se lo ha comunicado ese ser?

—¿Vio usted alguna clase de arma? —le pregunta el capitán.

—No estoy seguro. Se liberó algo. No sé lo que era. Se parecía a un murciélago gigantesco, deforme, sólo que no agitaba las alas, sino que simplemente salió de aquel lago de energía líquida de color plateado...

—¿Estaba vivo? —inquiere Marvin.

—No lo sé. Parecía más mecánico que orgánico... emitía como un zumbido. El campo de energía comenzó a girar, se formó el remolino, el techo de la cámara fue lanzado parcialmente hacia el mar, y entonces ese chisme ascendió en vertical y salió por el embudo.

—¿En vertical por el embudo? —Chaney menea la cabeza en un gesto de incredulidad—. Todo esto resulta bastante descabellado, doctor Rosen.

—Me doy cuenta de ello, pero le aseguro que es verdad.

—Capitán, ¿ha examinado el sumergible de este caballero?

—Sí, señor. Los instrumentos electrónicos están inutilizados y el casco sufre serios desperfectos.

—¿Cómo accedió a la nave alienígena? —pregunta Marvin.

Mick observa al exobiólogo.

—Es la primera vez que la llama alienígena. Es lo que queda del objeto que chocó contra la Tierra hace sesenta y cinco millones de años, ¿no es así, doctor?

Marvin alza las cejas en un gesto de sorpresa.

—Y la señal de radio del espacio profundo debió de activar el sistema de soporte vital de la nave.

Teperman parece impresionado.

—¿Cómo sabe usted todo eso?

—¿Es verdad? —pregunta el capitán Loos sin poder creerlo.

—Es muy posible, capitán. Aunque, basándome en lo que acaba de contarnos el doctor Rosen, parece más probable que el sistema de soporte vital de esa nave alienígena no estuviera desactivado del todo. Esa vaina a la que se refiere el doctor Rosen debió de continuar funcionando, manteniendo vivo a su ocupante en una especie de estasis protectora.

—Hasta que la activó la señal del espacio profundo —concluye Mick.

Chaney lo observa con mirada suspicaz.

—¿Cómo es que sabe usted tanto de ese ser extraterrestre?

En eso se oye un sonoro golpe en la puerta y entra el comandante Broad.

—Lamento interrumpir, capitán, pero necesito verlo en privado.

El capitán Loos lo acompaña fuera de la sala.

—Doctor Rosen, ¿dice usted que esa cosa va a destruir a la humanidad el 21 de diciembre? ¿Cómo sabe eso?

—Como ya he dicho, doctor Teperman, ese ser se comunicó conmigo. Puede que no expresara sus intenciones de manera verbal, pero quedaron bastante claras.

—¿Le dijo que la fecha era el 21?

—No. —Mick coge las notas del capitán. Les echa un rápido vistazo y retira el sujetapapeles del fajo con aire despreocupado—. He pasado toda mi vida estudiando las profecías mayas, así como media docena de yacimientos antiguos repartidos por todo el planeta que relacionan esta presencia maligna con el fin del mundo. El día 21 es la fecha que se indica en el calendario maya, el día en que la humanidad será barrida de la faz de la Tierra. Antes de que se burle, deberá saber que ese calendario es un instrumento astronómico de precisión que...

Chaney se frota los ojos, perdiendo la paciencia.

—No me parece usted un biólogo, doctor, y esa profecía maya de la que habla no me divierte lo más mínimo. A bordo de esa plataforma han muerto muchas personas, y quiero saber qué es lo que las ha matado.

—Acabo de decírselo. —Mick se guarda el sujetapapeles en el cinturón.

—¿Y cómo consiguió entrar en la nave alienígena?

—Hay veintitrés orificios dispuestos formando un círculo perfecto en el fondo marino, aproximadamente a una milla del orificio central. Mi acompañante y yo penetramos con el minisubmarino por uno de esos agujeros. Quedamos atrapados en una gigantesca turbina que absorbió nuestro sumergible hacia...

—¡Una turbina! —Teperman arquea de nuevo las cejas—. Increíble. ¿Y qué función tiene esa turbina?

—Sospecho que sirve de ventilación. El minisub quedó encajado en las palas del rotor durante la fase de entrada. Cuando el rotor dio marcha atrás para vaciar la cámara, fuimos empujados de nuevo al mar.

En ese momento entra otra vez en la sala el capitán Loos, con una expresión satisfecha en la cara.

—Ha ocurrido una cosa, vicepresidente Chaney, un suceso que puede que explique muchas cosas. Por lo visto, el doctor Rosen no es quien dice ser. Su verdadero nombre es Michael Gabriel, y la semana pasada se fugó de un psiquiátrico de Miami.

Chaney y Marvin miran a Mick con escepticismo.

Mick mira al vicepresidente directamente a los ojos.

—No soy ningún discapacitado mental. He mentido acerca de mi identidad porque me busca la policía, no porque esté loco.

El capitán Loos lee un fax.

—Aquí dice que ha estado encerrado once años debido a un incidente con Pierre Borgia.

Chaney abre los ojos.

—¿Borgia, el secretario de Estado?

—Borgia agredió verbalmente a mi padre y lo humilló delante de todos sus colegas. Yo perdí el control. Borgia manipuló el sistema judicial. En vez de mandarme a la cárcel por simple agresión, hizo que me encerraran en una institución mental.

El capitán Loos entrega el fax a Chaney.

—El padre de Mick era Julius Gabriel.

Marvin parece sorprendido.

—¿Julius Gabriel, el arqueólogo?

El capitán suelta una risita burlona.

—Más bien el chiflado que intentó convencer a la comunidad científica de que la humanidad se encontraba al borde de la destrucción. Recuerdo haber oído algo al respecto. Su muerte fue portada de la revista *Time*.

Chaney levanta la vista del fax.

—De tal palo, tal astilla.

—A lo mejor tenía razón —murmura Marvin.

El rostro del capitán enrojece súbitamente.

—Julius Gabriel era un lunático, doctor Teperman, y en mi opinión, su hijo se le parece mucho. Este hombre ya nos ha hecho perder bastante tiempo.

Mick se pone en pie en una explosión de cólera.

—Todo lo que les he dicho es verdad...

—Por qué no se deja ya de juegos, Gabriel. Hemos encontrado el diario de su padre dentro del minisub. La finalidad de toda esta historia ha sido convencernos, a nosotros y al resto del mundo, de que las ridículas teorías de su padre eran ciertas.

El capitán abre la puerta.

Entran dos guardias de seguridad armados.

—Señor vicepresidente, si no tiene usted otro motivo por el que este hombre puede serle de alguna utilidad, me han dado órdenes de que lo encierre en el bergantín.

—¿Órdenes de quién?

—Del secretario Borgia, señor. En estos momentos se dirige hacia aquí.

SIDNEY, AUSTRALIA

El reactor supersónico Dassault sobrevuela el Pacífico Sur a mil novecientos kilómetros por hora, pero su estilizado diseño apenas provoca una leve turbulencia. Aunque este avión provisto de alas doble delta de treinta y dos metros y tres motores cuenta con ocho asientos para pasajeros, sólo están ocupados tres.

La embajadora en Australia, Barbara Becker, se despierta y se despereza. Consulta su reloj justo cuando el reactor inicia el descenso sobre Australia. «De Los Ángeles a Sidney en menos de siete horas y media, no está mal.» Se levanta del asiento y avanza por el pasillo de su derecha para ir a hablar con los dos científicos del Instituto de Investigación de Energía y Medio Ambiente.

Steven Taber, un individuo corpulento que le recuerda al senador Jesse Ventura, se encuentra apoyado contra la ventanilla, roncando, mientras que su colega, el doctor Marty Martínez, teclea furiosamente en un ordenador portátil.

—Disculpe, doctor, pero pronto vamos a aterrizar y todavía hay unas cuantas preguntas más que quisiera hacerle.

—Un momento, por favor. —Martínez sigue tecleando.

Becker se sienta a su lado.

—Quizá debiéramos despertar a su amigo...

—Estoy despierto. —Taber deja escapar un bostezo de oso.

Martínez apaga el ordenador.

—Vengan esas preguntas, señora embajadora.

—Como ya sabe, en estos momentos en el gobierno de Australia cunden las protestas. Afirman que en esa explosión se vaporizaron más de ciento setenta mil kilómetros cuadrados de geografía. Ésa es una extensión de terreno demasiado grande para desaparecer en el aire sin más. Basándose en su evaluación preliminar de las fotos del satélite, ¿diría usted que ese accidente fue originado por un fenómeno natural, como el monte St. Helens, o nos enfrentamos a una explosión causada por el hombre?

Martínez se encoge de hombros.

—Yo no diría nada, por lo menos hasta que terminemos de hacer las pruebas.

—Entiendo. Pero...

—Embajadora, el señor Taber y yo nos encontramos aquí en nombre del Consejo de Seguridad de las Naciones Unidas, no de Estados Unidos. Comprendo que usted se encuentra en medio de un torbellino político, pero yo prefiero no especular...

—Relájate un poco, Marty. —Taber se inclina hacia delante—. Yo voy a responder a su pregunta, señora embajadora. En primer lugar, ya puede olvidarse de la posibilidad de que haya sido un desastre natural. Esto no ha sido un terremoto ni un volcán. En mi opinión, lo que tenemos es una explosión de prueba de un nuevo tipo de dispositivo termonuclear, de los que, si me permite la expresión, hacen que me cague patas abajo.

Martínez sacude la cabeza negativamente.

—Steven, no puedes saber eso con seguridad...

—Por Dios, Marty, vamos a dejarnos ya de tonterías. Tú y yo sospechamos lo mismo. De todas formas, todo terminará saliendo a la luz.

—¿Qué es lo que va a salir a la luz? Cuéntenme, caballeros. ¿Qué es lo que sospechan?

Martínez cierra de golpe la tapa de su portátil.

—Nada de lo que los científicos de proyectos del instituto no hayan estado protestando durante casi diez años, embajadora. Armas de fusión, armas de fusión pura.

—Perdonen, no soy una científica. ¿Qué quieren decir con eso de «fusión pura»?

—No me sorprende que no haya oído ese término —replica Taber—. Por alguna razón, este tema en particular siempre ha eludido el escrutinio del público. Existen tres tipos de dispositivos nucleares: la bomba atómica, la de hidrógeno o bomba H y la de fusión pura. La bomba atómica emplea la fisión, que consiste en la división de un núcleo atómico muy pesado en dos o más fragmentos. Esencialmente, la bomba atómica es una esfera llena de explosivos temporizados electrónicamente. En su interior hay una bola de plutonio del ta-

maño de una pepita de uva, que lleva en su núcleo un dispositivo que libera un chorro de neutrones. Cuando los explosivos
detonan, el plutonio se aplasta y forma una masa densa. Los
átomos se dividen en fragmentos y suscitan una reacción en
cadena que, a su vez, libera inmensa cantidades de energía. Si
voy demasiado rápido, dígamelo.

—Continúe.

—En una bomba de hidrógeno, el uranio-235 absorbe un
neutrón. La fisión tiene lugar cuando el neutrón se divide
para formar dos núcleos más pequeños, varios neutrones y
una gran cantidad de energía. Esto, a su vez, produce la temperatura y la densidad necesarias para la fusión del deuterio y
el tritio, que son dos isótopos del hidrógeno...

—¡Huy!, más despacio, me he perdido.

Martínez se gira hacia la embajadora.

—Los detalles carecen de importancia. Lo que usted tiene
que saber es que la fusión es diferente de la fisión. La fusión
es una reacción que tiene lugar cuando dos átomos de hidrógeno se combinan entre sí, o se fusionan, para formar un áto-
mo de helio. Este proceso, el mismo que proporciona energía
al sol, libera cantidades de energía mucho mayores que la fisión, y por lo tanto causa una explosión todavía más grande.

Taber asiente.

—El factor clave que determina en última instancia la potencia de un arma termonuclear es la manera de provocar la
explosión. Una bomba de fusión pura es distinta de una bomba atómica o de hidrógeno en el sentido de que no requiere
una fisión para causar la fusión. Esto quiere decir que no es
necesario utilizar en el diseño plutonio ni uranio enriqueci-
do. Lo bueno es que la ausencia de plutonio implica poca o
ninguna lluvia radiactiva; lo malo es que la potencia explosiva de una bomba de fusión pura relativamente pequeña sería
mucho más grande que nuestra bomba de hidrógeno más
moderna.

—¿Cuánto más?

—Voy a ponerle un ejemplo —dice Martínez—. La bomba atómica que lanzamos en Hiroshima generó una cantidad de energía equivalente a quince kilotones o quince mil toneladas de TNT. En el centro de la explosión, las temperaturas alcanzaron tres mil ochocientos grados, con una velocidad del viento estimada en mil quinientos kilómetros por hora. La mayoría de las personas que se encontraban en un radio de ochocientos metros perecieron.

»Ésa fue una explosión de quince kilotones. Nuestra versión moderna de la bomba H cuenta con una potencia de veinte o cincuenta megatones, cincuenta millones de toneladas de TNT, el equivalente de dos mil o tres mil bombas del tamaño de la de Hiroshima. Una bomba de fusión pura tiene un potencial de destrucción aún mayor. Sólo haría falta una bomba de fusión pura de dos kilotones para igualar el impacto creado por una bomba H de treinta megatones. Se necesita una tonelada de TNT de fusión pura para igualar los quince millones de toneladas de TNT generadas por una bomba de hidrógeno. Si se quiere borrar del mapa ciento setenta mil kilómetros cuadrados de geografía, lo indicado es la fusión pura.

«Dios mío.» A pesar del aire acondicionado, Barbara nota que está sudando.

—¿Y creen que es posible que una potencia extranjera haya sido capaz de desarrollar semejante bomba?

Martínez y Taber se miran el uno al otro.

—¿Qué? ¡Hablen!

Taber se pellizca el puente de la nariz.

—La viabilidad de desarrollar un dispositivo de fusión pura aún no se ha demostrado oficialmente, señora embajadora, pero Estados Unidos y Francia llevan ya más de una década probando con ese tema.

El doctor Martínez la mira directamente a los ojos.

—Como le digo, nada de esto debería resultar tan sorprendente. Los científicos de nuestro instituto llevan años protestando de la moralidad y la legalidad de ese trabajo. Todo esto infringe de lleno el Tratado para la Prohibición Completa de Ensayos Nucleares.

—Aguarda un momento, Marty —interrumpe Taber—. Los dos sabemos que en el tratado no se menciona la fusión pura.

—¿Y por qué no, si puede saberse? —protesta la embajadora.

—Es una laguna jurídica que aún está por rellenar, principalmente porque ninguna nación ha anunciado formalmente su intención de construir un arma de fusión pura.

—¿Creen que los franceses pueden haber vendido esa tecnología a Australia?

—Nosotros no somos políticos, embajadora Becker —contesta Taber—. Y de todas formas, ¿quién puede decir que han sido los franceses? Podrían haber sido los rusos, y hasta los estupendos Estados Unidos de América, que nosotros sepamos.

Martínez afirma con la cabeza.

—Estados Unidos se encuentra hace tiempo en una posición de ventaja. Con estos ensayos nucleares en Australia, todo el mundo está a la expectativa.

Barbara sacude la cabeza en un gesto negativo.

—Dios, estoy metiéndome en un maldito avispero. Los cinco miembros permanentes del Consejo de Seguridad van a enviar delegados. Todos van a apuntarse con el dedo unos a otros.

Martínez reclina la cabeza y cierra los ojos.

—En realidad no ha comprendido la importancia de todo esto, ¿verdad, señora embajadora? La fusión pura es la bomba del juicio final. Ningún país, incluido Estados Unidos, debería haber permitido que se llevaran a cabo experimentos de fusión pura de ninguna clase. No importa qué país ha sido el primero en desarrollarla, porque puede destruirnos a todos.

Barbara detecta un vuelco en el estómago en el momento en que el Dassault toma tierra. A continuación, el avión rueda por la pista en dirección a un helicóptero Sikorsky S-70B-2 Seahawk que lo está aguardando.

Ya en la pista, sale a su encuentro un caballero alto y enfundado en un traje de neopreno negro. Se acerca a Barbara y le tiende la mano.

—Señora embajadora, soy Karl Brandt, de la Organización de Estudios Geológicos de Australia. ¿Cómo está usted? Disculpe el atuendo, pero es que los trajes de plomo que vamos a ponernos resultan bastante agobiantes. Supongo que estos caballeros serán del Instituto de Investigación...

Taber y Martínez se presentan.

—Muy bien. Verán, no es mi intención meterles prisa, pero Nullarbor está a dos horas de aquí, al menos lo que queda de ella, y no quisiera perder luz.

—¿Dónde están los demás miembros de la delegación del Consejo de Seguridad?

—Ya están esperando en el helicóptero.

GOLFO DE MÉXICO

Mick está arrodillado junto a la puerta de acero de la celda de dos metros y medio por tres, luchando por mantenerse despierto mientras introduce el alambre metálico en el cerrojo.

—¡Maldita sea!

Vuelve a derrumbarse contra la pared y se queda mirando fijamente el sujetapapeles roto, ahora atascado en la cerradura.

«Esto no sirve de nada, no puedo concentrarme. Tengo que dormir, tengo que descansar un poco.»

Cierra los ojos, pero los abre otra vez.

—¡No! No te duermas... sigue con la cerradura. Pronto llegará Borgia, y entonces...

—¿Mick?

La voz le produce un sobresalto.

—Mick Gabriel, ¿está ahí?

—¿Teperman?

Una llave se introduce en la cerradura, y la puerta se abre. Entra Marvin y deja la puerta entreabierta.

—De modo que está aquí. Me ha costado trabajo dar con usted, este barco es enorme. —Le entrega a Mick el diario de su padre—. Una lectura interesante. La verdad es que su padre siempre tuvo bastante imaginación.

Mick tiene los ojos clavados en la puerta.

—¿Sabía que yo conocí a su padre? Fue en Cambridge, a finales de los sesenta. Yo era estudiante de tercer año. Julius era un conferenciante invitado de una serie de charlas sobre «Misterios del hombre de la Antigüedad». A mí me pareció que estuvo bastante brillante; de hecho, fue su conferencia la que me estimuló a hacer la carrera de exobiología.

Marvin se da cuenta de que Mick no quita ojo a la puerta. Se gira y descubre el sujetapapeles que sobresale del cerrojo.

—Así no va a llegar muy lejos.

—Doctor Teperman, tengo que salir de aquí.

—Lo sé. Tenga, coja esto. —Marvin introduce la mano en el bolsillo de la chaqueta y extrae un fajo de billetes—. Aquí hay algo más de seiscientos dólares, algunos de ellos canadienses. No es gran cosa, pero bastará para llevarlo a donde necesite ir.

—¿Me está dejando en libertad?

—Yo no, yo soy solamente el mensajero. Su padre ejerció una gran influencia sobre mí, pero yo no lo apreciaba tanto.

—No entiendo.

—Su fuga ha sido organizada por alguien que desprecia al secretario Borgia más o menos tanto como usted.

«¿Chaney?»

—¿Entonces no me deja en libertad porque se haya creído lo que les he contado?

Marvin sonríe y le da una palmada afectuosa en la mejilla.

—Es usted un buen muchacho, Mick, pero, al igual que su padre, está un poquito chiflado. Ahora escuche con atención. Gire a la izquierda y vaya por ese pasillo de acceso hasta donde pueda. Llegará a una escalera que lo llevará a la cubierta principal, tres tramos hacia arriba. En la popa hay un hangar; dentro, en el suelo, están los cadáveres de las víctimas que fallecieron en la plataforma petrolífera. Métase en una bolsa para cadáveres que esté vacía y espere. Dentro de treinta minutos tiene que llegar un helicóptero de evacuación para transportar a los muertos hasta el aeropuerto de Mérida. A partir de ahí, tendrá que arreglárselas por su cuenta.

—Gracias... Espere, ¿y Dominique?

—Su novia se encuentra bien, pero no está en condiciones de viajar. ¿Quiere que le transmita algún mensaje?

—Por favor. Dígale que voy a encargarme de esto hasta el final.

—¿Adónde piensa ir?

—¿De verdad quiere saberlo?

—Probablemente, no. Mejor váyase, antes de que nos encierren a los dos.

SUR DE AUSTRALIA

La embajadora Becker está mirando por su ventanilla, escuchando con suma atención la conversación que tiene lugar en la parte posterior del helicóptero, entre los delegados de la Federación Rusa, China y Francia. Spencer Botchin, el representante del Reino Unido, se inclina hacia delante para susurrarle al oído.

—Han tenido que ser los franceses. Lo único que espero es que no hayan sido lo bastante idiotas como para venderles la bomba a los iraníes.

Ella asiente con la cabeza y susurra a su vez:

—No habrían ensayado esa arma sin el apoyo de Rusia y de China.

Ya está mediada la tarde cuando el helicóptero llega al sur de Australia. Barbara Becker mira por la ventanilla, y el espectáculo que ve literalmente le causa un hormigueo en la piel.

El paisaje es un enorme foso carbonizado, una depresión humeante que abarca hasta donde alcanza la vista.

Karl Brandt se desliza a su lado.

—Hace tres días, la altitud del terreno que está viendo era de cuarenta metros sobre el nivel del mar. Ahora, en su mayor parte apenas alcanza los dos metros.

—¿Cómo diablos ha podido vaporizarse tal cantidad de roca?

Steve Taber interrumpe durante un momento la tarea de ayudar al doctor Martínez a vestirse el traje de plomo.

—A juzgar por el cráter que estamos viendo, yo diría que ha tenido que tratarse de una explosión bajo la superficie de una magnitud increíble.

Brandt se enfunda el traje antirradiación y cierra la cremallera de la capucha.

—Las botellas de estos trajes nos proporcionan treinta minutos de aire.

El doctor Martínez se esfuerza por hacer la señal de pulgares arriba con los gruesos guantes. Taber le entrega a su socio el contador Geiger.

—Marty, ¿seguro que no quieres que te acompañe?

—No hace falta.

Se acerca el copiloto y ayuda a Brandt y a Martínez a ponerse los dos arneses unidos por un cable a dos cabrestantes hidráulicos gemelos.

—Caballeros, en el interior de la capucha llevan un transmisor bidireccional. Podrán comunicarse con nosotros y el uno con el otro. Necesitamos que desenganchen sus arneses nada más tocar tierra. —A continuación abre la puerta corredera y chilla por encima del ruido ensordecedor de los rotores—: Muy bien, señores, adelante.

Los cinco embajadores se juntan para observar la escena. Martínez siente que el corazón se le sube a la garganta al lanzarse desde el helicóptero y quedar colgado a cuarenta y siete metros del suelo. Cierra los ojos y nota cómo desciende girando sobre sí mismo.

—¿Se encuentra bien, doctor?

—Sí, señor Brandt. —Abre los ojos y consulta el contador

Geiger—. De momento no hay radiación. Pero sí mucho calor.

—No se preocupe, los trajes deberían protegernos.

—¿Deberían? —Martínez mira hacia abajo. Hacia él suben unas densas columnas de humo blanco que le nublan el visor. Otros dos metros...

—¡Esperen! ¡Paren... paren! —Martínez dobla las rodillas contra el pecho, esforzándose por no tocar la superficie ardiente que tiene debajo—. ¡Súbannos! ¡Más arriba!

Se interrumpe el descenso, y ambos hombres quedan suspendidos a escasos centímetros del terreno hirviente, de un blanco lechoso, que despide una temperatura de trescientos cincuenta grados centígrados.

—¡Súbannos seis metros! —vocifera Brandt.

El cabestrante los eleva un poco más.

—¿Cuál es el problema? —Se oye la voz de Barbara por los auriculares.

—La superficie está en ebullición, es una caldera de roca fundida y agua de mar —contesta Martínez en un tono agudo y con cierto nerviosismo—. Haremos las pruebas desde aquí. No tardaremos más que un minuto.

La voz grave de Taber le hace dar un brinco.

—¿Hay radiación?

Martínez consulta los sensores.

—No. Un momento, estoy detectando argón-41.

Brandt se vuelve hacia él.

—Ése no es un subproducto del plutonio.

—No, es un producto breve de activación de la fusión pura. Lo que ha vaporizado este terreno ha tenido que ser una especie de arma híbrida de fusión pura. —Martínez se sujeta el contador Geiger al cinturón y analiza los gases que se elevan del suelo—. Vaya. Los niveles de dióxido de carbono se salen del gráfico.

—Eso es comprensible —replica Brandt—. Toda esta llanura está compuesta de piedra caliza, la cual, como seguramente saben, es un almacén natural de dióxido de carbono. Al vaporizarse la roca, se liberó una nube tóxica de CO_2. En realidad tenemos bastante suerte de que los vientos del sur la hayan barrido de las ciudades hacia el mar.

—También estoy detectando altos niveles de ácido clorhídrico.

—¿No me digas? Eso sí que es raro.

—Sí, señor Brandt, todo esto es de lo más raro, y da bastante miedo. Súbannos, ya he visto todo lo que tenía que ver.

AEROPUERTO DE MÉRIDA
MÉXICO

El helicóptero de transporte toma tierra con una fuerte sacudida.

Mick abre los ojos y aspira profundamente para despertar del suelo. Levanta la cabeza, la saca de la bolsa de plástico y mira alrededor.

El interior del aparato está totalmente ocupado por sesenta y cuatro bolsas de plástico verde del ejército, todas con los restos mortales de la tripulación de la *Scylla*. Mick oye tabletear las puertas correderas; vuelve a tumbarse y cierra la cremallera de su bolsa.

Se abre la puerta. Mick reconoce la voz del piloto.

—Estaré en el hangar. Dígales a sus hombres que tengan mucho cuidado, ¿*comprende, amigo*?

Un torrente de palabras en español. Hombres que empiezan a trasladar las bolsas con los cadáveres. Mick permanece completamente inmóvil.

Transcurren varios minutos. Oye que se pone en marcha el motor de un camión y luego se pierde a lo lejos.

Entonces abre la cremallera de la bolsa, se asoma por la puerta abierta y localiza la vagoneta, que se dirige hacia un hangar abierto.

Sale de la bolsa, salta del helicóptero y echa a correr hacia la terminal principal.

Diario de Julius Gabriel

Fue en el otoño de 1977 cuando Maria y yo regresamos a Mesoamérica, ella embarazada de seis meses. Desesperados por la urgente necesidad de fondos, decidimos presentar el conjunto de nuestro trabajo a Cambridge y a Harvard, con cuidado de omitir toda información pertinente a la presencia de una raza alienígena de seres humanos. Impresionadas con nuestras investigaciones, las autoridades competentes nos concedieron a cada uno una beca para que continuáramos trabajando.

Tras adquirir una autocaravana de segunda mano en la que vivir, partimos para explorar las ruinas mayas, con la esperanza de identificar la pirámide mesoamericana que el artista de Nazca había dibujado en la desértica pampa, y también el modo de salvar a la humanidad de la destrucción que indicaba la profecía.

A pesar del carácter morboso de nuestra misión, los años que pasamos en México fueron muy felices. Nuestro momento favorito fue el nacimiento de nuestro hijo Michael, que tuvo lugar al amanecer del día de Navidad, en la sala de espera de una diminuta clínica de Mérida.

He de reconocer que me causaba bastante preocupación criar a un hijo en condiciones tan duras, y temía que el hecho de que Michael creciera aislado de otros niños de su edad pudiera impedirle desarrollarse socialmente. En un momento dado, incluso le sugerí a mi esposa que lo enviáramos a un internado privado cuando cumpliera los cinco años. Pero Maria no quiso ni pensar en ello. Finalmente accedí a sus deseos, pues me di cuenta de que ella necesitaba la compañía del pequeño tanto como él necesitaba la suya.

Para Michael, Maria era más que una madre; era su mentora, su guía y su mejor amiga. Y él, su preciado alumno. Ya desde una temprana edad resultaba evidente que el niño poseía la aguda mente de su madre, además de los mismos ojos de color ébano y la misma mirada capaz de desarmar a cualquiera.

Durante siete años, nuestra familia buscó por entre la intrincada jungla de los actuales países de México, Belice, Guatemala, Honduras y El Salvador. Mientras otros padres enseñaban a sus hijos a jugar al béisbol, yo enseñaba al mío a desenterrar objetos; mientras otros estudiantes aprendían un idioma extranjero, Michael aprendía a traducir jeroglíficos mayas. Los tres juntos subimos a los templos de Uxmal, Palenque y Tikal, exploramos las fortificaciones de Labna, Churihuhu y Kewik y nos maravillamos ante el castillo de Tulum. Investigamos la capital zapoteca de Monte Albán y los centros religiosos de Kaminaljuyu y Copán. Nos metimos en tumbas y buceamos en cuevas subterráneas. Desenterramos plataformas antiguas y hablamos con ancianos mayas. Y al final redujimos las posibilidades acerca de la identidad de la pirámide dibujada en la meseta de Nazca a uno de dos yacimientos antiguos, los cuales estábamos convencidos de que eran piezas del rompecabezas del día del juicio que contenía el calendario maya.

El primer lugar era Teotihuacán, una magnífica ciudad tolteca situada a dos mil metros de altitud, en una meseta de las tierras altas de México que se encuentra aproximadamente cincuenta kilómetros al noreste de la actual Ciudad de México. Teotihuacán, que según se cree fue fundada en la época de Cristo, fue la primera gran metrópoli del Hemisferio Occidental, y se calcula que una de las más grandes.

Al igual que ocurre con las estructuras de Giza, los orígenes de Teotihuacán siguen siendo un misterio. No tenemos ni idea de qué cultura diseñó esta ciudad, cómo llevaron a cabo semejante hazaña ni qué lengua hablaban sus habitantes. Lo mismo que en el caso de la Esfinge y las pirámides de Giza, la fecha de construcción de Teotihuacán aún es objeto de amplio debate. Hasta el nombre mismo del complejo y sus pirámides nos ha llegado a través de la civilización tolteca, que se trasladó allí varios siglos después de que fuera abandonada la ciudad.

Se ha calculado que la mano de obra que se necesitó para construir las estructuras de Teotihuacán debió de suponer un ejército de veinte mil hombres y más de cuarenta años de trabajo. Con todo, no fue el misterio de cómo fue construida esta ciudad lo que primero atrajo nuestra atención, sino el diseño de la misma y las obvias similitudes con el plan del emplazamiento de Giza.

Tal como he mencionado más arriba, en Giza hay tres pirámides principales, ubicadas haciendo referencia a las estrellas del Cinturón de Orión y con el Nilo como reflejo de la franja oscura de la Vía Láctea. En Teotihuacán también hay tres pirámides, dispuestas en una formación similar, escalonada, aunque la orientación difiere casi ciento ochenta grados. Ambos extremos de la ciudad están unidos por la Calzada de los Muertos, la principal ruta de acceso del complejo. Dicha calzada, como el río Nilo en Giza, tenía como finalidad representar la franja oscura de la Vía Láctea.

Para los antiguos indios mesoamericanos, esa franja oscura era conocida como *Xibalba Be*, el Camino Negro que conduce a *Xibalba*, el Mundo Inferior. Las nuevas excavaciones realizadas en Teotihuacán han descubierto grandes canales existentes debajo de esa calzada, los cuales ahora sabemos que se diseñaron para recoger el agua de lluvia. Esto indicaría que la Calzada de los Muertos quizá no fuera una calle, sino un magnífico estanque que reflejaba el cosmos.

Las similitudes entre Giza y Teotihuacán no acaban ahí. El más grande de los tres templos de esta ciudad de Mesoamérica se llama la Pirámide del Sol, y es una estructura precisa, de cuatro costados, cuya base, de casi doscientos veintiséis metros de largo, es tan sólo cuatro metros más corta que su homóloga egipcia, la Gran Pirámide de Giza. Eso convierte a la Pirámide del Sol en la estructura más grande fabricada por la mano del hombre de todo el Hemisferio Occidental, ya que la Gran Pirámide es la más grande del Oriental. Un dato interesante es que la Pirámide del Sol apunta hacia el oeste, mientras que la Gran Pirámide está orientada hacia el este, lo cual hizo pensar a Maria que esas dos inmensas estructuras eran como dos gigantescos sujetalibros a escala planetaria.

Una medición precisa de la Gran Pirámide y de la Pirámide del Sol indica claramente que los antiguos arquitectos de ambos yacimientos poseían firmes conocimientos de matemáticas avanzadas y de geometría, y que conocían el valor de *pi*. El perímetro de la Pirámide del Sol es igual a su altura multiplicada por 2*pi*, y el de la Gran Pirámide es dos veces su altura por 4*pi*.

Puede que haya un indicio de quién diseñó Teotihuacán en la más pequeña de las tres estructuras: la pirámide de Quetzalcoatl. Este templo se encuentra ubicado dentro de un enorme recinto cuadrado llamado la Ciudadela, una plaza lo bastante grande para albergar a cien mil personas. Esta pirámide, que constituye la estructura más profusamente ornamentada de todo Teotihuacán, contiene un sinfín de esculturas y fachadas tridimensionales que muestran un personaje muy concreto: una serpiente emplumada de aspecto amenazador.

Para los toltecas y los aztecas, la serpiente con plumas simbolizaba al gran sabio caucásico Quetzalcoatl.

Una vez más, la presencia de un misterioso maestro barbado parecía guiar nuestro viaje al pasado.

Cuando abandonaron Teotihuacán, los toltelcas y su jefe migraron hacia el este y se asentaron en la ciudad maya de Chichén Itzá. Fue allí donde ambas culturas se fusionaron nuevamente en una sola y crearon la estructura más espléndida y asombrosa de todo el mundo antiguo: la pirámide de Kukulcán.

Yo no lo sabía en aquel momento, pero iba a ser en Chichén Itzá cuando nos toparíamos de frente con un descubrimiento que no sólo iba a cambiar el destino de mi familia, sino que además iba a condenarnos a continuar nuestro viaje para siempre.

Extracto del diario del profesor Julius Gabriel,
ref. Catálogo 1977-1981, páginas 12-349
Disquete 5 de fotos; nombre de archivo: MESO,
foto desde globo aerostático 176

Capítulo 19

El secretario de Estado Pierre Borgia baja del helicóptero y es recibido por el capitán Edmund Loos.

—Buenos días, señor secretario. ¿Qué tal el vuelo?

—Horrible. ¿Ha llegado ya el director del psiquiátrico de Miami?

—Hará unos veinte minutos. Lo está esperando en mi sala de reuniones.

—¿Qué noticias hay de Gabriel?

—Todavía no estamos seguros de cómo logró escapar del bergantín. La cerradura muestra señales de haber sido forzada, pero nada significativo. Suponemos que alguien lo dejó en libertad.

—¿Fue la chica?

—No, señor. La chica sufría una conmoción y se encontraba en la enfermería, inconsciente. Aún estamos llevando a cabo una investigación completa.

—¿Y cómo se las arregló para abandonar este barco?

—Probablemente consiguió esconderse dentro de un helicóptero de evacuación. Han estado todo el día yendo y viniendo.

Borgia lanza una mirada glacial al capitán.

361

—Espero que no gobierne su barco igual que vigila a sus prisioneros, capitán.

Loos le devuelve la misma mirada.

—No dirijo un servicio de guardería, señor secretario. Dudo seriamente de que alguno de mis hombres se arriesgara a ir a la cárcel por dejar en libertad a ese lunático suyo.

—¿Quién puede haberlo dejado libre, si no?

—No lo sé. Tenemos a bordo varios equipos de científicos, todos los días llega alguno nuevo. Podría haber sido uno de ellos, o incluso alguien del séquito del vicepresidente.

Borgia arquea las cejas.

—Como le digo, aún estamos realizando una investigación. Además, hemos alertado a la policía de México de la fuga de Gabriel.

—No lo encontrarán jamás. Gabriel tiene demasiados amigos en el Yucatán. ¿Y la chica? ¿Qué sabe ella del objeto extraterrestre?

—Afirma que lo único que recuerda es que su minisub fue absorbido por un túnel. Uno de nuestros geólogos la ha convencido de que el minisub fue atrapado por las corrientes de un tubo de lava creado por un volcán submarino en reposo que ha vuelto a entrar en actividad. —Loos sonríe—. Le ha explicado que el resplandor lo causó un torrente de lava subterráneo que se ve pasar por debajo del agujero que hay en el fondo del mar. Hasta le ha enseñado unas cuantas fotos infrarrojas del torbellino, tomadas por satélite y retocadas, afirmando que se formó a causa del hundimiento de unas bolsas subterráneas bajo el lecho marino. Está convencida de que eso es lo que hundió el barco de su padre y acabó con su vida y con la de dos amigos suyos.

—¿Dónde está ahora?

—En la enfermería.

—Deme unos minutos para hablar a solas con el director del psiquiátrico y después tráigame a la chica. Mientras nosotros hablamos con ella, ordene que cosan esto al forro de su ropa. —Le entrega a Loos un minúsculo dispositivo del tamaño de una pila de reloj.

—¿Es un localizador?

—Un regalo de la Agencia Nacional de Seguridad. Ah, y, capitán, cuando me traiga a la chica, que venga esposada.

Dos marineros armados conducen a Dominique Vázquez, esposada y desconcertada, por varios pasillos estrechos y tres tramos de escalera hasta una cabina que luce el rótulo SALA DE REUNIONES DEL CAPITÁN. Uno de los dos llama a la puerta con los nudillos, acto seguido la abre y hace pasar a Dominique al interior.

Ésta entra en la pequeña sala.

—Oh, Dios...

Anthony Foletta levanta la vista de la mesa y sonríe.

—Interna Vázquez, pase. —Su voz rasposa tiene un tono paternal—. Señor secretario, ¿de verdad son necesarias esas esposas?

El tuerto cierra la puerta detrás de Dominique y toma asiento a la mesa enfrente de Foletta.

—Me temo que sí, doctor Foletta. La señorita Vázquez ha prestado ayuda y ha sido cómplice de un peligroso delincuente. —Le indica a Dominique con un gesto que tome asiento y a continuación se dirige a ella—: ¿Sabe quién soy?

—Pierre Borgia. Tenía entendido que debía haber venido hace tres días.

—Sí, bueno, hemos tenido un pequeño problema en Australia que tenía prioridad.

—¿Ha venido a detenerme?

—Eso depende totalmente de usted.

—No es a usted a quien buscamos, Dominique —interviene Foletta—, sino a Mick. Usted sabe dónde está, ¿no es así?

—¿Cómo voy a saberlo? Escapó mientras yo me encontraba inconsciente.

—Es guapa, ¿verdad, doctor? —La mirada feroz de Borgia consigue que a Dominique le broten unas gotas de sudor a lo largo del labio superior—. No me extraña que Mick se encaprichara de usted. Dígame, señorita Vázquez, ¿qué fue lo que la motivó a ayudarlo a fugarse del psiquiátrico?

Antes de que ella pueda responder, salta Foletta:

—Se encontraba confusa, señor secretario. Ya sabe lo listo que puede ser Gabriel. Se valió del trauma sufrido en la infancia por Dominique para convencerla de que lo ayudara a fugarse.

—Eso no es del todo cierto —protesta ella, encontrando difícil no mirar fijamente el parche que lleva Borgia en el ojo—. Mick sabía que en el Golfo había algo. Y sabía lo que era aquella transmisión de radio del espacio profundo...

Foletta le planta una mano sudorosa encima del antebrazo.

—Interna, tiene que afrontar la realidad. Mick Gabriel la ha utilizado. Comenzó a planear esta fuga desde el momento en que la conoció a usted.

—No, me niego a creer eso...

—A lo mejor es que no desea creerlo —dice Borgia—. Lo cierto es que su padre aún estaría vivo si Mick no la hubiera convencido para que lo ayudara.

A Dominique se le llenan los ojos de lágrimas.

Borgia extrae un expediente de su maletín y dedica unos momentos a examinarlo.

—Isadore Axler, biólogo residente en la isla Sanibel. Ciertamente posee una larga lista de credenciales. No era su padre auténtico, ¿verdad?

—Fue el único padre que he conocido.

Borgia continúa leyendo el expediente.

—Ah, aquí está: Edith Axler. ¿Sabía que su madre y yo nos conocemos? Una mujer excelente.

Dominique siente que se le pone la piel de gallina bajo la camiseta de la Marina.

—¿Que usted conoce a Edie?

—Justo lo suficiente para detenerla.

Esas palabras la impulsan a ponerse en pie de un salto.

—¡Edie no tuvo nada que ver en la fuga de Mick! Lo hice yo sola. Yo lo organicé todo...

—No me interesa obtener una confesión, señorita Vázquez. Lo que quiero es atrapar a Michael Gabriel. Si eso no es posible, simplemente las encerraré a su madre y a usted durante mucho tiempo. Naturalmente, en el caso de Edith, puede que no sea una condena demasiado larga; ya está haciéndose mayor, y es obvio que la muerte de su marido ha hecho mella en ella.

Dominique siente que el corazón le late a toda velocidad.

—Ya se lo he dicho, no sé dónde está Mick.

—Si usted lo dice. —Borgia se levanta y se dirige hacia la puerta.

—Espere, déjeme hablar con ella —pide Foletta—. Concédanos cinco minutos.

Borgia consulta su reloj.

—Cinco minutos.

Y sale de la sala.

Dominique apoya la cabeza en la mesa, temblando por dentro, formando un charco de lágrimas sobre el tablero de acero.

—¿Por qué está sucediendo todo esto?

—Chist. —Foletta le acaricia el cabello al tiempo que le habla en tono tranquilizador—. Dominique, Borgia no quiere encerrarlas a usted y a su madre. Simplemente está asustado.

Ella levanta la cabeza.

—¿Asustado de qué?

—De Mick. Sabe que Mick busca vengarse, que no se detendrá ante nada con tal de matarlo.

—Mick no es así...

—Se equivoca. Borgia lo conoce mucho mejor que usted y que yo. Ambos tienen una historia que se remonta muchos años en el pasado. ¿Sabía que Borgia estuvo comprometido con la madre de Mick? Julius Gabriel le robó la novia en la víspera de la boda. Hay mucha mala sangre entre las dos familias.

—A Mick no le interesa la venganza. Está más preocupado por lo del día del juicio de la profecía maya.

—Mick es inteligente. No va a contar sus verdaderos motivos ni a usted ni a nadie. Imagino que estará escondido en el Yucatán. Su familia tenía allí muchos amigos que podían ayudarlo. Pasará un tiempo sin llamar la atención y luego irá a por Borgia, probablemente durante una aparición en público. Piense en ello, Dominique. ¿De verdad cree que el secretario de Estado de Estados Unidos iba a viajar hasta aquí para verla a usted si no estuviera aterrorizado? Dentro de unos años se presentará como candidato a la presidencia. No le importa nada en absoluto un esquizofrénico paranoico con un cociente intelectual de 160 que planea asesinarlo.

Dominique se seca los ojos. «¿Será verdad? ¿Se habrá valido Mick de la investigación de su familia sobre el apocalipsis para utilizarme?»

—Digamos que le creo. ¿Qué opina usted que debería hacer?

Los ojos de Foletta le guiñan a su vez.

—Déjeme que la ayude a hacer un trato con Borgia. Inmunidad total para usted y para su madre a cambio de que guíe a las autoridades hasta donde se encuentra Mick.

—La última vez que hice un trato con usted, me mintió. No tenía la menor intención de reevaluar a Mick ni de conseguirle el tratamiento que necesitaba. ¿Por qué he de creerle ahora?

—¡Yo no le mentí! —ladra Foletta al tiempo que se pone de pie—. ¡No me habían concedido oficialmente el puesto de Tampa, y cualquiera que diga lo contrario es un maldito embustero! —Se seca el sudor de la frente y después se pasa la mano por su melena gris. Su rostro de querubín está congestionado—. Dominique, estoy aquí para ayudarla. Si no quiere que la ayude, le sugiero que se busque un buen abogado.

—Sí quiero que me ayude, doctor, pero es que no sé si puedo fiarme de usted.

—De la inmunidad se encargaría Borgia, no yo. Lo que le ofrezco yo es devolverle la vida de antes.

—¿Qué está diciendo?

—Ya he hablado con su asesor de la FSU. Le estoy ofreciendo una interinidad en el nuevo centro de Tampa, cerca de donde vive su madre. Su trabajo consistirá en ser la jefa del equipo de tratamiento de Mick, con un puesto fijo más beneficios cuando se gradúe.

La oferta provoca lágrimas de alivio.

—¿Por qué hace esto?

—Porque me siento mal. No debería haberle asignado a Mick a usted. Algún día será una espléndida psiquiatra, pero no estaba preparada para un paciente tan manipulador como Michael Gabriel. La muerte de su padre, los trastornos que ha sufrido su familia, todo ha sido por mi culpa. Era consciente de ello, pero corrí el riesgo. Vi en usted una mujer fuerte que resultaría perfecta en mi equipo, pero precipité las cosas. Lo siento, Dominique. Deme una oportunidad para compensárselo.

Le tiende una gruesa mano.

Dominique se queda mirándola durante largos instantes, y después la acepta.

6 de diciembre de 2012
WASHINGTON, DC

El vicepresidente Ennis Chaney levanta la vista del informe para saludar a los miembros del equipo de Seguridad Nacional del presidente, que en ese momento entran en la sala de guerra de la Casa Blanca y toman asiento alrededor de la mesa oval. Los siguen media docena de asesores militares y científicos que ocupan las sillas plegables que se han colocado por todo el perímetro de la habitación.

Ennis cierra el documento cuando entra el presidente, seguido por el secretario de Estado. Borgia pasa de largo su asiento para dirigirse a Chaney.

—Usted y yo tenemos que hablar.

—Señor secretario, si podemos comenzar...

—Sí, señor presidente. —Borgia encuentra su sitio y le lanza a Chaney una mirada de inquietud.

El presidente Maller se frota los ojos cansados y a continuación procede a leer un fax.

—Esta tarde, el Consejo de Seguridad de las Naciones Unidas emitirá una declaración en la que deplora los ensayos de armas de fusión pura, por ser contrarios a la moratoria de facto sobre los ensayos de armas nucleares y a los esfuerzos para el desarme nuclear y la no proliferación nuclear en todo el mundo. Además, el Consejo solicita la ratificación inmediata de una nueva resolución destinada a cerrar la laguna que existe respecto de la tecnología de la fusión pura.

Maller sostiene en alto un informe que lleva la etiqueta UMBRA, una palabra clave que identifica a los expedientes que se clasifican más allá del ALTO SECRETO.

—Supongo que todo el mundo habrá leído este documento. He pedido al autor del mismo, el doctor Brae Roodhof, director de la Instalación Nacional de Ignición de Livermore, California, que nos acompañe esta mañana, ya que no me cabe duda de que todos nosotros tenemos preguntas que formularle. ¿Doctor?

El doctor Roodhof es un hombre de cincuenta y pocos años, alto y de cabellos grises, con un rostro curtido y bronceado y una actitud que transmite serenidad.

—Señor presidente, señoras y señores, quisiera empezar afirmando rotundamente que no ha sido Estados Unidos el país que ha detonado esa arma de fusión pura.

Ennis Chaney sufre cierto malestar en el estómago desde que terminó de leer el expediente UMBRA. Le brillan los ojos al posarlos en el físico nuclear.

—Doctor, voy a hacerle una pregunta, pero quiero que sepa que dicha pregunta va dirigida a todos los presentes en esta sala. —El tono de voz del vicepresidente sofoca todos los movimientos periféricos—. Lo que quiero saber, doctor, es por qué. ¿Por qué están los Estados Unidos de América involucrados siquiera en este tipo de investigación suicida?

Los ojos del doctor Roodhof recorren rápidamente la mesa.

—Señor, yo... yo no soy más que el director del proyecto. No me corresponde a mí dictar la política de Estados Unidos. Fue el gobierno federal el que proporcionó financiación a los laboratorios de armas nucleares para que investigasen la fusión pura, allá por los años noventa, y fueron los militares quienes ejercieron presión para que se diseñaran y se construyeran las bombas...

—No reduzcamos este problema a señalar con el dedo, señor vicepresidente —interrumpe el general Fecondo—. La realidad de la situación es que había otras potencias extranjeras investigando esa tecnología, lo cual nos obligó a nosotros a hacer lo mismo. El LMJ, el complejo del Láser Megajoule de Burdeos, en Francia, lleva realizando experimentos de fusión pura desde principios de 1998. Reino Unido y Japón llevan años trabajando en la investigación de la fusión magnética no explosiva. Cualquiera de esos países podría haber resuelto el problema de la viabilidad con el fin de crear igniciones termonucleares no de fisión.

Chaney se vuelve hacia el general.

—Entonces, ¿por qué el resto del mundo, incluidos los científicos de nuestro propio país, parecen pensar que somos nosotros los responsables de la detonación ocurrida en Australia?

—Porque en la comunidad científica todo el mundo estaba convencido de que la investigación más avanzada era la nuestra —responde el doctor Roodhof—. El Instituto de Investigación de Energía y Medio Ambiente publicó hace poco un informe en el que afirmaba que a Estados Unidos le faltaban dos años para ensayar sobre el terreno un dispositivo de fusión pura.

—¿Y tenían razón?

—Ennis...

—No, lo siento, señor presidente, pero deseo saberlo.

—Señor vicepresidente, éste no es el momento para...

Chaney hace caso omiso de Maller y taladra con la mirada a Roodhof.

—¿Cuánto nos falta, doctor?

Roodhof desvía la mirada.

—Catorce meses.

En la sala surgen una decena de conversaciones paralelas. Borgia sonríe para sí al ver que la expresión del presidente pasa a ser de furia. «Eso es, Chaney, sigue sacudiendo el barco.»

Ennis Chaney se recuesta en su sillón con gesto de cansancio. Ya ha dejado de luchar contra los molinos de viento, ahora está luchando contra la locura global.

El presidente Maller golpea la mesa con la palma de la mano para restablecer el orden.

—¡Ya basta! Señor Chaney, no es el lugar ni el momento para enzarzarnos en una discusión general sobre la política de esta presidencia ni la de mis predecesores. La realidad de la situación es que otro gobierno ha detonado una de esas armas. Quiero saber quién ha sido y si el momento elegido para la explosión ha tenido algo que ver con el incremento de armamento militar por parte de Irán en el estrecho de Ormuz.

Patrick Hurley, el director de la CIA, es el primero en responder.

—Señor, podrían haber sido los rusos. Los estudios sobre la fusión sobre materiales magnetizados que se han llevado a cabo en Los Álamos se hicieron conjuntamente con Rusia.

El doctor Roodhof niega con la cabeza.

—No estoy de acuerdo. Los rusos se retiraron cuando se hundió su economía. Han tenido que ser los franceses.

El general Mike Costolo, comandante del Cuerpo de Marines, alza su gruesa mano.

—Doctor Roodhof, según lo que dice el informe, esas armas de fusión pura contienen muy poca radiación, ¿es correcto?

—Sí, señor.

—¿Adónde quiere llegar, general? —inquiere Dick Pryzstas.

Costolo se gira hacia el secretario de Defensa.

—Una de las razones por las que el Departamento de Defensa impulsó el desarrollo de esas armas fue que sabíamos que Rusia y China estaban suministrando armas nucleares a Irán. Si estallara una guerra nuclear en el golfo Pérsico, la fusión pura no sólo daría a su dueño una ventaja táctica, sino además la falta de radiación permitiría que continuase fluyendo petróleo, sin impedimentos. En mi opinión, no importa si han sido los franceses o los rusos quienes han alcanzado antes esa tecnología; lo único que importa es si los iraníes poseen dicha arma. Si fuera así, esa amenaza por sí misma cambia el equilibrio de poder en Oriente Próximo. Si Irán detonase una de esas armas en el golfo Pérsico, Arabia Saudí, Kuwait, Bahrain, Egipto y otros gobiernos árabes moderados se verían obligados a dar la espalda al apoyo occidental.

Borgia asiente con la cabeza.

—Los saudíes todavía se muestran reacios a permitirnos el acceso a nuestros suministros anteriores. Han perdido la confianza en nuestra capacidad para mantener abierto el estrecho de Ormuz.

—¿Dónde están los portaaviones? —pregunta el presidente a Jeffrey Gordon.

—Como preparación para el próximo ejercicio de fuerza de detención nuclear de Asia, hemos enviado al mar Rojo al buque *Harry S Truman* y su flota. El grupo de batalla *Ronald Reagan* deberá llegar dentro de tres días al golfo de Omán. El *William J Clinton* permanecerá patrullando el océano Índico. Vamos a enviar a Irán el mensaje claro y sencillo de que no tenemos la intención de permitir que se cierre el estrecho de Ormuz.

—Para que conste, señor presidente —afirma Chaney—, el embajador de Francia está negando vehementemente toda responsabilidad respecto de esta explosión.

—¿Y qué esperaba? —replica Borgia—. Hay que ver más allá. Irán aún le debe a Francia miles de millones de dólares, y sin embargo los franceses continúan apoyando a los iraníes, lo mismo que hacen Rusia y China. Permítame que señale también que Australia es una de las naciones que han seguido concediendo a Irán tipos de interés subvencionados, que Irán ha utilizado para aumentar su arsenal nuclear, químico y biológico. ¿De verdad cree que es una coincidencia que esa arma se haya ensayado precisamente en la llanura de Nullarbor?

—No tenga tanta prisa en señalar con el dedo a los australianos —interviene Sam Blumner—. Si se acuerda, fueron los masivos créditos de Estados Unidos a Iraq a finales de los años ochenta los que condujeron a la invasión de Kuwait por parte de Sadam Hussein.

—Estoy de acuerdo con Sam —dice el presidente—. He hablado largamente con el primer ministro australiano. Los partidos Liberal y Laborista ofrecen un frente unido y declaran que este incidente ha sido una acción de guerra. Dudo mucho de que hubieran condonado un ensayo como éste.

El general Fecondo se pasa las dos manos por la línea de nacimiento del cabello, bronceada y en recesión.

—Señor presidente, el hecho de que existan esas armas de fusión pura no cambia nada. Probar un arma y utilizarla en una batalla son dos cosas distintas. Ninguna nación va a desafiar a Estados Unidos a una exhibición nuclear.

Costolo lanza una mirada al presidente de la Junta de Jefes de Estado Mayor.

—Dígame, general, si tuviéramos un misil crucero capaz de eliminar todos los emplazamientos de SAM que hay en la costa de Irán, ¿lo usaría?

Dick Pryzstas arquea las cejas.

—Una idea muy tentadora, ¿verdad? Y digo yo: ¿no se sentirían los iraníes igual de tentados a borrar del mapa el *Ronald Reagan* y su flota?

—Voy a decirle lo que opino yo —dice el larguirucho Jefe de Operaciones Navales—: Yo interpreto esta acción como una especie de cañonazo de advertencia que nos han lanzado. Los rusos están dejando que creamos que poseen armas de fusión pura, con la esperanza de que su pequeña demostración nos persuada de cancelar el Escudo de Defensa anti-Misiles.

—Lo cual no podemos hacer —replica Pryzstas—. En los cinco últimos años se ha duplicado el número de estados corruptos que tienen acceso a armas nucleares y biológicas...

—Mientras nosotros continuamos gastando dinero en tecnología de armas nucleares —interrumpe Chaney—, y así enviamos un claro mensaje al resto del mundo de que Estados Unidos tiene más interés en mantener la postura nuclear de ser el que aseste el primer golpe que en continuar reduciendo los arsenales. El mundo avanza directamente por el camino de la confrontación nuclear. Ellos lo saben, y nosotros también, pero todos estamos demasiado ocupados en señalarnos con el dedo los unos a los otros para cambiar de rumbo. Estamos actuando todos como una pandilla de idiotas, y antes de que nos demos cuenta de lo que ha ocurrido, acabaremos metidos en ello de cabeza.

Borgia está aguardando a Ennis Chaney en el pasillo cuando se clausura la reunión.

—Necesito un minuto.

—Hable.

—He hablado con el capitán del *Boone*.

—¿Y?

—Dígame, Chaney, ¿qué motivo puede tener el vicepresidente de Estados Unidos para ayudar a un delincuente fugado?

—No sé de qué me habla...

—Esta clase de cosas pueden echar a perder la carrera de un político.

Los ojos de mapache perforan a Borgia.

—Usted desea acusarme de algo..., pues acúseme. De hecho, ¿qué le parece si los dos ponemos a lavar nuestros trapos sucios y vemos quién sale limpio?

Borgia esboza una sonrisa nerviosa.

—Cálmese, Ennis. Nadie va a convocar al jurado. Lo único que quiero es que Gabriel vuelva a donde le corresponde estar, al cuidado de un centro psiquiátrico.

Chaney aparta a un lado al secretario de Estado y reprime una risita.

—¿Sabe qué le digo, Pierre? Que ya me encargo yo de vigilarle.

7 de diciembre de 2012
GOLFO DE MÉXICO
4.27 horas

El incesante timbre saca a Edmund Loos de su sueño. Manotea buscando el auricular del teléfono y se aclara la voz.

—Al habla el capitán. Diga.

—Siento despertarlo, señor. Hemos detectado actividad en el fondo marino.

—Voy para allá.

Para cuando el capitán entra en el Centro de Información de Combate, el mar ya ha empezado a agitarse.

—Informe, comandante.

El oficial ejecutivo señala una mesa luminosa desde la que se está proyectando en el aire una imagen holográfica tridimensional y de forma cúbica, del mar y del fondo marino en tiempo real. Situada al fondo de la fantasmagórica imagen, enterrada en la topografía de piedra caliza de color pizarra, se distingue la forma ovoide del objeto alienígena, codificada en un color anaranjado luminiscente. Encima de la superficie dorsal del mismo flota un brillante círculo de energía de un verde esmeralda, que hace subir un haz de luz a través de una abertura vertical que conduce al lecho marino. En la superficie se aprecia la imagen del *Boone* flotando.

Mientras el capitán y su oficial ejecutivo contemplan la imagen asombrados, la luz verde parece ensancharse a medida que va formándose un remolino. En cuestión de segundos, el torrente de agua en rotación se estrecha para formar un potente embudo submarino que se extiende desde el agujero del fondo hasta la superficie.

—Dios santo, es como ver formarse un tornado —susurra Loos—. Es tal como contó Gabriel.

—¿Perdón, señor?

—Nada. Comandante, aleje el buque del remolino. Que comunicaciones me ponga con NORAD, y después lancen nuestros LAMPS. Si emerge algo de ese remolino, quiero saberlo.

—Sí, señor.

El suboficial de Marina de Primera Clase Johnathan Evans corre por la cubierta para helicópteros, casco en mano, mientras su copiloto y su tripulación ya se encuentran a bordo del aparato antisubmarinos LAMPS. Resoplando y jadeando, se sube a la cabina del Seasprite y se abrocha el cinturón de seguridad.

Evans lanza una mirada a su copiloto intentando recuperar el resuello.

—El dichoso tabaco me está matando.

—¿Quieres un café?

—Dios te lo pague, hijo. —Evans coge el vaso de plástico—. Hace tres minutos estaba tumbado en mi litera, soñando con Michelle, y lo siguiente que recuerdo es al oficial preguntándome a gritos por qué no estoy ya en el aire.

—Bienvenido a la aventura de la Marina.

Evans echa la palanca hacia atrás. El helicóptero se despega de la cubierta y enfila hacia el sur al tiempo que se eleva hasta noventa metros. El piloto dirige el LAMPS en línea recta hacia el remolino de color esmeralda.

—Santo cielo...

Evans y su tripulación contemplan fijamente el remolino, hipnotizados por la belleza del mismo y asustados por su intensidad. El vórtice es un monstruo, un sumidero en espiral sacado directamente de *La Odisea* de Homero, con unas paredes que oscilan con la misma fuerza que las cataratas del Niágara. Visto desde arriba en contraste con las oscuras aguas, el brillante ojo esmeralda del torbellino semeja una galaxia verde fosforescente cuyas estrellas brillan cada vez con mayor intensidad, conforme va ensanchándose el embudo.

—Dios santo. Ojalá tuviera mi cámara.

—No se preocupe, teniente, estamos tomando un montón de fotos.

—Qué importan los infrarrojos. Yo quiero una foto de verdad, una que pueda enviar a mi casa por correo electrónico.

De repente el centro del remolino se desploma hacia el fondo y deja al descubierto una esfera de luz cegadora que surge del fracturado lecho marino y comienza a ascender como un sol esmeralda.

—Protéjanse los ojos...

—¡Señor, están saliendo dos objetos del embudo!

—¿Qué? —Evans se gira hacia su operador de radar—. ¿Qué tamaño tienen?

—Son grandes. El doble que el LAMPS.

El piloto tira hacia atrás de la palanca de mando... en el preciso momento en que surgen del embudo dos objetos oscuros y con alas. Los dos mecanismos se sitúan a un lado y a otro del Seasprite... El teniente vislumbra brevemente un resplandeciente disco de color ámbar... y la palanca se le queda inerte en la mano.

—Mierda, hemos perdido sustentación...

—Los motores se han apagado, teniente. ¡No funciona nada!

Evans experimenta una intensa sensación de malestar cuando el helicóptero cae en picado. Una fuerte sacudida... y el aparato choca contra la pared del remolino. Los rotores se hacen añicos, el parabrisas de la cabina queda destrozado y el helicóptero es arrollado por la columna vertical como si estuviera dentro de una licuadora. La fuerza centrífuga aplasta a Evans de costado contra su asiento, pero sus chillidos quedan amortiguados por el tremendo rugido que llena sus oídos.

El mundo gira sin control mientras el remolino va engullendo el LAMPS.

Lo último que siente el suboficial de Marina Johnathan Evans es la curiosa sensación de que se le parten las vértebras bajo un abrazo asfixiante, como si su cuerpo estuviera siendo aplastado por un gigantesco compactador de basura.

8 de diciembre de 2012
PARQUE NACIONAL GUNUNG MULU
SARAWAK, FEDERACIÓN DE MALAISIA
5.32, hora de Malaisia (trece horas después)

Sarawak, situado en la costa noroccidental de Borneo, es el estado más grande de la Federación de Malaisia. Gunung Mulu, el parque nacional de mayor extensión de dicho estado, abarca mil cuatrocientos kilómetros cuadrados, un paisaje dominado por tres montañas: la Gunung Mulu, la Gunung Benarat y la Gunung Api.

La Gunung Api es una montaña formada por roca caliza, una geología que no sólo domina en el estado entero de Sarawak, sino también en la vecina isla de Irian Jaya/Nueva Guinea Papúa y en casi todo el sur de Malaisia. La erosión de ese paisaje de roca caliza a causa de la ligera acidez del agua de lluvia ha dado lugar a notables esculturas superficiales y formaciones subterráneas.

A media ladera del monte Api, apuntando hacia el cielo como si fuera un campo de estalagmitas puntiagudas, se encuentra un bosque petrificado formado por afilados pináculos de piedra caliza gris plateada, algunos de los cuales se elevan más de ciento treinta metros por encima de la pluviselva. En el subsuelo, excavado en la roca por los ríos subterráneos, se halla un laberinto que contiene más de seiscientos metros de cavernas, y que representa el sistema de cuevas de roca caliza más grande del mundo.

El estudiante de posgrado Wade Tokumine, originario de Honolulú, lleva tres meses estudiando las cuevas de Sarawak, recopilando datos para su tesis sobre la estabilidad de los volúmenes cársticos del subsuelo del planeta. El karst es una topografía creada por la erosión química de rocas calizas que contienen al menos un ochenta por ciento de carbonato cálcico. La inmensa red de pasadizos subterráneos de Sarawak está compuesta en su totalidad por karst.

La de hoy es la novena visita de Wade a la cueva Clearwater, el pasadizo subterráneo más largo de todo el Sudeste Asiático y una de las únicas cuatro cuevas de Mulu que están abiertas al público. El geólogo se echa atrás en su asiento a bordo de la canoa y dirige la lámpara de carburo hacia el techo de alabastro de la caverna. El haz de luz surca la oscuridad e ilumina una miríada de estalactitas rezumantes de humedad. Wade contempla las antiguas formaciones rocosas y se maravilla ante los artísticos diseños de la naturaleza.

Hace cuatro mil millones de años, la Tierra era un mundo muy joven, hostil y sin vida. Conforme el planeta fue enfriándose, el vapor de agua y otros gases ascendieron hacia el cielo impulsados por violentas erupciones volcánicas y fueron creando una atmósfera con un rico contenido de dióxido de carbono, nitrógeno y compuestos del hidrógeno, un ambiente similar al hallado en Venus.

La vida en nuestro planeta se inició en el mar, en forma de una sopa de sustancias químicas organizadas en estructuras complejas (cadenas moleculares de los cuatro nucleótidos básicos) animadas por un cataclismo exterior, tal vez un rayo. Las dobles hélices de los nucleótidos empezaron a duplicarse y dieron lugar a la vida unicelular. Estos organismos se multiplicaron rápidamente y comenzaron a privar a los océanos de sus compuestos de carbono, a modo de comida rápida. Después, una singular familia de bacterias evolucionó hasta producir una nueva molécula orgánica llamada clorofila. Esa sustancia de color verde era capaz de almacenar la energía de la luz solar y así permitir a los organismos unicelulares crear hidratos de carbono de gran calidad a partir de dióxido de carbono y de hidrógeno, liberando oxígeno como producto secundario.

Había nacido la fotosíntesis.

A medida que fueron aumentando los niveles de oxígeno de planeta, el carbonato cálcico desapareció del mar y quedó encerrado en las formaciones rocosas por la acción de los organismos marinos, lo cual redujo drásticamente la cantidad de dióxido de carbono presente en la atmósfera. Esa roca, la caliza, se convirtió en el almacén de dióxido de carbono de la Tierra. A consecuencia de ello, la cantidad de dióxido de carbono acumulado en las rocas sedimentarias es en la actualidad seiscientas veces mayor que la cantidad total de carbono que hay en el planeta entero, entre el aire, el agua y las células vivas, todo junto.

Wade Tokumine recorre con el haz de luz las oscuras aguas de la caverna. El río subterráneo posee diez veces más concentración de dióxido de carbono de lo normal. Esa parte del ciclo del carbono tiene lugar cuando el CO_2 disuelto alcanza el punto de saturación en el interior de la roca caliza. Cuando ocurre eso, el dióxido de carbono se precipita en forma de carbonato cálcico puro y crea las estalactitas y estalagmitas que tanto proliferan actualmente en las cuevas de Sarawak.

Wade se da la vuelta a bordo de la canoa para mirar a su guía, Andrew Chan. Este nativo de Malaisia y espeleólogo profesional lleva diecisiete años enseñando a los turistas las cuevas de Sarawak.

—Andrew, ¿queda mucho para llegar a ese pasadizo virgen que dices?

La luz de la lámpara de carburo capta la sonrisa de Andrew, a la que le faltan dos dientes frontales.

—No tanto. Esta parte de la caverna termina un poco más adelante, y luego hay que continuar a pie.

Wade asiente con la cabeza y a continuación escupe el mal olor del humo de carburo. De las cuevas de Sarawak tan sólo se ha explorado el treinta por ciento, y la mayoría de éstas siguen siendo inaccesibles a todo el mundo salvo a unos pocos de los guías más expertos. En lo que se refiere a la exploración de pasadizos desconocidos, Wade sabe que a Andrew no le gana nadie, pues es un espeleólogo que constituye un caso grave de «ansia por descubrir tesoros», una enfermedad psicológica incurable, común entre los pirados por la espeleología.

Andrew lleva la canoa hasta una repisa y la mantiene firme para que pueda bajar Wade.

—Será mejor que te pongas el casco, por aquí hay muchas rocas sueltas en el techo.

Wade se ajusta el casco a la cabeza mientras Andrew anuda la canoa a un extremo de un larguísimo ovillo de cuerda conocida como «cerdo» y se echa el resto al hombro.

—No te separes de mí. A partir de aquí esto se estrecha bastante. Y hay muchos picos afilados que sobresalen de las paredes, así que ten cuidado con la ropa.

Andrew toma la delantera y conduce a su compañero a través de una especie de catacumba negra como el carbón. Escoge un pasadizo angosto e inclinado y penetra por él, dejando que la cuerda vaya desenrollándose y señalando el camino. Al cabo de varios minutos de constante ascenso, el pasillo se transforma en un túnel claustrofóbico que los obliga a seguir avanzando a cuatro patas.

Wade resbala sobre la caliza húmeda y se araña la piel de los nudillos.

—¿Falta mucho?

—¿Por qué? ¿Te está entrando claustrofobia?

—Un poco.

—Eso es porque eres un espeleólogo de máquina.

—¿Qué es eso?

—Uno que pasa más tiempo leyendo la lista de correo de los espeleólogos que visitando cuevas... Un momento. Vaya, ¿qué es esto?

Wade se arrastra sobre el vientre y se sitúa al lado de Andrew para echar un vistazo.

El túnel ha desembocado en una enorme sima en la superficie. Mirando hacia arriba pueden distinguir las estrellas aún titilando en el cielo de primeras horas de la mañana. La superficie se encuentra a más de veinte metros por encima de ellos. Andrew orienta la lámpara hacia abajo y descubre el fondo de un pozo tremendo, a casi diez metros de profundidad.

Un resplandor de una tonalidad ámbar luminiscente proyecta peculiares sombras desde el pozo.

—¿Has visto eso?

Wade se inclina hacia delante para verlo mejor.

—Es como si ahí abajo hubiera algo que brilla.

—Esta dolina no estaba aquí esta mañana. Debe de haberse hundido el techo de la caverna. Lo que hay ahí abajo probablemente se cayó por el agujero y aterrizó en ese pozo.

—¿Puede ser un coche? Es posible que haya personas atrapadas.

Wade se queda mirando mientras su guía hurga en su mochila y saca una escala de mano hecha de una sola pieza de cable de alambre, cuyos barrotes están cosidos al centro.

—¿Qué estás haciendo?

—Tú quédate aquí. Voy a bajar a echar un vistazo.

Andrew sujeta un extremo de la escala a la cornisa y a continuación deja caer ésta por el oscuro agujero.

Para cuando el espeleólogo baja al interior del pozo, el cielo ya se ha vuelto gris. La mortecina luz matinal apenas logra atravesar la oscuridad y las nubes de polvo de piedra caliza.

Andrew observa atentamente la gigantesca criatura inanimada que se encuentra en el pozo subterráneo.

—Oye, Wade. No sé qué será este chisme, pero desde luego no es un coche.

—¿Cómo es?

—No he visto nada parecido en toda mi vida. Es enorme, como una cucaracha gigante, sólo que este bicho tiene unas alas muy grandes y una cola, y unos tentáculos rarísimos que le salen de la barriga. Se sostiene sobre unas garras. Debe de estar muy caliente, porque debajo la roca está ardiendo.

—Deberías salir de ahí. Sube, vamos a llamar a los guardas del parque...

—No pasa nada, esta cosa no está viva. —Andrew alarga la mano para tocar uno de los tentáculos.

En eso, una onda de choque electromagnética de color azul neón lo lanza de espaldas contra la pared.

—Andrew, ¿estás bien? ¿Andrew?

—Sí, tío, pero este hijo de puta está que muerde. ¡Joder...!

Andrew da un brinco hacia atrás al ver que la criatura eleva hacia el cielo la cola accionada por un mecanismo hidráulico.

—¿Andrew?

—Me largo, tío, no hace falta que me lo digas dos veces.

Empieza a trepar por la escala de cuerda.

El círculo color ámbar que tiene la criatura en la parte superior del cuerpo empieza a parpadear y a cambiar a un tono más oscuro, carmesí.

—¡Vamos, sube más rápido!

De las garras de la criatura comienza a surgir un humo blanco que va llenando el pozo.

Wade se siente mareado. Se da la vuelta y se desliza cabeza abajo por el resbaladizo túnel justo en el momento en que Andrew se iza sobre la cornisa.

—¿Andrew? Andrew, ¿estás detrás de mí?

Wade detiene la inercia que lleva y apunta con la lámpara túnel arriba. Ve a su guía tumbado de bruces en el angosto espacio.

«¡Dióxido de carbono!»

Alarga el brazo hacia atrás y agarra la muñeca de Andrew. Tira de él por el reducido espacio, sintiendo que la roca que lo rodea va aumentando de temperatura, hasta chamuscarle la piel.

«¿Qué diablos está pasando?»

Cuando el pasadizo se ensancha, se pone de pie a duras penas. Se echa a su guía inconsciente al hombro y avanza dando tumbos en dirección a la canoa. A su alrededor todo parece dar vueltas, cada vez más caliente. Cierra los ojos y se sirve de los codos para avanzar a tientas, palpando las paredes ardientes.

Cuando llega al río subterráneo oye un extraño ruido burbujeante. Se agacha sobre una rodilla, empuja el cuerpo de Andrew al interior de la canoa y acto seguido se sube él mismo con gran dificultad, a punto de volcar la embarcación. Las paredes de la cueva desprenden humo, el intenso calor reinante hace hervir el agua del río.

Wade siente que le queman los ojos y que sus fosas nasales ya no son capaces de inhalar esa atmósfera achicharrante. Lanza un grito ahogado y agita los brazos y las piernas, enloquecido, mientras su carne se llena de ampollas y finalmente se despega del hueso y sus globos oculares estallan en llamas.

Diario de Julius Gabriel

Chichén Itzá, la ciudad maya más espléndida de toda Mesoamérica. Traducido, su nombre quiere decir «a la orilla del pozo en el que viven los sabios del agua».

Los sabios del agua.

La ciudad en sí se divide en una parte vieja y otra parte nueva. Los mayas se establecieron en la vieja Chichén en el año 435 de nuestra era, y su civilización se unió más tarde a la tribu de Itzá, alrededor del año 900. Es poco lo que se sabe de los rituales cotidianos y del estilo de vida de este pueblo, aunque sí sabemos que estaban gobernados por su rey-dios Kukulcán, cuyo legado como gran maestro maya domina esta antigua ciudad.

Maria, Michael y yo íbamos a pasar muchos años explorando las antiguas ruinas de Chichén Itzá y las junglas que la rodean. Al final quedamos convencidos de la abrumadora importancia de que gozaban tres estructuras en particular: el cenote sagrado, el Gran Juego de Pelota maya y la pirámide de Kukulcán.

Expresado en términos sencillos, no existe en todo el mundo otra construcción como la pirámide de Kukulcán. Esta milenaria estructura se eleva sobre la Gran Explanada de Chichén Itzá, y su precisión y su situación astronómica aún tienen confusos a arquitectos e ingenieros de todo el mundo.

Maria y yo terminamos por estar de acuerdo en que la pirámide de Kukulcán era la que pretendía representar el dibujo de Nazca. El jaguar boca abajo inscrito en el dibujo del desierto, las columnas en forma de serpiente situadas a la entrada del pasillo norte del templo, la imagen del mono y de las ballenas; todo parecía encajar. En algún punto de aquella ciudad, escondido en el interior de la misma, tenía que haber un pasadizo secreto que condujera a la estructura interna de Kukulcán. La pregunta era: ¿dónde?

La solución primera y más evidente que se nos ocurrió fue que la entrada se hallaba oculta dentro del cenote sagrado, una sima tallada por la naturaleza que se encontraba al norte de la pirámide. El cenote era otro símbolo más del portal que daba acceso al Mundo Inferior de los mayas, y no había en todo el Yucatán un cenote más importante que el pozo sagrado de Chichén Itzá, ya que era allí donde se habían sacrificado tantas vírgenes tras la brusca partida de Kukulcán.

Más importante aún era la posible conexión entre el cenote y el dibujo de la pirámide de Nazca. Vistas desde arriba (como en Nazca) las paredes escalonadas y circulares del pozo sagrado bien podían interpretarse como una serie de círculos concéntricos. Además, las cabezas de las serpientes mayas, situadas en la base norte de la pirámide de Kukulcán, apuntan directamente al pozo.

Intrigados y emocionados, Maria y yo organizamos una expedición de buceo para explorar el cenote maya. Al final, lo único que encontramos fueron los restos de los esqueletos de los muertos, y nada más.

Por desgracia, sería otra construcción de Chichén Itzá la que cambiaría para siempre nuestra vida.

En Mesoamérica hay decenas de canchas de juego de pelota antiguas, pero ninguna está a la altura del Gran Juego de Pelota de Chichén Itzá. Además de ser la más grande de todo el Yucatán, el Gran Juego de Pelota, al igual que ocurre con la pirámide de Kukulcán, es una construcción que se encuentra cuidadosamente alineada con los cielos, en este caso con la galaxia de la Vía Láctea. En la medianoche de todos los solsticios de junio, el eje largo de esta cancha se orienta hacia el punto en que la Vía Láctea toca el horizonte, y de hecho se convierte en un reflejo exacto de la franja oscura de la misma.

El significado astronómico de este increíble diseño no puede exagerarse, ya que, como he dicho anteriormente, la franja oscura de la Vía Láctea es uno de los símbolos más importantes de la cultura maya. Según el Popol Vuh, el libro maya de la creación, dicha franja oscura es el camino que lleva al Mundo Inferior o *Xibalba*. A través de ella viajó al Mundo Inferior el héroe maya Hun-Hunahpú para desafiar a los dioses malignos, un reto heroico aunque fatídico, ritualizado por los mayas en el antiguo juego de pelota. (Todos los miembros del equipo perdedor eran ejecutados.)

Según el calendario maya, el nombre Hun (Uno)-Hunahpú se equipara al uno *Ahau*, el primer día del quinto ciclo (y el último), el día del juicio final según la profecía. Empleando un avanzado programa de astronomía, he elaborado un mapa del cielo tal como aparecerá en el año 2012. El Gran Juego de Pelota volverá a alinearse con la franja oscura, sólo que esta vez será en el solsticio de invierno, el cuatro *Ahau*, tres *Kankin*, es decir: el día del juicio final de la humanidad.

Fue un fresco día de otoño de 1983 cuando llegó a Chichén Itzá un equipo de arqueólogos mexicanos. Armados con picos y palas, se dirigieron al Gran Juego de Pelota en busca de un objeto conocido como el marcador del centro, una piedra ornamental que se ha encontrado enterrada en el lugar que señala el centro de otros muchos juegos de pelota de Mesoamérica.

Maria y yo estuvimos presentes y observamos cómo los arqueólogos desenterraban la antigua piedra. Aquel objeto no se parecía a nada de lo que habíamos visto: era de jade en vez de roca, estaba hueco por dentro y tenía el tamaño de una lata de café. Además, presentaba un mango en forma de una cuchilla de obsidiana que sobresalía de uno de sus extremos, como si fuera una espada incrustada en la piedra, semejante a la del rey Arturo. Pese a los numerosos intentos por arrancarla, la espada siguió fuertemente encajada.

Adornando los lados de aquel objeto de jade había unas imágenes simbólicas de la eclíptica y de la franja oscura. En la base se veía la cara de un gran guerrero maya pintada con todo detalle.

Maria y yo contemplamos esta última imagen conmocionados, porque los rasgos faciales de aquel individuo resultaban inconfundibles. De mala gana, devolvimos el marcador del centro al jefe de la expedición y regresamos a nuestra caravana, abrumados por las potenciales implicaciones del objeto que acabábamos de tener en nuestras manos.

Maria fue la que finalmente rompió el silencio. «Julius, de alguna manera... de alguna manera tu destino y el mío se encuentran directamente entrelazados con la salvación misma de nuestra especie. La imagen del marcador... es una señal de que debemos continuar nuestro viaje, que debemos encontrar la forma de entrar en la pirámide de Kukulcán.»

Yo sabía que mi esposa estaba en lo cierto. Con un renovado vigor nacido de un sentimiento de turbación, proseguimos nuestra búsqueda y pasamos los tres años siguientes examinando hasta la última piedra, explorando hasta la última ruina, levantando hasta la última planta de la selva, investigando hasta la última cueva.

Y aun así... no hallamos nada.

Para el verano de 1985, nuestra frustración había llegado a tal punto, que comprendimos que necesitábamos un cambio de aires aunque sólo fuera para conservar la escasa cordura que nos quedaba. Nuestro plan original era viajar a Camboya a explorar las magníficas ruinas de Angkor Wat, un emplazamiento apocalíptico que estábamos convencidos de que guardaba relación con Giza y con Teotihuacán. Por desgracia, los jemeres rojos todavía negaban el acceso a esa área a todos los extranjeros.

A Maria se le ocurrieron otras ideas. Razonó que nuestros antepasados extraterrestres jamás habrían construido una entrada a la pirámide de Kukulcán que pudiera ser descubierta por los saqueadores, y llegó a la conclusión de que lo que más nos convenía era regresar a Nazca e intentar descifrar el resto del antiguo mensaje.

Por más que yo rechazara la idea de volver a aquel paisaje de Perú, no pude cuestionar el razonamiento lógico de mi mujer. Era evidente que en Chichén Itzá no estábamos llegando a ninguna parte, a pesar del hecho de que ambos estábamos convencidos de que dicha ciudad estaba destinada a ser el escenario de la batalla final.

Antes de partir, había una última tarea que yo debía llevar a cabo para después embarcarnos en el que iba a ser nuestro último y fatídico viaje juntos.

Armado con una palanqueta y una máscara, una noche irrumpí en el camión de los arqueólogos... y rescaté el marcador del centro del juego de pelota de sus secuestradores.

Extracto del diario del profesor Julius Gabriel,
ref. Catálogo 1981-1984, páginas 08-154
Disquetes 7 y 8 de fotos; nombre de archivo: MESO,
fotos 223, 328, 344

Capítulo 20

9 de diciembre de 2012
CHICHÉN ITZÁ, MÉXICO
13.40 horas

El avión de transporte rebota dos veces sobre el gastado asfalto, rueda unos metros y finalmente se detiene derrapando justo antes de que la pista termine en una extensión de hierba.

Nada más salir del Cessna, Dominique recibe de lleno una bofetada de calor en la cara que también le pega al pecho la camiseta, la cual ya traía empapada en sudor. Se echa la mochila al hombro y se encamina junto con los demás pasajeros hacia la pequeña terminal, y después sale a la carretera principal. Hay un letrero que apunta a la izquierda y que dice: HOTEL MAYALAND. El que señala a la derecha reza: CHICHÉN ITZÁ.

—¿Taxi, *señorita*?

El conductor, un hombre delgado de cincuenta y pocos años, está apoyado contra un destartalado «escarabajo» Volkswagen de color blanco. Dominique advierte los rasgos de raza maya en sus facciones oscuras.

—¿Está muy lejos Chichén Itzá?

—A diez minutos. —El conductor abre la portezuela del pasajero.

Dominique se sube al coche notando cómo cede bajo su peso el desgastado asiento de vinilo, que enseña una parte del relleno de espuma del interior.

—¿Es la primera vez que va a Chichén Itzá, *señorita*?

—No he ido desde que era pequeña.

—No se preocupe. No ha cambiado mucho en los mil últimos años.

Atraviesan una aldea empobrecida y seguidamente toman una carretera de doble carril recién asfaltada. Minutos después el taxi se detiene en la modernizada entrada para visitas, cuyo aparcamiento se halla repleto de vehículos de alquiler y autocares de turistas. Dominique paga al conductor, adquiere un billete en la taquilla y entra en el parque.

Pasa junto a una hilera de tiendas de recuerdos y luego se une a un grupo de turistas que se dirigen por un camino de tierra que cruza la selva mexicana. Tras una caminata de cinco minutos, el sendero desemboca en una inmensa llanura cubierta de hierba y rodeada por tupida vegetación.

Los ojos de Dominique se agrandan al mirar en derredor. Ha viajado hacia atrás en el tiempo.

El paisaje se ve salpicado de gigantescas ruinas de piedra caliza blanca y gris. A su izquierda se encuentra el Gran Juego de Pelota, el más grande de toda Mesoamérica. Construido en forma de una enorme I, el recinto tiene más de ciento sesenta metros de largo por setenta de ancho y se encuentra cerrado por todos sus lados, incluidos los dos muros divisorios del centro, que tienen una altura de tres pisos. Apenas al norte de esa estructura se eleva el Tzompantli, una amplia plataforma llena de relieves de enormes cráneos y coronada por cuerpos de serpientes. A su derecha, a lo lejos, se distingue un vasto cuadrado, el Complejo del Guerrero, los restos de lo que fue un palacio y un mercado, cuyos límites están parcialmente encerrados por centenares de columnas independientes.

Pero es la atracción principal, que empequeñece todas las demás ruinas, lo que cautiva la atención de Dominique: un imponente zigurat de increíble precisión, de roca caliza, ubicado en el centro de la ciudad.

—Es espléndida, ¿verdad, *señorita*?

Dominique se gira y descubre a un hombre menudo vestido con una camiseta del parque anaranjada y salpicada de manchas y una gorra de visera. Repara en su frente alta y huidiza y en sus fuertes facciones mayas.

—La pirámide de Kukulcán es la estructura más espléndida de toda Centroamérica. ¿Le apetece un guía particular? Son sólo treinta y cinco pesos.

—En realidad estoy buscando a una persona. Es un americano alto, de constitución fuerte, pelo castaño y ojos muy oscuros. Se llama Michael Gabriel.

La sonrisa del guía se esfuma.

—¿Conoce usted a Mick?

—Lo siento, no puedo ayudarla. Que disfrute de su visita. —El individuo menudo da media vuelta y se aleja.

—Espere... —Dominique lo alcanza—. Usted sabe dónde está, ¿no es así? Lléveme con él, y me encargaré de que el esfuerzo le merezca la pena. —Le pone un fajo de billetes en la mano.

—Lo siento, *señorita*. No conozco a la persona que está buscando. —El hombre le devuelve el dinero.

Dominique separa unos cuantos billetes.

—Tenga, coja esto...

—No, *señorita*...

—Por favor. Si se tropieza con él por casualidad, o si conoce a alguien que pueda saber cómo ponerse en contacto con él, dígale que Dominique necesita verlo. Dígale que es una cuestión de vida o muerte.

El guía maya ve la desesperación que transmiten sus ojos.

—La persona que está buscando... ¿es su novio?

—Es un amigo íntimo.

El guía se queda con la mirada perdida a lo lejos durante unos momentos, reflexionando.

—Aproveche el día para disfrutar de Chichén Itzá. Dese el placer de una buena comida caliente, y luego espere a que se haga de noche. El parque se cierra a las diez. Escóndase en la selva antes de que los de seguridad hagan la última ronda. Cuando se haya ido todo el mundo y se cierren las puertas, suba a la pirámide de Kukulcán y espere.

—¿Estará allí Mick?

—Es posible.

El guía le devuelve el dinero.

—En la entrada principal hay tiendas para turistas. Cómprese un poncho de lana, lo va a necesitar esta noche.

—Quiero que se quede el dinero.

—No. Los Gabriel hace mucho tiempo que son amigos de mi familia. —Sonríe—. Cuando la encuentre Mick, dígale que Elías Forma dice que es usted demasiado guapa para dejarla sola en la tierra de la luz verde.

El incesante zumbido de los mosquitos atrona los oídos de Dominique. Se echa por encima de la cabeza la capucha del poncho y se acurruca al abrigo de la oscuridad mientras la selva despierta a su alrededor.

«¿Qué diablos estoy haciendo yo aquí?» Se quita insectos imaginarios de los brazos. «Debería estar terminando la interinidad. Debería estar preparándome para graduarme.»

Percibe los murmullos de la selva a su alrededor. Un súbito aletear perturba la bóveda de follaje allá en lo alto. A lo lejos se oye el aullido de un mono que surca la noche. Consulta su reloj... las diez y veintitrés. Vuelve a echarse por la cabeza el poncho de lana y cambia de postura sobre la piedra.

«Concédele otros diez minutos.»

Cierra los ojos y permite que la jungla la envuelva con sus brazos, igual que cuando era pequeña. El fuerte olor del musgo, el ruido de las hojas de palmera agitándose en la brisa... Se ve de nuevo en Guatemala, con sólo cuatro años, de pie junto a la pared de estuco que hay al otro lado de la ventana del cuarto de su madre, escuchando llorar a su abuela dentro. Espera hasta que su tía acompaña a la anciana al exterior y entonces se cuela por la ventana.

Dominique se queda mirando la figura sin vida que yace en la cama. Los dedos que hace tan sólo unas horas le han acariciado el cabello tienen un color azulado en las puntas. La boca está abierta, los ojos castaños semicerrados y fijos en el techo. Le toca los pómulos y encuentra la piel fría y húmeda.

Ésa no es su madre. Es otra cosa, un armazón de carne inanimada que llevaba puesto su madre mientras estaba en este mundo.

Entra su abuela. «Ahora ya está con los ángeles, Dominique...»

En ese momento el cielo nocturno explota por encima de ella con el caótico revuelo de un millar de murciélagos que baten las alas. Dominique se levanta de un salto con el pulso acelerado, parpadeando para intentar apartar los mosquitos y los recuerdos.

—¡No! Éste no es mi hogar. ¡Ésta no es mi vida!

Empuja su infancia otra vez al interior del desván y cierra la puerta con llave. A continuación baja de la roca y echa a andar a través de la densa vegetación hasta emerger a la orilla del cenote sagrado.

Contempla las paredes rectas y verticales del pozo, el cual cae en picado hasta la superficie de un agua negra e infestada de algas. El brillo de la luna casi llena destaca las diversas capas de materiales geológicos esculpidas en el interior del pozo de blanca piedra caliza. Mira hacia arriba y se fija en una estructura cerrada de piedra que pende sobre el borde sur del cenote. Mil años atrás, los mayas, desesperados tras la repentina partida de su rey-dios Kukulcán, recurrieron a los sacrificios humanos en un intento de impedir el fin de la humanidad. Encerraban a muchachas vírgenes en ese baño de vapor primordial para purificarlas, y después los sacerdotes encargados de la ceremonia las conducían hasta la plataforma del techo; las desnudaban por completo, las tendían sobre la estructura de piedra y, con la ayuda de una cuchilla de obsidiana, les sacaban el corazón o les cortaban la garganta. A continuación, los cadáveres de las vírgenes se arrojaban ceremoniosamente, cargados de joyas, al pozo sagrado.

Dominique siente un escalofrío al pensar en ello. Rodea el pozo y se apresura a bajar por el *sacbe*, un ancho sendero elevado de piedras y tierra que atraviesa la densa selva hasta alcanzar el límite norte de la ciudad.

Al cabo de quince minutos y media docena de traspiés, Dominique sale del sendero. Frente a ella se alza la cara norte de la pirámide de Kukulcán, cuyo oscuro y dentado perfil de nueve pisos de altura se recorta contra el cielo tachonado de estrellas. Se aproxima a la base, que está vigilada a uno y otro lado por dos enormes cabezas de serpiente esculpidas en piedra.

Dominique mira a su alrededor. La ciudad se ve oscura y desierta. Un escalofrío le recorre la columna vertebral. Comienza a ascender.

A mitad de la subida ya empieza a quedarse sin aliento. Los escalones de la pirámide de Kukulcán son bastante estrechos y empinados, y no hay nada a que asirse. Se da la vuelta y mira hacia abajo. Una caída desde esa altura resultaría mortal.

—¿Mick?

Su voz parece resonar por todo el valle. Aguarda una respuesta y después, al no oír nada, continúa subiendo.

Tarda otros cinco minutos en alcanzar la cumbre, una plataforma llana sobre la que se alza un templo de piedra, cuadrado y de dos pisos. Un tanto mareada, se apoya contra la pared norte del templo para recuperar el resuello, todavía con los músculos de los muslos agotados a causa de la escalada.

La vista es espectacular, libre de barandillas de seguridad. La luna revela detalles en sombra de todas las estructuras de la parte norte de la ciudad. En el extrarradio, la bóveda de la selva se extiende hasta el horizonte igual que los límites oscuros de un enorme lienzo.

El espacio que queda alrededor del templo tiene sólo metro y medio de ancho. Bien alejada del peligroso borde, Dominique se seca el sudor de la cara y se sitúa delante de la boca de entrada que da acceso al pasillo norte del templo. Ante ella se alza un enorme portal compuesto por un dintel flanqueado por dos columnas en forma de serpientes.

Penetra en el interior, negro como el carbón.

—Mick, ¿estás ahí dentro?

Su voz suena amortiguada por la humedad. Introduce una mano en la mochila, localiza la linterna que ha comprado y penetra en la oscura cámara de roca caliza.

El corredor norte es un recinto cerrado de dos cámaras, un santuario central precedido por un vestíbulo. El interior termina en una enorme pared en el centro. El haz de luz de la linterna desvela un techo abovedado y un suelo de piedra cuya superficie aparece chamuscada y negruzca debido a los fuegos ceremoniales. Deja atrás la cámara vacía y continúa por la plataforma girando a la izquierda para entrar en el corredor oeste, un pasillo desnudo que discurre en zigzag para unirse a los corredores este y sur.

El templo se halla desierto.

Dominique consulta la hora: las once y veinte. «¿Será que no va a venir?»

El fresco de la noche le produce un leve escalofrío. Buscando calor, regresa a la cámara norte y se apoya contra el muro del centro, rodeada por paredes de piedra que la aíslan del viento y acallan todos los ruidos.

Ahí dentro se percibe un ambiente de tensión, como si alguien estuviera aguardando en las sombras para saltar sobre ella. Utiliza el haz de luz de la linterna para explorar el interior y tranquilizarse un poco.

Pero el agotamiento puede con ella. Se tumba en el suelo de piedra, se hace un ovillo y cierra los ojos, y ve su sueño enturbiado por sucesivas imágenes de sangre y muerte.

La extensión que rodea la pirámide es un agitado mar de cuerpos morenos y caras pintadas iluminados por el resplandor anaranjado de diez mil antorchas. Desde su posición en el pasillo norte, ve correr la sangre por la escalinata como si fuera una cascada de color carmesí, que va formando un charco alrededor de un montón de carne mutilada entre las dos cabezas de serpiente que hay al pie de la pirámide.

En el interior del templo, con ella, hay otra decena de mujeres, todas vestidas de blanco. Están acurrucadas las unas con las otras como corderillos asustados, mirándola fijamente con unos ojos sin expresión.

Entran dos sacerdotes. Cada uno de ellos lleva un tocado ceremonial compuesto por plumas de color verde y un taparrabos confeccionado con la piel de un jaguar. Se aproximan contra sus ojos oscuros clavados en Dominique. Ella da un paso atrás, con el corazón acelerado. Cada sacerdote la agarra de una muñeca y entre los dos la sacan a rastras a la plataforma exterior del templo.

En el aire nocturno flota un intenso hedor a sangre, sudor y humo.

Delante de la inmensa muchedumbre se alza un gigantesco Chac Mool, una estatua en piedra de un semidiós maya inclinado. En su regazo descansa una placa ceremonial, rebosante de los restos mutilados de una decena de corazones humanos arrancados.

Dominique lanza un grito. Intenta huir, pero llegan otros dos sacerdotes, que la agarran por los tobillos y la levantan del suelo. La muchedumbre gime cuando ve aparecer al sacerdote principal, un individuo pelirrojo y corpulento cuyo rostro permanece oculto bajo una máscara que representa la cabeza de una serpiente emplumada. Dentro de las fauces abiertas de la máscara aparece una sonrisa amarilla y demoníaca.

—Hola, princesa.

Dominique lanza un chillido cuando Raymond le arranca la vestidura blanca, la deja desnuda, y a continuación to-

ma la cuchilla de obsidiana negra y la muestra a la multitud.
De la chusma sedienta de sangre surge un lascivo cántico:

—*¡Kukulcán! ¡Kukulcán!*

A una señal de Raymond, cuatro sacerdotes tienden a Dominique en el suelo y la sujetan contra la plataforma de piedra.

—*¡Kukulcán! ¡Kukulcán!*

Dominique chilla otra vez cuando Raymond hace un ademán con la cuchilla de obsidiana. Contempla incrédula cómo la eleva sobre su cabeza y acto seguido la deja caer con fuerza sobre su pecho izquierdo.

—*¡Kukulcán! ¡Kukulcán!*

Lanza un alarido de dolor, se retuerce y contorsiona el cuerpo estirado...

—Dom, despierta...

... en el momento en que Raymond introduce su mano en la herida, extrae el corazón aún palpitante y lo eleva hacia el cielo para que lo vea todo el mundo.

—¡Dominique!

Dominique deja escapar un chillido capaz de helar la sangre lanzando patadas y puñetazos a la aterradora oscuridad. En una de ésas, alcanza a la sombra de lleno en la cara. Desorientada, aún debatiéndose en su pesadilla, rueda hacia un lado y se incorpora de un salto y después intenta salir a toda prisa de la cámara para dirigirse a la caída de veintisiete metros que la aguarda fuera.

Pero una mano la sujeta por el tobillo. Se desploma de bruces contra la plataforma, y el dolor la despierta de golpe.

—Por Dios, Dominique, se supone que el loco soy yo.

—¿Mick? —Se sienta para recuperar el aliento y se frota las costillas doloridas.

Mick se coloca a su lado.

—¿Estás bien?

—Me has dado un susto de muerte.

—Lo mismo que tú a mí. Debes de haber sufrido una pesadilla. Has estado a punto de tirarte desde la pirámide.

Dominique se asoma a la escalinata y después se vuelve y se abraza a Mick, todavía temblando.

—De verdad, odio este lugar. Estas paredes están llenas de fantasmas mayas. —Se separa un poco para mirarlo a la cara—. Te sangra la nariz. ¿Eso te lo he hecho yo?

—Me has sacudido un buen derechazo. —Se saca un pañuelo del bolsillo de atrás y se lo aplica a la nariz—. Esto no va a curarse nunca.

—Lo tienes bien merecido. ¿Por qué demonios tenemos que encontrarnos precisamente aquí, y en mitad de la noche, maldita sea?

—Porque soy un fugitivo, ¿no te acuerdas? Y ya que hablamos de eso, ¿cómo has conseguido librarte de la Marina?

Dominique desvía el rostro.

—El fugitivo eres tú, no yo. Le dije al capitán que te ayudé porque me sentía confusa con la muerte de Iz. Supongo que le di pena, porque me dejó marchar. Venga, ya hablaremos de esto en otro momento. Ahora, lo único que quiero es bajar de esta pirámide.

—Todavía no puedo irme. Tengo trabajo que hacer.

—¿Trabajo? ¿Qué trabajo? Pero si estamos en mitad de la noche...

—Estoy buscando un pasadizo que lleve al interior de la pirámide. Es vital que lo encontremos...

—Mick...

—Mi padre estaba en lo cierto acerca de la pirámide de Kukulcán. He descubierto una cosa, algo realmente increíble. Voy a enseñártela.

Mick hurga en su mochila y extrae un pequeño aparato electrónico.

—Este instrumento se llama inspectroscopio de ultrasonidos. Transmite ondas sónicas de baja amplitud para determinar imperfecciones en los sólidos.

Mick enciende su linterna, seguidamente toma a Dominique por la muñeca y la arrastra de nuevo al interior del templo, hasta el muro central. Entonces activa el inspectroscopio y dirige las ondas sónicas hacia una zona transversal de la roca.

—Echa un vistazo. ¿Ves estas longitudes de onda? Está claro que existe otra estructura oculta detrás de este muro central. Sea lo que sea, es metálico y sube en línea recta por todo el interior de la pirámide, hasta el techo del templo.

—De acuerdo, te creo. ¿Podemos irnos ya?

Mick se queda mirándola con expresión de incredulidad.

—¿Irnos? ¿Es que no lo entiendes? Está aquí, dentro de estas paredes. Lo único que tenemos que hacer es averiguar cómo acceder a ello.

—¿Qué es lo que hay aquí? ¿Un pedazo de metal?

—Un pedazo de metal que posiblemente resulte ser el instrumento que salvará a la humanidad. El que nos dejó Kukulcán. Tenemos que... Oye, espera, ¿adónde vas?

Dominique sigue caminando en dirección a la plataforma.

—Aún no me crees, ¿verdad?

—¿Qué tengo que creer? ¿Que todos los hombres, mujeres y niños de este planeta vamos a morir dentro de dos semanas? No... Lo siento, Mick, todavía me cuesta creer eso.

Mick la agarra del brazo.

—¿Cómo puedes seguir dudando de mí? Ya viste lo que había enterrado en el Golfo. Estuvimos los dos juntos. Lo viste con tus propios ojos.

—¿Qué es lo que vi? ¿El interior de un tubo de lava?

—¿Un tubo de lava?

—Exacto. Los geólogos del *Boone* me lo explicaron todo. Hasta me enseñaron fotografías infrarrojas por satélite de todo el cráter Chicxulub. Lo que aparece en forma de un resplandor verde no es más que un flujo subterráneo de lava que pasa por debajo de ese agujero en el fondo del mar. El agujero se abrió en septiembre pasado, cuando volvió a entrar en erupción un volcán antiguo.

—¿Un volcán? Dominique, ¿de qué diablos estás hablando?

—Mick, nuestro minisub fue absorbido por uno de los tubos de lava cuando se hundió parte de la infraestructura subterránea. Y debimos de salir flotando a la superficie cuando se normalizó la presión. —Sacude la cabeza negativamente—. Me la jugaste bien, ¿eh? Imagino que te enteraste de lo del volcán en un informativo de la CNN o lo que fuera. Ése era el ruido que oyó Iz a través del SOSUS.

Le da un leve puñetazo en el pecho.

—Mi padre murió explorando un maldito volcán submarino...

—No...

—Has jugado conmigo, ¿verdad? Lo único que querías era escapar.

—Dominique, escúchame...

—¡No! Por escucharte murió mi padre. Ahora vas a escucharme tú. Te ayudé a escapar porque sabía que estaban maltratándote y porque necesitaba que me ayudases a averiguar lo que le había sucedido a Iz. Pero ahora ya sé la verdad. ¡Me engañaste!

—¡Es mentira! Todo lo que te ha dicho la Marina es una jodida mentira. Ese túnel no era ningún tubo de lava, sino un conducto de entrada artificial. Lo que oyó tu padre eran sonidos provenientes de una serie de turbinas gigantescas. Nuestro minisub fue absorbido por un conducto de entrada y quedó atascado en los rotores de una turbina. ¿No recuerdas nada de eso? Ya sé que estabas herida, pero aún te encontrabas consciente cuando yo salí del minisub.

—¿Qué has dicho? —Dominique lo mira con súbita confusión, perturbada por un recuerdo lejano—. Espera... ¿te entregué una botella de oxígeno?

—¡Sí! Me salvó la vida.

—¿De verdad saliste del minisub? —Se sienta en el borde de la pirámide; «¿estará mintiendo la Marina?»—. Mick, no pudiste salir del submarino, estábamos bajo el agua...

—La cámara estaba presurizada. El minisub hizo de tapón del conducto de entrada.

Dominique niega con la cabeza. «Basta. Está mintiendo. ¡Esto es ilógico!»

—Te vendé la cabeza. Estabas muy asustada. Me pediste que te abrazara antes de salir del minisub. Me hiciste prometer que volvería.

Un vago recuerdo revolotea en la mente de Dominique.

Mick se sienta junto a ella.

—Sigues sin creerte ni una palabra de lo que estoy diciendo, ¿verdad?

—Estoy intentando acordarme. Mick... siento mucho haberte golpeado.

—Te advertí que no dejaras a Iz investigar en el Golfo.

—Lo sé.

—Yo jamás te traicionaría. Jamás.

—Mick, digamos que te creo. ¿Qué fue lo que viste al salir del minisub? ¿Adónde llevaba esa turbina que dices?

—Descubrí una especie de tubo de drenaje y conseguí introducirme por él. El conducto llevaba a una cámara enorme. Dentro el aire quemaba, y sus paredes estaban cubiertas por llamas de color rojo.

Mick levanta la vista hacia las estrellas.

—Arriba, muy alto, giraba esto... este maravilloso remolino de energía. Se movía como una galaxia espiral en miniatura. Era una belleza.

—Mick...

—Espera, hay más. Ante mí se extendía un lago de energía que ondulaba como un mar de mercurio, sólo que su superficie era reflectante como un espejo. Entonces oí la voz de mi padre, que me hablaba a lo lejos.

—¿Tu padre?

—Sí, sólo que no era mi padre, sino una especie de forma de vida alienígena. Yo no podía verlo... se encontraba en el interior de una estructura de alta tecnología que flotaba por encima del lago en una enorme vaina. Me miró con unos ojos rojos y muy brillantes, demoníacos. Me entró el pánico...

Dominique lanza un suspiro. «Ya está. Demencia clásica. Dios santo, Foletta tenía razón; lo tenía delante todo el tiempo y no quería verlo.» Observa a Mick, que continúa con la mirada perdida a lo lejos.

—Mick, vamos a hablar de esto. Esas imágenes que viste son bastante simbólicas, ¿sabes? Empecemos por la voz de tu padre...

—¡Espera! —Mick se vuelve hacia ella con los ojos abiertos desmesuradamente—. Acabo de darme cuenta de una cosa. Ya sé quién era esa forma de vida.

—Continúa. —Dominique percibe el cansancio en su propia voz—. ¿A quién creíste ver?

—Era Tezcatilpoca.

—¿Quién?

—Tezcatilpoca. La deidad maligna de la que te hablé en el barco. Es un nombre maya que significa «espejo que despide humo», una descripción del arma de ese dios. Según la leyenda mesoamericana, el espejo que despide humo le proporcionó a Tezcatilpoca la capacidad de ver el interior del alma de las personas.

—Sí, lo recuerdo.

—Ese ser vio mi alma. Me habló como si fuera mi padre, como si me conociera. Intentaba engañarme.

Dominique posa una mano en su hombro y juguetea con los mechones de cabello negro que le caen por la nuca.

—Mick, ¿sabes qué opino? Que la colisión del minisub nos dejó atontados a los dos y...

Mick le aparta la mano.

—¡No hagas eso! No me trates con condescendencia. No estaba soñando, y tampoco estoy teniendo ahora fantasías esquizofrénicas. Todas las leyendas tienen un poso de realidad. ¿Es que ni siquiera conoces las leyendas de tus propios antepasados?

—Ésos no son mis antepasados.

—Tonterías. —Le agarra la muñeca—. Te guste o no, por estas venas corre sangre maya quiché.

Dominique retira bruscamente la mano.

—Yo me crié en Estados Unidos. No creo en esas tonterías del Popol Vuh.

—Sólo óyeme hasta el final...

—¡No! —Dominique lo toma por los hombros—. Mick, frena un momento y escúchame... por favor. Tú me importas, eso lo sabes, ¿verdad? Pienso que eres inteligente y sensible y que posees un grandísimo talento. Si me lo permites, si confías en mí, puedo ayudarte a salir de esto.

A Mick se le ilumina el rostro.

—¿En serio? Eso es genial, porque la verdad es que no me vendría mal contar con tu ayuda. Ya sabes, nos quedan sólo once días para...

—No, me has entendido mal. —«Sé maternal»—. Mick, no te va a gustar nada oír esto, pero tengo que decírtelo. Estás mostrando todos los síntomas de un caso grave de esquizofrenia paranoide. Estás tan confuso, que los árboles te impiden ver el bosque. Podría ser una enfermedad congénita, o simplemente los efectos de haber pasado once años en solitario. Sea como sea, necesitas ayuda.

—Dom, lo que vi no era ninguna fantasía. Lo que vi era el interior de una nave espacial alienígena de muy alta tecnología.

—¿Una nave espacial? —«Ay, Dios, en eso ya no hago pie.»

—Despierta, Dominique. También el gobierno sabe que está eso ahí abajo...

«Clásicas fantasías paranoides...»

—Esas tonterías que te dijeron en el *Boone* no eran más que una tapadera.

Unas gruesas lágrimas de frustración ruedan por las mejillas de Dominique al comprender el tremendo error que ha cometido con su forma de actuar. La doctora Owen tenía mucha razón; al abrir su corazón al paciente, había echado a perder su objetividad. Todo lo que había terminado pasando era culpa suya. Iz estaba muerto, Edie detenida, y el hombre al que había tendido la mano, el hombre por el que lo había sacrificado todo, no era más que un esquizofrénico paranoide cuya mente finalmente se había quebrado.

Una súbita idea pasa de pronto por su mente: «Cuanto más nos acerquemos al solsticio de invierno, más peligroso se volverá».

—Mick, necesitas ayuda. Has perdido el contacto con la realidad.

Mick contempla fijamente el perfecto bloque de piedra caliza que tiene bajo los pies.

—¿Por qué estás aquí, Dominique?

Ella le coge la mano.

—Estoy aquí porque me importas. Estoy aquí porque puedo ayudarte.

—Otra mentira. —La mira con sus ojos oscuros centelleantes a la luz de la luna—. Te ha convencido Borgia, ¿verdad? Está lleno de odio hacia mi familia. Ese hombre es capaz de decir o hacer lo que sea con tal de vengarse de mí. ¿Cómo te ha amenazado?

Dominique desvía la mirada.

—¿Qué te ha prometido? Dime qué te dijo.

—¿Quieres saber qué me dijo? —Dominique se vuelve y lo mira furiosa, con la voz teñida de ira—. Detuvo a Edie. Dijo que las dos íbamos a pasar mucho tiempo en la cárcel por haber tomado parte en tu fuga.

—Maldición. Lo siento...

—Me prometió que retiraría los cargos contra nosotras si yo daba contigo. Me concedió una semana. Si fracaso, Edie y yo iremos a la cárcel.

—Cabrón.

—Mick, no todo es malo. El doctor Foletta accedió a nombrarme encargada de tu terapia.

—¿También Foletta? Oh, Dios santo...

—Te llevarán al nuevo centro de Tampa. Se acabó el aislamiento. A partir de ahora, trabajará contigo un equipo de psiquiatras y clínicos aprobado por el consejo. Te aplicarán la terapia que necesitas. Antes de que te dés cuenta, te pondremos un programa de terapia con fármacos con el que volverás a tener el control de tu mente. Se acabaron los psiquiátricos, se acabó lo de vivir en las selvas de México como un fugitivo. Con el tiempo conseguirás llevar una vida normal y productiva.

—Vaya, tal como lo dices parece maravilloso —contesta Mick en tono sarcástico—. Además, Tampa está muy cerca de la isla Sanibel. ¿Foletta te ofreció el paquete completo? ¿Qué me dices de tu plaza de aparcamiento?

—Esto no lo estoy haciendo por mí, Mick, sino por ti. Esto podría terminar siendo lo mejor que podía ocurrir.

Mick mueve la cabeza tristemente, en un gesto negativo.

—Dom, eres tú a quien los árboles no dejan ver el bosque. —La toma de la mano y la obliga a ponerse de pie, señalando hacia el cielo—. ¿Ves esa línea oscura que discurre paralela al Gran Juego de Pelota? Es la franja oscura de la Vía Láctea, el equivalente de nuestro ecuador galáctico. Una vez cada veinticinco mil ochocientos años, el Sol se alinea con ese punto central. La fecha exacta de dicha alineación llegará dentro de once días. Once días, Dominique. En ese día, el del solsticio de invierno, se abrirá un portal cósmico que permitirá que acceda a nuestro mundo una fuerza malévola. Para cuando termine ese día, tú, yo, Edie, Borgia y todo ser viviente del planeta estaremos muertos, a no ser que podamos encontrar la entrada secreta de esta pirámide.

Mick la mira a los ojos, con dolor de corazón.

—Yo... yo te quiero, Dominique. Te quiero desde el día en que nos conocimos, desde el día en que me mostraste un simple gesto de bondad. Y también estoy en deuda contigo y con Edie. Pero en este preciso momento tengo que llegar hasta el final en esto, aunque ello implique perderte. Tal vez tengas razón. Tal vez todo esto no sea más que una grandiosa fantasía esquizofrénica, heredada de mis dos psicóticos padres. Tal vez esté tan pasado de vueltas que ya ni siquiera soy capaz de ver el terreno de juego. Pero tienes que comprender... tanto si es algo real como producto de mi imaginación, no puedo detenerme ahora, tengo que llegar hasta el final.

Recoge el inspectroscopio de ultrasonidos con los ojos brillantes de lágrimas.

—Te juro por el alma de mi madre que si estoy equivocado regresaré a Miami el 22 de diciembre y me entregaré a las autoridades. Hasta entonces, si quieres ayudarme, si de verdad te importo, deja de ser mi psiquiatra. Sé mi amiga.

Capítulo 21

En el abarrotado auditorio se hace el silencio. Las cámaras de televisión filman la entrada de Viktor Ilyich Grozny, que se aproxima al entarimado para dirigirse a los miembros del Consejo de Seguridad de las Naciones Unidas y al resto del mundo.

—Señora presidenta, señor secretario general, miembros del Consejo de Seguridad, respetables invitados, hoy es un día triste. A pesar de los mandatos y las advertencias de la Asamblea General y del Consejo de Seguridad, a pesar de los denodados esfuerzos de diplomacia preventiva y para mantener la paz realizados por el secretario general y sus enviados especiales, una nación, corrupta pero muy poderosa, continúa amenazando al resto del mundo con el arma más peligrosa que ha conocido la historia de la humanidad.

»La guerra fría finalizó hace mucho tiempo, o eso se nos dice; las virtudes del capitalismo triunfan sobre los males del comunismo. Mientras las economías de Occidente continúan creciendo, la Federación Rusa lucha por reconstruirse. Nuestro pueblo se encuentra en la miseria y millares de personas mueren de hambre. ¿Hemos de culpar de ello a Occidente? No. Los problemas de Rusia los crearon los rusos, y nosotros tenemos la responsabilidad se salvarnos solos.

409

Los angelicales ojos azules proyectan una mirada de inocencia hacia la cámara.

—Yo soy un hombre de paz. Por medio de la diplomacia de las palabras he persuadido a nuestros hermanos árabes, serbios y coreanos de que depongan las armas contra sus jurados enemigos, porque sé y estoy convencido en el fondo de mi corazón de que la violencia no resuelve nada y de que los males del pasado no se pueden deshacer. La moralidad es una decisión personal. Cada uno de nosotros será juzgado por el Creador cuando llegue el momento, pero ningún hombre posee el derecho divino de infligir dolor ni sufrimiento a otro en nombre de la moralidad.

Los ojos de Grozny adquieren una expresión de dureza.

—Quien esté libre de pecado que arroje la primera piedra. La guerra fría terminó, pero en cambio Estados Unidos, en virtud de su fuerte economía y su poderío militar, sigue vigilando al mundo, decidiendo si la política de otra nación tiene solidez moral. Igual que un matón de escuela, América cierra los puños y amenaza con ejercer la violencia, todo en nombre de la paz. Estados Unidos, el hipócrita más poderoso del mundo, arma a los oprimidos hasta que éstos se vuelven opresores. Israel, Corea del Sur, Vietnam, Iraq, Bosnia, Kosovo, Taiwán...; ¿cuántos más deben morir para que Estados Unidos se dé cuenta de que esa amenaza de violencia tan sólo engendra más violencia, de que la tiranía, disfrazada de la mejor de las intenciones, sigue siendo tiranía?

Los ojos se suavizan.

—Y ahora el mundo es testigo de una nueva clase de amenaza. Ya no es suficiente poseer la fuerza de ataque más sofisticada de la historia; no es suficiente el dominio del espacio; no es suficiente la implantación del Escudo de Defensa anti-Misiles. Ahora, los capitalistas cuentan con una nueva arma, una que cambia las reglas de la paralización de las armas nucleares. ¿Por qué continúa Estados Unidos realizando ensayos de esas armas y negando toda responsabilidad? ¿Es que el presidente de Estados Unidos nos toma a todos por tontos? ¿Sirven sus excusas para serenar los delicados nervios de los ciudadanos de Australia y de Malasia? ¿Dónde tendrá lugar la próxima detonación? ¿En China? ¿En la Federación Rusa? O quizá en Oriente Próximo, donde se encuentran tres portaaviones norteamericanos con sus respectivas flotas, preparados para atacar, todo en nombre de la justicia.

»La Federación Rusa se suma a China y al resto del mundo en la condena de estas nuevas amenazas de violencia. Hoy lanzamos esta advertencia, y deseo que se me entienda con toda claridad, para que no se ponga en tela de juicio nuestra moralidad. No vamos a vivir con miedo. Ya no vamos a encogernos ante las tácticas intimidatorias de Occidente. La próxima detonación de fusión pura será la última, ¡porque la interpretaremos como una declaración de guerra nuclear!

La asamblea estalla en un pandemónium que ahoga las protestas de los delegados de Estados Unidos, mientras los guardias de seguridad de Viktor Grozny se apresuran a sacar a éste del edificio.

CIUDAD DE PISTÉ
(2 KM AL OESTE DE CHICHÉN ITZÁ)
PENÍNSULA DEL YUCATÁN

Dominique Vázquez abre los ojos al oír el cloqueo de unas gallinas. La luz matinal se filtra por entre los listones de madera podrida del techo dejando ver un ballet de partículas de polvo suspendidas en el aire. Se estira en su saco de dormir y se da la vuelta.

Mick ya se ha levantado. Está apoyado contra una bala de heno, estudiando el diario de su padre. Los rayos del sol iluminan las facciones angulosas de su rostro. Levanta la vista y sus ojos negros le hacen guiños.

—Buenos días.

Dominique sale del saco de dormir.

—¿Qué hora es?

—Cerca de las once. ¿Tienes hambre? La familia Forma te ha dejado el desayuno en la cocina. —Señala la puerta abierta del granero, que da a la casa de estuco rosa—. Adelante, sírvete tú misma. Yo ya he desayunado.

Descalza, cruza el suelo cubierto de paja y tierra y se sienta al lado de Mick.

—¿En qué estás trabajando?

Él le indica el dibujo de la pirámide de Nazca.

—Este símbolo es la clave para encontrar la entrada oculta de la pirámide de Kukulcán. El animal es un jaguar, y el hecho de que aparezca invertido significa «descender». Los antiguos mayas creían que la boca abierta del jaguar estaba unida tanto a las cuevas terrestres como al Mundo Inferior. Las cuevas que hay más cerca de aquí son las de Balancanché. Mis padres y yo pasamos varios años registrándolas, pero no hallamos nada.

—¿Y ese dibujo de círculos concéntricos?

—Ésa es la parte de la ecuación en la que estoy enfrascado. Al principio creí que ese dibujo podía simbolizar una cámara subterránea. En todos los yacimientos antiguos que exploraron mis padres es posible encontrar círculos idénticos a éstos. Incluso al venir aquí ahora, lo primero que hice fue volver a las cuevas de Balancanché, pero no encontré nada.

Dominique se saca del bolsillo de atrás el mapa de Chichén Itzá. Observa la distribución de las ruinas, las fotografías tomadas de la antigua ciudad desde arriba.

—Háblame un poco más de ese Mundo Inferior de los mayas. ¿Cómo decías que se llamaba?

—*Xibalba*. Según el mito de la creación de los mayas, la franja oscura de la Vía Láctea era *Xibalba Be*, el Camino Negro que conducía al Mundo Inferior. En el Popol Vuh está escrito que en *Xibalba* es donde tienen lugar el nacimiento, la muerte y la resurrección. Por desgracia, lo escrito en el Popol Vuh requiere un poco de interpretación. Estoy seguro de que la mayor parte del significado original se ha perdido con el paso de los siglos.

—¿Por qué dices eso?

—Porque el Popol Vuh se escribió alrededor del siglo XVI, mucho después del ascenso y la caída de la civilización maya y de la desaparición de Kukulcán. A consecuencia de eso, los relatos tienden a inclinarse más hacia la mitología que hacia los hechos. Claro que, después de lo que vi en el Golfo, ya no estoy seguro. —Mira a Dominique, no muy seguro de si debe continuar o no.

—Adelante. Estoy escuchando.

—¿Con la mente abierta, o sólo como parte de mi terapia?

—Dijiste que necesitabas una amiga, pues aquí me tienes. —Le aprieta la mano—. Mick, ese alienígena con el que afirmas que te comunicaste, ¿dices que te habló con la voz de tu padre?

—Sí. Me engañó, me tendió un cebo para que me acercara más.

—Mira, no te enfades, pero en la historia de la creación que narra el Popol Vuh, ¿no me contaste que eso mismo le ocurrió a... este... ¿cómo se llamaba?

—Hun-Hunahpú. —Mick abre mucho los ojos.

«Excelente, él mismo está reconociendo el origen de su demencia.»

—Sigues pensando que todo esto lo he imaginado yo, ¿verdad?

—Yo no he dicho eso, pero tienes que reconocer que desde luego es un paralelismo extraño. ¿Qué le sucedió a Hun-Hunahpú cuando lo engañaron los dioses del Mundo Inferior?

—Su hermano y él fueron torturados y ejecutados. Pero su derrota formaba parte de un plan más amplio. Después de que lo decapitaran los Señores del Mundo Inferior, dejaron su cabeza colgada en el hueco de un árbol de la calabaza para alejar a los intrusos de *Xibalba*. Pero un día llegó una bella mujer, Luna de Sangre, que decidió desafiar a los dioses y visitar

413

el árbol donde estaba el cráneo. Alargó la mano hacia la cabeza de Hun-Hunahpú, la cual le escupió mágicamente en los dedos y la impregnó. Luna de Sangre escapó, regresó al Mundo Intermedio, la Tierra, y dio a luz a los Héroes Gemelos Hunahpú y Exbalanqué.

—¿Hunahpú y Exbalanqué?

—Dos gemelos, los Héroes Gemelos. Ambos crecieron y se convirtieron en grandes guerreros. Al alcanzar la edad adulta, regresaron a *Xibalba* para desafiar a los Señores del Mundo Inferior. Una vez más, los malvados dioses intentaron ganar valiéndose de trucos, pero esa vez prevalecieron los dos hermanos y derrotaron a su enemigo, vencieron al mal y resucitaron a su padre. La resurrección de Hun-Hunahpú da lugar a la concepción y el renacimiento celeste de la nación maya.

—Háblame otra vez de ese Camino Negro que le habló a Hun-Hunahpú. ¿Cómo es posible que un camino hable?

—No lo sé. Según el Popol Vuh, la entrada al Camino Negro estaba simbolizada por la boca de una gran serpiente. La franja oscura se consideraba también una serpiente celeste.

«Continúa. Presiónalo.»

—Mick, escúchame un segundo. Tú te has pasado la vida persiguiendo fantasmas mayas, dejándote absorber por las leyendas del Popol Vuh. ¿No existiría la remota posibilidad de que tú...?

—De que yo, ¿qué? ¿De que haya imaginado la voz de mi padre?

—No te enfades. Te lo pregunto sólo porque la historia del viaje de Hun-Hunahpú parece guardar un paralelismo total con todo lo que me has contado acerca de esa cámara subterránea. Y también pienso que tienes asuntos sin resolver con tu padre.

—Puede, pero ese ser alienígena no es producto de mi imaginación. Ni tampoco la voz de mi padre. Era real.

—O quizá tan sólo parecía real.

—Ya vuelves a hacer de psiquiatra otra vez.

—Sólo intento ser amiga tuya. Las fantasías paranoides son muy potentes. El primer paso para ayudarte a ti mismo consiste en aceptar el hecho de que necesitas ayuda.

—Dominique, basta ya...

—Si me dejas, puedo ayudarte...

—¡No!

Mick la aparta a un lado y se encamina hacia la puerta del granero. Cierra los ojos y comienza a hacer inspiraciones profundas, sintiendo el calor del sol en la cara, intentando recuperar el control.

«Ya vale de momento. He plantado la semilla, ahora tengo que recuperar su confianza.»

Dominique vuelve a centrar la atención en el mapa de Chichén Itzá. Por alguna razón, la fotografía aérea del cenote atrae su mirada. Vuelve a pensar en la noche anterior, en su paseo por la selva.

«Las paredes del cenote... relucientes a la luz de la luna. Las ranuras en la piedra...»

—¿Qué pasa?

Sobresaltada, levanta la cabeza y se sorprende al ver a Mick frente a ella.

—Oh, nada, seguro que no es nada.

—Dime. —Los ojos ébano son demasiado intensos para engañarlos.

—Mira el mapa, aquí. La fotografía aérea del cenote se parece a los círculos concéntricos que hay en el dibujo de la pirámide de Nazca.

—Mis padres llegaron a esa misma conclusión. Pasaron varios meses buceando en todos los cenotes, explorando todas las simas y cuevas subterráneas de esta zona. Lo único que encontraron fueron unos cuantos esqueletos, los restos de las víctimas de los sacrificios, pero nada que se pareciera a un pasadizo.

—¿Has explorado el cenote desde el terremoto? —Se encoge nada más pronunciar esas palabras.

—¿El terremoto? —A Mick se le ilumina el semblante—. ¿El terremoto del equinoccio de otoño golpeó Chichén Itzá? Por Dios, Dominique, ¿cómo es que no me lo has dicho antes?

—No sé... supongo que no pensé que fuera importante. Cuando me enteré, Foletta te había drogado hasta convertirte en un vegetal.

—Háblame de ese terremoto. ¿Cómo afectó al cenote?

—No fue más que una noticia de pasada en los informativos. Un puñado de turistas afirmaron que habían visto que las aguas del pozo giraban mientras duraron los temblores.

Mick echa a correr.

—Espera, ¿adónde vas?

—Vamos a necesitar un coche. Probablemente tendremos que pasar uno o dos días en Mérida, haciendo acopio de material. Come algo. Vuelvo a buscarte dentro de una hora.

—Mick, espera... ¿qué material? ¿De qué estás hablando?

—De equipos de buceo. Tenemos que explorar el cenote.

Dominique lo contempla mientras él va corriendo por la carretera, en dirección al pueblo.

«Así se hace, Sigmund. No se suponía que tuvieras que darle ánimos.»

Molesta consigo misma, sale del granero y entra en el hogar de la familia Forma, una vivienda de estuco de cinco habitaciones decorada llamativamente, al estilo mexicano. Sobre la mesa de la cocina encuentra un plato de plátanos fritos con maíz y se sienta a desayunar.

Entonces repara en el teléfono.

Diario de Julius Gabriel

Era el verano de 1985, y estábamos nuevamente en Nazca.

Durante los seis primeros meses, los tres íbamos y veníamos a diario de un pequeño apartamento que ocupábamos en Ica, una animada localidad situada ciento cincuenta kilómetros al norte de Nazca. Pero nuestro menguado presupuesto pronto nos obligó a buscar un nuevo alojamiento, así que trasladé a mi familia a una austera vivienda de dos habitaciones del pueblo agrícola de Ingenio.

Habiendo vendido la autocaravana, pude comprar un pequeño globo aerostático. Todos los lunes, al amanecer, Maria, Michael y yo nos elevábamos trescientos metros sobre la pampa del desierto y tomábamos fotografías de la miríada de líneas y espléndidos animales dibujados en la meseta. El resto de la semana lo dedicábamos a llevar a cabo un concienzudo análisis de las fotos, las cuales esperábamos que revelaran el mensaje que tal vez nos indicara cómo entrar en la pirámide de Kukulcán.

El abrumador problema que entraña traducir los dibujos de Nazca consiste en que hay muchas más pistas falsas que auténticas. En ese lienzo desértico proliferan cientos de figuras de animales y miles de formas como si fueran *grafitti* prehistóricos, y en su mayoría no fueron creados por el artista original de Nazca. Rectángulos, triángulos, trapezoides, racimos y líneas imposiblemente rectas, algunas de más de cuarenta kilómetros de longitud, se extienden sobre más de quinientos kilómetros cuadrados de llanuras de color pardo. Si a eso le añadimos las figuras humanoides que aparecen talladas en las colinas circundantes, se comprende el tormento que suponía nuestra tarea. De todos modos, con el tiempo nuestros esfuerzos ayudaron a separar los dibujos que considerábamos más vitales del resto de las inscripciones de la pampa peruana.

Son los dibujos más antiguos y más intrincados los que contienen el verdadero mensaje de Nazca. La fecha de su creación tan sólo podemos imaginarla, pero sabemos que tienen al menos mil quinientos años de antigüedad.

Los jeroglíficos de Nazca tienen dos funciones distintas: las figuras que nosotros denominamos «primarias» se emplean para describir la historia que subyace a la profecía del día del juicio, mientras que las «secundarias», situadas en las inmediaciones de las primeras, nos proporcionan pistas importantes para descifrar su significado.

La narración del artista comienza en el centro del lienzo con una figura a la que Maria puso el apodo de «sol radiante» un círculo perfecto que consta de veintitrés radios que parten de su perímetro y se extienden hacia fuera. Una de esas líneas es más larga que las demás, pues continúa unos treinta kilómetros por el desierto. Una decena de años más tarde, descubrí que ese radio más largo estaba alineado con gran precisión con el Cinturón de Orión. Poco después, Michael encontró un estuche de iridio enterrado en el corazón de ese misterioso punto de partida, el cual contenía un mapa antiguo del mundo (véase la anotación del 14 de junio de 1990). Dicho pergamino parece identificar la península del Yucatán y el golfo de México como el campo de batalla en el que ha de tener lugar el próximo Armagedón.

Muy cerca del sol radiante se encuentra la araña. El género específico al que pertenece, *Ricinulei*, es uno de los más raros del mundo, y sólo se halla en algunas de las áreas más inaccesibles de la selva amazónica. Al igual que las ballenas y el mono, la araña de Nazca es otra especie no indígena del desierto peruano. Por esta razón, consideramos que se trataba de una figura direccional, en este caso de naturaleza celeste. Resulta que la araña es un marcador terrestre de increíble precisión, diseñado para guiar al observador (una vez más) hacia la constelación de Orión. Las líneas rectas de este arácnido están orientadas de tal manera que reproducen la declinación cambiante de las tres estrellas que forman el Cinturón de Orión, las mismas tres estrellas que emplearon los egipcios para alinear las pirámides de Giza.

Alrededor del sol radiante, salpicados por la meseta, hay más de una decena de peculiares dibujos de criaturas depredadoras provistas de alas. Nótese que no me refiero a los dibujos, más recientes, del colibrí ni del pelícano, dos especies indígenas de la zona, sino a una serie de seres de aspecto infernal cuya apariencia aún sigo sin poder identificar. Estas misteriosas criaturas dotadas de garras proliferan en el lienzo de Nazca, y todavía me siento perplejo respecto de qué función pueden desempeñar.

La figura zoomórfica más larga de la meseta es la serpiente, que mide ciento ochenta y ocho metros. Por desgracia, una gran parte de los detalles de este dibujo han desaparecido debido a la autopista Panamericana, que cruza por mitad de su torso. La presencia de la serpiente en la pampa puede simbolizar la franja oscura de la Vía Láctea, y una vez más, su proximidad a la pirámide de Nazca, al igual que el mono y las ballenas, puede que sea un indicador que nos envía a Chichén Itzá, una ciudad maya dominada por la imagen de la Serpiente Emplumada.

La cola de la serpiente, igual que el sol radiante y la araña, está orientada hacia Orión.

Existen varios dibujos más que destacan como piezas de la profecía maya. El último que voy a mencionar, y también nuestro favorito, es la figura que denominamos el astronauta de Nazca. Baste decir que la presencia de este ser extraterrestre de dos mil años de antigüedad supuso un consuelo durante todo el tiempo que pasamos en la pampa, un convincente recordatorio de que no estamos solos en nuestra búsqueda, al menos en espíritu. Este varón humanoide de rasgos parecidos a los de un búho, adornado con uniforme y botas, tiene la mano derecha levantada en lo que sólo se podría interpretar como un gesto de amistad. Claramente separado del resto del mensaje de Nazca, el extraterrestre gigante aparece dibujado en una de las laderas de igual modo que la firma del artista en un margen del cuadro.

23 de diciembre de 1989

Tras más de cuatro años de trabajo en el desierto de Perú, he decidido llevar a mi familia a visitar el más impresionante de todos los dibujos antiguos: el Tridente de Paracas. Situada ciento sesenta kilómetros al norte de la desértica pampa, esta figura, a menudo llamada el Candelabro, nunca ha sido asociada oficialmente con los dibujos de Nazca, aunque su intrincado dibujo, su tamaño y su antigüedad la definen fácilmente como una obra de nuestro artista misterioso.

El creador del Tridente escogió inscribir este colosal símbolo en la ladera entera de una montaña que da a la bahía de Paracas. Esta espléndida figura consiste en un candelabro de tres brazos parecido al tridente de un demonio, excepto por el detalle de que las puntas, todas vueltas hacia arriba, han sido embellecidas con unos dibujos en forma de pétalos. Como los bordes de esta figura se hallan expuestos a unas circunstancias climáticas mucho más agresivas que las de Nazca, el artista ahondó más en el suelo y trazó el contorno de la figura a nueve metros de profundidad sobre la dura corteza salina de la montaña. Con sus ciento ochenta metros de largo y sus sesenta de ancho, el Tridente de Paracas constituye una marca fácil de localizar.

Recuerdo aquel fatídico día de diciembre en el que nos encontrábamos los tres contemplando ese antiguo indicador desde nuestro barco. Cuando a nuestra espalda el sol poniente adquirió un color carmesí, el suelo cristalino del Tridente comenzó a centellear bajo el crepúsculo y a prestar al contorno de dicha figura un brillo rojo casi luminiscente. Ese efecto pareció reavivar a Maria, que rápidamente hizo la conjetura de que el Candelabro debía de haber sido colocado allí para servir de indicador que condujera a nuestra civilización hacia el desierto de Nazca.

Esa idea me hizo pensar en el arco de San Luis, la simbólica puerta de entrada al corazón de América. Estaba a punto de expresar eso en voz alta cuando de pronto mi amada se dobló sobre sí misma, presa de un insoportable dolor, y dejó escapar un terrible gemido. Y a continuación, ante la mirada horrorizada mía y de Michael, Maria se desplomó inconsciente sobre la cubierta.

Extracto del diario del profesor Julius Gabriel,
ref. Catálogo 1985-1990, páginas 31-824
Disquetes 8 y 9 de fotos; nombre de archivo: NAZCA,
fotos 34 y 56

Capítulo 22

El capitán Edwin Loos saluda al vicepresidente Ennis Chaney y a Marvin Teperman, que acaban de apearse del Sikorsky SH-60B Seahawk y de pisar la cubierta del USS *Boone*.

El capitán sonríe.

—¿Se encuentra bien, señor vicepresidente? Parece un poco mareado.

—Hemos tenido mal tiempo. ¿Están los UAV en posición?

—Dos Predator sobrevolando la zona objetivo, tal como usted solicitó, señor.

Marvin se quita el chaleco salvavidas y se lo entrega al piloto del helicóptero.

—Capitán, ¿qué es lo que hace pensar a su gente que esta noche vamos a ver otro de esos remolinos?

—Los sensores indican que están aumentando las fluctuaciones electromagnéticas subterráneas, igual que ocurrió la última vez que apareció el remolino.

Loos los conduce por el interior de la superestructura y los acompaña hasta el Centro de Información de Combate del buque.

La cámara de alta tecnología, tenuemente iluminada, bulle

de actividad. El comandante Curtis Broad levanta la vista de una estación de sonar.

—Llega justo a tiempo, capitán. Los sensores indican un aumento de la actividad electromagnética. Por lo visto, se está formando otro remolino.

Por encima del resplandor esmeralda, trazando círculos a diferentes altitudes, se encuentran dos de los vehículos aéreos no tripulados de reconocimiento que posee el USS *Boone*, conocidos como Predator. Mientras las aguas del Golfo empiezan a girar en el sentido contrario a las agujas del reloj, las cámaras infrarrojas y de televisión de los Predator transmiten imágenes en tiempo real al barco de guerra.

Chaney, Teperman, el capitán Loos y dos decenas de técnicos y científicos miran fijamente los monitores de vídeo, con el pulso acelerado, contemplando cómo el remolino va tomando forma ante sus propios ojos.

El vicepresidente sacude la cabeza en un gesto de incredulidad.

—Por el amor de Dios, ¿qué cosa puede tener suficiente fuerza para provocar algo así?

Marvin susurra:

—Tal vez sea la misma cosa que últimamente ha estado detonando formaciones cársticas por todo el Pacífico occidental.

El torbellino empieza a rotar más deprisa, hasta que su monstruosa fuerza centrífuga abre un tremendo túnel que desciende en línea recta hasta el fracturado lecho marino. Mientras las aguas se separan, el ojo del vórtice lanza a la noche un brillante haz de luz esmeralda que surca los cielos como si fuera un faro celeste.

—Ahí están. —Marvin señala la pantalla—. Salen justo del centro...

—Los veo —susurra Chaney, perplejo.

Tres sombras oscuras ascienden levitando en el rayo de luz, subiendo por el ojo del torbellino.

—¿Qué diablos es eso? —dice Loos.

Una decena de científicos estupefactos gritan órdenes a sus colegas y sus ayudantes para que verifiquen que se están recogiendo todos los datos de los sensores.

Los objetos continúan ascendiendo por el interior del remolino. Flotando por encima del nivel del mar, se aproximan al más bajo de los dos UAV.

La imagen del Predator se vuelve borrosa debido a la estática y seguidamente desaparece.

El segundo Predator continúa transmitiendo.

—Quiero que salgan de inmediato los dos Seahawk —ordena el capitán Loos—. Sólo en misión de reconocimiento. Jefe, mantenga el Predator que queda a una distancia de seguridad. No pierda esa señal.

—Sí, señor. Señor, ¿cuál es la distancia de seguridad?

—Capitán, los Seahawk están ya en el aire...

—Que no se acerquen a esa luz —ladra Chaney.

Los tres objetos alienígenas alcanzan una altitud de seiscientos metros. A continuación, con una precisión robótica, ejecutan una pirueta rotando sus enormes alas para desplegarlas totalmente en sentido horizontal y aceleran. Al instante desaparecen de la vista.

El capitán Loos se abalanza sobre el Sistema de Adquisición de Objetivos Mk 23. La teniente comandante Linda Murareskū ya está intentando localizar los objetos por medio del radar de rotación rápida del *Boone*.

—Los tengo localizados, señor... a duras penas. Jamás he visto nada igual. Ni huella de calor, ni sonido, tan sólo una débil estática electromagnética. No me extraña que no los detectaran nuestros satélites.

—¿A qué velocidad viajan?

—A Mach 4 y acelerando. Los tres objetos se dirigen al oeste. Será mejor que se ponga en contacto con el NORAD, capitán. A esa velocidad, desaparecerán de mi pantalla en cualquier momento.

MANDO DE DEFENSA DEL ESPACIO AÉREO
NORTEAMERICANO
NORAD
COLORADO

El imponente montículo de áspero granito de dos mil novecientos metros de altura conocido como monte Cheyenne se encuentra situado seis kilómetros al suroeste de Colorado Springs. Cuenta en su base con dos túneles de acceso, fuertemente vigilados, que recorren quinientos metros bajo la superficie y son las únicas entradas del complejo subterráneo de 1,8 hectáreas de extensión conocido como el Mando de Defensa del Espacio Aéreo Norteamericano, o NORAD.

El NORAD proporciona a los militares un centro de mando unificado que une todas las ramas de las fuerzas armadas, los diferentes centros de inteligencia, sistemas y estaciones meteorológicas. Sin embargo, la función principal de dicho complejo es detectar lanzamientos de misiles en cualquier lugar del mundo, ya sea desde tierra, desde el mar o desde el aire. Dichas eventualidades se clasifican en dos categorías básicas.

Las advertencias estratégicas se lanzan cuando se lanza un misil ICBM contra Norteamérica, un hecho que tiene su origen a una distancia superior a dos mil cien millas náuticas y que tiene un tiempo de impacto de aproximadamente treinta minutos. Una secuencia de cuatro minutos a través de la cadena de mando difunde rápidamente la información al presidente y a todos los Centros de Mando de Defensa de Estados Unidos.

Las advertencias «de teatro» se refieren a misiles lanzados contra Estados Unidos y las fuerzas aliadas sobre el terreno. Como un misil Scud o de crucero puede atacar en cuestión de minutos, el NORAD envía el aviso directamente a los comandantes sobre el terreno vía satélite.

El sistema de detección de misiles de advertencia temprana más importante del monte Cheyenne se encuentra situado en el espacio, a una distancia de treinta y cinco mil seiscientos kilómetros. Es ahí donde los satélites del Programa de Apoyo a la Defensa (DSP) del NORAD giran en torno a la tierra en una órbita geoestacionaria y proporcionan una cobertura continua y superpuesta del planeta entero. A bordo de esos satélites, que pesan dos toneladas y media cada uno, viajan avanzados sensores de infrarrojos que detectan de forma instantánea las huellas de calor creadas durante la fase de lanzamiento de un misil.

El mayor Joseph Unsinn saluda a los policías militares apostados junto a la puerta de cristal abovedada y se sube a un tranvía que está aguardando. Tras un breve trayecto a través de un laberinto de túneles, llega al centro de mando del NORAD para iniciar su turno de doce horas.

El comandante del NORAD no es lo que se dice un profano en cuestión de lanzamientos de misiles, pues cada año presencia no menos de doscientos «acontecimientos» semejantes. Pero esto es distinto. Estando el mundo al borde de la guerra, las tensiones aumentan cada día y hacen pender de un hilo miles, quizá millones de vidas.

Su homólogo, el mayor Brian Sedio, observa con atención el monitor de los satélites del Programa de Apoyo a la Defensa, con la cara del vicepresidente Chaney puesta en el videoteléfono montado encima de su consola.

—¿Qué sucede?

Sedio levanta la vista.

—Llegas justo a tiempo. El vicepresidente ha perdido la cabeza. —El mayor apaga el interruptor que silencia el sonido—. Lo lamento, señor vicepresidente. El DSP está diseñado para detectar huellas de calor, no interferencias electromagnéticas. Si esos objetos alienígenas que dice usted continúan cruzando el Pacífico en dirección a Asia, existe la posibilidad de que los captemos utilizando nuestro radar en tierra, pero en lo que se refiere a nuestros satélites, esos objetos son invisibles.

La intensidad de la mirada de Chaney resulta alarmante.

—Búsquelos, mayor. Coordine la búsqueda que tenga que coordinar. Quiero que me informe en el momento en que los localice con exactitud.

La pantalla queda en blanco.

El mayor Sedio sacude la cabeza negativamente.

—¿Te puedes creer esta mierda? El mundo se encuentra al borde de una guerra, y Chaney cree que estamos siendo atacados por extraterrestres.

14 de diciembre de 2012
BOSQUE DE PIEDRA DE SHILIN
PROVINCIA DE YUNNAN, AL SUR DE CHINA
5.45 (hora de Pekín)

La provincia de Yunnan, junto con la de Guizhou, forma la región suroeste de la República Popular China. Es rica en lagos, altas montañas y frondosa vegetación, y pocas zonas de China ofrecen a los visitantes tan amplia variedad de paisajes para explorar.

La ciudad más poblada de esta provincia es Kunming, la capital de Yunnan. Unos ciento diez kilómetros al sureste de dicha ciudad se encuentra su atracción turística más importante: el Bosque de Piedra de Lunan, también conocido como el Bosque de Piedra de Shilin. Dicho bosque, que abarca una extensión superior a doscientos sesenta kilómetros cuadrados, consiste en una gran cantidad de peculiares agujas de roca caliza que alcanzan alturas de casi treinta metros. Los senderos conducen a los visitantes por entre ese sinfín de pináculos, los puentes de madera cruzan arroyos y horadan los arcos naturales en la roca que tanto proliferan en este tortuoso paisaje.

Los factores que dieron lugar a la formación el Bosque de Piedra se remontan unos doscientos ochenta millones de años, cuando la elevación de la cordillera del Himalaya produjo una erosión que excavó dentadas formaciones en espiral en esa meseta de piedra caliza. Las posteriores elevaciones a lo largo de los milenios crearon profundas fisuras en el interior de los karst, las cuales, con el tiempo, fueron agrandándose por efecto de las lluvias y formaron gigantescas moles de roca de color blanco grisáceo en forma de daga.

Aún no ha amanecido cuando Janet Parker, de cincuenta y dos años, y su guía personal, Quik-sing, llegan a la entrada principal del parque público. Haciendo caso omiso de la recomendación del Departamento de Estado de Estados Unidos en lo que se refiere a los viajes por China, esta impetuosa mujer de negocios de Florida ha insistido en venir a ver el Bosque de Piedra antes de tomar el vuelo de última hora de la mañana desde el aeropuerto de Kunming.

Siguiendo los pasos de su guía, pasa por delante de una pagoda y sube a una plataforma de madera que rodea las caprichosas formaciones de piedra caliza.

—Un momento, Quik-sing. ¿Estás diciendo que esto es todo? ¿Que hemos hecho un viaje de una hora en coche para ver esto?

—*Wo ting budong*...

—En inglés, Quik-sing, en inglés.

—No la entiendo, señorita Janet. Éste es el Bosque de Piedra. ¿Qué esperaba?

—Obviamente, algo un poco más espectacular. Lo único que veo son kilómetros de roca. —En eso, atrae su atención un destello de brillante luz ámbar—. Espera, ¿qué es eso? —Señala el lugar de donde procede la luz, un parpadeo dorado entre varias agujas de piedra.

Quik-sing se protege los ojos, sorprendido por la luz.

—No... no lo sé. Señorita Janet, por favor, ¿qué está haciendo?

Janet salta la barandilla.

—Quiero ver qué es eso.

—Señorita Janet...¡Señorita Janet!

—Relájate, vuelvo enseguida.

Cámara en mano, baja al suelo y pasa con dificultad por entre dos formaciones rocosas, soltando un juramento al arañarse el tobillo contra la afilada arista de la roca. Da la vuelta al pináculo, y al alzar la vista ve el origen de la brillante luz.

—Pero ¿qué diablos es eso?

Se trata de un objeto negro, parecido a un insecto. Fácilmente medirá unos doce metros de largo, y tiene unas enormes alas que han quedado encajadas entre dos grandes agujas de roca. Ese ser inanimado se sostiene sobre un par de garras calientes al rojo vivo que parecen haber perforado el karst y han provocado en él una especie de chisporroteo.

—Quik-sing, ven aquí. —Janet toma otra foto, mientras los primeros rayos de sol tocan las alas de la criatura. La luz ámbar comienza a oscurecerse y a parpadear a mayor velocidad—. Eh, Quik-sing, ¿para qué diablos te pago?

La muda explosión de brillante luz blanca ciega instantáneamente a la ejecutiva, y la ignición del dispositivo de fusión pura genera una caldera de energía más caliente que la superficie del Sol. Janet Parker experimenta una breve y extraña quemazón cuando su piel, su grasa y su sangre se despegan del hueso y su esqueleto se vaporiza un nanosegundo después, cuando la ardiente bola de fuego sale disparada en todas direcciones a la velocidad de la luz.

La combustión se propaga rápidamente por todo el Bosque de Piedra vaporizando el karst con su calor y liberando una densa nube tóxica de dióxido de carbono. Comprimidos bajo un techo de aire ártico, los venenosos vapores abrazan el suelo y se elevan hacia fuera como un tsunami de gas.

La mayor parte de la población de Kunming aún duerme

cuando la invisible nube de gas nocivo se extiende sobre la ciudad como una racha de viento ardiente en un día de verano. Los más madrugadores se desploman de rodillas aferrándose la garganta y sintiendo que el mundo gira a su alrededor. Los que todavía están en la cama apenas notan un hormigueo al asfixiarse sin llegar a despertar.

En cuestión de minutos, todo hombre, mujer, niño y criatura que respire ha dejado de existir.

CIUDAD DE LENSK
REPÚBLICA DE SAKHA, RUSIA
5.47 horas

Pavel Pshenichny, de diecisiete años, toma el hacha que le entrega su hermano pequeño, Nikolai, y sale de la cabaña de troncos de tres dormitorios. Fuera hay treinta centímetros de nieve recién caída y sopla un viento helado que le silba en los oídos y le acuchilla la cara. Se ciñe la bufanda y atraviesa el congelado jardín camino de la leñera.

Aún no ha salido el sol, ¿pero quién, sino un oriundo de ese lugar, podría distinguirlo en esta región desolada y gris en la que el subsuelo está permanentemente helado? Pavel limpia la nieve de la superficie de un tocón congelado, coge un leño del montón y lo coloca en posición vertical. Acto seguido, con un gemido, blande el hacha y parte en dos el bloque de madera semicongelado para hacerlo astillas.

Cuando va a echar mano de otro tronco, un brillante destello luminoso le hace levantar la vista.

A través de la tenue luz que alumbra el horizonte norte de Lensk, se eleva una vasta cordillera cubierta de nieve que se halla oculta tras la nube gris del amanecer. Pavel observa un relámpago de luz blanca que parece estallar detrás de las nubes y que se propaga por las cumbres de las montañas, las cuales desaparecen rápidamente detrás de un tupido manto de niebla.

Segundos después... un poderoso retumbar y un sacudida del suelo.

«¿Será una avalancha?»

La densa niebla impide a Pavel ver la devastación geológica que está teniendo lugar ante sus ojos. Lo que ve el adolescente es una nube de nieve de un blanco grisáceo que ese expande hacia fuera y cuya onda de energía se dirige hacia él a una velocidad increíble.

Suelta el hacha y echa a correr.

—¡Nikolai! ¡Avalancha, avalancha!

La onda expansiva nuclear levanta a Pavel del suelo y lo lanza de cabeza contra la puerta de la cabaña con la fuerza de un tornado de grado cinco. Antes de que pueda notar dolor alguno, la estructura entera es arrancada de sus cimientos como si fuera un castillo de naipes y la ardiente riada de escombros barre la llanura consumiendo todo lo que encuentra a su paso.

CHICHÉN ITZÁ
PENÍNSULA DEL YUCATÁN
22.56 horas

La camioneta Chevy negra, cubierta de polvo y sin parachoques trasero, atraviesa la densa selva, sus gastados amortiguadores emitiendo quejidos de protesta con cada brinco que da por la desigual pista de tierra. Al acercarse a la cadena de la entrada, se detiene con un chirrido de frenos.

Michael Gabriel se baja de un salto del asiento del conductor. Examina la cadena de acero y se pone a manipular el oxidado candado alumbrándose con los faros del vehículo.

Cuando Mick consigue abrir el candado con un chasquido y aparta la cadena, Dominique se desliza hasta el asiento del conductor. Mete la marcha, hace pasar la camioneta por la entrada, y a continuación regresa al asiento del copiloto al tiempo que Mick vuelve a ponerse al volante.

—Eso ha sido muy impresionante. ¿Dónde has aprendido a forzar candados?

—Durante el confinamiento en solitario. Naturalmente, siempre ayuda tener la llave.

—¿Y dónde has conseguido la llave?

—Tengo amigos que trabajan en el departamento de mantenimiento del parque. Resulta más bien patético que el único empleo al que pueden acceder los mayas en la ciudad que fundaron sus antepasados sea el de servir comida o acarrear basura.

Dominique se agarra al salpicadero cuando Mick acelera por el accidentado camino de atrás.

—¿Estás seguro de que sabes adónde vas?

—Pasé la mayor parte de mi infancia explorando Chichén Itzá. Conozco esta selva como la palma de mi mano.

Los altos faros de la camioneta revelan que más adelante hay un callejón sin salida.

Mick sonríe.

—Por supuesto, de eso hace ya mucho tiempo.

—¡Mick!

Dominique cierra los ojos y se agarra con todas sus fuerzas cuando Mick da un volantazo y se interna directamente por la jungla haciendo rebotar la camioneta por entre el follaje y la vegetación del suelo.

—¡Más despacio! ¡Vamos a matarnos!

El vehículo avanza por la espesura dando bandazos, esquivando de un modo u otro árboles y piedras. Finalmente entran en una zona muy frondosa en la que la bóveda de la vegetación no deja ver el cielo nocturno.

Mick clava los frenos.

—Fin del camino.

—¿Llamas camino a esto?

Mick apaga el motor.

—Mick, dime otra vez por qué...

—Chist. Escucha.

El único sonido que percibe Dominique son los ruiditos que hace el motor de la camioneta al enfriarse.

—¿Qué debo escuchar?

—Ten paciencia.

Poco a poco, alrededor de ellos va volviendo a la vida el canto de los grillos seguido por turno del resto de los habitantes de la selva.

Dominique se gira hacia Mick. Éste tiene los ojos cerrados y una expresión de melancolía en sus angulosas facciones.

—¿Te encuentras bien?

—Sí.

—¿En qué estás pensando?

—En mi niñez.

—¿Es un recuerdo feliz o triste?

—Uno de los pocos felices. Cuando era muy pequeño, mi madre me traía de acampada a estas selvas. Me enseñó muchas cosas sobre la naturaleza y sobre el Yucatán, cómo se formó la península, su geología, de todo. Era una maestra maravillosa. Hiciéramos lo que hiciéramos, ella siempre conseguía que fuese divertido.

Mick se vuelve hacia Dominique con sus ojos negros brillantes y muy abiertos.

—¿Sabías que toda esta zona estuvo en otro tiempo bajo el agua? Hace millones de años, la península del Yucatán se encontraba en el fondo de un mar tropical cuya superficie estaba cubierta de coral, plantas y sedimentos marinos. La geología del fondo del mar consistía esencialmente en una inmensa capa de piedra caliza maciza, y entonces... bum, esa nave espacial, o lo que sea, se estrelló contra la Tierra. El impacto fracturó la roca caliza y provocó gigantescas olas de seiscientos metros y grandes incendios, e hizo que se formase una capa de polvo en la atmósfera que ahogó la fotosíntesis y exterminó a la mayoría de las especies del planeta.

»Con el tiempo, la península del Yucatán fue elevándose y se convirtió en tierra seca. La lluvia se filtró por entre las grietas de la roca caliza, la erosionó y dio lugar a un vasto laberinto subterráneo que recorre toda la península. Mi madre decía que debajo de la superficie el Yucatán se parece a un gigantesco trozo de queso suizo.

Se recuesta en el asiento y se queda con la mirada fija en el salpicadero.

—Durante la última glaciación, descendió el nivel del mar y las cuevas ya no volvieron a inundarse. Eso permitió que se creasen en el interior del karst tremendas estalactitas, estalagmitas y otras formaciones de carbonato cálcico.

—¿El karst?

—Es el nombre científico que recibe una formación de roca caliza porosa. El Yucatán es karst en su totalidad. Sea como sea, hace aproximadamente catorce mil años los hielos se fundieron y el nivel del mar ascendió, con lo cual volvieron a inundarse las cuevas. En el Yucatán no hay ríos de superficie; toda el agua de la península proviene de las cavernas subterráneas. Los pozos son de agua dulce, pero conforme uno se va acercando a la costa se van volviendo más salobres. A veces se hundía el techo de una cueva y formaba una gigantesca sima...

—¿Como ese cenote sagrado?

Mick sonríe.

—Has empleado la palabra maya. No sabía que la conocieras siquiera.

—Mi abuela era maya. Ella me contó que existía la creencia de que los cenotes eran los portales de entrada al Mundo Inferior, a *Xibalba*. Mick, tu madre y tú... estabais muy unidos, ¿verdad?

—Hasta hace poco, ella era el único amigo que tenía yo.

Dominique se traga el nudo que tiene en la garganta.

—Cuando estuvimos en el Golfo, empezaste a contarme algo acerca de cómo murió. Parecías estar enfadado con tu padre.

Una expresión de incertidumbre cruza el semblante de Mick.

—Deberíamos irnos ya...

—No, espera. Cuéntame qué sucedió. A lo mejor puedo ayudarte. Si no puedes confiar en mí, ¿en quién vas a confiar entonces?

Mick se inclina hacia delante y apoya los antebrazos en el volante, con la vista fija en el parabrisas saturado por los mosquitos.

—Tenía doce años. Vivíamos en una cabaña de dos habitaciones a las afueras de Nazca. Mi madre estaba muriéndose, el cáncer se le había extendido más allá del páncreas. Ya no podía soportar más radio ni quimio, y se encontraba demasiado débil para valerse por sí misma. Mi padre no podía permitirse contratar a una enfermera, así que me encargó a mí cuidarla mientras él continuaba con su trabajo en el desierto. A mi madre le iban fallando todos los órganos. Estaba tendida en la cama, hecha un ovillo para mitigar el dolor abdominal, y yo le cepillaba el pelo y le leía libros. Tenía una melena larga y oscura, igual que tú. Al final ni siquiera podía ya cepillarla, se le caía a manos llenas.

Una lágrima solitaria le resbala por la mejilla.

—Conservó la mente lúcida todo el tiempo, hasta el último instante. Siempre se encontraba mejor por las mañanas, podía sostener una conversación; pero al final de la tarde hablaba con voz débil y su pensamiento era incoherente, la morfina la dejaba totalmente sin fuerzas. Una noche, mi padre llegó a casa agotado después de haber pasado tres días seguidos en el desierto. Mi madre había tenido un mal día. Luchaba contra una fiebre muy alta y sufría mucho, y yo estaba extenuado de atenderla durante setenta y dos horas sin descanso. Mi padre se sentó en la cama y se quedó mirándola, sin más. Por fin yo me despedí y cerré la puerta de la habitación contigua, con la intención de dormir un poco.

»Debí de quedarme dormido nada más apoyar la cabeza en la almohada. No sé cuánto tiempo dormí, pero algo me despertó en mitad de la noche, una especie de grito amortiguado. Me levanté de la cama y abrí la puerta.

Mick cierra los ojos. Las lágrimas fluyen ya sin impedimentos.

—¿Qué ocurre? —susurra Dominique—. ¿Qué fue lo que viste?

—Los gritos eran de mi madre. Mi padre estaba de pie junto a ella, asfixiándola con la almohada.

—Oh, Dios...

—Yo me quedé allí quieto, todavía medio dormido, sin ser consciente de lo que estaba pasando. Al cabo de uno o dos minutos, mi madre dejó de moverse. Entonces fue cuando mi padre se fijó en que la puerta estaba abierta. Se volvió y me miró con una expresión horrible en la cara. Me arrastró al interior de mi habitación y me explicó entre sollozos y balbuceos que mi madre tenía tantos dolores que él ya no podía soportar el verla sufrir más.

Mick se balancea adelante y atrás, sin apartar la vista del parabrisas.

—¿En eso consisten tus pesadillas?

Mick asiente. Cierra los puños y golpea con rabia el salpicadero quemado por el sol.

—¿Quién coño era él para tomar esa decisión? Yo era el que se preocupaba por ella, yo era el que la cuidaba..., ¡no él!

Dominique hace una mueca de dolor al verlo golpear el salpicadero una y otra vez, desahogando su furia reprimida.

Por fin, emocionalmente agotado, Mick apoya la cabeza sobre el volante.

—En ningún momento me lo preguntó, Dominique. Ni siquiera me dio la oportunidad de despedirme de ella.

Dominique lo atrae hacia sí y le acaricia el pelo mientras él llora con el rostro enterrado en su pecho. Las lágrimas ruedan por sus mejillas también, al pensar en lo mucho que ha sufrido, privado desde que nació de una infancia normal, y con toda su vida adulta marchitada por los años pasados confinado en solitario.

«¿Cómo voy yo a meterlo de nuevo en otro psiquiátrico?»

Mick se calma al cabo de unos minutos, se aparta de ella y se seca los ojos.

—Supongo que todavía tengo unos cuantos problemas familiares que resolver.

—Has tenido una vida difícil, pero ahora las cosas van a ir mejor.

Mick se sorbe la nariz y sonríe a duras penas.

—¿Tú crees?

Dominique se acerca y lo besa, suavemente al principio, pero luego lo atrae hacia ella y los labios de ambos se funden entre sí y sus lenguas se entrelazan intensificando su pasión. Excitados, se tironean de la ropa el uno al otro y se acarician en la oscuridad, peleando por hacer el amor en el reducido espacio de la camioneta, severamente limitados por el volante y la palanca de cambios.

—Mick... espera. No puedo hacerlo aquí dentro... no hay sitio. —Dominique apoya la cabeza en su hombro, jadeante y con la cara empapada de sudor—. La próxima vez que alquiles un coche, que tenga asiento trasero.

—Prometido. —Mick le besa la frente.

Ella juguetea con los rizos que le caen por el cuello a él.

—Será mejor que nos pongamos en marcha, vamos a llegar tarde a la cita con tus amigos.

Salen de la camioneta. Mick sube a la parte trasera y desengancha las botellas de buceo de las baldas de carga. Entrega a Dominique un chaleco hidrostático que ya lleva montada la botella de aire y el regulador.

—¿Alguna vez has buceado de noche?

—Hará un par de años. ¿Hay que andar mucho hasta el cenote?

—Como kilómetro y medio. Seguramente irás más cómoda con el chaleco y la botella puestos.

Dominique se pone el chaleco y la botella y a continuación toma el traje de neopreno que le entrega él. Mick se baja de la camioneta. Se ata también su chaleco, se echa la bolsa de equipo al hombro y coge las dos botellas de aire de repuesto.

—Sígueme.

Echa a andar por la selva, seguido con dificultad por Dominique. En cuestión de minutos notan ya las nubes de mosquitos zumbando en sus oídos, ávidos de beber el sudor que segregan ellos. Caminando por lo que queda de un sendero invadido por la vegetación, se abren paso por la densidad de la jungla acribillados por los insectos y los espinos. El follaje va disminuyendo hasta convertirse en una extensión boscosa y el suelo pantanoso se llena más de rocas. Trepan por un repecho de un par de metros y de repente vuelven a surgir las estrellas en lo alto.

Se encuentran en un sendero de piedras comprimidas de cuatro metros y medio de ancho, un antiguo *sacbe* construido mil años antes por los mayas.

Mick deposita en el suelo las botellas de aire y se frota los hombros doloridos.

—A la izquierda está el cenote sagrado, a la derecha la pirámide de Kukulcán. ¿Vas bien?

—Me siento igual que una mula de carga. ¿Cuánto falta?

—Doscientos metros. Vamos.

Continúan hacia la izquierda, y cinco minutos después llegan al borde de un inmenso foso de piedra caliza cuyas aguas, negras y silenciosas, reflejan el resplandor de la luna.

Dominique se asoma al pozo y calcula que habrá una caída de unos quince metros como poco. Se le acelera el corazón. «¿Por qué demonios estaré haciendo esto?» En eso, se gira al ver aparecer a cinco individuos de raza maya y piel muy morena que emergen de la selva.

—Son amigos —dice Mick—. *H'Menes*, sabios mayas. Son descendientes de los hermanos *Sh'Tol*, una sociedad secreta que escapó a la ira de los españoles hace más de cinco siglos. Han venido para ayudarnos.

A la vez que se viste el traje de buceo, Mick habla con un maya de cabellos blancos en una lengua antigua. Los demás sacan de la bolsa de equipo una cuerda y varias linternas sumergibles.

Dominique se vuelve de espaldas al grupo y se quita la sudadera para enfundarse a toda prisa el estrecho traje de neopreno encima del traje de baño.

Mick la llama para que se acerque, con un gesto de preocupación en la cara.

—Dom, éste es Ocelo, un sacerdote maya. Ocelo dice que han visto en Chichén Itzá a un hombre que andaba preguntando por nuestro paradero. Dice que ese desconocido era un americano de cabello pelirrojo y constitución fuerte.

—¿Raymond? Joder...

—Dom, dime la verdad. ¿Has...?

—Mick, te juro que no me he puesto en contacto con Foletta ni con Borgia, ni con nadie, desde que estoy aquí.

—El hermano de Ocelo es guardia de seguridad. Afirma que el pelirrojo entró en el parque muy poco antes de la hora del cierre, pero que nadie recuerda haberlo visto salir. El trato que has firmado con Borgia es todo mentira; te concederán la inmunidad cuando me encuentren muerto a mí. Vamos, será mejor que nos movamos.

Abren las válvulas de las botellas para verificar que funcionan los reguladores. Acto seguido, se colocan los chalecos hidrostáticos y se acercan a la boca del cenote.

Mick se calza las aletas y a continuación se enrolla la cuerda en los brazos y se descuelga despacio por el borde del pozo. Los mayas comienzan a bajarlo con rapidez hasta el agua estancada y después recuperan la cuerda para hacer lo propio con Dominique.

Mick se coloca en su sitio las gafas y el regulador, y luego enciende la linterna y mete la cabeza en el agua. La visibilidad en el interior de ese líquido apestoso y de color marrón chocolate es de poco más de medio metro.

Dominique siente que le tiemblan los brazos y las piernas al descender hacia la oscura superficie del cenote. «¿Por qué estás haciendo esto? ¿Estás loca o qué?» Se encoge cuando sus pies tocan la helada superficie de ese pozo negro infestado de algas. Suelta la cuerda y se deja caer. El olor putrefacto le provoca náuseas. Se apresura a colocarse las gafas, se mete el regulador en la boca y respira por él para no seguir soportando el hedor.

Mick sale a la superficie con fragmentos mugrientos de vegetación colgándole del pelo. Anuda una cuerda amarilla de su cintura a la de Dominique.

—Ahí abajo está bastante oscuro. No quiero que nos separemos.

Ella asiente con la cabeza y se quita el regulador.

—¿Qué vamos a buscar, exactamente?

—Algún tipo de entrada en la cara sur. Algo que nos permita entrar en la pirámide.

—Pero la pirámide está a más de un kilómetro de aquí. ¿Mick?

Observa cómo él suelta aire de su chaleco hidrostático y se sumerge. «Maldita sea.» Vuelve a ponerse el regulador en la boca, lanza una última mirada a la luna y a continuación se sumerge también.

Dominique empieza a hiperventilar por el regulador en el momento en que su rostro toca las turbias aguas. Durante varios segundos nada a ciegas, sin sentido de la orientación, hasta que nota el tirón de Mick. Desciende otros seis metros impulsándose con las aletas con ímpetu, y entonces ve el reflejo de su linterna sobre la pared del cenote.

Mick está examinando el muro de roca caliza, que aparece cubierto por una gruesa capa de vegetación. Con la ayuda de la linterna, le hace una seña a Dominique para que se sitúe junto a la pared, a la derecha de él, y se ponga a pinchar y tantear las algas con su cuchillo de buceo.

Dominique saca el cuchillo de la correa que se lo sujeta al tobillo y comienza a dar golpecitos en la roca a medida que va descendiendo en vertical por el muro. Nueve metros más abajo, las manos se le cuelan en un agujero como de medio metro, y su visión se ve entorpecida por la densa vegetación. Incapaz de hacer palanca para liberarse, apoya las aletas contra el muro y hace fuerza contra él.

De improviso sale del agujero un mocasín de agua de dos metros de largo que le golpea las gafas a la velocidad del rayo y después se pierde rápidamente en la negrura.

Es más de lo que pueden soportar sus nervios destrozados. Presa del pánico, se lanza hacia arriba arrastrando consigo a Mick.

Nada más sacar la cabeza del agua, se quita las gafas de un tirón, tosiendo entre ahogos.

—¿Te encuentras bien? ¿Qué ha pasado?

—¡No dijiste nada de que podía haber serpientes! ¡Odio las serpientes...!

—¿Te ha mordido?

—No, pero no quiero volver. Esto no es bucear, se parece más a nadar en un montón de mierda líquida. —Se desanuda la cuerda con manos temblorosas.

—Dom...

—No, Mick, ya no puedo más. Tengo los nervios destrozados, y esa agua me produce picores. Continúa sin mí. Ve a buscar tu pasadizo secreto, o lo que sea eso que estás buscando. Ya te veré arriba.

Mick le dirige una mirada de preocupación y se sumerge otra vez.

—¡Eh, Ocelo! Lánceme la cuerda.

Mira hacia arriba y aguarda impaciente a que los individuos de antes se asomen al borde del pozo.

Nada.

—Eh, ¿no me oyen? ¡Les digo que me lancen la dichosa cuerda!

—Buenas noches, princesa.

Un escalofrío le recorre la espalda al ver aparecer a Raymond con el puntito rojo brillante del láser de su escopeta de caza apuntado a la base de su cuello.

El presidente Maller se siente como si le hubieran propinado un puñetazo en el estómago. Levanta la vista del informe del Departamento de Defensa para mirar al general Fecondo y al almirante Gordon, notando el retumbar del pulso en las sienes. Está tan débil que a su cuerpo ya no le quedan fuerzas para sostenerse derecho en el sillón.

En ese momento irrumpe en el Despacho Oval Pierre Borgia, con el ojo enrojecido y llameando de odio.

—Acabamos de recibir un informe actualizado. Veintiún mil muertos en Sakha. Dos millones en Kunming. Una ciudad entera borrada del mapa en Turkmenistán. La prensa ya está amontonándose abajo.

—Los rusos y los chinos no han perdido tiempo en movilizar sus fuerzas —responde el general Fecondo—. La reacción oficial es que todo esto forma parte de sus simulacros de guerra, pero las cifras son mucho mayores de lo que estaba previsto.

El jefe de Operaciones Navales lee de la pantalla de su portátil:

—Según la última información que tenemos de los satélites, se han detectado ochenta y tres submarinos nucleares, incluidos todos los nuevos Borey de los rusos. Cada uno de esos submarinos transporta dieciocho misiles SLBM SS-N-20. Y a eso hay que añadir otra decena de submarinos chinos de misiles balísticos y...

—No son sólo los submarinos —interrumpe el general—. Ambas naciones han puesto a sus fuerzas estratégicas en estado de alerta. El *Darkstar* está siguiendo la trayectoria del crucero de misiles *Pedro el Grande*, que abandonó el muelle veinte minutos después de la primera detonación. Estamos viendo un arsenal combinado de mar y tierra que posee una capacidad de ataque superior a dos mil cabezas nucleares.

—Dios santo. —Maller hace una inspiración profunda para aliviar la opresión que siente en el pecho—. Pierre, cuánto falta para la conferencia telefónica del Consejo de Seguridad?

—Diez minutos, pero el secretario general dice que Grozny va a dirigirse al Parlamento y que se niega a participar si estamos nosotros al aparato. —Borgia tiene la cara cubierta de sudor—. Señor, es preciso que trasladamos esta operación a Mount Weather.

Maller no le hace caso. Se vuelve hacia un enlace por vídeo que lleva el rótulo de STRATCOM.

—General Doroshow, ¿cómo afectará nuestro Escudo de Defensa anti-Misiles a un primer ataque de esta magnitud?

En el monitor aparece la cara pálida del general de las Fuerzas Aéreas de Estados Unidos Eric Doroshow, comandante en jefe del Mando Aéreo Estratégico.

—Señor, el escudo es capaz de eliminar unas cuantas decenas de misiles en su punto más alto, pero no tenemos nada en nuestro arsenal de defensa que esté diseñado para hacer frente a un ataque total. La mayor parte de los misiles ICBM y SLBM rusos han sido programados para navegar a altitudes bajas. La tecnología necesaria para eliminar dicha amenaza simplemente no era viable...

Maller menea la cabeza, disgustado.

—Veinte mil millones de dólares... ¿y para qué?

Pierre Borgia lanza una mirada al general Fecondo, el cual asiente.

—Señor presidente, es posible que exista otra opción. Si estamos seguros de que Grozny atacará primero, entonces hay una clara ventaja en adelantarse a él. Nuestro último Plan Operativo Integrado Simple, el SIOP-112, indica que un ataque preventivo de mil ochocientas cabezas nucleares conseguiría desarmar el noventa y uno por ciento de todos los emplazamientos de misiles terrestres ICBM de Rusia y de China y...

—¡No! No pienso pasar a la historia como el presidente norteamericano que inició la Tercera Guerra Mundial.

—Ese ataque preventivo sería justificable —explica el general Doroshow.

—No puedo justificar el asesinato de dos mil millones de seres humanos, general. Nos atendremos a los objetivos diplomáticos y defensivos que hemos expuesto. —El presidente se sienta en el borde de su escritorio y se masajea las sienes—. ¿Dónde está el vicepresidente?

—La última noticia que tengo, señor, es que se halla en ruta hacia el *Boone*.

—Quizá deberíamos enviarle un helicóptero para que lo trasladara hasta un emplazamiento de la Agencia Federal para la Gestión de Emergencias —afirma el general Fecondo.

—No —responde Borgia, un tanto apresuradamente—. No, el vicepresidente no ha participado nunca en un ensayo...

—Sigue siendo miembro de la Sección Ejecutiva.

—No importa. Chaney no fue agregado oficialmente a la lista de supervivientes. Mount Weather sólo tiene sitio para...

—¡Basta! —chilla el presidente.

En ese momento entra Dick Pryzstas.

—Lamento llegar tarde, pero es que la vía de circunvalación es un zoo. ¿No han visto lo que está pasando ahí fuera?

Conecta la CNN.

Las imágenes muestran a americanos aterrorizados metiendo a toda prisa sus posesiones en coches ya sobrecargados. Alguien le pone un micrófono en la cara a un hombre que es padre de tres hijos. «No sé qué diablos está pasando. Rusia dice que somos nosotros los que hemos detonado esas bombas, y el presidente dice que no. Yo no sé a quién creer, pero no me fío de Maller ni de Grozny. Nos vamos de aquí esta noche...»

Sigue un primer plano de un grupo de personas que protestan delante de la Casa Blanca portando pancartas con mensajes del Apocalipsis: VIKTOR GROZNY ES EL ANTICRISTO. ¡ARREPENTÍOS! ¡LA SALVACIÓN ESTÁ EN NUESTRAS MANOS!

Escenas de saqueos en un centro comercial de Bethesda. Filmaciones desde el aire de la autopista repleta de coches en apretada caravana. Un camión que vuelca al intentar eludir el atasco bajando por una pronunciada pendiente. Familias en la parte trasera de una camioneta abierta empuñando pistolas.

—Señor presidente, ya está lista la llamada del Consejo de Seguridad. Por la VC-2.

Maller se dirige a la pared del fondo, donde hay cinco videoteléfonos de seguridad. Se enciende la segunda unidad por la izquierda, y la pantalla se divide en veinte recuadros que muestran a los jefes de gobierno de los países miembros del Consejo de Seguridad de las Naciones Unidas. El espacio reservado a Rusia está vacío.

—Señor secretario general, miembros del Consejo, deseo hacer hincapié en que Estados Unidos no es responsable de esas detonaciones de fusión pura. No obstante, ahora tenemos razones para creer que es posible que Irán tenga como objetivo a Israel, en el intento de arrastrar a nuestro país a un conflicto directo con Rusia. Permítanme que reitere una vez más nuestro deseo de evitar la guerra a toda costa. A fin de que no haya malentendidos, hemos ordenado a nuestra flota que abandone el golfo de Omán. Les rogamos que informen al presidente Grozny de que Estados Unidos no lanzará ningún misil contra la Federación Rusa ni contra los aliados de la misma, pero no eludiremos nuestra responsabilidad a la hora de defender el Estado de Israel.

—El Consejo se encargará de transmitir su mensaje. Que Dios le ayude, señor presidente.

—Que Dios nos ayude a todos, señor secretario general.

Maller se gira hacia Borgia.

—¿Dónde está mi familia?

—Ya se encuentran de camino a Mount Weather.

—Muy bien, nos trasladamos. ¿General Fecondo?

—¿Sí, señor?

—Declare DEFCON-1.

Mick desciende cabeza abajo por la cara sur del cenote sin dejar de palpar la maraña de vegetación, en busca de algo fuera de lo normal. A nueve metros de profundidad el ángulo de la pared cambia de pronto y se tuerce hacia dentro, con una inclinación de cuarenta y cinco grados.

Continúa bajando por el pozo sintiendo que la oscuridad se va intensificando cada vez más alrededor del menguante haz de luz de la linterna. Al llegar a veintisiete metros se detiene para compensar los oídos, que ya le duelen a causa de la presión.

«Treinta y dos metros...»

La pared sur se nivela de nuevo y recupera la verticalidad. Mick prosigue el descenso por el pozo negro como la pez, plenamente consciente de que no se encuentra preparado físicamente para bajar mucho más.

Entonces lo ve: una mancha de luz brillante, igual que un cartel rojo de SALIDA en un cine a oscuras.

Da aletazos con más brío y después se nivela, sintiendo el pulso latir en su cuello mientras contempla con incredulidad la inmensa entrada, de tres metros de alto por seis de ancho. El haz de la linterna se refleja en la lisa superficie metálica de color blanco.

Grabado en el centro de la barrera se aprecia un candelabro rojo luminiscente de tres puntas. Mick deja escapar un gemido a través del regulador, al reconocer instantáneamente esa antigua indicación.

Se trata del Tridente de Paracas.

BLUEMONT, VIRGINIA

El helicóptero de transporte en el que viajan la primera dama con sus tres jóvenes hijos y los tres congresistas vuela en dirección oeste pasando por encima de la ciudad de Bluemont y la carretera 601 de Virginia. El piloto distingue a lo lejos las luces de una decena de edificios situados dentro del complejo protegido por una valla.

Se trata de Mount Weather, una base militar sumamente secreta que se encuentra ubicada a setenta y tres kilómetros de Washington, DC. Dicha instalación, gestionada por la Agencia Federal para la Gestión de Emergencias (FEMA), es la sede de operaciones conectada a una red de más de un centenar de Centros Federales de Protección subterráneos que albergan el programa encubierto de «Continuidad del Gobierno» de Estados Unidos.

Aunque ese complejo de treinta y cuatro hectáreas está fuertemente vigilado, el auténtico secreto de Mount Weather se encuentra bajo tierra. En lo más profundo de esa montaña de granito hay toda una ciudad subterránea equipada con apartamentos privados y dormitorios colectivos, cafeterías y hospitales, una planta de purificación de agua y alcantarillado, una central de energía, un sistema de tránsito de masas, un sistema de comunicación por televisión y hasta un estanque. Aunque ningún miembro del Congreso ha afirmado nunca por voluntad propia conocer dichas instalaciones, muchos de ellos son de hecho miembros vitalicios de ese «gobierno en potencia» que ocupa la ciudad subterránea. En ella se han duplicado nueve departamentos federales, así como cinco organismos también de ámbito nacional. Hay varios cargos del gabinete nombrados en secreto que cumplen un mandato indefinido, sin el consentimiento del Congreso y apartados de la vista del público. Aunque no es tan grande como el complejo ruso del monte Yamantou, este centro de gestión de crisis desempeña la misma función: sobrevivir y gobernar lo que quede de Estados Unidos tras un ataque nuclear total.

El capitán de las Fuerzas Aéreas Mark Davis lleva doce años realizando vuelos de ensayo de ida y vuelta al centro de Mount Weather. Aunque este piloto del Puesto de Mando Aerotransportado de Emergencias Nacionales, padre de cuatro hijos, se gana bien la vida, nunca se ha sentido feliz con el hecho de que él y su familia hayan sido excluidos de «la lista».

Davis ve surgir a lo lejos las luces del centro y aprieta los dientes.

En el interior del centro trabajan más de doscientos cuarenta militares. ¿Acaso son las vidas de ellos más importantes que la suya? ¿Y qué decir de los sesenta y cinco miembros de la «élite ejecutiva»? Si estallara una guerra nuclear, la culpa podría hacerse recaer fácilmente sobre muchos de esos «expertos» militares. ¿Por qué han de sobrevivir esos cabrones, y su familia no?

Al final, al agente ruso le resultó fácil coaccionar al disgustado capitán. El dinero era la clave para sobrevivir a una guerra nuclear. Davis había empleado la mayor parte de los fondos en construirse su propio búnker en los montes Blue Ridge, y el resto se había convertido en oro y piedras preciosas. Si alguna vez estallaba la guerra nuclear, él tenía la seguridad de que su familia sobreviviría. Si no, los ahorros para enviar a sus hijos a la universidad estaban ahora más seguros que nunca.

Davis detiene el helicóptero en el aire por encima de la cubierta de aterrizaje y se posa en tierra. Acuden a su encuentro dos policías militares en un vehículo eléctrico. Él los saluda.

—Siete pasajeros y el equipaje correspondiente. Todas las bolsas han sido registradas.

Sin aguardar la respuesta, Davis abre la portezuela de la zona de carga y ayuda a apearse a la primera dama.

Los policías militares conducen a los pasajeros hacia el vehículo eléctrico mientras el piloto desembarca sus equipajes. La insulsa maleta de ante marrón es la tercera. Davis gira el asa en el sentido de las agujas del reloj, tal como le ha indicado el agente ruso, y acto seguido la gira despacio hacia atrás.

El mecanismo se activa.

El piloto coloca la maleta en la plataforma con sumo cuidado y después se apresura a volver por las demás bolsas.

Mick se obliga a sí mismo a ascender más lentamente, conteniendo a duras penas la emoción. A seis metros hace un alto para soltar nitrógeno mientras le bullen en la cabeza un sinfín de ideas.

«¿Cómo hago para entrar? Tiene que haber algún mecanismo oculto diseñado para accionar la puerta.» Consulta de nuevo el manómetro. «Quince minutos. Cojo una botella nueva y vuelvo a bajar enseguida.»

Prosigue el ascenso, y se sorprende al ver las piernas de Dominique colgando bajo la superficie. Se desliza al lado de ella y termina sacando la cabeza del agua.

—Dom, ¿qué estás...? —La expresión de miedo de ella lo hace mirar hacia arriba.

Quince metros por encima del nivel del agua del cenote descubre al pelirrojo, el jefe de seguridad del psiquiátrico de Miami, que le sonríe sentado en el borde del pozo. El puntito rojo del láser salta del cuello de Dominique al suyo.

—Esa zorra es mía. ¿Cómo te atreves a hacer esperar tanto a mi chica?

Mick se acerca un poco más a Dominique y se pone a buscar a tientas bajo el agua la válvula del chaleco hidrostático.

—Déjala en paz, gilipollas. Si la dejas, no ofreceré resistencia. Podrás devolverme a Estados Unidos atado con cadenas. Serás un auténtico héroe...

—Esta vez no, hijo de puta. Foletta ha decidido modificar ligeramente tu terapia. Se llama muerte.

Mick da con la válvula del chaleco de Dominique y rápidamente lo vacía de aire.

—¿Cuánto te paga Foletta? —Se coloca por delante de ella, con el láser situado sobre su traje de neopreno—. En la camioneta tengo dinero, escondido debajo del asiento. Puedes quedártelo todo. Debe de haber por lo menos diez mil, en monedas de oro.

Raymond levanta la vista de la mira del fusil.

—Estás mintiendo...

Mick agarra a Dominique y se lanza de costado para arrastrarla debajo del agua. Ella forcejea y se defiende, a la vez que inhala una bocanada de suciedad.

Una rociada de balas silba junto a ellos mientras Mick coge su propio regulador y se lo mete a Dominique en la boca, al tiempo que la empuja más hacia abajo. Ella se pone en la cara las gafas inundadas y se apresura a vaciarlas; y acto seguido busca su propio regulador.

Mick suelta aire del chaleco y llena de aire los pulmones. Agarra a Dominique por la muñeca y desciende a ciegas justo cuando una bala pasa rozando su botella de aire.

A Dominique el corazón le late a cien por hora. Flotando a quince metros de profundidad, enciende la linterna, que a punto está de caérsele de la mano, mientras Mick se pone las gafas de buceo y las vacía. Ella se queda mirándolo, aterrorizada, insegura de lo que puede suceder a continuación.

Mick vuelve a anudarle la cuerda alrededor de la cintura y señala hacia abajo.

Ella niega con la cabeza.

Una nueva ráfaga de disparos pone fin a la discusión.

Mick la agarra de la muñeca y comienza a descender arrastrándola consigo.

Dominique experimenta una oleada de pánico al internarse de cabeza en la oscuridad. Sobre ella se abate un silencioso olvido, y el dolor que siente en los oídos le indica que está bajando demasiado. «¿Qué está haciendo Mick? Desata la cuerda, o morirás.» Se esfuerza por deshacer el nudo.

Pero Mick levanta una mano y se lo impide. Le coge la mano y se la acaricia en un intento de tranquilizarla, y a continuación desciende de nuevo.

Dominique se aprieta la nariz para compensar la presión y sigue bajando, pero ya con cierto alivio en los oídos. La pared inclinada se transforma en un techo por encima de su cabeza, la creciente claustrofobia resulta casi insoportable. Tiene la sensación de estar perdiendo toda la orientación, de que la oscuridad y el silencio la están asfixiando.

Ahora cae ya en línea recta por una pared totalmente vertical. El manómetro indica más de treinta y tres metros, el pulso golpea contra sus gafas, el cerebro le pide a gritos que lo libere.

Se sobresalta al ver aparecer el resplandor de color rojo. Desciende un poco más, parpadea con fuerza y se detiene, y se queda contemplando fijamente la brillante imagen. «Dios mío... ¡así que ha encontrado algo! Un momento, yo he visto antes esa figura...»

Observa que Mick empieza a moverse alrededor de la luminosa entrada palpando con las manos los bordes exteriores del revestimiento metálico.

«La conozco... La he visto en el diario de Julius Gabriel...»

A Dominique le da un vuelco el corazón cuando de pronto llena sus oídos un profundo retumbar. Del centro del revestimiento surgen unas burbujas gigantescas que envuelven a Mick, y a continuación un monstruoso torrente que la atrapa a ella y la absorbe hacia el centro de la entrada y hacia la negrura de un vacío que un momento antes no estaba ahí.

La corriente la atrae tirando de sus pies hacia la oscuridad. Ella se retuerce, inmersa en la turbulencia de un río subterráneo cuya fuerza le arranca las gafas y se las empuja hacia abajo, contra el cuello, y le impide ver. Traga un poco de agua, pero enseguida se aprieta la nariz y vomita en el regulador, sin dejar de girar sin control en medio de esa oscuridad asfixiante, luchando por aspirar una bocanada de aire.

En eso, el portal se cierra tras ellos y corta la corriente.

Dominique deja de dar vueltas. Se coloca de nuevo las gafas, las vacía, y a continuación se queda mirando asombrada, paralizada por el nuevo entorno.

Han penetrado en una vasta caverna submarina de belleza sobrenatural. Unas luces estroboscópicas de aspecto surrealista y de origen desconocido iluminan las paredes de roca caliza de esa especie de catedral subterránea proyectando embriagadores matices de azul, verde y amarillo. Del techo penden fantásticas formaciones de estalactitas, semejantes a témpanos gigantes que hacen que ellos parezcan enanos y que estiran sus puntas para enlazarse con un bosque petrificado de cristalinas estalagmitas que se alzan del suelo sedimentario de la cueva.

Dominique mira a Mick emocionada y atónita, deseando poder formular un millar de preguntas. Él niega con la cabeza y señala su manómetro para indicar que sólo le quedan cinco minutos de aire. Dominique consulta el suyo... y se queda sorprendida al comprobar que a ella le quedan menos de quince.

Siente una ola de angustia que la recorre de arriba abajo. La claustrofobia de pensar que se encuentra atrapada en una caverna subterránea, con un techo de roca encima, supera su capacidad de razonar. Aparta a Mick de un empujón y vuelve nadando hacia la entrada, en el intento desesperado de abrirla otra vez.

Pero Mick la obliga a regresar tirando de la cuerda. La sujeta por las muñecas y señala hacia el sur, donde se atisba la entrada de una caverna que describe una curva. Forma un triángulo con las manos.

«La pirámide de Kukulcán.» Dominique comienza a respirar más despacio.

Mick la coge de la mano y empieza a nadar. Juntos atraviesan una serie de grandes espacios sumergidos, y reparan en que su presencia parece activar más luces estroboscópicas, como si éstas estuvieran conectadas a un invisible detector de movimiento. Por encima de ellos, el techo abovedado presenta ahora numerosas filas de dientes semejantes a agujas, formaciones de piedra caliza que dan lugar a majestuosos tabiques en forma de arcadas y caprichosas esculturas en la roca.

Mick siente una creciente opresión en el pecho a medida que avanzan pasando de una estancia azul añil a otra de color azul eléctrico. Consulta el manómetro y se gira hacia Dominique haciéndole un gesto con la mano en la garganta.

«Se ha quedado sin aire.» Le pasa el regulador de segunda etapa que lleva sujeto al chaleco hidrostático y después consulta su propia reserva de aire.

Ocho minutos.

«¡Ocho minutos! Cuatro para cada uno. ¡Esto es una locura! ¿Por qué me habré metido con él en el cenote? Debería haberme quedado en la camioneta... Debería haberme quedado en Miami. Voy a ahogarme, igual que Iz.»

De repente el fondo se hunde y la caverna da paso a un inmenso recinto subterráneo, de límites invisibles. Las paredes y el techo de esa catedral de piedra caliza resplandecen con una tonalidad rosada luminiscente, y sus dimensiones son las mismas que las de una cancha de baloncesto de pista cubierta.

«No vas a ahogarte, sólo te asfixiarás. Eso tiene que ser mejor que lo que tuvo que pasar el pobre Iz. Perderás el conocimiento, simplemente te desmayarás. ¿De verdad crees que existe el Cielo?»

En ese momento Mick tira de ella y señala con ansia un punto por delante de ellos. Dominique nada más deprisa, rezando para que haya encontrado una salida.

Y entonces la ve.

«Oh, no... Oh, Dios... Oh, Dios santo...»

BLUEMONT, VIRGINIA

El helicóptero del presidente se encuentra treinta kilómetros al norte de Leesburg, Virginia, cuando explota la bomba de doce kilotones.

El presidente y su séquito no pueden ver el intenso estallido de luz, mil veces más brillante que un rayo. No pueden sentir la monstruosa vibración de la ola de calor, que se propaga rapidísimamente por el complejo subterráneo de Mount Weather vaporizando a la primera dama, a sus hijos y al resto de los habitantes y superestructuras que hay en su interior.

Ni tampoco experimentan el aplastante abrazo de millones de toneladas de granito, acero y hormigón que provocan que la montaña se desmorone como si fuera un castillo de naipes.

Lo que ven es una brillante bola de fuego anaranjado que convierte la noche en día. Lo que sienten es la onda expansiva que pasa sobre ellos rugiendo igual que un trueno y el incendio que prende fuego a los bosques de Virginia, parecidos a una alfombra en llamas.

El piloto da la vuelta al helicóptero y huye a toda velocidad mientras el presidente Maller gime de dolor, el vacío le desgarra el corazón dolorido, y la rabia invade su cerebro amenazando la base misma de su cordura.

CHICHÉN ITZÁ
34 METROS POR DEBAJO DE LA BASE
DE LA PIRÁMIDE DE KUKULCÁN

Con los ojos muy abiertos y la sangre golpeándole las venas, Dominique contempla con incredulidad la prodigiosa estructura que se alza por encima de ella. Incrustada en el techo de piedra caliza de la caverna, sobresaliendo de la roca, se encuentra la quilla de una nave espacial alienígena gigantesca, de más de doscientos metros de largo.

Aspira una lenta bocanada de aire procurando no hiperventilar, con la piel literalmente en carne de gallina bajo del traje de neopreno. «Esto no es real. No puede serlo...»

La piel dorada y metálica del estilizado casco, grande como un buque de guerra, reluce igual que un espejo pulido.

Mick agarra de la mano a Dominique y asciende en dirección a dos colosales estructuras montadas a uno y otro lado de lo que parece ser la sección de la cola de la nave. Cada una de esas estructuras es tan voluminosa y tan alta como un edificio de tres pisos. Se acercan un poco más y se asoman al interior de uno de los motores de la nave, y las linternas revelan un avispero de compartimientos chamuscados con forma de dispositivos de poscombustión, cada orificio de un diámetro no inferior a nueve metros.

Mick, tirando de Dominique, deja atrás los monstruosos motores y avanza hacia la proa de la nave, camuflada en la roca.

Dominique chupa con más fuerza del regulador, alarmada al comprobar que no puede aspirar aire. «¡Oh, Dios, se nos acaba el aire!» Tira del brazo de Mick llevándose una mano a la garganta, al tiempo que la caverna empieza a girar a su alrededor.

Mick ve que el rostro de Dominique se torna de un intenso color rojo. Él también nota una opresión en el pecho y una quemazón en los pulmones.

Se zafa del abrazo de Dominique, escupe el regulador de repuesto que le prestó ella y vuelve a meterse en la boca el suyo. Acto seguido, da media vuelta y comienza a nadar lo más rápido que puede, arrastrando a Dominique de la cuerda y buscando algún tipo de abertura en el casco.

Dominique forcejea, petrificada, sintiendo que se asfixia detrás de las gafas de buceo.

A Mick, los brazos y las piernas le pesan como si fueran de plomo. Jadea contra el regulador, incapaz de aspirar aire, con los pulmones a punto de estallar. Se percata levemente de que al otro extremo de la cuerda Dominique es presa del pánico y nota un dolor en el corazón, y tiene que hacer un esfuerzo para mantener el cerebro despejado.

En su delirio lo ve: una luz carmesí, que brilla cincuenta metros por delante de él. Con renovados bríos, nada y da aletazos sintiendo una intensa quemazón en los músculos, moviéndose a cámara lenta.

Siente un peso muerto al otro extremo de la cuerda... Dominique ha dejado de forcejear.

«No te pares...»

El mundo subterráneo gira ya sin control a su alrededor. Muerde el regulador hasta hacerse sangre en las encías y chupa el líquido tibio justo en el momento en que surge ante sus ojos la imagen resplandeciente del Tridente de Paracas.

«Unas pocas brazadas más...»

Sus brazos son de plomo. Deja de moverse. Sus ojos ébano se ponen en blanco.

Michael Gabriel pierde el conocimiento.

Los cuerpos de los dos buceadores inconscientes flotan a la deriva hacia el reluciente panel de iridio, de tres metros, y activan un antiguo detector de movimiento.

Con un zumbido hidráulico, se abre la puerta exterior del casco haciendo que se precipite una corriente de agua al interior del compartimiento presurizado y arrastrando a los dos humanos a la nave extraterrestre.

Diario de Julius Gabriel

Qué criatura tan lastimosa es el hombre; nace con plena conciencia de su propia mortalidad, y por lo tanto se ve condenado a vivir durante toda su insignificante existencia temiendo a lo desconocido. Impulsado por la ambición, con frecuencia desperdicia los preciados momentos que posee. Haciendo caso omiso de su prójimo, se complace en exceso en su egoísta afán por conseguir fama y fortuna, y permite que lo seduzca el mal para llevar la desgracia a las personas que ama de verdad; su vida, tan frágil, siempre está pendiente de un hilo, al borde de una muerte cuya comprensión no le ha sido dada.

La muerte es la que lo iguala todo. Todo nuestro poder y nuestros deseos, todas nuestras esperanzas y nuestros anhelos terminan muriendo con nosotros, enterrados en la tumba. Ajenos a todo, viajamos de manera egoísta hacia el gran sueño, concediendo importancia a cosas que no la tienen, sólo para que en el momento más inoportuno nos recuerden lo frágil que es nuestra vida en realidad.

Como criaturas emocionales que somos, rezamos a un Dios de cuya existencia no tenemos pruebas, con una fe desenfrenada y diseñada meramente para mitigar nuestro primordial miedo a la muerte, mientras intentamos convencer a nuestro intelecto de que ha de existir otra vida en el más allá. Dios es misericordioso, Dios es justo, nos decimos, y entonces sucede lo impensable: un niño que se ahoga en una piscina, un conductor bebido que mata a un ser querido, una enfermedad que ataca a tu esposa.

¿Adónde va nuestra fe en esos casos? ¿Quién puede rezar a un Dios que nos roba a un ángel? ¿Qué plan divino puede justificar una acción tan abominable? ¿Fue un Dios misericordioso el que escogió golpear a Maria en lo mejor de la vida? ¿Fue un Dios justo el que quiso que se retorciera de dolor, que sufriera horriblemente hasta que Él por fin decidiera llevar a cabo la celestial tarea de apiadarse de su alma torturada?

¿Y qué decir de su esposo? ¿Qué clase de hombre sería yo si me hubiera limitado a no hacer nada y permitir que mi amada sufriera tanto?

Con un peso en el corazón, dejé que fueran pasando los días viendo cómo el cáncer arrastraba a Maria poco a poco hacia la tumba. Entonces, una noche, mientras yo lloraba sentado junto a su cama, ella me miró con sus ojos hundidos, una criatura destrozada más viva que muerta, y me suplicó compasión.

¿Qué podía hacer yo? Dios la había abandonado, le había negado el más mínimo respiro en su incesante tortura. Yo me incliné, con el cuerpo temblando, y la besé por última vez rogando a un Dios cuya existencia ya cuestionábamos y maldecíamos los dos que me otorgara fuerzas. Apreté la almohada contra su rostro y extinguí su último aliento, sabiendo demasiado bien que estaba extinguiendo la llama misma de mi propia alma.

Una vez consumado el acto, giré la cabeza y descubrí a mi hijo, cómplice sin saberlo, que me miraba fijamente con aquellos ojos angelicales heredados de su madre.

¿Qué acto abominable acababa de cometer? ¿Qué valerosas palabras podía musitar yo para recuperar la inocencia perdida de aquel niño? Desprovisto de todo fingimiento, me quedé allí desnudo, como un padre débil y desconcertado, que insensatamente había condenado la psicología de su propio hijo cometiendo un acto que, tan sólo unos minutos antes, había juzgado como un gesto de humanidad y de falta de egoísmo.

Observé impotente cómo mi hijo huía de nuestra casa a la carrera y se perdía en la noche para desahogar su rabia.

Si hubiera tenido un arma en esos momentos, me habría volado la cabeza allí mismo sin pensarlo dos veces. Pero en lugar de eso caí de rodillas y rompí a llorar, maldiciendo a Dios y gritando su nombre en vano.

En un plazo inferior a un año, la existencia de mi familia se había transformado en una tragedia griega. ¿Había manipulado Dios aquel giro de los acontecimientos, o Él era solamente un espectador que observaba y aguardaba mientras su ángel caído manejaba nuestra vida como si fuera un diabólico marionetista?

Tal vez había sido Lucifer en persona, quise racionalizar en medio de mi dolor, porque ¿quién sino él podía haber golpeado así a mi esposa y haber manipulado tan hábilmente la secuencia de acontecimientos que tuvieron lugar a continuación? ¿De verdad creía yo en el demonio? En aquel momento... sí, o como mínimo en la presencia del mal personificado en una entidad con vida propia.

¿Puede tener entidad algo tan intangible como el mal? Mi torturada mente sopesó esa cuestión, concediéndome así un instante de alivio en mi aflicción. Si Dios era una entidad, ¿por qué no el demonio? ¿Podía existir el bien sin el mal? ¿Podía existir Dios sin el diablo? ¿Y quién engendró a quién? Porque es el miedo al mal lo que siempre ha alimentado a la religión, no Dios.

Entonces se apoderó de mí el teólogo que llevo dentro. Miedo y religión, religión y miedo. Los dos están entrelazados históricamente, son los catalizadores de la mayoría de las atrocidades que ha cometido el ser humano. El miedo al mal alimenta la religión, la religión alimenta el odio, el odio alimenta el mal, y el mal alimenta el miedo entre las masas. Es un ciclo diabólico, y hemos jugado la partida con las cartas del Diablo.

Con la mirada vuelta hacia los cielos, mis pensamientos volvieron a la profecía maya, y en mi delirio y mi dolor me pregunté si sería la presencia del mal lo que estaba orquestando la definitiva pérdida de la gracia por parte del ser humano y nos estaba conduciendo hacia la destrucción de nuestra especie.

Y entonces cruzó por mi mente otro pensamiento: a lo mejor Dios sí que existía, pero en cambio había preferido desempeñar un papel pasivo en la existencia humana; nos había proporcionado los medios para forjar nosotros mismos nuestro destino pero al mismo tiempo permitía que el mal ejerciera una influencia más activa en nuestra vida, para poner a prueba nuestra resolución y verificar nuestra aptitud a la hora de solicitar la entrada en el más allá al lado de Él.

Maria me había sido arrebatada, abatida en la flor de la vida. A lo mejor existía una razón detrás de la locura de aquel momento, a lo mejor yo estaba acercándome a la verdad y, en efecto, había dado con el camino que conducía a la salvación de la humanidad.

Maldiciendo al diablo, contemplé las estrellas con lágrimas en los ojos y juré, por el alma de mi amada, que ni el cielo ni el infierno iban a impedirme resolver la profecía maya.

Han transcurrido más de diez años desde que hice ese juramento. Ahora, sentado tras el escenario escribiendo este pasaje final, aguardando a subir al estrado, me asusta enfrentarme a mis escépticos colegas.

Pero ¿qué otra cosa puedo hacer? A pesar de todos mis esfuerzos, aún faltan piezas del rompecabezas del día del juicio, y nuestra salvación como especie se encuentra en la balanza. Mi mala salud me ha obligado a pasar el testigo a mi hijo antes de lo que esperaba, y he depositado sobre sus hombros la responsabilidad de completar la maratón.

Me han dicho que la persona que va a presentarme al público es Pierre Borgia; estoy nerviosísimo de pensar en que voy a verlo de nuevo. A lo mejor los años han aplacado el odio que abrigaba contra mí. A lo mejor se da cuenta de lo que está en juego.

Eso espero, porque voy a necesitar su apoyo si he de convencer a los científicos del auditorio para que pasen a la acción. Si me escuchan con una mente abierta, puede que los hechos basten por sí mismos para persuadirlos. Si no, temo que nuestra especie está condenada a perecer igual que perecieron los dinosaurios antes que nosotros.

Existe una anotación final que he depositado en una caja de seguridad de Cambridge junto con fechas concretas en las que se puede romper el sello que la cierra. Si lográsemos sobrevivir al holocausto que se avecina, nos aguarda un último desafío... para dos pequeños que no han nacido todavía.

Ahora que los guardias de la sala me hacen señas para que suba al escenario, miro a Michael. Me indica su aprobación con un gesto de cabeza y con sus ojos de ébano fijos en mí, irradiando la inteligencia de su madre. Con la inocencia perdida tantos años atrás, se ha vuelto introvertido y distante, y temo que albergue en su interior una rabia que seguramente fue alimentada por la atrocidad que cometí. Y sin embargo, detecto en mi hijo un profunda determinación vital, y rezo para que la mantenga a lo largo del destino, hacia su definitiva salvación... y la nuestra.

Extracto final del diario del profesor Julius Gabriel
24 de agosto de 2001

Capítulo 23

14 de diciembre de 2012
MANDO DE DEFENSA DEL
ESPACIO AÉREO NORTEAMERICANO (NORAD)
COLORADO

Al mayor Joseph Unsinn se le sale el corazón del pecho al oír sonar la alarma de misiles del NORAD. Decenas de técnicos contemplan horrorizados cómo se llenan de datos entrantes las enormes pantallas de sus terminales informáticos.

¡ALERTA MÁXIMA! ¡ALERTA MÁXIMA!
DETECTADOS MÚLTIPLES LANZAMIENTOS
DE MISILES BALÍSTICOS

Lugar del lanzamiento: Bakhtaran, Irán
Objetivo: Israel

OBJETIVO:	MISILES	TIEMPO DEL IMPACTO MIN/SEG
Meggido	2	4:12
Tel Aviv	3	4:35
Haifa	4	5:38
Altos del Golán	1	5:44

Los datos son transmitidos de inmediato desde el centro de procesamiento de alta velocidad del NORAD directamente a los mandos de campaña norteamericanos en Israel y el golfo Pérsico. Momentos después aparece en el videocomunicador el mayor Unsinn, hablando con el secretario de Defensa.

SALA DE SITUACIONES DE RAVEN ROCK
MARYLAND

El complejo de alto secreto conocido tan sólo como Raven Rock funciona como un Pentágono bajo tierra. Dentro de este centro nervioso se encuentra la «sala de situaciones», una cámara de forma circular que contiene una maraña de sistemas integrados de última tecnología para comunicación por voz y gestión de datos. Desde aquí, el presidente y sus asesores pueden transmitir directrices al Centro de Mando Estratégico de Estados Unidos (STRATCOM), otro centro neurálgico subterráneo que se halla en contacto directo con todas las fuerzas estratégicas de naves espaciales, aviones, submarinos y misiles de todo el mundo. Al igual que el NORAD, los búnkers de Raven Rock y de STRATCOM se han aislado a fin de proteger sus sensibles equipos de alta tecnología de los pulsos electromagnéticos generados durante un ataque nuclear.

El presidente Maller se encuentra sentado en un sofá de cuero en su despacho privado, tembloroso y haciendo un esfuerzo por apartar a un lado su dolor personal, aunque sólo sea durante unos minutos. Fuera de su oficina, el secretario de Defensa, Dick Pryzstas, y el general Fecondo conversan íntimamente con Pierre Borgia.

—El presidente está conmocionado —susurra Pryzstas—. Pierre, como miembro superior del Gabinete que eres, el protocolo exige que asumas tú el mando.

—El NORAD ha detectado una escuadrilla de cazas rusos que se dirigen a Alaska. Nuestros Raptores ya se encuentran en camino para interceptarlos. ¿Estás preparado para emitir los códigos de lanzamiento...?

—¡No! —Maller sale del despacho—. Sigo estando yo al mando, señor Pryzstas. Inicie el Escudo Global. Secretario Borgia, quiero hablar ahora mismo con Viktor Grozny y con el general Xiliang. No me importa que tenga que ir usted personalmente a Moscú para conseguir que Grozny se ponga al maldito teléfono, simplemente hágalo.

—Sí, señor.

DESIERTO DEL SINAÍ
ISRAEL

El avión de carga 747-400F describe una trayectoria en forma de ocho a una altitud de doce mil quinientos metros sobre el desierto del Sinaí. A pesar de las apariencias, no es un simple Jumbo. En el interior del morro en forma de trompa redondeada lleva alojado el Láser Aerotransportado (ABL) YAL-1 de las Fuerzas Aéreas, un arma diseñada para interceptar misiles SAM, de crucero y balísticos tácticos.

El mayor David Adashek observa fijamente el módulo de su estación mientras el sistema formado por el director del haz de láser Lockheed Martin y Búsqueda y Seguimiento por Infrarrojos (IRST) rastrea los cielos del noreste.

En la pantalla aparecen diez blancos.

—Allá vamos, muchachos. Diez misiles balísticos con cabezas nucleares. Están entrando en el radio de alcance. Trescientos kilómetros y acercándose.

—El haz ha captado los objetivos, señor. Blancos fijados.

—Lancen el COIL.

Con un brillante destello luminoso, el láser multi-megavatio TRW COIL del Boeing se activa y dispara un rayo de color naranja desde el morro del avión. Dicho rayo surca el cielo nocturno a la velocidad de la luz y convierte el primer misil iraní en una bola de fuego que se precipita hacia tierra.

En los treinta próximos segundos serán destruidos los nueve misiles restantes.

EL ESPACIO

La estilizada nave espacial blanca y negra se sitúa suavemente en su nueva órbita, girando por encima de la Tierra en silencio y completa soledad. A diferencia de su prima lejana de la NASA, la *VentureStar* de Lockheed Martin, que es un vehículo espacial reutilizable construido y puesto en órbita a bombo y platillo, esta nave, conocida simplemente por las siglas SMV (Vehículo de Maniobras Espaciales) por sus diseñadores norteamericanos de la Boeing, jamás ha visto la luz del día. El SMV, concebido en los últimos días de la Iniciativa de Defensa Estratégica del presidente Reagan, fue financiado en secreto por la Oficina de Aviones Espaciales Militares del Laboratorio de Investigación de las Fuerzas Aéreas y, cosa bastante irónica, lanzado desde un cohete Proton comprado a Rusia. Capaz de permanecer en posición hasta un año, este vehículo totalmente automático y sin piloto no transporta ninguna carga comercial útil ni ha servido nunca a los intereses de la Estación Espacial Internacional ni del sector privado; el SMV fue diseñado para un único propósito: atrapar y destruir satélites enemigos.

Oculta en el interior de la estructura de siete metros y medio del SMV se encuentra una plataforma montada sobre vigas que soporta el láser de alta energía TRW Alpha de fluoruro de hidrógeno y un telescopio Hughes de cuatro metros con proyección de haz.

El avión espacial se centra en su primera víctima, un satélite ruso, uno de los dieciocho situados en una órbita geosíncrona, a una distancia de treinta y cinco mil seiscientos kilómetros sobre Norteamérica. El SMV activa sus reactores para estabilizar su órbita; a continuación, manteniendo la misma velocidad que el satélite ruso, retrae las puertas curvas al interior del morro y deja al descubierto su carga útil secreta.

El sistema de guiado Lockheed Martin se fija sobre su objetivo.

El láser se carga hasta alcanzar su máxima potencia y se dispara proyectando su haz invisible sobre la superficie del satélite ruso de cinco metros y medio de longitud. El delgado revestimiento externo comienza a calentarse y hace que el casco metálico adquiera un resplandor rojo anaranjado. Los sistemas electrónicos de detección que contiene el satélite sufren un cortocircuito. Los sensores chisporrotean y finalmente se funden dejando las tarjetas de circuitos ennegrecidas y carbonizadas.

La energía del láser alcanza las células de energía de a bordo...

Y entonces, con una potente sacudida, el satélite de reconocimiento explota y transforma sus chamuscados restos en brillantes fragmentos de basura espacial.

Atrapado por la fuerza gravitatoria de la Tierra, un pedazo de gran tamaño del satélite ruso se incendia al efectuar la reentrada en la atmósfera.

Un muchacho que vive en Groenlandia levanta la vista hacia el cielo nocturno y se emociona viendo ese inesperado espectáculo de luz. Cierra los ojos y formula un deseo al descubrir la estrella fugaz.

El morro del SMV se cierra, el avión espacial acciona sus reactores y se impulsa hacia una órbita más alta, preparado para dar caza a su siguiente objetivo.

CENTRO DE ENSAYOS DE SISTEMAS DE LÁSER
DE ALTA ENERGÍA
(HELSTF)
WHITE SANDS, NUEVO MÉXICO

A los ojos de un transeúnte sin uniforme, la cúpula de acero y hormigón del observatorio situado dentro del complejo de alta seguridad del desierto al sur del estado de Nuevo México no parece nada más que otro puesto de observación de las estrellas, pero debajo de esa cúpula replegable se halla no un telescopio, sino una torreta de disparo de trece centímetros montada sobre una plataforma giratoria de trescientos sesenta grados de rotación rápida.

Se trata del Láser Químico Avanzado de Infrarrojo Medio (MIRACL), el láser más potente del mundo. Desarrollado por TRW y por la empresa israelí RAFAEL, este láser químico de fluoruro de deuterio es capaz de enviar repetidos disparos de alta potencia al espacio a la velocidad de la luz.

Con un funcionamiento basado en los mismos principios que el motor de un cohete, este láser emplea trifluoruro de nitrógeno como oxidante para quemar un combustible, el etileno, el cual, a su vez, libera átomos de flúor excitados. Cuando se inyectan deuterio y helio a través del tubo de escape, se obtiene energía óptica, creando así un rayo láser de tres centímetros de ancho por veintiuno de alto. A continuación, el componente clave del asesino de satélites, el director del haz fabricado por Hughes, se fija sobre su veloz objetivo y proyecta el potente láser a través de la atmósfera y hacia el espacio.

La coronel Barbara Esmedina, directora del proyecto de White Sands, observa impaciente cómo sus técnicos terminan de introducir las coordenadas de los siete satélites de Posicionamiento Global rusos y los cuatro norcoreanos que se hallan en algún punto sobre Norteamérica. Esmedina, una antigua funcionaria que trabajó en el prototipo X-33 del *VentureStar* de la NASA, tiene fama de ser una persona excitable, testaruda y a menudo sin pelos en la lengua, defensora de los lásers tácticos de alta energía (THEL). Dos veces casada y dos veces divorciada, hace mucho tiempo que renunció a salir con hombres para dedicarse a buscar financiación para su querido proyecto: la construcción de una decena de emplazamientos de MIRACL en la costa como un medio táctico de defensa contra los misiles ICBM enemigos.

A lo largo de ocho años, Barbara Esmedina ha venido librando una guerra personal con el Departamento de Defensa, desde el día en que el gobierno de Kim Jong Il terminó de desarrollar el Taepo Dong-2, un misil de largo alcance de dos etapas capaz de llegar a la costa oeste de Estados Unidos. Aunque es sumamente respetada por sus superiores, a Barbara la han reprendido por ser demasiado lista para su propio bien y demasiado guapa para tener un temperamento tan desagradable, este último un rasgo irreprimible que a menudo la ha perjudicado a la hora de obtener financiación. A pesar de los esfuerzos por recabar apoyos que realizó hace cinco años, el Departamento de Defensa prefirió destinar fondos al nuevo CVN-78 de la Marina, un portaaviones secreto de seis mil millones de dólares.

Barbara menea la cabeza en un gesto negativo al acordarse. «Justo lo que necesitábamos, otro maldito elefante blanco de seis mil millones de dólares.»

—Estamos listos, coronel.

—Ya era hora. Abran la cúpula.

Se oye un gemido hidráulico procedente de lo alto cuando se repliega la inmensa cúpula de hormigón para dejar ver el cielo del desierto, cuajado de estrellas.

—Cúpula abierta, coronel. Láser sobre el objetivo. Tenemos el campo despejado.

—Disparen el láser.

En menos de un abrir y cerrar de ojos, se enciende un brillante haz de luz de color rojo carmesí que traza una línea hacia el cielo. La coronel Esmedina y una decena de técnicos concentran la mirada en un monitor de ordenador que marca la posición del satélite enemigo. La imagen muestra un vivo destello y después desaparece bruscamente.

—Primer objetivo destruido, coronel. Pasamos a la adquisición del segundo objetivo.

Esmedina reprime una sonrisa mientras la torreta del láser gira para situarse en posición.

—Eso, camarada Grozny, es lo que nosotros llamamos una bofetada en la cara desde el espacio exterior.

Mick está flotando.

Contempla las dos figuras inconscientes que yacen boca abajo sobre el extraño suelo, y lo que ve son unos rostros congelados en una expresión de dolor, de un tinte azulado bajo las gafas de bucear.

Al reconocer los cuerpos, no siente pena ni remordimiento, sino tan sólo un bendito alivio, mezclado con una insólita sensación de curiosidad. Se gira y ve el túnel abierto ante sí, la luz brillante que lo atrae. Entonces, sin titubear, entra por él volando igual que un pájaro, sin alas.

Percibe la presencia del ser y experimenta una inmediata oleada de amor y calor, algo que no ha sentido desde su infancia temprana.

«¿Madre?»

La luz lo abraza, lo envuelve con su energía.

«No es tu hora, Michael...»

En eso, un profundo retumbar llena sus oídos y la luz se disipa.

La bilis ascendente expulsa el regulador de la boca de Mick y le provoca una serie de convulsiones. Aspira una bocanada de aire, después otra, y a continuación se arranca las gafas de la cara y rueda boca arriba agitando violentamente el pecho y contemplando el extraño arqueado del techo.

«¿Madre?»

—Dominique...

Se incorpora con esfuerzo sobre las rodillas y gatea hasta la muchacha. Rápidamente le quita las gafas, dado que el regulador ya lo tiene fuera de la boca. Tras verificar que aún tiene pulso, le echa la cabeza hacia atrás y le abre las vías aéreas para soplar en el interior de su boca a fin de insuflar aire en los pulmones.

«Vamos...»

Dominique tiene la boca llena de agua. Mick se coloca a horcajadas sobre ella y le presiona el abdomen con ambas manos para obligar al líquido a salir del estómago.

Le despeja la boca y vuelve a empezar.

Una decena más de intentos.

De pronto el rostro de Dominique cobra color. Tose, escupe agua y abre los ojos.

ESTRECHO DE BERING
FRENTE A LA COSTA DE ALASKA
1.43 (hora de Alaska)

Los siete Raptores Lockheed Martin F-22, los cazas más avanzados del mundo, cruzan como cohetes el cielo de Alaska en mitad de la noche a velocidad supersónica. Estos aviones secretos parcialmente sin cola, del tamaño aproximado de un F-15, no sólo son invisibles al radar, sino que además vuelan más rápido y más alto que cualquier reactor.

El mayor Daniel Barbier flexiona los músculos para no dormirse en la cabina del piloto, que se halla a oscuras. Han transcurrido ocho largas horas y cinco reabastecimientos de combustible en pleno vuelo desde que su equipo abandonó la base de las Fuerzas Aéreas de Dobbins ubicada en Marietta, Georgia, y el jefe de la formación ya nota el cansancio en los huesos. Este piloto, de origen canadiense, introduce una mano en el bolsillo frontal de la cazadora y saca la foto de su mujer, su hija y dos niños gemelos de cuatro años, besa a cada uno de ellos para que le den suerte y a continuación vuelve a fijar su atención en los colores de la consola que tiene frente a sí.

La pantalla táctica del F-22 es un sistema de gestión de sensores diseñado para proporcionar al piloto la máxima cantidad de información sin que ésta resulte abrumadora. Los tres sensores principales del caza llevan asignados colores y símbolos específicos que permiten reconocerlos rápidamente. El radar del Raptor, un Northrop Grumman/Raytheon APG-77, es tan potente que permite al piloto adquirir, identificar y destruir un objetivo mucho antes de que el enemigo sepa que se encuentra ahí. Además del radar, el F-22 va equipado con otros dos sensores, ambos pasivos, sin emisiones, que ayudan a preservar la condición secreta del avión.

El primero de ellos es el sistema de guerra electrónica (EW) ALR-94 de Lockheed-Sanders, un detector que rastrea el campo de batalla en busca de señales enemigas. Cuando se detecta un enemigo, el EW determina inmediatamente el rumbo y el alcance del blanco y acto seguido programa los misiles AMRAAM del Raptor para que lo intercepten. Un segundo sistema pasivo, denominado *enlace de datos*, recopila información de los AWACS aerotransportados y suministra al piloto del F-22 importantes datos de navegación e identificación del objetivo.

Pese a la superior tecnología de la aeronave, Barbier tiene el estómago tenso por el miedo. Ahí delante lo espera un escuadrón de cazas rusos, que según se cree llevan armas nucleares. Mientras que el fuselaje del Raptor reduce al mínimo la sección transversal en el radar basándose en el diseño de sus ángulos, su homólogo ruso produce una nube de plasma que envuelve el avión y disminuye las señales reflejadas por el radar. Localizar al enemigo no va a resultar tarea fácil.

—Leñador a Blancanieves. Responda, Blancanieves.

Barbier se ajusta el auricular para hablar con la base de las Fuerzas Aéreas de Elmendorf.

—Adelante, Leñador.

—La Bruja Mala (el NORAD) ha detectado a los enanitos. Procedo a descargar las coordenadas.

—Roger.

Barbier ve que su pantalla táctica se ilumina igual que un árbol de Navidad. A continuación, un enlace seguro de datos intravuelo ofrece una pantalla idéntica a cada uno de los siete

Raptores de manera simultánea, mientras el sistema analiza y coordina una lista de disparos.

Siete círculos azules indican los F-22 en formación. Por el noroeste se aproximan nueve triángulos rojos, que también vuelan en formación, más cerca del agua.

Barbier toca una barra de su palanca de gases. Al instante, a cada uno de los malos se le asigna un círculo blanco con un número, y dichas asignaciones aparecen tanto en la pantalla táctica como en la de ataque de cada Raptor.

En el interior de la panza del F-22 de Barbier hay dos bodegas de carga para armamento ventrales y otras dos laterales. Las ventrales albergan cada una cuatro misiles HAVE DASH II aire-aire de medio alcance avanzados (AMRAAM), un proyectil propulsado por estatorreactores Mach-6 capaz de atravesar un muro de hormigón de dos metros de espesor desde una distancia de cien millas náuticas. Cada una de las bodegas laterales contiene un Sidewinder AIM-9X de GM-Hughes, un misil buscador capaz de localizar blancos situados hasta noventa grados fuera del visor del caza.

En la pantalla de ataque de Barbier y en la que lleva montada en el casco aparece simultáneamente la palabra DISPARAR. El piloto toca el botón observando en su pantalla táctica cómo el F-22 cruza desde el anillo más exterior hasta el anillo central de ataque. A ese alcance, las armas del Raptor pueden atacar al enemigo, mientras que los malos se encuentran demasiado lejos para devolver el fuego.

Barbier susurra:

—Que lo paséis bien, hijos de puta.

Con cuarenta G de presión, los lanzadores neumático-hidráulicos situados debajo de cada uno de los F-22 eyectan una salva de misiles. Dichos misiles se vuelven autónomos al cabo de unos instantes y se cierran sobre sus objetivos a una velocidad hipersónica de mil novecientos cincuenta kilómetros por segundo.

Acto seguido los F-22 se lanzan en picado bruscamente y descienden para situarse en una altitud inferior.

El jefe del escuadrón ruso siente que el corazón le da un vuelco y se le sube a la garganta al ver iluminarse su sistema de advertencia de la presencia de misiles y al oír dispararse la alarma de a bordo. Rompe a sudar bajo el traje de vuelo, y se apresura a lanzar los señuelos y a deshacer la formación, incapaz de imaginar de dónde puede provenir el ataque. Mira el radar y se encoge aterrorizado al ver cómo el reactor que vuela a su lado se incinera en medio de una brillante bola de fuego.

La alerta se convierte en un ensordecedor canto fúnebre. Con los ojos clavados en la pantalla del radar, presa del pánico, el piloto lucha por comprender el concepto de que, de algún modo, el cazador ha sido cazado.

Un segundo después, el misil AMRAAM viola su fuselaje y vaporiza su existencia para transformarla en eternidad.

DEBAJO DE LA PIRÁMIDE DE KUKULCÁN
CHICHÉN ITZÁ

Mick y Dominique, ambos descalzos, caminan cogidos de la mano por la nave alienígena, con la parte superior del traje de neopreno colgando desabrochada alrededor de la cintura.

El pasillo en forma de túnel está tibio aunque bastante oscuro, pues la única luz presente es un resplandor azul luminiscente que se ve más adelante. El suelo, las paredes y el techo arqueado, que se encuentra a nueve metros de altura, están vacíos y lisos. Por su aspecto parecen estar hechos de un polímero negro, traslúcido y muy pulimentado.

Mick hace una pausa para apoyar la cara contra la pared oscura y vítrea, en un intento de ver qué hay al otro lado.

—Creo que hay algo detrás de estas paredes, pero el cristal está tan tintado que no distingo nada. —Se vuelve hacia Dominique, la cual lo mira aterrorizada—. ¿Estás bien?

—¿Bien? —Ella sonríe nerviosa, temblándole el labio inferior—. No, creo que desde que te conozco no estoy nada bien. —Sonríe de nuevo, y de pronto se echa a llorar—. Supongo... supongo que lo bueno de todo esto es que no estás loco. ¿Quiere decir que vamos a morir todos?

Mick le coge la mano.

—No te asustes. Esta nave pertenece a Kukulcán, o sea cual sea el nombre que se dio a sí mismo ese humanoide.

—¿Cómo vamos a salir de aquí?

—Esta nave debe de estar enterrada justo debajo de la pirámide. Lo más probable es que haya algún tipo de pasadizo oculto que lleve hasta el templo. Encontraremos una salida, pero antes tenemos que averiguar cómo impedir que se haga realidad la profecía del día del juicio.

Mick la conduce hasta el final del pasillo, el cual desemboca en una enorme cámara con forma de cebolla. Sus paredes redondeadas irradian un tenue resplandor azul eléctrico. En el centro mismo del techo abovedado, semejante al de una catedral, se distingue un pasadizo de un metro y medio de ancho que asciende en línea recta igual que una chimenea y que desaparece en la oscuridad, por encima de ellos.

Justo debajo de dicha abertura hay un gigantesco objeto con forma de bañera.

Se trata de un pulido rectángulo de granito marrón, de 2,30 metros de largo por un metro de ancho y otro metro de alto. Al acercarse un poco más, en un lado de esa bañera de granito surge un leve resplandor carmesí que va cobrando intensidad a medida que se aproximan ellos.

Mick abre mucho los ojos al descubrir las hileras de jeroglíficos de color rojo luminiscente.

—Es un mensaje, escrito en antiguo maya quiché.

—¿Sabes traducirlo?

—Creo que sí. —Mick siente un estremecimiento interior provocado por la adrenalina—. Esta primera parte identifica al autor, un ser cuyo nombre, traducido al maya, quiere decir «guardián».

—Léelo —susurra Dominique.

—Yo soy el Guardián, el último de los Nephilim. No somos de este mundo, pero somos uno. Los antepasados del hombre fueron... nuestros hijos. —Y deja de leer.

—¿Qué? Continúa...

—Nosotros... vuestra semilla.

—No entiendo. ¿Quiénes eran los Nephilim?

—La Biblia los llama gigantes. El libro del Génesis menciona brevemente a los Nephilim como ángeles caídos, hombres de inteligencia superior. Los Manuscritos del mar Muerto insinúan que posiblemente los Nephilim procrearon con mujeres humanas antes de la época del Diluvio Universal, un período que coincide con el deshielo de la última glaciación.

—Espera, ¿estás diciendo que estos extraterrestres se cruzaron con los humanos? Eso es enfermizo.

—No estoy diciendo nada, pero es perfectamente lógico que a ti te dé por pensar eso. Habrás oído hablar del eslabón perdido de la evolución, ¿no? Tal vez fue la síntesis de una raza avanzada de ADN humanoide lo que causó que el *Homo sapiens* diera un salto tan importante en la cadena evolutiva.

Dominique sacude la cabeza, en un gesto de perplejidad.

—No consigo asimilar todo esto... sigue leyendo.

Mick vuelve a centrarse en el mensaje.

—Los jefes de los Nephilim organizaron vuestra especie en sociedades, guiaron los trabajos de vuestra salvación, abrieron vuestras mentes para que pudierais ver. Dos mundos, una sola especie, unidos en el tiempo y en el espacio por un enemigo común, un enemigo que devora la almas de nuestros ancestros; un enemigo cuya presencia pronto eliminará vuestra propia especie de este mundo.

—Vaya, espera... ¿qué enemigo? ¿Esa cosa que hay en el Golfo? ¿A qué se refiere con eso de que devora nuestras almas? ¿Está diciendo que todos vamos a morir?

—Déjame terminar, sólo queda un párrafo más.

Mick se enjuga las gotas de sudor que le caen sobre los ojos y vuelve a fijar la vista en el texto incandescente.

—Yo soy Kukulcán, maestro del Hombre. Soy el Guardián, el último de los Nephilim. Ya cercano a la muerte, mi alma está preparada para realizar el viaje al mundo espiritual. El mensaje está ya transcrito, y todas las cosas están preparadas para la llegada de Hun-Hunahpú. Dos mundos, un pueblo, un solo destino. Únicamente Hun-Hunahpú puede sellar el portal cósmico antes de que llegue el enemigo. Únicamente Hun-Hunahpú puede hacer el viaje a *Xibalba* y salvar las almas de nuestros antepasados.

Mick deja de leer.

—Vale, Mick, ¿qué se supone que quiere decir todo esto? Tenía entendido que ese tal Hun-Hunahpú era el personaje del mito de la creación al que le cortaron la cabeza. ¿Cómo demonios se supone que va a ayudarnos? ¿Y a qué se refiere el Guardián con eso de que el portal cósmico tiene que sellarse? ¿Mick? Oye, ¿te encuentras bien? Estás muy pálido.

Mick se derrumba en el suelo y se apoya contra la bañera de granito.

—¿Qué sucede? ¿qué te pasa?

—Dame un segundo.

Dominique se sienta a su lado y le masajea la nuca.

—Lo siento. ¿Estás bien?

Mick asiente con la cabeza al tiempo que respira haciendo inspiraciones lentas y profundas.

—¿Es ése el final del mensaje?

Mick asiente de nuevo.

—¿Qué sucede? Dímelo...

—Según el Popol Vuh, Hun-Hunahpú murió hace mucho tiempo.

—¿Y qué vamos a hacer?

—No lo sé. Me parece que tenemos un serio problema.

MANDO DE DEFENSA DEL ESPACIO AÉREO
NORTEAMERICANO
NORAD
COLORADO
23.01 horas

El comandante en jefe (CINCNORAD), el general André Moreau, pasea despacio junto a las varias filas de estaciones de radar de alta tecnología, consolas de comunicación y pantallas de vídeo. Ninguno de sus controladores levanta la vista cuando pasa él, pues cada hombre y cada mujer se hallan completamente concentrados en sus estaciones, con sus destrozados nervios alimentados por una mezcla de cafeína y adrenalina.

Moreau experimenta una tensión en el estómago al observar el monitor en el que parpadea el rótulo DEFCON-1. El Estado de Preparación para la Defensa es una postura militar que varía entre la situación cotidiana en tiempo de paz DEFCON-5 y la máxima de DEFCON-1, un estado que equivale a una situación de ataque y respuesta con armas nucleares.

Moreau cierra los ojos. Después de treinta y dos años de servicio en las Fuerzas Aéreas y en el NORAD, el general ha visto más de lo que le toca en lo que se refiere a excitación. Recuerda aquellos seis terroríficos minutos, en noviembre de 1979, en los que se inició en su reloj un estado de DEFCON-1. Sin que lo supiera el NORAD, una cinta de prácticas de un ordenador había generado una falsa alarma y había convencido a los operadores de que los soviéticos habían lanzado un gran número de misiles ICBM contra Estados Unidos. Durante los momentos de tensión que siguieron, se llevaron a cabo los preparativos de emergencia para una represalia nuclear, y de hecho los aviones de las Fuerzas Aéreas estuvieron en el aire antes de que el radar de detección temprana PAVE PAWS del NORAD hubiera localizado el error humano.

El general vuelve a abrir los ojos. Aunque a lo largo de los años se dieron otra decena más de ocasiones en las que estuvo a punto de ocurrir algo parecido, ninguna de ellas alcanzó el grado de ansiedad de la de 1979.

Hasta ahora.

La ALERTA MÁXIMA hace trizas los pensamientos del general. Durante un instante de surrealismo, se siente como si estuviera cayendo por un precipicio al ver aparecer en todos los monitores de vídeo del monte Cheyenne el mismo mensaje de pesadilla.

¡ALERTA MÁXIMA! ¡ALERTA MÁXIMA!
DETECTADOS MÚLTIPLES LANZAMIENTOS DE MISILES
BALÍSTICOS
¡ALERTA MÁXIMA! ¡ALERTA MÁXIMA!
DETECTADOS MÚLTIPLES LANZAMIENTOS DE MISILES
BALÍSTICOS

«Dios santo...»

—¡Quiero un informe de sistemas!

Una decena de técnicos con teléfonos en ambos oídos se apresura a ponerse en contacto con bases de todo el mundo mientras la voz femenina robotizada continúa anunciando: «ALERTA MÁXIMA».

El general aguarda impaciente mientras se conecta una comunicación por voz que enlaza los siete centros del NORAD que se encuentran en funcionamiento.

—¡General, el informe de sistemas es válido!

—General, los satélites DSP han identificado y confirmado cuatro despliegues enemigos. Están apareciendo en la pantalla, señor.

ALERTA DE ENTRADA DE MISILES:

Misiles balísticos intercontinentales	2.754
Misiles balísticos lanzados desde submarinos	86

Cuatro despliegues enemigos identificados
Objetivos: Alaska (17)
Hawai (23)
Estados Unidos continental (2.800)

TRAYECTORIA DEL ÁRTICO
17 ICBM
TIEMPO PARA PRIMER IMPACTO: 18 MIN, 08 SEG
(Base de Elmendorf)

TRAYECTORIA DEL PACÍFICO
23 ICBM
TIEMPO PARA PRIMER IMPACTO: 28 MIN, 47 SEG
(Pearl Harbor)

TRAYECTORIA NOROESTE DEL PACÍFICO
1.167 ICBM 36 SLBM
TIEMPO PARA PRIMER IMPACTO: 29 MIN 13 SEG
(Seattle)

TRAYECTORIA DEL ATLÁNTICO
1.547 ICBM 50 SLBM
TIEMPO PARA PRIMER IMPACTO: 29 MIN 17 SEG
(Washington, DC)

El general observa el monitor por espacio de unos instantes de infarto, y a continuación agarra el teléfono de emergencia y conecta con Raven Rock y con el Mando Estratégico de Estados Unidos.

CENTRO DE MANDO BAJO TIERRA DE RAVEN ROCK
MARYLAND
2.04 horas

El presidente Mark Maller, con las mangas subidas, está sudando copiosamente a pesar del aire acondicionado, que funciona a plena potencia. Contra una de las paredes de su despacho insonorizado se apoya una serie de videoteléfonos que unen el Centro de Mando directamente con el mando del STRATCOM. Tras terminar de dictar los códigos de lanzamiento nuclear al comandante, Maller aparta la mirada de la imagen del general Doroshow y cede el monitor a su secretario de Defensa.

El presidente se levanta de su escritorio y se derrumba sobre el sofá de cuero para mirar el monitor y contemplar impotente cómo el ordenador va descontando los últimos e históricos minutos de los Estados Unidos de América.

«Eso no está ocurriendo. No puede estar ocurriendo. Dios, por favor, que me despierte en mi cama al lado de mi mujer...»

Maller pulsa el intercomunicador por enésima vez en los seis últimos minutos.

—¿Borgia?

—Señor, aún estoy intentándolo. Los ayudantes de Grozny juran que han pasado la llamada, pero que el presidente se niega a hablar con usted.

—Siga intentándolo.

Un Dick Pryzstas de rostro ceniciento gira la cabeza del monitor de vídeo.

—Bien, señor, nuestros pájaros están en el aire. A lo mejor eso logra que Grozny se ponga al teléfono.

—¿Cuánto falta?

—Nuestros SLBM caerán sobre Moscú y Pekín dos minutos después del ataque de los misiles de la coalición.

—Querrá decir dos minutos después de que sean borradas del mapa todas las ciudades importantes de la costa este y oeste de Estados Unidos. —Maller se inclina hacia delante. Le tiembla toda la parte superior el cuerpo—. Toda nuestra preparación, todos nuestros tratados, toda nuestra tecnología... ¿Qué coño ha pasado? ¿Qué es lo que hemos hecho mal?

—Mark, el botón no lo hemos apretado nosotros, sino ellos.

—Chaney tenía razón, ¡esto es una locura! —Maller se pone de pie; le arde la úlcera—. Maldita sea, Borgia, ¿dónde diablos está Grozny?

En ese momento se reúne con ellos el general Joseph Fecondo. Su cutis bronceado tiene ahora un tono oliváceo.

—Los comandantes en jefe informan de que están en el aire todas las unidades. Tendrá que disculparme, señor presidente, pero voy a quedarme en el centro de mando. Mi hijo mayor se encuentra en Elmendorf. Han... han dicho que van a ponerlo en el videoteléfono.

Una mujer miembro del alto mando se adelanta a Fecondo y entrega un fax al presidente.

—Señor, los británicos y los franceses han accedido a no lanzar ninguno de sus misiles.

Dick Pryzstas abre los ojos desmesuradamente.

—¡Los franceses! Puede que sean más ambiciosos de lo que creemos. Desarrollan en secreto la fusión pura, detonan los dispositivos de Rusia y China, y luego se apoderan de lo que quede del mundo después de que los tres grandes nos aniquilemos unos a otros.

Borgia levanta la vista hacia Maller.

—Es posible.

—¡Hijos de puta! —Maller propina una patada a su escritorio.

Entra en la sala otro ayudante.

—Señor presidente, el vicepresidente por la VC-4. Dice que es urgente.

Maller enciende el monitor de vídeo.

—Hable deprisa, Ennis.

—Señor presidente, las tres detonaciones de fusión... podemos demostrar que se originaron en la nave alienígena.

—Por Dios, Ennis, no tengo tiempo para eso...

Aparece en el monitor la imagen del capitán Loos.

—Señor presidente, es cierto. Estamos descargando imágenes filmadas con anterioridad por uno de nuestros Predator.

La imagen cambia, y aparece un inmenso remolino de color verde esmeralda. El personal del centro de mando al completo se para a mirar fijamente los tres objetos oscuros que salen por el embudo del torbellino.

—Santo Dios —susurra Maller con asombro—. Es verdad.

Borgia grita desde su estación de comunicaciones:

—¡Señor, VC-8, 9 y 10! ¡Tengo a Grozny y al general Xiliang, y también al secretario general de las Naciones Unidas!

El presidente Maller mira a su secretario de Defensa.

—No se lo van a creer. Dios, si no me lo creo ni yo.

—Entonces, consiga que se lo crean ellos. Dentro de menos de diecisiete minutos van a morir dos mil millones de personas, y usted y esos dos hijos de puta son las únicas personas de este mundo que pueden impedirlo.

DEBAJO DE LA PIRÁMIDE DE KUKULCÁN
CHICHÉN ITZÁ

Mick examina los costados de la enorme bañera de granito, que ahora ha vuelto a oscurecerse salvo por una única fila de puntos y rayas de color escarlata.

—¿Qué son? —inquiere Dominique.

—Números. Números mayas, del cero al diez.

—A lo mejor es una especie de combinación de una cerradura. ¿Hay algún código numérico grabado en las ruinas?

A Mick se le iluminan los ojos.

—Mejor aún: hay un código numérico incluido en el diseño de la Gran Pirámide, el templo de Angkor Wat y la ciudad de Teotihuacán. El código de la precesión... 4320.

Mick toca el símbolo que representa cuatro puntos.

El número cuatro maya cambia del rojo incandescente a un intenso azul eléctrico.

Después toca consecutivamente los números mayas tres y dos, y por último el símbolo que equivale al cero. Cada icono cambia a un tono azul luminiscente.

Entonces, el interior de la bañera se ilumina con un resplandor azul brillante y aparece un objeto situado dentro de los confines de la misma.

A continuación el resplandor disminuye y permite ver el interior del enorme recipiente.

Dominique reprime un grito.

Mirándolos a su vez, cubierto por una raída túnica blanca, aparece un enorme humanoide, un anciano que posee los rasgos faciales de un centenario. La carne que presenta al descubierto tiene un color blanco fantasmal, y su barba y su cabellera blanca son finas como la seda. La cabeza, perfectamente conservada, es alargada, y el cuerpo mide casi dos metros de largo. Los ojos, abiertos y con la inmovilidad de la muerte, irradian una mirada sobrenatural de un color azul mar.

Ante los ojos de ambos, el humanoide comienza a desintegrarse. La pálida piel se encoge y se vuelve parda, después gris, hasta que por fin se marchita y se transforma en un polvo fino. Los órganos vitales, deshidratados, se hunden hacia el interior de un poderoso esqueleto. Los huesos quedan al descubierto y enseguida se ennegrecen, luego se descomponen, y al final se evaporan y quedan reducidos a ceniza.

Mick se queda mirando la tela blanca cubierta de cenizas, lo único que ha quedado dentro de la bañera de granito.

—Dios mío... ha sido horroroso —susurra Dominique—. ¿Era Hun-Hunahpú?

—No, creo... yo diría que era Kukulcán, quiero decir el Guardián. —-Mick se inclina hacia delante para examinar el interior del contenedor de granito.

—Tenía un cráneo... enorme.

—Alargado. —Mick se mete dentro de la bañera.

—Mick, ¿estás loco? ¿Qué demonios crees que estás haciendo?

—No pasa nada...

—Sí que pasa. ¿Y si vuelve a surgir el resplandor de antes?

—Eso espero.

—Maldita sea, Mick, no hagas eso, me estás dando un miedo terrible... —Agarra a Mick por el brazo, intentando sacarlo de la bañera.

—Dom, déjame. —Mick le quita la mano de su muñeca y se la besa—. No va a pasarme nada...

—Eso no lo sabes...

—Dom, Hun-Hunahpú está muerto. Si el Guardián nos dejó un medio de salvarnos, tengo que encontrarlo.

—Muy bien, pues vamos a registrar esta nave. Sufriendo una radiación dentro de ese ataúd no vas a resolver nada.

—No es radiación. Ya sé que suena extraño, pero creo que se trata de un portal.

—¿Un portal? ¿Un portal hacia qué?

—No lo sé, pero tengo que averiguarlo. Te quiero...

—¡Mick, sal de ahí ahora mismo!

Mick se tiende en el fondo. En el momento en que su cabeza toca el suelo de la bañera, se enciende desde dentro una luz de color azul néon que lo envuelve con su energía. Antes de que Dominique pueda protestar, se ve empujada hacia atrás por un invisible campo magnético que la aparta de la tumba.

Aterriza de espaldas en el suelo. Cuando vuelve a levantarse, se asoma al interior de la bañera de granito protegiéndose los ojos del fuerte resplandor.

El cuerpo de Mick ha desaparecido en el interior de la luz.

CENTRO DE MANDO BAJO TIERRA DE RAVEN ROCK
MARYLAND
2.19 horas

El presidente Maller y sus asesores militares, con los puños cerrados con fuerza, contemplan fijamente la imagen de Viktor Grozny. El presidente ruso lleva puesto un jersey negro y una gran Cruz de la Victoria colgada del cuello.

A la izquierda de la pantalla se ve al general Xiliang, con el semblante bastante pálido. A la derecha se encuentra el secretario General de las Naciones Unidas.

—General, presidente Grozny, les ruego que me escuchen —empieza Maller—. Estados Unidos no es responsable de esas detonaciones de fusión pura. ¡No lo es ninguna de nuestras naciones! ¡Permítannos que se lo demostremos a ustedes antes de que destruyamos medio mundo!

—Adelante —concede el secretario general.

Viktor Grozny permanece impasible.

Maller se gira hacia Pryzstas.

—Proceda. Descargue las imágenes.

El secretario de Defensa transmite el vídeo del *Boone*.

Al otro extremo del centro de mando, el general Joseph Fecondo lucha por mantener la compostura mientras reza junto con su hijo Adam y los dos comandantes de las bases de las Fuerzas Aéreas de Elmendorf y Eielson, en Alaska.

El reloj superpuesto en todos los videoteléfonos con el rótulo TIEMPO PARA EL IMPACTO: ALASKA se acerca rápidamente a los cinco últimos segundos.

Adam Pryzstas y los dos coroneles de las Fuerzas Aéreas saludan a su comandante en jefe.

El general Fecondo devuelve el saludo, y las lágrimas le ruedan por las mejillas cuando las imágenes de su hijo y de los dos oficiales desaparecen en un cegador destello de luz blanca.

Maller observa las pantallas principales, en las que los rostros del ruso y del chino han sustituido al vídeo del remolino alienígena.

—¿Qué tontería es ésta? —grita el general Xiliang con el rostro distorsionado por la cólera.

El presidente Maller se seca el sudor de los ojos.

—Nuestros científicos descubrieron hace dos meses esa nave alienígena en el golfo de México. Les hemos transmitido las coordenadas exactas. Utilicen sus satélites espías de infrarrojos para verificarlas. Les ruego que comprendan que hace sólo unos minutos que sabemos que fueron esos objetos que salen de la nave alienígena los que causaron las detonaciones nucleares.

Un torrente de palabras en chino.

—¿Y esperan que aceptemos esos efectos especiales de Hollywood?

—¡General, utilice los satélites! Verifique la existencia de esa nave...

Grozny mueve la cabeza negativamente, en un gesto de disgusto.

—Por supuesto que le creemos, señor presidente. Ésa es la explicación de que en este preciso momento haya dos mil quinientos misiles nucleares suyos camino de nuestras ciudades.

—¡Viktor, no lo sabíamos, lo juro! Escúcheme... Aún nos quedan ocho minutos para detener esta locura...

El dignatario de las Naciones Unidas está sudando profusamente.

—Caballeros, les quedan menos de diez minutos. ¡Destruyan sus misiles ya!

—Adelante, señor presidente —dice Grozny en tono áspero—. Demuestre su sinceridad al pueblo ruso y al chino destruyendo primero sus misiles.

—¡No! —salta Fecondo desde el otro extremo de la sala—. ¡No crea una palabra de ese hijo de puta asesino...!

Maller se gira con los ojos llameantes.

—Queda usted relevado del puesto, general.

—¡No lo haga! ¡No...!

—¡Sáquenlo de aquí!

Un policía militar con cara de perplejidad empuja al crispado general al exterior de la sala.

Maller se vuelve otra vez hacia el monitor, cuya pantalla indica nueve minutos y treinta y tres segundos para el impacto.

—Hace menos de una hora, ha sido detonado un dispositivo termonuclear en uno de nuestros centros de mando bajo tierra. Han fallecido trescientas personas, incluidos mi mujer y mis... —a Maller le falla la voz— hijos. Para poner fin a esta locura, Grozny, seré yo quien haga el primer movimiento. Voy a dar la orden de que vuelvan nuestros bombarderos, pero los misiles ICBM hemos de desactivarlos juntos.

Grozny niega con la cabeza y sonríe con tristeza.

—¿Acaso nos toma por idiotas? Sus armas de fusión pura han asesinado a dos millones de ciudadanos nuestros, ¿y aun así espera que nos creamos que no ha sido usted, que ha sido... qué, un extraterrestre?

El secretario de las Naciones Unidas mira fijamente a Maller.

—Estados Unidos debe hacer el primer movimiento hacia la paz.

Maller se gira hacia su secretario de Defensa.

—Secretario Pryzstas, ordene que todos los bombarderos regresen a la base. Dé instrucciones a todos los centros de mando de submarinos y de misiles para que inicien la secuencia de autodestrucción ALFA-OMEGA-TRES. Destruya todos los ICBM y los SLBM a cinco minutos del impacto.

A continuación, el presidente se vuelve hacia Grozny y el general Xiliang.

—Estados Unidos ha dado el primer paso para poner fin a esta locura. El siguiente deben darlo ustedes. Retrocedan. Destruyan sus misiles de inmediato. Denles a sus naciones la oportunidad de vivir.

En la sala flota un ambiente de tensión. Detrás del presidente Maller hay dos decenas de personas que contemplan impotentes las imágenes de los dignatarios ruso y chino, aguardando una respuesta por su parte.

Grozny levanta la vista. Sus penetrantes ojos azules contrastan vivamente con sus rasgos angelicales.

—¿Que demos a nuestras naciones la oportunidad de vivir? Cada día mueren de hambre en sus hogares más de un millar de rusos...

En la pantalla parpadea: SIETE MINUTOS PARA EL IMPACTO.

—Aborte el ataque, y nos sentaremos a hablar de soluciones...

—¿Soluciones? —Grozny se acerca a la cámara—. ¿De qué sirven las soluciones ecomómicas cuando tu país continúa ocupado en políticas de guerra?

—Estados Unidos lleva dos décadas apoyando a la Federación Rusa —chilla Borgia—. El motivo de que su pueblo se muera de hambre tiene más que ver con la corrupción de su propio gobierno que con ninguna política de...

El presidente se traga la bilis que le sube a la garganta. «Esto no está llevándonos a ninguna parte.» Hace una seña a uno de los policías militares.

—Su arma, sargento. Entréguemela.

Maller empuja a Borgia a un lado y se planta a solas delante del videoteléfono con el rostro blanco como la cal.

—Presidente Grozny, general Xiliang, escúchenme. En menos de un minuto, nuestros ICBM y SLBM se autodestruirán. Eso le dará a usted menos de dos minutos para hacer lo mismo. Si no lo hace, mi secretario de Estado ordenará un ataque nuclear total contra sus dos países con todos los ICBM y SLBM que queden en nuestro arsenal. Borraremos a sus naciones del mapa tan seguro como que ustedes borrarán la nuestra. Caballeros, por el bien del planeta les ruego que recuperen la racionalidad en este momento de locura. De igual modo que lamento profundamente la muerte de mi propia familia, también lamento las pérdidas que han sufrido ustedes, pero como he dicho antes, Estados Unidos no es responsable de esas detonaciones de fusión pura. Demuestren al mundo que poseen el valor necesario para impedir esta locura. Dennos una oportunidad para descubrir cuál es el verdadero enemigo.

El presidente respira hondo.

—Sé que lo que les he dicho resulta difícil de creer. Así que, para que sepan que no tengo ulteriores motivos, les ofrezco esto.

Y acto seguido el presidente Mark Richard Maller se lleva la pistola calibre 45 a la sien y dispara.

DEBAJO DE LA PIRÁMIDE DE KUKULCÁN
CHICHÉN ITZÁ

La conciencia de Michael Gabriel se eleva...

Se eleva en vertical sobre el techo cuadrado de la pirámide de Kukulcán, salta hacia arriba y ve cómo el verde exuberante de la selva del Yucatán besa las azules aguas del Golfo...

Un salto sin tropiezos hasta la estratosfera, y aparece a sus ojos la península en su totalidad. Otro salto, y el Hemisferio Occidental se aleja de él y surge la esfera de la Tierra en la ventana de su mente.

El profundo silencio del espacio...

Ahora que se desplaza más deprisa, la Tierra se convierte en una canica de color azul y la Luna pasa como un rayo a su lado. Un salto cuántico, y la Tierra desaparece y es sustituida por los nueve planetas, que giran alrededor del Sol en órbitas distintas...

Otro salto cuántico, y el Sol se transforma en un diminuto punto de luz, una única estrella entre un océano de soles.

La velocidad de la luz... Las estrellas pasan raudas a su lado y se alejan cada vez más rápido, a la vez que surgen unas brillantes nubes de gas y polvo interestelares.

Un último salto, y aminora la velocidad. Su conciencia contempla un remolino de forma espiral repleto de estrellas, tan espléndido que su sobrecogedora belleza, su escala y su omnipotencia resultan casi demasiado abrumadoras para mirarlas.

Mick siente que su alma se estremece al contemplar la Vía Láctea en su totalidad, y su cerebro se ahoga al comprender lo insignificante que es él.

«Dios mío... qué maravilla...»

Miles de millones de estrellas, billones de mundos, todos ellos parte de un organismo cósmico vivo, una isla que da vueltas en el inmenso océano del espacio.

Mick vuela por encima del abultado centro de la galaxia, elevándose aún más, hasta tener a sus pies el negro corazón de la Vía Láctea, un vórtice de gravedad incalculable, cuyo orificio impulsa la galaxia entera al absorber gas y polvo interestelares hacia el interior de sus monstruosas fauces.

Y entonces, en un abrir y cerrar de los ojos de su mente, la galaxia se transforma y vuelve a surgir en una perspectiva completamente ajena a su especie, una cuarta dimensión del tiempo y el espacio.

El agujero negro se convierte en un radiante embudo de color esmeralda cuyo extremo cae por debajo de la galaxia y va estrechándose cada vez más hasta que finalmente se disgrega en una extensa telaraña de hilos gravitacionales, una celosía de autopistas cuatridimensionales que se esparcen por la Vía Láctea como si fueran una red de pesca que va desenrollándose lentamente, sin tocar en ningún momento los demás cuerpos celestes, y sin embargo tocándolos de alguna manera.

Pero esa información resulta demasiado abrumadora para que la asimile su cerebro.

Mick pierde el conocimiento.

Cuando abre de nuevo los ojos, está contemplando uno de los brazos de la galaxia espiral, y ve un dibujo... una constelación que va materializándose poco a poco conforme se aproxima a ella. Otro salto hacia delante, y aparecen tres estrellas, tres estrellas que forman una alineación conocida.

«Al Nitak, Al Nilam, Mintaka... las tres estrellas del Cinturón de Orión.»

Continúa volando y de pronto se ve frente a un planeta de proporciones gigantescas, cuya superficie está coloreada por un tapiz de intensos tonos verdes y azules.

Xibalba. Es como si ese pensamiento le fuera susurrado a su conciencia.

Una solitaria luna orbita alrededor de ese mundo extraterrestre. Mientras su conciencia pasa por encima de la superficie lunar, ve una nave de transporte que se separa de un pequeño puesto de avanzada y se dirige hacia la superficie del planeta.

Su mente se sube a ella.

La nave se sumerge bajo unas densas capas de nubes atmosféricas y después sale a un océano líquido de energía pura. La plateada superficie del mismo refleja como un espejo el magnífico cielo del planeta, de un rojo intenso. Allá delante, sobre el horizonte sur, tiene lugar una triple puesta de sol; el primer sol en ocultarse es Al Nitak, una estrella binaria blanco azulada, y su desaparición hace que el mar adquiera un sinfín de brillantes matices lavanda y magenta.

Mick siente que lo recorre una sensación estimulante mientras la nave de transporte sobrevuela ese mar de color púrpura. Entonces lo ve: un gigantesco continente de una belleza increíble, suaves playas rodeadas por una exuberante selva tropical salpicada de hermosas cascadas, montañas, ríos...

Se acerca un poco más y descubre un hábitat megalítico, cristalino, de belleza deslumbrante. Por el paisaje se esparcen numerosas estructuras piramidales de brillante alabastro, conectadas entre sí por serpenteantes senderos que discurren a través de un perfil futurista, extraterrestre. Abajo distingue frondosos jardines tropicales que harían avergonzarse al propio Edén, surcados por ríos y cascadas de energía líquida de tonos plateados.

No hay vehículos que se muevan, ninguna clase de tráfico, y sin embargo la ciudad está rebosante de vida, decenas de miles de personas... *Homo sapiens*, a no ser por sus cráneos alargados, que pululan por esa colmena de humanidad extraterrestre con una fundamental actitud de seguridad y alegría de vivir.

Durante un momento de éxtasis, la conciencia de Mick se siente bañada de amor.

Y entonces ocurre algo monstruoso.

Cuando se oculta el distante sol de Mintaka, el plácido océano comienza a girar. Unas amenazantes nubes de tonos oliváceos y rojo sangre cruzan el cielo del anochecer. El profundo vórtice va alcanzando proporciones gigantescas.

Mick observa que del centro del remolino empieza a surgir una sustancia gris plomo, un elixir contaminado que inunda la prístina línea de la costa y después continúa avanzando, cada vez más, hasta alcanzar la ciudad de los Nephilim.

Su conciencia registra una presencia demoníaca.

Sobre la ciudad desciende la oscuridad; luego empieza a extenderse como si fuera la sombra de una gran serpiente a lo largo de ese mundo semejante al Edén. Los aterrados humanoides se desploman en el suelo aferrándose la garganta, con los ojos transformados en negros agujeros vacíos y sin pupilas.

Las imágenes abruman a Mick. Y una vez más, su conciencia se desconecta.

Mick vuelve a abrir los ojos.

Lo que antes era una civilización de espléndida belleza se ha convertido ahora en una monstruosa nave alienígena. Los Nephilim, transformados en zombis, con el rostro ceniciento y sin expresión y los ojos carentes de toda vida, se encuentran suspendidos en el aire, inmóviles, mientras sus mentes esclavizadas manipulan con manos invisibles unas placas de iridio gigantescas con las que van dando forma a la armazón de un descomunal casco esférico de once kilómetros de diámetro. En el centro de la nave hay una estructura en forma de vaina, un centro nervioso de kilómetro y medio de diámetro dotado de veintitrés extremidades tubulares.

Situado en el interior de dicha esfera, sujeto entre una miríada de conductos, se distingue un recinto de soporte vital de noventa metros de longitud. Mick se fija en ese abominable objeto y lo reconoce de inmediato.

«La cámara de Tezcatilpoca...»

En ese momento, la conciencia de Mick es invadida por un intenso escalofrío, y su imaginación se esfuerza por comprender quién es el ser alienígena que está emergiendo por el interior del vórtice del remolino.

Es una serpiente, pero no se parece a ninguna que haya visto él. Su rostro viperino es más demonio que bestia; sus pupilas, unas ranuras doradas y verticales, rodeadas por unas córneas rojo incandescente, son más cibernéticas que orgánicas. La cabeza es tan grande como la tolva de una hormigonera, y su cuerpo igual de largo que cuatro autobuses urbanos alineados uno detrás del otro.

El ángulo de visión de Mick cambia cuando la serpiente se aproxima al complejo de los Nephilim. Las mandíbulas de la enorme bestia se abren para dejar al descubierto varias filas de dientes negros y afilados como escalpelos.

De pronto se ve algo que sale de las fauces de la serpiente... un humanoide.

Mick tiene la sensación de que atraviesa su alma una sombra de muerte. No puede ver la cara del hombre, y además éste lleva la cabeza y el cuerpo cubiertos con una capa negra, pero sabe que lo que está contemplando es el mal en estado puro. El humanoide se dirige hacia la cámara de soporte vital y extiende un brazo para señalar algo. En su mano brilla un objeto de jade del tamaño aproximado de un balón de fútbol.

Los ojos bermellón de la serpiente centellean, y sus pupilas doradas desaparecen. La criatura, ciega e hipnotizada por el pequeño objeto, empieza a seguir al individuo de la capa como si estuviera hechizada.

La bestia penetra en la enorme cámara de soporte vital.

La conciencia de Mick pasa por encima de la esfera alienígena y se acerca a la superficie del planeta. No queda ni rastro de las selvas tropicales, ni de las cascadas, ni del Edén; en lugar de eso hay cuerpos... cuerpos de niños, sumergidos en una sólida capa de alquitrán gris plomizo. Un profundo lamento se eleva desde su alma. Esos Nephilim jóvenes están vivos y no vivos al mismo tiempo.

La conciencia de Mick se acerca un poco más y se concentra en el rostro de un niño varón.

De pronto se abren sus ojos demacrados y lo miran fijamente, con una expresión de profundo dolor.

Pero la mente de Mick desconecta de nuevo.

Una vez más, se encuentra orbitando *Xibalba*, y siente un estremecimiento al descubrir un objeto que se eleva desde la superficie del planeta.

«La esfera...»

En eso, aparece otra nave procedente de la base lunar: un crucero estelar dorado y estilizado.

Los Nephilim supervivientes se lanzan detrás de su enemigo y se pierden de vista en la estela celeste de la esfera.

CENTRO DE MANDO BAJO TIERRA DE RAVEN ROCK
MARYLAND
2.27 horas

Pierre Borgia se encuentra de pie en medio de un charco de sangre, con fragmentos de masa encefálica del presidente Maller esparcidos sobre la manga.

El rostro del general Xiliang ha adquirido una palidez mortal. El dignatario chino se gira hacia su segundo al mando.

—Ordene la autodestrucción.

Borgia se vuelve hacia Viktor Grozny.

—Los misiles norteamericanos se han autodestruido. El

general Xiliang está cediendo. Sólo le quedan cuatro minutos...

Grozny tiene el semblante sereno.

—Es mejor morir luchando que sufrir en la miseria. ¿Qué ganaríamos abortando el ataque? La amenaza de aniquilación nuclear es cada vez más fuerte a medida que nuestro país es cada vez más débil. El carácter definitivo de la guerra tiene un efecto purificador, y nuestras dos naciones necesitan ser purificadas.

La pantalla se apaga.

Entra en la sala de guerra un Dick Pryzstas visiblemente desencajado.

—Los misiles chinos se han autodestruido.

—¿Y los de Grozny?

—Ninguno, y no podemos ponernos en contacto con el vicepresidente —le dice Pryzstas a Borgia—. Lo cual quiere decir que quien está al mando es usted. Tiene tres minutos y medio, antes de que alcancen nuestras costas varios cientos de cabezas nucleares.

—Maldito ruso hijo de puta.

Borgia se pone a pasear nervioso, todavía oyendo lo que dijo Pete Mabus: «Lo que necesita este país en este momento es un líder fuerte, no otra palomita como Chaney como segundo al mando».

—Póngase en contacto con el Mando Estratégico. Ordene que nuestras fuerzas lancen todos los ICBM, los SLBM y los TLAM armados con cabeza nuclear que nos queden en el arsenal. Quiero ver saltar por los aires a ese jodido cabrón.

DENTRO DEL SARCÓFAGO DEL GUARDIÁN

Mick abre los ojos y se queda sorprendido al verse de pie en la falda de una montaña, contemplando una espléndida puesta de sol sobre un verde tropical y a lo lejos una cascada de plata que forma un bello arco iris.

A su lado surge una presencia, pero no siente miedo.

Mick alza la vista para contemplar al gigantesco caucásico. Su largo cabello y su barba son blancos y sedosos; posee unos ojos brillantes, de un color azul intenso, penetrantes pero a la vez bondadosos.

«Guardián... ¿estoy muerto?»

«*La muerte no existe, lo único que existe son diversos estados de conciencia. Tu mente está mirando por una ventana que da a una dimensión superior.*»

«Esos humanoides...»

«*Los Nephilim. Al igual que tu especie, nosotros comenzamos siendo hijos de la tercera dimensión, viajeros cósmicos, y nuestros viajes nos llevaron hasta Xibalba. Pero los atractivos de este planeta eran una estratagema; ese mundo era un purgatorio de cuatro dimensiones para las almas malvadas, y la intención de sus habitantes consistía en utilizar a los Nephilim como medio de escapar.*»

«No lo entiendo. Los Nephilim, esos niños. ¿Son...?»

«*Las mentes de los Nephilim se mantienen en un estado de estasis, sus cuerpos están esclavizados por las almas de los condenados para que terminen la tarea encomendada: enviar a Tezcatilpoca a través de un pasillo cuatridimensional a vuestro sistema solar para abrir un portal que dé acceso a otro mundo tridimensional.*»

«¿Un portal directo a la Tierra?»

«*Al principio, no. El ambiente de vuestro mundo no resultaba adecuado. Habiendo sido desterrados a Xibalba, los malvados no pueden seguir existiendo en un entorno que contenga oxígeno, por lo tanto su objetivo inicial era Venus. La hermandad del Guardián siguió a Tezcatilpoca a través del pasillo cuatridimensional y fue la causa de que su transporte se estrellara contra la Tierra. La cámara de soporte vital sobrevivió, y Tezcatilpoca permaneció protegido en un estado de estasis. El Guardián se quedó en el planeta a fin de ayudar a evolucionar a vuestra especie y organizar la llegada de los Hunahpú.*»

«¿Quiénes son los Hunahpú?»

«*Los Hunahpú son mesías, implantados genéticamente en vuestra especie por el Guardián. Tan sólo un Hunahpú puede penetrar por el portal cósmico e impedir que los malvados contaminen vuestro mundo. Tan sólo un Hunahpú posee la fuerza necesaria para realizar el viaje a través del tiempo y del espacio para liberar las almas de nuestros antepasados.*»

«El pasillo, siento que está abriéndose.»

«*El pasillo surge una vez en cada ciclo precesional. Tan sólo un Hunahpú puede sentir su llegada.*»

«Espera... ¿Estás diciendo que yo soy un Hunahpú?»

«*Tan sólo un Hunahpú podría haber accedido a la nave del Guardián.*»

«Dios mío...»

Mick se queda mirando la exuberante selva tropical que se extiende ante él. Su extenuada mente se esfuerza por comprender la información que está siendo susurrada a su conciencia.

«Guardián, la llegada de Tezcatilpoca, ese impacto que tuvo lugar hace más de sesenta y cinco millones de años, ¿cómo es posible...?»

«*El tiempo no es coherente ni pertinente en todas las dimensiones. La hermandad del Guardián estaba compuesta por los jefes supervivientes de los Nephilim: Osiris y Merlín, Viracocha y Visnú, Kukulcán y Quetzalcoatl. Todos quedaron en estasis. Esta nave permaneció en órbita alrededor de vuestro mundo, en una configuración programada para interceptar la señal del enemigo. Ha sido durante este último ciclo cuando vuestra especie ha evolucionado lo suficiente para aceptar la semilla plantada por nosotros. Por lo tanto, hemos suprimido el bloqueo y hemos permitido que la señal de radio de* Xibalba *despierte a Tezcatilpoca.*»

«¿Habéis permitido que despierte Tezcatilpoca? ¿Por qué? ¿Por qué razón dejáis que esa cosa...?»

«*Tezcatilpoca esconde en su interior el portal que conduce al pasillo cuatridimensional. Una vez que se haya abierto, dicho pasillo podrá utilizarse como un medio para regresar al pasado de los Nephilim. Tan sólo un Hunahpú posee la fuerza necesaria para realizar ese viaje y salvar las almas de nuestros antepasados.*»

«¿Algún Hunahpú ha intentado hacer ese viaje?»

«*Sólo uno. Ocurrió en la época del último ciclo precesional, antes del Diluvio Universal. Los hermanos del Guardián despertaron de su estasis y prepararon a uno de tus antepasados para acceder al portal cósmico de Tezcatilpoca. Cuando se abrió el portal, desde Xibalba entraron en el pasillo dos de los Señores Inferiores del Dios de la Muerte; se valieron de trucos y engaños para vencer a ese primer Hunahpú, pero el valor de éste permitió al Guardián hacerse con la nave de transporte que habían empleado los malvados para viajar por el Camino Negro, el pasillo cuatridimensional del espacio-tiempo en el que tú estás suspendido ahora.*»

«¿Este sarcófago es una nave?»

«*Sí.*»

«Has dicho que el primer Hunahpú fue vencido. ¿Qué les sucedió a los dos Señores del Mundo Inferior que escaparon a Xibalba?»

«*El Guardián logró sellar de nuevo el portal antes de que el Dios de la Muerte y sus legiones pudieran realizar el viaje a través de Xibalba Be, pero el daño a vuestro mundo ya estaba hecho. El mal echó raíces en vuestro jardín.*»

«¿Qué significa eso?»

«*Que los dos Señores del Mundo Inferior se quedaron en la Tierra y se refugiaron en la nave de Tezcatilpoca. Aunque permanecen dentro de la cuarta dimensión, han continuado ejerciendo su influencia sobre las mentes de los débiles, y su fuerza va incrementándose conforme se acerca la fecha de cuatro Ahau, tres Kankin.*»

«Dios mío... Habéis expuesto la humanidad al mal...»

«Era necesario. Hay más cosas en juego de las que tú puedes comprender. Un Hunahpú ha de hacer el viaje a través del Camino Negro para deshacer el daño que se ha hecho. Un destino mayor nos aguarda a todos.»

«¿Por qué he de creerte?»

«Ya has visto a Tezcatilpoca, y él te ha visto a ti. No hay escapatoria posible. Debe ser destruido.»

«¿Cómo? ¿Cuándo llegará ese Hunahpú?»

«Puede que pronto. Puede que nunca. Su destino aún no ha sido escogido.»

«¿Qué diablos significa eso? ¿Dónde está ese mesías del que hablas? ¿Qué pasa si no aparece? ¿Y qué me dices de los dos Héroes Gemelos, Hunahpú y Exbalanqué? Si el mito de la creación es cierto, puede que sean ellos los elegidos. Según el Popol Vuh...»

«¡No! La leyenda de los hermanos gemelos es una profecía Nephilim que tal vez no se cumpla nunca. El nacimiento y el destino de los hermanos gemelos depende única y exclusivamente de que ese Hunahpú realice el viaje a Xibalba.»

«¿Y si no aparece nunca?»

«Entonces vuestro pueblo perecerá, igual que el nuestro.»

«No entiendo...»

«No tienes que entenderlo. El destino de tu especie aún está escribiéndose. El portal está abriéndose, el Dios de la Muerte y sus legiones están preparándose para hacer el viaje a través del espacio-tiempo. Tezcatilpoca sigue llevando a cabo el proceso de aclimatar vuestro mundo, mientras los dos malvados que se hallan en el interior de su nave ejercen su influencia sobre vuestra especie. Hay que impedírselo. Incluso ya se han desatado armas de destrucción masiva sobre vuestro mundo, una lucha fratricida.»

«¿Y qué puedo hacer yo?»

«Tú eres un Hunahpú. Tú posees la capacidad para acceder a la configuración del Guardián. Eso retrasará el fin, pero tan sólo la destrucción de Tezcatilpoca y del Camino Negro, Xibalba Be, puede impedir que los malvados lleguen a vuestro mundo.»

«El Camino Negro, ¿dónde se va a materializar la entrada al mismo?»

«*El portal que conduce a* Xibalba Be *ascenderá en el cuatro* Ahau, *tres* Kankin. *Tan sólo un Hunahpú puede entrar por él. Tan sólo un Hunahpú puede expulsar al mal de vuestro jardín y salvar a vuestra especie de la aniquilación.*»

«Hablas con acertijos. ¿Dónde se encuentra esa puerta de entrada? ¿Está a bordo de la nave espacial que hay en el Golfo? ¿Debo volver a entrar en ella? ¿Y cómo se supone que voy a destruirla?»

«*El portal vendrá a ti. Utiliza la configuración para destruir a* Tezcatilpoca *y después entra por el portal. Los dos malvados saldrán a desafiarte. Intentarán impedir que selles el portal antes de que llegue Él.*»

«¿Y si sello el portal?»

«*Entonces los dos Señores del Mundo Inferior serán expulsados de tu mundo y tu especie podrá evolucionar. Si tienes éxito, dos destinos te estarán esperando. Si fracasas, perecerán tu pueblo y el mío.*»

«¿Qué quieres decir con eso de que me esperan dos destinos?»

«*Llegado el momento, lo sabrás.*»

«¿Y qué pasa con Dominique? ¿Ella es Hunahpú?»

«*Ella forma parte de un destino más importante, pero no es Hunahpú. No permitas que entre en* Xibalba Be, *o de lo contrario os destruirá a los dos.*»

Dominique está sentada en el suelo de la cámara, de espaldas a la bañera alienígena, con la cabeza entre las manos. Se siente sola y asustada, y su agotada mente se debate en un constante tira y afloja entre la realidad y el deseo de negar ésta.

«Esto no es real. Todo esto no está sucediendo. Todo forma parte de una fantasía esquizofrénica...»

—¡Cállate! ¡Cállate, cállate!

Se levanta de un salto.

—Acepta el hecho de que estás aquí y haz algo al respecto. Busca una salida... —Sale de la cámara, pero enseguida regresa de nuevo, frenética—. No, Mick me necesita. Tengo que esperar aquí.

Otra vez más, descarga un golpe contra el costado del sarcófago abierto, no muy segura de si Mick está vivo o si habrá sido vaporizado por la luz de neón azul.

—Mick, ¿me oyes? ¡Maldita sea, Mick, contéstame!

Las lágrimas le resbalan por la cara, el corazón se le encoge. «Eres una egoísta, nunca le has dicho que le quieres. Podrías haberle dado por lo menos eso. Que te niegues a ti misma lo que ocurre no significa que...»

—Dios mío...

En eso, experimenta una súbita revelación y tiene que recostarse contra la tumba de granito. «Le quiero. Lo cierto es que le quiero.»

Otra vez da una patada al costado de la bañera.

—¡Mick! ¿Me oyes...?

En ese momento siente la repentina explosión de un campo de fuerza invisible que la empuja de lado, al tiempo que una intensa luz azul ilumina la cámara entera.

De la bañera se alza la silueta oscura de una figura. La figura se incorpora y sale del sarcófago abierto como si flotase, con los rasgos envueltos en el resplandor alienígena.

Es Mick.

Mick está ascendiendo en un mar de energía, moviéndose hacia la fuente de la luz. Siente cómo hormiguean a causa de la electricidad todos los músculos de su cuerpo, todas las células de su organismo, y se ve arrastrado hacia arriba, con el alma bañada por intensas oleadas de amor y calor.

Ve tenderse hacia él la mano del Guardián.

Mick extiende el brazo y su mano se cierra alrededor de la palma que se le ofrece.

Dominique se protege los ojos, pero se obliga a sí misma a mirar la luz. Ve el contorno del brazo de Mick extendido hacia arriba, como si intentara tocar algo.

¡Zap! La pared de energía invisible choca contra ella igual que una ola, tira de ella hacia arriba y la levanta del suelo al tiempo que le atraviesa el cerebro con pequeñas oleadas de corrientes eléctricas. Dominique se derrumba en el suelo, con los ojos muy abiertos en un intento de no perder detalle de esa figura angelical.

Mick se encuentra ya suspendido por encima del suelo, con la mano derecha extendida.

Un zumbido hidráulico, y todo alrededor se pone en marcha el gigantesco engranaje de alta tecnología. Las paredes y el techo de la cámara comienzan a gruñir y a resplandecer, signo de que los generadores de la nave han empezado a funcionar. A sus pies, ve un laberinto de circuitos de ordenador que relucen debajo del suelo de cristal oscuro.

Se oye un profundo retumbar que va creciendo en intensidad, produciendo una vibración que le hace eco en los oídos, y entonces se desprende de las paredes una inmensa ola de energía azul que sube hacia el techo abovedado y después se concentra para introducirse por el orificio central de la cámara, que semeja una chimenea.

La colosal ola de energía electromagnética empuja hacia arriba, por el muro central de la pirámide de Kukulcán, y luego continúa en línea recta hacia el tejado del templo para terminar saliendo por una antena alienígena antes de dispersarse en todas direcciones a la velocidad de la luz.

La corriente eléctrica se dirige a toda velocidad en dirección oeste; satura la antigua ciudad de Teotihuacán y enciende una estación repetidora extraterrestre enterrada ochocientos metros por debajo de la Pirámide del Sol. Luego prosigue su viaje atravesando el océano Pacífico y alcanza la costa de Camboya, donde da vida a otro dispositivo transmisor idéntico que se encuentra escondido muy por debajo del templo de Angkor Wat.

Hacia el este, la ola de energía ha llegado a la cordillera de los Andes. Pasa por debajo de las montañas y se refleja en una antena, que llevaba mucho tiempo dormida, enterrada bajo el antiguo observatorio celeste conocido como Kalasasaya, tras lo cual se reorienta hacia el sur y viaja a toda velocidad en dirección al helado continente de la Antártida. Enterrada bajo varias toneladas de nieve se encuentra otra antena de repetición alienígena, un instrumento construido en una época en la que ese territorio se hallaba libre de hielos.

Mientras tanto, la onda del tsunami electromagnético que partió en dirección noreste cruza el Atlántico rumbo a Inglaterra y su fuerza hace temblar los poderosos bloques de piedra de Stonehenge. Escondida muy hondo bajo esa amplia región de Salisbury se encuentra otra antena más.

Tras haber dado la vuelta al planeta en cuestión de segundos, el potentísimo campo de energía, proveniente de todas direcciones, converge finalmente en la más antigua de las estaciones repetidoras del Guardián: la Gran Pirámide de Giza.

Las oleadas de energía penetran ese bloque de roca caliza, atraviesan la Cámara del Rey y también el bloque de granito vaciado, idéntico al sarcófago que se halla en el interior de la pirámide de Kukulcán. A continuación, la señal continúa bajando y activa un aparato alienígena oculto muy por debajo de la superestructura de la pirámide egipcia, un lugar en el que no ha estado ningún ser humano.

En el intervalo de un nanosegundo se ha completado la configuración global; la atmósfera del planeta ha quedado saturada, sellada dentro de una potente red de energía alienígena.

Mick se desploma inconsciente en el suelo.

MANDO DE DEFENSA DEL ESPACIO AÉREO NORTEAMERICANO NORAD COLORADO

Ciento siete técnicos aterrorizados contemplan fijamente el enorme mapa computerizado de Norteamérica, el cual representa en tiempo real las trayectorias de más de mil quinientos misiles nucleares y biológicos rusos. La mayoría del personal llora sin disimulos, abrazados y rezando en grupos, asiendo fotografías de sus seres queridos, que, sin saberlo, se encuentran a escasos minutos de la muerte. Otros, demasiado aturdidos para permanecer de pie, están tumbados en el suelo debajo de sus puestos de trabajo, aguardando a que suceda lo inevitable.

El comandante en jefe, general André Moreau, se enjuga las lágrimas y lucha por abstenerse de llamar a su dos hijos, que viven en Los Ángeles. «¿Qué voy a decirles? ¿Que los quiero? ¿Que lo siento...?»

Noventa segundos para el impacto

Un lamento general resuena en el centro de mando, y la voz femenina computerizada consigue que se le doblen las rodillas al general Moreau. Se derrumba en el asiento de su sillón.

Y entonces, como por arte de magia, los misiles desaparecen de pronto de la pantalla gigante.

Misiles agresores destruidos — Misiles agresores destruidos

Gritos y vítores. Moreau levanta la vista. Los técnicos, locos de alegría, señalan, lanzan aullidos, se abrazan, lloran... Una oleada de euforia se extiende por todo el edificio.

Moreau se levanta con dificultad de su sillón, con lágrimas en los ojos y la voz convertida en un gruñido áspero cuando solicita un análisis de los sistemas.

Dos operadores exultantes y un comandante de más rango compiten por obtener su atención:

—¡Todos los sistemas en funcionamiento!

—¿Qué ha ocurrido con los misiles?

—Según nuestros datos, simplemente se han autodestruido.

—Quiero confirmación.

—Estamos intentando confirmarlo con nuestras bases de Florida y San Diego, pero hay una densa ola de interferencias que bloquea todas las comunicaciones.

—¿Es un EMP? —El miedo le retuerce las entrañas al comandante Moreau—. No ha de haber ninguna clase de interferencia electromagnética, mayor, a no ser que exista lluvia radiactiva.

—No señor, no ha habido lluvia radiactiva. Nuestros emplazamientos en tierra para advertencia de misiles no confirman detonaciones de ningún tipo. Sea cual sea la causa de esas interferencias, procede de otra fuente.

—¿De cuál? Quiero saber...

—Señor, estamos intentando localizar el origen de la interferencia, pero va a llevar un tiempo. Por lo visto, nuestros satélites no funcionan correctamente.

—¡General! —Un técnico levanta la vista con una expresión de desconcierto en la cara—. Señor, nuestros misiles también han sido destruidos.

—Quiere decir que se han autodestruido.

—No, señor. Quiero decir que han sido destruidos.

CENTRO DE MANDO BAJO TIERRA DE RAVEN ROCK
MARYLAND
2.31 horas

El personal que se encuentra en el interior del centro de mando subterráneo llora y se abraza en silencio. La expresión de sus emociones ha quedado suprimida por un sentimiento de tristeza cuando se ha propagado por todo el centro la noticia de la muerte del presidente y de las pérdidas sufridas en Alaska y Hawai.

Pierre Borgia, el general Fecondo y Dick Pryzstas están apiñados dentro del despacho privado del presidente, escuchando con atención al general Doroshow, comandante en jefe del STRATCOM.

—Lo que les estoy diciendo, caballeros, es que los misiles de Grozny no se han autodestruido. Ha sido una especie de campo de fuerza electromagnética lo que ha desactivado los ICBM de Rusia, así como los nuestros.

—¿Cuál es la fuente de esa interferencia? —pregunta Borgia.

—Aún la desconocemos, pero sea cual sea, ha causado un apagón en todos los satélites que tenemos en órbita. Es como si Dios se hubiera cabreado y hubiera echado una manta sobre el planeta entero.

DEBAJO DE LA PIRÁMIDE DE KUKULCÁN

—Mick, ¿me oyes? —Dominique le acaricia el pelo y la cabeza, apoyada sobre su regazo. Nota que él se mueve—. ¿Mick?

Mick abre los ojos.

—¿Dom?

Ella acerca el rostro de él al suyo y comienza a besarlo y abrazarlo.

—Maldita sea, Mick, me has dado un susto de muerte.

—¿Qué ha pasado?

—¿Es que no lo recuerdas? Has salido de ese sarcófago como si fueras una especie de espíritu maya y has activado esta nave.

Mick se sienta erguido y mira a su alrededor. Detrás del vidrio tintado de las paredes y del suelo se ve un gran número de circuitos y estaciones de control bullendo de actividad. Cada cinco segundos brotan de las paredes y de la bóveda del techo unas ondas de energía eléctrica de color azul que desaparecen por el orificio en forma de chimenea.

—¿Esto lo he hecho yo?

Dominique acalla la pregunta con sus labios.

—Te quiero.

Él sonríe.

—Y yo a ti.

Capítulo 24

El juez del Tribunal Supremo Seamus McCaffery todavía nota el estómago un poco indispuesto a causa del viaje que ha realizado en helicóptero a primera hora de la mañana. Cruza la cubierta del buque de guerra detrás de un alférez que lo conduce al interior de la superestructura y después por unos estrechos pasillos que llevan a la sala de reuniones del capitán.

Sentados a una pequeña mesa de conferencias se encuentran el vicepresidente Ennis Chaney, el general Joseph Fecondo y el capitán Loos.

Todos se ponen en pie cuando el juez saca su biblia. Éste hace una seña con la cabeza a Chaney.

—Me da la impresión de que usted tampoco ha dormido mucho. ¿Está listo?

—Acabemos de una vez con esto. —Coloca la mano izquierda sobre la biblia y levanta la derecha—. Yo, Ennis William Chaney, juro solemnemente desempeñar fielmente el cargo de presidente de los Estados Unidos, y prometo que haré todo lo que esté en mi poder para preservar, proteger y defender la Constitución de los Estados Unidos; que Dios me ayude.

—Y que nos ayude a todos.

En ese momento entra un teniente.

—General Fecondo, ya se encuentra a bordo el equipo de Rangers. Los helicópteros están listos. Cuando quiera.

PIRÁMIDE DE KUKULCÁN
CHICHÉN ITZÁ

Mick guía a Dominique por un pequeño corredor que desemboca en un pasadizo sellado sin salida. Cuando están aproximándose, la puerta se abre suavemente y les permite el acceso a una cámara cerrada herméticamente.

—Ésta es la salida.

—¿Cómo lo sabes? —inquiere ella.

—No sé, simplemente lo sé.

—Pero aquí no hay nada.

—Observa.

Mick apoya la mano sobre un oscuro teclado ubicado en la pared del fondo. Al instante se materializa en el casco metálico el marco de una gran puerta circular.

—Dios santo... Supongo que tampoco sabrás cómo has hecho eso.

—El Guardián ha debido de implantar esos conocimientos en mi subconsciente. Pero no tengo ni la menor idea de cuándo lo ha hecho... ni cómo.

La puerta exterior del casco se abre y deja al descubierto un angosto pasadizo excavado en el lecho de roca caliza. Mick enciende su linterna y acto seguido los dos salen, al tiempo que la puerta de la nave se cierra tras ellos.

El pasadizo, que tiene la anchura de sus hombros, está oscuro como boca de lobo, y el aire se nota cargado de humedad. El haz de luz de la linterna revela los estrechos peldaños de una escalera de caracol que sube casi en vertical a través de la roca.

Mick alarga el brazo hacia atrás y coge de la mano a Dominique.

—Ten cuidado, está resbaladizo.

Tardan quince minutos en llegar a la cumbre. La fuerte subida en caracol finaliza en un techo construido con un metal blanco pulido.

—Muy bien, y ahora, ¿qué?

Antes de que Mick pueda responder, se alza un panel de medio metro cuadrado sostenido por cuatro pistones hidráulicos que somete sus ojos a la cegadora luz del día.

Mick sale al exterior y seguidamente ayuda a salir a Dominique. Al volverse de cara a la luz, los sorprende descubrir que se encuentran en el corredor norte del templo de Kukulcán.

La parte superior del panel metálico, oculta bajo más de un metro de roca maciza, se desliza nuevamente hasta su posición y sella otra vez la entrada a la nave espacial.

—No me extraña que no hayamos dado nunca con este pasadizo —comenta Mick.

Dominique sale a la plataforma exterior.

—Deben de ser cerca de las doce del mediodía, en cambio el parque está desierto.

—Ha debido de ocurrir algo.

En eso les llega el fuerte rugido de las palas de un helicóptero, y ven que se aproximan por el oeste dos helicópteros de la Marina.

—Mick, yo creo que es mejor que nos vayamos.

El pelirrojo está tumbado boca abajo, con el cuerpo oculto bajo el tupido follaje de la selva. Mirando por la potente mirilla de su escopeta de caza, ve a Mick Gabriel y a la chica salir a la plataforma norte de la pirámide. Raymond echa el seguro hacia atrás y sonríe a la vez que apunta el entramado del objetivo de la escopeta hacia el corazón de su víctima.

El piloto del helicóptero aminora la velocidad del aparato y se detiene suspendido sobre el Gran Juego de Pelota.

—Señores, lo tienen justo debajo.

Chaney y el general Fecondo se quedan mirando el objeto negro y alado que se encuentra posado con elegancia casi en el centro mismo de la cancha en forma de I.

—Dios santo, es otro de esos objetos de fusión pura.

—¿Por qué no ha detonado?

En ese momento, reverbera por la explanada el sonido de un disparo.

Chaney señala la pirámide.

—¡Vamos hacia allí!

Mick está tendido de espaldas, luchando por respirar. De su pecho chamuscado mana sangre a borbotones. Tiene la mirada fija en el cielo del mediodía, y la sombra de Dominique le tapa el sol. Siente caer sobre sus mejillas las lágrimas de ella, su boca moviéndose a cámara lenta y su mano apretando la herida, sin embargo no oye otra cosa que el latido de su propio corazón.

«¿Guardián?»

«*Cierra los ojos...*»

Capítulo 25

Y entonces estalló el caos...

La revelación de que la humanidad había estado a punto de sufrir el desastre de la aniquilación termonuclear fue acogida con incredulidad y alivio, y más tarde con miedo y escándalo universal. ¿Cómo podían haber permitido los líderes del mundo que sus egos empujasen a la humanidad al borde del precipicio? ¿Cómo habían podido ser tan arrogantes? ¿Cómo habían podido estar tan ciegos?

El escándalo rápidamente condujo a la violencia. Durante dos días y dos noches, reinó la anarquía en buena parte del globo. Se destruyeron sedes de gobiernos, se saquearon instalaciones militares y se invadieron las embajadas de Estados Unidos, Rusia y China. Miles de millones de personas de todo el planeta salieron a la calle a manifestarse exigiendo un cambio.

En lugar de intentar aplastar la violencia con más violencia, el presidente Chaney prefirió canalizarla, de modo que dirigió la sed de venganza del público norteamericano hacia más de un centenar de búnkers subterráneos, construidos con dinero del contribuyente, que se habían diseñado para alojar a la élite política durante el holocausto nuclear. La destrucción de esas instalaciones de alto secreto pareció aplacar la ira del público y sirvió para hacer saber que todo el mundo, los ricos y los desposeídos, ahora se encontraban en pie de igualdad, aunque fuera un pie un tanto inseguro.

Seguidamente, Chaney instó al secretario general de las Naciones Unidas a que presentara una resolución basada en las recomendaciones de la Academia Nacional de Ciencias, la Comisión Carnegie y el almirante Stansfield Turner de eliminar todas las armas de destrucción nucleares y biológicas. Si algún país se negara a obedecer, sería invadido por las fuerzas de las Naciones Unidas y sus líderes serían ejecutados.

Apremiados por las masas, todos los países miembros, con la excepción de Iraq y Corea del Norte, se apresuraron a obedecer.

El 17 de diciembre, Sadam Hussein fue arrastrado a las calles de Bagdad y asesinado a golpes. Dos horas después se suicidó Kim Jong Il.

El presidente ruso Viktor Grozny firmó el tratado y a continuación culpó públicamente al Partido Comunista del aumento de la insumisión por parte de los militares que había vivido Rusia en las dos últimas décadas. Tras más de doscientas ejecuciones en público, aseguró a su país que la reforma del gobierno se llevaría a cabo sin dilación.

Al no tener a nadie que se opusiera a él, permaneció en el cargo, más fuerte que nunca.

En la mañana del 17 de diciembre, los medios de comunicación finalmente tuvieron noticia de la misteriosa configuración electromagnética y del hecho de que ella había impedido la aniquilación nuclear. En las masas cundió un intenso fervor religioso; impulsada por el miedo, la gente se congregó y rezó, acudiendo en masa a las iglesias y las sinagogas, esperando al Mesías y la Segunda Venida de Cristo. Pero lo que hallaron en cambio fueron más señales del apocalipsis.

La tarde del día 18, Jim McWade, veterano de la guerra de Corea, salió de la iglesia y regresó a su casa con sus cuatro hijos y tres docenas de cervezas. En la hondonada de piedra caliza que había detrás de su caravana se encontró una inmensa figura alada, erguida. En cuestión de horas, la mitad de la población de White Sulphur Springs, situada al oeste de Virginia, se acercó a dicha hondonada para ver aquella bestia inanimada cuya superficie negra y reluciente emitía una potente fuerza invisible que impedía que nadie la tocara.

Veinticuatro horas después se encontraron otras veintinueve criaturas idénticas en diversos lugares de todo el planeta. Después, el 19 de diciembre, el mundo contempló fascinado y horrorizado cómo las cámaras de televisión grababan la formación de un monstruoso remolino en el golfo de México. Del centro del vórtice emergieron ocho criaturas aladas, las cuales se dispersaron rápidamente por el Hemisferio Norte. Dos de esos objetos aterrizaron más tarde en la región suroeste de Estados Unidos, dos más en Florida y una en Georgia, Kentucky e Indiana. El último objeto se dirigió al este y se posó en una cadena montañosa que miraba al telescopio de Arecibo, en Puerto Rico.

En la mañana del 20 de diciembre, el exobiólogo Marvin Teperman confirmó al mundo que las siete detonaciones de fusión pura en efecto habían sido provocadas por los objetos que habían salido de la nave alienígena enterrada bajo el golfo de México. Refiriéndose a dichos objetos como «zánganos», el exobiólogo hizo el cálculo de que las treinta y siete criaturas ahora esparcidas por todo el globo contaban con una potencia de fusión pura suficiente para vaporizar hacia el espacio más de dos millones y medio de kilómetros cuadrados de terreno. Además, Teperman fue más allá y afirmó que los dispositivos alienígenas tenían un mecanismo de detonación que se activaba por la energía solar, lo cual explicaba que hubieran emergido durante la noche y que hubieran explotado al amanecer.

De algún modo, aquella misteriosa configuración electromagnética, cuyo punto de origen era el interior de la pirámide de Kukulcán, había conseguido bloquear los mecanismos de ignición y había impedido que explotaran los zánganos.

Si fallase la configuración, advirtió Teperman, los zánganos detonarían.

Y una vez más cundió el pánico entre las masas.

Capítulo 26

Una suave brisa se filtra por las persianas venecianas y le refresca la cara. Cuando se alivia unos instantes el sopor de la fiebre, oye a lo lejos la voz de un ángel que pronuncia unas palabras muy conocidas para él:

«¿Ya te has ido, amado, esposo, amante? De ti he de saber cada hora del día, pues hay tantos días en cada minuto.»

Nadando a contracorriente en la marea de la inconsciencia, Mick obliga a sus ojos a abrirse unas rendijas, lo suficiente para verla a ella sentada a su lado, leyendo un libro en edición rústica.

—«¡Dios mío, mi alma presiente desgracias! Estando ahí abajo, me parece verte como un muerto en el fondo de una tumba. Si la vista no me engaña, estás pálido...»

—«Y créeme, amor» —continúa él con voz ronca—, «tú a mi vista le dices lo mismo.»

—¡Mick!

Mick abre los ojos cuando Dominique acerca su mejilla a la de él y siente sus lágrimas calientes y un dolor insoportable en el pecho cuando ella lo abraza, susurrando:

—Te quiero.

—Y yo a ti. —Mick intenta hablar, pero nota la garganta seca.

Ella le acerca a los labios un vaso de agua, y Mick bebe unos pocos sorbos.

—¿Dónde...?

—Estás en un hospital de Mérida. Te ha disparado Raymond. El médico dice que la bala se detuvo a escasos milímetros del corazón. Todos dicen que deberías estar muerto.

Mick lucha por sonreír y deja escapar un gemido ronco.

—Se ríe de las cicatrices el que nunca ha tenido una herida —cita. Intenta incorporarse, pero el dolor lo obliga a tenderse de nuevo—. Bueno, quizá una herida pequeña.

—Mick, han pasado muchas cosas...

—¿Qué día es hoy?

—Veinte. Mañana es el solsticio de invierno y todo el mundo está muerto de miedo...

En eso se abre la puerta y entra un médico norteamericano, seguido por Ennis Chaney, una enfermera mexicana y Marvin Teperman. Mick se fija en que en el pasillo hay varios soldados americanos fuertemente armados.

El médico se inclina sobre él y le examina los ojos con una pequeña linterna de bolsillo.

—Bienvenido, señor Gabriel. ¿Qué tal nos encontramos hoy?

—Dolorido. Hambriento. Y un poco desorientado.

—No es de extrañar, ha estado usted inconsciente cinco días. Vamos a echar un vistazo a esa herida. —El médico retira el vendaje—. Asombroso, realmente asombroso. Nunca he visto una herida que se curase tan deprisa.

Chaney da un paso al frente.

—¿Se encuentra lo bastante bien para hablar?

—Creo que sí. Enfermera, cámbiele el vendaje y después póngale otro suero intravenoso de...

—Ahora no, doctor —lo interrumpe Chaney—. Necesitamos unos minutos con el señor Gabriel. A solas.

—Por supuesto, señor presidente.

Mick ve cómo se marchan el médico y la enfermera y cómo un policía militar cierra la puerta tras ellos.

—¿Señor presidente? Por lo visto, cada vez que nos vemos obtiene usted una promoción.

Los ojos de mapache no muestran diversión alguna.

—El presidente Maller ha muerto. Se pegó un tiro en la cabeza hace cinco días, en el intento de convencer a los rusos y a los chinos de que abortasen un ataque nuclear total.

—Dios mío...

—El mundo está en deuda con usted. Lo que usted activó dentro de esa pirámide maya, fuera lo que fuese, destruyó los misiles.

Mick cierra los ojos. «Dios mío, ha sucedido de verdad. Y yo que creía que había sido un sueño...»

Dominique le aprieta la mano.

—Se trata de una especie de configuración electromagnética de gran potencia —dice Marvin—, nunca he visto nada parecido. La señal sigue estando activa, gracias a Dios, porque está impidiendo que exploten esos zánganos...

—¿Zánganos? —Mick abre los ojos—. ¿Qué zánganos?

Marvin saca una fotografía de su maletín y se la entrega.

—Treinta y ocho objetos como éste han aterrizado por todo el planeta desde que usted ingresó aquí.

Mick observa fijamente la foto de una criatura negra con forma de murciélago, posada en la cima de una montaña con las alas extendidas.

—Es el objeto que yo vi salir de la nave espacial, la que está enterrada en el golfo de México. —Levanta la vista hacia Dominique—. Ya sé dónde la he visto antes: en Nazca. Por toda la meseta hay imágenes de criaturas como ésta de tamaño natural.

Marvin mira a Chaney con cierta incertidumbre.

—Esta foto fue tomada hace varios días en una montaña cercana a Arecibo.

Chaney acerca una silla.

—La criatura que usted afirmó haber visto en el interior de esa nave alienígena, ese zángano, aterrizó en Australia y destruyó la mayor parte de la llanura de Nullarbor. Ahora sabemos que cada uno de esos objetos cuenta con una especie de dispositivo de fusión pura, un explosivo capaz de vaporizar un paisaje entero. En estas dos últimas semanas han explotado seis de estos zánganos en Asia, y los tres últimos han matado a más de dos millones de personas en China y Rusia.

Mick siente que le tiemblan las manos.

—¿Esas detonaciones precipitaron el ataque nuclear?

Chaney afirma con la cabeza.

—Como ha dicho Marvin, en las últimas cinco noches han salido de esa nave alienígena otras treinta y ocho cosas como ésta. Pero de momento no ha explotado ninguna.

Mick recuerda las palabras del Guardián: «La configuración de los Nephilim retrasará el fin, pero tan sólo la destrucción de Tezcatilpoca y del Camino Negro puede impedir que nuestro enemigo llegue a vuestro mundo.»

—Hemos elaborado una lista de los zánganos que no han explotado. Gabriel, ¿está escuchando?

—¿Eh? Perdón. ¿Dice que esas cosas son zánganos?

—Así es como los denominan nuestros científicos. Las Fuerzas Aéreas los comparan a una versión alienígena de nuestros Vehículos Aéreos No Tripulados.

—Cada uno de esos zánganos es esencialmente un arma de fusión pura con alas —explica Marvin—. Al igual que nuestros UAV, los zánganos son naves teledirigidas, están conectados a su centro de control por alguna especie de señal de radio...

—¿La nave que hay en el Golfo?

—Sí. Una vez que el zángano se posa en la zona escogida como objetivo, se emite una señal de radio que activa el explosivo. La criatura lleva en la cola varias filas de sensores bastante peculiares que en nuestra opinión son células fotovoltaicas de gran potencia. El mecanismo activador se sirve de la energía solar para detonar el explosivo a la salida del sol.

—Lo cual explica por qué esas cosas siempre salen de noche —añade Chaney—. Antes de que se activara esta configuración, explotaron siete zánganos, y los siete se habían dispersado hacia el oeste después de salir de la nave del Golfo. La velocidad del aire de esos zánganos era la misma que la de la rotación de la Tierra, y eso les permitió volar a oscuras hasta alcanzar su objetivo.

—¿Dice que se han lanzado otros treinta y ocho zánganos como ése?

—Enséñale la lista, Marvin.

El exobiólogo rebusca en su maletín y extrae un papel impreso por ordenador.

OBJETIVOS DE ZÁNGANOS

AUSTRALIA
Llanura de Nullarbor (D).

ASIA
Malaisia (D), Irian Jaya (D), Nueva Guinea Papúa (D), provincia de Yunnan, China (D), cuenca de Vilyui, Rusia (D), cordillera Kugitangtau, Turkmenistán (D).

ÁFRICA
Argelia, Botswana, Egipto, Costa de Marfil, Israel, Libia, Madagascar, Marruecos (montes Atlas), Níger, Nigeria, Arabia Saudí, Sudán, Túnez.

EUROPA
Austria, Bosnia-Herzegovina, Bulgaria, Croacia, Grecia, Hungría, Irlanda, Italia, España.

NORTEAMÉRICA
Canadá: Montreal.

Cuba

Estados Unidos: Arecibo (Puerto Rico), valle de los Apalaches, Colorado, Florida (centro y sureste), Georgia, Kentucky, Indiana (sur), montes Ozark, Nuevo México, Texas (noroeste).

SUDAMÉRICA

Salvador (Brasil).

CENTROAMÉRICA

Honduras, Chichén Itzá (Yucatán).

Mick examina la lista y se detiene en el nombre del último emplazamiento.

—¿Ha aterrizado un zángano en Chichén Itzá?

—Ya basta de tonterías —salta Chaney—. Gabriel, necesito respuestas, y las necesito ahora. Mientras usted estaba durmiendo en esta cama, el mundo ha perdido la razón. Los fanáticos religiosos afirman que esos zánganos forman parte de las profecías del Apocalipsis referidas al nuevo milenio. La economía mundial se ha quedado paralizada. Las masas, aterrorizadas, están preparándose para el Armagedón. La gente está acumulando munición y víveres y se está atrincherando en casa. Hemos tenido que imponer el toque de queda desde el anochecer hasta el amanecer. Y lo que está echando más leña al fuego es precisamente nuestra incapacidad para calmar la preocupación del público.

—Hasta el momento, nuestros intentos de neutralizar esos zánganos han resultado infructuosos —dice Marvin—. Esas criaturas están protegidas por una especie de campo de fuerza que las hace invulnerables a cualquier ataque. Y aunque la configuración electromagnética está impidiendo que exploten, también tiene bloqueados nuestros satélites. Y más increíble aún es la manera como la señal de la configuración rebota por todo el planeta. —Saca su bloc de notas—. Hemos aislado tres estaciones repetidoras, y también varias firmas de otras varias antenas. Ni se lo imagina...

—La Gran Pirámide de Giza, Angkor Wat y la Pirámide del Sol de Teotihuacán.

El exobiólogo se queda con la boca abierta.

Los ojos de Chaney refulgen como dos láseres oscuros.

—¿Cómo diablos sabe usted eso? —Se vuelve hacia Dominique—. ¿Se lo ha dicho usted?

—No me lo ha dicho ella —responde Mick, obligándose a sí mismo a incorporarse—. Mis padres estudiaron esas estructuras durante varias décadas. Cada una comparte determinadas similitudes con las demás, y una de dichas similitudes es que todas han sido construidas en puntos esenciales de la red natural de energía de la Tierra.

—Disculpe, ahí me he perdido —dice Marvin, tomando notas—. ¿Ha dicho red de energía?

—La Tierra no es simplemente un pedazo de roca que flota en el espacio, Marvin; también es una esfera viviente, armónica, que tiene dentro un núcleo magnético que canaliza energía. Existen determinados lugares de la superficie del planeta, sobre todo en las inmediaciones del Ecuador, que se consideran zonas de energía, puntos dinámicos que irradian grandes cantidades de energía geotérmica, geofísica o magnética.

—Y esos tres emplazamientos antiguos, ¿fueron todos construidos encima de zonas de energía?

—Así es. Además, el diseño de cada una de esas estructuras indica un profundo conocimiento del movimiento de precesión, de matemáticas y de astronomía.

Marvin deja de escribir.

—También hemos descubierto dispositivos alienígenas que parecen funcionar a modo de antenas, enterrados debajo de Stonehenge y de la ciudad de Tiahuanaco. Estamos convencidos de que posiblemente hay otro bajo la capa de hielo de la Antártida.

Mick asiente. «El mapa de Piri Reis. El Guardián debió de construir la antena antes de que se formaran los hielos.»

Mira a Dominique.

—¿Les has hablado de los Nephilim?

—Les he contado todo lo que sé, que no es gran cosa.

—¿Una raza avanzada de humanoides? —Marvin sacude la cabeza en un gesto negativo—. Se supone que aquí el exobiólogo soy yo, y estoy hecho un verdadero lío.

—Marvin, los seres que construyeron esa configuración tenían que estar seguros de que las estaciones repetidoras y las antenas no iban a ser molestadas a lo largo de miles de años. Ni siquiera el hecho de ocultarlas bajo tierra constituía una garantía de que estuvieran a salvo. El hecho de construir una inmensa maravilla arquitectónica como Stonehenge o la Gran Pirámide directamente encima del lugar en cuestión fue una auténtica inspiración. Incluso el hombre moderno sabía lo suficiente como para dejar en paz esas ruinas.

—¿Y qué pasa con la configuración? —pregunta Chaney—. ¿Durante cuánto tiempo impedirá que exploten esos zánganos?

Mick todavía siente en sus oídos el eco de las palabras del Guardián: «Tan sólo un Hunahpú puede expulsar al mal de vuestro jardín y salvar a vuestra especie de la aniquilación.»

Lo recorre un escalofrío.

—Tenemos un problema. Esa nave alienígena... va a ascender mañana...

Los ojos de Chaney se agrandan.

—¿Cómo sabe eso?

—Forma parte de una profecía maya de tres mil años de antigüedad. La entidad que se encuentra en el interior de la nave, tenemos que destruirla. Tenemos que entrar dentro.

—¿Y cómo podemos entrar? —inquiere Marvin.

—No lo sé. Quiero decir, supongo que del mismo modo como entramos Dom y yo, a través del sistema de ventilación.

—Enseguida lo invade una oleada de agotamiento y cierra los ojos.

Dominique le toca la frente y nota que tiene fiebre.

—Ya no puede más, presidente Chaney. Ha hecho lo que

estaba en su mano para salvar al mundo; ahora vaya y haga lo que le corresponde a usted.

Los ojos de Chaney pierden un poco de su dureza.

—Resulta que nuestros científicos están de acuerdo con usted, Gabriel. Opinan que debemos destruir la nave alienígena para terminar con la amenaza de que exploten los zánganos. He ordenado que el *John C. Stennis* y su flota acudan al golfo de México a llevar a cabo esa tarea. Si de verdad esa nave va a ascender mañana, nosotros la haremos volar por los aires.

El nuevo presidente se levanta para marcharse.

—Para las siete en punto de esta tarde está programada una reunión del Consejo de Seguridad de las Naciones Unidas a bordo del *Stennis*. Esperamos contar con representantes de todos los países, así como con algunos de los científicos más importantes de todo el mundo. Usted y Dominique vendrán con nosotros. Uno de mis ayudantes le traerá algo de ropa.

—Aguarde —interviene Dominique—. Cuéntele lo de Borgia.

—Su supuesto asesino nos condujo directamente hasta el doctor Foletta. En su confesión incluyó información acerca del modo como se las arregló Borgia para meterlo a usted en un psiquiátrico hace once años. Hasta nos proporcionó una cinta en la que el secretario de Estado lo contrata para que lo mate a usted. —Chaney le ofrece una sonrisa triste—. Cuando se calmen las cosas, pienso clavarle el culo a la pared. Mientras tanto, Dominique y su madre han quedado libres de cargos y a usted se le ha declarado capacitado, así que es un hombre libre, Gabriel, y tan lunático como todos nosotros.

Dominique susurra al oído de Mick:

—Tu pesadilla se ha terminado. Se acabaron los psiquiátricos y el confinamiento en solitario. Eres libre. —Le aprieta la mano—. Ahora ya podemos pasar juntos el resto de nuestra vida.

Mick mira por la ventanilla del helicóptero mientras éste desciende sobre la enorme cubierta de vuelo de dieciocho mil metros cuadrados del *John C. Stennis*, ahora convertido prácticamente en un aparcamiento para helicópteros.

Dominique le aprieta la mano.

—¿Te encuentras bien? No has dicho ni una palabra en todo el vuelo.

—Perdona.

—Estás preocupado por algo. ¿Qué es lo que no quieres decirme?

—Mis recuerdos sobre la conversación con el Guardián son borrosos. Todavía hay muchas cosas que no comprendo, cosas que podrían representar una diferencia entre la vida y la muerte.

—¿Pero sigues convencido de que la configuración del Guardián fue diseñada para impedir que exploten esos zánganos?

—Sí.

—Entonces el presidente tiene razón; si destruimos la nave alienígena, pondremos fin a esa amenaza.

—Ojalá fuera así de simple.

—¿Y por qué no lo es? —Se apean del helicóptero y pisan la esponjosa cubierta gris del portaaviones. Dominique señala con la mano la batería de armas del buque—. Mira a tu alrededor, Mick. A bordo de este barco hay armamento suficiente para borrar del mapa un país no muy grande. —Le pasa un brazo por la cintura y le susurra al oído—: Afróntalo, eres un héroe. En contra de todas las predicciones, conseguiste entrar en la pirámide y activar la configuración. No sólo has reivindicado la labor realizada por tus padres, sino además tu hazaña ha salvado la vida a dos mil millones de personas. Ya es hora de que te tomes un respiro. Hazte a un lado y deja que terminen el trabajo los peces gordos. —A continuación lo besa apasionadamente en los labios, lo cual arranca un par de silbidos por parte de algunos marineros.

Un teniente los escolta al interior de la superestructura, y bajan por una estrecha escalera que lleva a la cubierta hangar.

Atraviesan un puesto de seguridad fuertemente guardado y seguidamente penetran en la zona de hangares, una cuarta parte de la cual ha sido transformada a toda prisa en un auditorio. Se ha instalado un conjunto de mesas y sillas plegables dispuestas en forma de herradura, en tres hileras, de cara a un podio y un gigantesco mapa del mundo computerizado, de seis metros de alto por doce de largo, montado sobre un tramo del mamparo de acero del hangar. Treinta y ocho puntos rojos luminosos, más otros seis azules, indican los lugares de aterrizaje de los zánganos.

El teniente los lleva a una mesa reservada, situada en el costado izquierdo de la herradura. Varios delegados parecen reconocer a Mick y lo señalan afirmando con la cabeza mientras él camina. Surgen unos cuantos aplausos inconexos que enseguida se convierten en una ovación en pie.

Marvin Teperman levanta la vista desde su asiento y le sonríe.

—Por lo menos conteste, ¿no?

Mick responde con un breve gesto de la mano y acto seguido, sintiéndose ridículo, toma asiento al lado del exobiólogo. La presidenta del Consejo de Seguridad de las Naciones Unidas, Megan Jackson, se acerca hasta él y lo saluda con una sonrisa cálida y un apretón de manos.

—Es un honor conocerlo, señor Gabriel. Estamos todos en deuda con usted. ¿Hay algo que yo pueda hacer?

—Puede decirme por qué estoy aquí. Yo no soy un político.

—El presidente y yo abrigábamos la esperanza de que su presencia pudiera mitigar en parte la hostilidad que reina en este recinto. —Señala a la delegación rusa—. El individuo del centro es Viktor Grozny. Me atrevería a decir que la mitad de la gente que se encuentra aquí preferiría verlo muerto. La paranoia que existe ahora entre Rusia y Estados Unidos hace que la guerra fría parezca una excursión familiar.

Le ofrece una sonrisa maternal y a continuación ocupa su sitio en el podio.

—Declaro abierta la sesión.

Los delegados ocupan sus asientos. Marvin entrega a Mick y Dominique unos pequeños auriculares. Ellos les quitan la envoltura de celofán, ponen el traductor en la posición INGLÉS y se los colocan en los oídos.

—Llamo primero al estrado al profesor Nathan Fowler, Director Adjunto del Centro de Investigación Ames de la NASA y jefe del equipo internacional que está investigando los zánganos alienígenas. ¿Profesor?

Sube al estrado un hombre de cabello canoso y con gafas, de sesenta y muchos años.

—Señora presidenta, respetados delegados, colegas científicos, me encuentro aquí esta tarde para ponerles al día sobre los objetos alienígenas cuyas detonaciones ya han causado la muerte a más de dos millones de personas. A pesar de esta tragedia, las pruebas que voy a mostrarles a ustedes indican con toda claridad que el principal objetivo de los extraterrestres no era aniquilar nuestra especie. De hecho, nuestra presencia en este planeta tiene tanta importancia para esa inteligencia alienígena como puede tener una pulga para un perro.

Se elevan murmullos entre el público.

—Nuestro equipo ha llevado a cabo un concienzudo análisis comparativo entre todos y cada uno de los cuarenta y cuatro objetivos de los zánganos que hemos identificado. Todos estos lugares tienen un rasgo en común: en todos los casos su geología está formada enteramente por piedra caliza. De hecho, permítanme que dé un paso más a ese respecto: la mayoría de los emplazamientos tomados como objetivo reúnen los requisitos para ser denominados paisajes cársticos, es decir, una densa formación de piedra caliza compuesta por altas concentraciones de carbonato cálcico.

»Los paisajes cársticos forman un sexta parte de la masa de nuestro planeta. Se crearon hace aproximadamente cuatrocientos millones de años, cuando se depositaron grandes cantidades de carbonato cálcico en lo que en aquel entonces era el lecho de mares tropicales de...

—Profesor, con el fin de abreviar...

—¿Eh? Oh, por supuesto, señora presidenta. Si me permite unos momentos para explicar la importancia de la piedra caliza en nuestro planeta, creo que todo el mundo podrá comprender mejor los motivos por los que se han lanzado esos zánganos.

—Proceda, pero sea breve.

—Las formaciones cársticas, y la piedra caliza en general, desempeñan una función crítica en la Tierra, pues sirven de inmensos depósitos de dióxido de carbono. El carbonato cálcico de los karst absorbe el dióxido de carbono disuelto como si fuera una esponja, y así ayuda a regular y estabilizar nuestro entorno de oxígeno. De hecho, la cantidad de dióxido de carbono acumulado en las rocas sedimentarias es más de seiscientas veces mayor que el contenido total de carbono que hay en el aire, el agua y las células vivas, sumados todos.

Dominique mira a Mick, cuyo rostro ha adquirido una palidez mortal.

El director de la NASA retira un teclado por control remoto conectado con el mapa computerizado.

—Señora presidenta, voy a servirme de nuestro ordenador para simular lo que sucedería si explotaran simultáneamente los treinta y ocho zánganos que quedan. Les ruego que se fijen de forma especial en la temperatura y la lectura de dióxido de carbono de la atmósfera.

El silencio se abate sobre la delegación mientras el profesor teclea una serie de comandos.

En el borde inferior del gigantesco mapa aparecen dos iconos en color azul.

Temperatura media de	
la superficie del planeta:	20/dic/12
70 grados F.	
(21 grados C.)	Contenido de CO2: 0,03 %

Fowler pulsa otra tecla. Los brillantes puntos rojos parpadean todos a la vez y a continuación se iluminan y se transforman en círculos de energía, luminosos como el alabastro. En cuestión de segundos, las explosiones se apagan y dan paso a un denso manto de nubes de escombros de una tonalidad amarillo naranja que se extiende rápidamente sobre las áreas circundantes y abarca casi un tercio de la superficie de la Tierra.

Temperatura media de	
la superficie del planeta:	20/dic/12 (detonación más
	10 horas)
132 grados F.	
(55,5 grados C.)	Contenido de CO2: 39,23 %

Fowler se ajusta las gafas.

—El calor generado por las explosiones vaporizaría de inmediato la piedra caliza de los karst y liberaría a la atmósfera dióxido de carbono en cantidades tóxicas. La nube que están viendo expandirse por el mapa es una densa capa de CO2 suficiente para matar a todo organismo que respire en el planeta.

Un centenar de conversaciones estallan al mismo tiempo.

Fowler vuelve a pulsar su teclado mientras la presidenta llama al orden.

El mapa cambia. Ahora presenta unas turbulentas nubes de color amarillo naranja que cubren todo el globo.

Temperatura media de la superficie del planeta:	20/dic/22 (Detonación más 10 años)
230 grados F. (100 grados C.)	Contenido de CO_2: 47,85 % Contenido de SO_2: 23.21 %

En la sala se hace el silencio.

—Aquí podemos ver la evolución del medio ambiente terrestre al cabo de diez años. Lo que estamos viendo es la reorganización catastrófica de la atmósfera de nuestro planeta, el inicio de un desbocado efecto invernadero, similar al que creemos que tuvo lugar en Venus hace más de seiscientos millones de años. Venus, un planeta hermano de la Tierra, en otra época tuvo océanos cálidos y una estratosfera húmeda. A medida que fue aumentando el dióxido de carbono de su atmósfera, fue formando una gruesa manta aislante. Esto condujo a la aparición de un volcanismo de ámbito global, y las erupciones sirvieron para multiplicar el efecto invernadero al liberar grandes cantidades de dióxido de azufre a la atmósfera y al mismo tiempo continuar aumentando la temperatura de la superficie. Con el tiempo, los océanos de Venus se evaporaron del todo y formaron densas nubes de precipitación. Parte de dicha precipitación continúa rodeando el planeta, y el resto se dispersó al espacio.

—Profesor, ¿han aumentado sensiblemente los niveles de CO_2 desde que explotaron los siete primeros zánganos?

—Sí, señora presidenta. En efecto, los niveles de dióxido de carbono se han incrementado entre un seis y un siete por ciento en...

—¡Basta ya! —grita Viktor Grozny, de pie y con el rostro congestionado—. He venido aquí a renegociar las condiciones de un armisticio, no a escuchar tonterías sobre extraterrestres.

La presidenta alza la voz por encima de un estallido de protestas.

—Presidente Grozny, ¿está cuestionando la existencia de esta amenaza extraterrestre?

—Se nos ha informado de que la amenaza que suponían los zánganos ha sido eliminada, que ese... esa configuración impide que exploten. ¿No es así, señor Fowler?

Fowler se muestra aprensivo.

—Según parece, los zánganos no explotarán mientras se mantenga intacta la configuración de la pirámide. Pero la amenaza sigue...

—Entonces, ¿por qué perdemos el tiempo en hablar de esto? Yo digo que debemos dejar este asunto a los científicos. Tenía entendido que esta asamblea iba a ser de índole política. Pese a las numerosas amenazas de muerte que he recibido, he acudido a esta reunión de buena fe. Fueron ciudadanos rusos y chinos los que murieron en esos holocaustos de fusión pura. La muerte es la muerte, señora presidenta, ya venga de la aniquilación nuclear, de la asfixia o de la hambruna. Que Occidente y su superior armamento destruyan esa nave alienígena. En este preciso instante, miles de ciudadanos de mi país están muriendo de hambre. De lo que tenemos que hablar es de cómo vamos a cambiar el mundo...

—¿Y quién es usted para exigir un cambio? —responde el general Fecondo, en pie y con los puños cerrados con fuerza—. Su concepto de cambio fue comprometer a Estados Unidos en una guerra nuclear. Occidente le ha dado a su país miles de millones de dólares como ayuda para que dé de comer a su pueblo y estimule su economía, y en lugar de eso usted se lo ha gastado en armas...

Mick cierra los ojos para aislarse de esa justa verbal y concentrarse en lo que ha dicho el profesor Fowler. Se acuerda de cuando estuvo en el interior de la cámara alienígena, en el Golfo. Recuerda que se hizo un corte en la pierna.

«Tenía la sangre de color azul. La atmósfera de aquella cámara debía de estar compuesta por dióxido de carbono.»

Luego recuerda las palabras del Guardián: «... El ambiente

de vuestro mundo no era adecuado, el objetivo inicial era Venus... vuestro mundo está siendo aclimatado».

—Usted acude a nosotros en busca de ayuda —brama Dick Pryzstas—, ¡y en cambio se ha dado mucha prisa en morder la mano que ahora pide que alimente a su pueblo!

—¿Y qué otra alternativa teníamos? —replica Grozny—. Ustedes nos presionan para que firmemos tratados sobre armas estratégicas mientras sus científicos continúan buscando métodos de destruirnos. ¿De qué sirven los tratados cuando las recientes tecnologías de Estados Unidos son más letales que los misiles anticuados que ustedes han eliminado con tanta elegancia? —Grozny se gira hacia el resto de la asamblea—. Sí, fue Rusia la que lanzó primero, pero nos provocaron. Estados Unidos lleva décadas haciendo alarde de su poderío militar. Nuestros informantes nos dicen que a los norteamericanos les quedan menos de dos años para tener a punto sus explosivos de fusión pura. ¡Dos años! Si esos extraterrestres no hubieran atacado, lo hubiera hecho Estados Unidos.

De nuevo la sala se llena de protestas airadas.

Grozny apunta a Chaney con un dedo acusador.

—Le pregunto al nuevo presidente de Estados Unidos: ¿es la paz su verdadero objetivo, o lo es la guerra?

Chaney se pone de pie y aguarda a que se haga el silencio.

—Todos los que nos hallamos presentes en esta sala tenemos las manos manchadas de sangre, presidente Grozny. Todos tenemos la conciencia abrumada por un sentimiento de culpa, a todos nos agobia el miedo. Pero, a no ser por la gracia de Dios, todos podríamos estar muertos. Nos hemos comportado como niños egoístas, todos nosotros, y si nos queda alguna esperanza de sobrevivir como especie, hemos de dejar a un lado nuestras insignificantes diferencias de una vez por todas y convertirnos en adultos.

El presidente da un paso al frente.

—Estoy de acuerdo en que se necesita un cambio, un cambio drástico. La humanidad no puede continuar tolerando la amenaza de la autodestrucción. No puede seguir habiendo ricos y pobres. Debemos reorganizar nuestras economías y crear un orden mundial nuevo, un orden de paz. Presidente Grozny, Estados Unidos le está ofreciendo una rama de olivo. ¿Está usted dispuesto a aceptarla?

Una calurosa ovación se extiende por todo el hangar cuando Viktor Grozny se acerca hasta el presidente y lo abraza.

Dominique está de pie, aplaudiendo con lágrimas en los ojos, cuando de pronto repara en que Mick se está aproximando al podio.

Se hace el silencio en la sala.

Mick se sitúa frente a la asamblea con el mensaje apocalíptico todavía bullendo en su mente.

—El presidente Chaney es un hombre juicioso. El mensaje que tengo yo en mi cabeza también proviene de un hombre juicioso, un hombre que creó una configuración especial para contribuir a nuestra salvación. Mientras nuestras naciones discuten de política, nuestro mundo está siendo preparado, aclimatado para albergar a otra especie, una infinitamente más antigua, una que no aspira a la guerra ni a la paz. Para ese enemigo, la Tierra no es más que una incubadora, y la humanidad un inquilino que la ha ocupado durante dos millones de años y está a punto de ser expulsado.

»Unidos o divididos, no debemos equivocarnos. Mañana es efectivamente el día del juicio. Cuando amanezca, se abrirá un portal cósmico, un portal que debe ser sellado para que sobreviva nuestra especie. Si fracasamos, ya no tendrá importancia nada de lo que se diga o se haga en esta sala. Para cuando mañana se ponga el sol marcando el solsticio, toda criatura viviente de este planeta habrá muerto.

Capítulo 27

21 de diciembre de 2012
(4 *AHAU*, 3 *KANKIN*)
A BORDO DEL *JOHN C. STENNIS*
00.47 horas

Michael Gabriel contempla el negro mar desde el portillo abierto del pequeño camarote VIP. Se encuentra demasiado lejos para ver el resplandor esmeralda; el portaaviones se halla estacionado dos millas al este de la nave alienígena, pero de todos modos es capaz de percibir su presencia.

—¿Vas a pasarte la noche entera mirando por ese portillo? —le pregunta Dominique saliendo del baño con tan sólo una toalla encima. Le roza el pecho con la cara y le desliza los brazos alrededor de la cintura.

Mick siente el calor húmedo que desprende su cuerpo desnudo.

Dominique lo acaricia con las yemas de los dedos, bajando por los músculos del estómago hasta llegar a la ingle. Lo mira a los ojos y le susurra:

—Hazme el amor.

Entonces levanta los brazos y lo besa introduciendo la lengua en su boca, al tiempo que manotea nerviosamente para quitarle la ropa. En pocos momentos ambos están desnudos, abrazados el uno al otro como amantes que no se ven hace mucho tiempo, con todos sus sentimientos y sus miedos olvidados temporalmente, concentrados tan sólo en entrelazarse el uno con el otro, como si no existiera nadie más en el mundo.

Mick la tiende de espaldas y la besa en el cuello. Dominique lo guía y deja escapar un gemido de placer; saborea el sudor que humedece el hombro de Mick al tiempo que atrae el rostro de él hacia sus senos aferrando los rizos que le caen por la nuca.

3.22 horas

Mick yace desnudo bajo la sábana, acariciando con la mano derecha la espalda de Dominique y con la cabeza de ella apoyada en su pecho vendado. Mira fijamente el techo mientras su mente exhausta repite una y otra vez las palabras del Guardián como si fueran un mantra.

«*Xibalba Be* ascenderá en cuatro *Ahau*, tres *Kankin*. Sólo puede ser destruido desde dentro. Tan sólo puede entrar en él un Hunahpú. Tan sólo un Hunahpú puede expulsar el mal de vuestro jardín...»

Dominique se agita ligeramente y gira para tenderse de costado. Mick la tapa con la sábana y después cierra los ojos.

«*Ven a mí, Michael...*»

—¿Eh?

Mick se incorpora como un rayo, con el corazón fuera de sí. Desorientado, recorre el camarote con la mirada y siente un súbito sudor frío por la espalda. «No pasa nada, ha sido sólo un sueño...»

Vuelve a tumbarse con los ojos muy abiertos, esperando oír de nuevo esa voz demoníaca.

«¡Basta Te estás volviendo loco tú solo.» Sonríe débilmente. «Once años en solitario y por fin estoy perdiendo la cordura.»

Cierra los ojos.

«*¿Por qué me tienes miedo, Michael?*»

—Joder...

Mick se pone en pie de un salto, igual que un gato nervioso.

«De acuerdo. No pierdas la calma. Vete a dar un paseo. Despeja la mente.»

Se viste a toda prisa y sale del camarote.

Veinte minutos después, termina encontrando la «Cornisa de los Buitres», un balcón al aire libre que da a la cubierta de vuelo. El aire nocturno es fresco, la brisa marina reconfortante. Se tapa los oídos para protegerse del rugido de un caza de la fuerza conjunta que es catapultado hacia el sereno cielo de la noche.

Una vez más, en su cerebro se repite la conversación con el Guardián. «Tan sólo un Hunahpú puede entrar. Tan sólo un Hunahpú puede expulsar el mal de vuestro jardín y salvar a vuestra especie de la aniquilación.»

«*Siento tu presencia, Michael. Estás muy cerca...*»

—¿Qué?

«*Ven a mí, Michael. No me tengas miedo. Ven con tu creador.*»

—¡Basta! ¡Basta ya! —Mick cierra los ojos con fuerza y se sujeta la cabeza con las manos.

—Mick, ¿se encuentra bien?

«*Ven a mí... padre.*»

—¡Sal de mi cabeza de una vez!

Mick se vuelve con los ojos muy abiertos en una expresión de pánico.

Marvin Teperman lo sacude por los hombros.

—Eh, ¿se encuentra bien?

—¿Qué? Oh, joder. No... no lo sé. Creo que me estoy volviendo majareta.

—Usted y el resto del mundo. No puede dormir, ¿verdad?

—No. Marvin, el zángano que aterrizó en Chichén Itzá, ¿sabe dónde aterrizó exactamente?

El exobiólogo se saca un pequeño aparato del bolsillo de la chaqueta.

—Un momento, lo tengo por aquí. A ver... Chichén Itzá.
Sí, el zángano se posó en un lugar llamado el Gran Juego de
Pelota. En el centro mismo, para ser exactos.

Mick siente un escalofrío por la espalda.

—¿En el centro mismo? ¿Está seguro?

—Sí. ¿Qué ocurre?

—¡Necesitamos un helicóptero! Marvin, ¿puede conseguir un helicóptero?

—¿Un helicóptero? ¿Para qué?

—No puedo explicarlo, simplemente tengo que ir a Chichén Itzá... ¡ahora mismo!

ISLA SANIBEL
COSTA OESTE DE FLORIDA
5.12 horas

Edith Axler está de pie junto a la costa desierta, contemplando
el horizonte gris y la lancha a lo lejos, que se aproxima a toda
velocidad. Se trata de su sobrino Harvey, que la saluda con la
mano y a continuación guía la lancha hasta la playa.

—¿Has tenido algún problema para localizar el SOSUS?

—No —responde él tendiéndole con cuidado lo poco que
queda de una gran bobina de cable de fibra óptica—. El micrófono estaba anclado justo donde dijiste tú. Aunque después de
toda esa basura de la marea negra daba un poco de miedo bucear de noche.

Sale de la lancha y acompaña a su tía a la puerta trasera del
laboratorio. Una vez dentro, Edie enciende el sistema del SOSUS mientras Harvey conecta el cable de fibra óptica al ordenador central.

—¿Esto nos permitirá acceder a todos los micrófonos que
hay repartidos por el Golfo? —pregunta.

—Es un sistema integrado. Mientras este cable aguante,
no veo por qué no. No estaremos en línea con el ordenador de

Dan Neck, pero deberíamos poder captar los sonidos que emita ese objeto alienígena que está enterrado frente a la costa del Yucatán.

Harvey sonríe y termina de realizar la conexión.

—Tengo la misma sensación que si estuviéramos pirateando cable gratis.

GOLFO DE MÉXICO
6.41 am

El escuadrón de cazas de la fuerza conjunta continúa trazando círculos en formación. Los pilotos, un tanto crispados, aguardan a ver los primeros rayos de sol. Abajo, en la superficie del mar, el *John C. Stennis* y su flota se han desplazado para situarse en posición y formar una circunferencia de cinco kilómetros alrededor del punto en el que se encuentra el resplandor.

Maniobrando bajo cuatrocientos cincuenta metros de agua, describiendo círculos en la oscuridad, por debajo de la flota de barcos, se encuentra el submarino de ataque *Scranton* (SSN-756), del tipo *Los Ángeles*. En silenciosa vigilia, el capitán Bo Dennis y su tripulación aguardan preparados, ésas son sus órdenes, para pulverizar cualquier cosa que emerja del agujero esmeralda brillante.

A bordo del portaaviones *John C. Stennis*, la cubierta hierve de actividad.

Las filas de misiles Tomahawk mar-aire que se encuentran en la proa y en la popa tienen como objetivo al tramo de mar reluciente, con su carga útil apuntada hacia el cielo, preparados para su lanzamiento nada más darse la orden. Otros tres vehículos aéreos no tripulados Predator son lanzados para unirse a otra docena más que ya se encuentra en el aire, trazando círculos sobre el objetivo.

Los seis mil hombres y mujeres que hay a bordo de esa ciudad flotante son un auténtico manojo de nervios. Todos han leído las noticias y han visto los disturbios en televisión. Si en efecto el Apocalipsis es inminente, entonces son ellos los que se encuentran en el umbral del mismo. La seguridad en sí mismos, ganada a base de miles de horas de entrenamiento intensivo, los ha abandonado, un efecto colateral del hecho de haber escapado por los pelos de un holocausto nuclear. La disciplina los mantiene en sus puestos de combate, pero lo que los impulsa ahora es el miedo, y no la adrenalina.

Dominique Vázquez se siente invadida por un miedo distinto. Por primera vez en su vida, ha abierto su corazón a un hombre y se ha permitido sentirse vulnerable. Ahora, mientras recorre el gigantesco buque de guerra, siente el corazón atenazado por un dolor físico y el cerebro invadido por el pánico al comprender que Mick la ha abandonado y que es posible que no vuelva a verlo nunca más.

Penetra en una zona restringida y pasa por delante de un policía militar. Cuando éste la agarra del brazo, ella arroja al sorprendido guardia contra la pared del fondo de una agresiva patada lanzada hacia atrás. Cuando intenta entrar en el Centro de Información de Combate, la intercepta un segundo guardia.

—Suélteme, ¡necesito ver a Chaney!

—No puede entrar, el CIC es una área restringida.

—Tengo que encontrar a Mick... ¡ay, va a partirme el brazo!

En ese instante se abre la puerta hermética y salen dos oficiales. Dominique ve al presidente.

—¡Presidente Chaney!

Chaney levanta la vista de la hilera de monitores de los UAV.

—No pasa nada, déjenla entrar.

Dominique se gira para mirar al policía militar y lo golpea en el pecho con el canto de ambas manos.

—No vuelva a tocarme.

Después pasa al interior del centro neurálgico del buque, tenuemente iluminado y repleto de jefes de estado.

—Dominique...

—¿Dónde está Mick? ¡Usted sabe dónde está, dígamelo! ¿Adónde se lo han llevado?

Chaney se la lleva aparte.

—Gabriel se ha ido esta mañana a bordo de un helicóptero. Ha venido a verme. Ha sido por deseo suyo.

—¿Adónde ha ido?

—Me ha dado una carta para que se la entregue a usted.

Chaney extrae el sobre plegado del bolsillo interior de su chaqueta. Dominique lo abre a toda prisa.

Mi queridísima Dom:

Hay muchas cosas que quisiera poder contarte, muchas cosas que quisiera explicarte, pero no puedo. Oigo voces dentro de la cabeza que tiran de mí en direcciones distintas. No sé si esas voces son reales o si mi mente por fin se ha desquiciado.

La voz del Guardián me dice que soy un Hunahpú. Dice que fue mi código genético el que nos permitió a los dos acceder a la nave espacial. Quizá sea esa genética la que me permita comunicarme con la entidad que se encuentra enterrada en el mar del Golfo.

Uno de los zánganos de esa entidad se ha posado en el centro exacto del Gran Juego de Pelota de Chichén Itzá. Mi padre estaba convencido de que existía una fuerte relación entre el Gran Juego de Pelota y la franja oscura de la Vía Láctea. Al igual que la pirámide de Kukulcán, esa cancha también está orientada según el cielo nocturno. Hoy a medianoche, la franja oscura se habrá alineado directamente sobre el punto que señala el centro de esa cancha. El nexo quedará abierto. Incluso está abriéndose ya, lo noto.

Había una tradición maya que consistía en enterrar una piedra que marcase el centro de cada juego de pelota. Mi padre estuvo presente cuando unos arqueólogos retiraron la piedra central de la cancha de Chichén Itzá. Antes de morir, me reveló que años atrás había robado el marcador auténtico y que lo había enterrado de nuevo. No me desveló ese secreto hasta el momento de su último aliento; de algún modo sabía que yo iba a necesitar aquella piedra.

No puede ser una coincidencia que ese zángano haya aterrizado allí. Es posible que la entidad oculta en el Golfo sepa que el marcador está allí y no quiera que lo encontremos. Lo único que sé es que la nave enemiga ascenderá para ir al encuentro del solsticio de invierno. Cuando la entidad que lleva dentro se dé cuenta de que los zánganos no han detonado, atacará la configuración del Guardián e intentará destruirla.

No puedo permitir que suceda tal cosa.

Siento mucho abandonarte de esta manera. La noche de ayer fue la noche más maravillosa de toda mi vida. Y no quiero que sea la última que pasemos juntos.

Te quiero, siempre te querré...

MICK

Dominique se queda mirando fijamente la carta.

—Esto... esto no es justo. ¿Y espera que me limite a quedarme aquí esperando? —Se abalanza sobre el presidente—. Necesito ir a Chichén Itzá...

—Señor, ahí fuera está sucediendo algo.

Una multitud de presentes se agolpa alrededor de los monitores de los UAV.

Dominique se aferra del brazo de Chaney.

—Lléveme con él. Me lo debe.

—Dominique, él mismo ha dicho específicamente que no. Me ha hecho prometérselo...

—Mick me necesita. Necesita mi ayuda...

—Señor presidente, estamos registrando un movimiento sísmico —informa un técnico—. De grado 7,5 en la escala de Richter, y sigue subiendo...

Chaney apoya una mano en el hombro de Dominique.

—Escúcheme. De un modo u otro, vamos a destruir lo que haya dentro de esa nave, ¿entiende? A Mick no va a pasarle nada.

—Señor, el *Scranton* nos está llamando.

El comandante Bo Dennis eleva la voz por encima del estruendo del terremoto submarino.

—Almirante, todo el lecho marino está haciéndose pedazos. Las interferencias electromagnéticas están aumentando...

Un técnico de sonar se aprieta los auriculares contra los oídos.

—¡Patrón, está saliendo algo de ese agujero, algo enorme!

Una inmensa ola de antigravedad empuja desde debajo de los restos del objeto de iridio hacia fuera, una onda invisible que aparta esa masa del que ha sido su lugar de descanso durante sesenta y cinco millones de años y la desplaza hacia arriba atravesando un kilómetro y medio de roca caliza fragmentada. Igual que una bala de cañón de tamaño monstruoso, la colosal masa de iridio, de más de kilómetro y medio de diámetro, asciende en vertical a través de mil millones de toneladas de escombros procedentes del destrozado lecho marino, que se precipitan por el vacío originado por la gigantesca onda. El formidable levantamiento hace añicos el fondo marino circundante y propaga numerosas ondas sísmicas que cruzan rápidamente la totalidad de la semicerrada cuenca del golfo de México. La plataforma de Campeche y el lecho marino que la rodea sufren una sacudida equivalente a un terremoto de magnitud 9,2.

La expulsión de la nave alienígena da lugar a una serie de mortales tsunamis, olas letales que se alejan del epicentro y se dirigen hacia las prístinas playas del Golfo formando un anillo de muerte.

—Patrón, el objeto alienígena ya está fuera del lecho marino...

—Soluciones de lanzamiento trazadas, señor. Es demasiado grande para no acertarle...

El comandante Dennis se agarra a donde puede cuando de pronto el submarino se tumba violentamente hacia babor.

—Timonel, apártenos de la zona de escombros. Jefe, proceso de lanzamiento, prepare tubos uno y dos.

—Sí, señor. Tubos uno y dos preparados.

—Siga la orientación del sonar. Lance tubos uno y dos.

—Sí, señor. Lanzando tubos uno y dos. Torpedos fuera.

—Diez segundos para el impacto. Siete, seis, cinco...

Los dos proyectiles surcan el turbulento mar en dirección a la masa ascendente. Pero quince metros antes del impacto, las cabezas nucleares chocan contra un campo de fuerza invisible y explotan.

A BORDO DEL *JOHN C. STENNIS*

—Almirante, el *Scranton* informa que ha dado directamente en el blanco, pero que no ha causado daños. Al parecer, el objeto se encuentra protegido por un campo de fuerza, y continúa ascendiendo.

Todas las miradas están fijas ahora en los monitores de los UAV. Suspendidas sesenta metros sobre la superficie del mar, las cámaras de los Predator muestran un anillo de burbujas formándose en la superficie del agua.

—¡Aquí viene!

La masa ovoide viola la superficie igual que un iceberg puntiagudo; la mayor parte de su contorno se hunde y luego se bambolea arriba y abajo hasta encontrar el equilibrio en las agitadas aguas. Los primeros planos tomados desde los UAV de la chamuscada superficie de iridio revelan una red de desiguales escarpes metálicos e indentaciones del tamaño de un cráter.

Los sensores transmiten imágenes realzadas por ordenador del diseño de la nave alienígena. Dominique contempla la imagen holográfica en tres dimensiones. Bajo los restos de la nave penden veintitrés apéndices tubulares que le recuerdan a un enorme buque de guerra mecánico.

—Pónganse en contacto con nuestros cazas —ordena el almirante—. Abran fuego.

Los cazas de ataque rompen la formación y lanzan una salva de misiles SLAMMER. Los proyectiles explotan justo encima de la descomunal masa y sus múltiples detonaciones revelan momentáneamente la presencia de un campo de fuerza azul neón.

El jefe de operaciones maldice en voz alta.

—Ese jodido objeto está protegido por un campo de fuerza, igual que sus zánganos. Capitán Ramírez...

—Sí, señor.

—Ordene a los cazas que despejen la zona del objetivo. Lance dos Tomahawk. Vamos a ver lo potente que es ese escudo.

De repente se oye una tremenda explosión que sacude el barco entero. Dominique se tapa los oídos.

Los sistemas de guiado de los dos misiles Tomahawk han sido desmantelados para evitar que la configuración del Guardián altere su trayectoria. Lanzadas a quemarropa, las cabezas nucleares se estrellan contra su objetivo, y la doble detonación forma una bola de fuego que sube hacia el cielo y ciega momentáneamente las imágenes en tiempo real que están filmando las cámaras de los UAV.

Las imágenes vuelven. La nave sigue intacta.

Y entonces sucede una cosa.

En la parte central de la masa flotante aparece un movimiento mecánico, seguido de un intenso fogonazo de luz verde.

El destello proviene de una abertura en el revestimiento del casco alienígena, pero no es una escotilla, como la que llevan los submarinos en lo alto, ni tampoco una mella ni un desgarro. Se ven unos fragmentos de iridio que parecen abrirse en capas y luego se repliegan hacia atrás, alejándose del vórtex de energía.

Acto seguido, del resplandor verde esmeralda surge... un ser.

Una forma voluminosa que comienza a salir, asomando la cabeza.

Las cámaras de la Marina ajustan el enfoque, y las imágenes revelan el rostro del ser: una gigantesca víbora alienígena. Su formidable cabeza, adornada con escamas que semejan un plumaje, tiene el tamaño de una valla publicitaria; sus dos ojos carmesíes refulgen como radiofaros luminiscentes y están dotados de unas pupilas reptilianas en forma de ranuras verticales de color ámbar que se contraen al detectar la luz del día; cuenta con una serie de extrañas mandíbulas que se estiran individualmente y muestran dos tremendos y ebúrneos colmillos, cada uno de los cuales podrá medir fácilmente metro y medio de largo. Por lo demás, la boca está ocupada por varias filas de dientes afilados como escalpelos.

La serpiente lanza un siseo reptiliano que hace temblar las oleaginosas plumas de color verde esmeralda que recorren todo su ancho lomo.

Las afiladas espinas que cubren el vientre de la criatura se aferran a la superficie de iridio cuando el monstruo se yergue imitando a una inmensa cobra...

... para dirigir la mirada hacia el cielo durante un brevísimo instante, como si estuviera analizando la atmósfera.

Al momento, a la velocidad del rayo, se zambulle de cabeza en el mar y su monstruoso cuerpo desaparece bajo las olas.

El presidente y sus jefes de la Junta de Estado Mayor contemplan los monitores con expresión atónita.

—Dios santo... ¿Era real esa cosa? —susurra Chaney.

Un especialista en comunicaciones, todavía aturdido, escucha un mensaje entrante por sus auriculares.

—Almirante, el *Scranton* informa de que el E.T. está atravesando la termoclina, y que su última velocidad detectada es de... Dios del cielo, noventa y dos nudos. El rumbo es sur-sureste. Señor, esa forma de vida por lo visto se dirige en línea recta hacia la península del Yucatán.

Una alborotada muchedumbre de más de doscientos mil fanáticos se ha congregado en el aparcamiento de Chichén Itzá, entonando cánticos y arrojando piedras a la milicia mexicana fuertemente armada, en su afán de trasponer la entrada principal de la antigua ciudad maya por la fuerza.

Dentro del parque, cuatro tanques Abrams M1-A2 norteamericanos han adoptado posiciones defensivas a uno y otro lado de la pirámide de Kukulcán. En la selva circundante se hallan a la espera dos escuadrones de Boinas Verdes armados hasta los dientes, ocultos entre la densa vegetación.

Al oeste de la pirámide de Kukulcán se extiende el Gran Juego de Pelota de Chichén Itzá, un inmenso complejo construido en forma de letra I, rodeado por todos sus lados por muros de piedra caliza.

El muro este de la cancha está formado por una estructura de tres pisos conocida como el Templo de los Jaguares, y consta de una entrada con columnas esculpidas en forma de serpientes emplumadas. La estructura que se eleva junto al límite norte de la cancha se llama Templo del Hombre Barbudo. La fachada de estos dos muros verticales contiene grabados del gran Kukulcán saliendo de las fauces de una serpiente emplumada. En otras escenas se ve a Kukulcán muerto, vestido con una túnica, siendo engullido por un serpiente de dos cabezas.

Sobre las caras de los muros este y oeste hay unos aros de piedra colocados en posición vertical, como si fueran canastas de baloncesto puestas de costado. Inventado por los olmecas, el ritual ceremonial conocido como Juego de Pelota pretendía simbolizar la batalla épica entre la luz y las tinieblas, entre el bien y el mal. Había dos equipos de siete guerreros, que competían entre sí intentando lanzar un balón de caucho y conseguir que pasara por el aro colocado en vertical sirviéndose tan sólo de los codos, las caderas o las rodillas. La resolución del encuentro era sencilla, y la motivación de lo más pura: los ganadores eran recompensados y los perdedores eran decapitados.

Michael Gabriel se encuentra en el centro de los noventa y cinco metros de extensión de hierba, de pie en la sombra del zángano, impartiendo instrucciones a un equipo de tres Rangers del ejército de Estados Unidos. Armados con picos y palas, los tres hombres excavan un hoyo de dos metros y medio de profundidad, abriéndose camino a través del quebradizo terreno para llegar a un punto situado justo debajo de las garras del objeto alienígena.

La intensidad del campo de fuerza del zángano hace que el cabello de Mick esté todo alborotado y de punta.

Levanta la vista al ver llegar un jeep por el extremo sur de la cancha del juego de pelota. Antes de que el vehículo se detenga, se apea del mismo el coronel E. J. Catchpole.

—Acabamos de enterarnos, Gabriel. La masa alienígena ha salido a la superficie, tal como predijo usted.

—¿Ha conseguido destruirla la Marina?

—Negativo. La nave estaba protegida por el mismo campo de fuerza que estos malditos zánganos. Y aún hay más: ha salido de ella un ser alienígena...

—¿Un alienígena? ¿Y cómo era? —Mick siente que el corazón le retumba igual que un tambor.

—No lo sé. La configuración de la pirámide está ocasionando problemas de comunicación. Lo único que he logrado entender es que era enorme y que la Marina piensa que se dirige hacia aquí. —El coronel se arrodilla junto al hoyo—. Teniente, quiero que usted y sus hombres salgan de ahí.

—Sí, señor.

—Coronel, no estará rindiéndose...

—Lo siento, Gabriel, pero necesito a todos los hombres disponibles para vigilar esa configuración. Además, ¿qué es lo que está buscando?

—Ya se lo he dicho, es una especie de piedra, un marcador

de forma redonda, como del tamaño de un balón. Probablemente esté enterrado justo debajo de los pies del zángano.

El teniente sale del hoyo seguido por otros dos Rangers, todos cubiertos por una capa de polvo blanco.

El teniente bebe de su cantimplora y escupe el último trago.

—Voy a exponerle la situación, Gabriel. Hemos dado con el borde de una especie de estuche metálico, pero si mis hombres intentan sacarlo, el peso de este zángano hará que se hunda el túnel. Hemos dejado ahí abajo una linterna y un pico por si a usted le apetece intentarlo, pero mi consejo es que no se arriesgue.

Los comandos se suben al jeep.

—Le sugiero que salga pitando de aquí antes de que empiecen los fuegos artificiales —grita el coronel al tiempo que el vehículo acelera en dirección oeste.

Mick observa cómo se marcha el jeep y después desciende al hoyo bajando por la escalera de mano.

Los Rangers han excavado un estrecho túnel horizontal que discurre por debajo del zángano. Con el pico en una mano y la linterna en la otra, gatea a cuatro patas por la madriguera. Los sonidos del exterior pronto quedan amortiguados.

El túnel se interrumpe cuando ha recorrido tres metros y medio. Por encima de él, en la roca, sobresalen las puntas afiladas de las garras de la criatura.

Descubre la mitad inferior de un reluciente cilindro metálico incrustado en el techo de piedra caliza entre las dos garras negras, igual que el recipiente de iridio que descubrieron su padre y él hace ya tanto tiempo, enterrado en el desierto de Nazca.

Con una mano, Mick desprende algunos fragmentos de roca alrededor del extremo visible del cilindro, y con la otra intenta aflojarlo. Le cae un poco de grava por la espalda, procedente de las fisuras que se han abierto en el techo. Continúa desprendiendo fragmentos, notando cómo el objeto va aflojándose, consciente de que en cualquier momento el techo se vendrá abajo y lo sepultará bajo el peso del terreno y del zángano alienígena.

Las nubes de polvo blanco le impiden la visión, hasta que por fin, con un último tirón, consigue liberar el cilindro. Da un salto atrás justo en el momento en que... una parte del techo se derrumba en medio de una cegadora avalancha de polvo blanco y escombros, seguida de las dos toneladas de peso del zángano, que se precipita en el túnel.

Mick retrocede a gatas por lo que queda del túnel y se arrastra hasta la salida con el cuerpo cubierto de polvo blanco y la mano derecha, la que tiene aferrado el cilindro metálico, manchada de sangre.

Después sube por la escalera tosiendo y escupiendo y se deja caer de espaldas junto al borde del hoyo, para respirar aire fresco. Busca a tientas la botella de agua, se echa un poco por la cara, se la restriega, y a continuación se incorpora y concentra su atención en el cilindro.

Durante largos instantes, mientras recobra las fuerzas, se limita a contemplar fijamente el objeto, en el que destaca en un rojo escarlata el icono del Tridente de Paracas, la insignia del Guardián.

—Muy bien, Julius, vamos a ver qué es lo que me tuviste oculto durante tantos años.

Quita la tapa del cilindro y extrae el extraño objeto que éste guarda en su interior.

«Pero ¿qué es esto?»

Se trata de un objeto de jade, pesado y redondo, de un tamaño aproximado al de un cráneo humano. De un costado sobresale el mango de una inmensa daga de obsidiana. Mick intenta sacar dicha hoja, pero está demasiado incrustada.

En el otro lado del objeto hay dos imágenes inscritas. La primera es una batalla épica en la que se ve a un individuo caucásico con barba y una gigantesca serpiente emplumada; el hombre tiene en la mano un pequeño objeto que mantiene a raya a la bestia. La segunda imagen es la de un guerrero maya.

Mick se fija en la cara del guerrero y se le eriza el vello de la piel cubierta de polvo blanco. «Dios mío... soy yo.»

ISLA SANIBEL
COSTA OESTE DE FLORIDA

La alarma del SOSUS despierta a Edith Axler con un sobresalto. Levanta la cabeza de la mesa y alarga la mano hacia el terminal del ordenador para coger los auriculares. Se los pone en los oídos y escucha.

Su sobrino Harvey entra en el laboratorio a tiempo para ver la expresión de consternación de su tía.

—¿Qué ocurre?

Ella le pasa los auriculares y se apresura a poner en marcha el sismógrafo.

Harvey escucha mientras el aparato comienza a dibujar líneas en tinta sobre el papel.

—¿Qué es eso...?

—Un terremoto masivo bajo la plataforma de Campeche —contesta ella con el corazón a cien por hora—. Ha debido de suceder hace menos de una hora. Ese retumbar que estás oyendo es una serie de potentes tsunamis que están embarrancando contra la plataforma del oeste de Florida.

—¿Cómo, embarrancando?

—Chocando unos con otros al perder fuerza y desplazando la energía en sentido vertical. Esas olas van a ser gigantescas para cuando alcancen la orilla. Dejarán bajo el agua todas las islas que se encuentran frente a la costa.

—¿Cuándo?

—Calculo que dentro de quince o veinte minutos como máximo. Voy a llamar a los guardacostas y al alcalde, tú alerta a la policía y luego ve a buscar el coche. Tenemos que salir de aquí.

El Sikorsky SH-60B Seahawk vuela quince metros por encima de las crestas blancas de las olas seguido de cerca por los otros cuatro helicópteros de la Marina. Allá en lo alto, dos escuadrones de cazas de la fuerza conjunta fijan sus sensores en la ondulación del agua que avanza rápidamente a media milla de ellos.

Dominique está asomada a la ventanilla, contemplando las monstruosas olas del mar. A lo lejos despunta la costa del Yucatán por detrás de una neblina matinal.

Abajo, propagándose por la superficie del mar a velocidades que superan la de un avión de pasajeros, se distingue la primera de una serie de tsunamis. La letal pared de agua pierde velocidad al tocar aguas poco profundas y la refracción y el embarrancamiento desplazan su increíble fuerza hacia arriba formando una cresta que se eleva en vertical por debajo del helicóptero. El general Fecondo da unos golpecitos en el hombro del copiloto.

—¿Por qué no han seguido disparando los cazas?

El copiloto se vuelve hacia él.

—Han informado de que el objetivo se encuentra demasiado profundo y se mueve demasiado deprisa. No hay firma, nada en que fijar el disparo. Pero no se preocupe, general, el E.T. está a punto de salir del mar. Nuestros cazas lo machacarán en cuanto toque la playa.

El presidente Chaney se gira para mirar a Dominique. Su piel oscura tiene un aspecto pastoso y grisáceo.

—¿Va bien ahí detrás?

—Estaré mejor cuando... —De pronto deja de hablar y se queda mirando fijamente el agua con una sensación de pérdida de equilibrio; el mar parece alzarse directamente hacia ellos—. ¡Eh, cuidado! ¡Vuele más alto!

—Joder...

El piloto da un tirón a la palanca de gases al tiempo que la monstruosa ola empuja hacia arriba, contra la panza del helicóptero, levantándolo como si fuera una tabla de surf.

Dominique se agarra al asiento de delante cuando el Sikorsky da un tumbo hacia un costado. Durante unos instantes surrealistas, el aparato vacila peligrosamente en la punta de la cresta de la ola, hasta que de repente ésta, de veintiséis metros de altura, los deja libres y se desploma azotando la orilla de la playa con un estruendo descomunal.

El helicóptero se nivela, suspendido muy por encima del paisaje anegado por la ola, y tanto los pasajeros como la tripulación contienen el aliento al ver cómo la onda asesina se precipita tierra adentro arrollando todo lo que encuentra a su paso.

Se oye un rugido ensordecedor cuando los cazas sobrevuelan la zona.

—General, nuestros cazas informan de que han perdido todo contacto visual con el E.T.

—¿Está dentro de la ola?

—No, señor.

—Entonces, ¿dónde demonios está? —vocifera Chaney—. Un objeto de semejante tamaño no puede desaparecer sin más.

—Tiene que estar aún en el mar —afirma el general—. Que los helicópteros regresen al último lugar donde fue visto. Envíe a los cazas a inspeccionar la costa, arriba y abajo. Tenemos que interceptar a ese extraterrestre antes de que llegue a tierra firme.

Transcurren diez largos minutos.

Desde donde se encuentra, Dominique ve que la inmensa ola comienza a replegarse hacia el mar formando un turbulento torrente que arrastra palmeras arrancadas de raíz, escombros y ganado.

—Señor presidente, estamos perdiendo el tiempo...

Chaney se gira para mirarla.

—El E.T. todavía se encuentra ahí fuera...

—¿Y si no fuera así? ¿Y si estuviera de camino a Chichén Itzá, como dijo Mick?

El general Fecondo se da la vuelta.

—Tenemos treinta helicópteros sobrevolando la costa del Yucatán. En el instante en que esa cosa asome la cara...

—¡Un momento! Mick dijo que la geología de esa península es como una esponja gigante. Hay todo un laberinto de cuevas subterráneas que se comunican con el mar. El alienígena no está escondido, ¡está viajando bajo tierra!

ISLA SANIBEL

Edie aporrea la puerta de la casa de su amiga.

—¡Suz, abre!

Sue Reuben abre la puerta principal, todavía medio dormida.

—Edie, ¿qué...?

Edith la agarra de las muñecas y la arrastra hacia el coche.

—Edie, por el amor de Dios, que estoy en pijama...

—Métete dentro. ¡Se acerca un tsunami!

Harvey enciende el motor mientras las dos mujeres se suben al coche y acelera. Recorren a una velocidad salvaje las áreas residenciales y dan la vuelta para tomar la carretera principal.

—¿Una tsunami? ¿Es muy grande? ¿Y qué pasa con el resto de la isla?

—Los helicópteros de los guardacostas están evacuando las playas y las calles. La radio y la televisión llevan diez minutos emitiendo advertencias. ¿Es que no has oído las sirenas?

—No duermo con el sonotone puesto.

De repente Harvey clava los frenos al acercarse al cruce de cuatro vías que conduce a la carretera elevada. El único puente que sale de la isla Sanibel está abarrotado de vehículos pegados unos a otros.

—Por lo visto, todo el mundo ha salido de su casa —comenta Harvey, chillando por encima del estruendo de bocinas.

Edie consulta su reloj.

—Esto no es nada bueno. Tenemos que irnos de aquí.

—¿Andando? —Sue niega con la cabeza—. Edie, el peaje se encuentra a más de un kilómetro y medio, yo voy en zapatillas...

Edie abre la portezuela y saca a su amiga a rastras del asiento de atrás. Harvey agarra a su tía de la mano que ésta tiene libre y tira de las dos por entre la fila de coches, en dirección al otro lado del puente.

Por espacio de varios minutos, los tres entran y salen corriendo del tráfico, en el afán de llegar a la cabina de peaje.

Edie levanta la vista al ver a varios adolescentes pasar raudos por su lado, calzados con patines motorizados, y se protege los ojos del resplandor procedente de las aguas de la bahía, que se cierran alrededor de la isla Sanibel para continuar su camino hacia el golfo de México.

Maniobrando despacio por la línea de la costa avanza un camión cisterna rojo y negro.

Más allá de él, a tres millas de la costa, una descomunal pared de agua está elevándose del mar en vertical.

Sue Reuben se da la vuelta y contempla la ola con expresión incrédula.

—Oh, Dios mío, ¿esa cosa es de verdad?

Los coches hacen sonar las bocinas, los desesperados pasajeros huyen de sus vehículos mientras la monstruosa ola alcanza una altura de treinta y ocho metros.

El tsunami levanta en vilo el camión cisterna con su enorme mole y termina rompiendo encima de él, lanzándolo contra el fondo del mar. El tremendo impacto hace que el puente reverbere mientras la ola asesina se hace pedazos contra la costa de Sanibel arrollándolo todo y sumiéndolo en el olvido.

Edie arrastra a su sobrino y a su amiga hacia la abandonada cabina de peaje. Harvey abre la puerta de un tirón y empuja a las dos al interior en el mismo instante en que el tsunami arrasa las islas de Sanibel y Captiva extendiendo su tremenda potencia por toda la bahía.

Harvey cierra la puerta a la vez que Sue y Edie se tienden en el suelo.

El tsunami invade la carretera elevada y sumerge la cabina de peaje bajo el agua.

La estructura de acero y hormigón protesta. Por todos lados penetra agua de mar llenando el rectángulo de plexiglás de apenas un metro de anchura. Edie, Harvey y Sue aguantan en medio del torrente, rodeados de agua fría y de oscuridad conforme el nivel del agua continúa subiendo. El rugido del tsunami es como un tren de mercancías, su potencia sacude la cabina de peaje amenazando con arrancarla de sus cimientos.

La bolsa de aire se llena. Edie cierra los ojos con fuerza y aguarda la muerte. Su último pensamiento es para Iz, se pregunta si podrá verlo.

Los pulmones le arden, el pulso le retumba en los oídos.

Y entonces el rugido se aleja y vuelve la luz del sol.

Harvey abre la puerta de una patada.

Los tres supervivientes salen a trompicones, tosiendo y escupiendo, abrazados el uno al otro, rodeados de agua hasta las rodillas. La ola continúa precipitándose tierra adentro.

Edie agarra a Sue y la sostiene haciendo frente al torrente.

—¿Todo el mundo está bien?

Sue afirma con la cabeza.

—¿Deberíamos regresar?

—No, los tsunamis vienen en series múltiples. Tenemos que echar a correr.

Cogidos de los brazos, los tres comienzan a avanzar dando traspiés por la carretera anegada al tiempo que la avalancha de agua va cediendo. De pronto cambia de dirección y amenaza con arrastrarlos hacia la bahía. Se aferran a una señal de tráfico y empiezan a rezar, luchando por conservar la vida en medio del río de escombros.

Acunando el objeto de jade entre las manos, Mick contempla la imagen del guerrero como si estuviera mirándose en un espejo.

En eso, siente una brisa, luego un sonido como de un aleteo, procedente del interior del cilindro de iridio.

Mick introduce la mano, y se queda perplejo al encontrar un cartón descolorido. Le tiembla la mano al reconocer la letra de lo que lleva escrito.

Michael:

Si acaso el destino te trajera hasta aquí, en este momento estarás tan estupefacto como nos sentimos tu madre y yo cuando el objeto que ahora tienes en tu mano fue desenterrado por primera vez en 1981. En aquel entonces tú eras un inocente niño de tres años y yo, bueno, durante un tiempo fui lo bastante necio para creer que el guerrero de esa imagen era yo. Entonces tu madre me indicó la oscuridad de los ojos de la imagen, y los dos supimos de manera instintiva que, de algún modo, el guerrero eras tú.

Ahora ya conoces la verdadera razón por la que tu madre y yo no quisimos abandonar nuestras investigaciones, la razón por la que a ti se te negó una infancia normal en Estados Unidos. Te aguarda un destino más grandioso, Michael, y creímos que nuestro deber como padres tuyos era prepararte lo mejor que pudiéramos.

Después de dos décadas investigando, sigo sin entender del todo la función que tiene este objeto de jade. Sospecho que tal vez sea una especie de arma que nos dejó el propio Kukulcán, aunque no he hallado ninguna fuente de poder importante que pueda decirme cuál es su propósito. He conjeturado que la hoja de obsidiana que lleva incrustada debe de ser un antiguo cuchillo ceremonial, de más de mil años de antigüedad, que quizá se utilizó para extraer el corazón a las víctimas de los sacrificios.

Tan sólo puedo abrigar la esperanza de que tú averigües el resto antes de que llegue el solsticio de invierno de 2012.

Ruego a Dios que te ayude en tu búsqueda, sea cual sea, y rezo también por que un día encuentres sitio en tu corazón para perdonar a esta alma desgraciada por todo lo que ha hecho.

Con cariño, tu padre, J. G.

Mick observa fijamente la carta, releyéndola una y otra vez, intentando asimilar lo que su corazón ya sabe que es cierto.

«Soy yo. Yo soy el elegido.»

Se pone en pie, deja caer la carta y el cilindro en el hoyo y a continuación, con el objeto de jade fuertemente aferrado en la mano, sale corriendo del desierto juego de pelota y se encamina hacia los escalones del lado occidental de la pirámide de Kukulcán.

Para cuando alcanza la cumbre ya está empapado de sudor. Se enjuga la frente limpiando también los últimos residuos de polvo y, con paso inseguro, penetra en el pasillo norte para dirigirse a la escondida trampilla hidráulica del Guardián.

—¡Guardián, déjame entrar! ¡Guardián...!

Golpea con el pie el suelo de piedra llamándolo una y otra vez. Pero no sucede nada.

EL CENOTE SAGRADO

Con su metro noventa y siete y sus ciento cuarenta kilos de peso, el teniente coronel Mike Slayer, apodado Bruce Lee, es el boina verde más alto que jamás ha vestido un uniforme de comando. Este chino-irlandés-estadounidense de voz áspera es un ex jugador profesional de fútbol americano y un milagro de la medicina, pues casi no hay ninguna parte de su cuerpo que no haya sido reparada, sustituida o reciclada. Bruce Lee tiene fama de arrear puñetazos a las cosas con verdadera saña cuando no encuentra la palabra que quiere utilizar o cuando se le disloca el hombro o la rodilla.

Sirviéndose de la manga, el comando se seca el sudor del labio superior antes de que hagan presa en él los mosquitos. «Ya llevamos tres jodidas horas con el calzoncillo pegado al culo en esta selva mexicana olvidada de Dios.»

Bruce Lee está más que deseoso de aporrear algo.

De pronto, en su oído izquierdo se oye un crujido de estática. El teniente coronel se ajusta el comunicador.

—Adelante, coronel.

—Los satélites han detectado un flujo magnético que se aproxima a su posición desde el norte. Creemos que el alienígena está viajando a través de los acuíferos y que puede emerger por el pozo.

«Ya era hora, joder.»

—Lo copio. Estamos más que preparados.

Bruce Lee indica por señas a su escuadrón que tome posiciones alrededor del cenote. Cada hombre porta una OICW (Arma de Combate de Infantería por Objetivos), la ametralladora más letal del mundo. Este fusil, de seis kilos de peso, cuenta con dos cañones, uno para disparar munición de 5,56 milímetros y el otro para lanzar proyectiles HE de veinte milímetros que pueden explotar al impactar en el blanco o tras un breve intervalo de tiempo, delante, detrás o encima del objetivo.

El teniente John McCormack, apodado Rojo el Sucio, se reúne con el teniente coronel y ambos se asoman al interior del pozo.

—Y bien, ¿dónde está ese jodido alienígena?

—Ley de Murphy de combate número 16: Si tienes un objetivo seguro, que no se te olvide hacer saber al enemigo que lo tienes.

De pronto empieza a temblar el suelo y las sacudidas se extienden por toda la superficie del cenote.

—Me parece que me he precipitado al hablar. —Bruce Lee hace señas a sus hombres y después retrocede del borde del foso, conforme los temblores se hacen más fuertes.

Rojo el Sucio apunta por la mira láser de su fusil. «Vamos, hijo de puta. Ven y verás.»

El suelo se sacude de tal manera que los comandos a duras penas pueden apuntar sus armas.

En eso, se hunde la pared del cenote que está enfrente de ellos y expulsa hacia fuera una lluvia de agua y roca caliza...

Y entonces sale del cenote la criatura alienígena.

Los músculos de Bruce Lee se contraen por el miedo.

—Hijo de puta... ¡Fuego! ¡Fuego!

Los fusiles de los comandos escupen una andanada de plomo.

Pero las balas no llegan a tocar al alienígena; un escudo de energía transparente, visible tan sólo en las distorsiones, envuelve a la serpiente como una segunda piel. A medida que las balas van entrando en dicho campo de energía, parecen evaporarse en el aire.

—Pero ¿qué diablos...? —Bruce Lee contempla la escena horrorizado y confuso, mientras sus hombres continúan disparando.

La criatura alienígena, moviéndose como si los comandos no existieran, comienza a deslizarse por el *sacbe* maya y va abriéndose paso por entre el follaje de la jungla, en dirección a la pirámide.

Bruce Lee activa el transmisor que lleva en el casco.

—Coronel, hemos hecho contacto con el alienígena... o por lo menos lo hemos intentado. Nuestras balas han sido inútiles, señor, simplemente desaparecieron en el aire o algo así.

Mick percibe el eco de los rotores de un helicóptero que se acerca cortando el aire. Se halla en lo alto de la pirámide de Kukulcán, con la vista fija en el Gran Juego de Pelota, y observa cómo el aparato toma tierra en el prado adyacente a la escalinata occidental de la pirámide.

Se le acelera el corazón al ver apearse a Dominique detrás del presidente y de dos comandos del ejército de Estados Unidos.

«*Michael...*»

Mick lanza una exclamación ahogada y gira la cabeza hacia el norte. Presiente algo que se aproxima desde la jungla.

¡Algo inmenso!

La bóveda de árboles que cubre el *sacbe* va siendo arrancada de raíz conforme se acerca el ser.

Allá abajo, en el suelo, cuatro tanques Abrams M1-A2 se lanzan a toda velocidad por el sendero de tierra en formación de a uno, apuntando con sus buscadores láser al centro del antiguo sendero maya.

Mick, con el corazón desbocado, abre los ojos desmesuradamente.

De repente asoma por encima de las copas de los árboles el cráneo del alienígena, con sus ojos carmesíes reluciendo como rubíes bajo el sol de la tarde.

«Tezcatilpoca...»

Los tanques abren fuego y escupen por sus cañones de ciento veinte milímetros de ánima lisa cuatro proyectiles que salen al unísono, como si fueran uno solo.

Pero no hay contacto ni explosión. Al alcanzar la piel de la criatura alienígena, los casquillos simplemente desaparecen en un mullido colchón de aire lanzando breves y cegadores destellos.

Prosiguiendo su avance, la serpiente se echa encima de los carros blindados. Durante unos momentos los tanques Abrams desaparecen en el interior del campo de energía, y segundos después aparecen de nuevo, pero con las chapas de titanio y las torretas de disparo retorcidas e irreconocibles.

Mick oye la voz del Guardián repitiendo en sus oídos: «*Tezcatilpoca esconde en su interior el portal que conduce al pasillo cuatridimensional.*»

«El portal que conduce al pasillo cuatridimensional... ¡Es Tezcatilpoca! ¡Tezcatilpoca es el portal en sí!»

La serpiente emplumada asciende por la escalinata norte con sus demoníacos ojos muy brillantes, irradiando energía. Dentro de sus córneas inyectadas de sangre se ensanchan las ranuras doradas de sus reptilianas pupilas, como si dejaran ver las llamas de un horno infernal.

Mick mira fijamente a la criatura totalmente paralizado por el pánico. «¿El Guardián quiere que entre ahí?»

La serpiente se detiene al llegar a la cumbre. Luego, haciendo caso omiso de Mick, abre la boca y exhala una vaporosa ráfaga de energía de color esmeralda por entre los colmillos retraídos.

Entonces, con una tremenda llamarada, el templo de piedra caliza es engullido por un fuego sobrenatural de color bermellón que funde los bloques de piedra en cuestión de segundos.

Mick se aparta del intenso calor y corre a refugiarse en los tres últimos escalones de la escalinata norte.

Las llamas se extinguen. Tras el incendio, sobresaliendo de forma semejante al mástil de una bandera de lo poco que ha quedado de la pared central del templo, se alza... una antena de iridio de cuatro metros y medio de altura.

«¡La configuración!»

«*Tú eres Hunahpú. Tú posees la capacidad para acceder a la configuración de los Nephilim.*»

Un súbito instinto de supervivencia desata de pronto un proceso mental que se encontraba en estado latente. Mick percibe una fuerte cadena de impulsos que desembocan en las terminaciones nerviosas de los dedos y continúan por el objeto de jade, que comienza a brillar con una energía intensa, casi cegadora.

El alienígena se para en seco y sus pupilas ambarinas desaparecen en el interior de sus ojos carmesíes.

A Mick le retumba el corazón igual que un martillo perforador, y el brazo le tiembla notablemente debido a la energía que le inunda todo el cuerpo.

La víbora, deslumbrada, mira fijamente la piedra de jade como si estuviera en trance.

Mick cierra los ojos, luchando por conservar la cordura. «Muy bien, no pierdas la calma. Apártala de la configuración.»

Con el brazo todavía extendido, inicia lentamente el descenso por la escalinata oeste, un peldaño tras otro.

Como si fuera guiada por una cuerda invisible, la serpiente lo sigue escaleras abajo.

En ese momento corre hacia él Dominique... pero se detiene con una expresión de total estupefacción.

—Oh, Dios. Oh, Dios mío...

Chaney, el general Fecondo y dos comandos del ejército permanecen inmóviles tras uno de los bajos muros del Juego de Pelota, incapaces de asimilar lo que ven sus ojos.

—¡Dominique! —Con su mano libre, Mick la saca de su estupor—. ¡Dom, no puedes estar aquí!

—Oh, Dios... —Ella se aferra de su mano y tira de él hacia atrás—. Ven...

—No, espera. Dom, ¿recuerdas lo que te conté? ¿Recuerdas lo que simbolizaba la entrada al Mundo Inferior en el Popol Vuh?

Ella vuelve la cabeza para mirarlo y después mira al monstruo alienígena.

—Oh, no. Oh, Dios, no...

—Dom, la serpiente emplumada es, ella misma, el portal que conduce al Camino Negro.

—No...

—¡Y creo que Hun-Hunahpú soy yo!

«*Michael...*»

A Mick se le pone la carne de gallina.

Dominique lo mira con profundo terror, con las lágrimas rodando por las mejillas.

—¿Qué vas a hacer? No irás a sacrificarte, ¿verdad?

—Dom...

—¡No! —Lo aferra del brazo.

«Me estoy acercando, Michael. Percibo tu miedo...»

—¡No pienso permitírtelo! Mick, por favor... Yo te quiero...

Mick nota que se debilita su voluntad.

—Dom, yo también te quiero a ti, y estoy muy asustado. Pero te lo ruego, si deseas volver a verme tienes que irte. Por favor, márchate, ¡ahora mismo! —Mick se vuelve hacia Chaney—. ¡Llévesela de aquí! ¡Rápido!

El general Fecondo y los dos comandos se la llevan a rastras, ella chillando y pataleando, hacia el helicóptero.

Chaney se sitúa al lado de Mick sin apartar la vista de la criatura alienígena.

—¿Qué es lo que va a hacer?

—No estoy seguro, pero pase lo que pase, no permita que Dominique se acerque.

—Tiene mi palabra. Ahora, háganos un favor a todos y mate a esta cosa.

Chaney retrocede y se sube al helicóptero.

El aparato despega del suelo.

Una oleada de vértigo obliga a Mick a hincar una rodilla en tierra, lo cual le hacer perder la concentración.

La luz que irradia la piedra de jade se hace más débil.

La serpiente alienígena sacude su gigantesca cabeza. De nuevo aparecen sus pupilas ámbar y se ensanchan las ranuras verticales. Otros dos ojos, situados en los huecos de las mejillas del monstruo, se enfocan en la huella térmica de Mick y en el disminuido brillo del arma que éste sostiene en la mano.

«Esto no es bueno... Mantén la concentración...»

En eso, Tezcatilpoca se alza sobre la parte posterior de su torso y emite una horrible sílaba alienígena, como si estuviera declarando que ya no se encuentra sometida al hechizo de Mick.

Los cuatro ojos de la serpiente taladran a Mick y lo observan fijamente, como si lo vieran por primera vez. La mandíbula se abre. De los retraídos colmillos superiores gotea una bilis negra y rezumante que salpica sobre los escalones de piedra caliza igual que un ácido corrosivo.

La adrenalina inunda el organismo de Mick. Cierra los ojos esperando morir, pero entonces, con un súbito espasmo de discernimiento primitivo, presiente que la configuración se encuentra en su mente.

Tezcatlipoca hiperextiende la mandíbula y deja al descubierto sus horrendos colmillos... y de pronto se abalanza sobre el Hunahpú a una velocidad aterradora.

Igual que la descarga de un rayo, la antena de la pirámide libera un chispazo de energía azul que alcanza a la serpiente en mitad de su ataque. Empalada en la configuración, la criatura se retuerce de dolor, su cuerpo desaparece y aparece de nuevo envuelto en oleadas de energía esmeralda, su plumaje en forma de escamas y sus espinas se encrespan sacudidos por sucesivos espasmos.

Mick permanece inmóvil delante del monstruo alienígena, con los ojos cerrados, dando órdenes a sus recién descubiertos instintos Hunahpú, concentrando la enorme potencia de la configuración del Guardián sobre su enemigo.

Temblando de rabia, Tezcatlipoca lanza un alarido ensordecedor que reverbera por toda la explanada y consigue tumbar las columnas del Complejo de los Guerreros.

Mick abre los ojos y, levantando la piedra de jade por encima de su cabeza, ordena a la hoja de obsidiana que se desprenda de su reluciente vaina.

El objeto de jade vibra furiosamente irradiando una energía al rojo vivo que comienza a quemar la mano de Mick.

Entonces, Mick apunta bien y arroja el objeto contra las fauces abiertas de la criatura alienígena.

Se produce una erupción de energía pura, como la explosión de una nova.

Tezcatlipoca es presa de intensos espasmos, como si hubiera recibido una descarga eléctrica de mil millones de vatios.

Mick se protege los ojos con la mano y cae de rodillas, con lo cual desconecta la configuración.

El ser alienígena, ya sin vida, se precipita por la escalinata norte con sus ojos, antes luminiscentes, cubiertos por diversos matices de gris. La boca, abierta, queda caída entre las dos cabezas de serpiente de roca caliza que se encuentran situadas a uno y otro lado de la escalinata norte, a modo de enormes sujetalibros.

Mick se desploma de espaldas, con los miembros estremecidos y los pulmones ávidos de aire.

Con la cara pegada a la ventanilla del helicóptero, Dominique lanza chillidos de alegría. Luego salta por encima del asiento de delante y estrangula a Chaney en un abrazo de oso.

—Está bien, está bien. Bájenos, teniente; esta joven desea ver a su chico.

El general Fecondo tiene el receptor de radio apretado contra la oreja, intentando oír por encima del griterío que hay en el interior del aparato.

—Repita, almirante Gordon...

La voz del jefe de operaciones crepita por el auricular.

—Repito: la nave alienígena aún conserva el escudo. Puede que ustedes hayan matado a esa bestia, pero su fuente de alimentación sigue estando muy activa.

Mick está tendido de espaldas y con los ojos cerrados sobre la explanada de hierba. Su extenuada mente se esfuerza por restablecer la conexión neuronal que, no sabe cómo, le ha permitido activar la configuración del Guardián.

Frustrado, se incorpora a medias y contempla fijamente la hoja de obsidiana que tiene en la mano. «Soy Hunahpú, pero no soy el elegido. No puedo acceder al Camino Negro. No puedo sellar el portal.»

Al girar la cabeza ve un pelotón de comandos fuertemente armados emergiendo de la jungla.

Bruce Lee Slayer lo ayuda a ponerse de pie.

—Qué hijo de puta, Gabriel, ¿cómo diablos lo ha hecho?

—Ojalá lo supiera.

Varios de los comandos disparan varias descargas contra la cabeza de la criatura inanimada, pero sus balas se evaporan antes de alcanzar el blanco.

«*Michael...*»

Mick levanta la vista, sobresaltado. La voz suena distinta, conocida.

«Guardián...»

Entonces cierra los ojos y deja que la voz guíe sus pensamientos hacia las profundidades de su mente.

«*Aparta a un lado tus temores, Hunahpú. Abre el portal y entra. Los Señores del Mundo Inferior que se quedaron en la Tierra vendrán a desafiarte. Intentarán impedir que selles el portal cósmico antes de que llegue el Dios de la Muerte.*»

Mick abre los ojos y mira fijamente la horrible boca de Tezcatilpoca.

En ese momento, de la antena del Guardián surge un haz de energía de color azul eléctrico que captura la cabeza inanimada de la serpiente.

La mandíbula superior comienza a abrirse. Los comandos, estupefactos, dan un salto atrás, y algunos de ellos abren fuego inútilmente contra la bestia muerta.

Mick cierra los ojos para mantener la concentración. Las fauces de la serpiente se abren del todo y dejan ver unos horripilantes colmillos negros rodeados por un centenar de dientes como agujas.

Entonces aparece una segunda cabeza. Idéntica a la primera pero ligeramente más pequeña, empuja hacia fuera y sale de la boca de su hermana gemela.

Mick se obliga a mantener los ojos cerrados y a intensificar su concentración. Una tercera y última cabeza surge de la boca de la segunda, y las tres quedan abiertas y fijas.

La configuración se apaga. Mick cae sobre una rodilla, perdida la concentración y con la mente exhausta por el esfuerzo.

Entonces aparece en lo alto de la pirámide un cilindro de energía de color esmeralda que da vueltas sobre sí mismo, un pasillo cósmico cuatridimensional que atraviesa el tiempo y el espacio, que baja desde los cielos para enlazar con la cola de la serpiente inanimada.

Los comandos dejan caer las armas. Bruce Lee cae de rodillas, alucinado, como si estuviera viendo el rostro de Dios.

En un punto situado a la derecha de Mick aterriza el helicóptero del presidente.

Mick contempla el portal abierto, sopesando su decisión, luchando por apartar a un lado su miedo.

—¡Mick!

Dominique se apea del helicóptero.

Las palabras del Guardián: «*A ella no debes permitirle que entre*».

—¡Chaney, reténgala!

El presidente la sujeta por la muñeca.

—¡Suélteme! Mick, qué estás haciendo...

Mick se gira hacia ella notando una creciente sensación de opresión en el pecho. «¡Vamos, vete ya, antes de que ella te siga!»

Entonces, aferrando con fuerza la daga de obsidiana en la mano derecha, le da la espalda a Dominique, pasa por encima de las primeras filas de dientes y penetra en la primera de las tres bocas abiertas de la serpiente.

Capítulo 28

Las fauces reptilianas se cierran tras él, y la tercera cabeza se retrae hacia el interior de la boca de la segunda.

Mick se encuentra de pie en medio de una oscuridad total, con el corazón retumbando como un timbal. De repente la entrada parece absorberlo hacia delante sin moverlo en realidad, una sensación nauseabunda que desplaza sus órganos internos, como si le estuvieran desenrollando los intestinos. Mareado, cierra los ojos y aprieta la hoja de obsidiana contra su pecho.

Luz.

Abre de nuevo los ojos. La sensación de malestar ha desaparecido. Ya no está dentro de la boca de la serpiente, sino de pie en el Gran Juego de Pelota, el cual se encuentra ahora encerrado en un enorme cilindro rotatorio de energía esmeralda.

«He penetrado en el portal... Estoy en la cúspide de otra dimensión...»

Es como si estuviera viendo el mundo a través de unos cristales de vívidos colores. Más allá del entorno giratorio que lo rodea, distingue un cielo de una tonalidad lavanda cuajado de un millón de estrellas, todas las cuales exudan un caleidoscopio de ondas de energía al moverse sobre el tapiz de fondo del universo. Directamente encima de él se encuentra la franja oscura, semejante a un río cósmico de gas púrpura que atraviesa el centro mismo del cosmos de color magenta.

Da un paso adelante, y los objetos que lo rodean se vuelven borrosos en su visión periférica, como si estuviera moviéndose más deprisa de lo que alcanza su enfoque visual.

A un centenar de metros, en el fondo del recinto del Juego de Pelota, ve la segunda boca de la serpiente, situada debajo del Templo del Hombre Barbudo.

De las mandíbulas abiertas comienza a salir... una figura... cubierta con una capa negra de la cabeza a los pies.

Mick siente que le tiembla todo el cuerpo a causa de la adrenalina y el miedo, y aferra la daga con más fuerza.

La figura se aproxima. Entonces las mangas se alzan y se colocan a uno y otro lado de la capucha y unas manos invisibles empujan ésta hacia atrás dejando al descubierto el rostro...

Los ojos de Mick se agrandan en un gesto de incredulidad. Los músculos de sus piernas se vuelven de gelatina. Cae de rodillas, y la intensidad de sus emociones ahoga cualquier otro sentimiento que pueda albergar su mente extenuada.

Maria Gabriel baja la vista y mira sonriente a su hijo.

Es otra vez joven, una mujer de belleza deslumbrante, de treinta y pocos años. El cáncer ha desaparecido y la palidez de su piel ha sido sustituida por un resplandor de salud. El cabello negro y ondulado le cae alrededor del cuello y sus ojos ébano se clavan en los ojos de él con amor maternal.

—Michael.

—No... No puedes... No puedes ser real —dice él con voz ahogada.

Ella le toca la mejilla.

—Sí que soy real, Michael. Y te he echado mucho de menos.

—Dios mío, yo también te he echado de menos. —Se aferra de su mano y le mira la cara—. Mamá... ¿cómo?

—Hay muchas cosas que no entiendes. Nuestra finalidad en la vida, la metamorfosis de la muerte... Cada cosa es un proceso que nos permite desprendernos de nuestras limitaciones físicas para poder evolucionar y pasar a un plano superior.

—Pero ¿por qué estás tú aquí? ¿Qué lugar es éste?

—Un nexo, un portal viviente que comunica un mundo con otro. He sido enviada para guiarte, Michael. Has sido desorientado, cariño, engañado por el Guardián. Todo lo que te ha dicho son mentiras. La apertura del portal es en sí la Segunda Venida. El malvado es el Guardián. El espíritu de *Xibalba* se mueve a través del cosmos; pasará por encima de la Tierra y traerá paz y amor a la humanidad. Ése es el destino de la humanidad, hijo mío, y el tuyo.

—No... no lo entiendo.

Ella le sonríe y le aparta el cabello de la frente.

—Tú eres Hun-Hunahpú, el Primer Padre. Estás llamado a ser el guía, el conducto de unión entre la carne y el otro mundo.

Maria levanta el brazo en un elegante gesto y señala hacia el fondo del Juego de Pelota. De la boca de la serpiente surge otra figura, esta vez vestida de blanco.

—¿Lo ves? La Primera Madre está esperando.

Mick se queda con la boca abierta. ¡Es Dominique!

Pero su madre lo detiene.

—Aguarda. Sé suave, Michael. Ella se siente confusa, todavía se encuentra en un estado de flujo.

—¿Qué quieres decir?

Maria se da la vuelta y coge de la mano a Dominique. La muchacha tiene los ojos muy abiertos e inocentes como los de un cordero, su belleza resulta verdaderamente embriagadora.

—No podía soportar vivir sin ti.

—¿Está muerta?

—Se ha suicidado.

Mick deja escapar una exclamación ahogada cuando su madre retira delicadamente el pelo de la sien derecha de Dominique y deja a la vista un orificio de bala todavía rezumante.

—Oh, Dios...

Pero, ante sus propios ojos, la herida se cura sola.

—Su destino está entrelazado con el tuyo. Ella está llamada a ser la Eva de tu Adán. Son vuestros espíritus los que favorecerán el inicio de una nueva era en la Tierra, un nuevo entendimiento del mundo espiritual.

La mirada en trance de Dominique parece enfocarse.

—¿Mick? —Una enorme sonrisa ilumina su rostro. Con paso tembloroso, se echa en los brazos de Mick y se abraza a él.

La pasión desborda el corazón de Mick al abrazar estrechamente a Dominique.

Pero entonces se separa de ella; una vocecilla en su cabeza le exige que ponga los pies en el suelo.

—Un momento... ¿A qué te refieres con eso de «nuestros espíritus»? ¿Es que estoy muerto?

—No, cariño, todavía no. —Maria señala la hoja de obsidiana—. Debes realizar el acto tú mismo, el sacrificio supremo, para salvar a nuestro pueblo.

Mick mira fijamente el cuchillo y se le echan a temblar las manos.

—Pero ¿por qué? ¿Por qué tengo que morir?

—La muerte es un concepto tridimensional. Hay muchas cosas que tú no eres capaz de comprender, pero has de confiar en mí... y confiar en el creador. —Maria le toca la mejilla—. Ya sé que estás asustado. No pasa nada; simplemente un breve instante de dolor para romper los lazos físicos de la vida, nada más. Y después... la paz eterna.

Dominique lo besa en la otra mejilla.

—Te quiero, Mick. Ahora lo entiendo todo. He entrado en otro mundo. Siento tu presencia en mi corazón. Estábamos destinados a estar juntos.

Mick toca con el dedo la afilada punta de la daga y hace brotar la sangre.

¡Es de color azul!

Por su mente pasa una imagen subliminal de Tezcatilpoca,

seguida de las palabras del Guardián susurradas en lo más recóndito de su cerebro:

«*Los malvados Señores del Mundo Inferior saldrán a desafiarte. Intentarán impedir que selles el portal antes de que llegue Él...*»

—Mick, ¿te encuentras bien? —Dominique se acerca un poco más, con una mirada de preocupación. Le aprieta la mano en que sostiene la daga—. Yo te quiero.

—Y yo a ti.

Ella lo abraza haciéndole cosquillas en el cuello, asiendo con más empeño la mano de Mick que sostiene la daga.

—He sacrificado mi vida en la Tierra porque no podía soportar estar sin ti. No sé cómo, pero sabía que tú y yo estábamos destinados a ser almas gemelas.

«¿Almas gemelas?» Mick se gira hacia Maria.

—¿Dónde está mi padre?

—Julius se encuentra en el otro reino. Has de morir antes de poder verle.

—Pero estoy viendo a Dominique. Y también te veo a ti.

—Dominique es la Primera Madre. Yo soy tu guía. Verás a los demás cuando pases al otro lado.

En su imaginación, Mick ve a su padre asfixiando a su madre con una almohada. Entonces levanta en alto el cuchillo y lo mira fijamente.

—Mamá, Julius te quería de verdad, ¿no es así?

—Sí.

—Siempre decía que los dos erais almas gemelas, que estabais destinados a estar juntos... para siempre.

—Igual que nosotros —confirma Dominique sin soltarle la mano.

Mick no le hace caso; su mente va centrándose cada vez más.

—La verdad es que lo que te hizo a ti lo dejó destrozado. Pasó el resto de su vida sufriendo.

—Lo sé.

—He sido muy egoísta. Jamás me he permitido a mí mismo comprender lo que hizo en realidad y por qué lo hizo. —Mick mira a su madre—. Papá te quería mucho, estaba dispuesto a vivir el resto de sus días sintiéndose desgraciado antes que verte a ti sufrir un minuto más. Pero él no se mató; él siguió adelante, aguantó el tipo. Y lo hizo... por mí.

Mick se gira para mirar a Dominique. Se acerca un poco más a ella, le acaricia la mejilla con una mano y agarra con fuerza la daga en la otra.

—Ahora lo entiendo. Lo que hizo mi padre, matar a su alma gemela, librarla de aquel sufrimiento. Escogió el camino más difícil, hizo el sacrificio supremo.

Maria sonríe.

—Ha llegado el momento de que tú hagas ese mismo sacrificio, Michael.

Dominique suelta la mano cuando Mick apoya la punta de la hoja sobre su propio pecho. Entonces levanta la mirada hacia el cielo y sus sentimientos, reprimidos durante tanto tiempo, desbordan su corazón.

—¡Papá, te quiero! ¡Me oyes, papá! ¡Te quiero... te perdono!

Sus ojos oscuros taladran los de Dominique igual que dos haces de luz negra que le perforasen el alma. Su pecho deja de agitarse, la garganta se le pone en tensión al tiempo que las venas se le contraen por la rabia.

—¡Yo soy Hunahpú —brama con los ojos muy abiertos—, y sé quiénes sois vosotros!

Acto seguido, con un rápido movimiento, se gira y hunde el cuchillo en la garganta de Dominique. El golpe la hace perder el equilibrio y precipitarse de espaldas al suelo. Mick hunde un poco más el cuchillo haciendo brotar una sustancia negra parecida al silicio, y después tuerce la hoja hacia un lado con la intención de decapitar a su enemigo.

La criatura se debate presa del intenso dolor, gruñe, ruge;

su piel se marchita y se oscurece hasta adquirir un ajado color bermellón, una vez deshecho el disfraz.

Después, con un grito propio de un guerrero, Michael Gabriel le separa la cabeza del cuerpo al demonio.

El ser disfrazado de madre de Michael le lanza un siseo y las ranuras doradas de sus ojos carmesíes brillan destilando odio al tiempo que de los colmillos de su boca gotea veneno negro.

En un solo movimiento, Mick gira sobre sí y hunde la hoja de obsidiana en el corazón del Señor del Inframundo.

El rostro de Maria se vacía de carne y deja al descubierto sus apergaminadas facciones satánicas. Éstas permanecen en su sitio durante una fracción de segundo y luego se descomponen y se convierten en cenizas.

Dominique deja escapar un chillido cuando ve el cuerpo de la serpiente alienígena vaporizarse ante sus ojos. Se lleva una mano al corazón y cae desmayada antes de que Chaney pueda sostenerla.

A BORDO DEL *JOHN C. STENNIS*

El jefe de operaciones Gordon enfoca sus prismáticos sobre la estructura alienígena en el momento en que el Tomahawk hace explosión en su casco metálico.

—¡El último misil sí ha detonado! El escudo ha desaparecido; ¡sigan disparando!

Se lanza una lluvia de misiles crucero TLAM. El almirante observa cómo los proyectiles se estrellan contra la nave de iridio y la hacen desaparecer en el olvido.

Capítulo 29

El Gran Juego de Pelota ya no está.

Michael Gabriel se encuentra de pie, solo, dentro de un remolino de energía verde esmeralda, un cilindro en forma de túnel que gira a mil millones de revoluciones por minuto.

A su izquierda se encuentra la entrada del portal, cuya abertura, cada vez más pequeña, deja ver la base norte de la pirámide. Puede ver a Dominique, tumbada en los dos últimos escalones. Llorando.

A su derecha se abre otro portal, la entrada a *Xibalba Be*, el Camino Negro. En su centro se distingue un punto de luz blanca que contrasta con la oscuridad del espacio.

Lo inunda una sensación de frío que calma sus nervios en tensión.

«Guardián, ¿lo he conseguido?»

«*Sí, Hunahpú. Los dos Señores del Mundo Inferior están muertos. El portal está cerrándose. Una vez más, al Dios de la Muerte se le ha denegado el acceso a tu mundo.*»

Mick observa cómo la abertura que tiene a su izquierda continúa cerrándose.

«¿Entonces ha desaparecido la amenaza que pesaba sobre la humanidad?»

«*Por el momento. Ha llegado la hora de escoger.*»

Delante de Mick comienza a materializarse un sarcófago de granito de color marrón. Suspendida encima del interior en forma de bañera se halla una vaina lisa y semejante a un ataúd.

«*Te aguardan dos destinos. Puedes vivir hasta el fin de tus días siendo Michael Gabriel, o bien puedes continuar y viajar a* Xibalba *a cumplir tu destino como Hun-Hunahpú, intentando salvar las almas de nuestro pueblo.*»

«Los Nephilim...»

Sesenta y cinco millones de años atrás, el Guardián y los Nephilim supervivientes eligieron quedarse en la Tierra para salvar el futuro de una especie desconocida, con la esperanza de que llegara un día su mesías genético para devolverles el favor. Mick se acuerda de las caras de terror de los niños de *Xibalba*, de sus almas atrapadas en aquel purgatorio.

«Tan asustados. Tan solos...»

Mira a Dominique, anhelando abrazarla, consolarla. Se imagina la vida que le han negado las circunstancias desde que era pequeño. Amor, matrimonio, hijos; una existencia rodeado de felicidad.

«No es justo. ¿Por qué he de escoger? Me merezco vivir lo que me quede de vida.»

Se imagina a sí mismo envuelto en el calor de Dominique, sin tener que despertarse en mitad de la noche en el frío suelo de hormigón de una celda, sintiéndose tan solo...

Tan vacío.

«El sacrificio supremo...»

Recuerda la dulce voz de Dominique: «Mick, ninguno de nosotros tiene control sobre las cartas que nos han repartido...».

«*Posees libre albedrío, Michael. Has de darte prisa en escoger antes de que se cierre el portal.*»

Entonces, arrancando su corazón de Dominique, se mete en el interior de la vaina.

Mick abre los ojos. Está tumbado boca abajo, dentro del luminoso casco azulado de la vaina, viajando velozmente por el espacio exterior a través de un tortuoso túnel de intensa gravedad. Aunque está envuelto en un halo de energía, consigue

ver a través de las paredes de su transporte. Más allá del resplandor distingue las estrellas, que pasan raudas por su lado.

Al girar la cabeza hacia atrás ve la Tierra, un mundo azul
que va perdiéndose de vista, así como la trayectoria cósmica
del conducto cuatridimensional, que va evaporándose detrás
de él dejando nada más que oscuridad a su paso.

El vacío, cada vez más pronunciado, desgarra su alma torturada.

«*Bien venido, Hun-Hunahpú. Ya has llegado.*»

«*La echo de menos.*»

«*Ella ha sido bendecida, en su vientre está creciendo la semilla de nuestro pacto, su destino está para siempre ligado al
tuyo.*»

Allá al frente se ve una luz blanca cuyo brillo va haciéndose cada vez más intenso. Un terror glacial y desolado invade la
mente de Mick.

«*Es Xibalba...*»

El miedo y la ansiedad lo dominan.

—¿Qué he hecho? Guardián, por favor... ¡quiero volver!

«*Ya es demasiado tarde. No temas, Michael, porque jamás te abandonaremos. Has realizado el sacrificio supremo,
y al hacerlo has devuelto la humanidad a tu especie y has
otorgado a las almas de nuestros antepasados una oportunidad de ser redimidas. El camino que has elegido es noble; te
revelará los secretos mismos del universo y enfrentará la
esencia misma del bien con la del mal, la luz con la oscuridad,
y hay en juego mucho más de lo que tú podrías imaginar.*

»*Ahora cierra los ojos y descansa mientras te preparamos,
porque lo que te espera es el mal, en su forma más pura.*»

Epílogo

3 de enero de 2013
LA CASA BLANCA
WASHINGTON, DC

El presidente Ennis Chaney levanta la vista de su escritorio al ver entrar en el despacho a su jefe de gabinete, Katherine Gleason, toda sonrisas.

—Buenos días.

—Buenos días. Otro día maravilloso para estar vivos. ¿Ya está preparada la rueda de prensa?

—Sí, señor. Encontrará el podio decorado con dos arreglos florales, un gesto de agradecimiento de los chinos.

—Es todo un detalle. ¿Han llegado ya los demás invitados?

—Sí, señor. Lo están esperando en el pasillo.

El secretario de Estado Pierre Borgia se está arreglando la corbata cuando llega el anuncio de la rueda de prensa. Consulta su reloj y acto seguido activa el videoteléfono de su mesa.

Desde un lado de la pantalla dividida le sonríe la cara del senador Joseph Randolph, desde el otro Peter Mabus, contratado por el Departamento de Defensa.

—Ahí lo tienes, Pete. Pierre el afortunado.

—Nos sentimos muy orgullosos de ti, hijo.

Borgia baja el volumen.

—Por favor, caballeros, aún no es definitivo. Chaney todavía no me ha ofrecido oficialmente la vicepresidencia, aunque tenemos programada una reunión para antes de la rueda de prensa.

—Fíate de mí, hijo; mis fuentes me dicen que puedes darlo por hecho. —Randolph se pasa una mano salpicada de manchas de edad por su cabello blanco plata—. ¿Qué opinas, Pete? ¿Deberíamos darle a Pierre unos cuantos meses para que se acostumbre a su nuevo cargo, o deberíamos empezar ya a echar a Chaney del pueblo?

—Bastará con unas elecciones a mitad de mandato. Para entonces, Mabus Tech Industries será más grande que Microsoft.

Los repentinos golpes en la puerta provocan una descarga de adrenalina en el estómago de Borgia.

—Ése debe de ser Chaney. Luego te llamo.

Borgia apaga el videoteléfono cuando el presidente entra en el despacho.

—Buenos días, Pierre. ¿Todo listo para la rueda de prensa?

—Sí, señor.

—Bien. Ah, antes de que salgamos al Rose Garden, hay unos caballeros que deseo que conozcas. Serán tus escoltas durante los actos de esta mañana.

Chaney abre la puerta y deja pasar al despacho de Borgia a un hombre trajeado de negro y a dos policías fuertemente armados.

—Éste es el agente especial David Tierney, del FBI.

—Señor Borgia, es un placer arrestarlo.

A Borgia se le descuelga la mandíbula cuando los dos policías le ponen los brazos a la espalda y lo esposan.

—Pero ¿de qué diablos está hablando?

—De conspiración para cometer asesinato. Más tarde vendrán otros cargos. Tiene derecho a guardar silencio...

—¡Esto es absurdo!

Los ojillos de mapache relampaguean.

—Agente Tierney, Mick Gabriel estuvo encerrado casi doce años. ¿Cuánto tiempo cree que podremos meter en la cárcel al ex secretario de Estado?

Tierney muestra una ancha sonrisa.

—¿Por todos los delitos que ha cometido? Creo que podremos superarlo con creces.

Los dos policías se llevan del despacho a Borgia, que no deja de chillar y patalear.

Chaney sonríe y después les ordena:

—Cerciórense de pasar por delante del podio para que lo vea la prensa y le saque unas cuantas fotos. Y asegúrense de que en ellas se le vea el ojo bueno.

21 de marzo de 2013
BOCA RATÓN, FLORIDA

La limusina negra gira hacia el sur para tomar la 441, camino del centro médico de West Boca. En el asiento de atrás, Dominique Vázquez aprieta la mano de Edie viendo el informativo en el pequeño televisor.

> ... así pues, tanto los científicos como los arqueólogos se encuentran desconcertados al desconocer la causa por la que, por primera vez en más de mil años, la sombra de la serpiente emplumada no ha aparecido en la escalinata norte de la pirámide de Kukulcán durante el día de hoy, el equinoccio de primavera. Una vez más, Alison Kieras, informativos del canal 7, informando en directo desde Chichén Itzá.

Edie apaga el televisor al tiempo que la limusina penetra en el complejo médico. Uno de los guardaespaldas armados abre la portezuela trasera y ayuda a Dominique y a su madre a apearse del coche.

—Hoy pareces muy contenta.

Dominique sonríe.

—Es que lo presiento.

—¿Qué es lo que presientes?

—A Mick. Está vivo. No me preguntes cómo, pero siento su presencia en mi corazón.

Edie la acompaña al interior del hospital, tras llegar a la conclusión de que es mejor no decir nada.

Dominique está tendida sobre la mesa de exploración, observando el monitor mientras su médico pasa el cabezal del ecógrafo por su abultado vientre. Edie le aprieta la mano cuando la máquina comienza a emitir el sonido de los diminutos pero rapidísimos latidos cardíacos.

—Aquí está la cabeza del primero... y aquí la segunda. Todo está muy bien. —El médico limpia la crema que le ha extendido sobre el vientre con un paño húmedo—. Bueno, señora Gabriel, ¿le gustaría conocer el sexo de sus gemelos?

Dominique levanta la vista hacia Edie con lágrimas en los ojos.

—Ya lo conozco, doctor, ya lo conozco.